insel taschenbuch 4609
Andreas Izquierdo
Fräulein Hedy träumt vom Fliegen

ANDREAS IZQUIERDO

Fräulein Hedy träumt vom Fliegen

ROMAN

INSEL VERLAG

Erste Auflage 2018
insel taschenbuch 4609
Originalausgabe
© Insel Verlag Berlin 2018
Alle Rechte vorbehalten, insbesondere das der Übersetzung,
des öffentlichen Vortrags sowie der Übertragung
durch Rundfunk und Fernsehen, auch einzelner Teile.
Kein Teil des Werkes darf in irgendeiner Form
(durch Fotografie, Mikrofilm oder andere Verfahren)
ohne schriftliche Genehmigung des Verlages
reproduziert oder unter Verwendung elektronischer Systeme
verarbeitet, vervielfältigt oder verbreitet werden.
Vertrieb durch den Suhrkamp Taschenbuch Verlag
Umschlag: Designbüro Lübbeke, Naumann, Thoben, Köln
Umschlagabbildung: Rüdiger Trebels, Düsseldorf
Satz: Satz-Offizin Hümmer GmbH, Waldbüttelbrunn
Druck: CPI – Ebner & Spiegel, Ulm
Printed in Germany
ISBN 978-3-458-36309-5

Fräulein Hedy träumt vom Fliegen

Für Pili

TIMBUKTU

1

Gegen drei Uhr in der Früh erwachte Fräulein Hedy aus einem herrlichen Traum und verlor den Verstand. Da war ein Kichern in ihrem Kopf und ein Kitzeln in ihrem Bauch, als sie mit einem lausbübischen Grinsen aus dem Bett stieg, auf Zehenspitzen zum Fenster tippelte, barfuß auf die Brüstung ihres französischen Balkons im Dachgeschoss stieg und die Arme weit von sich streckte. Da stand sie dann: ein fliegendes Nachthemd mit Dutt im bleichen Mondlicht.

Es war ganz still oben auf dem Hügel, auf dem ihre Villa stand, während sich die kleine Stadt zu ihren Füßen fast schon in mittelalterlicher Ehrfurcht vor ihr zu verbeugen schien. Dabei war es so kalt, das die Luft klirrte und man die leisen Seufzer derer zu hören glaubte, die sich im Schlaf die Decken über die Köpfe gezogen hatten.

Fräulein Hedy kannte ihre kleinen und großen Wünsche, ihre Hoffnungen, Sehnsüchte und Niederlagen. Nichts war ihr in den vergangenen achtundachtzig Jahren verborgen geblieben, sie hatte sie alle überlebt und jetzt flog sie über sie hinweg, und ihr war, als würde sie die kleinen Schluchzer und Stöhner mit sich nehmen auf ihrem Flug durch die Nacht, und je mehr sie davon sammelte, desto gewaltiger baute sich ein Ruf in ihren Lungen auf.

»TIM-BUK-TUUU! TIM-BUK-TUUU!«

Das Herz einer alten Frau hatte viele Geheimnisse.

Einen Moment später schon riss ihre Haushälterin Maria die Schlafzimmertür auf, stürmte zu ihr, umfasste mit kräftigen Armen ihre Taille und zog sie vom Balkon herunter, zurück ins Zimmer. Dann schloss sie die Fenster und rieb sich fröstelnd die nackten Arme.

»Was ist passiert?!«, rief sie besorgt.

Hedy sah sie lächelnd an.

»Sind Sie wach?«, fragte Maria und wedelte mit den Händen vor ihren Augen herum.

Hedy zog mürrisch die Brauen zusammen: »Was machen Sie denn da?«

»Ihr Leben retten.«

»Das ist doch Unsinn!«

»Draußen sind es minus zehn Grad. Und Sie stehen in der Kälte und heulen den Mond an!«

»Nichts dergleichen!«

»Ich bin davon wach geworden, Fräulein Hedy!«

»Dann gehen Sie jetzt wieder schlafen!«

»Und es ist alles in Ordnung?«, hakte Maria nach.

»Aber natürlich!«

»Sie sind nicht verrückt geworden?«

»Nein.«

»Und was soll dann dieses Geschrei?«

»Was für ein Geschrei?«

»Dieses ›Timbuktuuu! Timbuktuuu!‹« Maria fuhr mit den Händen durch die Luft, um den absurden Vorgang zu unterstreichen.

Hedy zuckte mit den Schultern: »Eine Stadt in Afrika. Mali, genauer gesagt.«

»Und?«

»Nichts: und. Ich war nie dort.«

»Dann haben Sie geträumt?«

»Bestimmt.«

Maria fixierte sie noch einen Moment, dann seufzte sie leise und fragte: »Wollen Sie etwas essen?«

»Jetzt?«

»Essen hält Leib und Seele zusammen!«, beharrte Maria.

Hedy schüttelte den Kopf: »Gute Nacht, Maria!«

Sie kehrte ihr den Rücken und wartete, bis Maria leise das Zimmer verlassen hatte. Eine Weile starrte sie noch durch das Fenster in den Nachthimmel. Da dachte sie ebenso wirr wie schelmisch: Die Königin war erwacht, ein Spatz hatte an ihrem Haar gezupft. Lass ihn ein in den großen Irrgarten der unerzählten Geschichten.

Öffne das Fenster und biete ihm die Welt.

2

Am nächsten Morgen deutete nichts mehr darauf hin, dass Fräulein Hedy den Verstand verloren haben könnte, denn sie begann diesen Morgen, wie sie jeden Morgen begann: Sie nutzte den Treppenlift, um ins Parterre zu fahren, wo Maria bereits auf sie wartete, weil sie dort immer auf sie wartete, und es war, als schwebte ihre Hoheit aus dem Himmel herab zu ihren Untertanen.

Sie ließ sich aus dem Sitz helfen, schlüpfte in einen dicken Wintermantel, ging noch vor dem Morgengrauen zur Tür hinaus und marschierte dann die lange beleuchtete Auffahrt ihres Anwesens genau sieben Mal auf und ab. Mit geradem Rücken und durchgedrückten Knien und für eine Dame ihres Alters mit erstaunlicher Geschwindigkeit.

Obwohl Tauwetter eingesetzt hatte, zitterte Maria vor Kälte, während sie bei den Stufen zum Anwesen auf Hedy wartete und die Zeitung vom Boden aufhob. Sie beobachtete Fräulein Hedy bei ihrem morgendlichen Ausdauertraining: Atemwölkchen stiegen aus ihrem Mund wie Dampf aus einer Lokomotive, als sie dort die Auffahrt hoch- und runterschnaubte. Hedy hatte Schmerzen in den Knien, Fußgelenken und im Rücken, und Maria bewunderte sie jeden Morgen für ihre Disziplin und ihre Härte gegen sich selbst, denn Hedy verzog keine Miene beim Marschieren, und hätte man sie gefragt, wie es ihr ginge, hätte sie »Blendend« gerufen und abgewunken.

Pünktlich zur siebten Runde ging Maria Hedy ein Stück entgegen und bot ihr den Arm, den Hedy beiläufig annahm. Sie war erschöpft, Maria sah es in Hedys Augen, aber sie sagte kein Wort, sondern stieg mit Maria langsam die Treppe zur Eingangstür hinauf, wo der Rollstuhl wartete, in den Hedy sich setzte, um sich fortan von Maria durch die Villa schieben zu lassen.

»Ins Bad!«, ordnete Hedy an.

»Sehr wohl!«, antwortete Maria.

Später schob sie die wie aus dem Ei gepellte Hedy in die Küche, wo ein karges Frühstück und ein starker Kaffee auf sie warteten. Sie aß und trank langsam und ließ sich von Maria die wichtigsten Neuigkeiten aus dem Lokalteil der Zeitung vorlesen, die sie hier und da mit spöttischem Schnauben oder wohlwollendem Lächeln kommentierte.

»Was ist mit der Zeitung?«, fragte Hedy, als Maria gerade einen Beschluss des Stadtrats vorlas, der Kürzungen im Kulturhaushalt vorsah.

Maria blickte auf: »Was soll mit ihr sein?«

Hedy nickte kurz – Maria knickte mit einem Finger eine Ecke des Papiers um und kommentierte die Dreckschlieren darauf knapp mit: »Der Zeitungsjunge.«

Hedy nickte düster.

»Wie geht es Ihnen heute?«, fragte Maria.

»Blendend.«

»Ich meine … nach gestern Nacht!«

Hedy setzte die Kaffeetasse ab und tupfte sich die Mundwinkel: »Es war ein Traum.«

»Vielleicht sollten wir einen Arzt konsultieren?«

»Mir fehlt nichts, Maria.«

»Vielleicht der Mond?«

Hedy runzelte die Stirn.

»So etwas kommt vor!«, bekräftigte Maria.

Hedy schwieg eine Weile.

Und sagte dann: »Nein.«

»Nein?«

»Nein. Ich habe nur viel zu lange geschlafen. Aber jetzt bin ich wach.«

Maria sah sie unverwandt an.

»Und Sie sind sicher, dass es Ihnen gut geht?«, fragte sie misstrauisch.

Hedy lächelte sanft: »Ich bin wach. Nach all der Zeit endlich wach …«

Maria stand auf und sagte: »Ich rufe Dr. Weyers an.«

»Setzen Sie sich hin!«, befahl Hedy und beschied mit einer Geste, dass Maria mit der Lektüre fortzufahren habe. Die nahm nach kurzem Zögern wieder Platz, griff nach der Zeitung und begann zu lesen. Die Mittel für die Kammerkonzerte sollten gesenkt werden. Im Gegenzug hoffte man auf private Gönner, um die liebgewonnenen Auftritte der Musiker auch weiterhin finanzieren zu können.

Hedy trommelte ungeduldig mit den Fingern auf dem Küchentisch und starrte auf die Zeitung.

»Genug!«, befand sie.

Maria sah sie über die Zeitung hinweg an.

»Wir fahren in die Stadt!«

»Jetzt? Es ist gerade mal halb acht Uhr! Wo wollen Sie denn hin?«

»Wir fahren zur Redaktion!«

»Wir könnten doch anrufen?«

»Bestellen Sie ein Taxi!«, gab Hedy zurück und schob sich mit dem Rollstuhl vom Tisch. »Es ist höchste Zeit!«

Was so drängte, sagte sie nicht, aber sie fuhren zum Pressehaus, doch nicht, um sich über den Zeitungsjungen zu beschweren. Und da wusste Maria, dass Hedy den Verstand verloren haben musste. Dass die letzte Nacht kein Zufall gewesen war, sondern allenfalls der Auftakt zu einer ganzen Reihe galoppierender Verrücktheiten, die nichts als Ärger einbringen würden.

Fräulein Hedy gab eine Anzeige auf.

Und diese Anzeige würde das brave, protestantische, münsterländische Städtchen, das die alte Dame so verehrte, in seinen Grundfesten erschüttern.

Denn Fräulein Hedy wollte zum Strand.

3

Der Tag hatte also kaum begonnen und schon bestand sein Sinn nur noch darin, dass er endlich vorüberzog, um einem neuen Platz zu machen, der einem Skandal Bühne bieten würde, wie es ihn seit Jahrzehnten nicht mehr gegeben hatte. Jedenfalls war das Marias feste Überzeugung.

Hedy hingegen ging ihrer Arbeit völlig ungerührt nach, bestritt den Tag wie jeden anderen, beginnend mit der Bearbeitung der Post, den üblichen Telefonaten und der Organisation der von ihr begründeten Stiftung für begabte Kinder, der sie als Stiftungsratsvorsitzende vorstand.

Seit Jahrzehnten hatte sie unzähligen Talenten den Weg in eine bessere Zukunft geebnet, ganz gleich, auf welchem Feld ihre Begabung lag: Literatur, Kunst, Musik, Mathematik oder Wissenschaften. Die Stiftung prüfte, Fräulein Hedy entschied – nach Konsultation mit ihrem Stiftungsrat, dem auch ihre Tochter Hannah angehörte. Viele *ihrer* Kinder hatten es weit gebracht, fast ausnahmslos hatten sie einen Beruf gefunden, der sie glücklich machte, und sie wussten alle, wem sie dies zu verdanken hatten. Und ihre Eltern und Großeltern wussten das auch, was Fräulein Hedy zur unangefochtenen Herrscherin der Stadt machte, respektiert und auch ein bisschen gefürchtet von jedermann.

Aus diesen Gründen war Hedy sehr empfindlich, was Kürzungen in den Etats für Kultur und bildende Künste betraf, denn sie wurde nicht müde zu erklären, dass sie den furchtbarsten aller Kriege nicht überlebt hatte, um anschließend dabei zuzusehen, wie Verrohung und Dummheit einen möglichen weiteren heraufbeschworen.

So rief sie den Bürgermeister an und verabredete mit zuckersüßer Stimme für den nächsten Kammermusikabend ein Gespräch mit ihm. Da wusste Herr Schmidtke genau, was die Stunde geschlagen hatte, und verfluchte bereits den Beschluss der Fraktionen im Stadtrat, denn er saß ebenfalls im Stiftungsbeirat und hatte oft genug erlebt, wie unnachgiebig Fräulein Hedy war, wenn ihr irgendetwas gegen den Strich ging.

Danach prüfte sie Bewerbungen.

Ihre Stiftung verlangte eine Reihe von Vorgaben, um in den Genuss einer Förderung zu kommen, und schon die äußere Form der Bewerbung verriet Hedy viel über den Geist, der sie verfasst hatte. So wies sie schon mal Bewerber ab, die formvollendet, aber vollkommen blutleer um ein Stipendium baten, und zog andere vor, deren chaotische Gedankengänge sie interessierten. Junge Menschen, von denen sie sich erhoffte, dass sie der Gesellschaft eines Tages mehr zurückgeben würden als gute Noten und Konformität.

Dennoch liebte sie Regeln und irrte sich selten in Menschen. Und wenn, dann gab sie es nicht zu.

Am Mittag ließ sie sich von Maria zwei Spiegeleier mit Spinat machen und ruhte anschließend eine Stunde.

Den Rest des Tages verhielt sie sich völlig unauffällig, erledigte wie immer diszipliniert und effizient Telefonate, schrieb Briefe, kleine Meisterwerke in geschliffenem Deutsch und mit intelligenten Pointen, auf die sie mit Recht sehr stolz war. Briefe, die Sponsoren an ihre Großzügigkeit oder ehemalige Stipendiaten an ihre Verantwortung zukünftigen Generationen gegenüber erinnerten. Briefe, die so geschickt formuliert waren, dass der Adressat nach der Lektüre tatsächlich glaubte, es wäre *seine* Idee gewesen, der Stiftung unter die Arme greifen zu müssen.

Hedy schrieb an diesem Nachmittag zwei oder drei ihrer berühmten Briefe, und nichts deutete darauf hin, dass sie sich auch nur eine Sekunde weiter mit ihrer Anzeige beschäftigt hatte, während Maria ihr stiller Schatten war und dabei das Gefühl hatte, als würde sie wie gelähmt auf den Einschlag einer Bombe warten.

Sie aßen zusammen zu Abend und gingen ins Bett.

Hedy erwachte um sechs Uhr aus einem tiefen Schlaf.

Sie öffnete die Fenster, atmete die kalte Morgenluft ein und dachte, dass es ein ausnehmend schöner Tag werden würde. Dann legte sie etwas Schminke auf und richtete den Dutt neu, denn sie leistete sich niemals Nachlässigkeiten, nicht einmal, wenn es dunkel war und es niemand sehen konnte. Mit der gleichen Haltung beendete sie auch jedes Bewerbungsgespräch – gleichgültig, ob der Kandidat genommen wurde oder nicht – mit den Worten: »Vergessen Sie bitte nie: Sie wissen erst, wer

Sie sind, wenn Sie wissen, was Sie tun, wenn niemand hinschaut!«

Hedy liebte diesen Satz und lebte ihn gleichermaßen.

Gerüstet für einen neuen, aufregenden Tag schwebte sie mit dem Treppenlift hinab ins Erdgeschoss, wo Maria bereits strammstand und nervös die dicke Winterjacke knetete, die sie in Händen hielt.

Hedy verließ das Haus und marschierte los.

Bei ihrer fünften Runde hörte sie hinter sich eine Fahrradklingel, im nächsten Moment schon schoss ein Bengel von vielleicht sechzehn Jahren auf einem Mountainbike an ihr vorbei, eine dicke Zeitungstasche auf dem Rücken und die heutige Ausgabe der *Westfälischen Nachrichten* in der Hand. Kurz bevor er Maria erreichte, riss er das Rad herum und warf in derselben Bewegung die Zeitung im hohen Bogen Richtung Treppe, die er, wie schon am Tag zuvor, um einen halben Meter verfehlte.

Sie landete vor Marias Füßen im Dreck.

Der Junge hingegen war schon wieder auf dem Weg zurück und raste jetzt auf Hedy zu, die sich ihm in den Weg stellte, die Arme in die Hüften gestemmt. Er schrammte grinsend an ihr vorbei, die Auffahrt hinab, zum Tor hinaus.

Hedy sah im nach: nicht gerade eine Hochbegabung, der Bursche. Sie hatte seine Bewerbung abgelehnt. Und die wütenden Proteste der Eltern – ebenfalls keine Hochbegabungen – mit Grandezza ertragen.

Sie beendete zwei Runden später ihre morgendliche Übung, nahm Marias Arm und ließ sich die Treppen hinauf in den Rollstuhl helfen.

»Ins Bad!«, befahl sie.

»Sehr wohl!«, antwortete Maria.

Erfrischt nach einer ausführlichen Morgentoilette nahm sie

elegant gekleidet zusammen mit Maria am Frühstückstisch Platz. Endlich nickte sie Maria zu, aus der Zeitung vorzulesen, zuvor jedoch, den Anzeigenteil zu prüfen. Marias Blick wanderte die kleinen Blöcke hinab und fand das Inserat auf Anhieb. Sie sog scharf die Luft ein: Das war alles noch viel schlimmer, als sie es sich ausgemalt hatte. Keine Chiffreanzeige!

Fräulein Hedy hatte wirklich den Verstand verloren!

Maria reichte ihr die Zeitung rüber und tippte mit dem Finger auf die betreffende Stelle.

Hedy las und nickte zufrieden.

Später ging Hedy ihrer täglichen Routine nach, beginnend mit der Post, während Maria den Haushalt versorgte, unkonzentriert und mit einem mulmigen Gefühl im Bauch. Die Hälfte der Einwohner hatte die Anzeige bestimmt schon gelesen, die andere Hälfte würde es nach der Arbeit tun. Oder vorher angerufen werden. So oder so: Bald würden es alle wissen.

Alle!

Gegen neun Uhr klingelte es an der Haustür.

Maria fuhr erschrocken hoch und dachte *Guter Gott*! Sie standen bereits vor der Tür, die Zeitung in den Händen. Doch als sie öffnete, wartete dort nur Jan, Hedys neuer Physiotherapeut.

Mit einer leeren Tupperdose in der Hand.

4

Ob Hedys Extravaganzen mit Jan begonnen hatten, ließ sich im Nachhinein nicht mehr so genau sagen, da sie schon immer ihren sehr eigenen Kopf hatte, in jedem Fall aber war es das kürzeste und seltsamste Bewerbungsgespräch, das ein Physiotherapeut je hatte. Und vor allem war es eines, um das Jan gar nicht gebeten hatte, aber bei Hedy wurde jede Unterhaltung über kurz oder lang zu einem Bewerbungsgespräch. Selbst wenn er nur mit ihr plauderte und dabei ihre Muskeln lockerte, hatte er stets das Gefühl, sich um ihre Gunst bemühen zu müssen und vor allem aber: nichts Dummes zu sagen!

Seit vier Wochen kam Jan fast täglich, um mit Mobilisations- und Koordinationsübungen Hedys Bewegungsapparat zu trainieren, doch wenn er ehrlich war, hatte sie diese Übungen kaum nötig. Sie war schlank, erstaunlich gelenkig und bis auf altersbedingte Arthrose in den Beinen und Wirbeln vollkommen gesund. Dennoch bestand Hedy auf Gymnastik, was Jan einerseits freute, denn er liebte die Gespräche mit ihr sehr, ihm andererseits ein schlechtes Gewissen bereitete, denn Hedy bezahlte ihn privat, und da kam im Monat schon einiges zusammen.

Rätselhafter als die eigentlich unnötigen Besuche war jedoch, *wie* Jan zu seinem Job gekommen war. Die Stadt, in der er lebte, war klein genug, um nach ein paar Jahren alle wichtigen Personen darin zu kennen, aber nicht so klein, dass jeder jeden kannte. Jan wusste daher, wer Hedy von Pyritz und die Von-Pyritz-Stiftung für begabte Kinder war, weil alle wussten, wer Hedy von Pyritz war, aber Hedy konnte Jan eigentlich nicht kennen. Jedenfalls nicht, weil er der einzige Physiotherapeut der Stadt war. Oder der beste. Es gab einige, die meisten davon in großen Gemeinschaftspraxen, die einen guten Ruf genossen und in aller Regel erster Anlaufpunkt für diejenigen waren, die eine Therapie brauchten. Jan hatte nicht einmal eine Praxis, sondern besuchte seine Patienten in deren Häusern, was ihm ein regelmäßiges, aber kein üppiges Einkommen bescherte.

Es gab also keinerlei Berührungspunkte zwischen den beiden, und doch stand Fräulein Hedy eines Tages vor ihm. Vielmehr saß sie vor ihm. Im Rollstuhl – dahinter Maria. Sie sah ihn so lange an, bis Jan sich unter ihrem Blick zu winden begann und sich automatisch fragte, was er falsch gemacht hatte, aber es fiel ihm nichts ein, denn es gab auch nichts, was dafür in Frage gekommen wäre. Er saß einfach nur im Stadtpark auf einer Bank und wärmte sich die Hände an einem heißen Kaffee. Gerade als er allen Mut zusammennehmen wollte, um Hedy darauf aufmerksam zu machen, dass ihr Starren sehr wohl als unhöflich gelten konnte, wandte die sich Maria zu und ließ sich ein weißes Blatt Papier von ihr geben.

Sie reichte es ihm und sagte: »Falten Sie mir bitte einen Flieger!«

Jetzt war es Jan, der erst sie, dann das Papier anstarrte, das sie ihm entgegenhielt.

»W-was?«

»›Wie bitte‹, heißt es, und jetzt falten Sie mir bitte einen Flieger!«

Jan war so perplex, dass er das Papier griff und *Sehr wohl!* murmelte und damit nicht nur Maria ein Lächeln aufs Gesicht zauberte, sondern auch in diesen allerersten Momenten ihres Kennenlernens ihr Herz gewann.

Jan faltete also einen Flieger.

Und er tat es sehr gewissenhaft: Messerscharfe Kanten und ein kompliziertes Muster formten einen schneidigen, aerodynamischen Jäger, den er Hedy zurückreichte.

Die forderte: »Lassen Sie ihn fliegen, junger Mann!«

Jan stand auf und warf den Flieger, der rasch an Höhe gewann und dann in langen, eleganten Bögen Kreise zog, getragen von einer leichten Böe. Er hielt sich sehr lange in der Luft, während Hedy ihm versonnen nachsah, auch dann noch, als er bereits sanft auf dem Boden gelandet war.

Da erst drehte sie sich zu Maria um, ließ sich von ihr eine Visitenkarte geben und sagte knapp: »Sie sind engagiert! Morgen um neun Uhr?!«

Es klang wie eine Frage, doch Jan ahnte, dass sie allenfalls rhetorischer Natur war. Also nickte er einfach, während Hedy Maria ein Zeichen gab, weiterzuziehen.

Sie rollte davon, und Jan hatte einen neuen Job.

Natürlich fragte er sich, wie sie auf *ihn* gekommen war. Woher sie wusste, wer er war, was er beruflich tat und vor allem: warum sie ausgerechnet ihn engagiert hatte. Aber Hedy gab keine Erklärungen ab, und nach den ersten Stunden spielte es auch keine Rolle mehr. Sie verstanden sich gut, und Jan besuchte die alte Dame fast täglich und lockerte ihre Verspannungen.

Und auch für Maria wurden Jans Besuche bald schon liebgewonnene Gewohnheit, denn er *alarmierte* geradezu mütterliche Instinkte in ihr, und so zwang sie ihn, sich nach der Arbeit mit Hedy an den Küchentisch zu setzen und zu essen, weil sie ihn für viel zu dünn befand. Anfangs protestierte Jan dagegen, mit dem Ergebnis, dass Maria nur um so mehr kochte und es ihm dann in Tupperware mitgab für den Abend.

Da stand Jan nun und drückte ihr die leere Plastikbox in die Hand.

»O Gott, Jan, ich habe dich ganz vergessen!«, rief Maria erschrocken.

Jan grinste und hoffte, dass sie seine Enttäuschung nicht bemerkte. Es war erstaunlich, in welch kurzer Zeit man sich an gutes Essen gewöhnen konnte.

Sie zog ihn zu sich und sagte leise: »Du musst mit ihr sprechen, Junge! Sie hat den Verstand verloren!«

»W-was?«, fragte er verwirrt.

»Wie bitte!«, schallte es korrigierend in ihrem Rücken.

Er blickte über Marias Schulter, und da stand sie, Hedy, und lächelte fein. Sie war klein und schmal, doch niemand nahm sie so wahr, denn elegante Schuhe mit Absätzen, gerade Haltung und der strenge Dutt ließen sie groß und stolz wirken. Und ständig hatte man das Gefühl, dass sie wohlwollend auf einen herabblickte, selbst wenn man zwei Köpfe größer war.

»Wirklich, Jan, Sie sollten es langsam besser wissen, nicht wahr?«

»Natürlich, Fräulein von Pyritz, ich war nur … überrascht.«

»Kommen Sie!«

Sie wandte sich um, nicht ohne Maria einen kleinen, warnenden Blick zuzuwerfen: Maria war ihre treueste Verbündete, aber Neuigkeiten aller Art hatte sie noch nie gut für sich behalten können.

Sie betraten zusammen den Salon.

Alles in diesem Raum war von altertümlicher Eleganz. Die vier riesigen Flügeltüren erlaubten nicht nur einen beindruckenden Blick in einen im Sommer überbordenden Garten, sondern fluteten den Raum auch mit Licht. Parkett und Stuck an den Decken rundeten das Bild ab.

»Was ist passiert?«, fragte Jan.

Er öffnete einen kleinen Koffer, gefüllt mit Ölen und Salben, und breitete eine gerollte Bodenmatte aus.

Hedy winkte ab: »Nichts.«

Und schon öffnete Maria die Tür, trat unaufgefordert in den Raum und wedelte mit den *Westfälischen Nachrichten*.

»*Das* ist passiert!«, rief sie fast schon empört.

»Ich glaube, wir sprachen bereits mehrmals darüber, dass Lauschen an der Tür ein grauenhafter Verstoß gegen die Etikette ist.«

»Dann sagen Sie ihm doch, was Sie gemacht haben!«, hielt Maria trotzig dagegen.

Hedy seufzte und gab Maria zu verstehen, dass sie ihr die Zeitung geben sollte. Sie schlug den Anzeigenteil auf und reichte ihn dann Jan. Der nahm die Zeitung entgegen und starrte hinein.

Sehr lange.

Dann blickte er auf und fragte: »Sie wollen einen Bundeswehrspind kaufen?«

Hedy runzelte die Stirn: »Unsinn!«

Sie rupfte ihm die Zeitung aus der Hand und blickte hinein: »Nicht die Anzeige mit dem Foto. Die daneben!«

Damit gab sie ihm die Zeitung zurück.

Wieder blickte Jan hinein, kniff die Augen zusammen, dann lächelte er entschuldigend: »Die Schrift ist ziemlich klein. Und ich hab' meine Lesebrille nicht dabei …«

Maria nahm die Zeitung und las laut und überdeutlich vor: »›Dame in den besten Jahren sucht Kavalier, der sie zum Nacktbadestrand fährt. Entgeltung garantiert!‹ Inklusive Name und Adresse. Nicht einmal eine Chiffreanzeige!«

Jan schluckte: »Das ist nicht Ihr Ernst?!«

»Natürlich ist das mein Ernst!«, gab Hedy zurück.

»Was werden nur die Leute sagen?«, fragte Maria besorgt.

Hedy zuckte gleichgültig mit den Schultern.

»Vielleicht liest es ja niemand?«, wandte Jan ein. »Die Anzeige ist ziemlich klein, und wer liest schon regelmäßig Anzeigen?«

»Es muss nur *einer* diese Anzeige lesen«, Maria hob den Zeigefinger: »Nur einer! Dann garantiere ich dir, dass es innerhalb eines Tages die ganze Stadt weiß!«

»Wenn schon«, antworte Hedy ruhig.

»Was ist denn nur los mit Ihnen?!«, schimpfte Maria. »Erst dieser Irrsinn in der Nacht und jetzt das hier!«

Hedy sah sie kühl an: »Danke, Maria, aber Sie werden jetzt nicht mehr gebraucht.«

Maria seufzte tief, dann verließ sie den Raum.

Jan stand etwas ratlos herum.

Hedy lächelte ihn an: »Was sorgt Sie, Jan?«

»Nun«, begann er vorsichtig, »die Anzeige …«

»Haben Sie moralische Bedenken?«

Er schüttelte den Kopf: »Das ist es nicht, Fräulein von Pyritz. Es ist nur … ich finde sie ein wenig unglücklich formuliert!«

Augenblicklich fiel die Zimmertemperatur um mehrere Grad.

Hedy ging es ziemlich gegen den Strich, kritisiert zu werden, aber dass jemand wagte, an ihren Formulierungen herumzudeuteln, kam beinahe einer Kriegserklärung gleich.

»So, so«, antwortete sie kalt. »*Was* gefällt Ihnen denn nicht?«

Jan wusste, dass es vollkommen gleichgültig war, ob er jetzt noch antwortete oder sich lieber gleich entschuldigte: Seine Position war hoffnungslos.

»›Entgeltung garantiert!‹«, brachte er leise heraus.

»Was ist damit?«, fragte Hedy ungeduldig.

Er begann, sich unter ihrem stahlblauen Blick zu winden. »Es ist … ich meine … diese Formulierung … ist … unglücklich.«

»Ist sie das?!«

»Nun ja, ein bisschen!«

Hedy starrte ihn einen Moment an.

Schnaubte kurz.

Dann hob sie das Kinn, wandte sich um und ging in den Garten hinaus. Eine Dame strafte mit Nichtbeachtung.

Und Hedy war eine Dame.

5

Drei Tage lang begegnete Hedy Jan mit eisigem Schweigen.
Einmal ließ sie Maria das Treffen sogar kurzfristig absagen, die
anderen Male sagte sie kein Wort. Jan hatte einige Patienten,
die wenig bis gar nicht sprachen, und er erledigte bei ihnen
gewissenhaft und umsichtig seinen Job, ohne dass es ihn gekümmert hätte. Im Gegenteil: Es war auch zuweilen ganz er-
holsam, nicht plaudern oder sich endlose Gesundheits- oder
Familiendramen anhören zu müssen.
Unter Hedys Nichtbeachtung litt er.
Der Einzige, der unglücklich formuliert hatte, war er selbst,
und wenn Hedy wüsste, wie absurd die Situation tatsächlich
war, dass ausgerechnet *er* ihr Ungenauigkeiten im schriftlichen
Ausdruck vorwarf … Jan mochte gar nicht daran denken!
Drei Tage lang blieb es allerdings auch sonst ruhig. Niemand
rief Hedy wegen der Anzeige an, niemand sprach mit Maria
darüber, kein Klatsch schaffte es bis auf das Grundstück der
Stiftung, so dass Hedy bereits annahm, dass niemand diese Anzeige gelesen hatte. Denn auch Post kam keine, jedenfalls keine, die sich auf ihre Anzeige bezog. Hedy war enttäuscht über
die ausbleibende Reaktion, Maria hingegen höchst erfreut.
»Das ist gut, Fräulein von Pyritz! Sehr gut sogar!«
Hedy schwieg dazu, was Maria als Zustimmung wertete. Zukünftig würde es keine Mondsüchteleien mehr geben, keine
Papierflieger und vor allem: keine Anzeigen. Es kehrte sich
doch noch alles zum Guten.
Am Morgen des vierten Tages klingelte es an der Haustür.
Maria öffnete und wusste in dieser Sekunde, dass sie zu früh
gejubelt hatte. Vor ihr stand der Postbote.
»Guten Morgen! Ich hab' das nicht alles in den Briefkasten be-

kommen«, erklärte er, überreichte ihr einen gewaltigen Packen Briefe und legte die Tageszeitung obendrauf. Sie war besonders dreckig heute – es hatte in der Nacht geregnet.

»Guter Gott!«, rief Maria entsetzt.

»Fräulein von Pyritz schreibt wirklich gerne, was?«, fragte er unschuldig.

Maria antwortete nicht, sondern schob nur mit dem Fuß die Tür wieder zu.

Das konnte alles nicht wahr sein!

Sie kehrte um und erreichte die Treppe in dem Moment, in dem Hedy mit dem Lift zu ihr herabschwebte. Schon auf halber Strecke sah sie die Briefe und konnte sich ein kleines Lächeln nicht verkneifen. Sie sah aber auch die dreckige Zeitung und schon verschloss sich ihr Mund zu einem schmalen Strich.

»Was haben Sie nur getan, Fräulein Hedy!«, jammerte Maria.

»Bringen Sie alles in mein Büro!«, wies Hedy an und begann den Tag wie die anderen auch: mit einem knappen Frühstück und Maria, die ihr aus der Zeitung vorlas.

Als Jan am Vormittag die Villa betrat, hatte Hedy ihr Büro immer noch nicht verlassen, während sich Maria murmelnd und kopfschüttelnd in die Küche zurückgezogen hatte. Sie kochte, denn Kochen beruhigte, und besah man die Menge an gluckernden Töpfen auf dem Herd, musste sie sehr aufgewühlt sein.

Jan klopfte an die Tür von Hedys Büro und hörte von drinnen ein *Herein!*

Hedy saß an ihrem Schreibtisch, hatte fast alle Briefe geöffnet und das Papier zu einem großen Stapel zusammengelegt. Gerade schob sie den letzten gelesenen Brief zur Seite und trommelte unzufrieden mit den Fingern auf die Tischplatte.

Jan räusperte sich als Zeichen dafür, dass er noch in der Tür stand.

Hedy sah auf und fragte: »Wie haben Sie das gemeint? Mit der ›unglücklichen Formulierung‹?«

»Sie reden wieder mit mir?«

Hedy zog mürrisch die Augenbrauen zusammen: »Ich schätze es überhaupt nicht, wenn man eine Frage mit einer Gegenfrage beantwortet!«

»Verzeihung.«

»Kommen Sie näher!«, befand Hedy.

Jan schloss die Tür hinter sich und setzte sich auf einen Stuhl vor ihrem Schreibtisch.

»Und?«, hakte sie nach.

»Ich befürchte, dass die Kombination *Dame in den besten Jahren* mit *Entgeltung garantiert* möglicherweise Missverständnisse provozieren könnte.«

»Was ist daran eigentlich misszuverstehen?«, rief Hedy beinahe schon empört. »Mit Entgeltung sind selbstverständlich Kost, Logis, Fahrtkosten sowie ein angemessenes Honorar gemeint!«

Jan zuckte mit den Schultern: »Die Menschen haben sich geändert, Fräulein von Pyritz.«

Hedy winkte genervt ab: »Die Menschen sind immer noch dieselben. Dummköpfe gab es zu jeder Zeit. Aber offenbar scheinen Anstand und Erziehung von den schönen neuen Medien vollkommen hinweggeschwemmt worden zu sein!«

»Ich vermute fast, Sie haben eine ganze Reihe von ungebührlichen Angeboten bekommen?«

»Eine ganze Reihe?! Hier ist nicht ein einziger Ehrenmann darunter. Nicht einer!«

»Tut mir leid.«

»Kretins!«, schnaubte Hedy.

Sie sammelte sich einen Moment, dann stand sie auf, ging zur Tür ihres Büros und rief Maria. Die kam, sich die Hände an der Schürze abwischend, aus der Küche.

Hedy zeigte auf den Papierstapel: »Verbrennen Sie die Post!«

»Ich habe Essen auf dem Herd stehen!«, protestierte Maria.

»Sie können Sie auch auskochen, mir einerlei! Und dann holen Sie mir diesen Lokalchef der *Westfälischen* ans Telefon!«

»Sehr wohl!«, antwortete Maria.

Sie wandte sich Jan zu: »Kommen Sie, an die Arbeit!«

Und um ein Haar hätte Jan vor lauter Erleichterung, dass Hedy ihren Groll gegen ihn begraben hatte, auch mit *sehr wohl!* geantwortet.

6

Die Beschwerde über den Zeitungsjungen wurde zwar mit dem Versprechen entgegengenommen, dem Burschen ordentlich ins Gewissen zu reden, doch schon der nächste Morgen zeigte, dass es offenbar vollkommen fruchtlos gewesen war: Die Zeitung lag wieder im Dreck.

Hedy wurde das Gefühl nicht los, dass jedes weitere Wort hier verschwendete Lebenszeit war, denn ganz offenbar hatte sich der Kleine – oder dessen Eltern – in den Kopf gesetzt, sich für die Zurückweisung zu rächen. Ein Indiz, das Hedys Einschätzung des Potentials des Jungen oder dessen Eltern nur bestätigte.

Auch die Post war eine einzige Enttäuschung.

Hedy war mit der Gesamtsituation ziemlich unzufrieden.

Die Anzeige war wirkungslos verpufft, und nach Lektüre und

Vernichtung auch der zweiten Lieferung hatte sie keine Lust mehr, auch nur einen einzigen weiteren Brief zu öffnen. Die Welt außerhalb der Begabten schien einfach zu desillusionierend, als dass man ihr auch nur noch eine einzige weitere Sekunde der Beachtung schenken sollte.

Glücklicherweise gab es aber auch noch die andere Welt, nämlich die der Kultur, des Talents und der Kreativität. Und ein solcher Tag war heute: Kammermusiktag. Ausgerechnet die Veranstaltung, die zukünftig nicht mehr durch die Stadt bezuschusst werden sollte, sich aber stabiler Beliebtheit erfreute, denn, ob die Zuhörer es mochten oder nicht, kaum jemand blieb dem Ereignis fern: Alles, was Rang und Namen hatte, traf sich dort. Und war es auch nur, um Kontakte zu pflegen oder neue Geschäfte einzustielen.

Hedy hatte sich in ihrem Schlafzimmer zurechtgemacht und prüfte nun ihr Aussehen im Spiegel, was eigentlich unnötig war, denn alles saß wie immer mustergültig. Sie wirkte für eine Dame von achtundachtzig Jahren deutlich jünger, ihr Blick war klar, ihr Gedächtnis geradezu furchterregend gut. Auch hatte sie nichts an Kampfeswillen eingebüßt, im Gegenteil: Seit ein paar Wochen empfand sie von Tag zu Tag immer größere Lust, sich mit jedem anzulegen, der dumm genug war, sich ihr in den Weg zu stellen. Sie fühlte sich ausgeruht und dynamisch. Doch je länger sie in den Spiegel starrte, desto unzufriedener war sie mit sich, ohne sagen zu können, warum.

Perfekt bis in die Details.

Dennoch …

Irgendwann löste sie sich dann doch und fuhr zusammen mit Maria im Taxi zum historischen Ratssaal, einem prächtigen holzgetäfelten Raum und gleichsam Kleinod niederländischer Renaissance, genau wie der schmucke Bau mit seinen vielen Spitzen, Obelisken und Fensterbekrönungen. Die Verwaltung war in ein moderneres Gebäude umgezogen, jetzt diente das Haus repräsentativen Zwecken, Konzerten oder Empfängen.

Hedy hatte Schmerzen, als sie aus dem Wagen stieg, aber bei öffentlichen Auftritten zeigte sie sich niemals im Rollstuhl. Sie streckte sich, nahm Marias Arm, und so schritten die beiden dem geöffneten Ratssaal entgegen, in dem lebhaftes Gemurmel und Klirren von Sektgläsern eine heitere Atmosphäre verrieten.

Bis die beiden eintraten.

Mit jedem Schritt in den Raum fielen die Geräusche mehr in sich zusammen, während sich gleichzeitig ein Spalier unsicher lächelnder Gesichter auftat, als ob sie ein Meer durchschritten, das Hedy wie Moses mit ihrem bloßen Auftritt geteilt hatte. Maria wäre am liebsten im Erdboden versunken, doch Hedy erwiderte die Blicke selbstbewusst und zwang jeden, der sie anstarrte, die Augen abzuwenden oder niederzuschlagen. Mit stillem Amüsement nahm sie zur Kenntnis, dass irgendjemand offenbar doch die Anzeigen las und alle anderen darüber informiert hatte. Hinter den beiden schloss sich die Gasse wieder, die Stimmen kehrten zurück. Nicht mehr fröhlich, sondern eher gedämpft: Die Luft schien plötzlich vor Energie zu knistern.

Vorne im Raum war Platz für die Musiker gelassen worden, davor fächerten sich Stuhlreihen in Halbbögen auf. Hedy winkte Bürgermeister Schmidtke zu sich heran, während an den verstohlenen Blicken zu erahnen war, dass sich das bunte Potpourri an Themen zu einem einzigen verdichtet hatte: Hedy.

»Guten Tag, Fräulein von Pyritz!«

Hedy nickte freundlich und gab ihm die Hand. »Guten Tag, Herr Bürgermeister!«

»Wie geht es Ihnen? Das Wetter ist ja scheußlich in letzter Zeit.«

»Ein Grund mehr, die Bevölkerung mit Kultur und Musik zu erfreuen, finden Sie nicht auch?«

Und damit war der Smalltalk dann auch schon beendet.

Bürgermeister Schmidtke nickte ergeben: »Natürlich, Fräulein von Pyritz!«

Hedy setzte nach: »Sie scheinen da neuerdings anderer Meinung zu sein?«

»Aber Fräulein von Pyritz, wir haben mehr Veranstaltungen als alle anderen Städte in unserer Region!«

»Ein Grund, stolz auf diese Stadt zu sein. Ein Alleinstellungsmerkmal, um das uns viele beneiden, nicht wahr?«

»Wir haben immer noch viel zu bieten!«, wandte Herr Schmidtke ein.

»Sehen Sie, Herr Bürgermeister, ich glaube daran, dass kulturelle Schönheit den menschlichen Geist beflügelt und die Seele beruhigt. Sie nicht auch?«

»Unbedingt!«

»Dann werden Sie den Beschluss rückgängig machen?«

Bürgermeister Schmidtke seufzte bedauernd: »Das kann ich nicht, Fräulein von Pyritz. Ich bin zwar der Bürgermeister, aber die Fraktionen im Stadtrat stimmen über diese Dinge ab. Da sind mir die Hände gebunden.«

Hedy nickte: »Verstehe …«

Sie zog den Bürgermeister ein wenig zur Seite und flüsterte warnend: »Haben Sie vergessen, wem Sie Ihr Amt zu verdanken haben?«

Bürgermeister Schmidtke sah sich verstohlen um, dann flüsterte er zurück: »Nein, natürlich nicht, aber …«

»Bürgermeister kommen und gehen, Herr Schmidtke. Und nächstes Jahr sind Wahlen. Sie werden Ihre Parteifreunde überzeugen. Haben wir uns da verstanden?«

»Schon, aber …«

»Kein *aber*!«

»Wir haben keine Mehrheit und die Opposition …«

»Sie kümmern sich um Ihre Leute – ich um meine. Einverstanden?«, fiel ihm Hedy ins Wort.

Bürgermeister Schmidtke nickte.

»Und jetzt sind Sie bitte so lieb und holen mir ein kleines Getränk, ja? Und wenn Sie schon dabei sind: Schicken Sie bitte Herrn Middendorp zu mir!«

Damit war er entlassen.

Wütend und geschlagen schlich er davon.

Hedy ließ sich von Maria zu ihrem Platz führen und setzte sich zusammen mit ihr in die erste Reihe. Maria seufzte so bedeutungsschwer, dass Hedy gar nichts anderes übrigblieb, als sich ihr zuzuwenden.

»Was ist denn?«, fragte sie.

Maria flüsterte: »Die reden über Sie. Schrecklich!«

Hedy winkte ab: »Und wenn schon! Morgen reden Sie über jemand anderen.«

»Alle wissen es! Sogar Ihre Tochter!«

Maria wandte sich verstohlen nach rechts: Dort, zwischen ein paar Honoratioren der Stadt, stand Hannah von Pyritz, neben ihrem Ehemann Harald, und klammerte sich an ihre Sektflöte wie eine Ertrinkende an einen Rettungsring. Ihr Blick sprach Bände und wurde umso düsterer, als Hedy sich ihr zuwandte und ihr mit einem Lächeln zunickte.

Dann drehte sie sich wieder zur Bühne und bestimmte: »Jetzt freuen wir uns erst mal auf das Konzert, Maria!«

Die seufzte erneut bedeutungsschwer.

Herr Middendorp baute sich vor Hedy auf und reichte ihr ein Glas Sekt: »Fräulein von Pyritz! Sie wollten mich sprechen?«

Hedy tätschelte den Stuhl neben sich und antwortete: »Nehmen Sie doch einen Moment Platz.«

Herr Middendorp setzte sich und begann sofort: »Ich ahne, weswegen, aber ich kann da leider nichts tun! Der Beschluss unserer Fraktion wurde einstimmig gefällt.«

»Tatsächlich?«, fragte Hedy zuckersüß.

»Ja, und nichts wird sich daran ändern. Ganz gleich, was Sie vorbringen, es ist entschieden!«

»Verstehe …«, nickte Hedy, und wie auch bei Herrn Schmidtke waren es die letzten drei Silben, bevor sie zum Angriff überging.

Herr Middendorp tröstete: »Tut mir leid. Ich weiß, dass Ihnen diese Konzerte am Herzen liegen, aber …«

»Sagen Sie, Lukas Middendorp ist doch ihr Neffe, richtig?«, fiel Hedy ihm ins Wort.

Herr Middendorp war für einen Moment aus dem Konzept: »Der Sohn meines Bruders, ja.«

»Hat vielleicht das Zeug zu einem Konzertpianisten …«

Er nickte heftig: »Ja, wir sind alle sehr stolz auf ihn.«

»Ist es nicht erstaunlich, dass die Familie Middendorp dem eigenen Nachwuchs gönnt, was sie anderen verweigert?«

Herr Middendorp richtete sich stocksteif auf: »Ich muss doch sehr bitten, Fräulein von Pyritz!«

»Lukas Middendorp hat sich für ein Stipendium bei der Von-Pyritz-Stiftung beworben, und Ihr Bruder drängt mit aller Macht darauf, dass er es auch bekommt.«

»Aber …«

»Wir haben also auf der einen Seite die Middendorps, die alle Vorteile einer musikalischen Förderung für das eigene Kind in Anspruch nehmen wollen, und auf der anderen Seite die Middendorps, die der Allgemeinheit die Vorteile musikalischer Erbauung verweigern. Das sehe ich doch richtig?«

Herr Middendorp schluckte, dann sagte er schnell: »Das kann man so doch nicht vergleichen …«

»Wissen Sie was, Herr Middendorp? Man kann … *Ich* kann!«

»Wir sind der Meinung, dass wir das eingesparte Geld für andere Projekte gut gebrauchen könnten«, antwortete Herr Middendorp.

»Welche Projekte?«

»Nun, das steht noch nicht fest, aber …«

Hedy fragte scharf: »Sie sparen sechstausend Euro im Jahr ein. Was wollen Sie damit finanzieren? Eine Aushilfskraft auf 450-Euro-Basis?«

»Wäre denkbar …«

»Für was?«

»Wie gesagt: Es steht noch nicht fest, Fräulein von Pyritz.«

»Sie wollen also Geld einsetzen für etwas, was es noch nicht gibt, und Geld abziehen von etwas, was großen Erfolg hat. Sehen Sie sich um, Herr Middendorp. Wie viele Menschen sehen Sie?«

»Nun …«

»Es sind fast hundert!«

»Aber zu diesen Konzerten kommen doch eh immer dieselben!«, verteidigte sich Herr Middendorp, und seinem Gesicht war anzusehen, dass er mit diesem Argument selbst nicht ganz glücklich war.

»Wissen Sie, Herr Middendorp, und wenn es nur ein Einziger wäre, der sich jeden Monat auf diese Konzerte freute, die er sich sonst nicht leisten könnte, hätte die Musik bereits ihre Berechtigung. Genau wie bei meiner Stiftung: Wenn es nur ein Einziger schafft, ohne Not, ohne Sorge, seiner Bestimmung zu folgen, dann hat es sich schon gelohnt.«

Einen Moment schwieg Middendorp, dann sagte er leise: »Sie werden dem Jungen doch nicht seine Chance verbauen, nur, weil Sie Ihren Kopf durchsetzen wollen?!«

»Ist es nicht *Ihr* Junge? *Ihre* Familie? Wie wäre es, wenn *Sie* ihm die Ausbildung finanzieren?«

»Die ist aber verdammt teuer!«

»Tatsächlich?«, antworte Hedy mit einem so kalten Sarkasmus in ihrer Stimme, dass Herr Middendorp das Gefühl hatte, er müsste sich eine feine Schicht Eis vom Gesicht kratzen.

Sie gab ihm das Sektglas zurück und lächelte: »Ich bin sicher, Sie werden das Richtige tun, Herr Middendorp. Guten Tag!«
Und damit war er entlassen.
Wütend und geschlagen stapfte auch er davon.
Die Musiker betraten die Bühne, die Zuhörer nahmen ihre Plätze ein. Langsam sank der Geräuschpegel, während Hedy sich entspannt zurücklehnte und das Konzert frohgemut erwartete. Jemand beugte sich von hinten an ihr Ohr und flüsterte scharf: »Ich muss dich sprechen!«
Hannah.
Hedy wandte ihr den Kopf ein wenig zu und nickte: »Morgen.«
Einen Moment roch sie noch Hannahs Parfum, dann verschwand es ebenso wie der Atem an ihrem Hals.
Heute waren aber auch alle irgendwie wütend auf sie.

7

Hedy erwachte am nächsten Morgen gegen sechs Uhr, öffnete die Fenster und sah, wie der Austräger die Auffahrt heraufgeradelt kam und die Zeitung in den Dreck warf. Verärgert fragte sie sich selbst, ob ihr Einfluss in dieser Stadt nur dafür reichte, Politiker zur Räson zu bringen, nicht aber Zeitungsjungen. Entsprechend gelaunt absolvierte sie ihre morgendlichen Übungen und starrte anschließend verdrießlich die Schlieren auf den Schlagzeilen an, während Maria ihr aus dem Lokalteil vorlas. Sie musste etwas unternehmen, aber sie wusste nicht was.
Gegen neun Uhr kam Jan – ihre Stimmung besserte sich. Wenn auch nicht lange, denn kurz nach ihm klingelte es auf

eine Art und Weise an der Haustür, die nichts Gutes verhieß. Und so war es dann auch: Maria ließ Hannah herein, in ihrem Kielwasser ihren Ehemann Harald hinter sich herziehend. Unverkennbar hatte Hannah ihre Durchsetzungskraft von Hedy geerbt, und Harald gehörte zu den Männern, die irgendwann herausgefunden hatten, dass ihr Leben ganz erträglich war, wenn sie gar nicht erst versuchten, gegen ihre Frauen anzukämpfen.

Hannah marschierte durch den Eingangsbereich, riss förmlich die Tür zum Salon auf und rief wütend: »Wie konntest du nur?!«

Jan, der gerade Hedys Bein streckte, ließ es vor lauter Schreck auf die Matte fallen und sprang so schnell auf, als hätte Hannah sie beide bei etwas Verbotenem erwischt.

»Guten Morgen, Hannah!«, sagte Hedy ungerührt und wies Jan mit einer Geste an, ihr aufzuhelfen.

»Wie konntest du nur einen solchen Skandal anzetteln?!«, rief Hannah außer sich und pfefferte ihre Handtasche auf eines der Sofas.

Hedy hatte sich mittlerweile aufgerichtet und wandte sich Jan zu: »Entschuldigen Sie uns einen Moment?«

»Natürlich!«

Jan verließ eilig das Zimmer, froh, nicht zwischen die Fronten der beiden Damen zu geraten. Draußen lief er beinahe in Maria hinein, die ihn herrisch zur Seite schob, die Tür verschloss und schnell wieder ihr Ohr anlegte.

Hedy bat Hannah, sich zu setzen, bot Harald aber keinen Platz an, so dass der ein wenig verloren herumstand, wie ein zu groß geratener Junge, der im Kinderparadies von seinen Eltern vergessen worden war.

»Wie konntest du uns nur so zum Gespött der Stadt machen?«, herrschte Hannah ihre Mutter an.

»Uns?«, fragte Hedy erstaunt zurück.

»Ja, uns! Ich bin auch eine von Pyritz. Ich sitze im Verwaltungsrat der Stiftung, führe den Wohltätigkeitsverein und bin Leiterin der Kulturabteilung des Kreises. Ich bin Teil dieser Stadt. Und die glotzt mich seit Tagen grinsend an, weil du offensichtlich den Verstand verloren hast!«

»Hannah, du bist über fünfzig Jahre alt. Was kümmert dich das Geschwätz der Nachbarn?«

»Wir sind nicht irgendwer! Wir sind Vorbilder, zu uns schaut man auf!«

Hedy zuckte gleichgültig mit den Schultern: »Es langweilt mich …«

Hannah zog die Luft scharf ein und rief: »Es langweilt dich? Dein ganzes Leben bist du die große Hedy, die Unerreichbare, die Königin auf dem Hügel. Und jetzt gilt das alles nicht mehr?!«

»Vielleicht brauche ich eine Pause von dieser Hedy«, antwortete Hedy ruhig.

Hannah blitzte sie an, zwang sich dann aber, ruhiger zu sprechen: »Hat es mit deiner Schlafwandelei zu tun? Fühlst du dich nicht wohl?«

Hedy runzelte verärgert die Stirn: »Woher weißt du … Moment … MARIA!«

Sogleich ging die Wohnzimmertür auf, Maria erschien im Türrahmen.

»Herrgott, Maria, hatten wir nicht unzählige Male über das Lauschen an Türen gesprochen?«

Maria nickte: »Hatten wir, Fräulein von Pyritz!«

Hedy seufzte leise.

Dann fragte sie scharf: »Haben Sie wieder geplappert?«

»Ich war in großer Sorge, Fräulein von Pyritz!«, verteidigte sich Maria.

»Sie sind entlassen!«

»Sehr wohl, Fräulein von Pyritz.«

Sie knickste kurz, dann verschloss sie die Tür und starrte in Jans entsetztes Gesicht. Da winkte sie nur ab und flüsterte: »Sie hat mich schon achtmal entlassen. Und jetzt mach Platz!« Wieder drückte sie ihr Ohr an die Tür.

»Wie konntest du nur eine solche Anzeige schalten?«

Hannah schrie beinahe, ein Lauschen wäre gar nicht nötig gewesen, ihre Stimme war noch im Hauseingang zu hören.

»Ich bin einfach neugierig«, antwortete Hedy völlig ungerührt.

Hannahs Stimme überschlug sich fast: »WIE BITTE?«

»Ich bin jetzt achtundachtzig Jahre alt und kannte in meinem Leben nur einen einzigen Mann. Und den habe ich nicht mal *gesehen*, wenn du verstehst, was ich meine. Und ich finde, es ist an der Zeit, diese Wissenslücke zu schließen.«

Für einen Moment war Hannah sprachlos.

Sie starrte Hedy an.

Ihren Ehemann Harald.

Dann wieder Hedy.

»Das ist es? Ich meine, das ist alles?!«, fragte sie konsterniert.

»Ja. Was dachtest du denn?«

Hannah suchte nach den richtigen Worten: »Du könntest … es gibt genügend Material über … Nacktheit. In entsprechenden Zeitschriften. Oder im Internet.«

»Das ist doch nicht dasselbe, Kind.«

»Nicht dasselbe?«

»Nein«, schüttelte Hedy den Kopf, »Ich will mir keine Bilder ansehen. Oder Filme. Ich möchte die Männer sehen, wie sie sind. Ganz normale Durchschnittsmänner, keine Athleten.«

Hannah starrte sie mit großen Augen an: »Du bist wirklich verrückt geworden, weißt du das?«

»Dachte ich mir schon, dass du das nicht verstehen würdest«, antwortete Hedy.

Hannah atmete tief durch.

Dann wandte sie sich ihrem Mann zu: »Jetzt sag doch auch mal was!«

Harald schreckte auf. Er hatte gerade – gelangweilt von der Diskussion – die Miniatur eines Doppeldeckers auf dem Sideboard gelandet.

»Ich?«

»Ja, du. Wie wäre es, wenn du mal was Sinnvolles beitragen würdest?«, forderte Hannah.

Den Ton seiner Frau kannte er hinlänglich, und so antwortete er scheinbar gleichgültig: »Wenn sie unbedingt einen Mann sehen will, muss sie dazu nicht an den Nacktbadestrand fahren. Wir können das auch gleich hier und jetzt erledigen!«

Hannah riss entsetzt die Augen auf: »Hast du jetzt auch den Verstand verloren?!«

»Wenn das diesen albernen Streit beendet … bitte: Ich stehe zur Verfügung!«

Beide Frauen starrten ihn an, aber Hannahs Gesicht in einer Mischung aus Überraschung und purem Entsetzen zu erleben, bereitete ihm sichtlich Vergnügen.

Da räusperte sich Hedy und sagte: »Verstehe …«

Hannah rang immer noch mit ihrer Fassung: »Das kann doch nicht dein Ernst sein?!«

»Danke, für das Angebot, Harald«, unterbrach Hedy kühl, »dachte mir schon, dass du dich bei *Durchschnittsmann* angesprochen fühlst, aber ich möchte lieber einen richtigen Mann sehen.«

Haralds gespielte Unschuld fiel zu einem zusammengeknif-

fenen Augenpaar zusammen: »Was soll denn das wieder heißen?«

Hedy zuckte mit den Schultern: »Ach, nichts …«

»Neinneinnein, das würde ich jetzt gerne genau wissen. Was
hast du damit gemeint?«

»Vielleicht solltest du das lieber mit deiner Frau besprechen?«,
antwortete Hedy.

»Was besprechen?!«, fuhr Harald Hannah an.

»Ich habe keine Ahnung, wovon sie redet!«, fauchte die zurück.

»Aber von irgendwas redet sie gerade. Und ich glaube, es gefällt mir nicht!«

»Harald, ich schwöre dir, ich habe nichts zu ihr gesagt!«

»Oh, das klingt jetzt aber schon so, als hättet ihr über mich gesprochen!«

Hannah schrie: »Sie ist verrückt geworden. Merkst du das
denn nicht?!«

Hedy sagte ruhig: »Jetzt nimm dir das doch nicht so zu Herzen,
Harald. Ich bin überzeugt davon, dass du trotzdem ein ganzer
Mann bist.«

»*Trotzdem*?!«

»Aber natürlich!«, tröstete Hedy mit nachsichtigem Lächeln.

»Wovon redet sie da!«, zischte Harald seine Frau an.

»Ich weiß es nicht!«, zischte Hannah zurück.

Hedy stand auf und klatschte in die Hände: »Also, dann sind
wir uns ja einig. Ich fahre zum Strand, und Gürkchens Hose
bleibt zu.«

»GÜRKCHEN!?«

»Nun, Hannah hat dich mal so genannt, ich nahm an,
dass …«

»SO SIEHST DU MICH?!«

»Das bezog sich doch nicht *darauf*!«, schrie Hannah aufge-
bracht.

»UND SAGST ES AUCH NOCH ANDEREN?!«

»Harald, bitte lass uns vernünftig bleiben. Sie bringt uns nur gegeneinander auf!«

»Tut mir leid, dass ich so eine Enttäuschung bin!«, zischte Harald übertrieben bitter. Dann wandte er sich schnell ab, stürmte zur Tür, riss sie auf, vorbei an der hochschnellenden Maria, durch die Empfangshalle, raus aus der Villa und anschießend mit Vollgas runter vom Grundstück. Mit einem entschuldigenden Lächeln schloss Maria währenddessen wieder die Salontür.

Hannah herrschte Hedy an: »Was hast du getan?!«

»Er hat geglaubt, er spricht mit einem alten Muttchen. Jetzt weiß er es besser!«

»Ich weiß nicht, was mit dir los ist in letzter Zeit, aber jetzt bist du zu weit gegangen! Mein ganzes Leben warst du die strenge Preußin, hast auf Etikette und Umgangsformen geachtet, aber seit ein paar Wochen bist du nicht mehr du selbst! Stehst mitten in der Nacht auf dem Balkon und fliegst! Stellst einen Physiotherapeuten ein, der gut Papierflieger falten kann. Und was war das mit diesem Burschen, der Schmetterlinge erforscht?! Du hast ihm ein Stipendium für einen einjährigen Aufenthalt in Afrika genehmigt!«

»Die Ceratopacha koellikeri sind herrliche Tiere, und es gibt sie nur in Afrika. Und wer weiß: Vielleicht entdeckt er noch ein paar Arten, die wir nicht kennen. Der Dschungel im Kongo birgt sicher viele Geheimnisse!«

»Das hättest du früher niemals genehmigt!«

»Wir haben auch früher Exoten unter den Stipendiaten gehabt!«

»Aber nicht solche! Was immer dich gepackt hat – jetzt reicht es!«

»Das entscheidest nicht du!«, entgegnete Hedy kühl.

Hannah zögerte einen Moment, dann stand sie auf, nahm das Kinn hoch und antwortete gefährlich ruhig: »Nun, nicht allein, das stimmt. Aber das hier ist noch nicht vorbei!«

Sie ging nach draußen.

Gerader Gang, ohne Eile.

Hedy sah ihr anerkennend nach: Es gärte offenbar schon lange in ihr, jetzt hatte sie genug. Sie hatte den Verstand, den Mut, den Willen und auch die nötige Kaltblütigkeit.

Hannah von Pyritz würde kämpfen.

Und nur eine von ihnen beiden würde übrigbleiben.

8

Jan hätte nach dem Streit eine bedrückte oder wenigstens nachdenkliche Hedy erwartet, vielleicht auch eine aufgebrachte, schließlich hatte er vor der Tür die ganze Auseinandersetzung mitbekommen, anstatt sich diskret in die Küche oder nach draußen zurückzuziehen, aber Hedy war nichts davon.

Sie verließ das Wohnzimmer in aufgeräumter Stimmung und beauftragte Maria mit ein paar Arbeiten – sie dachte also nicht daran, sie zu entlassen. Stattdessen wandte sie sich Jan zu, um die Übungen fortzuführen, hielt dann aber inne: Ein Lächeln umspielte plötzlich ihren Mund.

»Kommen Sie morgen wieder, Jan!«, beschied sie. »Ginge es auch ganz früh?«

Jan nickte: »Natürlich.«

»Gut, dann morgen früh um sechs Uhr.«

»So früh? Gibt es einen Grund dafür?«

»Ja, den gibt es.«

Mehr sagte sie nicht.
Nur ihre Augen glitzerten draufgängerisch.

Die Villa stand still und erhaben auf der Kuppe des Hügels im beginnenden Zwielicht eines kalten, aber herrlichen Frühlingstag. Die Vögel zwitscherten, aus dem Grün des Parks stieg sanfter Nebel, während die Laternen friedliche Lichtkegel auf die Zufahrt warfen. In diesen frühen Stunden gab es keinen Ort in der ganzen Stadt, der idyllischer hätte sein können, beschaulicher oder schöner.

Der Zeitungsjunge bog in die Einfahrt und strampelte in hohem Tempo die Auffahrt hinauf, beschleunigte kurz vor den Stufen noch einmal, dann riss er das Rad im Halbbogen herum und malte eine schwarze Brems- und Schleuderspur auf den feuchten Asphalt. Er nahm die Zeitung hoch und ließ sie mit breitem Grinsen und spitzen Fingern demonstrativ auf die Erde fallen.

Die Zeitung schlug auf – alle Lichter erloschen schlagartig.

Es war plötzlich stockdunkel.

Erschrocken sah er um sich, doch noch lag alles völlig ruhig da. Offenbar gab es eine Zeitschaltuhr, die zufällig in dem Moment angesprungen war, als er die Neuigkeiten des Tages auf den Boden hatte fallen lassen. Die Wahrheit aber war: Es gab keine Zeitschaltuhr, und die Neuigkeit des Tages würde ihm nicht gefallen, denn plötzlich heulte ein Motor auf.

Jemand legte krachend einen Gang ein und trat dann das Gaspedal durch.

Reifen quietschten!

Der Junge starrte ins Dunkel, dem Geräusch folgend, als seitlich hinter der Villa Scheinwerfer in den dunklen Himmel stießen und im nächsten Moment ein Mercedes 170S, Baujahr 1954, mit singenden Reifen und ausbrechendem Heck um die Ecke schlitterte. Unter anderen Umständen hätte er sicher dieses wunderbare, schwarze Auto bewundert: geschwungene Kotflügel, Trittbretter an den Seiten, Weißwandreifen, ein rechteckiger silberner Kühlergrill und rechts und links Scheinwerfer – die ihn ins Visier nahmen.

Geschockt schwang er sich aufs Rad und trat in die Pedale. Hinter ihm der Mercedes, kreischend laut im ersten Gang.

Hedy am Steuer.

Der Wagen schlingerte mal nach rechts, mal nach links, kam kurz von der asphaltierten Auffahrt ab, schrammte hässliche Narben in den Rasen, kehrte auf die Straße zurück, während Hedy den Kopf aus dem Seitenfenster steckte und angriffslustig schrie: »TIMBUUUKTUUU! TIMBUKTUUU!«

Den Zeitungsjungen hatte nackte Panik erfasst, er trat um sein Leben, während Hedy die Auffahrt hinabjagte, ihn förmlich über den Mercedesstern auf der Kühlerhaube aufs Korn nahm.

Schon kam sie ihm Stück für Stück näher.

Er schrie entsetzt auf.

Sie entzückt.

Der Motor jaulte wie der einer Stuka im Krieg, die Reifen quietschten von Hedys hektischen Steuermanövern. Ihr Fahrstil war alles andere als gut und hatte sich seit den fünfziger Jahren, als sie sich das letzte Mal ans Steuer gesetzt hatte, nicht gerade verbessert.

In wilder Hatz floh der Junge mit rotierenden Beinen, verlor dabei die Tasche mit Zeitungen, die Hedy hinter ihm gnadenlos überfuhr. Mit Tränen der Verzweiflung erreichte er endlich die Grundstückseinfahrt und bog auf die Straße, als wäre der Teufel hinter ihm her.

Hedy bremste, der Wagen brach nach rechts aus und stoppte kurz vor der Grundstücksmauer. Sie stieg aus, marschierte auf die Straße und rief ihm laut nach: »Wir sehen uns morgen, Bursche!«

Gut gelaunt wandte sie sich um und blickte in Jans fassungsloses Gesicht. Er war von seinem Fahrrad abgestiegen, während sich seine Hände immer noch um den Lenker klammerten.

»Ich habe einen neuen Job für Sie!«

»W-was?«

»Es heißt: ›Wie bitte‹, Jan!«

»W-was?«

Hedy seufzte.

Dann klopfte sie ihm gegen die Schulter: »*Sie* werden mich zum Strand fahren! Haben Sie Hunger? Also, ich habe Hunger!«

»Ich?«

»Jawohl. Sie!«

Jan starrte sie immer noch an.

Dann sagte er schüchtern: »Ich kann nicht, Fräulein von Pyritz.«

»Papperlapapp! Sie können. Und Sie werden!«

Jan schluckte: »Es ist … es …«

»Was denn?«, fragte Hedy ungeduldig.

»Ich habe keinen Führerschein!«

»Das ist ein Witz, oder?«

Hedy musterte ihn streng.

»Nein, Fräulein von Pyritz!«

Einen Moment sah ihn Hedy erstaunt an, dann beschied sie: »Dann machen Sie ihn jetzt!«

»Jetzt?«

Hedy nickte: »Sie fangen morgen an. Ich zahle – Sie bestehen! Und rufen Sie den Pannendienst, die sollen den verdammten Wagen zurücksetzen. Ich kann nur vorwärts … Kommen Sie! Frühstück! Gott, habe ich einen Hunger!«

Damit drehte sie sich um und marschierte zurück ins Haus.

Jan sah ihr nach: Der Dutt war weg!

Sie hatte sich die Haare schneiden lassen: Sie fielen ihr schnee-weiß und sanft gewellt auf die Schultern. Jan staunte, wie sehr es sie verändert hatte. Sie wirkte so anders.

Jünger.

Wilder.

Und auch ein bisschen verrückter.

MOUNT EVEREST

9

An diesem Tag las Maria Hedy das erste Mal seit langem aus einer sauberen, wenn auch zerknitterten Zeitung vor, denn Hedy hatte einfach eine neue aus der überfahrenen Tasche des Jungen herausgezogen und blickte zufrieden lächelnd auf die blitzblanken Schlagzeilen, während Maria dahinter die Neuigkeiten aus der Region vortrug. Jan kaute auf einem Käsebrötchen herum und grinste dann und wann, wenn er verstohlen zu Hedy herüberblickte: Man kam ihr besser nicht in die Quere. Und das durfte man mittlerweile schon wortwörtlich nehmen.

Hedy absolvierte ihre Übungen, ohne dass sie auch nur eine Silbe über den Führerschein verlor, so dass Jan annahm, dass sie ihn dazu lediglich in einer gewissen Euphorie nach dem kleinen Rennen mit dem Zeitungsburschen aufgefordert hatte. Dabei hätte er es besser wissen müssen, denn Hedy sagte, was sie tat, und tat, was sie sagte.

Der Tag verstrich ohne weitere Vorkommnisse oder Ankündigungen, aber schon am nächsten, als Jan Maria im Eingang stehend eine leere Tupperdose in die Hand drückte, hörte er Hedy durch die angelehnte Bürotür telefonieren. Sie war ziemlich geladen. Schließlich pfefferte sie den Telefonhörer auf die Gabel und marschierte kurz darauf so entschlossen auf Jan zu, dass der ganz automatisch einen Schritt zurück tat.

»Guten Morgen, mein lieber Junge!«, rief sie und hakte sich bei ihm ein. »Kommen Sie! Wir haben zu tun!«

»Guten Morgen, Fräulein von Pyritz. Gibt es Ärger?«, fragte Jan höflich.

»Den gibt es, seit Menschen beschlossen haben, von den Bäumen herabzusteigen. Das hat dem einen oder anderen nicht gutgetan!«

Sie zog ihn ins Büro und verschloss die Tür.

»Was ist denn passiert?«, fragte Jan.

Hedy winkte mürrisch ab: »Ach, dieser Taugenichts weigert sich, mir die Zeitung zu bringen!«

»Sie haben versucht, ihn zu überfahren!«, gab Jan zu bedenken.

»Jetzt klingen Sie schon wie dieser Chefredakteur. Wenn ich gewollt hätte, dann hätte ich ihn auch erwischt!«

Sie ging um ihren Schreibtisch herum und nahm eine dünne Kladde von der Unterlage.

»Vielleicht rufen Sie ihn einfach an und sagen ihm, dass es nicht so gemeint war?«, fragte Jan vorsichtig.

»Seien Sie nicht albern, Jan. Es *war* so gemeint.«

»Und was wird aus Ihrer Zeitung?«

Hedy zuckte mit den Schultern: »Ich habe eine abonniert, ich werde eine bekommen. Wie die das lösen, ist mir vollkommen egal … Setzen Sie sich!«

Jan nahm auf einem der Stühle Platz.

Hedy baute sich vor ihm auf und drückte ihm die Kladde in die Hand: »Das sind Ihre Anmeldungsunterlagen für die Fahrschule. Wir haben eine sehr gute im Ort. Man erwartet Sie heute Abend zur ersten Theoriestunde. Sie brauchen Ihren Pass, ein Lichtbild, und einen Sehtest müssen Sie auch noch machen. Schätze, Sie werden bald eine Brille tragen müssen! Aber machen Sie sich nichts draus. Sie sind immer noch ein gutaussehender junger Mann!«

Jan schluckte und sah auf das bedruckte Blatt Papier in der Kladde: Es war von Hedy bereits unterschrieben worden.

»Fräulein von Pyritz«, begann Jan vorsichtig. »Das ist wirklich sehr freundlich von Ihnen …«

»Ach, was!«, winkte Hedy ab. »Sie brauchen mir nicht zu danken! Und was die praktischen Fahrübungen angeht: Sie können den Mercedes nehmen. Er hat zwar nicht den üblichen Komfort wie Servolenkung oder Radio, aber ich versichere Ihnen, der Wagen ist fabelhaft. Ziehen Sie einen Anzug dazu an, und die jungen Frauen da draußen werden Ihnen zu Füßen liegen. Haben Sie eine Freundin?«

Jan schüttelte den Kopf.

»Das wird schon noch. Man sagte mir, dass die Schüler im Durchschnitt dreißig Fahrstunden bräuchten, um zur Prüfung zugelassen zu werden. Das kommt für Sie natürlich nicht in Frage. Sie sind kein Durchschnitt, Jan.«

»Danke, aber …«

»Bei der Theorie erwarte ich null Fehlerpunkte. Versteht sich von selbst!«

»Dachte ich mir, nur …«

»Bleibt nur noch ein Übungsplatz. Ich werde mit dem Bürgermeister sprechen, ob wir ein städtisches Grundstück nutzen dürfen, damit Sie Einparken üben können oder Rückwärtsfahren.«

»Wir?«, fragte Jan.

»Natürlich wir. Sie fahren meinen Mercedes. Haben Sie eine Idee, wie teuer dieses Auto ist?«

»Nein, aber …«

»Sehen Sie, deswegen werden Maria und ich dabei sein. Es ist alles bereits organisiert!« Hedy nickte zufrieden und setzte sich neben Jan auf einen Stuhl: »Und im Sommer fahren Sie mich an den Strand.«

Jan seufzte, dann begann er stockend: »Fräulein von Pyritz … ich kann Ihnen nicht helfen. Wirklich!«

Hedy sah ihn verdutzt an: »Warum nicht?«

»Ich … ich … es gibt einen Grund, warum ich keinen Führerschein habe …«

»Und der wäre?«

Jan mied ihren Blick, suchte stattdessen scheinbar Halt an einem Bücherregal am gegenüberliegenden Ende des Raumes. Für einen Moment schien er etwas entdeckt zu haben, dann wandte er sich wieder Hedy zu: »Ich habe ... eine Gleichgewichtsstörung.«

Hedy musterte ihn erstaunt: »Sie haben was?«

»Eine Gleichgewichtsstörung. Wenn ich fahre, wird mir schwindelig.«

»Das ist doch totaler Unsinn!«, antwortete Hedy fast schon amüsiert.

»Nein, es ist wirklich so!«, protestierte Jan.

»Was soll denn das für eine Krankheit sein?«, fragte Hedy neugierig.

»Irgendein Schaden im Ohr, nehme ich an. Die Ärzte konnten mir da auch nichts Genaues sagen.«

Hedy stand auf und streckte sich: »Im Ohr? Sie meinen ein zeitweises Aussetzen des Gleichgewichtsorgans?«

»Ja, so etwas in der Art!«

Hedy machte ein paar Schritte Richtung Regal: »Aber Radfahren funktioniert, wie ich gesehen habe?«

Jan zuckte mit den Schultern: »Ja, das geht problemlos. Ist schon sehr seltsam.«

»Es könnte natürlich auch etwas Psychosomatisches sein?«

»Wäre schon möglich, aber ich finde, zwanghaft bin ich nicht.«

»Nicht unbedingt zwanghaft. Vielleicht etwas ängstlich?«

»Vielleicht, ja.«

Hedy hatte das Regal erreicht und blickte einen Moment darauf – bis sie gefunden hatte, was sie suchte. Dann drehte sie sich um und antwortete: »Das ist natürlich schade. Ich hätte mir niemand Besseren vorstellen können als Sie, Jan!«

Jan nickte: »Ja, sehr bedauerlich.«

Hedy lief zurück zu ihrem Schreibtisch, schob eine Schublade auf und fischte aus einem Hängeregister eine Akte heraus: »Wissen Sie, vor ein paar Monaten stellte sich hier ein junger Mann vor, der ein paar wirklich interessante Ideen hatte, wie man Taubheit bekämpfen und vielleicht für immer besiegen könnte. Eine neue Strategie zum Thema *bionisches Ohr*. Er brauchte Geld für seine Forschung, aber unsere Vorgaben schließen Medizin nicht ein, weil die Forschungen auf diesem Feld in aller Regel so teuer sind, dass wir andere junge Menschen dann nicht fördern könnten. Da ist es mit einem Computer, einer Studienfinanzierung oder einem Forschungssemester nicht getan. So auch in diesem Fall, obwohl wir von diesem jungen Mann alle ganz angetan waren.«

»Schade«, nickte Jan beipflichtend.

»Ja, sehr schade«, bestätigte Hedy und setzte sich, die Akte in der Hand, wieder zu Jan. »Wir haben ihm aber ein Empfehlungsschreiben mitgeben können. Und zwei, drei Kontakte. Ich bin sicher, er wird seinen Weg machen.«

Sie legte ihm die Akte auf den Schoß und sagte: »Sehen Sie sich doch mal sein Bewerbungsanschreiben an. Es war der Grund, warum ich ihn eingeladen habe. Es ist witzig, ohne unseriös zu sein. Gescheit, ohne eitel zu wirken. Wenn Sie mich fragen, hätte er auch das Talent zu einem Schriftsteller.«

Jan gab ihr die Akte zurück und lächelte: »Ich glaube Ihnen.«

Hedy schob ihm die Akte wieder zu: »Sehen Sie hinein!«

Sie lächelte freundlich, aber ihre Forderung duldete keinen Widerspruch. Jan nahm die Akte, schlug sie auf und starrte eine Weile auf das bedruckte Papier. Dann lächelte er und sagte: »Ja, er ist wirklich witzig!«

Er wollte ihr die Akte zurückgeben, aber Hedy weigerte sich, sie anzunehmen: »Was fanden Sie am witzigsten?«

»Wie meinen Sie das?«, fragte Jan vorsichtig.

»Nun, welche Stelle? Welchen Satz?«

Jan blickte wieder auf das Papier.

Nach einer kurzen Bedenkzeit antwortete er: »Ich weiß nicht. Es ist im Ganzen witzig. Da kann man nichts herauspicken.«

Hedy nickte: »Warum lesen Sie mir nicht ein bisschen daraus vor?«

Jan schüttelte den Kopf: »Wir sollten jetzt wirklich mit den Übungen beginnen, Fräulein von Pyritz. Ich habe gleich nach Ihnen noch eine Patientin.«

»Die kann warten!«, antwortete Hedy kühl. »Lesen Sie!«

Jan starrte wieder auf das Papier.

»Tut mir leid. Ich habe meine Lesebrille nicht dabei.«

»Ach, richtig. Das sagten Sie schon vor ein paar Tagen. Als Sie die Zeitungsanzeige in den Händen hielten. Und dennoch hatten Sie keine Probleme, dort hinten im Regal das Lehrbuch über HNO-Heilkunde zu entziffern, das mit der kleinen, stilisierten Ohrmuschel auf dem Buchrücken. Ich hatte es mir zugelegt, um den jungen Mann mit seinen Ideen besser einschätzen zu können. Wissen Sie, das Schöne an meiner Stellung ist, dass ich von jedem Bewerber etwas lernen kann. Auch von denen, die wir nicht fördern ... also, dann: Lesen Sie!«

Jan schluckte.

Blickte in die Akte.

Begann zu lesen.

Hedy konnte sehen, wie er versuchte, die ersten Wörter zu entziffern und sich sein Mund synchron dazu bewegte, ohne dass er es bemerkte. Sie spürte die Anstrengung, das ehrliche Bemühen, die Anspannung in seinen Schultern. Sein Oberkörper krümmte sich fast schon über dem Anschreiben.

Dann schloss er plötzlich den Mund und presste die Lippen fest aufeinander: Es hatte keinen Zweck. Er gab auf und wusste, dass sein Geheimnis keines mehr war.

Und als er dann zu ihr aufsah, war da so viel Scham in seinem Blick, dass Hedy erschrak und ihm die Akte langsam aus den Händen nahm.

»Schon gut …«, sagte sie leise.

Tränen liefen ihm über die Wangen.

Dann brach es förmlich aus ihm heraus: »Sind Sie jetzt zufrieden?!«

»Jan …«

»OB SIE JETZT ZUFRIEDEN SIND?!«

Seine Stimme überschlug sich vor Verzweiflung und Beschämung.

Er sprang auf, stürmte zum Ausgang, achtete nicht darauf, dass Hedy seinen Namen rief, riss die Tür auf und stand vor der hochschnellenden Maria. Er hätte wütend auf sie sein müssen, aber sie gab ihm dazu keine Gelegenheit, sondern nahm ihn schnell in die Arme und schob ihn in Richtung Küche: »Na, komm, ich mach dir was zu essen.«

10

Ob sich Marias Theorie zufolge jede psychische Krise mit gutem Essen überwinden ließ, wusste Jan nicht, aber schon nach den ersten Bratenstücken spürte er zumindest sanften Trost. Die erlittene Demütigung löste sich in den Aromen der köstlichen Soße beinahe auf, die Scham wog nicht mehr ganz so schwer, und nach einer Weile empfand er fast so etwas wie Erleichterung, dass er zumindest bei Maria so sein konnte, wie er nun mal war. Sie tischte einen Gang nach dem anderen auf, mehr als er essen konnte, und jedes Mal, wenn sie einen neuen Teller auf den Tisch stellte, schenkte sie ihm ein Lächeln oder strich ihm liebevoll über den Rücken. Und je mehr Essen sie auftrug, desto sicherer war er, dass sie diese Neuigkeiten *nicht* in die Welt hinaustragen würde.

Hedy gegenüber empfand er immer noch Groll, weniger, weil er ihr nicht traute, sondern mehr, weil sie ihn überrumpelt hatte. Weil sie ihn geradezu gezwungen hatte, sich zu offenbaren, und weil er insgeheim immer gehofft hatte, sie würde in ihm mehr sehen als nur jemanden, der nicht richtig lesen und schreiben konnte. Ausgerechnet vor der großen Hedy von Pyritz hatte er sich diese Blöße geben müssen, und plötzlich blitzte eine Erinnerung auf, dass er sie wegen ihrer unglücklichen Formulierung in der Zeitung kritisiert hatte.

Das war peinlich, das schmerzte, und Marias Essen half da auch nicht. So saß er am Tisch und dachte darüber nach, den Job bei Hedy zu kündigen. Die Villa hinter sich zu lassen und alles zu vergessen. Er begann gedankenverloren im Essen herumzustochern, unschlüssig darüber, was er tun sollte, bis er im Augenwinkel bemerkte, dass Hedy wohl schon eine ganze Weile im Türrahmen stand und ihn beobachtete.

Sie sahen einander an.

Dann beugte sich Jan wieder über sein Essen und pickte darin herum.

»Fertig?«, fragte Hedy.

»Hm«, machte er und legte die Gabel auf den Teller.

Vielleicht war das jetzt die Gelegenheit zu sagen, dass sie miteinander fertig waren. Dass er gehen und nicht wiederkehren würde und sie die Physiotherapie ohnehin nie nötig gehabt hatte. Weil er zu keiner Sekunde gewusst hatte, *warum* sie ihn überhaupt engagiert hatte, und weil es in der Stadt sicher eine ganze Reihe von Therapeuten gab, die besser waren, mehr Erfahrung hatten und vor allem lesen und schreiben konnten.

Er atmete tief durch und hob gerade an, ihr das alles in nur zwei kleinen Worten zu sagen: *Ich kündige.* Aber wie üblich war Hedy schneller und dachte nicht daran, sich um seine Gefühle zu scheren.

»Dann kommen Sie! Wir müssen los!«

»Wir müssen los?«, fragte Jan verdattert.

»Ja, das Taxi ist in fünf Minuten da«, antwortete Hedy ungerührt.

»Das Taxi?«

»Jan, Sie wirken nicht sonderlich intelligent, wenn Sie ständig Teile meiner Sätze wiederholen!«

Jans Blutdruck schoss in die Höhe wie Cola, in die man ein Mentos geworfen hatte, aber er kam gar nicht dazu, Hedy anzufahren, denn die winkte bereits Maria zu sich und befahl:

»Sie kommen mit!«

Und schon war sie wieder aus der Küche verschwunden.

Maria nickte, stellte alle Herdplatten aus, wischte sich die Hände an der Schürze ab, hängte diese an einen Haken und zog anschließend Jan mit sich nach draußen.

»Warum fragt in diesem Haus eigentlich nie jemand, was *ich* will?«, murrte Jan, ließ aber zu, dass Maria ihn hinausbugsierte, wo Hedy gerade in das Taxi einstieg. Maria und er folgten. Sie fuhren los.

Jan verschränkte die Arme vor der Brust: »Darf ich fragen, wohin wir fahren?«

»Wollen wir das vor dem Fahrer erörtern?«, gab Hedy zurück.

Immer das letzte Wort, dachte Jan sauer.

Den Rest der Fahrt blieb es im Wagen still.

Sie erreichten Münster, passierten den Paulusdom und hielten schließlich in einer Nebenstraße vor einem unscheinbaren Haus mit einem glänzenden Messingschild: *Institut für Le-*

gasthenie. Hedy bezahlte den Fahrer und ließ sich von Maria aus dem Fond helfen, während Jan immer noch ungläubig auf das Schild starrte. *Institut* hatte er entziffert, auch das *für,* aber dann wurde es schwierig, so dass er es immer noch für sich übersetzte, als Hedy bereits die Beifahrertür geöffnet hatte und ihn aufforderte, endlich auszusteigen.

»Wo sind wir hier?«, fragte Jan, als das Taxi davongefahren war.

»Man wartet bereits auf Sie«, antwortete Hedy und wies ihn mit einer Geste an, voranzugehen und ihr die Tür zu öffnen.

»Um was zu tun?«, fragte Jan zunehmend gereizt.

»Sie machen jetzt eine Eingangstestung. Danach beginnen Sie eine Therapie!«

»Das reicht jetzt, Fräulein von Pyritz!«, rief Jan sauer.

»Was reicht?«, fragte Hedy erstaunt zurück.

»Hören Sie auf, über mein Leben zu bestimmen!«

Sie wandte sich ihm irritiert zu: »Ich versuche nur, ein paar Dinge zu regeln, die Sie längst hätten selbst regeln müssen!«

»Sie sagen es! *Ich* regle sie. Oder ich regle sie nicht. Ganz wie es mir gefällt. Und Sie halten sich da bitte raus!«

»Und wie gedenken Sie, Ihr Leben weiter zu gestalten?«

»Ob Sie das glauben oder nicht, Fräulein von Pyritz: Ich bin bisher sehr gut alleine klargekommen!«, gab Jan trotzig zurück.

»Und mehr wollen Sie nicht? Nur das? Klarkommen?«, fragte Hedy.

»Warum nicht?! Nicht jeder wird Präsident von Amerika. Es muss auch Menschen wie mich geben!«

»Sie müssen kein Präsident werden. Sie müssen nur eines: glücklich sein!«

»Ich *bin* glücklich!«, fauchte Jan.

»Sie sind *nicht* glücklich!«, fauchte Hedy zurück.

»Woher wollen *Sie* das wissen?«, schrie Jan.

»Weil ich sehe, was ich sehe!«

»Oooh, natürlich, die große Hedy von Pyritz sieht alles! Der großen Hedy von Pyritz entgeht nichts! Das Einzige, was die große Hedy von Pyritz nicht tut, ist, andere nach ihrer Meinung zu fragen!«

»Und Ihre Meinung ist, dass Sie Ihre Lese- und Rechtschreibschwäche lieber behalten wollen?«

Wieder verschränkte Jan die Arme vor der Brust: »Die werde ich schon noch los!«

»Sehen Sie, da sind wir doch mal einer Meinung. Ich weiß gar nicht, was Sie wollen?!«

»Ich werde sie los, wann *ich* das will!«

»Einverstanden. Aber da wir schon mal hier sind, dann können Sie ja auch *jetzt* wollen!«

»Nein!«, antwortete Jan bockig.

Hedy schnaubte vernehmlich: Sie hasste Widerspruch.

Maria berührte ihn am Arm und flüsterte fast. »Sieh es dir doch einfach mal an, Jan. Ist doch nicht wild, oder? Kannst ja immer noch nein sagen.«

Jan starrte auf das Messingschild.

»Na, komm, nur mal ansehen. Hm? Was denkst du?«, lockte Maria.

Er presste die Lippen aufeinander.

Dann wandte er sich herrisch von den beiden ab und fauchte: »Gut, gut! Ich seh's mir mal an! Aber nicht mehr!«

Dann stapfte er energisch durch die Haustür. Warf sie hinter sich ins Schloss, während Hedy und Maria stumm davor stehen blieben.

Einige Momente rührte sich nichts.

Dann öffnete er die Tür erneut, schob sie weit auf, und mit einer übertriebenen, ironischen Geste bat er die beiden, halb fluchend, endlich einzutreten: »Bitteee …«

Hedy schritt – am Arm geführt von Maria – erhobenen Hauptes an ihm vorbei.

//

Nach etwa zwei Stunden war die Testung vorüber, das Ergebnis schlecht, aber nicht niederschmetternd. Jan hatte eine nicht behandelte Legasthenie, lag im Schriftbild bei etwa zwanzig Prozent dessen, was normal gewesen wäre, bei der Lesetestung noch etwas darunter. Die Therapeutin vermied jegliche Vorwürfe, warum Jan nicht schon als Kind behandelt worden war, sondern betonte die positiven Aspekte seines Entschlusses, sich dem Problem zu stellen, und prognostizierte bei konsequenter Behandlung eine vollständige Heilung.

»Wie lange wird das dauern?«, fragte Hedy, die – ohne Jans Erlaubnis abzuwarten – einfach mit ins Beratungszimmer marschiert war, um sich ein Bild über seine Leistungsfähigkeit zu machen.

Die Therapeutin holte zu einer längeren Antwort aus, versuchte zu erklären, dass Menschen verschieden schnell lernten, manchmal auch unter ADHS oder Konzentrationsschwierigkeiten litten oder gar Defizite in der natürlichen Intelligenz aufwiesen.

»Er ist intelligent!«, schloss Hedy knapp. »Also, wie lange?«

»Zwei Jahre sind realistisch«, antwortete die Therapeutin.

Hedy nickte, dann verabschiedete sie sich und verließ mit Jan das Institut.

»Zwei Jahre«, murmelte Jan nachdenklich. »Ich weiß nicht, wie ich das bezahlen soll. Die Kassen übernehmen nichts. Nicht mal bei Kindern. Die Frau hat gesagt, dass fast zehn Prozent der Bevölkerung Legasthenie haben, aber keine Kasse zahlt für die Heilung. Das ist doch absurd!«

»Sie beginnen morgen!«, befahl Hedy. »Und zwei Jahre können Sie vergessen. Sie werden es in sechs Monaten schaffen! Das reduziert auch die Kosten!«

»Sechs Monate? Sie haben doch gerade gehört, was realistisch ist?«

»Realistisch ist auch, dass die Menschheit sich in dieser Zeit ausrottet. Sechs Monate! Sie werden jeden Tag nach der Arbeit zu mir kommen, und wir werden üben.«

»Wir?«

»Ich unterrichte – Sie lernen! Und zwar so lange, bis Sie es können. In meinem Alter hat man nicht mehr ewig Zeit.«

»Und die Kosten?«

»Die trage ich. Betrachten Sie es als ein Stipendium der Von-Pyritz-Stiftung.«

»Ich bin jetzt Stipendiat der Von-Pyritz-Stiftung?«

Hedy lächelte: »Ihre Bewerbung hat mir gefallen.«

Jans Mine verfinsterte sich augenblicklich: »Sie müssen immer noch einen draufsetzen, was?«

»Jetzt seien Sie nicht so empfindlich. Ich helfe Ihnen, weil ich absolut von Ihnen überzeugt bin.«

Jan schwieg.

Er suchte in Hedys Gesicht Anzeichen für Ironie, fand aber keine. Das Taxi fuhr vor, Maria öffnete die Beifahrertür für Hedy.

Jan fragte ruhig: »Warum machen Sie das alles für mich, Fräulein von Pyritz?«

Hedy schien einen Moment nachzudenken, dann antwortete sie: »Sie fahren mich im Sommer zum Strand. Dazu brauchen Sie einen Führerschein. Und um ihn zu bestehen, müssen Sie lesen und schreiben können.«

Sie setzte sich auf den Beifahrersitz und legte den Gurt an.

»Das ist alles?«, fragte Jan. »Der ganze Aufwand, nur, weil Sie einen Chauffeur brauchen?«

»Nein.«

»Nein?«

»Nein.«

Damit war für Hedy die Diskussion beendet.

Maria nickte ihm zu und flüsterte: »Sie ist verrückt geworden. Glück für dich! Also, halt den Mund und steig in den Wagen.«

12

Zu Hedys Verdruss begann der nächste Morgen wie der zuvor: ohne Zeitung. Für einen Moment dachte sie darüber nach, Jans Rat zu folgen und sich bei dem Burschen zu entschuldigen, doch war sie sich sicher, dass sie, sobald sie seiner ansichtig würde, ihn diesmal wirklich überfahren würde. Stattdessen rief sie in aller Frühe den Chefredakteur der Zeitung zu Hause an und verlangte die umgehende Zustellung ihres Abonnements. Seinen Protest, dass er dafür gar nicht zuständig wäre, ignorierte sie und antwortete nur, dass es für sie nur einen Ansprechpartner bei der *Westfälischen* geben würde, nämlich ihn, und sie darüber hinaus mit achtundachtzig Jahren keine neuen Bekanntschaften mehr wünsche. Und sie würde ihn so lange anrufen, bis sie ihre Zeitung endlich bekäme.

Sie legte auf.

An diesem Morgen hörten sie und Maria zum ersten Mal seit Jahren Radio zum Frühstück, was ebenso ungewohnt wie unbefriedigend war: vollkommen belanglose Musik gefolgt von oberflächlichen Berichten aus aller Welt. Das war wie Fahrstuhlfahren in einem Kaufhaus: Egal, wo man ausstieg, es gab nur Ware, die weniger aus jemandem machte, nicht mehr.

Gegen neun Uhr kam Jan.

Sie zogen sich in den großen Salon zurück, wo Jan die Isomatte sowie seine Salben und Öle bereitlegte und dabei viel distanzierter als sonst wirkte. Hedy erwartete ein Gespräch über die Schule und seine Pläne, aber Jan schwieg beharrlich und gab allenfalls Anweisungen bei Dehnungs- oder Mobilitätsübungen. Nicht einmal zu ein wenig Geplauder ließ er sich verleiten, so dass sich Hedy schließlich aufrichtete und sagte: »So geht das nicht!«

»Sind Sie jetzt auch schon Expertin für Physiotherapie?«, fragte Jan gereizt.

»Sie wissen genau, was ich meine. Wir werden die nächsten Wochen und Monate viel Zeit miteinander verbringen. Und eine solche Stimmung wie gerade ist da unerquicklich!«

Jan nickte: »Vielleicht sollte ich mich kooperativer verhalten? Damit ich auch was lerne …«

Hedy seufzte: »Was ist denn Ihr Problem? Ich will Ihnen doch nur helfen?«

»Vielleicht würde es helfen, wenn Sie weniger die Landesfürstin raushängen ließen, die mit ihrem Untertan spricht?«

»So empfinden Sie das?«, fragte Hedy ehrlich verwundert.

»So würde das jeder empfinden!«, gab Jan zurück.

Hedy schwieg einen Moment.

Dann fragte sie: »Dann empfinden Sie meine Hilfe als etwas Gönnerhaftes? Die Spielerei einer alten Dame mit zu viel Tagesfreizeit?«

»Ich weiß nicht, warum Sie mir helfen, Fräulein von Pyritz«, gab Jan zu.

Hedy sah ihn streng an: »Ich helfe Ihnen, weil Sie besondere Fähigkeiten haben. Aus keinem anderen Grund.«

»Fräulein von Pyritz«, begann Jan zögerlich. »Ich habe keine besondere Fähigkeiten. Ihre anderen Schützlinge haben besondere Fähigkeiten, ich bin nur ein einfacher Physiotherapeut. Nicht mehr.«

Hedy nickte: »Dann stellen Sie meine Urteilsfähigkeit in Zweifel?«

»Suchen Sie schon wieder Streit?«

Sie wies ihn mit einer Geste an, ihr auf die Füße zu helfen.

»Darf ich Sie etwas fragen?«

Er nickte: »Nur zu.«

»Wie sind Sie Physiotherapeut geworden?«

Jan zuckte mit den Schultern: »So wie alle anderen auch: Ich habe eine Ausbildung gemacht.«

»Falsch!«, antwortete Hedy ruhig.

»Hat Ihnen schon mal jemand gesagt, dass Sie einen Hang zur Rechthaberei haben?«, fragte Jan gereizt.

»Das liegt wahrscheinlich daran«, antwortete Hedy ungerührt, »dass ich meistens Recht *habe*. Und jetzt sage ich Ihnen, warum es falsch ist.«

»Ich kann's kaum erwarten …«, murmelte Jan.

»Sie sind *nicht* wie alle anderen. Sie hatten auf alle anderen so viel Rückstand, dass Ihr Vorhaben eigentlich aussichtslos war. Aber Sie haben es geschafft, weil Sie es schaffen wollten. Weil Sie genauso gut sein wollten wie alle anderen und dabei nicht bemerkt haben, dass Sie viel besser geworden sind. Sie haben härter gearbeitet und mehr gelernt.« Sie tippte ihm mit dem Zeigefinger auf die Brust: »Und Sie müssen ein beeindruckendes Gedächtnis haben, denn Sie haben alles auswendig gelernt, richtig?«

Jan schluckte und nickte.

»Ja, dachte ich mir. Sie waren auf der Hauptschule mit dem schlechtesten Ruf, weil dort Ihre Schwäche nicht besonders auffiel und vor allem: weil sie niemanden interessierte. Sie haben die Schule abgeschlossen und anschließend eine Lehre zum Bademeister gemacht. Und das nur, weil Sie keine Lehre zum Physiotherapeuten antreten konnten, weil dafür ein Realschulabschluss nötig gewesen wäre. Oder eben Hauptschule mit abgeschlossener Ausbildung. Sie sind morgens aufgestanden und haben gelernt. Haben im Schwimmbad gejobbt, um Geld zu verdienen. Und abends haben Sie wieder gelernt. Insgesamt sechs Jahre lang. Und das ohne richtig lesen und schreiben zu können. Und das soll nichts Besonderes sein?«

Jan war der Mund aufgeklappt: »Woher wissen Sie das alles?«

»Sie glauben doch nicht, dass ich Sie in mein Haus kommen lasse, ohne zu wissen, mit wem ich es zu tun habe!?«, sagte Hedy.

»Haben Sie etwa einen Privatdetektiv auf mich angesetzt?«

»Quatsch! Ich habe ein bisschen telefoniert. Sie vergessen immer, wer ich bin.«

»Oh, nein, ich vergesse nie, wer Sie sind. Dafür sorgen Sie schon.«

Hedy winkte ab: »Also, lassen wir jetzt die Kindereien und gehen die Dinge an?«

»Als ob ich eine Wahl hätte«, seufzte Jan.

»Natürlich haben Sie die. Sie können sich umdrehen und gehen. Ich werde Sie nicht aufhalten, und ich werde auch nicht böse auf Sie sein. Sie werden weiterhin zur Physio kommen und mich behandeln. Oder kündigen, wenn Sie das wünschen. Und wir werden niemals wieder über dieses Thema reden. Und natürlich werde ich niemandem Ihr kleines Geheimnis verraten. Also: Was wollen Sie tun? Gehen oder bleiben?«

Jan zögerte mit der Antwort.

Er war jetzt fünfundzwanzig Jahre alt.

Er hatte sich eingerichtet, eine stabile Position gefunden. Er konnte für den Rest seiner Tage so weitermachen. Es wäre nicht aufregend, aber es würde funktionieren.

Sein Leben.

»Ich bleibe«, sagte Jan leise.

Hedy nickte zufrieden: »Gut. Eine weise Entscheidung. Sie werden sehen, wie sehr sich in einem halben Jahr alles verwandeln wird. Sie werden ein neuer Mensch sein!«

»Vielleicht …«, antwortete Jan wenig überzeugt.

»Vertrauen Sie mir. Ich habe viele junge Menschen in ein neues Leben begleitet. Und alle hatten sie einen Traum von sich. Im Gegensatz zu Ihnen. Sie haben keine Träume. Aber Sie werden welche haben. In sechs Monaten werden Sie das Tor zu einem neuen Leben öffnen und hindurchgehen.«

Und wie so oft würde Hedy recht behalten, ohne auch nur zu ahnen, auf welch dramatische Art und Weise.

13

Noch am selben Abend fuhr Jan das erste Mal mit ausgefülltem Fragebogen zur Fahrschule und meldete sich an. Er hatte das Gefühl, dass man ihn wie einen Prominenten behandelte, was, wie er annahm, an Hedy lag, die ihn angekündigt und auch die Kostenübernahme unterzeichnet hatte. Unterricht gab es an diesem Abend keinen mehr, dafür aber am nächsten Vormittag in Münster: seine erste Lese- und Rechtschreibstunde. Die freundliche Therapeutin vom Vortag gab ihm Übungsblätter und ging mit ihm die ersten Lektionen durch. Sie versprach, dass sich sein Schriftbild bessern würde und dass er neben der reinen Orthographie auch bestimmte Buchstaben, wie sein ›E‹, das er immer wieder als ›3‹ zu Papier brachte, in den Griff bekommen würde. Und sie redete ihm gut zu, seine Legasthenie nicht als Krankheit zu begreifen, der man ausgeliefert war, sondern als Herausforderung, die man mit Fleiß und Willen meistern konnte. Sie war aufmunternd, geduldig und hatte Verständnis für die zunächst unüberwindlich erscheinenden Hürden eines Legasthenikers.

Kurz: Sie war alles, was Hedy nicht war.

An diesem Vormittag kehrte Jan optimistisch aus Münster zurück, aber da hatte er auch noch keine Lesestunde mit Hedy verbracht und auch noch keine Ahnung davon, was Hedy meinte, eine komplizierte Beschränkung wie Legasthenie in Rekordzeit zu überwinden. Beziehungsweise zu *unterwerfen*, denn das kam Hedys Heilsplan sehr viel näher.

Zu Jans Überraschung fiel die Physiotherapie aus, Hedy fühlte sich blendend – Jan schon nach dieser ersten Stunde nicht mehr. Er hatte auf einem der Sofas gesessen, Hedy im Rollstuhl vor ihm. In der ersten halben Stunde hatte Hedy noch großes Verständnis dafür, wenn Jan bereits im Anlaut eines Wortes hängenblieb, wenn er sich Buchstabe für Buchstabe durch das Wort kämpfte und manchmal, wenn es ziemlich lang war, hinten nicht mehr wusste, wie es vorne begonnen hatte.

Die Anstrengung, die permanente Überforderung ließen Jan rasch ermüden, so dass bald schon auch kürzere Wörter zu einer Geduldsprobe wurden, bis Jan bei einem der kürzesten und gebräuchlichsten Worte steckenblieb und Hedy ihren ersten Wutausbruch bekam.

»Herrgott!«, schimpfte sie. »Es ist ein ›Und‹. Nur ein ›Und‹.

Drei Buchstaben. U-N-D. Wie Jan. J-A-N. Das kann doch nicht sein, dass Sie das nicht lesen können!«

»Vielleicht sollten wir eine kurze Pause einlegen?«

»Pause? Sind Sie bei der Gewerkschaft?!«, wetterte sie.

»Ich meine nur, dass wir in der Leseschule auch Pausen machen«, verteidigte er sich.

»Na gut, zwei Minuten! Und dann beginnen wir von vorn.«

Jan seufzte.

Den Rest der Stunde hielt sich Hedy zurück, doch es war spürbar, dass es sie Kraft kostete, ruhig zu bleiben. Sie hatte keinerlei Erfahrung mit Menschen, die *nicht* hochbegabt waren, und so endete der Unterricht für beide mit einem Gefühl der Frustration. Hedy einerseits, die gehofft hatte, es würde in der ersten Stunde schon bessergehen, und Jan andererseits, der ahnte, wie lang und steinig die sechs Monate werden könnten. Wenn es in dieser Zeit überhaupt zu schaffen war, denn er fühlte sich gerade unzulänglicher und hilfloser denn je.

Hedy ließ sich von Jan zur Tür schieben und gab sich heiter.

»Aller Anfang ist schwer. Wir werden uns schon noch einspielen.«

»Hoffentlich ... «

»Aber natürlich. Sie machen brav Ihre Hausaufgaben, und ich werde versuchen, Sie nicht anzuschreien, einverstanden?«

Jan nickte: Sie wussten beide, dass nur der erste Teil wahrscheinlich war.

Es klingelte an der Tür, und Hedy klatschte vergnügt in die Hände: »Die Zeitung! Na, sehen Sie! Das ist doch ein gutes Omen! Was ein paar Anrufe doch bewirken können!«

Sie öffnete.

Vor der Tür standen zwei Polizisten und blickten überrascht auf sie herab.

»Hedwig von Pyritz?«, fragte einer der beiden.

Hedy nickte: »Was kann ich für Sie tun, meine Herren?«

Sie blickten sich ein wenig ratlos an.

»Nun, es liegt eine Anzeige gegen Sie vor …«

»Und?«, fragte Hedy forsch.

Jetzt fragte der andere Polizist: »Sind Sie wirklich Hedwig von Pyritz?«

Hedys Blick verengte sich zu Schlitzen.

Sie war im Begriff, so darauf zu antworten, dass eine zweite Anzeige wohl nicht zu vermeiden gewesen wäre, als Jan schnell rief: »Sie ist es! Um was geht es denn?«

Wieder sahen sich die Polizisten an, dann antwortete der Erste: »Uns liegt eine Anzeige wegen versuchten Mordes vor.«

»Tatsächlich?«, fragte Hedy unschuldig.

»Sie sollen versucht haben, einen Tobias Degenhardt … zu … ähm … überfahren.«

»Mit einem Rollstuhl?«, fragte Hedy trocken.

»Mit einem Mercedes«, antwortete der Polizist kleinlaut. Er fühlte sich mit dem Vorwurf offensichtlich selbst nicht besonders wohl und begann, die Mütze, die er in den Händen hielt, zu drehen.

»Verstehe …«

Und Jan dachte nur: nicht gut, gar nicht gut.

»Tja, schätze, das ist jetzt wohl der Moment, an dem ich besser fliehen sollte.« Sie reichte einem der Polizisten die Hand: »Helfen Sie mir mal aus dem Rollstuhl?«

Die beiden starrten sie an.

»Na, kommen Sie! Ein wenig Vorsprung, ja? Das würde die Sache auch für Sie interessanter machen?«

Die beiden Polizisten atmeten tief durch.

Dann setzten sie ihre Mützen wieder auf: »Wir sind dann mal wieder weg.«

Sie stiegen die Treppen hinab zu ihrem Dienstwagen und fuhren davon.

Hedy seufzte amüsiert. »Zu schade. So eine Festnahme wäre doch mal eine schöne Abwechslung gewesen«

»Hatten Sie nicht genug Skandale in letzter Zeit?«, fragte Jan.

»Ach was! Skandale kann man gar nicht genug haben! Merken Sie sich das! Warten Sie nicht, bis Sie achtundachtzig sind, um welche anzuzetteln!«

»Okay«, grinste Jan. »Aber Sie wissen schon, dass das Ärger geben wird?«

Hedy winkte ab: »Mein Anwalt wird sich drum kümmern. Davon wird nichts übrigbleiben.«

»Nicht dass …«

Hedy wurde wieder ernst: »Sie meinen Hannah?«

»Ja.«

Sie nickte: »Sie wird es gegen mich verwenden, sobald sie davon erfährt.«

»Vielleicht sollten Sie es in nächster Zeit ein bisschen ruhiger angehen, Fräulein von Pyritz?«, mahnte Jan.

Sie sah ihn an.

Dachte über die Konsequenzen nach.

Und sagte dann: »Nein.«

14

Für Jan brach die härteste Woche seines Lebens an.

Anstrengungen war er zwar gewohnt, Disziplin und Willensstärke hatte er sich und allen anderen bereits bewiesen, aber das Lernen mit Hedy trieb ihn schon bald an seine Grenzen. Und weit darüber hinaus, denn Hedy war der Meinung, dass ein junger Mann, der so viele gute Anlagen in sich vereinte, keinerlei Schonung bedurfte. Im Gegenteil: Sie war davon überzeugt, dass sich die besten Ergebnisse erreichen ließen, wenn man ihm nur zeigte, wozu er wirklich fähig war. Welches Potential tatsächlich in ihm schlummerte. Ihr fragwürdiges pädagogisches Konstrukt ließ sich daher sehr gut in einem einzigen Slogan zusammenfassen: Überforderung als Erweckungserlebnis!

Je mehr Schranken sie demnach einrissen, desto größer würde die Erkenntnis sein, dass man schaffen konnte, was man vorher nicht für möglich gehalten hatte. Frieden und Freiheit lockten, aber die musste man sich vorher erkämpfen. Widerstände mussten gebrochen, Barrieren erstürmt, Verzweiflung ignoriert werden.

Jans Legasthenie wurde für Hedy zum willkommenen Feldzug.

Sie stürmte mit einem langen *Hurrraaaa!* voran, wie ein verrückter Don Quichote mit Lanze und im Rollstuhl, während Jan wie ein kleiner, dicker Sancho Pansa hinter ihr her stolperte, weil ihn sein Esel abgeworfen hatte.

Dachte er, die erste Stunde wäre schon anstrengend gewesen, so musste er sehr bald feststellen, dass es noch viel schlimmer ging, denn Hedy verzichtete fortan grundsätzlich auf ihre Physiotherapie, so dass er morgens *und* abends bei ihr lernte. Und das Erste, was sie an diesem zweiten Tag machte, war, im Institut für Legasthenie anzurufen und mehr Übungsmaterial anzufordern.

So saß Jan in den Tagen darauf zwischen Unmengen von Übungsblättern, streng beaufsichtigt und abgefragt von Hedy, wobei sich die Lektionen am Abend bis in die Nacht hineinzogen, da Jan zu diesem Zeitpunkt ja keine Patienten mehr zu versorgen hatte.

Kurzzeitig hatte Hedy sogar Erfolg mit ihrer Taktik: in den ersten drei Tagen schienen sich Jans Leistungen tatsächlich zu verbessern, doch schon ab dem vierten Tag ging es kontinuierlich bergab. Zu Hedys Ärger war Jans Legasthenie bockiger als erwartet, seine Leseleistungen entwickelten sich in die falsche Richtung. Hatte er am Vortag noch beachtliche Erfolge zu verzeichnen, reihte sich bald schon eine Enttäuschung an die nächste. Und mit den Fehlschlägen sickerte zunehmend schlechte Stimmung ein, so dass der Pegel der Unzufriedenheit unaufhörlich stieg, obwohl sich beide Seiten Mühe gaben, die sich anbahnende Sturmflut zu ignorieren.

Am Abend des sechsten Tages, nach zwei Stunden zermürbender Paukerei, kehrten sie zu den allerersten Übungen zurück, in der Hoffnung, sich dort ein paar Erfolgserlebnisse zu holen. Zwar kannte Jan die Übung, er kannte auch das Blatt, aber sein Kopf glich einem leeren Zimmer, in dem bei geöffneten Fenstern die Gardinen flatterten.

Und so geriet das Einsetzen von Mitlauten zum Fiasko.

Er starrte auf das Papier, sah Worte, denen nur ein einziger Buchstabe fehlte: ›r‹ oder ›l‹.

Hedy fragte: »Was kommt hier rein?«

Jan starrte auf das Wort, entzifferte B_AUN. Und hatte vergessen, welches Wort damit gemeint sein könnte. Er war müde, und die Buchstaben tanzten vor seinen Augen.

»Gut, dann das hier!«, forderte Hedy zunehmend frustriert.

B_AUSE.

Jan wusste es nicht.

»Und das hier?«

P_IMA.

Nichts.

»Das?«

B_ASEN.

Jan schüttelte den Kopf.

Hedys Lippen zogen sich zu einem wütenden Strich zusammen. Sie bewahrte Haltung, aber sie kochte innerlich, und das Feuer, das gerade in ihr loderte, entzündete die nächste Frage zu einer brennenden Anklage: »Und das?«

B_ÜTE.

Jan hatte die letzte Stunde praktisch über sich ergehen lassen, jetzt blickte er auf, und er sah aus, als wollte er Hedy ohrfeigen: »Ich weiß es nicht!«

»Konzentrieren Sie sich!«, sagte Hedy gereizt.

»Ich konzentriere mich!«, rief er nicht minder gereizt zurück.

»Kein Grund, unfreundlich zu werden!«, fauchte Hedy.

»Ich bin nicht unfreundlich!«, fauchte Jan zurück.

Hedys Finger stieß auf ein Wort herab: »Das?!«

B_ATT.

Jan schwieg und verschränkte die Arme vor der Brust.

Hedy geriet in Wut und tippte herrisch auf andere Wörter: »Und das? Und das? Und das?!«

»Ich weiß es nicht!«

»HERRGOTT, JAN! Wir haben das alles schon gemacht!«

»Sie verlangen zu viel!«

Hedy zischte: »Ich verlange zu viel? Ich sitze hier auch! Es ist auch für mich anstrengend! Und ich bin ein wenig älter als Sie!«

Er sprang auf und schrie: »Tut mir leid, dass ich so eine Enttäuschung für Sie bin!«

»In der Tat: Das *ist* enttäuschend!«, giftete Hedy zurück und bereute es noch in derselben Sekunde. Er sah nicht einmal mehr wütend aus, sondern nur verletzt und traurig, als er kommentarlos den Salon verließ.

»SIE BLEIBEN GEFÄLLIGST HIER UND LERNEN!«, schrie ihm Hedy nach.

Doch da war Jan bereits hinausgestürmt und hatte die Tür krachend hinter sich zugeworfen.

Der Unterricht war beendet.

15

Selbstredend ging Hedy davon aus, dass Jan am nächsten Tag wieder zum Unterricht erscheinen würde, aber das tat er nicht, was sie als spätpubertäre Aufmüpfigkeit wertete. Mit störrischen Teenagern kannte sie sich bestens aus, so dass sie ihm großzügig diese kleine Auszeit gönnte, doch auch am nächsten Tag tauchte Jan nicht auf, was Hedy zunehmend empörte. Sie warf ihm Undankbarkeit und Sturheit vor, zudem noch ein gerütteltes Maß an Kurzsichtigkeit, denn er war im Begriff, eine große Chance wegzuwerfen, nur weil er offenbar nie gelernt hatte, sich *wirklich* zu quälen.

»Oder quälen zu lassen«, schloss Maria und musste sich daraufhin einen langen Vortrag anhören, dass nur Fleiß, Wille und Aufopferungsbereitschaft den Weg vom Friedhof der Mittelmäßigkeit hinaus ins Licht der Erkenntnis ebneten. So zog der zweite Tag vorüber, und auch am dritten Tag zeigte sich Jan nicht.

Innerlich tobte Hedy mittlerweile, aber sie war natürlich viel zu stolz, um ihn anzurufen. Stattdessen herrschte sie so lange Maria an, bis auch die drohte zu kündigen, wenigstens aber auf unbestimmte Zeit unbezahlten Urlaub zu nehmen.

Hedy fragte sich indes, ob neuerdings *alle* verrückt geworden waren. Selbst die Zeitung wurde immer noch nicht geliefert, was auch die liebgewonnenen morgendliche Rituale ausfallen ließ und sie anstelle deren elende Radioberichte hören und unerquickliche Anrufe bei einem muffeligen Redakteur tätigen musste.

Am vierten Tag hatte Hedy genug von Jans Garstigkeit und zog in Erwägung, ihn anzurufen. Maria pflichtete ihr bei und belohnte ihre Überlegungen mit ein wenig Schmeichelei.

»Rufen Sie ihn an!«, lächelte sie. »Zeigen Sie ihm, dass Sie die Erwachsene sind, und reichen ihm die Hand.«

»Ich werde mich nicht entschuldigen!«, antwortete Hedy bestimmt.

»Die Fähigkeit, sich zu entschuldigen, ist ein Zeichen von Größe, Fräulein Hedy. Und wer, wenn nicht Sie, könnte ihm ein besseres Beispiel sein, wie man mit schwierigen Situationen umgeht?«

»Glauben Sie ja nicht, dass ich nicht bemerke, was Sie da gerade vorhaben, Maria!«, knurrte Hedy.

»Ich sage nur meine Meinung. Nicht mehr.«

»Ich werde mich nicht entschuldigen!«, wiederholte Hedy, dieses Mal jedoch deutlich milder.

Am fünften Tag, nach einem weiteren Morgen ohne Zeitung, rief Hedy Maria zu sich ins Arbeitszimmer und sagte: »Rufen Sie Jan an!«

»Um was zu sagen?«, fragte Maria zurück.

»Dass er gefälligst zurückkommen soll!«

»Ich fürchte, wenn ich das so sage, wird ihn das kaum überzeugen.«

»Was wird ihn dann überzeugen?«, fragte Hedy herrisch.

»Wenn Sie sich bei ihm entschuldigen.«

Hedy thronte hinter ihrem Schreibtisch und ließ sich mit der Antwort Zeit. Schließlich beschied sie: »Gut, dann werde ich mich eben entschuldigen …«

»Sie tun die richtige Sache«, pflichtete Maria bei.

Hedy lächelte.

Augenblicklich wurde Maria misstrauisch: »Wieso lächeln Sie gerade?!«

»Ich lächele doch gar nicht«, antwortete Hedy.

»Natürlich tun Sie das!«

»Gut, dann lächele ich eben …«

»Moment!«, rief Maria erschrocken. »Unterstehen Sie sich!«

»Was denn?«, fragte Hedy unschuldig.

»Sie werden nicht versuchen, den Jungen zu überfahren!«

»Wäre das so schlimm?«

»Wehe!«

Hedy seufzte: »Meinetwegen. Ich werde ihn nicht überfahren.«

Maria rief Jan an und bat ihn, wieder zum Unterricht zu kommen. Jan zeigte nur wenig Lust, doch als Maria ihm hoch und heilig versprach, dass Hedy sich bei ihm entschuldigen würde, ließ er sich überreden. Dass die große Hedy von Pyritz tatsächlich um Verzeihung bitten wollte, wertete er als große Geste, die er unmöglich zurückweisen konnte.

Er erschien gegen Mittag und wurde als Erstes von Maria verköstigt, ein Umstand, den Jan in den letzten Tagen sehr vermisst hatte. Selbst in den dunkelsten Stunden mit Hedy war Maria dann und wann mit kleinen Köstlichkeiten aufgetaucht, und für ein paar Minuten herrschte dann Waffenruhe an der Lernfront.

Da saß er also am Küchentisch und genoss einen kräftigen Eintopf, als er Hedy im Türrahmen bemerkte und erschrak. Wie schaffte sie es bloß, sich derart geräuschlos im Raum zu bewegen? Dann jedoch fasste er sich wieder und führte den Löffel zum Mund: Er würde ihr keine goldene Brücke bauen. Wenn sie etwas zu sagen hatte, dann sollte sie es sagen.

Und Hedy hatte etwas zu sagen.

»Da sind Sie ja wieder!«, lächelte sie freundlich.

»Hm«, machte Jan.

»Bereit, dem Unterricht wieder zu folgen?«

Er zuckte mit den Schultern.

»Richtig. Da gibt es noch etwas, was zwischen uns steht, nicht?«

Jan verzog die Mundwinkel und deutete damit an, dass sie das ganz richtig einschätzte.

Hedy nickte bedächtig: »Verstehe … «

Dann trat sie zu ihm an den Tisch.

»Wissen Sie eigentlich, wer als Erstes den Mount Everest bestiegen hat?«

Jan sah überrascht auf und antwortete: »Edmund Hillary.«

»Und wer noch?«, fragte sie.

Jan zuckte mit den Schultern: »Nur Hillary, denke ich.«

»Nein, es waren Hillary und sein Sherpa Tenzing Norgay. Ein einfacher, ungebildeter Arbeiter aus Tibet.«

»Aha.«

»Was sagt uns das?«, fragte Hedy.

Jan seufzte: »Lassen Sie mich raten: In diesem kleinen Sinnbild bin ich Tenzing Norgay, richtig? Und wenn ich nicht richtig lerne, dann wird es immer einen Edmund Hillary geben, der den ganzen Ruhm für sich behält. Und ich werde nur der dumme Sherpa sein, der vielleicht auf einem Foto zu sehen ist, aber von dem niemand weiß, wer er ist.«

»Falsch. Sie werden niemals Tenzing Norgay sein. Und auch nicht Edmund Hillary. Weil Sie nämlich eine kleine, ängstliche, verweichlichte Memme sind!«

Jan starrte sie mit aufgerissenen Augen an.

Hedy fuhr ungerührt fort: »Haben Sie eine Vorstellung, wie schwer es ist, den Mount Everest zu besteigen? Wie gefährlich? Die Kälte, die Höhe, die Atemnot. Diese unbeschreibliche Anstrengung, immer weiterzumachen. Niemals aufzugeben. Die Angst, in Gletscher zu stürzen, von Lawinen erwischt oder von Stürmen überrascht zu werden. Die Angst zu sterben? Dazu braucht es Härte! Mut! Es braucht Männer, die bereit sind, alles zu opfern, um ihr Ziel zu erreichen.

Tenzing Norgay war ein paarmal da oben. Glauben Sie, dass auf den Aufstiegen immer beste Stimmung herrschte? Glauben Sie, dass Kälte und Schmerz die Männer immer haben höflich miteinander umgehen lassen? Glauben Sie, dass Norgay beleidigt ins Tal hinabgestiegen ist, wenn er mal von einem Kameraden angeranzt worden ist? Oder dass er nach einem Sanitäter gerufen hat, nachdem er sich den Fingernagel eingerissen hat?

Ich glaube nicht!

Die Männer auf dem Mount Everest wurden höhenkrank, schneeblind, haben Erfrierungen davongetragen und Kameraden verloren. Die sind gestorben da oben, Jan! Die hatten allen Grund zum Jammern. Aber haben sie gejammert? Was denken Sie: Haben diese Männer gejammert?«

Als Jan anhob zu antworten, reckte Hedy den Zeigefinger und warnte: »Verpassen Sie jetzt bloß nicht die Gelegenheit zu schweigen!«

Jan hielt den Mund.

»Ja, wir hatten schlechte Stimmung, und ja, ich habe mich im Ton vergriffen. Aber was machen Sie? Laufen davon! Benimmt sich so ein Mann? Sie wollen Tenzing Norgay sein? Tenzing Norgay hat den verdammten Mount Everest bestiegen! Und Sie? Fliehen vor einer achtundachtzigjährigen Großmutter im Rollstuhl. Herrgott, Jan, Ihnen müsste man täglich Feuer unterm Hintern machen, in der Hoffnung, dass Sie endlich mal über Hindernisse hinwegspringen, statt drunter durchzulaufen. Und jetzt zeigen Sie mir endlich, dass Sie ein Mann sind! Ein richtiger Mann! Nehmen Sie endlich die Fäuste vors Gesicht und kämpfen Sie! Zeigen Sie mir, dass Sie Tenzing Norgay sein können! Dass Sie Ihren Mount Everest bezwingen können. Und vielleicht, aber auch nur vielleicht, werde ich dann netter zu Ihnen sein!«

»Sie meinen noch netter als jetzt gerade?«, fragte Jan entgeistert.

Sie drehte sich um, hielt drei Finger in die Höhe und marschierte aus der Küche: »In drei Minuten beginnt der Unterricht!«

Dann war sie weg.

Einen Moment lang rührte sich nichts.

Auf dem Herd blubberte das Essen.

Jan starrte auf die Stelle, an der Hedy noch vor ein paar Sekunden gestanden hatte.

Schließlich drehte sich Jan zu Maria und sagte: »Mann, das war die mit Abstand schlechteste Entschuldigung, die ich in meinem ganzen Leben gehört habe.«

»Sie hat dich gern.«

»Was automatisch die Frage aufwirft, was sie mit Leuten macht, die sie nicht so gern hat wie mich …«

Maria zuckte gleichgültig mit den Schultern.

Dann zog sie ihm den Teller Suppe unter den Händen weg: »Du hast jetzt Unterricht.«

16

Die folgenden Tage brachten fast unmerklich Veränderungen. Nicht dass Hedy gnädiger geworden wäre, denn das war sie nicht und würde es auch niemals werden, und auch nicht, weil Jan unerwartete Fortschritte gemacht hätte oder gar zum *Mann* herangereift wäre. Tatsächlich erlebten die beiden immer wieder Gewitterstunden, in denen sie sich jedoch größte Mühe gaben, den jeweils anderen nicht mit Beleidigungen oder Vorwürfen zu überschütten. Und doch schien Hedys *Entschuldigung* einiges bewirkt zu haben. Jan hielt die Stunden klaglos durch, und Hedy verringerte die Lerneinheiten auf ein Mal täglich, angeblich, weil ihre Knie und der Rücken Beschwerden machten und sie daher auf Jans Physiotherapie nicht verzichten konnte.

Jan wusste, dass das geflunkert war, aber er gab sich allergrößte Mühe, Hedys Malaisen mit sorgfältigsten Massagen oder Dehnungen in den Griff zu kriegen. Hedy lobte ihn dafür und bedauerte nur, dass sie wegen ihrer Unpässlichkeiten keine Doppeltermine pro Tag wahrnehmen konnten. So trugen beide dazu bei, dass sich die Anfeindungen während der Übungen in Grenzen hielten.

Was den theoretischen Fahrunterricht betraf, musste Jan sich auf sein gut trainiertes Gedächtnis verlassen, denn sinnvolle Notizen während des Unterrichts waren nicht möglich und die Übungsbögen zu Verkehrssituationen oder der Straßenverkehrsordnung hätten für ihn genauso gut in Aramäisch verfasst sein können, so wenig konnte er sie entziffern. Somit begann er, die abgebildeten Bilder und die dazugehörigen Antworten auswendig zu lernen, was riskant war, denn viele Fragen erlaubten mehrere richtige Antworten und wenn man die nicht richtig lesen konnte, war die maximale Fehlertoleranz schnell überschritten.

Die folgenden zwei Wochen jedenfalls verliefen ohne übermäßige Gefühlsausbrüche. Jan nahm Unterricht in Münster, in Hedys Villa, besuchte seine Patienten, lernte zu Hause, so dass ihm so gut wie keine Freizeit blieb. Seine Tage hatten plötzlich einen streng getakteten Rhythmus, Stunden und Minuten rasten wie ein Pulk sprintender Radrennfahrer an ihm vorbei.

Wirkliche Fortschritte machte er in dieser Zeit so gut wie keine, aber er bekam allmählich ein Gefühl für Sprache und eine Ahnung, wie Wörter aufgebaut waren, denn er sah ein Wort nicht wie alle anderen als Bild, das man wiedererkannte und dann nur noch aussprechen musste, sondern war gezwungen, jeden Ausdruck, jede Vokabel, jeden Namen in Silben zu zerlegen, alles zu *verstehen*, um es anschließend wieder zusammenzusetzen und als gelernten Begriff abzuspeichern. Er dachte oft neidvoll an kleine Kinder, die all das, was er sich mühsam Silbe für Silbe erarbeitete, spielerisch lernten, ohne sich dessen überhaupt bewusst zu sein. Ihnen wurde Lesen und Schreiben praktisch geschenkt, er hingegen kam sich vor wie in einem Kohlebergwerk des 19. Jahrhunderts.

Hedy hingegen war der Meinung, dass zwischen Job, Leseunterricht und Theoriestunden in der Fahrschule bei intelligentem Zeitmanagement durchaus noch Positionen für praktischen Fahrunterricht offen waren. Was er in Fragebögen nicht oder nur schlecht verstand, würde für ihn am Steuer eines Autos viel leichter zu lernen sein.

»Sollte ich nicht erst ein paar Vorfahrtsregeln kennen?«, fragte Jan.

»Rechts vor links. Und wenn Sie etwas Rotes sehen, halten Sie einfach an«, antwortete Hedy trocken.

»Das ist nicht Ihr Ernst!«

»Natürlich nicht! Glauben Sie wirklich, ich fahre mit Ihnen auf einer öffentlichen Straße? Wir werden den Parkplatz eines Einkaufscenters nutzen, immer sonntags. Das ist mit den Eigentümern und dem Bürgermeister so abgesprochen, und auch die Polizei hat nichts dagegen.«

»Sie haben also alles wieder organisiert …«, schloss Jan.

»Hätte ich etwa auf Sie warten sollen?«, fragte Hedy zurück.

»Es wäre nur schön, wenn Sie mich mal einbeziehen würden, Fräulein von Pyritz!«

»Das tue ich doch gerade. Also, ich hoffe, Sie sind kein Kirchgänger, wir beginnen morgen Vormittag um zehn Uhr.«

Jan nickte: Sie hatten wirklich sehr unterschiedliche Vorstellungen davon, wie man jemanden in etwas einbezog.

»Wie kommen wir eigentlich zum Einkaufszentrum? Ich will Ihnen ja nicht zu nahetreten, aber mit Ihnen am Steuer landen wir auf dem Friedhof!«

»Ich habe da jemanden im Auge …«

»Wen?«, fragte Jan.

Da sah Hedy ihn nur an und lächelte.

Der nächste Morgen brachte nichts als Regen und Kälte.

Jan stand schlecht gelaunt vor der Villa, die Hände tief in die Hosentaschen vergraben, die Schultern wegen des pladdrigen Wetters hochgezogen. Seine Jacke war durchnässt, das Wasser lief ihm in den Nacken. Es war einer dieser Sonntage, die man mit einem Buch im Bett verbrachte oder auf dem Sofa beim Filmegucken. Stattdessen: Regen. Sieben Grad, Wölkchenatem und das Gefühl, die nächste Woche mit Grippe darniederzuliegen.

Und in der Villa öffnete niemand … NIEMAND!

Je länger er darüber nachdachte, desto wütender wurde er: Es war nach zehn Uhr. Er war pünktlich. Doch wo waren Hedy und Maria? Wieso stand er hier vor verschlossener Tür und ließ sich nassregnen? Und er wusste schon jetzt, dass, wenn er sich darüber beschwerte, Hedy ihm wahrscheinlich wieder die Geschichte mit Tenzing Norgay vorhalten würde. Er stapfte mal nach links, mal nach rechts und trat sauer nach einem Steinchen, das im hohen Bogen auf den Rasen flog.

Endlich hörte er ein Motorengeräusch, und im nächsten Moment steuerte Hedys Oldtimer-Mercedes die Auffahrt herauf und kam schließlich wenige Meter vor ihm zum Stehen. Jan lief zur Beifahrerseite, riss die Tür auf, um Hedy anzumeckern, fand sie aber auf dem Rücksitz, gleich neben Maria. Am Steuer saß eine junge, hübsche Frau, dunkle Augen, dunkles, weiches Haar. Sie strahlte ihn an und sagte nur: »Entschuldige, die beiden hatten noch einen Termin beim Pfarrer wegen eines Wohltätigkeitskonzerts in der Kirche.«

»W-was?«, stotterte Jan.

»Wie bitte!«, korrigierte Hedy aus dem Fond.

»Hallo, ich bin Alina.«

»Jan«, sagte Jan.

Sie gaben sich die Hände.

Jan konnte nicht anders, als sie anzustarren.

Und festzuhalten.

Da stand er nun, halb im Wagen, halb draußen, und es war ihm plötzlich ganz gleichgültig, ob er klitschnass wurde. Aus dem Augenwinkel konnte er sehen, dass Maria Hedy mit dem Ellbogen anstieß: grinsend.

Worauf Hedy kommentierte: »Wann immer Sie es einrichten können, Jan …«

Das wirkte krampflösend.

Jan ließ Alinas Hand los, nahm verlegen auf dem Beifahrersitz Platz und räusperte sich. Er blickte in den Rückspiegel und sah dort die beiden Damen sitzen: Handtaschen auf dem Schoß, Hände darauf, und mit einem amüsierten Gesichtsausdruck, der ihn nur noch verlegener machte.

»Alina ist meine Tochter«, sagte Maria.

Jan nickte: »Ich wusste gar nicht, dass Sie eine haben, Maria.«

»Oh, ja, und eine wunderschöne noch dazu!«, antwortete sie stolz.

»Mama!«, mahnte Alina augenrollend.

»Was denn? Ich sage nur die Wahrheit!«, beharrte Maria. Um zuckersüß hinzuzufügen: »Nicht wahr, Jan?«

»Hm?«

»Findest du sie nicht auch hübsch?«, fragte Maria unschuldig.

»Hm.«

Hedy seufzte theatralisch: »Den Umgang mit Frauen üben wir dann auch noch.«

Alina kicherte.

Maria hingegen ließ sich nicht abwimmeln: »Findest du sie hübsch oder nicht, Jan?«

»Sehr sogar, Maria!«

»Das ist sie!«, rief Maria entzückt aus dem Fond.

Hedy beugte sich vor und sagte: »Sehen Sie, Jan, ein kleines Kompliment und schon haben Sie alle drei Damen auf Ihrer Seite! Ist gar nicht schwer.«

»Ich hab's verstanden«, maulte Jan.

Alina kicherte wieder.

Maria tippte ihrer Tochter an die Schulter: »Jan hat übrigens keine Freundin, Alina!«

»Aha«, grinste Alina.

Jan schloss die Augen: Die grillten ihn gerade.

Und sie liebten es!

»Also dann!«, lächelte Alina, »wäre das geklärt. Auf geht's!«
Sie legte einen Gang ein und fuhr los.

Die beiden im Fond lehnten sich wieder zurück und blickten zufrieden auf das Pärchen vor sich. Jan hätte mit Alina geplaudert, aber er spürte förmlich die Blicke in seinem Nacken. Also schwieg er.

Sie erreichten den Parkplatz: leer, grau, nass. Weiß markierte Parkbuchten und ein Einkaufszentrum, das ohne Menschen wie etwas aussah, das man ebenfalls zu einem Parkplatz machen sollte. Alina und Jan tauschten die Plätze, dann zeigte sie ihm geduldig, wie man anfuhr, und ermunterte ihn dazu, doch eine erste Runde zu drehen.

Es funktionierte erstaunlich gut.

Jan fuhr langsam und umsichtig, Alina erklärte hier und da die Manöver, Hedy und Maria saßen auf dem Rücksitz und umklammerten ihre Handtaschen. Sie probierten sogar, den Mercedes einzuparken, was leidlich funktionierte: Alina öffnete die Tür und sah, dass der Wagen zur Hälfte in einer anderen Parktasche stand.

»Bravo! Geparkt wie ein Einzelkind!«, schmunzelte sie.
Sie drehten weitere Runden.

Doch langweilig wurde es Jan nicht. So oft es ging schielte er zu Alina rüber und fand sie jedes Mal noch ein wenig hübscher. Alina selbst blieb freundlich, zugewandt, aber auch ein wenig distanziert. Als sie schließlich genug geübt hatten, lobte Alina seine ersten Versuche und fragte schließlich: »Warum hast du eigentlich keinen Führerschein gemacht?«
Jan schluckte.

Was sollte er jetzt antworten? Er würde wie ein Dummkopf dastehen. Er hatte das alles nicht ohne Grund vor der Welt geheim gehalten. Und wenn es eine Gewissheit gab, dann, dass sich eine Frau wie sie niemals für einen Dummkopf interessieren würde!

»Ich … ähm …«

»Sein Gleichgewichtsorgan im Ohr war beschädigt!«, half Hedy aus dem Fond. »Deshalb durfte er nicht fahren.«

»So was gibt es?«, staunte Alina.

»Ja, das ist gar nicht mal so selten!«, bestätigte Hedy.

»Und jetzt ist es wieder in Ordnung?«, fragte Alina.

Jan nickte und sah dabei in den Rückspiegel zu Hedy: »Ja, jetzt ist alles wieder in Ordnung.«

Sie zwinkerten sich kurz zu.

17

So überraschend gut die ersten Fahrstunden an jenem Sonntag auch verlaufen waren, so dramatisch schlecht wurden sie an dem darauffolgenden, was ganz sicher nicht an Jans *Gleichgewichtsstörungen* lag.

»Das macht der Bengel absichtlich!«, empörte sich Hedy bei Maria.

»Warum sollte er?«

»Damit er mehr Fahrstunden mit Alina hat!«

Maria dachte kurz darüber nach und antwortete dann: »Gut.«

So saßen die beiden auch am nächsten Sonntag auf dem Rücksitz des Mercedes, während Jan sie mit enervierenden Stop and Go's malträtierte. Das Geruckel war Gift für Hedys Rücken, sie fluchte insgeheim und hoffte auf nichts mehr, als dass Jan Alina endlich auf einen Kaffee einlud, damit sie nicht alle noch beim Orthopäden landeten.

Maria dagegen umklammerte bestens gelaunt ihre Tasche und lobte selbst Jans lächerlichste Manöver überschwänglich. Sie war sich sicher, dass Alina keinen besseren Ehemann als Jan bekommen konnte, und baute darauf, dass ihre Tochter das irgendwann auch so sehen würde. Dass sie nicht einmal ein Paar waren, focht sie dabei nicht an: Das war nur eine Frage der Zeit! Jan gefiel ihrer Tochter, das spürte sie, jetzt musste Jan nur noch den ersten Schritt machen. Dann würden sie Liebende sein, heiraten, Enkelkinder bekommen.

Herrlich!

Aber Jan wäre nicht Jan gewesen, wenn er günstige Gelegenheiten nicht gleich im halben Dutzend verpasst hätte. Statt die Fahrstunden dazu zu nutzen, Alina um ein Rendezvous zu bitten, redete er über alles Mögliche. Dabei gab es immer wieder gute Anknüpfungspunkte innerhalb des Gesprächs, weil er natürlich wissen wollte, was sie so in ihrer Freizeit machte, wie es in ihrem Lehramtsstudium als zukünftige Grundschullehrerin lief oder welche Musik ihr gefiel. Bald schon wusste er eine ganze Menge über sie, aber er nutzte nichts davon, um daraus eine Einladung zu formulieren.

So plätscherten die Fahrstunden dahin.

Nach drei Wochen ohne jeden Fortschritt wurde selbst Maria unruhig: »Wir müssen etwas unternehmen!«

»Er braucht eben seine Zeit!«

»Ja, aber jetzt übertreibt er es. Worauf wartet er denn noch?«

»Das weiß ich auch nicht«, gab Hedy zu.

»Irgendwann ist der Zug abgefahren!«, mahnte Maria.

Hedy trommelte mit den Fingern auf der Tischplatte herum. Schließlich sah sie auf und nickte: »In Ordnung, wir probieren etwas aus!«

Am folgenden Sonntag wartete Jan wie üblich vor Hedys Villa auf Alina. Es regnete wieder einmal. Zu Jans Überraschung bog der Mercedes nicht in die Auffahrt, sondern hielt hinter ihm:

Offenbar hatte Alina ihn selbst aus der Garage geholt. Sie winkte ihm zu, Jan stieg ein und bemerkte sofort, dass Hedy und Maria nicht im Fond saßen.

»Fräulein von Pyritz hat einen wichtigen Termin. Meine Mutter begleitet sie«, erklärte Alina, als sie Jans fragenden Blick sah.

»Oh, okay«, sagte Jan.

Sie fuhren davon.

Daraufhin traten im Dachgeschoss der Villa Hedy und Maria ans Fenster ihres Schlafzimmers und sahen dem Mercedes nach, wie er auf die Straße bog und aus ihrem Blickfeld verschwand.

»Das war eine gute Idee, Fräulein Hedy«, nickte Maria.

»Wir werden sehen«, antwortete sie.

»Jetzt, wo wir nicht dabei sind, wird er sie einladen. Ganz sicher. Das kann er nicht mehr vermasseln!«

Er konnte.

Ein knappe Woche später berichtete Maria am Küchentisch ausführlich, was sie im Prinzip auch mit einem Satz hätte zusammenfassen können: Jan hatte nicht gefragt.

»Zwei Stunden sind sie gefahren!«, empörte sich Maria. »Zwei Stunden! Und kein Wort! Kein Versuch, gar nichts! Was macht der Junge nur?!«

»Er hat einfach keinen Mumm!«, schloss Hedy.

»Wenn er denkt, dass Alina den ersten Schritt macht, dann liegt er falsch. Die bietet sich nicht an, sie will umworben werden. Wie sich das gehört.«

»Ich weiß«, nickte Hedy. »Aber was soll man machen? Diesen Burschen muss man zum Jagen tragen.«

»Dann helfen Sie ihm, Fräulein Hedy!«, forderte Maria.

»Ich?«

»Ja, auf Sie hört er!«

Hedy schüttelte den Kopf: »Sie wissen doch selbst, wie er reagiert, wenn ich mich zu sehr *einmische*. Damit erreichen wir nur das Gegenteil!«

Maria seufzte: »Der Junge ist kompliziert.«

»Eher blockiert«, murmelte Hedy.

Eine Weile sagte niemand etwas.

»Und jetzt?«, fragte Maria. »Sollen wir zusehen, wie er es vergeigt?«

»Natürlich nicht«, gab Hedy zurück.

»Was wollen Sie tun?«

Hedy zuckte mit den Schultern.

Doch dann grinste sie.

18

Am Abend saßen Hedy und Jan beide im Salon, vertieft in Lautanalysen, die sie seit einiger Zeit durchexerzierten. Sie lasen im Wechsel Wörter, erst Jan, der zur Bekräftigung jeder Silbe einmal in die Hände klatschen musste, danach Hedy dasselbe Wort, ebenfalls klatschend, das Jan dann versuchte, möglichst fehlerfrei aufzuschreiben.

Sie hatten beide einen langen Tag hinter sich und waren vor lauter Müdigkeit in einem aufgekratzten, beinahe albernen Zustand. Draußen war es schon seit geraumer Zeit dunkel, drinnen schimmerten Lüster und Lampen, die den Salon in ein sepiafarbenes Licht tauchten, gerade so, als ob sie mit der hereinbrechenden Nacht eine kleine Zeitreise ins beginnende 20. Jahrhundert gemacht hätten.

Jan sagte: »Win-kel-schlei-fer!«

Und Hedy antwortete: »Win-kel-schlei-fer!«

Er beugte sich über ein Papier, den Bleistift in der Hand. Dann blickte er auf und fragte: »Wie schreibt man das?«

Sie lachten beide darüber.

»Ich weiß nicht einmal, wofür man es braucht!«, antwortete Hedy kichernd.

»Win-kel-schlei-fer!«, klatschte Jan grinsend.

»Rhythmus hat es«, bestätigte Hedy und fügte fast versonnen an: »Erinnert mich an ein Lied, das ich sehr mag …«

»Es gibt ein Lied über Winkelschleifer?«

Hedy lächelte: »Nein. Aber so, wie Sie gerade geklatscht haben …«

»Was für ein Lied? Ein Marsch?«

»Wie kommen Sie denn auf so etwas?«, runzelte Hedy die Stirn.

»Ich weiß auch nicht, wie man bei Ihnen auf Märsche kommen kann«, antwortete Jan ironisch.

»Kein Marsch, Jan.«

»Was dann? Ein Walzer? Was von Bach oder Mozart?«

»Glauben Sie, dass ich nur so etwas Klassisches kenne? Nein, es ist ein amerikanisches Lied. Das sagt Ihnen aber sicher nichts.«

»Versuchen Sie es!«, forderte Jan.

Hedy sah ihn einen Moment an, dann klatschte sie zu einer Melodie und sang gleichzeitig den Refrain: »I ain't got nobody … nobody cares for me … that's why I'm sad and lonely … won't some sweet Daddy take a chance with me …«

Jan schnippte mit dem Finger: »Klar kenne ich das! Das hat David Lee Roth gesungen!«

»Wer soll das sein?«

»Der Sänger von *Van Halen*!«

»Kenne ich nicht«, antwortete Hedy knapp.

»Aber der hat es gesungen!«, beharrte Jan.

»Dann hat er es geklaut. Das Lied ist von Marion Harris.«

»Marion Harris? Nie gehört. Wann soll denn das gewesen sein?«, fragte Jan.

»1921.«

»Kein Scheiß?!«

»Jan, auch wenn es spät ist: keine Kraftausdrücke!«

Er seufzte.

Dann fragte er: »Aber, Sie waren 1921 noch gar nicht auf der Welt?«

Hedy nickte: »Es war das Lieblingslied meiner Eltern. Sie haben es oft zu Hause aufgelegt und dazu getanzt.«

»Amerikanische Musik?«, fragte Jan erstaunt. »War die nicht verboten?«

Hedy schüttelte den Kopf: »Das kam erst sehr viel später. In den frühen Zwanzigern eroberte die amerikanische Musik gerade Deutschland. Jazz, Dixie, Ragtime, Charleston. Der Krieg war gerade vorbei. Die Leute wollten sich amüsieren. Sie feierten das Leben und wollten es in vollen Zügen genießen. Und das taten sie dann auch. Vor allem meine Mutter!«

Jan sah sie belustigt an: »Ihre Mutter? Was hat sie gemacht? Das Korsett für den Vier-Uhr-Tee gelockert?«

»Spotten Sie nur, aber meine Mutter war ein Stern! Ganz Berlin lag ihr zu Füßen.«

»Wirklich?«, staunte Jan. »Was war sie? Schauspielerin?«

Hedy dachte nach und lächelte versonnen »Ja, Schauspielerin war sie wohl auch. Aber mehr noch war sie Sängerin und Tänzerin. In einem Varieté. Und glauben Sie mir: Die Männer beteten sie an. Und das nicht nur, weil sie bei ihren Auftritten so gut wie nichts anhatte …«

Jan klappte der Mund auf: »Ihre Mutter war eine Stripperin?«

»Unsinn! Das hat nichts mit dem lächerlichen Geturne heutiger Tage zu tun. Und schon gar nichts mit plumper Prostitution. Die Mädchen damals mussten alles können: singen, tanzen, darstellen. Nur die Besten hatten überhaupt die Chance, auf die Bühne zu kommen. Und meine Mutter war die Beste!«

Sie hing lächelnd einer Erinnerung nach.

»Woher wollen Sie das wissen?«, fragte Jan herausfordernd. »Sie waren damals doch noch gar nicht auf der Welt!«

»Mein Vater hat das damals alles aufgeschrieben. Ich finde, er wäre auch ein guter Schriftsteller geworden, aber es ist anders gekommen. Es kommt ja immer anders, als man es plant, nicht? Jedenfalls habe ich seine Aufzeichnungen in einer Kiste gefunden. Mittlerweile habe ich es so oft gelesen, dass ich es fast auswendig kann.«

»Was ist passiert?«, fragte Jan neugierig.

»Wollen Sie das wirklich wissen?«

»Machen Sie Witze?! Natürlich will ich das wissen!«

»Gut, Maria wird uns einen Kaffee machen, und ich erzähle Ihnen, wie mein Vater meine Mutter davon abgehalten hat, die berühmteste Person ihrer Zeit zu werden …«

19

Berlin
1921

Es gab damals viele Etablissements, in denen ein ehrgeiziges Mädchen auftreten konnte. Wenige, in denen sich das Publikum auch nach dem Rausch noch an sie erinnerte, aber nur eines, in dem sie die Chance hatte, berühmt zu werden – wenn sie gut genug war: die *Weiße Maus*. Dort, im blauen Dunst ewig brennender Zigaretten, wuchs nicht nur die Begierde mit jedem Lungenzug, dort, wo rote Lippen an Champagnerkelchen nippten und Pomade Scheitel glänzen ließ, wurden Sterne geboren, die so hell strahlten, dass die ganze Stadt zu ihnen aufblickte.

Achtundneunzig Plätze bot die *Weiße Maus*, achtundneunzig Gäste, die unterschiedlicher nicht hätten sein können: leichte Mädchen, schwere Jungs, Geschäftsleute, Durchreisende, Gestrandete. Paare aus der Provinz, Intellektuelle oder welche, die sich dafür hielten. Damen kicherten, Männer winkten livrierten Kellnern zu, neue, mit Eis gefüllte Kübel mit Champagnerflaschen zu bringen. Reiche, Arme, Schwarzmarktschieber.

Kristallleuchter an den Decken, schwere Brokattapeten an den Wänden, ein Spiegel, der den Raum größer machte, als er war. Es gab kleine runde Tische mit blütenweißen Decken, einfache Bistrostühle aus Holz und Alkohol.

Jede Menge Alkohol.

Vorne die Bühne.

Vorhänge wehten auf, wenn es eine Darbietung gab, fielen wieder zusammen, wenn die Pause genutzt werden sollte, mehr zu trinken. Am Bühnenaufgang standen dicht gedrängt fünf Musiker, die die neue Musik spielten: Jazz. Einfach alles war amerikanisch in diesen Tagen, und jeder, der etwas auf sich hielt, beschwor den neuen Rhythmus.

Als mein Vater Karl die *Weiße Maus* an einem Abend im März das erste Mal betrat, gab er sich weltmännisch, abgeklärt, ein gut aussehender, großer Mann im dunklen Nadelstreifenanzug und polierten Lederschuhen. Tatsächlich war er nervös, kaufte einem Zigarettenmädchen ein paar Kippen ab und zündete sich eine an, obwohl er eigentlich gar nicht rauchte. Neben ihm sein Studienfreund Hans, mit einem Grinsen im Gesicht, das ihn wie einen verblödeten Provinzler aussehen ließ, was meinem Vater missfiel, denn er fürchtete, so würde jeder sehen, dass sie auch welche waren: Landeier.

Sie hatten es also tatsächlich geschafft: die *Weiße Maus*. Jeder wusste etwas über sie zu sagen, Skandale umwehten sie ebenso wie all die wilden Geschichten, von denen niemand wusste, ob sie tatsächlich passiert waren oder nicht. Nur eines war in jedem Fall wahr: es kamen jede Nacht neue dazu. Und niemand da, der diesem Treiben Einhalt gebot.

Die neue Freiheit.

Vor dem Krieg hatte es keine gegeben.

Es gab Ordnung.

Obrigkeit.

Harte Arbeit.

Der Krieg hatte alles in Millionen Stücke gesprengt. Als an Silvester 1918 das Tanzverbot aufgehoben wurde, explodierte das Leben, und alle stürzten sich in die lang entbehrte Lust. Hatte man zuvor noch ein Wochenende im Grünen verbracht, so fuhr man jetzt auf ein *Weekend* in die Stadt. Und die aufregendste aller Städte war Berlin, in dem schon bald jeder Tag ein *Weekend* war und jede Nacht neue Verlockungen versprach. Und die größte Verlockung war die *Weiße Maus*.

Dann die Masken!

In der *Maus* gab man nicht nur seine Garderobe ab, man ließ praktisch sein bisheriges Leben zurück und bekam dafür eine schwarze Augenmaske. Anonym trat man so in eine neue Welt, in der nichts war, wie es schien. Reiche gaben sich arm, Arme reich. Gauner waren ehrbar und Ehrbare verrucht. Intellektuelle benahmen sich wie Trottel und Trottel wie Intellektuelle. Die Welt stand Kopf in der *Weißen Maus*. Sie konnten

sein, was immer sie sein wollten, gerettet vor dem Urteil der
anderen und vereint im Willen, sich zu amüsieren. Bis die Sonne wieder aufging, sie ihre Masken wieder abgaben und ihre
Träume im Licht des frühen Tages verblassten.

Da standen sie nun und blickten auf einen brodelnden Raum
voller maskierter Menschen, die lachten, tranken, lebten.

Ein Kellner eilte ihm entgegen und sah meinen Vater fragend
an.

»Von Pyritz!«, sagte er lässig. »Zwei Plätze.«

Er wusste um die Wirkung seines Nachnamens, dass ihn ein
Geruch von Adel und Reichtum umwehte, und er benutzte
ihn gerne, um zu bekommen, was er wollte. Selbst hier, wo
niemand Wert auf Namen legte.

Der Kellner führte sie zu einem Tisch, an dem bereits ein Paar
saß und eine unbegleitete Dame, die ihn aufreizend musterte.

»Die sieht klasse aus!«, raunte ihm Hans zu.

Sie setzten sich mit einem kurzen, freundlichen Gruß zu den
Tischnachbarn. Sie sah wirklich gut aus, dachte er, graue Augen, sinnlicher Mund, lauernder Blick. Er wandte sich Hans zu
und wisperte: »Wenn sie mit dir fertig ist, wirst du keinen Pfen-
nig mehr in der Tasche haben.«

Hans zuckte mit den Schultern: »Wenn schon!«

»Du wirst deinem Vater erklären müssen, wo dein Studiengeld geblieben ist!«, mahnte Karl leise.

»Ich bin sicher, es würde sich lohnen«, flüsterte Hans lächelnd.

»Ich bin sicher, du steckst deinen Kopf in eine Kreissäge!«,
flüsterte er zurück.

Dann bestellte er beim wartenden Kellner Champagner und,
weil Hans ihn bittend ansah, ein weiteres Glas für die maskierte
Dame neben ihnen. Der Kellner kam rasch zurück, stellte den

Kübel auf ein kleines Höckerchen neben den Tisch, schenkte allen dreien ein Glas ein und verschwand genauso schnell, wie er gekommen war.

»Zum Wohl!«

Vater hob das Glas, sie erwiderte den Gruß mit einem gewinnenden Lächeln.

»Vielen Dank!«, hauchte die unbekannte Schöne. »Mit wem habe ich das Vergnügen?«

Vater zögerte einen Moment, dann antwortete er: »Karl. Und das ist mein Freund Hans!«

Besser keine Nachnamen.

Sie nickte ihnen zu: »Clärenore … Clärchen für Freunde.«

Er antwortete: »Freut mich, Sie kennenzulernen, *Clärenore*.«

»Auf Sie, Clärchen!«, rief Hans und prostete erneut.

Über das Glas hinweg musterte Clärenore ihn ungeniert, sehr zum Verdruss von Hans, dem sie keine Beachtung schenkte.

Vater hingegen mied ihren Blick, und je unbeteiligter er sich gab, desto mehr weckte er Clärenores Interesse.

»Haben Sie eine Zigarette?«, fragte sie mit rauer Stimme.

Hans gab ihr sofort eine, obwohl sie ihn nicht angesehen hatte.

Sie zögerte, aber da mein Vater keine Anstalten machte, ihrem Wunsch nachzukommen, wandte sie sich Hans zu. Er gab ihr Feuer, und sie berührte dabei sanft seine Hand.

»Sie sind sehr freundlich«, sagte sie.

Und Hans konnte nicht anders, als blöd zu grinsen.

Vater war im Begriff, ihn am Arm zu packen und ihn nach draußen zu zerren. Sie würde mit ihm dasselbe machen, was sie gerade so spielerisch mit einer ihrer langen Halsketten machte: ihn um einen Finger wickeln. Und dann auspressen wie einen Putzlappen. Bis zum letzten Tropfen. Und Hans, der Idiot, würde es auch noch lieben. Aber danach würde sie ihn fallenlassen und sich dem Nächsten zuwenden, und das würde Hans ganz sicher nicht lieben.

Die Kristallleuchter erloschen.

Ein Scheinwerfer flammte auf und kreise über dem Vorhang.

Die Kapelle setzte ein: Augenblicklich zogen sich die Geräusche nach allen Seiten des Raumes zurück und verschwanden zwischen Rauchschwaden in der Dunkelheit.

Ein nacktes Bein tauchte zwischen den Vorhängen auf, schmiegte sich an den Stoff und schoss dann fast senkrecht in die Höhe, bevor es wieder elegant zu Boden sank und dort auf Zehenspitzen wartete. Dann endlich flog der Vorhang auf, und da stand sie, die Frau, die seit Wochen Flüsterthema der Stadt war: *Madame Bijou*. Ein Raunen ging durchs Auditorium, Stühle wurden gerückt, Hälse gereckt, während Madame immer noch stillstand und ihren Auftritt genoss.

Ihr Kleid war ein Skandal.

Es war nicht nach Mode der Zeit taillenlos geschnitten und dreiviertellang, sondern hauteng, und es endete praktisch unterhalb der Scham. Es hing an hauchdünnen Trägern an ihren nackten Schultern, der Rücken so tief ausgeschnitten, dass ihr Po zu erahnen war. Im Gegensatz zu den meisten anderen Frauen hatte sie die Haare zu einem kurzen, dunklen Pagenkopf geschnitten, blaue Augen und so rote Lippen, dass ein Priester für einen Kuss von ihr die Krypta seiner Kirche zu einem Kasino umgebaut hätte.

Die Musik, die eben noch das Intro geschmettert hatte, wurde leiser und richtete damit den Fokus auf sie, die jetzt auffordernd, ja keck in das Publikum sah und sich hier und da einen Herrn aussuchte, dem sie mit einem Lächeln die Welt versprach. Und gleich wieder abnahm, um sie dem Nächsten zu schenken. Zurück blieben nur wild klopfende Herzen.

Ihre Stimme, dunkel und weich, schlich sich durch die erste Strophe eines amerikanischen Liedes, das mein Vater noch nie gehört hatte, aber er sprach, als einer der Wenigen im Raum, Englisch und nahm amüsiert zur Kenntnis, dass Madame es nicht tat, sondern den Text nach Gehör auswendig gelernt hatte. Es gab hier und da grammatikalische Sinnlosigkeiten oder Wörter, die gar nicht existierten, aber sie sang es mit einer solchen Überzeugung, dass ihr jeder abkaufte, was sie da gerade vortrug. Am meisten amüsierte ihn der Refrain: »*I ain't got nobody, nobody cares for me ...*« Denn wenn es eine Person in diesem Raum, in dieser Stadt gab, um die sich gekümmert wurde, dann war das sie.

Zur zweiten Strophe kamen zwei Kellner an den Bühnenrand und hoben sie an ihren ausgestreckten Armen in das Auditorium herab, das sie jetzt singend Schritt für Schritt in Besitz nahm, mal spielerisch mit einer Hand über eine männliche Schulter strich, mal den gelockerten Krawattenknoten eines Herrn ruckartig zuzog und so für noch mehr Luftnot sorgte.

Zum Refrain stellte sie ihren Fuß auf einen Stuhl, genau zwischen die Beine eines Gastes, und strich sich mit den Fingerspitzen über die glatten Beine hinauf zu den Oberschenkeln: »*... won't some sweet Daddy take a chance with me ...*«

Der Mann richtete sich auf, griff nach ihr, um ihr einen Kuss aufzunötigen, sie aber packte seinen Kopf mit einer Hand und stieß ihn zurück in den Stuhl, der anschließend mit ihm umkippte.

Gelächter folgte, Gejohle.

Einen Augenblick später war sie meinem Vater ganz nahe und ihm war, als würde sie einen Moment länger bei ihm verweilen als bei den anderen. Ein Gefühl, das er mit den anderen Männern teilte, denn alle waren der Meinung, sie hätte sie einen Moment länger angesehen, als es nötig gewesen wäre, und sie malten deswegen im Geiste bereits bunte Bilder der Leidenschaft. Tatsächlich schritt sie aber an allen achtlos vorbei, zu-

rück in Richtung Bühne. Die beiden Kellner hoben sie hinauf,
sie beendete ihr Lied.

Der Applaus war überwältigend.

Sie stand ganz still dort oben und badete im Jubel, während die
Ersten zum Bühnenrand sprangen, um ihr nahe zu sein. Die
Kellner hatten alle Hände voll zu tun, die Wildgewordenen im
Zaum zu halten, und ein paar Sekunden später wurde aus dem
Gerangel ein Tumult, aus dem Tumult schließlich eine hand-
feste Schlägerei.

Madame hingegen verschwand in aller Ruhe hinter den Vorhang.

Man wurde das Gefühl nicht los, dass sich diese Szene so ziem-
lich jeden Abend wiederholte und sie Routine darin hatte.
Selbst die Kellner hatten Routine darin, sich mit liebestollen
Verehrern herumzuprügeln.

Noch lange applaudierten die, die nicht im Clinch mit anderen lagen oder rausgeworfen wurden, aber *Madame Bijou* kam
nicht zurück auf die Bühne. Auch Karl und Hans klatschten
unentwegt, während Clärchen missmutig an ihrem Tisch saß
und vom Champagner nippte. Nicht einmal Hans beachtete
sie gerade. Sie stand auf und ging zur Toilette, um sich ein wenig aufzufrischen. Solange der Saal so tobte, verschwendete
sie mit aufgepeitschten Gockeln nur ihre Zeit.

»Was für eine Schau?!«, rief Hans Vater in dem tobenden Lärm
zu. »Was für eine Schau!«

Der nickte und starrte auf den geschlossenen Vorhang: Irgendwo dahinter musste sie sein.

»Kein Wunder, dass alle verrückt nach ihr sind!«

Er nickte wieder.

Dann sah er Hans an und sagte ruhig: »Ich werde sie heiraten!«

Der lachte und haute ihm kumpelhaft auf die Schulter: »Alle
wollen sie heiraten, Karl! Du musst dich hinten anstellen!«

Vater schüttelte den Kopf: »Nein, Hans, du verstehst mich nicht. Ich *werde* sie heiraten.«

Da lächelte Hans nicht mehr: »Du meinst das ernst?«

»Ja. Sie wird meine Frau. Sie oder keine.«

Hans seufzte: »Erzähl du mir noch mal was über Frauen, die einen ausnehmen.«

Vater wandte sich wieder der Bühne zu, immer noch applaudierend: »Sie ist anders!«

Er glaubte *wirklich* daran.

20

Natürlich hatte mein Vater nach dem Aufritt die Idee, sich in die Künstlergarderoben zu schleichen, aber ein Blick genügte, um festzustellen, dass er nicht der Einzige mit dieser Idee war. In Trauben drängten die Herren gegen die Hintertür zum Künstlerbereich, aber die Kellner hatten sie abgeschlossen und achteten zudem mit Argusaugen darauf, dass niemand versuchte, über die Bühne zu klettern, um *Madame Bijou* einen kleinen Besuch abzustatten.

So blieben viele Enttäuschte außen vor, genau wie ihre Blumensträuße, die man, immerhin das versprachen die Bediensteten der *Weißen Maus*, an Madame weiterreichen würde, denn Madame liebte Blumen. Dass sie die beigesteckten Briefchen allenfalls überflog und dann in der Regel in den Mülleimer warf, erwähnten sie nicht. Das nährte alle im Glauben, ihre Liebesschwüre würden Madames Herz erweichen und sie würde ihnen irgendwann die Tür zu ihrem Reich schon noch öffnen.

Auf diese Art und Weise würde er ihr also niemals näherkommen. Als einer von Dutzenden, gutaussehend und gebildet zwar, aber das waren andere auch. Und an ihrer Stelle hätte er auch niemanden gewählt, der in der Menge stand und laut ihren Namen rief. Keiner merkte sich ein Gesicht in der Menge, er musste schon zu ihr hinauf, damit sie ihn *sehen* konnte. Aber wie?

Er fand, dass er keine nennenswerten künstlerischen Veranlagungen hatte, mit denen er hätte beeindrucken können. In Berlin kannte man ihn nicht, und selbst sein adliger Name half nicht, wenn erst einmal klar geworden war, dass er aus der fernen Provinz stammte, ohne politische oder gesellschaftliche Verbindungen von Rang. Meine Großeltern waren zwar wohlhabend, aber nicht reich, und somit waren kostspielige Geschenke, mit denen er vielleicht ihre Aufmerksamkeit hätte erzielen können, auch nicht möglich. Und zu allem Überfluss war er auch noch Student! Selbst wenn er ein ganz komfortables Leben in der Hauptstadt führte und seine Aussichten, einmal Doktor der Veterinärmedizin zu sein, nicht zu verachten waren: Wer wollte denn als funkelnder Stern am Varietéhimmel schon aufs Land, um seinem Mann anschließend in der Praxis oder noch schlimmer: im Stall zu helfen? Womöglich noch mit dem Arm im Darm einer Kuh?

Mit einiger Besorgnis musste er feststellen, dass er zwar der Traum jeder Landpomeranze war, aber ganz sicher nicht der der aufregendsten Frau Berlins. Daher blieb ihm nur eine sinnvolle Möglichkeit: Er musste sich *Madame Bijou* aus dem Kopf schlagen. Durfte nie wieder in die *Weiße Maus* gehen, nie wieder einen ihrer Auftritte sehen und nie wieder an sie denken. Er würde sich und allen anderen beweisen, dass er unbeirrbar war, willensstark, dass ihn auch ein atemberaubendes Weibsbild nicht aus der Bahn werfen konnte. Und mit ein bisschen

Glück würde sich seine augenblickliche Entflammtheit als Strohfeuer entpuppen und er würde wieder auf den Weg zurückkehren, der ihm vorbestimmt war: geachteter Landarzt mit einer reizenden Frau und ein paar ebenfalls reizenden Kindern. Dazu musste er nur vernünftig sein, denn Liebe war nun mal nicht vernünftig.

Er verbrachte noch den Rest des Abends im Varieté, weil Hans Clärchen näherkommen wollte und sie es ihm auch nicht sonderlich schwermachte. Sie verließen die *Weiße Maus* im Morgengrauen, legten ihre Masken ab, bekamen dafür ihre Mäntel und Hüte zurück und gingen nach Hause.

Beide betrunken, beide verliebt.

In den folgenden Tagen breitete sich das Strohfeuer zu einem veritablen Flächenbrand aus. Er konnte nicht mehr schlafen, nicht mehr essen, nicht mehr an irgendwas anderes denken als an sie. An ihre Stimme, ihr kokettes Lächeln, ihre falsch erlernten englischen Vokabeln, an ihren Mund, ihre Augen, ihre Hände, Füße, einfach an alles. Nichts schien profan genug, als dass er es nicht in seiner Erinnerung verehrte.

Hans schien diesbezüglich mehr Glück zu haben, zumindest traf er Clärchen jeden Tag. Er schwärmte von ihr, wie sie Arm in Arm durch den Tiergarten flanierten, von den heimlichen Küssen, den Liebesschwüren, den Abenden bei einem Glas Wein und einer rosaroten Zukunft. Sie würde sicher mit ihm fortgehen, lachte Hans, wenn er Arzt sein würde. Sie wäre sicher gerne Frau Doktor und liebte bestimmt auch Kinder. Und Vater dachte nur: Ach, könnte ich das nur sein. Mit Madame.

Hans nahm ihn mit ins *Kranzler*, um ihn abzulenken, sie spazierten zu dritt den Ku'damm entlang, versuchten, sich auf der Friedrichstraße nicht vom immer dichter werdenden Autoverkehr überfahren zu lassen. Und Karl dachte: Das hier ist doch *ihr* Leben! Autos statt Pferdekutschen, Kaufhäuser statt

Dorfläden. Reklame, Lärm und Abgase statt Bäumen, Ähren und Bauern.

Auf den Gehsteigen standen die Krüppel aus dem Krieg, junge Männer, denen von alten die Zukunft gestohlen worden war. Deren Arme, Beine und Kiefer von ihren Körpern gerissen worden waren und die jetzt um ein paar Groschen bettelten. Niemand achtete auf sie, niemand wollte an die Wunden und Reparationen erinnert werden, für die sie standen. Ihre Augen waren leer. Wie die der Toten, die neben Karl in den Schützengräben gelegen hatten.

Auch viele andere hatten nicht viel, oft nur den Anzug oder das Kleid, das sie trugen, tausendmal geflickt, aber nie nachlässig. Sie hasteten vorbei, mit Aufträgen oder auch ohne. Wenige hingegen schienen so reich, als hätte es den Krieg nie gegeben. Sie eilten nicht, sondern mieden bloß die armen Teufel, die auf eine kleine Spende hofften. Das Leben pulsierte hier durch jede Gasse, der Ton war rau, und selbst die beginnende, unheilvolle Inflation fraß zwar den Wert des Geldes auf, nicht aber den Optimismus. Wie sollte er sie je überzeugen können, mit ihm fortzugehen? Wie sollte er ihr überhaupt jemals näherkommen, um ihr seine Welt draußen auf dem Land zu zeigen?

Sie saßen in einer Kneipe und tranken Bier, als Hans auf die Toilette ging und mein Vater bemerkte, dass Clärchen immer noch mehr Interesse an ihm bekundete, als schicklich gewesen wäre. Sie kaschierte ihre heimlichen Blicke, aber er bemerkte es und fragte sich, wie er auf seinen Freund einwirken konnte, ihr den Laufpass zu geben. Sie würde nie Frau Doktor werden und sah nicht aus, als wäre sie scharf auf Kinder. Sie war da, wo sie sein wollte: in der spannendsten Stadt der Welt. Sie war jung, schön und dachte nicht daran, sich mit weniger zufriedenzugeben. Sie gierte nach mehr – Vater konnte es ihr nicht einmal verdenken. War *Madame Bijou* nicht auch so?

Eine Woche verbrachte er in liebeskranker Agonie.

Er verpatzte nicht nur eine medizinische Arbeit, sondern gab in einem praktischen Kurs über Nutzvieh einem Dozenten so patzige Antworten, dass es ihm einen Besuch beim Rektor der Tierärztlichen Hochschule Berlin Richard Eberlein einbrachte, einem strengen Mann mit gezwirbeltem Schnäuzer und akkuratem Haarschnitt. Vater gelobte aufrichtig Besserung, denn er wusste, dass ein bloßes Lippenbekenntnis sein Studium vorzeitig beenden könnte. Diese Schande wollte er weder seiner Familie noch sich selbst antun. Er verließ das Büro Eberleins und fasste einen Entschluss: Er hatte versucht, sie zu vergessen, und war darin vollkommen gescheitert. Jetzt würde er eben versuchen, sie zu erobern. Und was auch immer *danach* kommen würde, würde eben kommen.

Eine Woche hatte es also gedauert bis zur vollständigen Kapitulation. Es nagte an seinem Selbstwertgefühl. Eine Woche! Er hatte ein Jahr in den Schützengräben des großen Krieges gelegen, Kameraden sterben, nein, verrecken sehen. Er hatte gefroren, gehungert, war halb rasend vor Angst gewesen. War in sinnlosen Attacken über Niemandsland gestürmt, hatte sich verzweifelt gegen brutale Angriffe verteidigt. War wie durch ein Wunder nicht getötet worden, hatte nicht einmal eine Verletzung davongetragen, während ihm Mörser und MG-Feuer nur so in den Ohren dröhnten.

Er hatte all das überstanden.

Ein Jahr lang.

Und Madame hatte gerade einmal eine Woche gebraucht.

21

Die Bijou-Offensive gestaltete sich jedoch schwieriger als ohnehin schon angenommen.

Mein Vater wurde Stammgast in der *Weißen Maus*, verpasste keine ihrer Vorstellungen, doch ein Plan wollte ihm auf Teufel komm raus nicht einfallen, weil ihr bloßer Anblick jeden sinnvollen Gedanken wie eine Seifenblase platzen ließ. Und jeden Abend, an dem sie auftrat, das gleiche Bild: wild gewordene Verehrer, Tumult, manchmal flogen die Fäuste. Aber immer blieb der Zugang zum Künstlertrakt versperrt. Und immer türmten sich die Sträuße und Gebinde für Madame und wurden brav von den Kellnern zugestellt. Sie selbst zeigte sich – außer bei ihren kurzen Auftritten – niemals. Es wäre wohl auch keine gute Idee gewesen.

Als Nächstes suchte er den Hintereingang zur *Weißen Maus*, denn auf irgendeine Weise musste sie ja das Varieté betreten. Er fand ihn – und eine ganze Reihe ihrer Verehrer dazu, die denselben Einfall gehabt hatten. Dennoch wartete er nach ihren Auftritten zwei Nächte lang dort auf sie, aber sie tauchte nicht auf. Es musste also noch einen weiteren Weg hinaus geben. Vermutlich über einen der Keller der Nachbarhäuser.

Mittlerweile kannte ihn nicht nur die Garderobiere, die es inzwischen aufgegeben hatte, mit dem gutaussehenden Adligen zu flirten, weil er sie einfach nicht beachtete, sondern auch die Kellner, die ihm immer einen Platz in der Nähe der Bühne freihielten. Sein Studiengeld war großzügig, aber die ständigen Abende in der *Maus* zehrten an den Ersparnissen. Er würde bald schon nach Hause telegraphieren müssen und um weitere Unterstützung bitten. Seine Familie würde sie ihm auch gewähren, aber er wusste bereits jetzt, dass er bei seiner Rückkehr in den Ferien deswegen Rede und Antwort stehen musste. Prasserei war verpönt, und auch nur die Andeutung, dass er es wegen einer Sängerin in einer zwielichtigen Bar gebraucht hatte, würde seine Mutter des Skandales wegen in ein frühes Grab bringen.

Am nächsten Abend verließ er die *Maus* nach ihrem Auftritt und eilte nicht links hinaus, den Weg, der auch zum Hinterausgang führte, sondern rechts und an der nächsten Möglichkeit wieder rechts. Auch hier reihten sich dicht an dicht die Häuser, nichts deutete auf einen weiteren Eingang hin, mit Ausnahme eines großen, schwarzen Tores, das zu seiner Überraschung nicht verschlossen war. Er schlich sich hinein, brauchte ein paar Sekunden, um sich an die Dunkelheit zu gewöhnen, dann konnte er in einem Innenhof einen rot-schwarz blitzenden *Alfa Romeo ES Torpedo* sehen, ein herrliches Cabrio, mit breiten, schwarzen Trittbrettern und geschwungenen Kotflügeln. Solche Autos sah man selbst in Berlin selten, und wem immer es gehörte, er musste sehr vermögend sein.

Am Steuer saß ein Chauffeur in messingknopfbewehrter Uniform mit Mütze und Handschuhen, bei laufendem Motor, während an einer Kellertür ein Herr mit Frack, Zylinder und weißem Schal wartete. Im nächsten Moment öffnete sich die Kellertür, und da war sie: Madame! Ließ sich die Hände küssen und zum Fond des Alfas führen, wartete, bis ihr die Tür geöffnet wurde, und schlüpfte dann hinein. Zu seiner Überraschung trug sie ebenfalls einen Frack. Sie war gekleidet wie ein Mann, was er ebenso irritierend wie faszinierend fand, denn sie sah in einem Anzug noch umwerfender aus.

Die Scheinwerfer flammten auf, während der Alfa im Hof drehte. Vater suchte sich rasch eine dunkle Ecke und sah die beiden dann langsam an sich vorbeifahren, offenbar in ein amüsantes Gespräch vertieft. Der Chauffeur öffnete das Tor, dann startete er durch. Vater trat aus dem Schatten und lief bis zur Straße, sah den Wagen noch um die nächste Straßenecke biegen, dann waren sie fort.

Ein Millionär warb also um sie.

Er konnte ihr die Welt zu Füßen legen. Konnte mit ihr reisen, in den besten Hotels absteigen, sie wie eine Königin einkleiden oder jeden Tag in den besten Restaurants essen gehen. Es gab nichts, was er nicht konnte. Und unglücklicherweise war er kein Greis, sondern in den besten Jahren.

Er dagegen konnte ihr kaum mehr als ein liebendes Herz bieten.

Die Währung der Mittellosen.

In einer Welt, die weder finanzielle noch moralische Grenzen kannte.

22

In der nächsten Nacht war Vater vorbereitet.

Von einem Kommilitonen hatte er sich ein Opel-Motorrad ausgeliehen, ein klappriges Teil, das mehr Ähnlichkeiten mit einem Fahrrad hatte. Es wurde von einem kleinen 140-Kubik-Motor links neben dem Hinterrad angetrieben, hatte einen einfachen Sattel als Sitz, und sein Lenker glich dem eines Damenrades. Es fuhr nicht besonders schnell, machte einen Heidenlärm und er hoffte inständig, dass der Chauffeur des Millionärs seinen Alfa Romeo nicht aufs Land steuerte, um dort mal so richtig aufs Gas zu treten. Sie würden in Sekunden in der Dunkelheit verschwinden, ohne dass er auch nur die geringste Chance hätte, ihnen zu folgen.

Madames Schau ließ er sich nicht entgehen, verschwand jedoch kurz nach den letzten Tönen der Kapelle nach draußen, um sich gegenüber dem schwarzen Tor auf die Lauer zu legen. Etwa eine halbe Stunde später öffneten sich die Flügel, der Alfa fuhr vor und startete zügig durch, doch diesmal folgte Karl ihm zur nächsten Querstraße und von dort aus Richtung Westen.

Innenstadtverkehr bremste das Automobil vor ihm immer wieder ab, so dass er mühelos mithalten konnte. Doch ab dem Tiergarten dünnte der Strom der Fuhrwerke und Flaneure spürbar aus, die Charlottenburger Chaussee verlief hier schnurgerade, so dass der Alfa rasch beschleunigte und er bald schon den Kontakt zu Madame und ihrem Millionär zu verlieren drohte. Er verfluchte das kreuzlahme Motorrad, behielt, solange es ging, den Alfa im Blick, doch dann tauchte dieser zwischen den Laternen in der Dunkelheit ab.

Eine Weile fuhr er stur geradeaus, aus der Chaussee wurde die Bismarckstraße, später der Kaiserdamm. Von Madame keine Spur mehr. Gerade als er im Begriff war aufzugeben, hatte er eine Erleuchtung: Wo anders im Westen Berlins, wenn nicht in der Villenkolonie Grunewald könnte der unbekannte Millionär wohnen? Hatten nicht letztes Jahr die Zeitungen vollgestanden von dem Bezirk, der, wie andere auch, nach Groß-Berlin eingemeindet worden war? Riesige Grundstücke, schöne Seen, diskrete Nachbarschaft. Innerhalb eines Jahres hatte sich die Einwohnerzahl der Stadt von zwei auf vier Millionen verdoppelt, aber nur knapp siebentausend waren durch das noble Viertel dazugekommen.

Er bog in die Windscheidtstraße, passierte den Stuttgarter Platz und erreichte bald die Kolonie. Prächtige Alleen, an denen sich still protzige Gründerzeitvillen mit ihren ausladenden Gärten auf der Rückseite aufreihten. Es war mitten in der Nacht. Die meisten Häuser dunkel, und er hielt Ausschau nach dem Alfa, der hoffentlich nicht in eine Garage geparkt worden war.

Er hatte Glück.

In der Bismarckallee, direkt am Hubertussee, thronte auf einem kleinen Hügel eine hell erleuchtete Villa. Fenster standen offen, Musik dröhnte aus dem Innern, auf einem Balkon sah man elegant gekleidete Damen und schwarzbefrackte Herren, die tranken, lachten und sich fast schon anschreien mussten, um überhaupt verstanden zu werden.

Er stieg von seiner Opel und entdeckte den Alfa in der Einfahrt. Die riesige Eingangstür war verschlossen, er wagte nicht zu läuten, so schlich er um das Haus herum und stieß bald schon an den See, der an das Grundstück grenzte. Von dort aus hatte er einen guten Blick in den Garten, in dem ein wildes Fest tobte, genauso wie im Innern des Hauses. Es mochten zweihundert Gäste sein, vielleicht auch mehr, und alle schienen sie bester Laune zu sein, tanzten den Shimmy oder betranken sich.

Inmitten der Terrasse war eine Champagnerpyramide aufgebaut worden, und ein Bediensteter kippte immerzu neues Prickelwasser von oben in die Kelche. Die Damen sahen hinreißend aus in ihren halblangen taillenlosen Kleidern, den Häubchen und langen Halsketten, den roten Mündern und weißen Zähnen. Die Männer entweder im Frack oder im Smoking, in jedem Fall in Schwarz, viele mit weißen Schals, alle mit Pomade im Haar.

Das ganze ehrwürdige Anwesen schien vor Lust und Musik zu erzittern und stand im seltsamen Widerspruch zu allen anderen Häusern, die dunkel und schlafend im Schatten lagen.

Er hielt nach ihr Ausschau.

In der Menschenmenge konnte er sie nicht ausmachen, gut möglich, dass sie sich drinnen aufhielt. Die Nacht war kühl, trotzdem standen oder tanzten viele draußen. Er hätte einfach über den Garten ins Haus gehen können, es gab weder Mauern, Zäune noch Büsche, aber er wäre der einzige Mann gewesen, der keinen schwarzen Anzug getragen hätte. Würde es dem Gastgeber auffallen? Würde es irgendjemandem auffallen?

»Furchtbar nicht?«

Er wirbelte erschrocken herum. Vor ihm stand eine ältere Dame mit einem Hund, die ihn mitleidig anlächelte.

»Können Sie auch nicht schlafen?«

»Bitte?«, fragte er verwirrt zurück.

»Das geht jetzt schon seit Wochen so. Jede Nacht!«

Er nickte: Offenbar hielt sie ihn für einen Anwohner. Einer, der nicht eingeladen worden war.

»Seit Wochen?«, gab er erstaunt zurück.

»Ohne Unterlass. Als ob es kein Morgen geben würde. Immer dasselbe. Musik, Alkohol, Gekreische. Ich verstehe nicht, wie man das jede Nacht aushalten kann!«

»Und die Gäste? Kommen jede Nacht wieder?«

Sie zuckte mit den Schultern: »Einige sind von hier, viele von irgendwo her. Hat sich wohl herumgesprochen.«

»Und der Gastgeber?«, fragte er. »Woher kennt er so viele Leute?«

»Ich glaube nicht, dass er auch nur einen kennt. Er tauchte vor ein paar Wochen auf, kaufte das Haus und bald darauf begannen die Partys. Ein Graf, so hört man, aus dem Ausland, obwohl er akzentfrei Deutsch spricht.«

Er nickte wieder.

»Na dann, gute Nacht. Oder das, was davon noch übriggeblieben ist.«

Sie zog weiter, er sah ihr kurz nach, dann wieder zur Villa. Hunderte Gäste jede Nacht. Ein einziger, endloser Rausch! Wie konnte er da mithalten? Was konnte er Madame bieten, was der Graf ihr nicht im Übermaß zu Füßen legen würde?

Da stand er nun und blickte noch eine Weile auf die Terrasse, unschlüssig, was er jetzt machen sollte. Hineingehen, sie suchen, versuchen, sie für sich zu gewinnen? Oder wenigstens sich bekannt zu machen? Und was würde ihr Kavalier dazu sagen?

Dann, plötzlich, sah er sie.

Wie aus dem Nichts war sie auf der Terrasse aufgetaucht, wieder im Anzug, gekleidet wie ein Mann und doch die schönste Frau von allen. Sie war die Treppen zum Garten hinabgestiegen und ging auf ihn zu.

Das Herz pochte ihm bis zum Hals: Sie konnte ihn unmöglich gesehen haben, er stand im Schatten eines Baumes, und doch hielt sie auf ihn zu. Dann blieb sie stehen und blickte hinauf in den Nachthimmel.

Nur ein paar Meter von ihm entfernt.

Das war eine günstige Gelegenheit – eine, die vielleicht nie wiederkommen würde. Doch gerade, als er aus dem Dunkel heraustreten wollte, rief jemand nach ihr.

»Anni!«

Sie drehte sich um und lächelte ihrem Millionär zu.

Dann ging sie ihm entgegen, nahm den ihr gebotenen Arm an und wandelte zurück ins Haus.

Zurück zum wilden Fest.

Vertan.

Und doch: Unzufrieden war er nicht. Für einen Moment hatte er sie aus der Nähe gesehen. Für einen Moment den Ausdruck in ihrem Gesicht gelesen: Sie war müde. Sie war des Feierns müde und der Leute, die sie umgaben. Sie hatte genug davon. Nur um schon im nächsten Augenblick wieder ihr umwerfendes Lächeln anzuknipsen und erneut *Madame Bijou* zu sein. Aber sie war eben nicht nur *Madame Bijou* – sie war auch noch jemand anderes: Anni. Gut, dass er sich nicht aufs Fest geschlichen hatte, gut, dass er nicht Teil dieser Gesellschaft geworden war.

Denn das war jetzt seine Chance.

Anni, dachte er, *Anni, Anni, Anni*.

23

Es hatte ihm so viel Mut gemacht, dass er geduldig die Nacht im Schatten der Bäume ausharrte, bis sich im Osten ein neuer Tag am Firmament ankündigte und die laute Musik hinter den Gesang der Lerchen zurücktrat und schließlich erstarb. Er saß mittlerweile wieder auf seiner Opel und behielt den Alfa im Auge, bis sich endlich im Strom der Nachtschwärmer auf ihrem Weg nach Hause auch der Millionär und Anni zeigten, die mit ihm in den Wagen stieg.

Er startete sein Motorrad und fuhr los.

Zurück auf der Bismarckstraße, überholte ihn der Alfa, er konnte kurz sehen, dass Anni an der Schulter ihres Verehrers eingeschlafen war. Diesmal hängte ihn die Limousine nicht ab, der Verkehr der Berufstätigen, Droschken und Einspänner hielten sie immer wieder auf, so dass er dem Wagen bis zur Friedrichstraße folgen konnte.

Dort stieg sie aus, verabschiedete sich und gab dem Grafen einen Kuss auf den Mund. Sein Magen verkrampfte sich vor Eifersucht, er zwang sich, ruhig zu atmen und ihr zuzugestehen, dass ein einfacher Kuss für überbordenden Luxus kein allzu hoher Preis war. Im Gegenteil: Allein, dass sie nicht in der Villa übernachtet hatte, wertete er als gutes Zeichen!

Er folgte ihr zu Fuß zum Bahnhof Friedrichstraße. Sie fiel natürlich auf in ihrem Männeranzug, aber die fragenden, manchmal amüsierten, manchmal empörten Blicke nahm sie einfach nicht wahr und drehte sich auch nicht um zu ihm, der nur wenige Meter hinter ihr herging. Am Karlsplatz bog sie in eine kleine Seitenstraße und trat dort in ein ziemlich heruntergekommenes Haus ein. Auf einem der Briefkästen las er: Anni Kramer. Er konnte ihre Schritte noch auf der Treppe hören, dann den Schüssel zu ihrer Wohnung. Erster Stock.

Anni Kramer.

Madame Bijou.

Auf der Rückseite sah er die Bahnlinie, die den Bahnhof Friedrichstraße mit dem Lehrter Bahnhof verband. Rumpelnd donnerten dort die Waggons hindurch, es musste laut in ihrem Zimmer sein. Ein Bretterzaun trennte einen kleinen, verwahrlosten Garten von der Straße ab, und im ersten Stock konnte er ein Fenster ausmachen, vor dem schwere Vorhänge zugezogen waren: ihr Schlafzimmer.

Zufrieden machte er sich auf den Heimweg.

Er hatte so einiges herausgefunden in dieser Nacht, wenn er auch noch keinen Schritt weitergekommen war. Wie sollte er sich ihr nähern? Was sollte er ihr sagen, wenn er sie das erste Mal ansprach? Wie konnte er sich von ihren Verehrern unterscheiden? Er fand darauf keine Antworten, nur eines wusste er: ihr seine Liebe gestehen konnte er sich sparen. Die Männer standen Schlange mit dem Versprechen, sie für den Rest ihrer Tage auf Händen zu tragen.

Müdigkeit überkam ihn plötzlich, er hatte Hunger, und mittlerweile zitterte er vor Kälte. In einer Bäckerei kaufte er Brot, bei einem Krämer Wurst und Käse. Er setzte sich auf eine Treppe in einem Hauseingang, schnitt Wurst mit seinem Taschenmesser und biss herzhaft in seine Stulle. Der Zufall wollte, dass ein Mädchen mit einem Karren voller Blumen an ihm vorbei-

kam und ihm keck zurief: »Na, det sin' Blumen, wa?! Willste
eene?!«

Er lächelte: diese Berliner Schnauze.

Er sah auf die Blumen, die in Gebinden in Körbe gelegt worden waren.

»War jerade uffm Markt. Janz frisch, mein Bester!«

Er nickte: Blumen waren immer eine gute Idee. Aber welche?

Er sah auf Rosen, Margeriten, Tulpen, Nelken … alles Mögliche, und er hatte jede davon schon als Strauß gesehen, der
für Madame bei den Kellnern der *Maus* abgegeben worden
war.

»Na, wie heeßten die Kleene?«, fragte das Mädchen.

»Anni«, grinste er.

»Au, Anni! Det klingt nach Rose, wa?!«

Er nickte: »Hm.«

»Nehmense die hier! Die is' schick!«

Sie gab ihm eine weiße Rose, die, fand Karl, wirklich sehr schön
war. Nur, dass Madame Rosen im Überfluss bekam, meist rote.

»Müssense nur innet Wasser stellen. Muss sich richtich vollsaugen. Denn hält die ewich!«

Er drehte die Rose in der Hand und hatte plötzlich eine Idee.
»Vollsaugen?«, fragte er mehr zu sich.

»Klar. Wie viel dürfenet denn sin?«

»Erst mal drei. Kommst du immer hier vorbei?«

»Jeden Morjen um die Zeit!«

»Gut.«

Er zahlte die Rosen.

Eilte zurück zum Motorrad und fuhr nach Hause. Im Erdgeschoss fragte er bei der Mamsell nach einer Vase, füllte sie anschließend in seinem Zimmer mit Wasser und stellte die Rosen
hinein.

Schöne weiße Rosen.

Nichts Besonderes für Madame, aber das, so hoffte er, würde sich bald ändern. Er griff nach seinem Tintenfass auf seinem Schreibpult und kippte den Inhalt ins Rosenwasser. Zufrieden legte er sich ins Bett.

Und als er wieder aufwachte, waren die Rosen blau.

24

Es zahlte sich aus, dass er mittlerweile jedem Kellner in der *Weißen Maus* nicht nur als solventer Gast, sondern auch als Mann mit Umgangsformen bekannt war. Er hatte seine blaue Rose in neutrales Papier gewickelt, weil er nicht wollte, dass seine Konkurrenten möglicherweise errieten, wie er die außergewöhnliche Blume erschaffen hatte, und drückte sie am folgenden Abend noch vor dem Auftritt einem der Bediensteten zusammen mit einem Trinkgeld in die Hand.

Den ganzen Tag hatte er damit verbracht, nach der richtigen Karte zu suchen, hatte aber keine gefunden, die seinen Vorstellungen entsprochen hätte, so dass er schließlich eine ganz einfache gekauft und auf einer Seite einfach mit Zinnfolie beklebt hatte, so dass sie silbern glitzerte und ganz ausgezeichnet zum Blau der Rose passte. Auf die freie Seite hätte er seinen Namen schreiben können, zusammen mit Grüßen, Liebesschwüren oder Einladungen oder irgendetwas, was Madame jeden Tag las, stattdessen schrieb er nur ein Wort darauf: EINE. Dahinter drei Punkte um anzudeuten, dass noch mehr folgen würde.

Zufrieden stellte er fest, dass der Kellner die Rose in den Künstlerbereich brachte, noch bevor alle anderen dort mit ihren Blumen vorstellig wurden. Dann nahm er Platz und genoss die Schau. Heimlich hatte er gehofft, irgendein Zeichen in ihrem Gesicht zu entdecken, dass sie sein Geschenk bekommen hatte, aber Madame sang und tanzte wie die Abende zuvor auch, interessierte sich für jeden und niemanden und sorgte nach ihrem Auftritt für den üblichen Tumult.

In der folgenden Nacht kehrte er zurück, eine weitere eingewickelte Rose in der Hand, eine weitere Karte darin versteckt, ein weiteres Mal nur ein einziges Wort. Diesmal hieß es: ROSE. Wieder gab ein Kellner sie im hinteren Bereich der Bühne ab, wieder ließ Madame nicht erkennen, ob sie die blaue Blume erreicht hatte.

Er blieb hartnäckig. Auch am nächsten Tag war er da, gab Rose und Karte ab, darauf ein weiteres Wort: IST. Irgendwann würde sie ihm ein Zeichen geben.

Irgendwann *musste* sie ihm ein Zeichen geben.

Er erschien an jedem Tag, an dem Madame auftrat, gab eine Rose und ein Wort auf einer silbernen Karte ab und hoffte darauf, dass ihr der Millionär in der Zwischenzeit keinen Heiratsantrag machte. Zur Villa jedenfalls folgte er ihr nicht mehr, er war sich sicher, dass er es nicht ertragen würde, sollte sie eines Morgens nicht mehr nach Hause gefahren werden, sondern dortbleiben.

Dafür stromerte er in der Nähe ihrer Wohnung herum, um sie vielleicht einmal ganz in Zivil auf der Straße zu treffen. Um vielleicht ein paar Gewohnheiten herauszufinden. Aber die Wahrheit war, dass sie den ganzen Tag verschlief, die Vorhänge vor ihrem Schlafzimmer waren jedenfalls immer geschlossen.

Dann, eines Abends, es war schon Mai und das Wetter seit Tagen ausnehmend schön, bemerkte Karl eine kleine Veränderung. Die Stimmung in der *Weißen Maus* war wie immer aufgewühlt, die Begeisterung für Madames Auftritte noch nicht abgeflaut. Im Gegenteil: Es schien, dass ihre Einlagen immer sehnsuchtsvoller erwartet wurden.

Vater starrte auf den Vorhang und sah so, dass er sich leicht bewegte. Jemand schob die Kanten ein wenig auseinander und spinkste in den Zuschauerraum, völlig unbemerkt von dem lärmenden Saal, der, solange es keine Schau gab, vollkommen mit sich selbst beschäftigt war. Zu erkennen war die Person hinter dem Vorhang nicht, aber Vater wusste, dass es nur eine sein konnte: Madame.

Sie suchte jemanden.

Er versicherte sich, dass ihr Millionär nicht zufällig im Zuschauerraum saß, dann wurde es ihm zur Gewissheit: Sie suchte nach dem Mann, der blaue Rosen verschickte.

Sie suchte ihn!

Später trat sie auf, lieferte ihre Schau, genoss die Rufe, Pfiffe und den Applaus, aber ihm war so, als ob sie die Männer im Auditorium anders ansah. Prüfender. Sie wirkte unkonzentrierter als sonst. Verblieb ein wenig länger bei all denen, die sie in ihre Nummer mit einbezog. Sah sie durchdringender an. Zu ihm kam sie nicht, was er als glücklichen Umstand empfand, denn er grinste geradezu schwachsinnig vor Glück.

Nach ihrem Auftritt ging er nach Hause.

Er stand früh auf, passte das Blumenmädchen ab und kaufte alle weißen Rosen, die sie hatte.

»Immer schön rinnbuttan!«, kommentierte die knapp und gab ihm die Rosen.

An diesem Abend ging er nicht in die *Weiße Maus*.

Zum ersten Mal seit langem würde Madame keine Rose vorfinden, was sie möglicherweise noch mehr irritieren würde, als nicht zu wissen, von wem sie kamen. Und wie er später erfuhr, hatte es sich genau so verhalten, denn Madame hatte an jedem Abend tatsächlich die blaue Rose erwartet und schließlich bei einem Kellner nachgefragt, als sie ausgeblieben war. Als der verneinte, hatte sie sich enttäuscht in die Garderobe zurückgezogen. Eine Schublade ihres Schminktisches geöffnet und einen ganzen Stapel silberner Karten herausgehoben: *Eine Rose ist eine Rose ist eine Rose ist eine Rose ist eine* ... Was für ein seltsamer Satz! Neben ihr standen in einer Vase die blauen Rosen, von denen nicht wenige bereits verwelkt waren.

War ihr Verehrer verschwunden? War ihm etwas zugestoßen? War er abgereist und würde nie wieder zurückkehren?

Später war sie aufgetreten und hatte in den Gesichtern etwas gesucht, was ihn vielleicht verraten hätte, aber nur eines gefunden: Begierde. Immer nur Begierde. Es war das einzig aufrichtige Gefühl in der *Weißen Maus.*

Wie üblich war sie nach der Vorstellung vom Grafen abgeholt worden, wie üblich hatte in seiner Villa ein Fest getobt und die Männer hatten um ihre Aufmerksamkeit gebuhlt. Sie hatte Champagner getrunken und Kokain geschnupft, aber trotz der Musik, trotz der aufgepeitschten Stimmung sich heim in ihr bescheidenes Bett gewünscht: Das ewige Feiern erschöpfte sie. Sie kannte jeden Witz, jede Weltanschauung, jeden Tanz und jede Vergnügung. Und nichts davon war echt.

Hatte sie anfangs noch mit dem Gedanken gespielt, den Grafen zu heiraten und fortan ein Leben in unerhörtem Luxus zu führen, so hatte sie später zwei Heiratsanträge abgelehnt, denn die Vorstellung, in einem immerwährenden Taumel von Gelächter, Champagner, Musik und Kokain oder Morphium zu versinken, widerte sie nicht nur an, es machte ihr sogar das Herz schwer. Es musste mehr geben als das.

Und plötzlich kamen die blauen Rosen.

Dieser seltsame Satz.

Im Morgengrauen wurde sie wie üblich nach Hause gebracht.

Sie bestand auch an diesem Morgen darauf, am Bahnhof Friedrichstraße abgesetzt zu werden, denn niemand sollte wissen, wo sie wohnte. Nicht, weil sie sich ihrer Wohnung schämte, sondern, weil es ihr ein letzter Rest Privatsphäre war, denn *Madame Bijou* war längst Eigentum der Vergnügungssüchtigen geworden.

Sie ging nach Hause, hellwach vom Kokain und dennoch unendlich müde. Sie aß zu wenig, trank zu viel und hatte das Gefühl, dass sie nicht nur körperlich immer weniger wurde, sondern auch seelisch. Mit düsteren Gedanken stieg sie die Treppen hinauf in den ersten Stock und erstarrte: Vor ihrer Tür lag ein großer Strauß blauer Rosen. Daran angehängt eine silberne Karte. Sie eilte die letzten Stufen hoch und drehte die Karte um.

Sieh hinaus!

Stirnrunzelnd öffnete sie die Tür zu ihrer Wohnung, stellte die Rosen in eine Vase und starrte auf die beiden Worte. Wohin sollte sie sehen? Dann lächelte sie: Ihre Wohnung hatte nur ein Fenster und das war immer verhangen. Sie betrat ihr Schlafzimmer, griff mit beiden Händen ihren Vorhang und zog ihn ruckartig auf …

Sie sah *ihn*.

Und eine blaue Rose, die er sich ins Revers gesteckt hatte.

Eine Rose ist eine Rose ist eine Rose ist eine Rose.

Eine ganze Weile stand sie still dort oben und blickte auf ihn hinab.

Und er zu ihr hinauf.

Vater wusste nicht, wie er sich verhalten sollte, hoffte, dass sie das Fenster öffnen und etwas sagen würde, aber das tat sie nicht. Er hatte seinen Hut abgenommen und begann gerade, ihn nervös in seinen Händen zu drehen, als sie schließlich zurücktrat und verschwand. Was passierte gerade? Hatte sie sich gegen ihn entschieden? Würden gleich die Vorhänge wieder zugezogen und alles wäre umsonst gewesen? Unschlüssig stand er da, dachte darüber nach zu rufen oder Steinchen gegen die Scheibe zu werfen, aber damit würde er sich lächerlich machen, erst recht, wenn sie nicht mit ihm reden wollte.

Da hörte er ein leises Geräusch.

Ein Schlüssel, der im Schloss umgedreht wurde.

Er sah hinab ins Erdgeschoss.

Eine kleine Kellertür.

Sie sprang auf und öffnete sich ein Stück.

Er setzte seinen Hut auf, stieß die Tür langsam auf.

Und ging hinein.

25

Die Magie des nachtschimmernden Salons versank im fahlen Morgenlicht, alles, was vorher goldgelb gestrahlt hatte, wurde bleich und grau, obwohl die Lichter noch brannten. Zwischen Hedy und Jan stand ein Service auf einem Silbertablett, Reste von kaltem Kaffee benetzten das zarte Porzellan. Das schillernde Berlin der Zwanziger war mit Hedys letzten Worten verblasst, zurück blieb die schnöde Realität eines diesigen Aprilmorgens auf einem münsterländischen Villenhügel.

»Und wie ist es weitergegangen?«, fragte Jan neugierig.

»Falls Sie darauf abzielen, ob sie es *getan* haben: Natürlich nicht! Aber sie war sehr beeindruckt, und als mein Vater dann um sie warb, so wie sich das auch gehörte, da wusste sie schnell: Er oder keiner!«

»Und ihre Karriere als Künstlerin?«

»Nun, sie trat noch auf in der *Maus*, dann jedoch kündigte sie von einem Tag auf den anderen. Niemand war darüber erfreut, weder die Besitzer des Nachtlokals noch ihre Bewunderer, aber niemand konnte sie daran hindern. Mein Vater übrigens auch nicht, wegen ihm hätte sie nicht aufhören müssen, er hätte ihre Auftritte auch weiterhin bestaunt, aber die Wahrheit war …«

Hedy zögerte.

»Sie war schwanger, richtig?«, vollendete Jan.

Hedy nickte: »Ja, und zu dieser Zeit rechnete man zwischen Geburt und Heirat noch nach. Und meine Mutter wollte keinen Klatsch im Dorf.«

»Sie haben also Berlin verlassen?«

»Aus *Madame Bijou* wurde Anni von Pyritz, und im Jahr darauf kam dann schon ich. Aber die beiden sind noch oft auf ein *Weekend* nach Berlin, und dem Vernehmen nach haben sie es dabei ordentlich krachen lassen.«

»Hat ihr das nie leidgetan? Ich meine, sie war ein Star, nicht? Die Stadt lag ihr zu Füßen. Sie hätte alles haben können.«

Hedy lächelte: »Sie bekam doch alles! Sie bekam den Mann, den sie liebte, und zwei wunderschöne Töchter!«

»Sie wissen, was ich meine«, antwortete Jan lächelnd.

»Ja, ich weiß, was Sie meinen, aber das war *ihre* Antwort, nicht meine.«

Eine Weile saßen sie schweigend da, es schien als würde Hedy ihren Erinnerungen nachhängen, und Jan spürte zum ersten Mal Müdigkeit. Sie hatten die ganze Nacht zusammengesessen. Er hatte ihr zugehört, hatte Fragen gestellt, war in eine untergegangene Welt eingetaucht und geradezu darin versunken. Er stellte sich selbst in Anzug und Hut vor und bedauerte ein wenig, dass es heute so leger zuging. Menschen änderten sich nicht, hatte Hedy gesagt, warum nur wurde er dann das Gefühl nicht los, dass sie damals mehr Klasse hatten?

»Wie kam Ihr Vater auf diesen Satz mit der Rose?«, fragte Jan schließlich.

»Das hat meine Mutter auch wissen wollen, gleich als Erstes. Mein Vater hat einen kurzen Moment überlegt, ob er sie anschwindeln sollte, aber er war klug genug, es nicht zu tun. Der Satz ist Teil eines Gedichts von Gertrude Stein. Mein Großvater war vor dem Krieg oft in Paris und hatte das Glück, dann und wann in die *Rue de Fleurus 27* eingeladen zu werden. Zu dieser Zeit gingen dort alle möglichen Freigeister ein und aus, und mein Großvater nutzte die Gelegenheit, hie und da ein paar Kunstwerke damals noch unbekannter Künstler zu kaufen. Er war ein großer Kunstliebhaber und erzog auch seine Kinder so, dass sie alle schönen Künste achteten und sich an ihnen erfreuten. Meine Großmutter hielt das alles für Mumpitz und beschwerte sich ständig, wenn er wieder etwas gekauft hatte. Picasso fand sie besonders scheußlich.«

»Sie verarschen mich gerade?!«, rief Jan staunend.

»Jan, bitte!«

»Verzeihung. Aber Ihr Großvater hat wirklich einen Picasso gekauft?«

»Ja, auch einen Gris oder Matisse. Meine Großmutter konnte mit den Bildern rein gar nichts anfangen, und über den Picasso echauffierte sie sich so lange, bis mein Großvater ihn, um des lieben Friedens willen, in die Speisekammer hing.«

Jan lachte.

»Die Frau hatte wirklich überhaupt keinen Geschmack«, grinste Hedy. »Wie dem auch sei: Bei einem seiner Besuche dort hörte mein Großvater das Gedicht. Und diese Zeile blieb ihm im Gedächtnis. Natürlich auf Englisch, aber er erzählte es Karl.«

»Wow!«, staunte Jan. »Wenn man bedenkt, was die Bilder heute wert sind: Sie müssen noch viel reicher sein, als ich dachte!«

Hedy schüttelte den Kopf: »Die Kunstwerke wurden im Krieg zerstört. Es ist nichts mehr davon übrig!«

»Sie haben alles verloren, und trotzdem ist der ganze Reichtum wieder da«, schloss Jan und sah sich im Salon um.

Hedy antwortete mit einer Geste, die so viel sagen sollte, dass er da wohl recht hätte.

»Ich hätte nie gedacht, dass Ihre Mutter so eine schillernde Vergangenheit gehabt hat«, begann Jan erneut.

Hedy runzelte die Stirn: »Warum?«

»Ich hätte gedacht, sie wäre streng und gebildet, von preußischer Disziplin!«

»Wie kommen Sie darauf?«

»Weil *Sie* so sind. Und Kinder sind oft das Abbild ihrer Eltern, auch wenn sie das nicht wahrhaben wollen.«

»So sehen Sie mich?«, fragte Hedy.

»Wer sieht Sie denn nicht so?«, fragte Jan zurück.

Hedy blickte ihn nachdenklich an.

Dann, nach ein paar Momenten, sagte sie: »Sie wissen nichts über mich, Jan. Aber vielleicht sollten wir das ändern …«

»Wie meinen Sie das?«

Hedy stand auf und ging zu einem kleinen Sekretär, der an der gegenüberliegenden Wand der großen Fenster stand. Sie öffnete ihn und holte einen Füllfederhalter aus einem der kleinen Schubfächer.

»Hier, nehmen Sie!«

Jan wog den schweren Füller in der Hand: Ein weißer Stern auf seinem Kopf verriet die Marke, und selbst ein Laie hätte gewusst, dass er sehr, sehr teuer gewesen sein musste, denn was golden an ihm schimmerte, inklusive der Feder, war auch Gold.

»Was soll ich damit?«

»Damit werden Sie die Geschichte meines Vaters aufschreiben.

Mit Ihren eigenen Worten. Was Sie zu Papier bringen, werden wir zusammen korrigieren. Wer sagt, dass wir ausschließlich langweilige Übungen machen müssen? Wir könnten das Praktische auch mit dem Vergnüglichen verbinden.«

»Und Sie?«, fragte Jan.

Hedy setzte sich ihm wieder gegenüber und sah ihn aufmerksam an: »Sie meinen, ob ich meine Geschichte erzählen möchte?«

»Ja.«

Sie zuckte scheinbar gleichgültig mit den Schultern und antwortete: »Vielleicht ist es an der Zeit, über die Dinge zu reden, die ich noch niemandem anvertraut habe …«

Jan nickte: »Ich werde mir Mühe geben, sie so aufzuschreiben, dass sie Ihnen gefallen.«

Sie lächelte: »Das weiß ich, Jan. Aber Sie sollen sie nicht aufschreiben, wie sie mir vielleicht gefallen würden, sondern wie sie *sind*. Sie sind der Autor. Und ich vertraue Ihnen.«

»Ich bin der Autor«, murmelte Jan ungläubig.

»Ja, das Leben geht zuweilen verrückte Wege, nicht?«

Sie sahen einander an, und Jan spürte zum ersten Mal eine Nahbarkeit. Eine Verbundenheit hinter der ansonsten oft schroffen Fassade. Hedys Blick war zum ersten Mal weich geworden, und es hatte ihr ganzes Gesicht verändert.

Dann schien sie sich kurz zu schütteln, blickte auf die Uhr und sagte: »Meine Güte, jetzt habe ich meinen Frühsport verpasst. Das erste Mal seit über dreißig Jahren.«

Jan stand auf: »Ich sollte gehen. Wir sehen uns morgen?«

»Wollen Sie sich etwa ins Bett legen?«

»Na ja, irgendwann schon.«

Hedy schüttelte den Kopf: »Papperlapapp. Sie haben gleich Fahrstunden. Und diesmal werden Sie das Auto schonen.«

»Ich versuche es.«

»Nein, Sie haben es viel zu lange versucht, diesmal machen Sie es!«

26

Hedys Botschaft wäre selbst für einen Autisten zu verstehen gewesen, auch ohne den Zufall, dass Anni vor ihrer Heirat denselben Nachnamen getragen hatte wie er selbst. Das hatte Hedy gut eingefädelt: Anni und Karl – Jan und Alina.

Nur dass er keinen Schimmer hatte, wie er Alina erobern sollte? Es hatte so viele gute Gelegenheiten gegeben, Alina um ein Rendezvous zu bitten, doch er hatte sie alle verpasst. Jetzt kam ihm die Idee völlig deplatziert vor. Sie würde ihn sicher ansehen und sich fragen, was ihn aufgehalten hatte. Oder noch viel schlimmer: darüber lachen, weil seine Unbeholfenheit vielleicht sogar mütterliche Instinkte in ihr ausgelöst hatte. Das wäre überhaupt das Schlimmste: nicht einmal als Mann wahrgenommen zu werden! Weder Hillary noch Norgay, sondern das Muli, das beide am Zügel hinter sich hergezogen und an der Basisstation zurückgelassen hatten.

Gegen zehn Uhr hupte es vor der Tür.

Hedy, Maria und Jan verließen die Villa und stiegen in den Mercedes. Die beiden Damen auf den Rücksitz, Jan vorne neben Alina, die sie alle auf den Parkplatz des Einkaufcenters fuhr, wo Jan dann das Lenkrad übernahm.

Er hatte zuvor auch schon schlechte Fahrtage gehabt, doch diesmal quälte er das Getriebe des Oldtimers derart, dass Hedy befürchtete, dass er es zerstören würde. Kreischend und krachend hämmerte er die Gänge rein, trat zu fest aufs Gaspedal, so dass der Mercedes wie ein Känguru vorsprang, bremste zu stark, so dass sie alle im Wagen zu einem heftigen Diener gezwungen waren.

Irgendwann rief Alina: »Stopp!«

Jan trat vor Schreck so hart auf die Bremse, dass Maria sich an seiner Schulter abstützen musste, um nicht mit dem Kopf gegen seinen zu knallen.

Alina atmete tief aus: »Was ist denn heute mit dir los?«

»Bin ein bisschen übermüdet«, antwortete Jan nervös.

Sie nickte: »Sonst alles okay?«

»Ja, alles okay.«

Auf dem Rücksitz räusperte sich Hedy so laut, dass Alina die Stirn runzelte.

»Sicher?«, hakte sie nach.

Ein kurzer Blick in den Rückspiegel versicherte Jan der ungeteilten Aufmerksamkeit der beiden Damen auf dem Rücksitz. So musste sich eine sterbende Gazelle fühlen, wenn über ihr zwei Geier kreisten.

»Ich … ich dachte, ich …«

»Ja?«

Jan atmete tief durch.

Suchte nach den richtigen Worten.

Fand keine, weil sein Kopf so leer war wie ein Pool ohne Wasser.

Sah Alina an.

Atmete erneut.

Hedy kürzte entnervt ab: »Er bittet dich um ein Rendezvous!«

Jans Kopf wirbelte wütend zu Hedy herum.

Die zuckte entschuldigend mit den Schultern: »Tut mir leid, Jan! Eine weitere solche Fahrstunde ertrage ich einfach nicht mehr!«

»Ich auch nicht!«, bestätigte Maria.

Alina lachte amüsiert auf.

»Ich hätte das auch alleine gekonnt!«, schimpfte Jan.

»Wann, Jan? Wann? Wenn Sie uns in diesem Wagen alle umgebracht haben?«, fragte Hedy.

»Bringen Sie mich nicht auf komische Ideen, Fräulein von Pyritz!«, zischte Jan.

»Wie dem auch sei. Jetzt ist es ja raus.«

Alina grinste Jan an: »Ist das wahr?«

»Ja, ich hätte dich allerdings ganz gerne selbst gefragt!«

»Okay«, antwortete Alina munter. »Gern.«

»Sehen Sie!«, rief Hedy vom Rücksitz fast schon triumphierend. »War gar nicht so schwer, oder?«

Jan blickte in den Rückspiegel des Mercedes: »Wenn Sie nicht wollen, dass ich noch eine Runde drehe, Fräulein von Pyritz, sind Sie jetzt besser still.«

Fräulein Hedy schwieg.

Und lächelte zufrieden.

27

Hedy und Jan erlebten ein ungeahntes Hoch miteinander, selbst die quälendsten Leseübungen führten zu keinem Streit, nicht einmal zu stiller Verdrossenheit über den jeweils anderen. Er war förmlich aufgeblüht, und ganz gleich, was Hedy ihm abverlangte, er erledigte es ohne Murren oder Streit. Selbst für Karl und Annis Geschichte fand er noch Zeit und brachte sie stimmungsvoll zu Papier.

Wenn auch übersät mit Fehlern.

Manchmal schienen in den geschriebenen Zeilen mehr Fehlerstriche als Buchstaben zu sein, gerade so, als hätte man eine Handvoll roten Reis über den Text geworfen. Hedy korrigierte ohne Vorwürfe oder Gereiztheit. Jan übertrug anschließend alles ins Reine, halbwegs fehlerfrei, und versuchte, bereits begangene Fehler nicht wieder zu wiederholen. Was zu seiner Frustration nicht funktionierte, denn so leicht ließ sich sein Handicap nicht austricksen.

Er fuhr wie üblich nach Münster und kehrte mit mehr Wochenaufgaben zurück als nötig, was es Hedy ersparte, Nachschub anzufordern. Und er nahm am Fahrunterricht teil, dem er so lange gut folgen konnte, solange keine Übungsbögen verteilt wurden. Die Teilnahme an der Prüfung schien daher illusorisch, denn selbst wenn er die richtigen Antworten gekannt hätte, machte er Fehler, weil er die Fragen nicht wirklich verstand.

Trotzdem hatte Jan gute Laune.

Ihn so zu sehen amüsierte Hedy sehr, und es kostete sie Überwindung, nicht nach den Details des Rendezvous zu fragen, das offenbar sehr gut verlaufen war.

Glücklicherweise war Maria nicht so diskret.

So saßen sie am Morgen am Frühstückstisch zusammen, während Maria ihr aus der Zeitung vorlas. Ja, tatsächlich! Die Zeitung war wieder da! Sie hatten endlich einen Ersatz für den garstigen Zusteller gefunden! Der Chefredakteur hatte die gute Nachricht bereits am gestrigen Abend Maria am Telefon mitgeteilt, froh vor allem darüber, das Hedy ihn in Zukunft nicht mehr in aller Herrgottsfrüh anrufen würde, um sich über das Ausbleiben zu beschweren. Hedy starrte also auf die dreckige Zeitung in Marias Händen, gewillt, sich nicht über den neuen Zeitungsjungen aufzuregen, der ganz offensichtlich genauso ein Idiot war wie der alte.

Maria las den Artikel zu Ende, dann sagte sie, den Kopf immer

noch hinter der Zeitung versteckt: »Er hat sie zum Essen ein-
geladen. In das beste Restaurant der Stadt!«
»Sehr schön«, bestätigte Hedy.
»Zwei Sterne!«
»Sehr schön.«
»Die Rechnung muss gewaltig gewesen sein. Er hat nicht ge-
knausert.«
»Sehr schön.«
Sie nahm die Zeitung herab: »Dann hat er sie nach Hause ge-
bracht.«
Hedy blickte auf: »Und?«
Maria zuckte mit den Schultern: »Kein *und*. Er war ein perfek-
ter Gentleman.«
Hedy nickte zufrieden: »Sehr schön.«

Und dann kam der Tag, als Jans wertvoller Füller verschwand.
Anfangs dachte sich Hedy nichts dabei, denn Jan versicherte
ihr, er habe den Füller einfach zu Hause vergessen, doch beim
dritten Mal wurde sie misstrauisch, denn mittlerweile war es
offensichtlich, dass er einen anderen benutzte, in der Hoffnung,
dass es Hedy nicht auffallen würde. Dabei hätte er es wahrlich
besser wissen müssen, denn natürlich entgingen Hedy solche
Dinge nicht. Erst recht nicht, wenn man wie sie die Liebesge-
schichte der eigenen Eltern korrigierte und sich das edle Schriftbild des wertvollen Federhalters nicht durch einen handels-
üblichen Schulfüller kopieren ließ.
Hedy schwieg, aber gleichzeitig brach ihr zwischenmenschli-
ches Hoch wie eine Antenne im Sturm ab und landete verbogen auf dem Boden. Sie mühten sich beide um Unbeschwert-
heit, aber die Spannungen wuchsen in dem Maße, wie sie nicht
über das Offensichtliche sprachen.
Dann, an einem Nachmittag in Hedys Büro, gerade als Jan Hedy

ein weiteres Stück Lebensgeschichte ihrer Eltern auf einem DIN-A4-Blatt präsentierte und Hedy auf die Schriftzüge starrte, brach es aus ihr heraus.

»Wo ist der Füller hin, den ich Ihnen gegeben habe?«, fragte Hedy und sah ihn durchdringend an.

Seinem Gesicht war förmlich anzusehen, wie sehr er diese Frage gefürchtet hatte, und so antwortete er schnell darauf. Vorbereitet.

»Ich lasse ihn lieber zu Hause. Er ist so wertvoll.«

»Keine Angst, hier ist er sicher.«

Jan schluckte: »Schon, aber am Ende verliere ich ihn noch bei einem meiner Patienten.«

»Oh, Sie machen auch mit denen Schreibübungen?«, fragte Hedy sarkastisch.

»Nein, aber ich könnte doch meine Tasche da vergessen.«

»Haben Sie je Ihre Tasche vergessen, Jan?«

Er schwieg.

Jan war ein furchtbar schlechter Lügner, und je mehr er diesen Umstand zu verbergen suchte, desto offenkundiger wurde er. Fast hätte Hedy Mitleid mit ihm gehabt. Fast.

»Dann bringen Sie ihn doch morgen bitte mit!«, schloss Hedy resolut.

»Ich …«

»Ja?«

»Ich muss Ihnen beichten, dass … ich glaube, ich habe ihn verlegt. Und ich kann ihn nicht finden.«

Hedy, die an ihrem Schreibtisch saß, lehnte sich in den Stuhl zurück und tippte ihre Fingerspitzen gegeneinander: »Sie haben ihn verlegt?«

»Ja, scheint so.«

»Wann haben Sie ihn verlegt?«

»Ich weiß es nicht. Vorgestern vielleicht.«

»Vielleicht?«

»Vorgestern. Bestimmt.«

»Sie schreiben seit ein paar Tagen mit einem anderen Füller, einem sehr billigen ganz nebenbei bemerkt, und dann haben Sie ihn erst vorgestern verlegt?«

»Vielleicht auch vorher …«

Hedy nickte.

Dann erhob sie sich langsam aus ihrem Stuhl und kam um den Schreibtisch herum, vor dem Jan auf seinem Stuhl nervös herumrutschte. Sie stellte sich unmittelbar vor ihm auf und verschränkte die Arme vor der Brust.

»Wissen Sie, was mich enttäuscht, Jan? Bitter enttäuscht? Nicht, dass Sie meinen Füller nicht mehr haben, sondern dass Sie mich anlügen. Ich glaube, ich habe mehr verdient, als ein paar schrecklich einfältige Unwahrheiten, oder?«

»Es tut mir leid, Fräulein von Pyritz«, antwortete Jan und wagte nicht, sie anzublicken.

»Wo ist der Füller, Jan? Denn es ist offensichtlich, dass Sie ihn *nicht* verlegt haben.«

»Ich habe ihn nicht mehr.«

»Das habe ich schon bemerkt. Mich interessiert nur, wo er geblieben ist.«

Jan hielt den Kopf gesenkt und schwieg.

»Haben Sie ihn verkauft?«

Sie bemerkte ein kleines Zusammenzucken.

»Ist es das, Jan? Brauchten Sie Geld?«

Jan schwieg.

»Wissen Sie, ich hätte Ihnen das Geld gegeben. Sie hätten mich nur fragen müssen.«

»Das weiß ich, Fräulein von Pyritz«, antwortete er kleinlaut.

»Und trotzdem verkaufen Sie diesen Füller.«

Sie schwieg einen Moment, ihr Gesicht war weiß vor Wut, und

sie kontrollierte nur mit Mühe ihren Atem. Dann aber wandte sie sich ab, ging zurück hinter ihren Schreibtisch, setzte sich und sah Jan kalt an: »Nun, ich hoffe, die Summe war zu Ihrer Zufriedenheit, denn Sie haben nichts mehr von mir zu erwarten. Sie haben mich bestohlen, Jan. Das ist unverzeihlich, und das verzeihe ich auch nicht. Die Leseschule in Münster werde ich wie vereinbart übernehmen, ich bin Ihnen gegenüber eine Verpflichtung eingegangen und die werde ich selbstverständlich einhalten. Und jetzt werden Sie aufstehen und mein Haus verlassen. Und Sie werden niemals wiederkehren.«

Jan erhob sich langsam und sagte leise: »Es tut mir so leid, Fräulein von Pyritz.«

»Gehen Sie, Jan. Bitte gehen Sie!«

Hedy hatte es förmlich herausgewürgt, sie wollte nicht weinen.

Nicht vor einem Dieb.

28

Für einen Moment fühlte es sich für Hedy an, als hätte sie einen schweren Verkehrsunfall überlebt. Die Sekunden, in denen man wach wurde, eingeklemmt zwischen Stahl und Glassplitter, wenn man wusste, dass man sich alle möglichen Knochen gebrochen hatte, aber noch keinen Schmerz spürte. Wenn man fast nichts hörte, fast nichts fühlte und einen ein immer noch funktionierender Blinker irritierte. Wenn es nach Blut und Benzin roch, man aber nicht wusste, was Blut und Benzin ist. Wenn jemand deinen Namen rief und man nicht wusste, wer damit gemeint sein könnte.

Bis dann der Schmerz kam.

Und mit ihm alle Geräusche und Empfindungen, die man nicht hatte einordnen können, und vor allem die Gewissheit, was passiert war. Sie hatte so große Hoffnungen in ihn gesetzt. Doch im Augenblick der Zufriedenheit, des Vertrauens war ihre Fahrt an einem Brückenpfeiler geendet. Sie wollte raus aus diesem Wrack, aber sie steckte fest, konnte sich nicht bewegen und würde ohne fremde Hilfe nicht gerettet werden können.

Wie hatte sie sich nur so täuschen können?

Der sanftmütige, ängstliche Jan hatte sie bestohlen. Der junge Mann, der nicht nur in ihr, sondern auch in Maria mütterliche Gefühle geradezu hatte explodieren lassen, hatte in einer Weise ihr Vertrauen missbraucht, wie sie es für nicht möglich gehalten hätte.

Verraten für einen Füller.

Einen Füller!

Das tat weh, höllisch weh.

Bis zum Abend verließ Hedy ihr Büro nicht, gab sich wortkarg beim gemeinsamen Essen mit Maria und ging anschließend früh zu Bett. Eine Weile stand sie am Fenster und blickte hinaus auf die Einfahrt, die still im Licht der Laterne schimmerte.

Niemand da.

Da hatte sie zum ersten Mal das Gefühl, einsam zu sein. Die alte Königin in ihrer Burg, zu der jeder aufsah, aber mit der niemand sprach. Und tatsächlich thronte sie ja auch über allen. Sie hatte genug davon. Es wurde Zeit zurückzutreten. Wieder ein Teil des Ganzen zu werden, um darin zu verschwinden. Und vor allem nicht mehr zu versuchen, die Welt zu verbessern, wenn die Menschen darin sich nicht verbessern wollten. Wenn sie einen winzigen persönlichen Vorteil gegen eine Option auf eine Zukunft eintauschten. Wenn sie lieber blieben, was sie waren, anstatt zu werden, was sie sein könnten. Mit derlei dunklen Gedanken ging sie ins Bett und schlief sofort ein.

Sie erwachte am frühen Morgen.

Fühlte sich erfrischt und tatendurstig. Sie schwebte nach kurzer Morgentoilette mit dem Lifter hinab ins Erdgeschoss, wo Maria sie bereits erwartete. Sie marschierte die Auffahrt hinauf und hinab, energisch wie seit Jahren nicht mehr, und als ihr Maria schließlich den Arm bot, um sie ins Bad zu begleiten, antwortete sie auf ihre Frage, wie es ihr heute ginge mit einem ebenso energischen: »Blendend!«

Später saßen die beiden wieder am Frühstückstisch zusammen, so wie in den vielen Jahren zuvor. Das Leben war wieder so, wie es sein sollte, und das war auch gut so.

Dass etwas nicht mit ihr stimmte, bemerkte Maria, als Jan an diesem Tag nicht auftauchte und sie Hedy fragte, wo er denn bliebe. Da hatte sie nur desinteressiert mit den Schultern gezuckt und sich ins Büro verzogen.

Als er auch am darauffolgenden Tag nicht kam und Hedy sich deswegen immer noch wortkarg gab, wusste sie, dass sie sich offensichtlich wieder gestritten hatten. Und praktisch veranlagt wie sie war, marschierte sie mit einem schönen Stück Braten in Hedys Büro und stellte den duftenden Teller auf die Akte, in der sie gerade blätterte.

»Essen Sie!«, befahl sie und verschränkte die Arme vor der Brust.

»Ich habe keinen Hunger!«

»Essen Sie! Und dann rufen Sie den Jungen an und entschuldigen sich!«, beharrte Maria.

Hedy lehnte sich in ihren Stuhl zurück und antwortete: »Er wird nicht mehr kommen, Maria.«

Sie klang so deprimiert, dass Maria erschrak: »Was ist passiert?«

Als Hedy es ihr sagte, wurde Maria so bleich, dass sie den Teller mit dem Braten wieder an sich nahm und selbst davon zu essen begann.

»Das kann nicht sein, Fräulein Hedy. Nicht Jan!«, sagte sie.

»Es besteht kein Zweifel.«

Maria schüttelte den Kopf: »Ich kann das nicht glauben!«

Hedy schwieg.

»Warum hat er das nur getan?«, fragte Maria.

»Ich weiß es nicht.«

»Es muss einen Grund geben. Einen guten Grund!«

Hedy sah sie mit hochgezogenen Brauen an: »Welcher Grund könnte das wohl sein? Ein Zwei-Sterne-Restaurant vielleicht?«

Maria schwieg.

Eine Weile sagte niemand der beiden etwas, während sie sich ratlos den Braten teilten, abwechselnd einen Bissen von der Gabel nahmen und trotzdem keine Freude am guten Essen empfanden.

»Und jetzt?«, fragte Maria schließlich.

»Ich weiß es nicht. Ich hoffe, er nimmt wenigstens noch die Leseschule in Münster wahr, aber so wie ich ihn kenne, wird er auch das fallenlassen. Er ist auf seine Art stolz, und doch stellt er einen solchen Unsinn an. Ich verstehe es einfach nicht.«

»Vielleicht ist er ja auch noch ein Kleptomane?«, mutmaßte Maria.

»Nein, er ist nur ein gewöhnlicher Dieb.«

Es klingelte an der Tür, Maria verschwand nach draußen. Ein paar Momente später kehrte sie zurück und klopfte an die angelehnte Bürotür.

»Fräulein Hedy?«

»Legen Sie die Post einfach auf den Schreibtisch, Maria.«

»Hier ist jemand für Sie …«

Sie stieß die Tür auf und ließ einen gutaussehenden jungen Mann ein. Groß, blaue Augen, blonde Haare, markante Gesichtszüge. Gutsitzender Anzug, wenn auch von der Stange, erkannte Hedy.

»Guten Morgen, Fräulein von Pyritz. Ich bin Nikolas Kramer. Jans großer Bruder.«

Er kam auf sie zu und reichte ihr die Hand.

Hedy musterte ihn: selbstbewusst. Ohne Berührungsängste. Jemand, der Menschen für sich gewinnen konnte.

»Guten Tag, Herr Kramer.«

»Nick. Sagen Sie einfach: Nick. Alle nennen mich so.«

Hedy wies ihn mit einer Geste an, sich zu setzen. Maria schloss leise die Tür, sie waren alleine.

Nick setzte sich und schlug die Beine übereinander: »Ich glaube, es gibt da ein furchtbares Missverständnis. Und ich hoffe, ich kann das alles aufklären.«

Hedy musterte ihn interessiert: »Tatsächlich?«

»Ja, es geht um Jan. Sie haben ihm Unrecht getan.«

»Tatsächlich?«

Ihr Ton wurde ironisch, und doch war sie interessiert: Der junge Mann traute sich was!

»Ja, und ich fürchte, das alles ist meine Schuld!«

»Inwiefern?«

»Es geht um den Füller, den Sie ihm gegeben haben. Er hat ihn nicht verloren oder gar verkauft. Ich habe ihn genommen und ihm nichts davon gesagt.«

»Sie?«

Er nickte: »Sehen Sie, ich habe eine Weile im Ausland gelebt und bin jetzt wieder zurück. Ich war auf der Suche nach einer Wohnung und habe auch eine gefunden, die perfekt für mich war: toller Altbau. Stuck, Parkett, viel Licht. Aber ich war nicht der einzige Bewerber. Es waren so viele, dass es zwei Besichtigungstermine gab.«

»Und dafür brauchten Sie meinen Füller?«, fragte Hedy und runzelte ungläubig die Stirn.

»Es war das Eigentümerpärchen, das ich beeindrucken wollte.

Die beiden haben einen gut gehenden Installationsbetrieb und sind offenbar besessen davon, etwas Besseres sein zu wollen. Sie wissen schon: gestelztes Deutsch, ziemlicher Hang zum Abgehobenen. Jedenfalls war ich auf der ersten Besichtigung, und Sie werden nicht glauben, was die ein vor mir stehendes Pärchen gefragt haben: Ob sie Personal hätten, das auch einziehen wolle? Bei einer Mietwohnung. Ziemlich schräg nicht?«

Hedy sah ihn ruhig an, antwortete aber nicht.

»Mir war klar, dass ich mir was einfallen lassen musste, um die Wohnung zu bekommen. Da habe ich bei Jan diesen wunderschönen Füller gesehen und ich *wusste*, die beiden würden darauf abfahren. Ich habe ihn genommen, ohne ihm etwas zu sagen, bin dann zur zweiten Wohnungsbesichtigung und habe, weil ich meine Visitenkarten ›vergessen‹ hatte, den Füller gezückt, ihn langsam aufgeschraubt und meinen Namen und meine Telefonnummer in Schönschrift auf ein Blatt Papier geschrieben. Und wissen Sie was? Die Dame des Hauses hat nur gelächelt und gesagt, was für einen exquisiten Füller ich doch hätte! Und ich habe zurückgelächelt und gesagt, dass das Leben zu kurz sei, um es mit mittelmäßigen Dingen zu verschwenden. Was soll ich sagen? Noch am selben Nachmittag riefen sie mich an: Ich habe die Wohnung!«

»Gratuliere«, sagte Hedy trocken.

»Jedenfalls hatte ich eine Weile mit dem Umzug zu tun, und als ich Jan den Füller zurückbringen wollte, hab ich erfahren, dass Sie ihn deswegen gefeuert haben.«

»Er hätte sich erklären können!«, antwortete Hedy.

»Er wusste doch nicht, dass ich den Füller hatte. Er hat wirklich geglaubt, dass er ihn verloren hätte. Und er hat sich geschämt deswegen.«

Hedy sah ihn lange an.

»Und das soll ich glauben?«

»Es ist die Wahrheit, Fräulein von Pyritz. Bitte bestrafen Sie meinen Bruder nicht für meinen Fehler! Er ist ein guter Mensch, der beste Bruder, den man sich vorstellen kann. Er hätte das nicht verdient!«

Damit griff er in die Innentasche seines Sakkos und überreichte Hedy den Füller: »Hier, bitte. Das ist Ihrer.«

Hedy nahm den Füller an und wog ihn in der Hand.

Nick stand auf und verabschiedete sich: »Hat mich gefreut, Sie kennenzulernen. Und denken Sie bitte noch einmal über alles nach.«

Dann verließ er das Büro.

Ein paar Sekunden später stand schon Maria im Zimmer und rief: »Ich wusste es! Ich wusste, dass der Junge so etwas nicht tut!«

Hedy seufzte: »Wegen Ihnen werde ich noch einmal die Türen schallisolieren lassen, Maria!«

»Rufen Sie ihn an!«, forderte Maria erfreut.

Hedy hingegen wirkte nachdenklich.

Hier ging etwas vor sich, das sie nicht einordnen konnte. Das sie irritierte, wie eine kleine Veränderung in einem ansonsten wohl bekannten Raum oder einem vertrauten Gesicht. Etwas, was nicht sofort auffiel, aber doch spürbar war. Oder war es nur, dass die Brüder kaum unterschiedlicher hätten sein können?

Etwas stimmte nicht, und sie wollte herausfinden, was es war.

29

Maria hatte kein Verständnis für Hedys Misstrauen und brachte das auch mit einem griesgrämigen Gesicht zum Ausdruck. Den ganzen Tag lang. Sie fand, dass die Sachlage ausreichend geklärt sei, dass Jan vollständig rehabilitiert wäre und Hedy nun wirklich einmal auf ihr Herz hören sollte.

»Das tue ich doch!«, gab Hedy zurück und weigerte sich darüber hinaus, an dieser Diskussion weiterhin teilzunehmen.

Maria wollte Jan anrufen, um ihm die gute Nachricht kundzutun, aber Hedy verbot es ihr: Sie musste nachdenken.

»Das Herz denkt nicht!«, maulte Maria, aber Hedy winkte nur ab.

Den Rest des Tages ging sie den üblichen Verpflichtungen nach und führte auch wegen der Sache mit dem Zeitungsjungen ein längeres Gespräch mit ihrem Anwalt, dem trotz allem vorgetragenen Optimismus anzumerken war, dass ihm die Kanzlei Leopold & Kammerer als Gegner Respekt einflößte.

»Wenn die Ernst machen, wird es wirklich eng, Fräulein von Pyritz«, sagte er besorgt. »Ich frage mich nur, wie die sich solche Anwälte leisten können?«

»Sie meinen die Eltern von Tobias? Die haben die Kanzlei nicht engagiert. Die würden da nicht einmal einen Telefontermin bekommen …«

»Hannah«, antwortete der Anwalt.

»Ja, so ist es. Ein guter erster Zug!«

»Von der versuchten Körperverletzung wird nichts übrigbleiben, nicht einmal eine Verwarnung. Aber tun Sie sich und mir den Gefallen und halten in nächster Zeit den Ball flach, Fräulein von Pyritz. Keine Verrücktheiten mehr, bitte.«

»Ich bin aber gerne *verrückt*«, lächelte Hedy.

Der Anwalt seufzte: »Ich flehe Sie an, Fräulein von Pyritz, sagen Sie so was niemals vor einem Richter. Wir kommen in Teufels Küche.«

»Wissen Sie, was mich ärgert? Meine Anzeige in der *Westfälischen* wäre mit, sagen wir, dreiundvierzig nicht einmal eine Erwähnung wert gewesen. Oder ein Stipendium für einen Schmetterlingsforscher. Oder ein Papierflieger. Nicht mal der Zeitungsjunge hätte zu größerem Ärger geführt. Jetzt hingegen bin ich plötzlich verrückt.«

»Verhalten Sie sich klug, dann bestimmen Sie selbst den Zeitpunkt, an dem Sie sich zur Ruhe setzen wollen. Sonst wird es Ihre Tochter tun.«

Sie verabschiedeten sich, Hedy legte auf.

Hannah.

So viel Unausgesprochenes und auch Ausgesprochenes stand zwischen ihnen.

Am Abend rief Hedy ein Taxi, stieg ins Auto und nannte dem Fahrer Jans Adresse. Er fuhr sie in einen Randbezirk der Stadt, in eine Wohngegend, die keinen guten Ruf genoss, und hielt schließlich vor einem Mehrparteienhaus, das dringend eine Fassadenrenovierung nötig gehabt hätte. Auch das Treppenhaus befand sich in einem schlechten Zustand, und zu allem Unglück gab es keinen Aufzug. Hedy blieb nichts anderes übrig, als die Treppen bis unters Dach hinaufzusteigen.

Erschöpft und mit schmerzenden Knien kam sie oben an und klopfte an Jans Tür. Als er öffnete, straffte sie sich und war wieder ganz Hedy von Pyritz, die Unbesiegbare.

»Guten Abend, Jan!«, begrüßte sie ihn forsch.

Jan sah sie überrascht an: »Fräulein von Pyritz … was …«

»Wollen Sie mich nicht hineinbitten?«, unterbrach sie ihn.

»Was? Wie … oh, natürlich … treten Sie ein!«

Er ließ sie an sich vorbeimarschieren.

Sie traten in sein Wohnzimmer: Hedy erschrak, denn eigentlich hatte sie erwartet, ein kleines, aber gemütlich eingerichtetes Zimmer vorzufinden, aber der Raum war überaus karg ausgestattet. Ein altes Sofa, ein noch viel älterer Fernseher. Ein Tisch, ein Stuhl, ein Regal. Alles sah aus, als hätte Jan es vom Sperrmüll.

Jan bemerkte Hedys Blick und erklärte zögernd: »Es entspricht wohl nicht Ihren Standards …«

»Haben Sie vielleicht ein Glas Wasser für mich?«, fragte sie.

Jan nickte und eilte hinaus, Hedy folgte ihm und nutzte die Gelegenheit, sich in der Wohnung umzusehen: Die Küche war in demselben desolaten Zustand wie das Wohnzimmer, und da die Schlafzimmertür nur angelehnt war, riskierte sie einen schnellen Blick hinein: Sie sah nur eine Matratze auf dem Boden mit einfachem Bettzeug.

Zusammen kehrten sie ins Wohnzimmer zurück, wo Hedy sich auf den Stuhl setzte und trank.

Dann sah sie Jan an und sagte: »Sie sind wiedereingestellt!«

»Wirklich?!«, rief Jan verblüfft.

Hedy öffnete ihre kleine Handtasche und gab ihm den Füller: »Morgen früh. Pünktlich!«

»Sie haben ihn wieder?«, fragte Jan verwundert.

»Ihr Bruder hat ihn mir gebracht. Und in Zukunft, Jan, wünsche ich mir von Ihnen, dass Sie offener mit mir sprechen, sollte das aus welchen Gründen auch immer nötig sein.«

Für einen Moment schwiegen beide.

Dann nickte Jan und sagte: »Das ist sehr großzügig von Ihnen, aber vielleicht ist es wirklich besser, unsere Wege trennen sich hier, Fräulein von Pyritz!«

»Ja, eines Tages werden sich unsere Wege sicher trennen, Jan, aber nicht heute. Sie sind Stipendiat der Von-Pyritz-Stiftung. Und solange Sie das sind, begleite ich Sie in Ihr neues Leben.

Ich habe noch nie eines meiner Kinder im Stich gelassen, und ich werde jetzt nicht damit anfangen.«

»Eines Ihrer Kinder?«, wunderte Jan sich.

»Sie sind ein bisschen älter als die anderen, aber verglichen mit mir ein Kind. Und jetzt seien Sie bitte so lieb und rufen mir ein Taxi, ja?«

Jan nickte und zückte sein Handy. Eine Diskussion mit ihr wäre ohnehin fruchtlos, also bestellte er das Taxi. Er begleitete sie nach unten und half ihr in den Wagen einzusteigen, der bereits wartete.

»Morgen früh. Pünktlich!«

Damit schloss sie die Tür.

Ihr Gefühl hatte sie nicht getrogen: Etwas stimmte ganz und gar nicht. Jan lebte wie ein Drogensüchtiger, vielleicht waren die Anstrengungen in seiner Jugend zu groß gewesen und er hatte sich nur auf diese Weise zu helfen gewusst. Vielleicht hatte er da nicht mehr herausgefunden.

Und doch gab es Widersprüchliches: Er war ehrlich und trotzdem in einen scheinbaren Diebstahl verwickelt, ordentlich, aber sein Zuhause das eines Clochards, intelligent, fleißig und empathisch, aber diese guten Anlagen beflügelten ihn nicht, sondern zogen ihn nur noch tiefer hinab. Er war wie ein Kind im Körper eines Mannes.

Etwas versperrte seinen Weg.

Etwas, das nichts mit seiner Legasthenie zu tun hatte.

Es wurde Zeit, das aus dem Weg zu räumen.

Und sie fand, dass es für so eine Aufgabe keine Bessere gab als sie selbst.

KÖSERITZ

30

Zu Hedys größten Vorzügen gehörte, dass sie eine Auseinandersetzung zwar hart führen könnte, wenngleich sie selbst dabei auch wenig Nehmerqualitäten an den Tag legte, aber war der Streit dann beendet, so trug sie nichts nach. Selbst wenn sie ihrem Gegner zuvor noch die Pest an den Hals gewünscht hatte. Sie vergaß zwar nicht, was vorgefallen war, aber sie verzieh.

So auch bei Jan.

Als er am nächsten Tag die Villa betrat, war der Füllfederhalter kein Thema mehr zwischen den beiden. Jan hatte sogar das Gefühl, dass sie nicht einmal mehr im stillen Misstrauen das Schriftbild inspizierte. Es schien, als spielte der wertvolle Füller keine Rolle mehr für sie. Ganz gleich, ob Jan ihn jetzt behielt oder nicht.

Sie nahm Jan mit zu einem der Kammerkonzerte, die zur allgemeinen Überraschung nun doch weitergeführt werden sollten. Ein langer Artikel in der *Westfälischen* berichtete darüber, und in einem Kommentar dazu spekulierte der Redakteur über die Kehrtwende der Politiker und nannte sie ein *kleines Von-Pyritz-Wunder*.

Als sie zusammen mit Maria den Ratssaal betraten, wie immer gut besucht von der Hautevolee der Kleinstadt, wurden sie freundlich begrüßt. Hedys kleine Anzeige, mit der sie die Honoratioren geradezu aufgemischt hatte, schien vergessen oder zumindest als Schrulle einer betagten Dame zu den Akten gelegt worden zu sein. Niemand schwieg in ihrer Nähe oder tuschelte hinter ihrem Rücken, doch ein Blick zu ihrer Tochter Hannah genügte Hedy, um zu wissen, dass etwas im Gange war. Ein wenig zu schnell löste sie sich von Bürgermeister

Schmidtke, ein wenig zu schnell schienen die Mienen eine maskenhafte Freundlichkeit anzunehmen, nachdem sie Sekunden zuvor noch angestrengt und konspirativ ausgesehen hatten.

Jan beugte sich an Hedys Ohr und flüsterte: »Ich bin sicher, sie hat gerade über Sie gesprochen!«

»Sehe ich auch so«, bestätigte Hedy.

»Die gibt nicht auf!«, flüsterte Jan.

Hedy wandte sich ihm zu und klang fast schon ein wenig empört: »Natürlich nicht. Sie ist meine Tochter! Ich wäre sehr enttäuscht, wenn sie es täte!«

»Kann sie Ihnen denn schaden?«

»Ja, das könnte sie.«

»Wie?«

»Sie wird versuchen, mich dort zu treffen, wo es am Schlimmsten wäre. Sie will mich aus der Stiftung drängen.«

»Aber wie soll das gehen? Sie *sind* die Stiftung!«

»Wenn sie alle Stiftungsräte überzeugt, mir das Misstrauen auszusprechen, dann muss ich zurücktreten.«

Jan winkte ab: »Das kann sie nicht schaffen. Sie haben die doch alle in der Tasche!«

Doch zu seiner Überraschung hörte er Hedy antworten: »Ich bin achtundachtzig Jahre alt, Jan. Früher oder später wird sie mich besiegen. Ihr gehört die Zukunft.«

»Sagen Sie nicht so was! Sie wird sich die Zähne an Ihnen ausbeißen. Wie alle anderen auch«, beharrte Jan.

Hedy lächelte ihn an: »Jetzt klingen Sie fast schon wie ich, Jan! Aber ich verspreche: Ich werde es ihr nicht leichtmachen.«

Damit winkte sie Bürgermeister Schmidtke zu sich und gab Jan und Maria mit einem Nicken zu verstehen, dass sie ungestört sein wollte. Sie entfernten sich, aber Maria sorgte dafür, dass sie in Hörweite blieben.

»Fräulein von Pyritz, eine Freude, Sie zu sehen!«

»Guten Tag, Herr Bürgermeister.«

»Haben Sie etwas mit Ihren Haaren gemacht? Sie sehen blendend aus!«

»Dann gibt es ja keinen Grund, mich aus dem Stiftungsrat zu drängen, nicht?«

Bürgermeister Schmidtke seufzte: »Das Konzept des Smalltalks ist Ihnen aber schon bekannt, oder?«

»Dafür habe ich in meinem Alter keine Zeit, Herr Bürgermeister. Was wollte Hannah von Ihnen?«

»Wir haben nur geplaudert, Fräulein von Pyritz.«

»Ja, ich weiß. Sie haben über mich geplaudert. Und sie hat Ihnen bestimmt erzählt, dass ich einen Jungen überfahren wollte.«

»Wenn Sie das alles schon wissen, warum fragen Sie dann?«

»Was halten Sie von der Sache?«, wollte Hedy wissen.

»Ist es denn wahr?«, fragte der Bürgermeister zurück.

»Der Junge ist ein Idiot.«

Bürgermeister Schmidtke nickte: »Mag sein, aber auch Idioten darf man nicht überfahren.«

»Sehr bedauerlich«, pflichtete Hedy bei. »Aber, wenn es Sie beruhigt: An der Sache ist nichts dran.«

»Das freut mich. Wie ich hörte, haben die Eltern Anzeige wegen versuchten Mordes eingereicht?!«

Hedy winkte ab: »Mit ein bisschen Glück vermehrt sich Tobias nicht und diese ganze DNS-Linie verschwindet aus dem großen Genpool der Menschheit. Ich nehme an, Hannah hat angedeutet, dass ich deswegen nicht mehr tragfähig bin?«

»Sie war besorgt, ja.«

»Dann lassen Sie mich es so sagen: Ich erfreue mich bester Gesundheit.«

»Das höre ich gern.«

Hedy tippte an ihren Kopf: »Immer noch alles in Form hier

oben. Ich weiß viel, ich erinnere viel, und ich sehe, dass Sie für diese Stadt der beste Bürgermeister sein werden, den man sich vorstellen kann!«

Es klang freundlich, aber in Hedys Augen funkelte förmlich die darin enthaltene Warnung.

Bürgermeister Schmidtke schluckte: »Ich verstehe.«

Da lächelte Hedy ihn maliziös an und sagte: »Aber natürlich verstehen Sie mich, Herr Bürgermeister. Das schätze ich ja so an Ihnen. Und jetzt wünsche ich uns allen einen erbaulichen Nachmittag.«

Sie nickten einander zum Abschied zu und nahmen ihre Plätze ein. Hedy wie immer ganz vorne, eingerahmt von Maria und Jan. Der konnte sich ein Grinsen nicht verkneifen: Wie sollte Hannah ihre Mutter je schlagen? Er wandte sich verstohlen zu Hedys Tochter um und fand sie nicht im Geringsten besorgt oder missmutig. Im Gegenteil: Ihrem Gesicht war anzusehen, dass sie einen Warnschuss abgegeben hatte. Ein wenig Vorgeplänkel. Mehr nicht.

Während des Konzerts fragte sich Jan, ob er wohl der Einzige im Raum war, der es unendlich öde fand. Eine knappe Stunde saß er still und folgte den Tönen des Streichquartetts, fragte sich zwischendurch, was wohl der Unterschied zwischen einer Violine und einer Bratsche war und was die Anwesenden wohl sagen würden, wenn er sie im Stile eines Rockmusikers auf der Bühne zu Bruch schlagen würde. Er kannte keines der dargebotenen Stücke, aber er wusste eines sicher: zu viele Noten! Es mussten Milliarden sein, und sie klopften ihm das Gehirn in die Form eines Wiener Schnitzels.

Und niemand rührte sich!

Sie saßen alle wie festgeklebt mit durchgedrücktem Rücken auf unbequemen Stühlen und blickten stur nach vorn. Kein Wunder, dass der Rat diese Konzerte abschaffen wollte, sie waren langweilig, und danach brauchte man eine Massage oder einen Physiotherapeuten. Allein Hedy genoss jeden Laut, und auch Maria schien es zu entzücken.

Als sie schließlich den Saal verließen und vor der Tür auf ein Taxi warteten, fragte ihn Hedy, wie es ihm gefallen hätte. Zu seiner eigenen Überraschung antwortete Jan wenig diplomatisch: »Grauenhaft!«

Hedy schnaubte kurz: »Banause!«

»Ist einfach nicht meine Musik!«

»Diese Musik ist ewig!«, gab Hedy zurück.

»Mag sein, Fräulein von Pyritz, aber manchmal darf's auch ne Nummer kleiner sein.«

Sie sah ihn neugierig an und fragte: »Was würden Sie denn hören wollen?«

Jan zuckte mit den Schultern: »Ich hab eigentlich keine Vorlieben. Aber Kammerkonzerte sind halt nichts für junge Leute. Junge Leute interessiert die Ewigkeit nicht, sie tragen sie ja in sich.«

Hedy öffnete den Mund, um zu antworten, aber zum ersten Mal erlebte Jan, dass ihr nichts einfiel. Er hatte es tatsächlich einmal geschafft, dass sie nicht das letzte Wort hatte.

»Darf ich Sie etwas fragen, Fräulein von Pyritz?«

Hedy nickte.

»Wie haben Sie mich gefunden? Ich meine, es gibt eine ganze Reihe von Physiotherapeuten, wieso ich?«

Hedy und Maria sahen sich an.

»Sagen Sie es ihm schon, Fräulein Hedy«, forderte Maria.

Hedy lächelte: »Na gut. ich habe Sie im Park gesehen. Etwa zwei Wochen bevor wir uns kennengelernt haben.«

»Ja, ich mach da öfter meine Mittagspause. Und?«

»Erinnern Sie sich noch an diesen kleinen Jungen? Der von ein paar Raufbolden angegangen worden war?«

Jan runzelte die Stirn, dann klarte seine Miene auf: »Ach, der. Ja. Die hatten ihn ganz schön in der Mangel.«

»Er hat geweint, und Sie sind zu ihm gegangen. Wissen Sie noch, wie Sie in getröstet haben?«

Jan nickte: »Ich habe einen Papierflieger gebastelt.«

»Sie haben nicht nur einen Papierflieger gebastelt. Sie haben den besten Papierflieger gebastelt, den ich seit Jahrzehnten gesehen habe. Ich bin in meinem ganzen Leben nur einem einzigen Menschen begegnet, der solche Papierflieger basteln konnte, jedenfalls konnte ich sehen, wie Ihnen dieser kleine Junge fasziniert zugesehen hat und darüber vergaß zu weinen. Und als Sie ihn dann den Flieger haben werfen lassen, da wusste ich, dass ich Sie kennenlernen wollte.«

»Ich musste dir durch die halbe Stadt folgen«, sagte Maria und nickte zu Hedy, »du weißt ja, wie sie ist, wenn sie etwas will!«

»Sie hat bei einem Ihrer Patienten nach Ihrem Namen gefragt. Der Rest war dann nicht mehr schwer«, vollendete Hedy.

»Und das alles nur, weil ich gut Papierflieger falten kann?«

Das Taxi fuhr vor.

Hedy sah ihn lächelnd an und mahnte: »Papierflieger, mein lieber Junge, sind eine sehr wichtige Sache!«

»Seit wann denn das?«

»Wer solche Papierflieger bauen kann wie Sie, der kann alles erreichen. Für den gibt es keine Grenzen!«

Maria öffnete die Tür im Fond, Hedy machte Anstalten einzusteigen.

»Sie sind verrückt, Fräulein von Pyritz. Das wissen Sie schon, oder?!«

»Natürlich ist sie das«, seufzte Maria.

»Papperlapapp. Steigen Sie ein. Wir haben noch einen langen Weg vor uns.«

»Es sind nur zehn Minuten bis zur Villa«, antwortete Jan und stieg ebenfalls ins Taxi, während Maria vorne Platz nahm.

Hedy seufzte: »Dafür, dass Sie manchmal sehr intelligente Dinge sagen, sind Sie zuweilen ganz schön begriffsstutzig.«

Kurze Zeit später erreichten sie die Villa. Vor der Tür stand ein Bote und übergab ihr ein Schreiben, dessen Empfang sie mit ihrer Unterschrift quittieren musste: Es war ein Brief der Kanzlei Leopold & Kammerer. Tobias' Eltern hatten die Anzeige wegen versuchten Mordes auf versuchte Körperverletzung herabgedimmt, aber das war nicht das Entscheidende. Viel bedrohlicher war die Ankündigung, sie auf ihren Geisteszustand untersuchen zu lassen. Und sie notfalls – sollte sie den vorgeschlagenen Termin verweigern – per Gericht zu einer Testung zu zwingen.

»Wenn es wirklich so weit kommen sollte«, sagte Jan, »dann erwähnen Sie in Gottes Namen nichts von Papierfliegern, einverstanden?«

»Wenn es wirklich so weit kommt, dann werden Sie möglicherweise gegen mich aussagen müssen, Jan. Sie werden dem Gericht sagen müssen, auf welcher Grundlage ich Sie in mein Haus gelassen habe!«

»Ach, da wird mir schon etwas einfallen!«

Hedy zeigte mit dem Finger auf den Briefkopf: »Das ist die beste und teuerste Kanzlei weit und breit. Die nehmen Sie auseinander!«

»Ihre Tochter meint es wirklich ernst, was?«

»Ja, so ist es. Also dann: Es bleibt interessant. Maria?«

»Ja?«

»Machen Sie uns was zu essen? Ich habe einen Mordshunger!«

Sie rieb sich zufrieden die Hände und marschierte die Treppen hinauf zum Haus.

»Kommen Sie Jan, Zeit für eine weitere Geschichte! Finden Sie nicht auch?«

31

Köseritz
1921

Vielleicht wäre das erste Treffen zwischen meiner Mutter und meiner Großmutter glücklicher verlaufen, wenn Anni nicht gleich nach der Begrüßung den Picasso hätte sehen wollen! Sie knickste, immerhin, dann stürmte sie, von Karl grinsend dirigiert, los, riss die Tür zur Speisekammer auf und kiekste entzückt.

»Phantastisch!«, rief sie.

Vergnügt wandte sie sich Großmutter zu und sagte: »Sie *müssen* ihn in die gute Stube hängen!«

Wie gesagt, es hätte alles glücklicher verlaufen können.

So aber war für Großmutter sofort klar: Diese Frau aus der großen Stadt passte nicht nach Köseritz. Und vor allem passte sie nicht in *ihre* Familie. Das Herz meines Großvaters Gustav dagegen hatte Mutter im Sturm erobert, und so war sie noch keine Stunde auf dem Hof, da hatte sie den Kern der von Pyritz bereits in zwei Teile gespalten, ohne es auch nur zu ahnen.

Später saßen Karl und Anni auf dem Sofa in der guten Stube, um zu besprechen, weswegen sie gekommen waren: Heirat.

Im Sommer!

Auf dem Land heiratete man im Frühjahr oder im Herbst. Köseritz lag inmitten üppig wachsender Felder so weit das Auge reichte. In sanften Hügeln erstreckte sich das westpommersche

Land bis zum Horizont, unterbrochen nur von einigen wenigen kühlen Auwäldern, Wiesen oder staubigen Straßen. Unkraut musste gejätet, das Vieh auf die Weiden getrieben werden, und bald schon begann die Erntezeit, die keine Sekunde mehr für freie Zeit oder gar Vergnügungen lassen würde.

Zum großem Amüsement meines Vaters rutschte der Blick meiner Großmutter im Gespräch immer wieder herunter zu Annis flachem Bauch. Mochte man ihr Aberglauben, Traditionsbewusstsein und Dünkel vorhalten, töricht war sie nicht. Karl hatte erst vor ein paar Wochen das erste Mal *seine* Anni in einem Brief erwähnt, und hier waren sie nun und verkündeten ihre Heirat.

Jetzt sofort.

Automatisch hatte Großmutter sich gefragt, warum sie nicht bis zum Herbst warten konnten, bis die Bauern die Ernte eingeholt hatten, und je länger sie darüber nachdachte, desto öfter sah sie auf Mutters Bauch.

»Wissen Ihre Eltern schon von Ihren Plänen?«, fragte Großmutter.

»Nun … nein«, gab Anni zurück.

»Warum nicht?«

»Es gab noch keine Gelegenheit, Frau von Pyritz«, antwortete Anni.

»Sie hätten telegraphieren können?«

Anni zögerte, dann sagte sie: »Meine Mutter lebt nicht mehr, und zu meinem Vater ist das Verhältnis schwierig.«

Da saßen sie nun und starrten sich an.

»Dann ist mit einer Mitgift wohl nicht zu rechnen, richtig?«, fragte Großmutter spitz.

Anni schüttelte den Kopf: »Nein.«

Karl sagte: »Das spielt nun wirklich keine Rolle, Mutter. Es geht uns gut.«

Großmutter nickte: »Ja, *uns* schon.«

Sie stand auf und verließ den Raum.

Karl und Großvater sahen sich an, fast hätte man sie gleichzeitig seufzen hören können. Dann wandte sich Karl Anni zu und tätschelte ihr die Hand: »Na, das lief doch ziemlich gut, nicht?«

»Sie hasst mich, Karl!«

»Ach was, sie braucht ein wenig, bis sie sich an andere gewöhnt.«

»Hinterpommern!«, spottete Großvater. »Das kriegst du nicht raus. Ich habe drei Wochen um sie gefreit, bevor sie mir überhaupt die Hand gegeben hat. Du liegst noch gut im Rennen, Anni.«

Sie lächelte schwach: »Danke, Herr von Pyritz.«

»Sag Vadder, Anni.«

Sie sah ihn dankbar an.

Die Hochzeit wurde in Rekordzeit vorbereitet.

Großmutter rollte förmlich über Anni hinweg, organisierte das Fest, als ob es sie gar nicht geben würde. Abends beschwerte sie sich dann bei Großvater über die Kosten, nicht davon zu reden, dass sie obendrein noch Karls neues Haus würden komplett einrichten müssen, denn Anni brachte nicht mal einen Teller mit in die Ehe ein.

»Nicht mal einen Teller!«, rief sie empört.

Während Karl zurück nach Berlin fuhr, um sein Studium voranzutreiben, blieb Anni in Köseritz und stellte sich den Bewohnern des Dorfes vor, die sie zwar freundlich, aber doch etwas distanziert begrüßten. In der Regel kannte man die Bräute oder wenigstens die Familien der Bräute, die fast immer aus den benachbarten Dörfern oder Städtchen kamen. Anni hingegen war aus Berlin und die Hochzeit konnte nicht mehr warten, was nur eines bedeuten konnte: Sie würde nicht in Schleier und Kranz vor den Altar treten.

Anni ahnte, wie sehr sie sich hinter ihrem Rücken die Mäuler zerrissen, aber sie hatte Großvater. Er besaß fast das ganze Land um Köseritz herum und verpachtete es, und es war offensichtlich, dass er seine Schwiegertochter sehr mochte. Daher wagte niemand einen offenen Affront.

Die Hochzeit fand dann an einem Sonntag im Juli statt.

Großvater hatte Einladungen an die nahe und ferne Verwandtschaft geschickt, und alle waren gekommen: die Dölitzer, Stargarder, Stettiner, die Kösliner, Dranburger, Naugarder und natürlich auch die aus Pyritz, aus dem unser Clan schon vor über dreihundert Jahren hervorgegangen war. Auch Köseritzer waren da, obwohl wegen der Feldarbeit eigentlich keine Zeit dafür war. Von Annis Familie war niemand angereist.

Als Anni dann im Brautkleid auf den Hof trat, sah Großmutter noch zitronenmündiger als sonst aus.

»Was soll das?!«, zischte sie.

»Was?«, fragte Anni genauso gereizt zurück.

»Schleier und Kranz? Ich will kein Schauspiel! Nicht im Angesicht des Herrn!«

»Der Herr interessiert sich nicht für Schleier und Kränze. Nur Sie!«

Großmutter presste wütend die Lippen aufeinander.

»Gut, wie du willst, aber dann wird der Kranz hinten geöffnet!«

»Da kann ich ja gleich ohne Schleier und Kranz heiraten! Nein, es bleibt alles so, wie es ist. Wenn schon nicht die Schwiegertochter, sollte Ihnen doch wenigstens Ihr Ruf am Herzen liegen, nicht wahr? Schließlich bin ich gleich eine *von Pyritz*.«

Großmutter wollte erst antworten, dann aber schwieg sie.

Gustav führte die Braut, weil aus Annis Familie niemand gekommen war, der sie Karl hätte übergeben können. Das Wetter war miserabel, was Großmutter als ausgesprochen gutes Zeichen wertete! Zwar ruinierte der Regen Annis Frisur, aber jeder Tropfen, der in ihrem Kranz landete, bedeutete Glück, so dass Großmutter Hoffnung schöpfte, dass dieses Stadtkind, vielleicht doch noch zu etwas zu gebrauchen war.

Nach der Trauung kehrte der ganze Hochzeitszug zu Annis und Karls neuem Haus. Großvater hatte es ihnen geschenkt, es stand gleich neben dem Hof der von Pyritz und war, als sie ankamen, fest verschlossen. Alle warteten vor der Tür, bis Großvater sie nach einer Weile von innen öffnete, einen großen Laib Brot und einen Krug Bier in den Händen.

»Anni!«, sagte er freundlich und bot ihr ein Stück von dem Brot an.

Dann wandte er sich seinem Sohn zu: »Karl!«

Anschließend bissen alle geladenen Gäste von dem Brot ab, schluckten die Stücke aber nicht runter, sondern nahmen sie wieder aus dem Mund und gaben sie dem Hochzeitspaar, das sie sorgfältig aufheben musste.

Im Haus trennten sich Männer und Frauen.

Während die Männer in der Stube weilten, nahmen die Frauen im Flur und in der Küche Platz. Dort, wo Braut und Bräutigam saßen, stand ein hölzerner Leuchter mit drei brennenden Kerzen, die nicht gelöscht werden durften.

Jetzt erst begann das Essen.

Schnaps und Bier lösten mit der Zeit die verkrampfte Stimmung auf. Nur Großmutter trank nicht, sondern achtete abergläubisch darauf, dass die Fenster nicht verhangen und nicht geladenen Zaungästen Getränke gereicht wurden. All das brachte Glück.

Es wurde ein schönes Fest.

Ausgelassen und fröhlich.

Selbst Großmutter rang sich hier und da ein Lächeln ab, und kurz bevor die Gäste gingen, zog sie Anni zur Seite.

»Du bist jetzt die Frau meines Sohnes. Sag Mutter zu mir. Oder Auguste.«

»Danke, Mutter. Ich freu mich, dass du …«

»Dass *Sie*, verstanden? Beim *Du* sind wir noch lange nicht!«

Sie wandte sich erhobenen Hauptes ab – Anni sah ihr seufzend nach: Irgendwann würde Auguste hoffentlich noch auftauen.

Als die letzten Gäste zur Tür hinaus waren, stiegen Karl und Anni die Treppen hinauf ins Schlafzimmer. Anni zog ihre Schuhe aus. Dann legte sie meinem Vater die Arme um den Hals und flüsterte: »Tanzt du mit mir?«

»Wir haben doch getanzt?!«, wunderte sich Karl.

»Nur die Tänze von hier. Mit der Musik von hier.«

»Verstehe …«

Er ging zum Grammophon, das auf einer Kommode stand, und legte eine Platte auf: Marion Harris. *I ain't got nobody …*

Dann forderte er sie zum Tanz und sie wiegten sich sanft zu Harris' glockenheller Stimme.

»Karl?«, flüsterte sie.

»Ja?«, fragte er leise zurück.

»Es ist dein Dorf, es sind deine Leute, und sie sollen auch irgendwann meine sein. Aber: Es ist *unser* Haus. Verstehst du?«

»Ja.«

»Gut.«

Sie tanzten, bis das Lied vorüber war.

Fielen ins Bett und zeugten ein Kind.

Ein echtes medizinisches Wunder, denn am 16. Januar 1922 brachte Anni, nach nur *acht* Monaten, ein kerngesundes, ausgewachsenes Mädchen zur Welt: Hedwig Amelie Klara von Pyritz.

Hedy.

32

Da war die Musik!

Überall im Haus war Musik: Jazz, Dixie, Ragtime, Charleston. In unserem Wohnzimmer stand ein Grammophon, und es spielte den ganzen Tag diese herrlichen Melodien, die so gar nichts mit Volksliedern oder Märschen zu tun hatten.

Meine frühsten Erinnerungen sind alle mit Musik verbunden. Und einer Mutter, die zu Hause extravagante Kleidung trug, die rauchte, tanzte und sang und Vater auf den Mund küsste, wann immer ihr der Sinn danach stand. Großmutter hatte schon recht: Anni passte nicht nach Köseritz.

Sie war wie ein Kolibri in einem Schwarm von Raben.

Aber Mutter war gekommen, um zu bleiben. Und das bedeutete: Köseritz hatte sie zu akzeptieren, wie sie war. Und Großmutter damit auch.

Was sie selbstredend nicht tat.

Vielleicht hätte sie Anni einfach ignorieren können, aber da waren ja noch wir, ihre Enkelinnen, und gleichsam Großmutters große Hoffnung auf eine neue Generation stolzer Von-Pyritz-Frauen. Sie betrachtete mich und ahnte schnell, dass ich den falschen Weg einschlagen würde, offenkundig gefördert durch die Unfähigkeit meiner Mutter. Immer öfter sah sie sich daher genötigt, in die Erziehung einzugreifen, da Mutter scheinbar gewillt war, die Traditionen und Sitten der Gegend mit bunten Farben anzumalen.

Saß ich am Tisch, die Ellbogen aufgelehnt und Suppe löffelnd wie ein Tagelöhner, zischte Großmutter: »Sitz gerade, Hedwig!«

Überreichte sie mir ein Geschenk zum Geburtstag, forderte sie: »Knicks gefälligst, Hedwig!«

Oder flickte sie meine Kleidung, hieß es: »Alles kaputt. Deine Manieren sind schlimmer als die eines Stallburschen, Hedwig!«

Müßig zu erwähnen, dass sie mit ihrem Gemecker bei mir nichts erreichte. Ich behielt meinen eigenen Kopf und brachte damit Großmutter genauso auf die Palme wie Mutter. Nur dass es bei mir Absicht war, denn schon früh war ich der Meinung, dass Dinge, die mir Spaß machten, nicht falsch sein konnten, nur weil sie jemand anderen störten.

Als ich vier Jahre alt war, kaufte Vater sein erstes Auto, etwa ein Jahr nachdem er in Köseritz mit großem Erfolg seine Tierarztpraxis eröffnet hatte.

Mutter kniete vor mir und schminkte meinen Mund mit rotem Lippenstift. Ich trug ein Kleidchen nach Mode der Zeit, Nagellack, weite Ketten und ein paar Spritzer herrlich duftenden Parfums, das Mutter auch benutzte.

Dann legte sie eine Platte auf und wir tanzten und sangen zu einem amerikanischen Lied. Eigentlich nur eine Probe, denn am Abend wollten wir Vater mit einem Auftritt überraschen, aber plötzlich hörten wir draußen auf dem Hof das Röhren einer Hupe, gefolgt von einem knatternden Motor und dem kratzenden Geräusch einer Vollbremsung auf Schotter.

Mutter packte mich auf den Arm und lief mit mir nach draußen.

Da stand Vater, auf dem Trittbrett eines schwarzen *Ford Model T* und winkte uns mit seinem Hut zu. Hinter ihm waren Kinder, aber auch Erwachsene aus dem Städtchen hergelaufen und hielten ehrfürchtigen Abstand zu dem Wagen: Es war das erste Auto in Köseritz!

Eine Sensation!

»Ist nicht so schick wie ein Alfa, dafür sieht der Fahrer besser aus!«, rief mein Vater vergnügt.

Meine Mutter war ganz aus dem Häuschen und küsste ihn vor allen Leuten ab. Dann setzte sie sich ans Steuer und sagte: »Du musst es mir beibringen!«

»Aber natürlich, meine Schöne!«, antwortete Vater.

Großmutter war auch herausgekommen, und Anni aufge-hübscht vorzufinden missfiel ihr, doch als sie mich entdeckte, war es mit dem Frieden vorbei.

»ANNI!«

Sie war entsetzt!

Dann lief sie mir entgegen, hob mich auf den Arm: parfümiert, geschmückt und mit Lippenstift verziert.

»OH, MEIN GOTT!« Ihre Blicke durchbohrten Anni förmlich, dann zischte sie: »Das Kind sieht aus wie eine Dirne!«

Schützend legte sie den Arm um meinen Kopf und lief mit mir ins Haus, während hinter ihr die ersten Köseritzer kicherten. Mutter marschierte ihr wütend nach und schlug die Tür hinter sich zu.

Dann nahm sie mich Großmutter vom Arm: »Was erlauben Sie sich!«

»Das Kind zieht sich sofort um!«

»Nein!«, rief ich.

»Halt den Mund, du dummes Gör!«, fauchte Großmutter.

Und Mutter donnerte: »RAUS!«

Großmutter war perplex: »Wie bitte?!«

»Raus! Verschwinden Sie! Aber schnell!«

Großmutter war nicht an einem Streit vor dem einfachen Volk da draußen gelegen, daher wandte sie sich wortlos ab und ver-ließ das Haus. Und ich erinnere mich noch, dass ich erst einen kleinen Tanzschritt machte und dann eine Schlusspose ein-nahm.

»Shhh!«, machte Mutter, aber sie lächelte dabei.

In den Wochen darauf sprach sie kein Wort mit Mutter.

Und mit mir nur das Allernötigste.

Es war offenkundig, dass sie mich als *verloren* ansah, und so ruhten ihre ganzen Hoffnungen auf meiner Schwester Charly.

Sie wurde ein knappes Jahr nach mir geboren, und bald schon wurde deutlich, dass wir nicht unterschiedlicher hätten sein können. Obwohl Mutter uns beide gleich behandelte, wir die gleichen Spiele spielten, die gleichen Lieder sangen und die gleichen Tänze tanzten, entwickelte Charly sich zu einem bildhübschen, bescheidenen Mädchen mit vorbildlichen Manieren und keinerlei Anzeichen für Widerspenstigkeit oder flegelhaftes Benehmen. Sie liebte die Enge des Hofes, schöne Kleider und Handarbeiten. Sie knickste, sie gewann Herzen im Sturm, sie war Großmutters ganzer Stolz, denn sie würde eines Tages eine echte von Pyritz werden: traditionsbewusst, gebildet und formvollendet. Und vor allem würde Charly niemals Charly sein, sondern immer nur *Charlotte*: Charlotte Marie Auguste von Pyritz.

Dann jedoch kam jener Tag im August 1928, an dem Großmutter all ihre Träume, Hoffnungen und Wünsche für Charly davonschwimmen sah. Der Tag, an dem zwischen den beiden Von-Pyritz-Frauen ein offener Krieg ausbrach, und schuld daran war ein Kälbchen.

Und, na ja, ich wohl auch.

An jenem Tag fuhr Vater mit mir zu einem Hof ins benachbarte Prillwitz. Ein Bauer machte sich Sorgen um eine Kuh, die das erste Mal kalben würde. Das Tier stand im Stall in einem abgetrennten Abkalbeplatz und hatte offenkundig Schmerzen.

»Was ist mir ihr, Doktor?«, fragte der Bauer.

Vater schüttelte den Kopf: »Gut möglich, dass es falsch herum liegt.«

»Werd ich sie verlieren?«

»Nur wenn das Kalb steckenbleibt. Und das wird es, wenn du es nicht an den Hinterläufen herausziehst, wenn es so weit ist.«

»Wann?«

Er zuckte mit den Schultern: »Ist schwer zu sagen. Ich schätze übermorgen.«

Später lud der Bauer ihn noch auf einen Schnaps ein.

Ich blieb unbemerkt bei der Kuh und streckte meinen Arm zu ihr hinauf. Da senkte sie den Kopf und ließ sich von mir den Nasenrücken streicheln. Ich konnte die Angst in den Augen des Tieres sehen.

»Du wirst nicht sterben!«, versprach ich. »Ich pass auf dich auf!«

Es klang wie ein frommer Kinderwunsch, und bei jeder anderen Sechsjährigen wäre es auch einer gewesen, aber ich war nicht wie andere Kinder: Ich meinte es genau so, wie ich es gesagt hatte.

Am Abend kehrten wir nach Hause zurück.

Charly und ich zogen uns zum Essen ein hübsches Kleid an. Später machte uns Mutter bettfein und wünschte süße Träume.

In der Dunkelheit flüsterte ich: »Charly?«

»Ja?«, kam es schläfrig zurück.

»Möchtest du mal ein Kälbchen sehen?«

»Ja!«

Sie klang plötzlich ganz wach.

»Heute Nacht kommt vielleicht eines.«

»Ja? Wo denn?«

»In Prillwitz.«

»So weit?«

»Das ist gerade einmal ein Kilometer!«

»Das *ist* weit!«

»Willst du jetzt eines sehen oder nicht?«

Charly schwieg einen Moment, schließlich sagte sie: »Ja, schon …«

»Gut, dann warten wir, bis Mama und Papa schlafen, und dann gehen wir es anschauen.«

»Wir müssen Mama und Papa aber fragen.«

»Die wollen lieber schlafen.«

»Wirklich?«

»Ja.«

»Na gut.«

Wir warteten.

Irgendwann wurde es sehr still im Haus.

Ich stand auf und zog mich an – Charly war eingeschlafen, aber ich weckte sie sanft und half ihr beim Anziehen. Dann schlichen wir beide aus dem Haus und gingen zu Fuß nach Prillwitz. Ohne den Vollmond wäre selbst mir mulmig geworden, denn draußen auf dem Land gab es kein Licht, und bei Neumond oder dichten Wolken sah man nicht einmal die Hand vor Augen. So aber fanden wir den Hof leicht und entzündeten im Stall eine kleine Funzel, die wir an die Abkalbebox hingen.

Die Kuh lag auf dem Boden, wand sich vor Schmerzen, aber eigenartigerweise gab sie keinen Ton von sich. Ich nahm ihren Kopf und streichelte ihn, Charly tat es mir nach und fragte schließlich: »Wo ist denn das Kälbchen?«

»In ihrem Bauch«, antwortete ich.

»Und wann kommt es?«

Ich zuckte mit den Schultern.

»Du hast aber gesagt, hier wäre eines!«, beharrte Charly.

»Hier ist ja auch eins!«, zischte ich.

Die Kuh verdrehte die Augen – sie schien das Bewusstsein zu verlieren.

»Was ist denn mit ihr?«, rief Charly erschrocken. »Ist sie krank?«

Ich sprang auf: »Wir müssen den Bauern wecken!«

Ich eilte um die Kuh herum, als mein Blick auf das Becken des Tiers fiel. Da war etwas Schwarzes, und als ich näher heranging und es mit den Fingern berührte, wusste ich, was es war: ein Huf.

»Hedy!«, rief Charly erschrocken. »Jetzt mach doch! Ich hab Angst!«

»Komm, hilf mir, schnell!«

Ich steckte meine Hand in die Kuh, suchte nach dem Bein des Kalbs, packte sein Fußgelenk, zog vorsichtig und spürte, dass mir das Junge ein wenig entgegenrutschte.

»Nimm das andere Bein!«, rief ich.

»Nein! Ich hab Angst!«

»Papa hat gesagt, man muss es rausziehen, sonst sterben beide. Willst du, dass sie sterben?«

Charly tänzelte auf der Stelle, als ob sie dringend aufs Klo musste, dann kniete sie sich neben mich und steckte ihre Hand ebenfalls in die Kuh.

»Ihhhhh!«

»Los, das Bein! Hast du es?«

Charly griff zu.

Ich griff zu.

»Jetzt!«

Wir zogen so stark wir konnten.

Das Kalb rutschte vor.

Wir stemmten uns mit den Füßen gegen die Kuh, und mit einem Mal flutschte das Kalb heraus, fiel uns entgegen, während wir hintüber ins Stroh plumpsten. Es landete in unseren Schößen: Glibber, Blut und Schleim ließen Charly vor Ekel heulen, während ich entzückt den Kopf des Kalbes festhielt und es mit Stroh sauber rieb.

Es lebte!

Eine halbe Stunde später stand es bereits wackelig auf den Beinen und saugte zum ersten Mal. Auch das Muttertier hatte überlebt, und als der Bauer noch vor Sonnenaufgang nach dem Rechten sah, fand er zwei schlafende Mädchen im Stroh vor, über und über mit getrocknetem Blut und Schleim bedeckt, mit einem Kälbchen im Arm. Er schickte seinen Sohn los und ließ Vater rufen, der bald darauf ebenfalls die Scheune betrat und auf seine beiden Töchter starrte.

»Sieht aus, als hätte da jemand meine Kuh gerettet«, sagte der Bauer.

»Hm«, machte Vater nachdenklich.

Dann nahm er uns Schlafende auf, legte uns auf den Rücksitz des Fords und fuhr zurück nach Hause, wo Mutter bereits auf dem Hof wartete. Sie wusste, was geschehen war; die Einzige, die es nicht wusste, war Großmutter, die bei Vaters Rückkehr über den Hof zum Haus ihres Sohnes marschierte und entsetzt aufschrie, als sie eine blutbeschmierte Charly im Arm ihres Vaters wie tot liegen sah.

Ihre Charlotte!

Das Mädchen, dass eine echte von Pyritz hätte werden sollen, deren Zukunft weit offenstand, deren Namen alle in Köseritz voller Ehrfurcht hätten aussprechen sollen.

Charlotte, ihre legitime Nachfolgerin, war tot.

Da stürzte sie sich wie ein Furie auf Mutter und schrie: »Das ist alles nur deine Schuld!«

»Wovon reden Sie da?«, schrie Mutter zurück.

»Charlotte! Die hast *du* auf dem Gewissen!«

Vater mischte sich schnell ein: »Mutter, beruhige dich! Charly ist nicht tot. Sie war nur bei der Geburt eines Kalbs dabei.«

Auguste machte zwei rasche Schritte auf Charly zu, rieb ihr sanft über die Wange – sie öffnete verschlafen die Augen und lächelte sie an.

»Dem Herrn sei Dank!«, flüsterte sie erleichtert.

Ihrer Wut tat es aber keinen Abbruch.

Sie nahm Charly auf den Arm und fuhr Mutter an: »Was macht ein fünfjähriges Kind mitten in der Nacht in einem Stall?!«

»Sie ist ausgebüxt!«, gab Mutter wütend zurück.

»Charlotte?! Niemals! NIEMALS!«

»Hedy hat sie …«, begann Vater.

»Natürlich, Hedy! Immer wieder Hedy! Dieses garstige Kind kommt auf seine Mutter!«

»Wagen Sie es ja nicht …«, begann Mutter wütend.

»Was soll ich nicht wagen? Die Wahrheit auszusprechen? Dass Hedy nicht hört? Dass sie sich nicht anpassen will? Dass sie ihre unschuldige Schwester verführt? Was hätte heute Nacht alles passieren können? Während *du* geschlafen hast!«

»Du bist ungerecht!«, mahnte Vater.

»Bin ich das? Dann sag mir: Welches Kind in Köseritz … nein, welches Kind in ganz Pommern ist so wie Hedy?«

»Ich bin heilfroh, dass Hedy so ist, wie sie ist!«, schrie Mutter.

»Siehst du, Karl, das meine ich! Es ist *ihre* Erziehung! Sie ist keine von Pyritz, und sie wird es auch niemals sein!«

»Wie soll ich denn werden, Mutter? So wie Sie? Abergläubisch, hinterwäldlerisch und borniert?!«

»Wie kannst du es wagen, so mit mir zu reden!«

»Was denn? Ertragen Sie die Wahrheit nicht? Oder nur Ihre eigene Wahrheit?«

Charlotte hatte im Geschrei der Frauen angefangen zu weinen.

»Sieh nur, was du angerichtet hast!«, schrie Großmutter. »Aber dir ist es ja ganz egal, was aus deinen Kindern wird. Bei dir können sie ja auch mitten in der Nacht durch die Gegend stromern. So modern bist du!«

Mutter machte zwei Schritte auf sie zu: »Geben Sie mir das Kind!«

»Damit es wird wie Hedy? Nein!«

Mutter ging sehr nah an sie heran und flüsterte zitternd vor Wut: »Geben … Sie … mir … mein … Kind!«

Auguste hielt es im Arm, blickte hilfesuchend zu Vater.

»Gib ihr das Kind, Mutter!«, sagte der ruhig.

Aus Augustes Augen blitzte förmlich der Hass. Dann reichte sie Charly an Mutter weiter, die sie aufnahm und mit ihr ins Haus ging.

Auguste sah ihren Sohn an: »Erkennst du es denn nicht?«

»Was soll ich erkennen?«

»Die Zeichen, Karl!«

»Welche Zeichen?«

»Du und das blutverschmierte Kind im Arm. Der Tod wird kommen! Hör auf meine Worte! Die Kleine hat ihn hergelockt. Er wird kommen, doch dann wird es zu spät sein!«

Dann wandte sie sich erhobenen Hauptes um und marschierte zurück zum Hof.

Ich saß auf dem Rücksitz des Fords und sah ihr nach.

So ein Aufstand wegen eines Kälbchens.

33

Harte Zeiten brachen für alle von Pyritz an.

Anni und Auguste trugen ihre Abneigungen mit voller Härte aus und teilten die Familie in zwei Lager, denn niemand konnte für die eine sein, ohne gleichzeitig gegen die andere zu sein. Das Reich der von Pyritz war groß, aber es schien deutlich zu klein für *zwei* Regentinnen. Und nicht nur einmal seufzte Gustav, dass er sich wie inmitten eines Nibelungenkrieges zwischen Kriemhild und Brünhild fühlte.

Großmutter verlor mehr und mehr den Kontakt zu Charlotte und revanchierte sich im Gegenzug damit, dass sie Köseritz hinter sich brachte, was nicht schwer war, denn Anni war zwar gelitten im Dorf, aber Großmutter schon lange vor Anni meinungsführend. Auguste isolierte sie in Köseritz, niemand sprach mit ihr, nicht einmal beim Krämer oder beim Kolonialwarenhändler.

Doch wenn sie gedacht hatte, Mutter ließe sich von so etwas einschüchtern, so hatte sie sich getäuscht. Hatte sie sich zuvor mit Rücksicht auf die Befindlichkeiten der Köseritzer in der Öffentlichkeit sittsam gekleidet, zumindest für ihre Verhältnisse, ging Anni jetzt in der schillerndsten Kleidung einkaufen, die sie nur finden konnte. Und für jeden, der nicht mit ihr sprach, und das waren so ziemlich alle, hatte sie nichts als kalte Verachtung übrig und dann und wann einen tiefen Zug ihrer Zigarette, den sie in ihre mürrischen Gesichter blies.

Zwei Jahre ging das so und trieb alle Beteiligten an ihre Grenzen.

Dann am 16. September 1930 entschied sich der Krieg der beiden Königinnen von Köseritz, weil ich Zahnschmerzen bekam.

Ich hatte bereits eine ganze Reihe von Milchzähnen verloren, wusste also, dass der Zahnwechsel nicht immer angenehm verlief, doch an diesem Morgen fühlte ich einen pulsierenden Schmerz im linken, unteren Backenzahnbereich, so dass ich gleich in der Früh zu meinen Eltern ins Bett kroch und meiner Mutter davon berichtete.

»Lass mich schlafen, Schatz!«, murmelte Mutter müde.

»Aber es tut wirklich doll weh, Mama!«, beharrte ich.

»Papa sieht es sich gleich mal an …«

»Kann er nicht jetzt?«, flüsterte ich.

»Papa hatte eine lange Nacht. Und ich auch. Gib uns noch eine Stunde.«

Sie drehte sich um und schlief sofort wieder ein.

Und auch ich schlief wieder ein, obwohl mein Backenzahn keine Ruhe gab.

Wenig später wurde die Familie von Großvater geweckt.

Er rief Vater vor die Tür, und als der zurückkehrte, war er ganz grau im Gesicht.

»Was ist passiert?«, fragte Mutter.

Karl sah kurz zu mir herüber und sagte nur: »Ein Todesfall in der Familie. Mach die Kinder für die Schule fertig. Ich werde Mutter bitten, auf sie aufzupassen, während wir in Dölitz sind.«

Mutter war im Begriff, darauf zu antworten, aber Vater hob nur die Hand und sagte: »Nicht jetzt, Anni. Für ein paar Tage muss das ruhen, in Ordnung?«

Sie zögerte mit der Antwort, dann gab sie nach: »In Ordnung.«

Sie packten ihre Sachen, schickten uns Kinder nach dem Frühstück zur Schule und reisten ab. Während Charly sich auf die Schulstunden freute, wurden sie für mich zur Tortur. Ohnehin kein Kind, das gerne stillsaß, wand ich mich nun an meinem kleinen Pulttisch und hielt meine Wange. Ich konnte dem Unterricht nicht folgen, und als ich nach wiederholter Mahnung, mich gefälligst zu konzentrieren, wieder eine falsche Antwort gab, handelte ich mir auch noch zehn Schläge mit dem Lineal auf die Finger ein. Ich weinte, aber nur, weil ich mich ungerecht behandelt fühlte und mir niemand zu glauben schien, dass ich Zahnschmerzen hatte.

Endlich kehrten wir zurück zum Hof unserer Großeltern, doch während Großvater mich tröstete und abzulenken versuchte, strafte mich Großmutter mit Missachtung. Sie kümmerte sich ausschließlich um Charly.

In der Nacht tobte ein schweres Gewitter, bereits das dritte in diesem Monat.

Am Morgen darauf schien alles nur noch schlimmer: Ich verzichtete auf das Frühstück, weil ich nicht kauen wollte. Großvater untersuchte meinen Mund und Rachen, fand aber nichts Auffälliges und tröstete mich damit, dass offenbar ein Backenzahn im Begriff war durchzubrechen und diesen Schmerz verursachte. Wieder nahm die Schule kein Ende, wieder kassierte ich Schläge mit dem Lineal, diesmal, weil ich vor lauter Zahnweh patzig geantwortet hatte.

Zu Hause angekommen, begann ich, unentwegt zu jammern, bis Großmutter der Kragen platzte und mich zu sich bat.

»Mund auf!«, befahl sie.

Ich öffnete den Mund, Großmutter sah hinein.

»Hinten links?«, fragte sie.

»Ja.«

»Gut, dann sag ich dir jetzt, wie du die Zahnschmerzen loswirst. Im Gegenzug versprichst du mir, den Rest der Zeit, den du hier bist, brav zu sein, keine Widerworte zu geben und dich anständig anzuziehen.«

»Ich verspreche es!«

»Sei einfach weniger du!«, seufzte Großmutter. »Das würde mich schon glücklich machen.«

Sie nahm mich an die Hand und führte mich hinaus in den Hof.

Sie fragte: »Du kennst die kleine Aue gleich hinter dem Rapsfeld?«

»Ja, klar!«, rief ich.

Sie stöhnte: »Natürlich kennst du die … treibst dich ja auch überall rum … also, in der Aue steht eine alte Pappel. In die hat heute Nacht der Blitz eingeschlagen. Die Leute in der Stadt sagen, dass sie fast ganz heruntergebrannt ist. Dort gehst du hin.«

»Und dann?«, fragte ich.

»Du brichst einen verbrannten Splitter aus dem Baum und stocherst damit so lange in der Stelle, die dir weh tut, bis sie blutet. Dann steckst du den Splitter zurück an seine Stelle und gehst schweigend ganz genau den Weg zurück, den du gekommen bist. Dann werden deine Zahnschmerzen verschwinden.«

»Und das soll funktionieren?«, fragte ich skeptisch.

»Wieso musst du eigentlich immer und alles hinterfragen, was Erwachsene dir sagen? Was ich dir geraten habe, ist Brauch in meiner Heimat. So macht man es dort seit vielen Generationen, und es wird auch bei naseweißen Kindern aus Köseritz helfen.«

Ich nickte langsam.

Großmutter gab mir einen kleinen Schubs, und so machte ich mich dann auf den Weg. Ich fand die alte Pappel auf Anhieb, brach einen verbrannten Splitter aus ihrem Stumpf, stocherte so lange, bis ich Blut im Mund schmeckte, steckte den Splitter zurück und kehrte um.

Abends glaubte ich, der Schmerz habe tatsächlich nachgelassen. Ich ging zu Bett und erwachte mitten in der Nacht. Schreiend.

Als Großvater nach mir sah und in meinen Mund blickte, fand er dort alles tiefrot entzündet vor. Er rief Großmutter, befahl ihr, Nelkensaft zu holen, und linderte so etwas den Schmerz.

»Du hast gesagt, es geht weg!«, schrie ich Großmutter an. »Du hast gesagt, es geht weg!«

Sie stand nur da.

Aber zum ersten Mal zeigte sie mir gegenüber so etwas wie Unsicherheit.

Am Morgen, dem Tag nach der Beerdigung, schickte Großvater einen Jungen aus dem Städtchen nach Dölitz. Erst am späten Nachmittag kehrten Karl und Anni zurück, nicht ahnend, dass sich meine Entzündung bereits zu einer Sepsis ausgeweitet hatte. Als Vater an mein Bett trat, fand er mich bereits mit hohem Fieber vor. Er riss gleich als Erstes die Federbettdecke von mir weg: »Wir brauchen Wickel!«

Sie kühlten mich mit eiskalten Waden-, Arm- und Kopfwickeln, doch das Fieber machte keine Anstalten zu sinken. Es blieb bei knapp über einundvierzig Grad. Ich atmete schnell und flach, der Blutdruck war viel zu niedrig, und ich verlor immer wieder das Bewusstsein.

Die meiste Zeit saß Mutter an meinem Bett und hielt meine Hand.

»Wie geht es dir, mein Schatz?«, fragte sie, als ich wieder einmal wach geworden war.

»Großmutter hat geschwindelt!«, murmelte ich.

»Wovon redest du, Liebling?«

»Sie hat gesagt, wenn ich das abgebrannte Stöckchen in den Mund stecke, geht es weg.«

»Versuch dich ein wenig auszuruhen!«, antwortete Mutter. Es sollte mich beruhigen, aber es klang nur wütend.

Vater legte Infusionen.

Sie flößten mir *Salvarsan* ein und erreichten immerhin, dass ich mich auf niedrigem Niveau stabilisierte. Als ich wieder einmal das Bewusstsein verlor, schnitt Vater mit einem Skalpell in den hinteren, linken Backenzahn, ließ Eiter abfließen, entfernte den Backenzahn und desinfizierte die Wunde.

Später hörte ich, dass Großvater zu uns kam und in einem stillen Moment wissen wollte, wie es um mich stünde. Vater sprach leise wie ein Verschwörer, dennoch konnte Mutter alles hören: »Es ist eine schwere Sepsis. Wenn wir das Fieber nicht runterkriegen, wird sie diese Nacht nicht überleben.«

Gustav schluckte schwer und nickte.

»Ich habe getan, was ich konnte. In ein Krankenhaus können wir sie nicht bringen, weil sie den Transport nicht übersteht. Die könnten aber auch nicht mehr tun. Und ob eine Blutwäsche was bringt … wahrscheinlich nicht.«

»Es muss noch etwas geben, was wir tun können, Karl!«
Es klang wie ein Flehen.

»Beten!«, flüsterte Vater.

Mutter, außer sich vor Schmerz und Verzweiflung, eilte an den
beiden Männern vorbei, die Treppe hinab, raus aus dem Haus.

»Anni!«, rief Gustav ihr nach.

Aber sie ließ sich nicht aufhalten und rannte über den Hof, gefolgt von Vater. Ein paar Momente später riss sie die Tür von
Gustavs Hof auf, stand wenige Schritte später schon vor einer
sehr blassen, aus einem Sessel aufgesprungenen Auguste und
griff nach ihrer Kehle.

»Anni, um Gottes willen!«, rief Karl, der die Haustür erreicht
hatte.

»Hedy ringt mit dem Tod, und das ist Ihre Schuld!«, zischte Mutter. »Sie sollen eins wissen: Wenn Hedy stirbt, gehe ich weg von
hier! Das ist es doch, was Sie wollten, nicht?!«

Auguste starrte Mutter ängstlich ins Gesicht und umklammerte
gleichzeitig ihre Hand, die unbarmherzig ihren Hals zudrück-
te.

»Charly werde ich mitnehmen. Sie werden sie niemals wiedersehen!«

»Bitte, Anni, beruhige dich doch!«, bat Gustav, der ebenfalls
eingetreten war und jetzt seine Hand auf ihren Arm legte.

Daraufhin schloss sich Annis Faust nur umso fester um Augustes Hals.

Die begann zu röcheln.

»Was zwischen uns ist, ist eine Sache. Aber wenn mein Kind
stirbt, dann sterben Sie auch. Für mich. Für Charly. Es wird sein,
als ob es Sie nie gegeben hätte!«

Augustes Blick huschte zu meinem Vater, der neben Gustav
stand.

»Sie hat recht, Mutter. Wenn Hedy stirbt, werde ich mit ihr gehen.«

Einen Moment rührte sich nichts.

Ein dramatisches Stillleben mit Mutters Hand an Augustes Kehle.

Und zwei Männern, die hilflos danebenstanden.

Dann ließ Mutter los und stieß Auguste in den Sessel hinter ihr. Sie hustete und griff sich an den schmerzenden Hals. Mutter über ihr stehend, war im Begriff noch etwas zu sagen, aber was immer ihr auf der Zunge lag, sie brachte es nicht mehr heraus. Ihr Zeigefinger stieß auf Auguste herab, als ob sie einem Gendarmen einen Mörder zeigen würde, dann wandte sie sich ab und verließ den Hof.

Sie warteten.

Auf den Tag.

Den Tod.

Das Wunder.

Wechselten Wickel, flößten mir Wasser und Sulfonamide ein, desinfizierten den Mund. Legten Infusionen und beteten.

Der Morgen graute.

Der Vormittag tropfte in endlosen Minuten dahin.

Am Nachmittag endlich sank das Fieber.

Erst zögerlich, dann rutschte es unter vierzig Grad. Sie blieben weiterhin aufmerksam, pflegten mich und hofften, dass es keinen Rückschlag oder gar einen Zusammenbruch des Kreislaufs geben würde. Meine Wangen waren eingefallen, Mutter war entsetzt, wie schnell mein Körper abgemagert war, doch an Essen war nicht zu denken, ich verweigerte jede Nahrung.

Am Abend stieg das Fieber erneut.

Dann, nach einer weiteren schlaflosen Nacht, fiel es unter neununddreißig Grad.

»Sie ist über den Berg!«, lächelte Karl, als er mein Zimmer verließ.

Mutter fiel ihm weinend in die Arme.

An diesem Morgen erschien auch der erste Mal Großmutter wieder in unserem Haus und saß eine ganze Weile an meinem Bett. Ich weiß nicht mehr, was sie alles sagte, aber an eines kann ich mich gut erinnern.

Sie sagte: »Bitte verzeih mir, Hedy.«

Sie hatte mich noch nie Hedy genannt, geschweige denn, sich bei mir für irgendetwas entschuldigt, so wusste ich, dass dies ein besonderer Moment war.

Ich drückte ihre Hand und lächelte sie an.

Sie verließ das Zimmer, stieg die Treppen hinab, fand Mutter in der Küche am Tisch sitzend vor, die Hände um eine Tasse Kaffee geschlungen. Mutter war zu müde für einen weiteren Streit. Und zu erleichtert darüber, dass ich überleben würde.

So versuchte sie einfach, Großmutter zu ignorieren.

Da trat Großmutter an den Tisch und küsste Mutters Hände.

Die, überrascht von der zärtlichen Geste, ließ sie gewähren und sah ihr verwirrt nach, als sie das Haus wieder verließ.

Was es bedeutete, erfuhr sie bald.

Die gute Nachricht von meiner Heilung verbreitete sich schnell im Städtchen, und binnen kurzem schon kamen Nachbarn und Bekannte, um zu gratulieren und selbstgekochte Speisen abzugeben. Alle Frauen von Köseritz, die jahrelang nicht mit Mutter gesprochen hatten, stürmten jetzt förmlich auf sie ein. Gaben Ratschläge, boten ihre Hilfe an oder luden sie zu Kaffeekränzchen ein. Es war plötzlich, als hätte es den Streit der beiden Von-Pyritz-Frauen nie gegeben, als wäre Mutter immer schon ein integraler Bestandteil des Dorfes gewesen.

Ich überlebte.

Und Mutter war endlich zu Hause angekommen.

34

Ich erholte mich vollständig, und nur eine Backenzahnlücke erinnerte daran, wie knapp ich dem Tod entronnen war. Nach einer Woche verließ ich wieder das Bett, und Mutter und ich wollten es mit einem besonders glamourösen Auftritt feiern. Diese Auftritte hatte es auch schon zuvor gegeben, immer vor Vater und Charly, aber diesmal war alles anders.

Den ganzen Nachmittag hatten Mutter und ich uns schön gemacht: Glitzernde Kleider. Lippenstift. Nagellack. Schmuck. Ich bekam sogar eine Zigarettenspitze, natürlich ohne Zigarette, und als wir dann endlich so weit waren, stiegen wir majestätisch die Treppen hinunter, der Musik entgegen, die Vater bereits aufgelegt hatte.

Diesmal saßen aber nicht nur Vater und Charly im Zuschauerraum. Auch Gustav und Auguste gaben sich die Ehre und applaudierten, als wir eintraten.

Mutter rief: »Ladies and Gentlemen! Stolz präsentieren wir heute unsere neuste Sensation. Das erste Mal vor großem Publikum, direkt aus Paris: *Mademoiselle Amour*!«

Ich verbeugte mich elegant und kassierte erneut Applaus. Selbst Großmutter klatschte Beifall, auch wenn ihre Miene verriet, dass sie ziemliche Schwierigkeiten mit meinem Aufzug hatte. Aber sie gab sich Mühe und hielt sich wacker.

»*Mademoiselle!*«, forderte meine Mutter auf.

Vater wechselte die Musik.

Charleston.

Und Mutter und ich tanzten dazu.

Ziemlich entfesselt, das kann ich wohl behaupten. Ich konnte sehen, dass Vater, Charly und Gustav begeistert lachten, Großmutter hingegen sich immer wieder verschämt die Hände vor die Augen hielt. Aber als wir fertig waren, kam sie zu mir, nahm mich in die Arme und flüsterte: »Gut gemacht, Kleines!«

Seit diesem Moment verlor sie nie wieder ein böses Wort über mich und hatte nie wieder Streit mit Mutter. Aus der unerbittlichen Mahnerin war eine sanftmütige Großmutter geworden. Und ich wusste in dieser Sekunde, dass ein einzelner Kolibri über einen ganzen Schwarm Raben triumphieren konnte.

Eine Erkenntnis, die mich für immer prägen sollte.

Und mich isolierte.

Denn in Köseritz gab es niemanden wie mich, und ich dachte nicht im Traum daran, schwarz zu sein, wenn ich bunt und schillernd sein konnte. Da ich den Jungs zu seltsam und den Mädchen zu verrückt war, stromerte ich alleine in der Gegend umher. Oder assistierte meinem Vater.

Ich wollte abwechselnd Forscherin oder Tierärztin oder Präsidentin werden, und jeder, der Letzteres auch nur in Zweifel zog, weil ich ja *nur* ein Mädchen war, lernte eine Hedy kennen, die so lange diskutierte, bis man ihr zustimmte. Und war es auch nur, damit man seine Ruhe vor mir hatte.

Ich gab nicht viel auf die Meinung derer, die meine Einfälle belächelten oder sie gar abtaten, und vor allem akzeptierte ich keine Grenzen. Ich träumte von *mehr*, doch in Köseritz gab es keine Kinder, die *mehr* wollten. Es gab nur Kinder, für die die Welt außerhalb von Köseritz ohne Geheimnis war, weil es sie schlicht nicht gab. Und die Welt innerhalb war immer gleich.

Doch dann begann sich auch Köseritz zu verwandeln.

Leider nicht zum Guten.

Eine neue Bewegung drängte ins Licht, und kein Köseritzer hätte behaupten können, er hätte sie nicht kommen sehen, denn die Männer von der NSDAP hatten sich nicht versteckt. Waren sie anfangs noch belächelt worden in ihren albernen Uniformen, den herrischen Gesten und den gebellten Forderungen, so mischten sich Jahr für Jahr immer mehr braune Hemden, schwarze Stiefel und leuchtend rote Armbinden unter die robuste, meist in dunklen Tönen gehaltene Arbeitskleidung der Bauern.

Und je mehr es wurden, desto offensiver warben sie um neue Mitglieder. Zwischen Pferdegespann und Feldarbeit tauchten immer öfter die Automobile und Lkw der Partei auf, an Wänden und Bäumen klebte plötzlich ihre Propaganda, und an Festtagen, wenn die Bauern ihren Stand feierten und in den prächtigen Pyritzer Weizackertrachten auftraten, mit weißen Hosen, blauen Westen und schwarzen Hüten, da marschierten plötzlich auch die Nationalsozialisten durch die Stadt. In Reih und Glied und alle hinter einer übergroßen roten Hakenkreuzfahne her.

Dabei waren die Köseritzer lange Zeit wenig originell in dem gewesen, was allgemeine politische Gesinnung war: Angestellte und Arbeiter wählten SPD und die Bauern die DNVP. Beide verband der Stolz auf das Vaterland, aber vor allem die Nationalen trauerten in nostalgischer Sehnsucht der Zeit vor dem Krieg nach, als es angeblich noch eine klare Ordnung und kaum Streit gab. Man hatte einen Bürgermeister, und den hatte man, bis er starb. Es gab Stabilität und einen Mann an der Spitze, der die Menschen auf dem Land auch verstand.

Gestützt von den von Pyritz.

Großvater hatte nie nach einem Amt gestrebt, sondern es immer einem anderen überlassen, genau wie es sein Vater und dessen Vater vor ihm getan hatten. Aber in den letzten Jahren hatte er das Interesse am Gezänk im Stadtrat verloren und sich von der Politik abgewandt. Der Ratssaal hatte sich in seinen Augen zu einer Scheune entwickelt, in der Idioten Schweine stapelten. Und das ertrug er einfach nicht mehr.

Lange Zeit war der parteilose Friedensreich Schwitters Bürgermeister, ein gutmütiger älterer Herr, der bei Bauern, Angestellten und Arbeitern hohes Ansehen genoss. Ein Mann des Konsenses, dachten die Köseritzer, dem niemand den Posten würde streitig machen können.

Sie irrten.

Anfang der dreißiger Jahre gab es die letzten freien Wahlen in Köseritz, und ein arbeitsloser Arbeiter aus dem Nachbardorf Falkenberg konkurrierte mit Schwitters um den Posten als Bürgermeister: Rudolf Karzig.

Mit flammenden Reden hatte er die Stimmung vor allem bei denen angeheizt, denen das ausgleichende Geschick des amtierenden Bürgermeisters Schwitters viel zu liberal war. Die das Chaos der Weimarer Republik verachteten, die an die Dolchstoßlegende einer verratenen Armee im Weltkrieg glaubten und denen, die sich von den Fesseln der unerträglichen Reparationsforderungen der Sieger befreien wollten.

Karzig versprach ein neues Deutschland!

Karrieren und Arbeit.

Ordnung und Kraft.

Größe und Stolz.

Und je lauter er seine Parolen rief, desto mehr Leute hörten ihm zu. Noch waren die Männer der NSDAP in der Minderheit, aber sie waren aggressiv und fest entschlossen, die Dinge zu ihren Gunsten zu entscheiden.

Und so war am Vorabend zur Bürgermeisterwahl aus einem verschlafenen, blassen Köseritz ein fahnenbehangenes, nationales Vorzeigestädtchen geworden, durch das Männer in Uniform marschierten, denen man besser auswich, denn sie taten es nicht.

Es war der 15. Mai 1932.

Bürgermeister Schwitters hielt im Gemeindesaal eine Rede, die niemand vergessen würde, am allerwenigsten ich, denn an diesem Tag begegnete ich mit gerade einmal zehn Jahren der Liebe meines Lebens.

35

Ein lautes Klopfen an der Tür hatte Jan erschrocken zusammenzucken lassen. Sie saßen im Salon auf dem großen Sofa. Bei Gebäck und Kaffee hatte Hedy ein kleines Städtchen in Pommern aus dem Nebel der Geschichte wiederauferstehen lassen, so dass ihm neben Karl und Anni nun auch ihre Großeltern Auguste und Gustav sowie ihre kleine Schwester Charly so vertraut geworden waren, als hätte er sie alle persönlich gekannt.

Ein wenig ungehalten wandte Jan sich der Salontür zu: Mit ein bisschen Glück würde der Besuch gleich wieder verschwinden und er würde erfahren, wer Hedys große Liebe gewesen war. Doch als die Tür aufflog, wusste Jan, dass es heute keinen weiteren Blick in Hedys Leben mehr geben würde.

Hannah trat ein.

Im Gehen noch zog sie sich ihre eleganten Lederhandschuhe von den Fingern, legte ihre Tasche auf den Schreibtisch und befahl Jan knapp: »Sie entschuldigen uns? Ich habe mit meiner Mutter zu reden!«

Hedy antwortete kühl: »In meinem Haus, Hannah, entlässt nur einer meine Gäste, und das bin ich!«

»Ist schon in Ordnung!«, sagte Jan und erhob sich rasch. »Ich lasse Sie beide allein.«

Jan verließ den Salon und versuchte, auch Maria zu ignorieren, die sich vor der Tür wie üblich auf die Lauer gelegt hatte, doch die hielt ihn am Ärmel fest und flüsterte: »Bleib mal lieber!«

»Sie wird ihr doch wohl nichts antun?«, flüsterte Jan zurück.

»Quatsch! Aber du solltest wissen, was gespielt wird.«

»Als ob ich Fräulein von Pyritz helfen könnte!«

Maria zuckte mit den Schultern und legte ihr Ohr ans Türblatt: »Das tust du doch schon längst …«

Jan runzelte überrascht die Stirn.

»Wie meinen Sie das?«

»Shhhh!«, machte Maria.

Jan zögerte einen Moment, dann sah er sich verstohlen um, stellte sich neben Maria und konzentrierte sich auf die Stimmen im Salon.

»Was kann ich für dich tun?«, hörte er Hedy fragen.

Hannah antwortete bestimmt: »Wir sollten unseren Streit nicht in aller Öffentlichkeit eskalieren lassen. Was in unserer Familie ist, bleibt auch in der Familie. Wir sind die von Pyritz.«

»Ist es dafür nicht ein bisschen spät?«, fragte Hedy zurück.

»Wenn du deine Eskapaden meinst: ja. Dennoch ist es nie zu spät, eine gute Lösung zu finden«, antwortete Hannah.

Hedy sah ihre Tochter neugierig an: »Was wäre denn eine gute Lösung?«

Hannah setzte sich in einen Sessel und schlug die Beine elegant übereinander: »Ich denke, es ist überfällig, dass du den Vorsitz der Stiftung abgibst. Du hast hervorragende Arbeit geleistet, aber irgendwann kommt für jeden die Zeit, wo er auf Vergangenes zurückblickt und sagen kann: Es war gut. Jetzt soll es ein anderer machen!«

»Du meinst sicher dich?«, fragte Hedy.

»Möchtest du die Stiftung, die nach uns benannt wurde, jemand Fremdem anvertrauen?«

»Ich werde sie überhaupt niemandem anvertrauen – außer mir selbst.«

Hannah schüttelte den Kopf und antwortete kühl: »Doch, das wirst du.«

Hedy lächelte: »Tatsächlich?«

Hannah machte eine salbungsvolle Geste mit den Händen und sagte beinahe versöhnlich: »Ich baue dir nur eine Brücke, Mutter. Also, ich denke, du trittst Ende des Jahres zurück. Und ich übernehme dann die Leitung zum 1. Januar 2011. Das ist eine gute Lösung, mit der auch die Beiräte einverstanden sind.«

»Verstehe … «

Hedy erhob sich vom Sofa, reckte das Kinn und sagte: »Ich nehme an, du hast Middendorp auf deiner Seite. Und möglicherweise auch Frau Dr. Mayer-Leibnitz. Was hast du ihnen versprochen?«

Hannah zuckte mit den Schultern: »Das ist nicht so wichtig. Wichtig ist nur, dass es eine reibungslose Übergabe gibt und dass die Stiftung ihre verantwortungsvolle Aufgabe weiterhin wahrnehmen kann.«

»Dann sage ich dir, was ich mache, damit die Stiftung auch weiterhin verantwortungsvoll handelt: Ich streiche Middendorps Neffen von der Stipendiatenliste. Seien wir ehrlich: Der Junge spielt ganz gut Klavier, aber er hat einfach nicht das Zeug zu einem großen Pianisten. Und was Frau Dr. Mayer-Leibnitz betrifft: Was hat diese Frau je Sinnvolles geleistet? Sie hat reich geheiratet, trägt eine rote Brille und schwärmt für junge Maler. Ziemlich junge Maler, wenn du mich fragst. Ich nehme an, einer dieser Burschen soll auch gefördert werden?«

Hannah lächelte: »Meinst du, du bist die Richtige, die sich über *junge Burschen* mokieren sollte? Wie alt war noch mal dein … *Physiotherapeut*?«

»Oh, bitte, Hannah, ein bisschen mehr Haltung!«

Hannah sprang aus ihrem Sessel und rief wütend: »Haltung?! Ausgerechnet du mahnst Haltung an? Die Stadt zerreißt sich immer noch das Maul über deine verrückte Anzeige. Und jetzt geht dieser junge Mann hier ein und aus. Stipendiat der Von-Pyritz-Stiftung? Lächerlich! Was ist denn so Außergewöhnliches an ihm?«

»Das würdest du nicht verstehen.«

»Dann erklär es mir! Wir haben nämlich Richtlinien, Mutter! Und die haben wir aus gutem Grund. Du findest Middendorps Neffen nicht gut genug? Mag sein. Frau Dr. Mayer-Leibnitz Malergeschmack fragwürdig? Geschenkt. Aber immerhin erfüllen diese Bewerber alle Voraussetzungen. Das ist deutlich mehr, als dein kleiner Masseur aufweisen kann!«

Hedy winkte kühl ab: »Er erfüllt die Voraussetzungen. Er wird ein Buch schreiben!«

»Oh, das ist interessant«, ätzte Hannah. »Ein Buch. Geschrieben von einem Legastheniker!«

Hedy sah sie überrascht an.

»Wenn du einen Gegner hast, dann solltest du wissen, wer er ist … Hab ich von dir gelernt, Mutter. Schon vergessen?«

»Ich wünschte, du hättest mehr als das von mir gelernt«, seufzte Hedy.

Hannah zählte ungerührt auf: »Wenn ich dann mal zusammenfassen darf: Du schlafwandelst, inserierst fragwürdige Annoncen, jagst Zeitungsjungen mit dem Auto, fällst verrückte Entscheidungen, verstößt gegen Stiftungsrichtlinien, und neuerdings taucht hier jeden Tag ein junger Mann auf, der zwar Stipendiat ist, aber keinerlei sonstige künstlerische Begabungen vorweisen kann. Möglicherweise hat der junge Mann auch noch finanzielle Interessen bei der Stiftungsgründerin, wer weiß? In jedem Fall gefährdest du die Stiftung und ihr Vermögen. Glaubst du wirklich, du hältst mich auf?«

Hedy konterte scharf: »Wenn du das könntest, wärest du nicht hier, um mich zu bitten!«

»Ich bitte nicht, ich biete dir nur einen Ausweg!«, rief Hannah.

Hedy schüttelte den Kopf: »Mag sein, dass du Middendorp und Mayer-Leibnitz auf deiner Seite hast. Schmidtke dagegen wirst du nicht bekommen. Und selbst wenn, dann würde ich gegen ein Misstrauensvotum klagen, das auf so schwachen Füßen steht. Und dann werden wir vor Gericht klären, wie es weitergeht. Aber ich sag dir jetzt schon: Das wird Jahre dauern!«

»Du willst einen öffentlichen Prozess?«, fauchte Hannah.

»Wenn es sein muss!«

Die beiden Frauen starrten sich an.

»Gut«, sagte Hannah schließlich, »aber eines sollte dir klar sein: Es wird alles zur Sprache kommen. Alles!«

»Bitte, dann ist es eben so!«

Hannah wandte sich ab, streifte sich wieder die Handschuhe über, nahm ihre Tasche auf: »Und noch eines sollte dir klar sein, Mutter! Dieser Prozess wird unserem Namen schaden, aber dich wird er vernichten. Denn ich werde dafür sorgen, dass die Welt erfährt, wer Hedy von Pyritz ist.«

»Nur zu!«, forderte Hedy scharf.

Hannah antwortete darauf nicht mehr.

Und marschierte aus dem Salon.

36

Jan fragte sich noch lange, ob Hedy die ausgesprochene Drohung so gelassen nahm, weil sie nichts zu befürchten hatte oder weil ihr die öffentliche Meinung über sie mittlerweile völlig gleichgültig war. Jedenfalls ließ sie ihm gegenüber keinerlei

Besorgnis oder Nervosität erkennen, sondern verbrachte die Lerntage in Gleichmut. Dabei hätte Jan allzu gerne gewusst, was Hannah noch in der Hand hatte, aber fragen konnte er nicht, ohne zuzugeben, dass er an der Tür gelauscht hatte. Und Maria versicherte ihm, dass sie von nichts wusste, was Hannah da angedeutet hatte.

Einstweilen verliefen die Tage ohne größere Aufregungen, bis auf die Tatsache, dass Jan nicht so recht wusste, woran er bei Alina war. Ihr Date war sehr gut verlaufen, sie hatten sich gut verstanden, ohne dass peinliche Gesprächspausen entstanden wären. Aber zu einem zweiten Treffen war es bisher nicht gekommen. Jan hatte Alina per WhatsApp zu einem Konzert in der Stadt eingeladen, was sie allerdings absagen musste, weil sie an diesem Abend schon verplant war. Leider nichts weiter dazu. Nicht einmal etwas Unverbindliches wie, dass man sich ja an einem anderen Tag sehen könnte.

Jan haderte mit sich: Was, wenn die Nachricht zu viele Rechtschreibfehler gehabt hatte? Was, wenn Alina glaubte, er hätte keinerlei Bildung? Er versuchte es mit nichtssagenden Mails: Wie es so ginge? Wie der Tag so gelaufen war? Sätze, von denen er wusste, dass sie richtig geschrieben waren, aber er erntete nur ähnlich nichtssagende Antworten.

Dann schrieb er nichts mehr. Und sie auch nicht.

Ein neuer Sonntag kam und damit neue Fahrstunden mit Alina. Doch schon die Begrüßung erschien ihm unterkühlt, so dass er sich fragte, was er falsch gemacht haben könnte.

Alina war aus dem Wagen gestiegen und fragte Hedy: »Darf ich kurz ihr Bad benutzen, Fräulein von Pyritz?«

Hedy nickte und gab ihr den Haustürschlüssel: »Aber natürlich.«

Zu dritt warteten sie auf ihre Rückkehr.

»Ist etwas vorgefallen?«, fragte Hedy, als Alina durch den Eingang verschwunden war.

Jan zuckte mit den Schultern: »Nein, glaube ich jedenfalls.«

Marias Antwort dagegen war ein einziger Vorwurf: »Er hat nicht angerufen.«

Hedy sah Jan überrascht an. »Wieso haben Sie nicht angerufen, Jan?«

»Ich habe ihr geschrieben.«

»Mit dem Handy«, fügte Maria in einem Tonfall an, der nichts Gutes verhieß.

»Und warum rufen Sie nicht an?«, fragte Hedy erneut.

Jan seufzte: »Müssen wir das jetzt diskutieren?«

Hedy und Maria sahen sich verwundert an.

»Natürlich müssen wir das jetzt diskutieren!«, schnaubte Hedy empört. »Wie wollen Sie denn das Mädchen erobern, wenn Sie sie nicht einmal anrufen?«

»Da wäre ich auch beleidigt!«, bestätigte Maria.

»Alina ist beleidigt?«

»Enttäuscht«, schloss Maria. »Ein paar läppische Mails und dann nichts mehr.«

»Aber …«

»Papperlapapp!«, ging Hedy dazwischen. »Wenn Sie angerufen hätten, wäre das gar nicht erst passiert!«

»Aber …«

»Der junge Herr möchte also den Mount Everest hochgetragen werden!« Maria verschränkte die Arme vor der Brust.

Jans Gesicht verfinsterte sich: »Jetzt fangen Sie nicht auch noch damit an!«

»Meine wunderschöne Tochter ist dir also nicht mal einen Anruf wert!«, schnappte sie beleidigt.

»Natürlich ist sie das!«, gab Jan empört zurück.

»Ah, dann hast du sie doch angerufen?«

Jan war im Begriff zu antworten, zog es aber vor zu schweigen.

Besser er sagte nichts mehr, denn diese Diskussion würde ganz sicher nicht gut für ihn ausgehen.

Als Alina zum Auto zurückkehrte, sah sie verwundert zu dem Dreiergrüppchen.

»Was ist?«, fragte sie ein wenig misstrauisch.

»Nichts«, antworteten alle drei unisono.

Unheilvolle Stille während der Fahrt.

Unheilvolle Stille auch während der Fahrübungen.

Und während Jan darüber nachdachte, wie er die Scharte wieder auswetzen konnte, entschied Hedy, ihn ein wenig zu fordern und das Gegurke auf dem Trainingsgelände zu beenden.

»Warum verlassen wir nicht den Parkplatz und fahren ein wenig die Straße hinter dem Supermarkt entlang?«

Jan starrte in den Rückspiegel: »Wie bitte?«

»Peppen wir die Sache ein wenig auf? Es ist weit und breit niemand zu sehen. Und die Straße hinter dem Supermarkt ist doch fast noch Privatgelände.«

»Meinen Sie das ernst?«, fragte Jan.

Hedy hob die Hand: »Wer ist dafür?«

Maria tat es ihr nach.

Und schließlich hob auch Alina ihren Arm.

Jan schluckte und steuerte den Wagen vorsichtig vom Parkplatz über die Zufahrt zur nächsten Abbiegung und von dort auf die Straße hinter dem Supermarkt, die offenbar von Lieferanten genutzt wurde. Es war ungewohnt, aber Hedy hatte recht: Es peppte die Übungen auf. Jan hatte fast schon das Gefühl, am richtigen Straßenverkehr teilzunehmen. Allmählich fasste er Mut und erhöhte das Tempo.

Das machte wirklich Spaß!

Er beschleunigte weiter, bis Alina ihn am Arm antippte, damit er langsamer fuhr. Jan blickte zu ihr, im nächsten Moment querte eine Katze die Straße, alle vier schrien erschrocken auf, Jan riss das Steuer herum, ein Müllcontainer baute sich erschütternd nahe vor der Kühlerhaube auf, und im nächsten Moment stieß ihn der Mercedes auch schon um.

Vollbremsung.

Der Motor blubberte kurz noch einmal auf, dann hatte Jan ihn auch schon abgewürgt.

»Alles in Ordnung? Jemand verletzt?«, fragte Jan geschockt.

»Alles okay«, bestätigte Alina.

Auch die beiden Damen auf der Rückbank waren unverletzt.

»Was ist mit der Katze?«, fragte Hedy.

Jan blickte in den Rückspiegel: »Hat's auch überlebt, das blöde Vieh.«

»Das lässt sich ändern: Legen Sie den Rückwärtsgang ein!«

Jan drehte sich entgeistert zu ihr um.

Aus Hedys Augen blitzte förmlich der Schalk, der kleine Unfall schien sie geradezu um Jahre jünger gemacht zu haben. Jan schüttelte lächelnd den Kopf, er verließ mit Alina den Wagen und begutachtete draußen den Schaden.

Sie standen nebeneinander, berührten sich zufällig an den Schultern, und Jan dachte, jetzt müsste er etwas sagen. Etwas Witziges vielleicht. Etwas, was sie zum Lachen bringt. Etwas, was sie sanft berührt, so wie seine Schulter gerade ihre. Sie würde ihn anlächeln und er sie erneut einladen.

»Und?!«

Jan war kurz zusammengezuckt und blickte zu Hedy, die die Scheibe heruntergekurbelt hatte. Sie lösten sich voneinander, der Moment war vorbei.

Und er ein Idiot – so viel stand fest.

Jan antwortete: »Ein paar Dellen! Und ein Scheinwerfer ist kaputt!«

Hedy verzog beeindruckt den Mund: »Nicht kleinzukriegen, das Automobil!«

Sie fuhren zurück.

Jan hatte genug von seiner eigenen Zögerlichkeit: Sobald er die beiden Damen aus dem Wagen gelotst hatte, würde er Alina um ein weiteres Date bitten und sich dafür entschuldigen, dass er nicht angerufen hatte. Das war doch einfach lächerlich, wie er hier herummurkste!

Sie näherten sich der Villa, bogen in die Einfahrt, den Hügel hinauf.

»Erwarten wir Besuch?«, fragte Alina.

Sie nahm Gas weg, wurde langsamer.

Sie sahen jetzt alle aus der Windschutzscheibe.

Nick!

Er hatte offenbar am Treppenaufgang gewartet und ging ihnen jetzt ein paar Schritte entgegen. Wie immer lässig gekleidet, moderner, gut geschnittener Anzug, schickes Hemd und Schauspielerlächeln.

»Wer ist das?«, fragte Alina.

Die Neugier in ihrer Stimme war unüberhörbar.

»Mein Bruder«, antwortete Jan matt.

Und wie zur Bestätigung seiner schlimmsten Befürchtungen lächelte Alina: »Der sieht aber gut aus …«

Es war, als hätte sie ihm ein Schwert durch die Brust gerammt, er konnte den kalten Stahl förmlich spüren. Alina hielt und kurbelte die Scheibe herunter, weil Nick bereits neben der Fahrertür stand: »Hallo, ich bin Nick!«

Er gab Alina die Hand.

»Alina.«

Nick sah auf den Rücksitz und grüßte freundlich: »Fräulein von Pyritz … Maria … Schön, Sie zu sehen!«

Die beiden Damen nickten knapp.

»Eigentlich war ich nur hier, um meinen Bruder auf ein paar Bier einzuladen. Ich dachte, nach den Fahrstunden könnte er einen Drink brauchen.«

Alina grinste: »Den könnten wir alle gebrauchen!«

Nick verzog den Mund und seufzte übertrieben: »So schlimm?«

»Es gibt so Tage«, zuckte Alina mit den Schultern.

»Oh, Jan! Du bringst es noch fertig, dass die Damen Stützräder an dieses herrliche Auto schweißen müssen!«

Alina kicherte, auch die Damen auf dem Rücksitz konnten sich ein Lächeln nicht verkneifen. Nick zog ihn auf, aber er tat es sehr charmant. Jetzt müsste ihm nur eine witzige Replik einfallen.

Irgend.

Etwas.

Witziges.

Nick kniepte Alina zu. »Jan ist die Grace Kelly unter den Autofahrern. Sieht blendend aus, aber ich würde nicht mit ihm ins Gebirge fahren!«

Wieder Kichern.

»Na komm, Prinzessin!«, sagte Nick. »Ich geb einen aus, und wir hören ein paar Songs von Falco.«

Die drei Damen sahen Nick amüsiert an, und der genoss das sichtlich.

»Warum begleitest du uns nicht, Alina?«, fragte Nick.

»Wirklich? Wollt ihr nicht lieber unter euch sein?«

Nick winkte ab: »Ach was, komm mit! Wenn wir genug getrunken haben, bringt uns James Dean hier nach Hause.«

Herrgott, wie viele waren denn noch im Auto gestorben?

Alina lachte: »O. k., Deal.«

»Dann treffen wir uns einfach im *Arkadia* unten am Markt? In einer halben Stunde?«

»Okay«, antwortete Alina erneut.

Nick tippte zum Gruß mit einem Finger an die Stirn und spazierte beschwingt die Auffahrt hinab, während Alina wieder anfuhr, um den Mercedes in die Garage zu bringen.

Sie stieg aus und öffnete das Tor.

Jan saß auf dem Vordersitz und wagte nicht in den Rückspiegel zu sehen. Was er jetzt nicht ertragen konnte, waren die mitleidigen Mienen von Maria und Hedy.

37

Am folgenden Tag hatte Jan Leseschule in Münster und am Abend Unterricht für die theoretische Fahrprüfung, für die er bereits angemeldet war. Maria indes hatte Alina nicht erreichen und damit nicht aushorchen können, so dass beide Damen sehr gespannt auf das waren, was Jan von dem gemeinsamen Treffen im *Arkadia* zu berichten hatte.

Als der endlich zum Unterricht erschien, erwarteten sie ihn bereits in der Empfangshalle mit derart fragenden Blicken, dass sich seine Miene augenblicklich verfinsterte und er wortlos an ihnen vorbeimarschierte.

Sie sahen sich verwundert an, dann rief Hedy überdeutlich: »Guten Tag, Jan!«

Der aber fauchte nur: »Ich will nicht drüber reden! OKAY?!«

Und schon war er im Salon verschwunden – die Tür fiel geräuschvoll ins Schloss.

Hedy murmelte: »Na, das lief ja prima …«

Maria nickte und seufzte: »Ich mach uns mal was Schönes zu essen.«

Sie wandte sich um und ging zurück in die Küche.

Hedy folgte Jan in den Salon, fand ihn an einem der großen Fenster stehend und in den Garten starrend vor. Sie setzte sich und schwieg demonstrativ. Was offenbar noch provozierender war, als ihn zur Rede zu stellen, denn nach nur wenigen Momenten wirbelte Jan herum und schimpfte: »Na, los! Sagen Sie es schon!«

»Was soll ich sagen, Jan?«

»Dass ich keinen Mumm habe. Dass ich alles vermassele. Dass Sie an meiner Stelle mit ihr bereits vor dem Traualtar stehen würden. Inklusive fertig organisierter Hochzeitsfeier für fünfhundert Personen und schicker Eigentumswohnung in bester Lage.«

»Also, jetzt übertreiben Sie ein bisschen. Für fünfhundert Personen bräuchte ich schon zwei Wochen länger ...«

Jan verdrehte die Augen: »Mir ist nicht nach Witzen, Fräulein von Pyritz.«

»Das war kein Witz, Jan. Sechs Wochen ist das Minimum für ein Fest dieser Größenordnung.«

Sie sahen einander an.

Dann lächelte Hedy.

Und tätschelte den Platz neben sich auf dem Sofa: »Kommen Sie. Erzählen Sie mir, was passiert ist, dann sehen wir, ob wir eine Lösung finden.«

Jan blieb am Fenster stehen und grummelte: »Da gibt es nicht viel zu erzählen. Ich war nicht da.«

Hedys gute Laune war im Nu dahin.

»Wie bitte?«

»Sie haben es schon verstanden!«, murmelte Jan.

Hedy riss empört die Augen auf: »Sie überlassen Alina einfach kampflos Ihrem Bruder?«

Jan schwieg und starrte wieder aus dem Fenster.

»Wie konnten Sie nur, Jan?!«, echauffierte sich Hedy. »Sie sind doch in sie verliebt!«

»Lassen Sie mich in Ruhe, Fräulein von Pyritz!«, gab Jan schwach zurück.

»Ich denke ja nicht daran!«, rief Hedy.

»Ich komme gegen Nick nicht an. Der kann so was wie kein Zweiter.«

»Haben Sie es je versucht?«, fragte Hedy.

Jan schüttelte den Kopf: »Sie waren doch dabei. Sie haben doch selbst gesehen, wie sehr Alina an ihm interessiert war. Wen hätten Sie denn an ihrer Stelle besser gefunden? Nick oder mich?«

»Nick natürlich!«

»Wirklich, Sie sind manchmal feinfühlig wie eine Abrissbirne!«, antwortete Jan gekränkt.

»Wen hätten Sie denn besser gefunden?«, fragte Hedy zurück.

Jan presste die Lippen aufeinander.

»Sehen Sie! Und es hat nichts damit zu tun, dass er besser aussieht oder intelligenter ist. Er hat nur Selbstvertrauen, und er kleidet sich gut. Sie laufen hingegen rum wie ein Physiotherapeut.«

»Ich *bin* Physiotherapeut!«

»Verstehe, dann wollen Sie Alina die Wirbel einrenken?«

»Kein Grund, sarkastisch zu werden«, schnaubte Jan.

Sie sahen einander an.

Dann seufzte Hedy: »Was ist nur mit Ihnen, Jan? Ich verstehe Sie nicht.«

»Ich weiß.«

»Dann sagen Sie mir, wer Sie sind?«

Doch Jan schwieg.

Hedy wandte sich den großen Fenstern zu, die den Blick auf den Garten freigaben, der jetzt, an einem herrlichen Tag Ende Mai mit blauem Himmel, zwitschernden Vögeln und angenehmen Temperaturen in voller Blüte stand.

Da wandte sie sich Jan zu und sagte munter: »Kommen Sie! Wir machen einen Ausflug!«

»Jetzt? Was ist mit dem Unterricht?«

»Manchmal gibt es Wichtigeres.«

Sie bestellten ein Taxi, packten Hedys Rollstuhl in den Kofferraum und fuhren an einen Altarm der Ems, der wild wuchernd im fast stehenden Gewässer geradezu etwas Verwunschenes hatte. Dabei war der Weg dorthin weder für Hedy noch für Jan ein Vergnügen, der eine den Rolli schiebend, die andere den holprigen Feldweg ertragend. Aber sie wurden mit einem perfekten Ausblick in die beinahe unberührte Natur belohnt. Dort saßen sie eine Weile schweigend und genossen das Licht, das Wasser und die Geräusche der sich sanft wiegenden Äste und Sträucher.

»Ich war lange nicht mehr hier!«, sagte Hedy schließlich zu Jan, der sich neben sie auf den Boden gesetzt hatte. »Ich danke Ihnen für diesen schönen Trip.«

»Es war Ihre Idee, Fräulein von Pyritz«, antwortete Jan müde.

»Gefällt es Ihnen nicht?«

»Doch, es ist wirklich schön hier. Ein Geheimversteck?«

Hedy blickte auf das Wasser und sagte dann: »Ja, vielleicht. Ist bald sechzig Jahre her, dass ich das letzte Mal hier war. Es hat sich nicht verändert.«

»Klingt nach einer Geschichte, Fräulein von Pyritz«, schloss Jan.

Hedy nickte: »Ist auch eine. Aber nicht heute.«

»Schade. Ich mag Ihre Geschichten«, antwortete Jan.

Er wirkte immer noch bedrückt.

»Jetzt sind Sie an der Reihe!«, forderte Hedy munter. »Erzählen Sie mir eine Geschichte, Jan! Über sich!«

»Deswegen sind wir hier?«

»Ich versuche, Sie zu verstehen. Aber Sie müssen mir auch eine Chance geben«, gab Hedy zurück.

Er schwieg eine Weile.

Als Hedy schon nicht mehr damit rechnete, dass er etwas sagen würde, sah er zu ihr auf: »Gut, warum nicht? Ich erzähle Ihnen eine Geschichte. Über Nick. Über mich. Eine wahre Geschichte.«

Hedy richtete sich auf.

»Als Nick fünfzehn Jahre alt war, gab es auf unserer Schule einen Typen, der als große Nachwuchshoffnung im Langstreckenlauf galt. Lukas Bosch. Schon mal gehört?«

Hedy schüttelte den Kopf.

»Na ja, egal. Niemand kennt ihn heute mehr. Dafür hat Nick gesorgt …«

»Was hat er getan?«, fragte Hedy.

»Nun, Lukas Bosch lief 5000 und 10 000 Meter und war in seiner Altersklasse seit zwei Jahren ungeschlagen. Die Zeitungen begannen, über ihn zu berichten. Lobten ihn als *Wunderläufer*, als *deutsche Hoffnung*, als zukünftigen *Deutschen Meister*. Jedenfalls schien ihm das ziemlich zu Kopf gestiegen zu sein, denn so gut er im Laufen war, so ätzend verhielt er sich allen anderen gegenüber. Ein furchtbares Großmaul, so ein spindeldürres Bürschchen, das einfach der Meinung war, er könne sich alles erlauben. Und irgendwie funktionierte es sogar, denn meines Wissens hat er nie was auf die Fresse bekommen, obwohl er das am Tag wenigstens dreimal verdient gehabt hätte.«

Hedy nickte.

»Jedenfalls geriet er eines Tages mit Nick aneinander. Bosch hat ihn verhöhnt. So wie er es bei anderen auch immer mal wieder machte.«

»Worüber hat er sich lustig gemacht?«, fragte Hedy.

Jan zögerte mit der Antwort, dann antwortete er: »Es ging um unsere Mutter …«

»Wollen Sie mir verraten, was er gesagt hat?«

Jan schüttelte den Kopf: »Ist nicht so wichtig. Gehen Sie davon aus, dass es etwas sehr Hässliches war.« Na ja, jedenfalls sah es einen Moment so aus, als würde Bosch die erste echte Prügel seines Lebens beziehen. Nick hätte ihn leicht auf links ziehen können, aber er ließ ihn los und provozierte Bosch dann seinerseits. Er beschied Bosch nur mittelmäßiges Talent und dass ihm seine Trainer nur ausgesuchte Gegner vorsetzten, die er schlagen konnte, um damit seinen Minderwertigkeitskomplex aufzupäppeln.

Und siehe da: Das Großmaul reagierte gereizt. Er, der alle mit seinen Angriffen piesackte, war auf einmal richtig genervt. Ich stand daneben und dachte nur, wenn er wirklich so selbstbewusst wäre, wie er immer tat, dann könnten ihm Nicks Unterstellungen doch völlig gleichgültig sein. Ich meine, was interessiert es die Eiche, wenn sie ein Hund anbellt, nicht?

Hedy lächelte: »Ihr Bruder hat offenbar ein gutes Gespür für Menschen.«

»Ja, das hat er. Er findet schnell ihre Schwachstellen.«

Jan wirkte wieder bedrückt.

Dann raffte er sich auf und fuhr fort: »Nick ließ nicht locker, und Bosch wurde immer wütender. Und dann sagte Nick: *Jeder könnte dich schlagen. Sogar ich.* Bosch lachte triumphierend: *O. k., dann schlag mich. Wann du willst. Wo du willst!*«

»Er hat ihn in seiner Spezialdisziplin herausgefordert?«, staunte Hedy.

»Ja, Nick hat vor nichts Angst.«

»Kann man denn einen jungen Wunderläufer einfach so schlagen? Ich verstehe nicht viel von Sport, aber wie soll das funktionieren?«

»Das haben wir uns alle gefragt. Sehen Sie, Nick war immer ein guter Sportler, ein sehr guter Sportler sogar, aber das, was er da vorhatte, war einfach unmöglich.«

Hedy lehnte sich in den Rollstuhl zurück und blickte auf das Wasser.

Dann schloss sie die Augen und lächelte: »Aber er hat einen Weg gefunden, richtig?«

»Ja, das hat er.«

»Erzählen Sie, Jan. Es klingt wie eine Geschichte nach meinem Geschmack.«

Jan nickte: »Die Herausforderung war ausgesprochen, und eine Weile passierte nichts.

Dann, eines Tages, stand er wieder vor Bosch und erneuerte seine Kampfansage. Sie würden bei einem Volkslauf gegeneinander antreten. Zehn Kilometer. Sie gaben sich die Hände, und Bosch ließ nichts aus, um ihn an der ganzen Schule lächerlich zu machen.

Nick dagegen lud jeden ein, beim großen Lauf dabei zu sein. Einfach jeden! Ich weiß noch, dass ich ihn beschwor, nicht so eine Welle zu machen, denn wenn alle kämen, würden auch alle seine katastrophale Niederlage miterleben. Aber Nick grinste nur und sagte: *Ich verliere nicht, kleiner Bruder.*«

»Wie ging es weiter?«, fragte Hedy neugierig.

»Dann kam der Tag des Volkslaufes, und zu unserer Überraschung stellten wir alle fest, dass es ein Querfeldeinlauf war. Mit einem sehr anspruchsvollen Geländeprofil. Es gab kaum einen Meter, wo es nicht hoch- oder runterging. Dazu Waldboden, Asphalt, Pflaster und Feldweg. Bosch kannte nur Tartanbahnen oder gerade Joggingstrecken. Dazu kam, dass es regnete, der Untergrund war aufgeweicht und rutschig.«

»Er hat ihn in eine Falle gelockt«, schloss Hedy.

»Ja, aber trotzdem war Bosch der bessere Läufer. Niemand konnte sich vorstellen, dass Nick ihn schlagen könnte, nur Nick zog mich heimlich zur Seite und grinste: *Hör mal, wie laut er spricht!* Da wurde mir zum ersten Mal bewusst, dass Bosch nervös war. Er kannte die Strecke nicht, das Wetter war lausig und Nick augenscheinlich gut in Form. Er hatte hart trainiert, hatte ein paar Kilo abgenommen, war beinahe so schlank wie Bosch. Es war mir vorher gar nicht aufgefallen.«

Hedy lächelte.

»Die Läufer gingen an den Start. Nick neben Bosch in der ersten Reihe. Und die ganze Schule hinter den Absperrbändern. Eine Lautsprecherstimme zählte einen Countdown herunter, wir stimmten ein, und mit dem Startschuss sprintete Bosch los und legte schnell einen Abstand zwischen sich und Nick und das restliche Feld.

Ich kann gar nicht sagen, wie verzagt ich in diesem Moment war, wie ich heimlich zu meinen Mitschülern schielte, die ich Bosch rennen sahen, als wäre der Teufel hinter ihm her. Ich versank förmlich in meiner Jacke.

Bosch hatte sich schnell einen Vorsprung von fünfzig, sechzig Metern erarbeitet, Nick folgte ihm, so gut er konnte, hinter Nick das restliche Feld. Und ich dachte noch, wenn er wenigstens Zweiter werden würde, dann wäre das Ganze nicht so peinlich, dann hätte er immer noch eine gute Leistung abgeliefert.

Auch die erste Steigung nahm Bosch in unvermindert hohem Tempo, oben auf der Kuppe schien er den Gang rauszunehmen, wenigstens aber vergrößerte sich sein Vorsprung nicht mehr.

Ich sprang auf mein Fahrrad und fuhr an eine andere Stelle des Rundkurses.

Eine lange, gemeine Steigung lag vor den Läufern, und ich sah Bosch darauf einbiegen und wenig später Nick. Er hatte den Vorsprung ein wenig verkürzt und jetzt, auf dieser Steigung sah ich zum ersten Mal Anstrengung im Gesicht von Bosch. Dieses ständige Auf und Ab, der fehlende Halt auf dem Boden waren geradezu Gift, für seine Art zu laufen, die darauf ausgerichtet war, díe maximale Geschwindigkeit auf gerader Strecke herauszuholen. Hier musste er seinen Atem und seinen Puls kontrollieren, hatte keine Chance, in einen gleichmäßig schnellen Rhythmus zu kommen. Er musste schlicht etwas tun, was er gar nicht kannte: kämpfen.

Er wurde langsamer.

Und diese Steigung schien für ihn nicht enden zu wollen.

Nick dagegen hatte gar nicht erst versucht, Bosch auf gerader Strecke Paroli zu bieten, hatte Kräfte gespart und zog jetzt einen langen Schritt den Hügel hinauf. Beide hatten sich bereits deutlich vom Feld abgesetzt, so dass ich auf mein Fahrrad sprang und neben Nick herfuhr – ich störte ja keinen.

Ich rief: *Er hat Schmerzen!*

Mein Bruder nickte nur und behielt das Tempo bei.

Ich fuhr neben ihm den Hügel hinauf und konnte sehen, dass von den anfänglichen sechzig Metern nur noch zwanzig oder fünfundzwanzig übriggeblieben waren. Oben auf der Kuppe rechnete ich damit, dass Bosch wieder wegziehen würde, aber er schaffte es nicht mehr, Nick loszuwerden. Im Gegenteil: Nick nahm ihm weiter Meter für Meter ab.

Es ging bergab, Bosch hielt Nick auf Abstand.

Aber dann kam schon die nächste Steigung, nicht so lang wie die erste, dafür steiler. Nick rückte bis auf fünf Meter an ihn heran.

Bosch erreichte die nächste Gerade, und ich sah, dass er geradezu verzweifelt versuchte, Nick abzuschütteln, es aber nicht schaffte. Ich war mittlerweile außer Atem und bekam eine Vorstellung davon, wie es den beiden gehen musste, so bog ich von der Strecke und kürzte den Weg zum letzten Abschnitt ab.

Da kamen sie schon.

Nick hatte aufgeschlossen.

Etwa einen Kilometer vor dem Ziel hatte er Bosch gestellt. Hatte neun Kilometer Geduld bewiesen, die Nerven behalten, jetzt lief er mit Bosch Schulter an Schulter in einen letzten Anstieg hinein. Ich schwang mich auf mein Rad, fuhr neben der Strecke her und konnte sehen, dass sie beide erschöpft waren, aber Boschs Gesicht zeigte noch etwas anderes als Anstrengung.

Er hatte Angst!

Er hatte Angst zu verlieren.

Immer wieder schielte er zu Nick herüber, und man musste kein Hellseher sein, um zu erkennen, was er am meisten fürchtete: dass Nick das Tempo verschärfen könnte. Bosch war am Ende, hoffte, dass er sich über die Anhöhe retten würde, denn dahinter gab es nur noch eine kurze Strecke ins Tal, gefolgt von der Start-und-Zielgeraden.

In der Mitte des Hügels trat Nick an.

Unwiderstehlich.

Rücksichtslos gegen Bosch und vor allem gegen sich selbst.

Er stürmte der Kuppe entgegen, sein Atem rasselte, die Augen aufgerissen, die Fäuste geballt. Bosch musste abreißen lassen, fiel zurück, während ich wie verrückt neben der Strecke radelte und schrie. Ihn anfeuerte. Die Meter vorzählte, die er gewann!

Fünf Meter, Nick, sieben Meter! Acht! Lauf! LAUF!

Er erreichte die Anhöhe, raste wie von Sinnen ins Tal.

Stürmte dem Ziel entgegen, als würde er mit Bosch Brust an Brust um jede Zehntelsekunde kämpfen. Ich konnte sehen, wie ihm unsere Schulkameraden zujubelten, wie sie die Arme hochrissen und applaudierten. Ich bog auf die Laufstrecke, blickte zurück: Sein Vorsprung war riesig geworden. Bosch hatte aufgegeben, versuchte gar nicht erst, noch einmal aufzuschließen.

Die letzten Meter waren ein einziger Triumph.

Jeder jubelte ihm zu.

Nick rannte immer noch wie von Sinnen, obwohl es gar nicht mehr nötig war, doch schien es, als wollte er selbst hier, kurz vor dem Ziel, noch ein paar Extrameter herausholen.

Wir gingen fast gemeinsam durchs Ziel.

Ich sprang vom Rad und fiel ihm um den Hals. Schrie, jauchzte, schlug ihm wie wild auf die Schultern. Plötzlich waren wir umringt von Leuten. Nick lächelte ihnen zu, dann legte er seinen Arm um meine Schultern und flüsterte: *Bring mich weg hier!*

Ich führte ihn zu den Umkleidekabinen.

Er sagte: *Schließ die Tür ab!* Dann setzte er sich auf eine Bank und begann zu weinen. Vor Schmerzen. Vor Erschöpfung. Ich konnte sehen, wie die Muskeln in seinen Oberschenkeln zuckten, gerade so, als ob sich Mäuse unter der Haut hin und her bewegten.

Er übergab sich.

Nach einer Weile beruhigte er sich wieder, wusch sich das Gesicht. Zog seinen Trainingsanzug an und lächelte wieder. Er tätschelte meine Wange, schloss die Tür wieder auf und ging hinaus zu den anderen.

Er ließ sich feiern!

Ließ sich auf die Schultern heben und klatschte vergnügt Hände ab.

Es war der beste Tag in seinem Leben.

Und es war der beste Tag in meinem Leben!«

Hedy hatte die ganze Zeit zugehört, beinahe schon atemlos. Jetzt sah sie ihn an, sichtlich beeindruckt.

Jan sagte: »Er war der König unserer Welt an jenem Tag! Strahlend schön! Ich habe nie jemandem erzählt, dass er noch Minuten zuvor geweint hatte. Dass er das Klo vollgekotzt hatte vor Erschöpfung. Vielleicht auch aus Erleichterung. Ich wollte, dass sie nur den Nick sahen, den sie gerade auf den Schultern trugen.«

Hedy lächelte.

»Ich danke Ihnen für Ihr Vertrauen, Jan.«

»Na ja, Sie waren auch sehr großzügig zu mir, nicht?«

Sie sahen einander an, heimlich vergnügt.

Dann legte Hedy ihre Hand auf seinen Arm: »Sie müssen sehr stolz auf Ihren Bruder gewesen sein!«

»Das trifft es nicht mal annähernd. Ich bewunderte ihn. Vergötterte ihn geradezu. Er war unverwundbar. Unbesiegbar. Unsterblich. Nick konnte alles schaffen. Sogar das Unmögliche. Und auch ich profitierte von Nicks Ruhm, denn fortan war ich Nicks kleiner Bruder. Jeder schien mich plötzlich zu kennen. Und zu respektieren, auch wenn ich selbst nichts dazu beigetragen hatte.«

»Was wurde aus diesem anderen Läufer? Lukas Bosch?«

Jan schnaubte kurz auf: »Er hat sich nie wieder von dieser Niederlage erholt. Seine ganzen Angebereien fielen jetzt auf ihn zurück, so dass er nach ein paar Wochen die Schule wechselte. Aber auch dort wusste man von der Geschichte – Pech für ihn! Eine Weile versuchte er sich noch in der Leichtathletik, dann gab er sie auf. Was aus ihm wurde, weiß ich nicht, ein Wunderläufer jedenfalls nicht. Nick hat ihn vernichtet.«

»Hm«, machte Hedy. »Er hat seine Gemeinheiten teuer bezahlt.«

»Ja, das hat er.«

»Und Ihre Mutter? Sie war sicher auch sehr stolz, oder?«

Jan blickte auf das Wasser.

Schwieg lange.

Dann sagte er: »Unsere Mutter war nicht da. An dem Tag, an dem Nick zum König unserer Welt gekrönt wurde, war sie einfach nicht da.«

38

Fräulein Hedy dachte lange über Nicks großen Lauf nach, denn es war eine der Geschichten, die mehr über den Adlatus als über den Helden erzählten. Geschichten über Helden waren, so faszinierend und mitreißend sie auch sein konnten, am Ende doch etwas schal, denn Helden gewannen immer. Viel interessanter dagegen war die Frage, wie die Auswirkungen eines großen Sieges auf die unmittelbare Umgebung des Helden war. Wie gingen Vater, Mutter, Bruder oder Schwester mit jemandem um, der alles schaffen konnte? Rebellierten sie gegen ihn, um ihre eigene Identität zu verteidigen? Erstarrten sie in Ehrfurcht und wurden somit Teil *seiner* Identität?

Möglicherweise war Jan im Schatten des übermächtigen Bruders in seiner Entwicklung verkümmert. So sehr, dass es nicht einmal vorstellbar für ihn war, gegen Nick anzutreten, obwohl Jan ein Mädchen liebte, das für Nick möglicherweise nur ein Spielzeug war. War es nicht bezeichnend, dass sie ihn aufgefordert hatte, eine Geschichte über sich selbst zu erzählen, und er dann eine über Nick vortrug?

Aber degradierte Hedy Jan nicht gerade zu einem lebensunfähigen Verlierer? Den Jungen, den sie mit ihrer Stiftung förderte, nicht aus Mitleid, sondern aus Überzeugung. Der sich gegen ein drohendes Schicksal als ungelernte Hilfskraft gestemmt und vieles, um nicht zu sagen: fast Unmögliches erreicht hatte. Warum nur sah er denn nicht, dass er aus demselben Holz geschnitzt war wie sein Bruder? Dass er auf seine Weise genauso ein Held war? Nicht so auffallend, nicht so schillernd wie Nick, aber genauso erfolgreich.

Und was war mit der Mutter? Es hatte eine Beleidigung gegeben, die offenbar so schwerwiegend war, dass Nick sie zum Anlass genommen hatte, seinen Gegner zu vernichten. Auf dessen Feld und damit in Kauf nehmend, dass er selbst scheiterte. Was hatte er über die Mutter der beiden gesagt? Was war so gemein, dass Nick zum Äußersten bereit war, um seinen Gegner größtmöglich zu demütigen?

Und die Art und Weise, wie Jan betont hatte, dass sie nicht zu dem großen Rennen gekommen war, verriet nichts als bitterste Enttäuschung. Die Jungs hatten sie auf ihre Weise verteidigt, und sie ehrte es nicht einmal mit einem Besuch? Oder einer Gratulation?

Warum?

Hedy seufzte, denn sie hatte weitaus mehr Fragen als Antworten. Vieles schien auf der Hand zu liegen, doch je tiefer sie vordrang, desto widersprüchlicher wurden ihre Ergebnisse. Sie fand Nick rücksichtslos, aber auch konsequent. Und ob es ihr passte oder nicht: Er imponierte ihr! Dagegen konnte sie Jan verstehen, dass er nicht wagte, sich gegen Nick aufzulehnen, denn mit seiner inneren Haltung war die Niederlage vorprogrammiert. Dabei war Jan nicht schwach, sondern allenfalls wehrlos.

Er musste sich von seinem Bruder emanzipieren.

Und jetzt war der Zeitpunkt dafür gekommen.

Zwei Männer, die um dieselbe Frau warben.

Und Fräulein Hedy, die nicht im Traum daran dachte, den Falschen gewinnen zu lassen.

Am Abend erschien Jan zu den Lesestunden.

Er traf sie im Salon am Sekretär sitzend, scheinbar mit Korrespondenz beschäftigt, so dass Jan bereits im Begriff war, sich auf das Sofa zu setzen, als sie ihn zu sich winkte: »Kommen Sie!«

Sie machte eine Geste, dass er sich einen Stuhl holen und sich neben sie setzen sollte. Dann gab sie ihm ein Papier und begann, ein anderes zu einem Flieger zu knicken. Jan tat es ihr nach.

»Ich habe den ganzen Nachmittag damit verbracht, Flieger zu falten. Und ich denke, ich habe jetzt einen Weg gefunden, genauso gute Flieger zu bauen wie Sie!«

»Aha«, lächelte Jan.

»Sie glauben mir nicht? Gut, wir werden sehen! Fertig?«

Sie erhob sich zusammen mit Jan, dann warfen sie die Flieger in die Luft. Doch während Jans Segler elegant durch den Salon glitt, stürzte Hedys förmlich ab und landete mit der Spitze auf dem Boden.

»Nicht zu fassen!«, seufzte Hedy.

»Machen Sie sich nichts draus«, tröstete Jan.

Sie wandte sich ihm zu: »Ich habe Ihnen doch einmal gesagt, wie wichtig es ist, gute Papierflieger bauen zu können.«

»Ja, haben Sie.«

»Und wissen Sie auch, warum das so wichtig ist?«

»Nein.«

Hedy machte einen Schritt auf ihn zu und legte ihm mütterlich die Hand auf die Wange: »Weil es im Leben nur *darum* geht, nur um diese *eine* Sache: zu fliegen! So lange wie möglich zu fliegen! So hoch wie möglich zu fliegen! Wir müssen alle landen, aber bevor wir das tun, können wir fliegen! Und darum ist es so wichtig, einen guten Flieger bauen zu können! Es ist eine Gabe, verstehen Sie? Denn während es andere nicht mal in die Luft schaffen oder zu schnell abstürzen, schweben Sie hinauf und bleiben für süße Momente schwerelos. Sie nutzen die Luft und lassen sich tragen! Alles ist möglich dort oben. Alles!«

Jan lächelte.

Hedy nickte: »Verstehen Sie jetzt?«

»Ja.«

Es klopfte an die Salontür, Maria trat ein. Sie hielt ein silbernes Tablett in den Händen, darauf eine große Kaffeekanne, Tassen, Untertassen, Zucker und Milch. Sie stellte alles auf ein Tischchen neben dem großen Sofa, dann zog sie sich zurück und schloss leise die Tür.

Jan und Hedy wechselten zum Sofa und tranken Kaffee.

»Wir haben eine lange Nacht vor uns«, sagte Hedy schließlich.

»Übungen?«, seufzte Jan.

»Nein.«

»Nein?«

Sie schüttelte den Kopf: »Heute müssen Sie nichts lesen, nur zuhören.«

Einen Moment lang schien sie ihren Gedanken nachzuhängen, dann lehnte sie sich zurück und fragte: »Wo waren wir das letzte Mal stehengeblieben?«

»Die Rede des Bürgermeisters. Und wie Sie die Liebe Ihres Lebens getroffen haben.«

Hedy nickte: »Ach ja, richtig … Bereit für eine weitere Geschichte, Jan?«

Jan nickte: »Bereit für eine weitere Geschichte, Fräulein von Pyritz.«

39

Köseritz
1932

Obwohl die meisten von der Tagesmüh erschöpft waren, vom
Jäten, Pflügen, Unkrautziehen, vom Viehauftrieb und Wässern,
kamen sie doch, um Bürgermeister Schwitters zu hören. Umgezogen hatte sich von den Bauern keiner, der strenge Geruch
nach Schweiß ging im Rauch der Zigaretten, Zigarren und Pfei-
fen unter. Die Bänke waren längs gestellt worden, und der Wirt
der benachbarten Schänke *Zur Waage* hatte alle seine Mädchen
mit Bierkrügen in den Saal geschickt, um sie dort zu verkaufen.
Der Raum barst vor Zuhörern, der Wahlkampf war von den Nationalsozialisten sehr laut geführt worden, und vielleicht deswegen hatten die Köseritzer das Gefühl, dass die Auszählung
ausgesprochen knapp enden könnte. Vater wollte diese letzte
Rede unbedingt hören, und ich hatte ihn so lange bekniet, mitkommen zu dürfen, bis er schließlich nachgegeben hatte. Natürlich interessierte ich mich nicht für Politik, aber ich hatte die
vage Hoffnung, dass so eine Veranstaltung vielleicht eine schöne Abwechslung werden könnte im Köseritzer Einerlei.
Es wurde eine.
Und was für eine!
Am Ende des Saals stand eine kleine Bühne, darauf ein einfa-
ches Rednerpult. Als Schwitters endlich die Anwesenden begrüßte, war die Luft so grau vom inhalierten Nikotin, dass man
meinen konnte, der Bürgermeister wäre ein Gespenst, das dem
Nebel entstiegen war. Das Gläserklirren ebbte ab, ebenso die
Gespräche der Zuschauer. Vater hatte sich an einen der Tische
gesetzt und mich auf den Schoß genommen. Die Bauern wun-

derten sich nicht einmal darüber, dass ich da war. Niemand wunderte sich mehr über mich.

Eine Weile sprach Schwitters über die Erfolge der letzten Jahre, dass vieles gelungen wäre, und die Aussichten – trotz der schwierigen Wirtschaftslage – auf dem Land waren um ein Vielfaches besser als in der Stadt. Er malte beispielhaft Bilder der Armut und Verwahrlosung in den Vierteln der Großstädte, den täglichen Überlebenskampf darin und setzte dem die Ordnung in Köseritz gegenüber, wo ein fleißiger Mann oder eine fleißige Frau ihr Auskommen hatte, ihren Platz in der Gesellschaft und die christliche Nächstenliebe der Nachbarn. Er schien den richtigen Ton zu treffen, ich hörte hier und da zustimmendes Gemurmel, auch wenn ich selbst das Gefühl hatte, dass es mit der Nächstenliebe bei dem einen oder anderen nicht weit her war.

Dann schoss plötzlich ein Mann in die Höhe.

Er schrie: »Das ist eine Lüge!«

Er trug einen Anzug, die Haare waren von den Schläfen bis in den Nacken rasiert und mit Pomade gescheitelt. Er starrte Schwitters wutentbrannt an, dann wandte er sich den Bauern zu.

»Nichts wird sich hier für den einfachen Arbeiter und ehrlichen Bauern verändern. Die Macht liegt in den Händen weniger, der Rest tanzt nach deren Pfeife!!«

Es gab erschrockenes Gemurmel, aber auch Gesten und Geräusche der Zustimmung.

»Schwitters wird immer auf der Seite der Mächtigen stehen! Nur die NSDAP steht auf der Seite des einfachen Mannes! Nur mit uns ist ein Wechsel möglich!«

Schwitters versuchte, beruhigend einzuwirken, und bat den Mann, sich wieder zu setzen, doch der nutzte die Aufforderung nur, um weiter gegen die da *oben* zu wettern, die eben genau das von dem kleinen Mann erwarteten, dass er *nicht* aufstand.

Dass er *nicht* seine Stimme erhob. Dass er das System *nicht* in Frage stellte.

Ich fragte meinen Vater: »Wer ist das?«

»Rudolf Karzig. Er will auch Bürgermeister werden.«

»Ist er böse?«

Vater antwortete nicht, blickte nur zu dem wütend bellenden Karzig.

Schwitters' Geduld war erstaunlich, er blieb gelassen, sprach sanft, aber erreichte nur, dass Karzig umso mehr aus voller Kehle krakeelte, bis ihn einer seiner Nachbarn an seiner Anzugjacke nach unten zog und ihm somit klarmachte, dass er sich zu setzen hatte.

Karzig riss sich herrisch los: »Ich werde nicht schweigen! Die Wahrheit muss wahr bleiben! Seht nur, was sie aus unserem geliebten Vaterland gemacht haben! Die Armee: verraten im Krieg! Die Nation: gedemütigt durch die Versailler Verträge! Und die Regierung: unfähig und schwach! Ist es nicht so, Kameraden? IST ES NICHT SO?!«

Er blickte jedem ins Gesicht, und in den meisten Gesichtern fand er Zeichen der Zustimmung.

Karzig bellte weiter: »Deutschland hat mehr verdient als ein krankes System, das es an den Abgrund geführt hat. Diese Demokraten haben uns schwach gemacht. Diese Demokraten haben das heilige Reich deutscher Nation klein gemacht. Aber die Zeiten ändern sich! Eine neue Bewegung wird das Kranke hinwegfegen, Adolf Hitler wird unser Volk wieder dorthin führen, wo es hingehört: an die Spitze! Folgt unserem Führer! Macht Deutschland wieder groß!«

Sie starrten Karzig alle an.

Und so sah niemand, was ich in dem Moment sah, denn im Augenwinkel nahm ich eine Bewegung wahr, und als ich mich umdrehte, bemerkte ich, dass immer mehr von Karzigs Kameraden in brauner Uniform in den Saal einsickerten.

»Papa!«, flüsterte ich erschrocken.

Er folgte meinem Blick.

Dann ging alles ganz schnell.

Wieder hatten Karzigs Nachbarn versucht, ihn zurück auf seinen Stuhl zu ziehen, doch diesmal riss er sich nicht nur los, sondern schubste einen der Männer zu Boden. Wutentbrannt sprang der auf und griff Karzig an … das war offenbar das Signal für die Braunhemden, ebenfalls zum Angriff überzugehen.

Innerhalb von Sekunden explodierte förmlich der ganze Raum.

Geschrei.

Klirrende Gläser.

Umkippende Bänke und Stühle.

Überall Männer, die mit Fäusten aufeinander losgingen.

Vater hatte seine Hand um meinen Hinterkopf gelegt und presste mein Gesicht an seinen Hals. Er war aufgesprungen und suchte jetzt einen Weg aus dem Saal, als zwei Männer in seinen Rücken stürzten und ihn zu Boden rissen. Ich fiel auf den Boden, kullerte einen oder zwei Meter und kam zwischen Beinen wieder auf die Knie.

»HEDY!«, schrie mein Vater. »HEDY! HEDY!«

Ich wollte zu ihm kriechen, aber schon versperrten mir viele weitere Füße den Weg. Vater wollte aufspringen, doch da hatte ihn schon ein Braunhemd am Kragen und schlug ihm ins Gesicht – er taumelte zurück, dann packte er sich den Mann und rammte ihm seine Stirn auf die Nase.

Blut spritzte.

Vater sah sich um und schrie meinen Namen, aber im Gewühl der Streitenden konnte er mich nicht mehr sehen und ich ihn auch nicht. So kroch ich immer dort über den Boden, wo gerade eine Lücke entstand, in der Hoffnung, auf diese Art und Weise irgendwann den Ausgang zu finden. Männer fielen über mich, sprangen wieder auf und stürzten sich auf ihre Gegner.

Man trat mir auf die Finger, ich schnitt mein Knie an einer Scherbe auf.

Und dieser Lärm!

Schmerzensschreie, Wutgeheul, das Klatschen von Fäusten auf Gesichter. Ich war nie sonderlich ängstlich, aber mittlerweile schlotterte ich vor Furcht und Tränen liefen mir über die Wangen. Ich hatte vollständig die Orientierung verloren, kroch über den Boden, wich Schuhen und Beinen aus, kletterte über jemanden, der bewusstlos vor mir lag.

Ich schrie: »PAPA! PAPA!«

Aber niemand hörte mich.

Niemand kümmerte es.

Niemand außer einen.

Plötzlich fühlte ich Hände an meiner Taille, im nächsten Moment riss mich jemand zu sich und vergrub meinen Kopf zum Schutz unter seinem Arm. Gemeinsam krochen wir durch die Schlacht, wichen Fallenden aus oder warteten auf eine Lücke. Dann erreichten wir eine der Saalwände und eine Bank, die umgekippt war und die zwischen Mauer und Raum so etwas wie einen Schutzwall bot.

Wir kletterten dahinter, und erst jetzt sah ich, wer mich aus dem Gewühl gerettet hatte: ein blonder Junge von vielleicht zwölf Jahren. Ein hübsches Gesicht, strahlend blaue Augen. Ich hatte ihn während der Versammlung nicht bemerkt, doch jetzt war er da und legte schützend einen Arm um mich, drückte mich herab, während er ganz ritterlich mit seinem Körper ein Art Dach über mir bildete.

Eine Weile tobte die wilde Schlägerei noch, dann endlich nahmen die Geräusche ab. Es wurde langsam ruhig.

Der Junge ließ mich los.

Ich tauchte wieder auf und sah ihn neugierig an.

Er sagte: »Alles in Ordnung bei dir?«

Ich antwortete: »Ja.«

Dann gab er mir fast schon ein wenig grinsend die Hand: »Ich heiße Peter.«

Ich ergriff sie und grinste ebenfalls: »Und ich Hedy.«

40

Peter und ich wurden Freunde.

Dabei hätten die Vorzeichen für unsere Verbindung nicht schwieriger sein können, denn Peters Vater war niemand anderes als Rudolf Karzig. Er hatte seinen Sohn mitgenommen, um ihm zu demonstrieren, wie man als aufrechter Nationalsozialist für seine Sache einstand und auch im Angesicht des Feindes keine Angst zeigte. Genutzt hatte es ihm nichts, ganz im Gegenteil: Die provozierte Schlägerei weitete sich zu einem großen Skandal aus, so dass Karzig und damit auch seine Partei die Wahl gegen Schwitters haushoch verlor. Selbst diejenigen, die vorgehabt hatten, Karzig zu wählen, gaben nun Schwitters ihre Stimme.

Nennenswerte Verletzungen hatte es während des Kampfes nicht gegeben, allenfalls ein paar gebrochene Nasen, ein paar Veilchen und ein paar ausgeschlagene Zähne, aber die Art und Weise, wie dieser Streit zustande gekommen war, empörte nicht nur Köseritz, sondern auch die Nachbargemeinden. Mochte man den Menschen von hier auch vorwerfen, sich Neuem gegenüber schwerfällig zu verhalten und lieber auf das Bewährte zu setzen, so bedeutete es aber auch, dass man nicht einfach gegen Grundprinzipien des Miteinanders verstoßen konnte: Tradition, Gottesfurcht und Anstand! Und ein Überfall auf eine harmlose Versammlung, das sinnlose Einprügeln auf ehrbare Mitglieder der Köseritzer Gesellschaft wurden als gravierender Verstoß gegen die guten Sitten gewertet und dementsprechend abgestraft. Karzigs Karriere war beendet, noch bevor sie begonnen hatte. Jedenfalls war das die allgemeine Meinung der Köseritzer.

Sie irrten.

Mal wieder.

Peter und ich begannen, uns jeden Tag nach der Schule zu treffen. Und als endlich die großen Ferien anbrachen, waren wir nicht mehr voneinander zu trennen. Es war unser erster gemeinsamer Sommer, und nichts hätte schöner sein können. Wir stromerten durch die Gegend, oder er begleitete Vater und mich bei dessen Arbeit. Sehr schnell verbrachte er mehr Zeit bei uns als bei sich zu Hause, so dass es nur noch eine Frage der Zeit war, wann Karzig vorstellig werden würde, um zu sehen, bei wem sein Junge ein und aus ging.

Und so war es dann auch.

Ein paar Wochen nach der Wahl stand Karzig plötzlich auf unserem Hof und begrüßte zunächst Gustav und Auguste und schließlich meinen Vater, als der mit uns beiden von einem Bauernbesuch kam.

Er gab Vater die Hand und schlug gleichzeitig die Hacken zusammen: »Karzig! Doktor von Pyritz, nehme ich an?«

Vater nickte ihm zu.

Karzig lächelte jovial und sagte: »Ich dachte, ich schau mal, mit wem mein Junge seine ganze Freizeit verbringt!«

Er sah uns beide an, und ich spürte, wie unangenehm das für Peter war. Er wagte nicht, aufzusehen, schien innerlich zu beten, dass es keinen weiteren Skandal geben würde.

»Sie haben einen prima Jungen«, antwortete Vater. »Begabter Bursche.«

Peter lächelte scheu zu Vater herüber.

»Ja, ich weiß. Er wird es noch weit bringen! Ich habe große Pläne mit ihm!«

Da wandte er sich zu mir und sagte: »Und du musst Hedy sein, von der man so viel hört?«

Ich nickte, weigerte mich aber, ihm die Hand zu geben. Karzig hielt irritiert inne, dann kniepte er Vater zu: »Wildes Mädel, was? Na ja, das gibt sich irgendwann.«

Eine Pause entstand, die wohl alle außer Karzig als peinlich empfanden.

»Wollen Sie auf einen Kaffee hereinkommen?«, fragte Vater schließlich lustlos.

»Mit dem größten Vergnügen!«, rief Karzig und nickte zum Dank.

Wir traten ins Haus und erlebten meine Mutter kälter als Eis in der Arktis. Auch sie verweigerte Karzig den Händedruck, dann bat sie alle in die gute Stube.

»Was ist denn das für eine Musik?«, bellte Karzig.

Irgendwie schien er überhaupt nicht in der Lage zu sein, ganz normal zu sprechen. Alles war laut und abgehackt.

»Duke Ellington«, antwortete Mutter kühl.

Karzig lachte hämisch: »Was soll das sein? Negermusik?«

Mutter nickte: »Ja.«

»Wie bitte?!«

»Nun, Sie haben gefragt. Duke Ellington ist ein Neger. Und die Musik heißt Swing.«

Karzig sah ebenso überrascht wie empört von Mutter zu Vater.

»Und Sie sagen gar nichts dazu, Herr von Pyritz?!«

»Was sollte ich dazu sagen?«, fragte Vater ruhig zurück.

»Ihre Frau und dieser Nigger … «

Er brach ab, denn endlich bemerkte er, dass ihm nichts als Unverständnis entgegenwehte. Ich blickte zu Peter hinüber, sah, wie sehr er sich für seinen Vater schämte, und so griff ich heimlich unter dem Tisch seine Hand. Er linste kurz zu mir rüber, und als er mich lächeln sah, drückte er sie umso fester.

Mutter servierte uns allen Kaffee, auch Peter und mir, und quittierte Karzigs plumpe Komplimente mit dem Blick einer Frau, die mit ihren neuen Schuhen gerade in einen Kuhfladen getreten war.

Karzig entschuldigte sich auch bei Vater für die Schlägerei und betonte, dass es doch etwas Gutes gehabt habe, nämlich dass sein Sohn und Vaters Tochter eine so schöne Freundschaft eingegangen wären. Selbst ich, ein zehnjähriges Mädchen, konnte überdeutlich heraushören, dass sich Karzig von dieser Verbindung einiges versprach. Wer die von Pyritz auf seiner Seite hatte, für den wurde in Köseritz und weiter darüber hinaus vieles leichter.

Endlose Minuten vergingen, in denen Karzig schwadronierte, Witzchen machte und sich schließlich und endlich empfahl. Es gäbe noch viel zu tun und er hätte die Zeit des Herrn Doktor und seiner bezaubernden Frau schon über Gebühr strapaziert. Er wuschelte Peter noch einmal durchs Haar und verließ dann das Haus. Auch wir durften nach draußen, und nach einer Weile wachte Peter aus seiner Erstarrung auf und war wieder ganz der Alte.

»Lass uns etwas unternehmen!«, schlug er vor.

»Was denn?«, fragte ich.

»Wir, wir brauchen einen geheimen Ort …«

»Soso!«, grinste ich und sah, dass Peter vor Verlegenheit rot wurde.

»Ich meine, einen Ort nur für uns. Ohne Erwachsene.«

Ich wusste, dass er seinen Vater meinte und stimmte begeistert zu: »Du hast absolut recht! Einen Ort nur für uns!«

»Komm!«, rief er. »Ich glaube, ich weiß was!«

Wir zogen los und erreichten in einem nahe gelegenen Au-wald einen herrlichen alten Baum mit viele kräftigen Ästen.

»Wir bauen uns ein Baumhaus!«, sagte Peter.

Ich sah lächelnd nach oben und drückte wieder seine Hand.

Später am Abend, als Mutter uns bereits fürs Bett umgezogen und Charly und mir süße Träume gewünscht hatte, vernahm ich kurz vor dem Einschlafen Mutters wütende Stimme. Neugierig schlich ich mich aus dem Zimmer und stieg leise die Treppen hinunter, bis ich meine Eltern im Wohnzimmer deutlich hören konnte.

»Warum bringst du dieses Schwein in mein Haus?«, zischte Mutter.

Ich war erschrocken über die Wortwahl, ich hatte Mutter zuvor nie fluchen hören.

»Es ging nicht anders«, gab Vater zurück.

»Natürlich wäre es anders gegangen. Ich will weder ihn noch einen seiner Nazi-Affen in diesem Haus!«

»Das weiß ich!«, erklärte Vater gereizt.

»Und warum machst du es dann?«

»Ich habe es wegen Peter gemacht!«

Es gab eine Pause.

Ich konnte mir Mutters erstauntes Gesicht gut vorstellen.

»Wegen Peter?«, fragte sie dann auch verwundert zurück.

»Ja, der Junge kann jede Hilfe brauchen. Und Hedy einen Freund.«

Meinen Namen zu hören erschreckte mich, mein Herz klopfte plötzlich so laut, dass ich Angst hatte, die beiden könnten es im Wohnzimmer schlagen hören.

»Hedy?«, fragte Mutter.

»Sie hat keine Freunde sonst. Und Peter stört es nicht, dass sie anders ist.«

»Hedy ist ein phantastisches Mädchen!«, empörte sich Mutter.

»Natürlich ist sie das! Aber auch phantastische Mädchen brauchen Freunde. Jeder braucht Freunde.«

Wieder entstand eine Pause.

Bis zu diesem Zeitpunkt hatte ich nicht mal im Ansatz geahnt, dass sich mein Vater Sorgen um mich gemachte hatte. Ich war wütend und gerührt in einem, denn ich hatte ihn, meine Mutter und Charly. Auch meine Großeltern. Bis vor kurzem hätte ich darüber gelacht und gesagt, dass ich nichts und niemanden außer meiner Familie brauchen würde. Jetzt hingegen … Peter war mir so ans Herz gewachsen, dass ich ihn wirklich vermissen würde, wenn er nicht mehr da gewesen wäre. Vater wachte über mich, auch wenn er nichts sagte, und das wärmte mein Herz.

»Komm her!«, hörte ich meine Mutter.

Ihre Stimme war ganz weich geworden.

Jetzt flüsterte sie und war nur schwer zu verstehen: »Hab ich dir heute schon gesagt, wie sehr ich dich liebe?«

»Nein … «

Ich konnte an Vaters Stimme hören, dass er lächelte.

Wieder flüsterte meine Mutter, aber diesmal verstand ich nichts.

Dann hörte ich nichts mehr.

Ich schlich wieder zurück in mein Bett.

Verzog ein wenig das Gesicht.

Wahrscheinlich küssten die sich gerade.

41

Im Januar 1935 kam Karzigs große Stunde.

Die deutsche Gemeindeordnung übernahm das Führerprinzip auf kommunaler Ebene – Schwitters musste gehen.

Rudolf Karzig wurde endlich Bürgermeister!

Ohne je gewählt worden zu sein, begann er, in Windeseile die Köseritzer Politik von ihren *kranken* Elementen zu befreien. Wer nicht entlassen werden wollte, trat schnell der Partei bei und versicherte Karzig und dem Führer treue Gefolgschaft. Alle anderen galten als Querulanten, wenn nicht sogar als unpatriotische Schädlinge, und wurden verfolgt. Sie verloren nicht nur ihre Posten, sie verloren praktisch alles, denn Karzig ließ nichts unversucht, um ihnen das Leben zur Hölle zu machen. Reichten bestehende Gesetze nicht aus, wurde neue beschlossen, die einzig und allein dazu dienten, den Feinden der NSDAP die Existenzgrundlage zu entziehen. Besonders der alte Schwitters hatte unter heftigen Schikanen zu leiden, so dass er und auch andere Köseritz verließen. Es gab nichts, was Karzig hätte aufhalten können, und er machte auch nicht Halt vor den Familien seiner Feinde.

Innerhalb weniger Monate hatte er Köseritz zu einem Vorzeigestädtchen der NSDAP gemacht. Tradition, Gottesfurcht und Anstand waren ersetzt worden. An ihrer Stelle standen nun: Ideologie, Führerglaube und Notwendigkeit.

So wähnte er alle auf Kurs.

Alle, außer uns.

Nicht lange, und es tauchte ein zweiter Tierarzt in Köseritz auf.

Aus Stettin kommend eröffnete er mit seiner Familie eine Praxis. Ein strammer Parteimensch, der bei den Bauern der Umgebung vorstellig wurde und dabei aber nicht unerwähnt ließ, dass ein deutscher Bauer *wusste*, wie er dem Führer und dem Vaterland dienen konnte.

Nach den vielen Wochen der Säuberungen war sich Karzig sicher, den richtigen Hebel gefunden zu haben. Er würde Vater finanziell nicht in die Knie zwingen, aber ein Tierarzt ohne Aufgaben würde auch Karl von Pyritz auf Dauer zusetzen.

Es kam anders.

Wie durch ein Wunder erkrankte kein Tier mehr!

Ein Jahr lang gab es nicht einen einzigen Auftrag für den neuen Doktor. Die Bauern waren alle ganz *verwundert*, denn so etwas hatte es zuvor noch nie gegeben. Keine komplizierten Geburten, keine Infektionen, keine Unfälle.

Nichts.

Schließlich musste der neue Tierarzt aufgeben.

Er zog wieder weg, und Karzig tobte vor Wut. Er hätte sich gerne jeden Einzelnen vorgeknöpft, aber er konnte niemandem etwas nachweisen. Mehr noch wurmte ihn, dass er die von Pyritz nicht besiegen konnte. Dass er trotz seiner politischen Möglichkeiten, seiner herausragenden Stellung und seiner Macht über andere für die von Pyritz nur ein kleiner Kläffer war, den sie vom Hof scheuchen konnten, wann immer es ihnen beliebte.

Diese Demütigung vergaß er nicht.

Aber auch für mich änderte sich im selben Jahr einfach alles. Was aber nicht der Tatsache geschuldet war, dass die Nationalsozialisten Köseritz endgültig übernommen hatten, nein, es war das Kino: Meine Heimat hatte ein kleines Filmtheater bekommen! Sinnbild eines rasanten Umbruchs, den Köseritz in den letzten zehn Jahren vorgenommen hatte. Aus dem Provinzkaff war ein halbwegs modernes Städtchen auf dem Land geworden. Die Depression der frühen dreißiger Jahre schien überwunden, die Menschen kamen in Lohn und Brot und hatten plötzlich Geld zum Ausgeben.

Niemand aus Köseritz hatte damals geahnt, dass alles, was Hitler hatte bauen oder produzieren lassen, letztlich nur der Infrastruktur eines nächsten großen Krieges diente: Schwerindustrie, Autobahnen, Rüstung. Es ging augenscheinlich vorwärts, und so verschwanden nach und nach die Pferdegespanne und Pflüge, und an ihre Stelle traten Autos, Trecker und Landwirtschaftsmaschinen.

Man war zufrieden.

Und dass Juden zunehmend angefeindet wurden, dass man vorsichtig wurde mit kritischen Bemerkungen gegenüber der Obrigkeit, dass mehr und mehr gleichgeschaltet wurde ... zumindest am Anfang schienen die Menschen es als Kollateralschäden eines offensichtlichen Erfolgs und eines neuen Nationalstolzes anzusehen.

Aus alter Erde war ein neues Köseritz erwachsen.

Und am Ende des Wandels kam das Kino zu uns.

Das Fenster zur Welt.

An einem Samstag Ende August also eröffnete das Filmtheater, und die Ersten, die es betraten, waren allesamt Karzigs Kameraden. Und die, die sich ihm andienten. Ich kam überhaupt nur rein, weil Peter mich mitnahm, ansonsten hatten die von Pyritz zu warten, bis die allgemeine Begeisterung ein wenig nachgelassen hatte und wieder Plätze frei wurden.

Zur Feier des Tages trug ich mein schönstes Kleid, die Haare waren frisiert, sogar weiße Handschuhe hatte ich angezogen und ging so untergehakt an Peters vermaledeitem Hakenkreuzarm seiner Hitlerjugend-Uniform hinein, gespannt, was *Film* war. Ich wusste nichts über die Welt da draußen, und als sich das Licht im Saal verdunkelte, als die Leinwand aufflammte und ich die ersten Bilder und Töne sah, wusste ich, was meine

Bestimmung war. Und verantwortlich dafür war nicht der Film, der an diesem Abend gezeigt werden sollte. Nein, der Grund für meine Erweckung war die *Wochenschau*, die dem Film voranging. Mit einem großen Bericht über eine Frau, die fortan mein Idol werden würde: Elly Beinhorn.

Vor knapp zwei Wochen hatte sie einen Weltrekord aufgestellt, hatte in nur vierundzwanzig Stunden zwei Kontinente überflogen und war nach 3470 Kilometern in Berlin unter dem Jubel der Menge wieder gelandet.

Eine Fliegerin!

Eine Frau!

Meine Gedanken überschlugen sich, während ich mit offenem Mund auf die Leinwand starrte: eine Frau als Pilotin, eine Weltrekordlerin, eine Abenteurerin, eine Heldin, eine, die alles konnte, die keine Grenzen kannte, sondern sie einfach überflog.

Bis nach Istanbul und zurück!

Und gleichsam wurde mir bewusst, was ich ohnehin die ganze Zeit bereits geahnt hatte: Während Elly die Welt eroberte, saß ich in Köseritz fest! Während sie alles erlebte, träumte ich allenfalls von den Abenteuern am Ende eines sehr nahen Horizonts. Sie war in Asien! Und, wie vom Sprecher zu vernehmen war, Jahre davor auch in Afrika! Es war auch nicht ihr erster Weltrekord. Sie war berühmt, während ich meine Zeit mit Kinderspielen vertrödelte.

Da stand sie!

Neben einer Messerschmitt Bf 108, die sie einfach *Taifun* getauft hatte!

TAIFUN!

Wie wild das klang! Wie verwegen! Schön war sie, mit kurzen Haaren, Fliegerkappe und langen Hosen, inmitten von Männern, die sie bejubelten. Unwillkürlich sah ich an mir herab: ein weißes Kleidchen. Weiße Handschuhe. Ich hielt sogar ein

Sträußlein Blumen in den Fingern! Entsetzt ließ ich es fallen, riss mir die Handschuhe herunter und warf auch die auf den Boden.

So sah doch keine Pilotin aus!

Keine Welteneroberin!

So sah ein dreizehnjähriges Gör in einem Kuhdorf aus, das das erste Mal ins Kino ging. Eine kleine Pute, deren einziges Ziel war, jemand Bedeutendes zu heiraten. Oder den Sohn des Bauern von nebenan, wenn sich sonst niemand finden ließ.

Als der Film schließlich begann, war mein eigener in meinem Kopf längst gestartet. Ich saß in einem Flugzeug. Ich flog über Berge und Steppen, über Istanbul und Afrika. Mein Flugzeug hieß *Taifun* und ich war frei!

So frei wie kein Mensch sonst in Köseritz.

So frei wie Elly Beinhorn.

42

Fortan kannte ich kein anderes Thema mehr als Elly Beinhorn.

Als Erstes fuhr mich Mutter nach Pyritz zur dortigen Zeitung, wo ich den Chefredakteur sprechen wollte. Ich fragte nach Berichten über Fräulein Beinhorn und bekam zur Antwort, dass es wohl den einen oder anderen gäbe, aber die müsste man im Archiv suchen.

Und das tat ich dann auch.

Mutter musste mich jeden Tag nach Pyritz fahren, und während sie in ein Kaffeehaus ging, wühlte ich mich durch unzählige Zeitungen, jubelte, wenn ich einen kleinen Fetzen über

Elly fand, verzweifelte, wenn ich nach stundenlanger Suche absolut nichts gefunden hatte. Ich war sicher, dass das kleine Käseblatt viel zu weit weg war von den Aufregungen der großen Städte und vor allem von Elly Beinhorn.

Immerhin wurde ihr Afrikaflug von 1931 erwähnt – in ein paar dürren Zeilen, was mich derart empörte, dass Mutter mich vorsichtshalber an der Hand aus der Redaktion zog, bevor ich mich bei dem Chefredakteur über diese unfassbare Ignoranz beschweren konnte.

Als Nächstes bekniete ich meinen Vater, mit mir nach Berlin zu fahren. Dort gab es alle Zeitungen, die man wollte, dort konnte ich meinen Hunger nach Elly stillen.

»Hedy, jetzt mach mal halblang. Ich kann dich nicht jeden Tag nach Berlin fahren. Wie stellst du dir das denn vor?«, antwortete er missmutig.

»Nicht jeden Tag!«, rief ich beschwichtigend. »Vielleicht nur an den Wochenenden?«

»Du spinnst, junges Fräulein!«

»Aber wie soll ich denn sonst etwas über Fräulein Beinhorn herausbekommen?«, jammerte ich.

Vater seufzte.

»Vielleicht fahren wir alle zusammen?«, lockte Mutter. »Wir waren lange nicht mehr dort …«

Ich hätte schwören können, dass sie ihn anders ansah als sonst.

Da war etwas Verwegenes in ihrem Blick, und ihre Stimme bekam so einen seltsamen, verruchten Ton. Ich hatte nicht viel über eine *Revue* erfahren, außer der Bedeutung, die ich im Lexikon gefunden hatte, aber als ich Großvater dazu befragte, hatte der nur abgewunken und gesagt, dass das nun wirklich kein Thema für ein Mädchen sei. Und jede weitere Auskunft verweigert.

Vater sah jedenfalls Mutter in stillem Einvernehmen an und

bestimmte schnell: »Nächstes Wochenende. Und wir brauchen jemanden, der auf die Mädchen aufpasst.«

Berlin war unglaublich.

Charly und ich starrten auf den Bahnhof Friedrichstraße, auf einen nicht enden wollenden Verkehr: Autos, Busse, tausende von Menschen. Unentwegt ratterte die Straßenbahn vorbei, alle schienen in Eile oder sehr wichtig zu sein. Hatte ich zuvor gedacht, Stettin wäre eine große Stadt, musste ich jetzt feststellen, dass es nichts im Vergleich zu Berlin war. Und wie hatte ich glauben können, dass Köseritz modern geworden wäre? Hier gab es tausend Kinos, tausend Geschäfte und tausend mal tausend Einfälle, wie man etwas aus seinem Leben machen konnte.

Und dann dieser Lärm!

Herrlich!

Gehupe, Reklame, fahrende Händler.

Die ganze Stadt war wie eine sprühende Wunderkerze, während in Köseritz die Zeit stillstand. Charly klammerte sich an Großmutters Arm, die selbst ganz blass aussah im Angesicht dieses Trubels, während Mutter und Vater Händchen hielten, scheinbar tief in Erinnerungen schwelgend. Ich wäre am liebsten losgelaufen, um alles zu sehen, alles zu erkunden, alles zu entdecken.

Vater hatte noch Freunde in der Stadt.

Wir nahmen ein Taxi zu einem von ihnen, und selbst das war eine große Aufregung. Kutschiert durch ein wuseliges Berlin von einem unverschämten Fahrer. Großmutter war über dessen Ton empört, meine Eltern schienen ihn überhaupt nicht zu bemerken.

Wir wurden von Vaters Freund herzlich begrüßt, und seine Frau schenkte uns allen Kaffee ein. Vater hatte ihm bereits von mir berichtet, und so trug ich meinen Wunsch vor, ob es ihm möglich wäre, Artikel über Elly Beinhorn auszuschneiden und sie mir nach Köseritz zu schicken? Er nickte und versprach es.

»Aber«, sagte er dann, »vielleicht wird das gar nicht nötig sein?«

»Doch!«, beharrte ich. »Unbedingt. Ich muss alles wissen!«

Er lächelte: »Dann solltest du morgen unbedingt zu ihrem Vortrag gehen!«

»Sie ist hier?«, rief ich erstaunt.

»Ja, sie hält viele Vorträge. In ganz Deutschland. Ich nehme an, sie finanzieren auch ihre Reisen. Und morgen wird sie hier reden.«

Er griff in sein Sakko.

»Und wie der Zufall es will, habe ich hier vier Eintrittskarten …«

Ich wirbelte zu meinem Vater herum.

Der grinste nur.

Alle grinsten.

Ich schlief die ganze Nacht nicht. Nicht nur, weil wir in einem Hotel übernachteten, was genauso neu für mich war wie alles andere, und auch nicht, weil ich mir mit Charly ein Bett teilte, während Großmutter in dem anderen schlief, oder weil Mutter und Vater erst gegen sechs Uhr morgens polternd und kichernd über den Flur in ihr Zimmer stolperten.

Ich würde Elly Beinhorn sehen!

Zu meiner Enttäuschung saßen wir ganz hinten im Saal, als Fräulein Beinhorn ans Rednerpult trat und begann, von ihren Reisen zu erzählen. Es waren einige Hundert Menschen gekommen, und ich konnte sie kaum sehen, so dass Vater mich irgendwann auf den Schoß nahm. Sie erzählte lustig und detailreich von ihren Weltrekorden und vor allem von ihren Anfängen: eine hinreißende Geschichte, wie sie einem Fabrikanten mit einem kleinen Flieger einen Frack nach Italien gebracht hatte oder von ihrer großen Pleite bei einem Kunstflugtag, bei dem sie sich schon als die sichere Siegerin gewähnt hatte und Letzte wurde.

Dann kam Afrika!

Was für Abenteuer!

Welch interessante Menschen sie dort kennengelernt hatte. Besonders beeindruckend: der *Timbuktu-Club*, deren Präsidentin sie wurde. Er hatte nur drei Mitglieder: Moye Stephens, Elly Beinhorn und Richard Halliburton. Der schien sie nachhaltig beeindruckt zu haben, denn sie sprach viel über den großen Weltenbummler *Dick*. Atemlos hörte ich, wie sie einmal in der Wüste verloren gegangen war, wie sie dem Maharadscha von Nepal ein Kunstflugprogramm gezeigt oder wie sie Indien und Südamerika überflogen hatte. Und immer wieder wusste sie neue Geschichten aus aller Welt zu erzählen. Es schien gar nicht mehr aufzuhören.

Elly Beinhorn war die berühmteste Frau des Deutschen Reichs!

Vielleicht war sie sogar die berühmteste Frau der Welt, nur ich kleine Pomeranze hatte noch nie etwas von ihr gehört, weil ich in einem kleinen Kuhdorf auf der Rückseite des Mondes lebte.

Irgendwann beendete sie ihren Vortrag und bekam langen Applaus.

Ich lief schnell wie der Wind vor, und tatsächlich gelang es mir, nahe an sie heranzutreten und um ein Autogramm zu bitten. In der Aufregung hatte ich Stift und Papier vergessen, aber praktisch wie sie war, schrieb sie einfach auf meinen Arm.

Ich gab ihr die Hand und knickste: »Danke, Fräulein Beinhorn!«

Sie lächelte und fragte: »Und wie heißt du, junge Dame?«

»Hedy!«

Sie nickte: »Hedy und Elly. Das passt doch!«

Dann schon wurde sie von anderen belagert und ich in die Menge zurückgedrängt. Ich hatte Elly Beinhorn die Hand geben dürfen! Und ich würde mir niemals wieder den Arm waschen.

Hedy und Elly.

Sie war eine Pilotin.

Und ich würde eine werden.

Ich würde sein wie sie!

Später erzählte mir Charly, dass Großmutter vor lauter Rührung ein paar Tränen verdrückt hatte. Das war mehr als ungewöhnlich und auch ein bisschen rätselhaft. Auf die Frage nach dem Warum, hatte sie nur geantwortet: »Sie hat geknickst! Hast du das gesehen, Charlotte? Sie hat geknickst! Jetzt kann ich in Ruhe sterben. Besser wird's nicht.«

43

Kein Tag verging ohne Peter.

Es war die Zeit, in der man alles das allererste Mal erlebte: Herzklopfen, Berührungen, das wunderschöne Gesicht des anderen. Liebe in seiner unschuldigsten, puren, alles erfüllenden Form.

Alles war möglich, wenn wir nur zusammen waren.

Niemand konnte uns trennen!

Obwohl sein Vater furchtbaren Druck auf ihn ausübte. Als ich mich weigerte, in den Bund Deutscher Mädel einzutreten, was für alle, die mich kannten, keine große Überraschung war, drohte Rudolf Karzig seinem Sohn, ihm den Umgang mit mir zu verbieten. Mehr als einmal flehte er mich deswegen an, mich dem BDM anzuschließen. Ihm zuliebe! Aber ich wollte nicht, nicht einmal für ihn!

Ich war verliebt, konnte mir ein Leben ohne ihn nicht einmal vorstellen, genau wie er, aber war trotzdem nicht bereit, mich unterzuordnen. Allein die Vorstellung, uniformiert zu sein, dunkle Röcke, weiße Blusen zu tragen, auszusehen wie jede andere, widerte mich an. Dazu organisierte Freizeit, Ausflüge, Märsche, Sport … ich machte Vater klar, was ich davon hielt.

»Wenn ich da hingehen muss, bringe ich mich um!«

Ich hatte in diesem Alter einen klitzekleinen Hang zum Melodramatischen, und weder Mutter noch Vater ließen sich von der Drohung beeindrucken, doch Vater nickte und sagte nur:

»Ich versuch mal was!«

Und er schaffte es tatsächlich, mich aus dem BDM herauszuhalten – aus *gesundheitlichen Gründen*. Charly war das alles zu mühsam. Sie verachtete die nationalsozialistische Ideologie, aber sie mochte die gemeinsamen Aktivitäten mit ihren Freundinnen. Und im Gegensatz zu mir hatte sie viele Freundinnen.

Ich hatte Peter.

Ihm versprach ich ewige Treue, selbst wenn er mich nie wieder treffen durfte. Ich war wohl recht überzeugend, denn plötzlich bat er mich nicht mehr, den Wünschen seines Vaters zu entsprechen.

»Weißt du«, sagte er ritterlich, »bleib einfach, wie du bist. Ich will es gar nicht anders haben!«

»Komm her!«, hauchte ich.

Und gab ihm einen allerersten Kuss.

Mein Herz raste.

Es war so süß, verwirrend und entzückend in einem, dass mir die Knie weich wurden und ich froh war, dass Peter mich in den Arm nahm.

»Niemand stellt sich gegen uns!«, forderte ich und hob zwei Finger hoch. »Schwöre es!«

Peter hob die Finger und antwortete: »Ich schwöre es!«

Ich küsste ihn erneut, und es war, als besiegelten wir einen Pakt für die Ewigkeit.

Wie gesagt, ich hatte damals einen klitzekleinen Hang zum Melodrama.

Zu dieser Zeit saßen wir oft in unserem Baumhaus, blickten auf das weite, fruchtbare Land, und es schien, als würde es *uns* gehören. Malten uns aus, was alles hinter dem Horizont auf uns warten würde. In unseren Träumen und Sehnsüchten durchmaßen wir die Welt in riesigen Schritten und hielten dort an, wo wir die größten Abenteuer erwarteten: ungestüm, vieles wagend, niemals verlierend.

Wir flogen!

Beide Piloten, beide Abenteurer!

Mal notlandeten wir auf einsamen Inseln oder in der Wüste, wo wir unsere Flieger erst wieder zusammenbauen mussten, manchmal wurden wir durch einen Sturm abgetrieben und erreichten Gebiete, die niemand zuvor je gesehen hatte. So oder so stand der glückliche Ausgang der jeweiligen Expedition auf die eine oder andere Weise fest, aber langweilig wurde uns nie.

Ich weiß, dass Peter meine Fliegerleidenschaft für eine Art liebenswürdige Spinnerei hielt, nicht, weil er nicht glaubte, dass ich eine Pilotin werden konnte, sondern eher, weil er annahm, ich würde in ein paar Wochen mit einer anderen Passion aufwarten.

Er hatte mich auch in all meinen anderen Plänen bestärkt: Tierärztin, Forscherin, Entdeckerin, Präsidentin. Wir gründeten unseren eigenen *Timbuktu-Club*, in dem ich natürlich die

Präsidentin war und Peter mein Co-Pilot. Ich berichtete ihm immer wieder haarklein über alles, was ich in Ellys Vortrag gehört hatte, von Moye Stephens und vor allem Richard Halliburton. Behauptete, dass Peter große Ähnlichkeit mit Richard hatte, ohne zu wissen wie Halliburton in Realität aussah, und eine Weile nannte ich ihn deswegen *Dick*, was ihm insgeheim auf die Nerven ging, weil es ihn stets an die deutsche Bedeutung des Wortes erinnerte.

Elly war meine Heldin.

Eine Verehrung, die sich weiter steigerte, als sie heiratete. Denn wen ehelichte sie? Wen konnte die berühmteste, aufregendste Frau des Deutschen Reiches heiraten? Wer war als Einziger würdig genug?

Bernd Rosemeyer.

Einen Rennfahrer heiratete sie. Aber nicht irgendeinen! Den besten Rennfahrer seiner Zeit, den Mann, der Geschwindigkeitsweltrekorde aufstellte und ein Rennen nach dem anderen gewann.

Fortan durfte Peter Bernd sein und ich war Elly.

Wir waren Flieger, Rennfahrer, Abenteurer.

Hielten jeden Rekord in Köseritz.

Eines Tages stürzten wir eine Anhöhe mit ausgebreiteten Armen hinab und schrien wie von Sinnen: »TIMBUKTUUUU! TIMBUKTUUUU!«

Wir liefen immer schneller die Wiese hinab, bis wir ins Stolpern gerieten und den Rest hinunterpurzelten und dabei lachten.

Unten gab er mir einen Kuss!

Eigentlich hatte *ich ihm* immer Küsse gegeben, weil er sich nie getraut hatte, aber diesmal war er mutig und küsste mich! Dann rang er mir das Versprechen ab, ihn nie wieder Richard, Dick oder Bernd zu nennen, sondern nur noch Peter.

Ich grinste, sah aber, dass es ihm ernst war.
Da nickte ich und flüsterte: »Peter, mein Peter!«
Und er küsste mich erneut.

44

Als Peter 1938 achtzehn Jahre wurde, war er endlich alt genug,
um den Wünschen seines Vaters zu entsprechen und in die SS
einzutreten. Rudolf Karzig hatte große Pläne mit ihm, und die
gingen weit über *Bürgermeistersein* hinaus. Peter war schon die
Zeit in der HJ verhasst gewesen, jetzt auch noch der SS beizutreten widerstrebte ihm mit jeder Faser seines Seins, mal davon abgesehen, dass er sich zwar optisch hervorragend bei dieser Truppe machen würde – er war tatsächlich groß und blau-
äugig –, aber seelisch würde er dort keine zwei Wochen über-
stehen.
»Du kannst da nicht hin!«, sagte ich bestimmt.
»Aber was soll ich denn tun?«, fragte er hilflos.
»Sag deinem Vater, dass er dich mal am Arsch lecken kann!«
Peter seufzte.
»Ich mach's!«, sagte Mutter leichthin. »Wenn du willst, gehe
ich gleich los, Peter!«
Wir saßen in unserer guten Stube und hatten nicht bemerkt,
dass sie hinter uns eingetreten war.
Peter lächelte schief: »Sie haben gut reden, Frau von Pyritz.
Sie leben da ja nicht …«
Mutter nickte und legte eine Platte auf: Billie Holidays weiche
Stimme erfüllte den Raum.
»Pass auf, Peter, was immer du tust: Wir werden dir beistehen.

Du wirst immer die Unterstützung der von Pyritz haben, und wenn er dich rauswirft, ziehst du eben hier ein.«

Peter sah sie mit großen Augen an: »Sie machen Witze, Frau von Pyritz!«

»Sag Anni zu mir. Und nein: Ich mache keine Witze!«

Peter war sprachlos, und Mutter sang zusammen mit Billie Holiday *Summertime.*

Später, als wir in unserem Baumhaus saßen, fragte Peter, ob meine Mutter das ernst gemeint hatte, und ich antwortete nur: »Mann, du müsstest die Von-Pyritz-Frauen doch langsam kennen, oder?«

Peter freute sich sehr über das Angebot, dennoch wagte er wochenlang nicht, das Thema anzusprechen, vertröstete seinen Vater damit, dass er erst das Abitur machen wollte.

Im selben Jahr starb Bernd Rosemeyer bei einem Geschwindigkeitsrekord. Eine Windbö erwischte ihn bei Tempo 430 – er war sofort tot. Als Reaktion darauf floh Elly mit ihrer *Taifun* nach Indien. Sie flog der Presse davon, dem Verlust, dem Schmerz – jedenfalls stellte ich mir das damals so vor. Und ich dachte: Was immer dir im Leben passiert: Wenn du in einem Flugzeug sitzt, könntest du auch davonfliegen, wenn es keinen Ausweg mehr gibt.

Ich war jetzt sechzehn Jahre alt, die Fliegerei hatte sich längst von einem Traum zu einem Lebensziel verdichtet und wollte nicht mehr warten. Also bat ich meinen Vater, mich zur nächsten Flugschule zu fahren, denn ich wollte Flugstunden nehmen, ganz gleich, ob ich den Flugschein erst mit achtzehn würde erwerben können.

Ich wollte fliegen.

Aber man ließ mich nicht.

Ganz gleich, wo ich vorstellig wurde, war ich entweder zu jung oder ein *Mädchen*. Die freundlicheren Verantwortlichen gaben mir zu verstehen, dass es einen großen Bedarf an Piloten geben würde, nicht aber an Pilotinnen. Und das Kunstfliegen als Bewährungschance für Fliegerinnen war im Gegensatz zum Anfang des Jahrzehnts fast vollständig zum Erliegen gekommen. Doch wie sollte man das kostspielige Hobby finanzieren, wenn nicht durch Kunstfliegerei? Und eine militärische Ausbildung fiel wegen meines Geschlechts von vornherein flach.

Die unfreundlicheren Verantwortlichen dagegen hielten sich nicht lange mit Erklärungen auf und sagten nur, dass ich mich zum Teufel scheren sollte. Fliegerei war Männersache. In ihren Flugschulen würde niemals eine Frau ein Flugzeug entehren. Und wäre es auch nur eine Klemm Kl-20, wobei die Zahl für die Motorleistung stand, also ein winziger Flieger mit gerade mal 20 PS. Nicht mal Segelflüge wollte man mir zugestehen.

Eine Weile schrieb ich alle Flugschulen an, auch die in größerer Entfernung, aber die Antwort war überall gleich: nur Männer! Ich heulte stundenlang über diese Ungerechtigkeit und darüber, dass sich mein sehnlichster Wunsch in Luft auflöste, bevor ich die Chance bekam, ihn ausleben zu können. Ich wollte nichts mehr essen, weigerte mich, in die Schule zu gehen oder auch nur das Haus zu verlassen. Großvater wollte mich mit Ausflügen aufmuntern, Mutter hatte fast täglich neue Vorschläge, welche Berufe oder Passionen genauso spannend sein würden wie das Fliegen, Vater lockte damit, dass ich, wenn ich Tierärztin werden wollte, ganz alleine in Berlin leben durfte. Selbst Großmutter tröstete mich.

Auf ihre Art.

»Weißt du, Hedy«, begann sie, »sieh doch auch einmal die gute Sache daran …«

»Es gibt keine!«, antwortete ich schluchzend.

»Du kannst immer noch einen Piloten heiraten. Das ist nicht so gefährlich und du wärest die Frau eines Luftwaffenoffiziers!«

»Frauen können mehr sein als bloß die Frau von jemandem!«, antwortete ich wütend.

Großmutter knuffte mich in die Wange und lächelte: »Ach, mein Kind. Das bist du doch schon längst! Du bist eine von Pyritz. Und das wirst du immer sein. Ganz gleich, welchen armen Teufel du einmal heiratest.«

Ich kniff die Augen zusammen und knurrte: »Geh und tröste jemand anderen, Großmutter!«

Ich steigerte mich so in meine Verzweiflung, dass ich wirklich davon krank wurde. Ich lag im Bett und jedes Mal, wenn ich versuchte aufzustehen, wurde mir so schwindelig, dass ich gestützt werden musste.

Peter besuchte mich jeden Tag, doch auch er fand kein Thema, das mich aufmuntern konnte. Meist saß er nur an meinem Bett, hielt meine Hand, wobei wir das Thema Fliegen tunlichst vermieden.

Dann jedoch, ein paar Tage später, trat er in mein Zimmer, riss grinsend die Bettdecke herunter und bot mir die Hand: »Komm!«

Erst empört über das rüde Auftreten, dann maulig, als er versuchte, mich auf die Beine zu ziehen, weigerte ich mich aufzustehen. Da hob er mich einfach von der Matratze herunter, trug mich zum Schrank und befahl, mich anzuziehen!

Er – befahl – mir!

Ich war so verdattert, dass mir nicht einmal schwindelig wurde.

Wir verließen den Hof, Peter zog mich an der Hand hinter sich her, bis wir unser Baumhaus erreichten und hinaufkletterten. Oben angekommen, bemerkte ich ein paar Bögen Papier, die er dort bereits deponiert hatte. Mit einer Geste bedeutete er mir, mich zu setzen, dann nahm er eines der Papierblätter und begann, es unendlich sorgfältig zu falten. Nach und nach erkannte ich, was er da bastelte, und zwei Minuten später präsentierte er mir den schönsten Papierflieger, den ich je gesehen hatte.

»Ich habe ein bisschen herumexperimentiert«, sagte er. »Aber ich denke, jetzt ist er perfekt!«

Ich trat mit ihm zusammen an den Rand unserer kleinen Hütte.

Er holte aus und warf …

Der kleine Flieger stieg steil hinauf in die Luft, dann – am höchsten Punkt – schien er einen Moment stillzustehen, um anschließend in weiten Kreisen hinabzusegeln. Er blieb unendlich lange in der Luft, wurde immer wieder von Böen emporgetragen, um erneut Kreise zu ziehen. Als er endlich landete, tat er auch das so elegant, als ob es die einfachste Sache der Welt wäre.

Ich kniete mich sofort zu den Papierbögen, baute einen eigenen Flieger zusammen, doch war er weder so schön wie der von Peter, noch hatte er auch nur annähernd dessen Flugeigenschaften. Und egal, wie sehr ich mich an anderen Fliegern versuchte, keiner flog auch nur halb so gut wie der, den Peter gebaut hatte.

Da sah er mich lächelnd an und sagte: »Weißt du, vielleicht kannst du keine Pilotin werden, aber ich schon! Ich werde für dich Pilot sein. Und wenn ich damit fertig bin, dann werde ich dir alles beibringen.«

»Wirklich?«

»Ich kann alles sein, was du willst, Hedy.«

Ich umarmte ihn überschwänglich und gab ihm einen Kuss: »Dann will ich, dass du mich heiratest. Willst du?«

Er seufzte: »Weißt du, wenigstens *das* könntest du *mir* überlassen, Hedy!«

»Entschuldige …«

Wir stellten uns voreinander, sahen uns in die Augen.

»Hedy von Pyritz willst du …«, begann er feierlich.

»Auf die Knie!«, befahl ich zurück.

Er kniete sich, nahm meine Hand, sah mich feierlich an und begann erneut: »Hedy von Pyritz, willst du meine …«

Dann fiel ich ihm um den Hals und schrie: »ICH WILL!«

Wir küssten uns, und ich versprach, mit meinem achtzehnten Geburtstag seine Frau zu werden, ihm Kinder zu schenken und mit ihm so glücklich zu sein, wie es meine Eltern waren.

»Gut«, nickte er zufrieden. »Dann gehe ich jetzt zu meinem Vater und sage ihm, dass er mich mal am Arsch lecken kann!«

45

Ganz so drastisch wagte er dann doch nicht vor seinen Vater zu treten, aber er machte sein Versprechen wahr und sagte ihm, dass er nicht der SS beitreten, sondern Pilot werden würde. Rudolf Karzigs Reaktion war besonnener als erwartet, überraschend für einen Mann seines Sentiments, und ich fragte mich, was er wohl im Schilde führte, denn wenn es etwas gab, was mit Pawlow'scher Sicherheit cholerische Ausbrüche bei ihm auslöste, dann Widerspruch.

Ein Umstand, der sich seit seiner Ernennung zum Bürgermeister nur verschärft hatte, denn jetzt hatte er auch das *Amt*, um Menschen seinen Willen aufzuzwingen, und je weniger sie sich wehrten, desto größer wurden seine Allmachtsphantasien.

Dass er sich nie wirklich gegen meine Freundschaft mit Peter gestellt hatte, sondern sie geradezu demonstrativ *übersah*, ließ mich in dem Glauben, dass er sich immer noch etwas von der Verbindung zu den von Pyritz versprach. Er konnte uns nicht besiegen, also schien er immer noch darauf zu hoffen, dass er sich irgendwann mit uns verbünden durfte. Der Name unserer Familie konnte seinem Sohn nur nutzen – und ihm selbst natürlich auch.

Er tobte also, weil Peter ihm widersprach, aber er schrie ihn nicht nieder oder drohte mit Sanktionen aller Art. Und als ob er es gewittert hätte, fragte er schließlich Peter, wie seine Pläne mit dem Von-Pyritz-Mädchen wären? Peter antwortete ihm, dass er mich heiraten würde und dass ich bereits eingewilligt hätte. Er tat es ab, aber selbst Peter bemerkte, wie er im Kopf bereits die Möglichkeiten durchging. Meine Familie war nicht nur im Kreis Pyritz bekannt, sondern auch in den Kreisen Arnswalde, Greifenhagen, Naugard oder Saatzig. Im Prinzip in ganz Vorpommern. Eine Heirat würde die Karzigs schlagartig bekannt machen, und Peter sah seinem Vater an, wie er hoffte, auf diese Art den Kontakt zu den Größen jener Zeit herzustellen, zu Kuno Popp, dem Gaupropagandaleiter, Emil Mazuw, dem Stabsführer der SS, oder gar zu Franz Schwede, dem Gauleiter der NSDAP in Pommern. Rudolf Karzig sah also eine goldene Zukunft, stellte daher seine SS-Pläne vorerst zurück und gab den Weg frei, dass Peter Pilot werden konnte.

Für Peter und mich bedeutete es zunächst eine schmerzhafte Trennung voneinander, denn mit dem bestandenen Abitur trat er einer Rekrutenschule bei, wo er militärisch gedrillt wurde und die Grundlagen des Funkverkehrs und des Kartenlesens lernte. Anschließend besuchte er eine Fluganwärterkompanie und nach zwei weiteren Monaten eine A/B-Flugschule, wo er endlich das erste Mal in ein Flugzeug stieg.

Er legte die Prüfung für die A-Lizenz ab – und alles, was er im Unterricht über Aerodynamik, Luftfahrttechnik oder Navigation lernte, schickte er mir in Briefen nach Hause, so dass auch ich die Grundzüge des Flugwesens einüben konnte.

Für die B-Lizenz durfte er leistungsfähigere Maschinen fliegen wie beispielsweise die *Arado 66* oder die *Junkers W33*. Er berichtete alles haarklein, und die wenigen Male, die er Heimaturlaub hatte, gab es kein anderes Thema zwischen uns. Diesmal war er es, der die spielerischen Flugexpeditionen übernahm, wir übten trocken durch, was er im Cockpit bereits erfahren hatte. Die Lage der Instrumente, ihre Bedeutung, die möglichen Komplikationen in der Luft und wie man sie überwand. Ich war mit Sicherheit die beste Pilotin, die noch nie ein Cockpit betreten hatte, lernte in der Theorie, was mir eines Tages in der Praxis helfen sollte.

Auch den B-Schein absolvierte er mit Bravour und stand jetzt vor der Wahl: abkommandiert zu werden in eine Fachschule für Jagdflieger oder den C-Schein machen, der für alle Sorten von Flugzeugen, vor allem für Bomber und Zerstörer, qualifizierte. Er fragte mich, wie ich mich entscheiden würde.

Ich zögerte keine Sekunde: »Jagdflieger!«

Die Geschwindigkeit, das Risiko, das Prestige!

Es gab nichts Besseres!

So ging Peter auf die Fachschule für Sturzkampfbomber. Er lernte Blind- und Nachtflüge und erwies sich als fleißiger, wenn auch nicht überragender Pilot.

Im August 1939 bestand er seine letzte Prüfung.

Ich hätte nicht stolzer sein können, flanierte erhobenen Hauptes mit ihm durch Köseritz, hatte meinen Eltern eröffnet, dass wir im Januar, kurz nach meinem achtzehnten Geburtstag, heiraten wollten. Das war für niemanden eine Überraschung und jeder gab uns seinen Segen, sogar Großmutter, die lächelnd meinte, ich hätte erst zum zweiten Mal in meinem Leben einen Rat von ihr befolgt. Ich würde die Frau eines Piloten, doch was für sie viel wichtiger war: Ich würde die Frau eines Offiziers werden.

Peter hatte ein paar Tage frei, bevor er sich am Standort seines zukünftigen Verbandes melden musste, und wir fragten uns, ob es wahr werden würde, was alle hinter vorgehaltener Hand flüsterten: Krieg. Wir saßen in unserem Baumhaus, starrten in einen perfekten blauen Himmel, unter uns das saftige, fruchtbare Land, die kornschweren Felder und das frische Grün der Auwälder.

Hier oben war Krieg unvorstellbar.

Was sollte man hier auch erobern wollen?

Und doch waren die Anzeichen überdeutlich: Österreich war angeschlossen worden, das Sudetenland besetzt, das Memelland wieder an Ostpreußen zurückgegeben worden. Wir sprachen in diesen Tagen oft vom Krieg, doch Peter winkte nur ab und sagte, wenn es wirklich einen geben würde, dann würde er sicher nur kurz werden.

Am Vorabend seiner Abreise besuchten wir einen kleinen Flugplatz in der Nähe, wo Peter dem zuständigen Flugschulleiter verschwörerisch zukniepte und ihm ein paar Scheine in die Hand drückte. Wir erreichten einen kleinen Hangar, in der drei leichte Maschinen standen.

»Such dir eine aus!«, forderte Peter.

Ich sah ihn mit großen Augen an.

»Such dir eine aus!«, forderte er erneut.

Ich wählte eine *Focke-Wulf Fw 44 Stieglitz*, einen hübschen rotweißen Doppeldecker mit offenen, hintereinanderliegenden Cockpits. Peter schob den Flieger mit einem Burschen hinaus und bat mich einzusteigen. Dann startete er die Maschine, kletterte über den Flügel auf den hinteren Pilotensitz und gab Gas.

Bald hob die Maschine ab und ich mit ihr!

Mein Magen kitzelte, ich hätte schreien können vor Glück, blieb aber stumm vor Ehrfurcht, als ich an der Bordwand hinabsah, wie wir höher und höher stiegen und alles, was ich von meiner Heimat zu kennen glaubte, plötzlich so ganz anders aussah. Wir stiegen ein paar Hundert Meter hinauf, flogen über Land und erreichten bald Köseritz, das von hier oben aussah, wie eine Puppenstadt, mit Puppenmenschen und Puppenautos.

Es war unbeschreiblich!

Es übertraf alles, was ich mir in meinen kühnsten Träumen erhofft hatte. Es gab keine Grenzen mehr, die Luft trug uns davon. Der Fahrtwind blies mir steif ins Gesicht, eine kleine Lederhaube mit Schutzbrille schützte mich vor Insekten und Wind. Vor mir surrte der Propeller, ich konnte durch die Rotation auf den Horizont sehen.

Die *Focke* bewegte sich so federleicht, so spielerisch, dass ich glaubte, sie hätte überhaupt kein Eigengewicht. Was immer ich über Freiheit zu wissen glaubte, hier oben wurde alles neu definiert.

Elly, dachte ich, endlich versteh ich dich wirklich!

»Willst du übernehmen?!«, rief Peter.

Ich drehte mich zu ihm um: »WAS?«

»Du kannst jetzt übernehmen. Der Steuerknüppel gehört dir. Wie man fliegt, weißt du ja!«

»Bist du verrückt, Peter?«

Wie zum Beweis nahm er die Hände hoch und zeigte sie mir: »So! Das Flugzeug gehört jetzt dir!«

»PETER!«

Ich kreischte erschrocken.

Dann aber nahm ich den Steuerknüppel und bewegte ihn vorsichtig.

Die *Focke* folgte sofort: stieg, sank, zog nach rechts oder links.

Wie ich es wollte. Alles so, wie wir es tausend Mal in unserem
Baumhaus geübt hatten. Es fühlte sich fremd an und ganz natürlich in einem. Bald schon wurde ich etwas mutiger, wagte
größere Manöver, ging tiefer.

Da war unser Hof!

Ich zeigte mit einer Hand aus der Führerkanzel: »Da ist Charly!«

Ich konnte sie unten auf dem Hof sehen, wie sie zu uns herauf-
starrte. Ich überflog mein Zuhause, kehrte mit einer langen
Rechtskurve wieder zurück, noch tiefer.

»Das ist eigentlich verboten!«, rief Peter.

»Wirklich?«

»Ja, zu gefährlich. Wenn wir abstürzen, krachen wir in ein
Haus!«

»Einmal noch!«, rief ich.

Peter tippte mir auf die Schulter und schrie: »In Ordnung! Aber
wenn du über dem Hof bist, dann wackel leicht mit dem Steuerknüppel von links nach rechts!«

Nach einer langen Linkskehre ging ich noch tiefer mit der Maschine, genau auf unseren Hof zu. Charly stand immer noch
dort, eine Hand schützend über den Augen, und starrte zu uns
hoch.

»Jetzt!«, rief Peter.

Ich bewegte den Steuerknüppel, und die Tragflächen kippten
mal nach links, mal nach rechts, als wir über Charlys Kopf hin-
wegfegten und wieder an Höhe gewannen.

»Jetzt hast du ihr gewunken!«, rief Peter vergnügt.

Dann übernahm er wieder das Steuer, flog zurück zur Flugschule und landete sicher. Ich sprang aus dem Cockpit, fiel ihm
um den Hals und küsste ihn ab.

»Danke! Ich liebe dich! Ich liebe dich so sehr!«

Später erzählte ich Charly alles, und sie war dabei fast genauso aufgeregt wie ich. Sie hatte mich nicht erkannt, aber, so sagte sie, so ein Gefühl gehabt, dass nur ich das gewesen sein könnte.

»Niemand außer dir bringt so etwas fertig, Hedy!«, sagte sie, doch diesmal nicht als sanfter Vorwurf, sondern voller Bewunderung.

Es wurde Abend.

Meine Eltern waren eingeladen worden, und ich schickte Charly ins Kino. Ich bereitete Peter und mir ein Festmahl zu, obwohl ich eine miserable Köchin war. Eine Weile plauderten wir über alles Mögliche, dann wich das Unbeschwerte einem Knistern, das keine weiteren Worte zuließ. Ich war zu allem bereit, aber zu meiner Enttäuschung wagte Peter sich nicht vor, ganz gleich, welche Zeichen ich ihm auch sandte.

Schließlich hatte ich genug, packte ihn an der Hand und zog ihn mit auf mein Zimmer. Ich küsste ihn hektisch, dann begann ich mich auszuziehen, nicht bemerkend, wie verlegen Peter wurde. Auf halbem Weg hielt ich inne und sah ihn fragend an: »Was ist, mein Liebster?«

»Ich … ich weiß nicht, ob das richtig ist, Hedy!«, begann er zögernd.

»Na ja, wir werden heiraten, oder?«

»Schon, aber erst im Januar …«

»Wir sind verlobt, das reicht schon!«

Peter schüttelte den Kopf: »Und wenn du schwanger wirst? Im Januar würden es alle sehen!«

»Das ist mir egal!«, beharrte ich.

Er trat zu mir und küsste mich: »Lass uns warten! Ich möchte, dass wir eine perfekte Hochzeit haben. Niemand soll da etwas Gemeines über dich sagen!«

»Das wäre mir auch egal!«

»Aber mir nicht! Sie sollen dich alle bewundern. So wie ich!«

»Wirklich?«

»Ja.«

Ich knöpfte die Bluse langsam zu, enttäuscht und gleichsam beeindruckt von Peters Ritterlichkeit.

»Sei nicht sauer! Wir werden bald zusammen sein. Und dann für den Rest unseres Lebens! Wir haben noch so viel Zeit!«

Ich nickte, dann rang ich mir ein Lächeln ab: »Na gut, du hast recht. Wir haben noch ein ganzes Leben vor uns!«

Er küsste mich, dann ging er.

Es war das letzte Mal, dass ich ihn sah.

Eine Woche später, im Morgengrauen des 1. September, begann der Zweite Weltkrieg. Peters Einheit gehörte zu den Geschwadern, die Polen angriffen. Luftwaffe und Wehrmacht rückten blitzartig vor und unterwarfen Polen in nur wenigen Wochen.

Peter starb am 3. September.

Abgeschossen als einer der Ersten in diesem Krieg.

Mehr als sechzig Millionen würden ihm in den nächsten knapp sechs Jahren weltweit folgen. Sechzig Millionen, die nicht mehr nach Hause zurückkehren würden. Sechzig Millionen, die nicht mehr küssen, lachen oder singen würden. Getötet in einer sinnlosen Schlächterei, aufgepeitscht von Angst, Ehrgeiz und Fanatismus.

An diesem 3. September verwandelte sich mein Peter in eine Zahl. Ein erfreulich kleiner Kollateralschaden auf dem Weg zum großen Sieg. Mein sanfter Peter, meine ganze Welt war plötzlich nur noch eine getippte 1 oder 5 oder 7 in einer Statistik des Oberkommandos.

Nur eine Zahl.

Nur ein Leben.

Mein Leben.

46

Hedy hatte die ganze Nacht gesprochen, Jan nur zugehört. Jetzt graute der Morgen und der Schock über Peters Tod war im Raum gleißend hell detoniert und hatte nichts als Sprachlosigkeit und Stille hinterlassen. Sie saßen beide auf dem Sofa, unfähig, sich zu rühren, Hedy so kraftlos, dass Jan zum ersten Mal bewusst wurde, wie alt sie eigentlich war. Sie, die sonst vor Vitalität nur so strotzte, deren messerscharfer Verstand jemanden in hauchdünne Scheiben schneiden konnte, wirkte wie in tausend Stücke zerbrochen. Wie jemand, der die Last der Erinnerungen eines ganzen Jahrhunderts auf seinen Schultern trug.

Es schmerzte Jan, die starke Hedy, die unbezwingbare, unsterbliche Hedy so schwach zu sehen. Und gleichzeitig empfand er Stolz, dass sie ihm diesen Blick in ihr Innerstes erlaubt hatte, denn er war sich sicher, niemand, nicht einmal Maria, hatte sie je so gesehen wie in diesem Moment. Und da wurde ihm klar, dass sie diese Geschichte zum ersten Mal überhaupt jemandem erzählt hatte. Siebzig Jahre hatte sie das alles für sich behalten, hatte den Kontakt zu ihrer eigenen Vergangenheit gemieden, und doch war alles, was sie gesagt hatte, lebendig, frisch, als ob es gestern erst passiert wäre.

Genau wie der Schmerz, der sie jetzt geradezu begrub.

Warum hatte sie das getan?

Weil er gut Papierflieger bauen konnte? Weil er einen kleinen Jungen in einem Park getröstet hatte, so wie Peter sie? Ihre Verrücktheiten hatten seitdem begonnen, doch was bezweckte sie damit? Denn irgendetwas führte sie im Schilde. Nur was?

In Jans Kopf kreisten die Fragen, so dass er gar nicht bemerkte, wie Hedy sich aufraffte und wieder eine gerade Körperhaltung annahm.

Dann sagte sie ruhig: »Monatelang war ich wie betäubt. Der Schmerz über den Verlust war so stark, dass er jede andere Empfindung abtötete. Ich lag in meinem Bett und sah Peter in meinen Träumen, wie er mich aus der großen Schlägerei rettete, wie wir in unserem Baumhaus saßen oder wie wir eine Wiese herabstürzen und *Timbuktuuu!* schrien!

Ich versuchte, mich an alles zu erinnern, was er je gesagt hatte, an sein Lachen, seinen Geruch und die sanften Küsse, die er mir gegeben hatte. Die Momente, die wir schweigend verbracht hatten, händchenhaltend, den Blick auf eine goldene Zukunft gerichtet. Sogar an die wenigen Streitereien, die wir hatten, meist, weil ich bockig gewesen war und ihm die Geduld mit mir gefehlt hatte. Ich versuchte, das alles verzweifelt an meine Brust zu drücken und festzuhalten.

Und doch entglitt er mir – Tag für Tag ein bisschen mehr.

Bald schon konnte ich mich nicht mehr richtig an seine Stimme erinnern, nicht mehr an sein Lachen und schließlich nicht mehr an das Gefühl, wenn sich unsere Lippen berührten. Dann, eines Nachts, sah ich ihn ganz deutlich im Traum, lächelnd, fast schon fröhlich, und es war, als würde er mir ein letztes Mal winken, um dann in einen ewigen Schatten zu treten. Ich wachte auf und spürte, wie mir die Tränen über das Gesicht gelaufen waren.

Dann schlief ich erneut ein, erwachte am Morgen und weinte nie wieder wegen eines Mannes.«

Sie sah Jan schon beinahe trotzig an.

»Kommen Sie, ich möchte Ihnen etwas zeigen!«

Sie ließ sich von ihm hochhelfen, dann gingen sie zusammen zu einem der großen Bücherregale, aus dem sie zielsicher ein in schwarzes Leder gebundenes Fotoalbum zog. Sie legte es auf den Tisch und schlug es neben Jan stehend auf. Schwarzweiße Fotografien, an den Rändern ein wenig eingegilbt, und alles, was Hedy Jan in dieser Nacht erzählt hatte, bekam plötzlich ein Gesicht.

»Hier sehen Sie meine Großeltern …«

Sie zeigte auf ein Porträt zweier betagter Herrschaften, beide sehr förmlich, beide sehr streng. Wieso lachte eigentlich nie jemand auf alten Fotografien? Oder sah wenigstens vergnügt aus? Er hatte noch nie ein Bild jener Zeit gesehen, auf denen die Menschen fröhlich aussahen. Alle wirkten wie erstarrt, so, als ob das Foto auf keinen Fall das wiedergeben sollte, was sie waren, sondern allenfalls eine statuenhafte Version dessen, was sie repräsentieren wollten. Offenbar waren Fotos zu dieser Zeit eine verdammt ernste Sache.

»Hier sind meinen Eltern, Anni und Karl …«

Wieder so ein seriöses Bild, wenn sich auch Anni, bei genauem Hinsehen, ein schmales Grinsen nicht verkneifen konnte. Sie war hochgeschlossen, nach Mode der Zeit, aber selbst auf diesem sittsamen Foto mit zusammengestecktem Haar war deutlich zu sehen, wie schön sie war. Jan versuchte, sie sich als *Madame Bijou* vorzustellen, in ultrakurzem Kleid und mit rauchiger Stimme, aber das gelang ihm nur schwer. Karl war groß, gutaussehend, dunkelhaarig. Fast schon *amerikanisch*, ohne Makel und sehr männlich.

»Hier ist Charly …«

Bildschön. Mehr fiel Jan nicht dazu ein. Vielleicht sechzehn Jahre alt. Mädchenhafte Züge, große dunkle Augen. Sehr sanft, sehr sympathisch.

»Und hier bin ich …«

Hedy als junge Frau. Ähnliches Alter wie Charly zuvor, aber ganz anderer Typ. Freches Gesicht, dunkelblond, blaue Augen, alles an ihr war herausfordernd. Und sie grinste frech in die Kamera! Jan konnte förmlich den Fotografen betteln hören, dass Hedy sich bitte ein wenig ernsthafter verhalten sollte, nur um dann zu erleben, dass sie umso mehr mit der Kamera kokettierte.

Hedy wollte weiterblättern, aber Jan hielt ihre Hand fest und starrte auf das Foto: Sie war einfach umwerfend. Nicht so schön wie ihre Schwester, aber geradezu sprühend charismatisch.

Hedy grinste: »Ich war ein ganz schöner Feger damals.«

Jan lachte kurz auf: »Allerdings. Meine Güte!«

Sie blätterte weiter.

»Und das ist Peter …«

Ein junger, blonder Bursche erschien, kantige Gesichtszüge, blaue Augen. Trotzdem hatte er etwas Melancholisches, etwas Sanftes im Blick. Er sah ganz gut aus, konnte aber nicht mal annähernd mit der Von-Pyritz-Familie mithalten, die in jedem Modekatalog als Idealfamilie hätten auftreten können.

»Ich hatte ihn mir etwas anders vorgestellt«, sagte Jan schließlich.

»So wie Sie?«, fragte Hedy.

Jan war verblüfft: »Wie mich?«

»Er erinnert mich an Sie«, antwortete Hedy.

»Wir sind uns nun wirklich nicht ähnlich«

»Nicht äußerlich«, nickte Hedy.

Mehr sagte sie nicht.

Jan blickte zurück auf das Bild: Peter, Hedys große Liebe. Hoch geflogen, tief gestürzt. Verbrannt in den Trümmern seines Jägers, begraben wahrscheinlich irgendwo in Polen. War er sofort tot gewesen, oder hatte er die Erde noch auf sich zurasen sehen? Hatte er an Hedy gedacht während seiner letzten Atemzüge? Jan war sich sicher, dass sie sich mit all diesen Fragen auch gequält hatte.

Hedy hatte weitergeblättert, es gab noch einige Fotografien vom Hof der von Pyritz und auch welche von Köseritz. Dann stieß ihr Finger auf ein Gesicht in einer Traube von Menschen, die offensichtlich zufällig fotografiert worden waren.

»Das ist Rudolf Karzig, Peters Vater.«

Er sah genauso aus, wie Jan ihn sich vorgestellt hatte. Rasierter Nacken, rasierte Schläfen, Uniform. Und trotz der Entfernung konnte man seinen kalten, stechenden Blick förmlich spüren.

»Wie hat er auf den Tod seines Sohnes reagiert?«, wollte Jan wissen.

»Er gab mir die Schuld dafür. Denn statt der SS beizutreten, war Peter Pilot geworden, statt Bomber oder Zerstörer zu fliegen, hatte er sich für Jagdflieger entschieden. Statt in der Nazi-Hierarchie ganz nach oben aufzusteigen, lag er jetzt unter der Erde. Und das alles wegen mir. Er war voller Hass und wartete auf den Moment, an dem er sich rächen konnte.«

»Was hat er unternommen?«

Hedy seufzte: »Ironischerweise war er es, der es mir schließlich ermöglichte, doch noch Pilotin zu werden. Ausgerechnet Rudolf Karzig erfüllte mir meinen größten Wunsch und besiegelte damit unser aller Schicksal …«

»Wie meinen Sie das?«, hakte Jan nach.

Hedy schien ihren Gedanken nachzuhängen, dann schüttelte sie sich kurz und antwortete: »Es ist spät, Jan. Sie sollten sich noch etwas ausruhen.«

Sie wandte sich ab und führte ihn noch bis zur Haustür.

»Jan?«, rief sie, als der bereits die Treppen hinunterging.

»Ja?«

»Das Leben wartet nicht! Eben noch denken Sie, dass Sie alle Zeit der Welt haben, und im nächsten Moment stellen Sie fest, dass es zu spät ist.«

Er sah sie fragend an.

»Sie sind am Zug. Tun Sie das Richtige!«

Damit schloss sie die Tür.

Sie tat nie etwas ohne Grund, dachte Jan, nicht einmal Geschichten erzählen. Er stieg die Treppen hinunter und wusste, was sie von ihm erwartete.

47

Jan schlief unruhig und träumte vom Krieg.

Von Soldaten, tot und erstarrt, Frauen und Kindern, die in tiefen Kellern den Kopf unter ihren Armen verbargen und hofften, dass sie nicht lebendig begraben wurden. Von Hass und Irrsinn, den wenige entfesselt hatten, der aber alle mit ins Verderben riss. Er träumte von Angst, Unheil und düsteren Erwartungen und merkte als Träumender, wie die Geschichten in seinem Kopf die Schlachtfelder verließen und plötzlich im Hier und Jetzt wieder auftauchten. Und was eben noch ein brüllender Offizier war, der seine Männer zum Sturm trieb, war jetzt ein blasser Beamter, der keinen Ton von sich gab und Blätter austeilte.

Prüfungsblätter.

Sein Termin war morgen.

Doch in seinem Traum saß er bereits vor den Fragebögen und wusste nicht, was sie bedeuteten. Es war nicht nur, dass er sie nicht lesen konnte, sie waren in einer völlig anderen Sprache verfasst. Eine, die er nie zuvor gesehen hatte, und auch die Bilder auf den Bögen waren ihm nicht vertraut. Er blickte um sich und sah lauter gesichtslose Prüflinge, die entschlossen und schnell Kreuze machten, die Bögen abgaben und noch an Ort und Stelle die Prüfung bestanden.

Zum Schluss saß nur noch er im Raum.

Er hatte wahllos angekreuzt, und als er den Bogen abgab, konnte er sehen, wie der Prüfer die Lösungsschablone über die Multiple-Choice-Aufgaben legte und jede Antwort als falsch entlarvte. Er gab ihm den Bogen zurück und verließ den Raum. Jan konnte den Schlüssel im Schloss klappern hören. Dann war er allein.

Das Licht brannte hell.

Der Raum war leer.

Er würde ihn nie wieder verlassen.

Ruckartig schoss er in die Höhe, schweißgebadet, und sah, dass er den ganzen Tag verschlafen hatte. Es war nur ein Alptraum, aber morgen würde er möglicherweise wahr werden. Morgen Mittag würde er wissen, ob er Hedys Ansprüchen genügen – oder nach seinem Scheitern einfach im Raum sitzen bleiben würde.

Für immer.

Die Nacht vor der Prüfung verbrachte er dann schlaflos, nicht aus Unruhe, sondern, weil er einfach nicht müde war. Erst am frühen Morgen nickte er ein und wurde zwei Stunden später von seinem Handy geweckt.

Als es an der Zeit war, machte er sich mit dem Fahrrad auf den Weg zum TÜV, wo er seine Unterlagen vorlegte und sich auswies. Zu seiner Überraschung fand die Prüfung auf dem PC statt, eine Abweichung zu seinem Traum, die er als gutes Omen wertete.

Doch schon die erste Frage war ein Schock – nichts davon kam ihm bekannt vor, die Buchstaben tanzten vor seinen Augen und ließen sich nur schwer entziffern. Heimlich spinkste er zu den anderen Prüflingen und fand sie konzentriert auf den Bildschirm starrend vor, hier und da mit der Maus Antworten kli-

ckend. Sie schienen alles zu wissen, lasen in aller Ruhe jede
Frage durch und klickten dann.

Jan unterdrückte eine Panik, sprang eine Frage weiter und atmete durch: Er kannte das Bild und wusste die Antwort, ohne
den Text genau lesen zu müssen. Das gab ihm Selbstvertrauen
für alle weiteren Fragen, die er sehr langsam las und dann beantwortete.

Der Raum leerte sich.

Bis nur noch Jan übrigblieb.

Wie in seinem Traum.

Die Prüferin beobachtete ihn argwöhnisch, während Jan nur
noch eine Frage zu beantworten hatte: die erste. Er klickte auf
eine der Antwortmöglichkeiten und drückte auf *Senden*.

Dann stand er auf und ging nach vorne zur Prüferin. Sie kannte das Ergebnis, noch bevor er ihren Tisch erreicht hatte.

Als er das Gebäude verließ, warteten dort zu seiner Überraschung bereits Fräulein Hedy und Maria. Er ging ihnen entgegen, versuchte, ihren ebenso neugierigen wie skeptischen Blicken standzuhalten.

»Und?«, fragte Hedy.

Er schluckte.

Dann grinste er plötzlich: »Alles richtig. Null Fehler.«

Hedy nickte zufrieden und antwortete betont gelassen: »Ich
hatte nichts anderes erwartet.«

Doch für einen winzigen, verräterischen Augenblick konnte
er in ihren Augen sehen, wie erleichtert sie war.

Maria grinste breit und streckte einen Daumen in die Höhe:
»Du hast dir ein Festmahl verdient. Heute Abend kommst du
zu uns!«

Jan schüttelte den Kopf: »Heute Abend nicht. Ich muss noch
etwas tun …«

Maria wollte protestieren, doch Hedy legte ihr beschwichtigend die Hand auf den Arm: »Ist schon in Ordnung. Na, dann los, junger Mann, ziehen Sie los und erobern Sie Timbuktu!«

Es war, als wüsste sie, was er vorhatte, und wahrscheinlich wusste sie es auch. Ihrem Gesicht jedenfalls rang es ein wissendes Lächeln ab, als Jan sich von beiden mit einem Kopfnicken verabschiedete und sich auf den Weg zu einem Blumengeschäft machte.

Er hatte es tatsächlich geschafft!

Er hatte bestanden, mit ein bisschen Glück, weil die erste Frage letztlich geraten war, aber ansonsten hatte er sich dank seiner hartnäckigen Übungen mit Hedy alles redlich erarbeitet. Zwar konnte man wahrlich nicht behaupten, dass er flüssig lesen konnte, und auch seine Orthographie war immer noch grausam, aber die gemeinsamen Wochen hatten auf beiden Feldern doch Verbesserungen gebracht. Er verstand einfach mehr, wenn er las, und viele Fehler, die er im Schriftlichen machte, fanden ihren Ursprung eher daher, sie aus Gewohnheit zu begehen, weniger, weil er es nicht besser gewusst hätte.

Fräulein Hedys anvisierte sechs Monate würden trotzdem illusorisch sein, aber tief im Inneren spürte er wachsendes Selbstvertrauen, sah er ein Licht glimmen, das in eine neue Zukunft führen würde. Bald schon könnte er die praktische Prüfung wagen, und wenn er auch die bestand, hielt er einen Führerschein in den Händen. Das Dokument einer Entwicklung, der Beweis, dass er ein anderer geworden war.

Er betrat das Blumengeschäft und nahm die von ihm bestellten blauen Rosen in Empfang. Zwei Dutzend, wovon er nur ein Dutzend als Strauß nutzen würde. Dem anderen Dutzend rupfte er zu Hause die Blütenblätter ab, dann nahm er eine Karte, schrieb etwas darauf und steckte sie in ein silbernes Kuvert.

So ausgerüstet fuhr er zu Alinas Wohnung.

Sie wohnte in einem hübschen Altbau, im Norden der Stadt, nicht zu vergleichen mit der Gegend, in der Jan wohnte, und er war sich sicher, dass auch ihre Einrichtung nicht mit seiner armseligen zu vergleichen war. Sie war noch in der Uni, und so klingelte er an jeder Tür, bis ihm irgendjemand aufdrückte. Im Treppenhaus begann er, die Rosenblätter auszustreuen, hoch in den zweiten Stock, bis an ihre Wohnungstür. Dort legte er den Strauß mit der silbernen Karte ab.

Dann verließ er das Haus wieder.

Etwa zwei Stunden später kehrte Alina zurück.

Schon beim Öffnen der Haustür stutzte sie: Blaue Blütenblätter lagen auf dem Boden und schienen in einer schmalen Spur die Treppe hinaufzuklettern. Zunächst irritiert, dann lächelnd folgte sie ihnen hinauf und fand schließlich vor ihrer Wohnungstür einen wunderschönen Strauß blauer Rosen, die sie mit einigem Herzklopfen aufnahm.

Sie kramte nach dem Wohnungsschlüssel, schloss auf und zog im Flur die silberne Karte heraus.

Öffnete sie.

Und las nur zwei Worte: *Sieh hinaus!*

Draußen auf dem Gehsteig wartete Jan.

Eine letzte blaue Rose in Händen haltend. Im war schlecht vor lauter Anspannung, aber er blickte tapfer hinauf zum Fenster, in banger Erwartung Alinas, nicht wissend, wie sie reagieren würde.

Da trat sie ans Fenster.

Den Strauß in den Händen.

Er lächelte.

Doch bevor sie öffnen konnte, sah er einen Schatten hinter ihr, und im nächsten Moment stand eine zweite Person am Fenster.

Nick.

Und der blickte auf ihn herab.

Jan taumelte einen Schritt zurück, als hätte ihn jemand geschlagen, er bemerkte kaum, wie ihm die Rose aus den Händen fiel, dafür aber, dass er schon im nächsten Moment davoneilte.

Nick war bei ihr.

In ihrer Wohnung!

Er hörte sein Handy summen.

Alina.

Drückte den Anruf weg und sperrte die Nummer.

Er hatte Fräulein Hedy geglaubt.

Dass alles möglich wäre, wenn man es nur wollte.

Jetzt wusste er es besser.

48

Fräulein Hedy erfuhr es von Maria.

Doch sosehr sie Jan aufzumuntern versuchte, er reagierte nur mit Schweigen. Das Einzige, was er Hedy mitzuteilen hatte, war, dass es keine weiteren Fahrstunden mit Alina geben würde. Darüber hinaus nur stummes Leiden. Und die beiden Damen litten mit ihm, denn wessen Herz blieb kalt, wenn er jemanden sah, der sich mit Haut und Haaren entschieden hatte und krachend gescheitert war.

Dann blieb Jan einfach unentschuldigt weg.

Maria, eigentlich vollkommen damit beschäftigt, das Buffet für das große, jährlich stattfindende Ehemaligentreffen der Von-Pyritz-Stiftung vorzubereiten, machte sich Sorgen. Und so begann sie, bedeutungsschwer zu seufzen, wenn Hedy in der Nä-

he war. Manchmal kurz im Vorübergehen, manchmal beim Umrühren in Töpfen, aber zu drei Gelegenheiten immer: Morgens am Frühstückstisch, nachdem Hedy ihre Marschierübungen absolviert hatte, blickte sie von der Zeitung auf, seufzte, und sagte dann: »Ich mache mir Sorgen, Fräulein Hedy.«
Hedy schwieg.
Mittags, wenn sie Hedy ein leichtes Mahl vorgesetzt hatte, seufzte sie und sagte dann: »Ich mache mir Sorgen, Fräulein Hedy.«
Hedy schwieg.
Und abends, wenn sie ihr in den Treppenlift geholfen hatte, den Knopf für aufwärts drückte, da seufzte sie besonders tief und sagte dann: »Ich mache mir Sorgen, Fräulein Hedy.«
Hedy schwieg.
Und plötzlich schwieg auch Maria.
Fräulein Hedy hatte es zunächst nicht bemerkt, dann aber registrierte sie, dass Maria ihren Blick mied. Dass sie, wenn sie überhaupt sprach und sich nicht in der Küche verkroch, auffallend Smalltalk betrieb. Das Wetter beklagte oder lobte, Einkäufe aufzählte und sich über Preise beschwerte. Worüber sie aber nicht sprach, war Jan. Oder Alina. Oder irgendein Thema, das schnell zu den beiden hätte führen können.
Sie schwieg.
Und das war verdächtig.
Dann, des Morgens, gerade als Maria aus der Zeitung vortrug, begann Hedy, ungeduldig mit den Fingern auf dem Küchentisch zu trommeln. Sie starrte auf die Zeitung, hinter der sich Maria zu verstecken schien, denn die musste das Geklopfe längst bemerkt haben, aber sie ignorierte es und konzentrierte sich auf einen Artikel im Lokalteil.
Schließlich rief sie gereizt: »Was?«
Maria knickte die Zeitung an einer Ecke ein und lugte dahinter vor.

»Soll ich es noch mal wiederholen?«, fragte Maria.

»Nein! Ich will wissen, was los ist!«

Maria schlug den Blick nieder, fragte, wie um Zeit zu gewinnen: »Was soll denn los sein?«

»Sie beleidigen meine Intelligenz. Was ist passiert?«

Maria atmete tief durch, dann senkte sie die Zeitung: »Es fehlt etwas.«

Hedy sah sie scharf an: »Was fehlt?«

»Eine Halskette. Die schöne silberne mit dem Diamantenherzchen.«

Hedy trommelte mit den Fingern auf dem Tisch.

»Seit wann?«

»Ich hab's vor drei Tagen bemerkt. Vielleicht schon länger.«
Hedy nickte nachdenklich.

»Vielleicht war er es ja gar nicht?«, fragte Maria schnell.

»Waren Sie es?«, fragte Hedy zurück.

»Nein.«

»Sehen Sie: ich auch nicht. Da bleibt nur noch einer übrig.«
Maria schluckte.

Dann fragte sie vorsichtig: »Sicher hatte er einen guten Grund dafür?«

»Ja«, antwortete Hedy. »Sicher hatte er das. Alina.«

Maria sprang auf: »Nein, das glaube ich nicht! Er würde meiner Tochter keine gestohlene Halskette schenken. Die würde ich doch sofort erkennen. So dumm ist er nicht!«

Hedy seufzte: »Nein, das ist er nicht. Ich meinte auch, dass Alina ihn aus der Bahn geworfen hat. Und jetzt betäubt er seine Qual mit Drogen.«

Marias Gesicht war kalkweiß geworden. Augen, Brauen und Mund bogen sich zu einem ebenso überraschten wie entsetzten: »Nein!«

»Sehen Sie sich ihn nur an, Maria? Blass, fahrig. Er funktioniert nur noch, da ist kein Leben mehr drin.«

»Ja, weil er Liebeskummer hat!«

»Nein, ich habe seine Wohnung gesehen. Und ich sage Ihnen, es ist die Wohnung eines Abhängigen. Jan ist ein guter Junge, aber vielleicht war schon die Anstrengung, Physiotherapeut zu werden, zu groß. Dazu lernt er gerade Lesen, Schreiben *und* Autofahren. Und jetzt die Sache mit Alina. Vielleicht war das einfach zu viel für ihn.«

»Sie haben ihn zu sehr unter Druck gesetzt, Fräulein Hedy!«, rief Maria fast schon empört.

Hedy hob an, Maria scharf zurechtzuweisen, dann jedoch schwieg sie.

Ließ den Vorwurf unkommentiert.

Und das war mehr als Maria je an Eingeständnis erlebt hatte.

»Was machen wir jetzt?«, fragte Maria schließlich und goss beiden eine Tasse Kaffee ein.

»Ich werde die Polizei einschalten müssen«, antwortete Hedy ruhig.

»Bitte tun Sie das nicht! Wir sprechen mit ihm! Er wird die Kette zurückbringen und es bestimmt nicht wieder tun!«

»Er hat es schon einmal getan, Maria.«

»Das war nicht seine Schuld! Sein Bruder hat's doch erklärt!«

Hedy starrte auf ihre Hände.

Dann fragte sie: »Und das glauben Sie?«

»Warum sollte ich es nicht glauben?«, fragte Maria trotzig zurück.

»Weil Nick ihn beschützen wollte. Deswegen.«

»Sie können ihn nicht fallenlassen, Fräulein Hedy. Er ist eines Ihrer Kinder! Sie haben noch nie eines Ihrer Kinder im Stich gelassen. Das haben Sie selbst gesagt!«

»Was soll ich denn tun, Maria?«

Die verschränkte die Arme vor der Brust: »Ihnen wird schon was einfallen. Wenn es jemanden gibt, der einen Ausweg findet, dann sind Sie das. Denn Sie sind Hedy von Pyritz!«

Fräulein Hedy schluckte schwer.

Ja, sie war Hedy von Pyritz.

Die große Hedy von Pyritz.

Doch jetzt war sie ratlos.

Es gab in dieser Sache nur einen Ausweg, sie kannten ihn beide. Jan brauchte Hilfe, aber sie konnte ihm nicht helfen, solange er nicht Herr über sich selbst war. Jan hatte seine Chance verspielt, tief in ihrem Herzen wusste sie das, aber es schmerzte, ihn loszulassen.

Sie stand langsam vom Küchentisch auf.

»Was werden Sie tun?«, fragte Maria.

Hedy antwortete nicht und verließ die Küche.

Ging mit zunehmend festerem Schritt in ihr Büro. Verschloss die Tür und hob den Telefonhörer ab.

Wählte.

Wartete.

»Dienststellenleiter Miebach, bitte!«

Sie wurde verbunden.

»Guten Morgen, Fräulein von Pyritz«, grüßte Herr Miebach.

»Guten Morgen, Herr Oberkommissar«, antwortete Hedy.

»Was kann ich für Sie tun, Fräulein von Pyritz?«, fragte Oberkommissar Miebach.

Hedy zögerte.

»Nun, es ist vielleicht etwas ungewöhnlich«, antwortete Hedy ausweichend. »Aber ich wüsste nicht, wen ich sonst mit diesem Anliegen betrauen könnte.«

»Nur heraus damit!«

Hedy dachte einen Moment nach, dann fragte sie: »Ich habe Grund zu der Annahme, jemandem zu misstrauen. Doch bevor ich weitere Schritte einleite, brauche ich Ihre Hilfe.«

»Und die wäre?«

»Ich muss wissen, ob dieser Jemand vorbestraft ist beziehungsweise im Konflikt mit dem Gesetz steht.«

Miebach räusperte sich: »Fräulein von Pyritz, Sie wissen, dass ich Ihnen dazu nichts sagen kann. Das verstößt gegen jede Vorschrift.«

»Das weiß ich. Aber es ist wichtig, sonst würde ich Sie nicht damit behelligen. Und seien Sie versichert: Ich würde diese Gefälligkeit sicher nicht vergessen.«

Miebach atmete tief durch.

Dann fragte er: »Wie ist der Name?«

Hedy war im Begriff Jans Namen zu nennen, doch aus einem Impuls heraus entschied sie sich anders.

Sie sagte: »Nikolas Kramer.«

»Wohnt er hier?«

»Ja, aber ich weiß nicht wo.«

Sie hörte Miebach in eine Tastatur tippen, dann, nach ein paar Momenten sagte er: »Nikolas Kramer, Spitzname Nick?«

»Ja.«

»Ihr Gefühl hat sie nicht getrogen. Da haben wir eine ganze Reihe von Delikten. Betrug, Diebstahl. Hehlerei. Aber auch Verstöße gegen das Betäubungsmittelgesetz. Alles in seiner Jugend. Anschließend war es ein paar Jahre ruhig. Dann plötzlich eine Verurteilung wegen schweren Diebstahls. Hat zwei Jahre gesessen. Seit ein paar Monaten wieder auf freiem Fuß.«

Nick war nicht im Ausland gewesen, wie er es bei ihrer ersten Begegnung erwähnt hatte, dachte Hedy kurz, dann räusperte sie sich kurz und antwortete: »Ich danke Ihnen, Herr Oberkommissar.«

»Wir haben nie darüber gesprochen, Fräulein von Pyritz!«, mahnte Miebach.

»Natürlich nicht.«

Sie legte auf.

Verwirrend widersprüchliche Gefühle pochten an ihr Herz: Erleichterung, Wut, Sorge und Misstrauen. Sie hatte auf ihren

Bauch gehört, war ihrem Instinkt gefolgt, dass jemand, der solche Papierflieger falten konnte wie Jan kein schlechter Mensch war.

Und doch: Jan hatte sie bestohlen.

Aber nicht für sich, sondern für seinen Bruder. Nicht Jan war abhängig, sein Bruder war es. Der geliebte, übermächtige, große Bruder. Durch Nick hatte Jan Anerkennung erfahren, war plötzlich jemand. Wie konnte er da nicht das Gefühl haben, es zurückzahlen zu müssen? Wie konnte er nicht Halt suchen bei dem Mann, der das Unmögliche schaffen konnte? Nick, dem alles zuflog, für den alles ein Spiel war. Dagegen Jan, dem nichts zuflog, der sich alles hart erarbeiten musste. Und beide kamen sie nicht weiter.

Zwei Brüder.

Zwei Seiten derselben Medaille.

Nicht Nick schützte Jan – es war genau umgekehrt. Doch dabei zog Nick Jan tief in seine schmutzige Welt, und es gab nichts, was Jan tun konnte.

Dagegen war er machtlos.

Aber Hedy nicht.

HIMMEL UND ERDE

49

Wenn Fräulein Hedy ein Fest gab, kamen einfach alle.

Da hoffte jeder auf eine Einladung, denn viele von Hedys ehemaligen *Kindern* hatten es weit gebracht und waren in sehr ein-
flussreichen Positionen gelandet – oder wenigstens in sehr inte-
ressanten. So warf die eine Hälfte also Netze aus und wünschte
sich solvente Geschäftspartner oder kulturelle Inspiration, die
andere Hälfte bediente sich am Buffet und war damit bereits
am Ziel aller Träume.

Das erste Wochenende im Juni war somit geblockt, selbst für
die, die noch nie eingeladen worden waren. Die sahen dann
nicht ohne Neid die Karawanen von Autos den Hügel hinauf-
fahren, an dessen Treppenaufgang bereits Hedy und Maria warteten, um jeden Einzelnen zu begrüßen. Für Fräulein Hedy
eine ungeheure Anstrengung, denn sie bestand darauf, zu stehen, nicht zu sitzen, und wischte Marias diesbezügliche Mah-
nungen wie lästige Fliegen beiseite.

So empfing Hedy ihre ehemaligen Absolventen, genauso wie
sie Bürgermeister Schmidtke, Fraktionsführer Middendorp, Oberkommissar Miebach oder den halben Rat der der Stadt willkommen hieß. Und natürlich auch ihre Tochter Hannah, die,
wie üblich, ihren Mann Harald hinter sich herzog. Sie gaben
einander kühl die Hand, dann verschwanden sie in der Villa.

»Du liebe Güte!«, flüsterte Maria. »In der Nähe der Eisprinzes-
sin erfriert alles Leben.«

Hedy lächelte: »Spannungen kommen in den besten Familien
vor.«

»Sie haben aber nicht vergessen, dass Hannah Sie fertigmachen
will!«, mahnte Maria.

»Ich vergesse nie etwas«, gab Hedy zurück.

Jan erschien mit dem Rad, was in der Prozession der Limousinen ein wenig inadäquat wirkte.

Hedy fand, dass er sehr blass aussah: »Wie schön, dass Sie es einrichten konnten, Jan. In letzter Zeit haben Sie sich ein wenig rar gemacht.«

»Ich brauchte ein wenig Zeit für mich«, antwortete Jan.

»Hast du abgenommen, meine Junge?«, fragte Maria besorgt.

Jan antwortete nicht.

Hedy nickte Maria zu: »Kümmern Sie sich doch etwas um unseren Gast, Maria. Und, Jan?«

»Ja?«

»Ich habe mit Ihnen zu reden. Später.«

Die strenge Ansprache verfehlte ihre Wirkung nicht: Jan wirkte plötzlich so fahl, als stünde er vor einem Kreislaufkollaps. Er nickte und schlich davon.

Maria flüsterte: »Er war es ... es bricht mir das Herz!«

Hedy nickte unmerklich: »Ja. Und er weiß jetzt, dass wir es wissen.«

Dann wandte sie sich wieder den anderen Gästen zu, fragte nach dem beruflichen Fortschritt oder nach den Familien ihrer Ehemaligen. Die Gespräche waren höflich und zugewandt, aber wirklich herzlich war nur einer. Ein junger Mann namens Martin, der unter all den Anzugträgern deplatziert aussah. Er stand im Salon, trug ein billiges Hemd, hatte sein wirres Haar mit Gel gebändigt und wusste offenbar nicht, wie man Smalltalk betrieb, jedenfalls schien sich niemand mit ihm unterhalten zu wollen.

Hedy lächelte ihm zu und sagte: »Warum erzählen Sie mir nicht etwas über Ceratopacha koellikeri, Martin? Haben Sie sie entdeckt?«

Sein Gesicht hellte auf, endlich ein Thema, das ihm etwas bedeutete: »Ja, ich habe sie entdeckt. Und viele andere mehr. Der

Dschungel im Kongo ist wie das Labor der Schöpfung. Ich kann Ihnen gar nicht genug danken, Fräulein von Pyritz. Sie haben mein Leben verändert!«

»Das freut mich sehr! Meine Entscheidung war nicht ganz unumstritten.«

»Das dachte ich mir schon. Wer interessiert sich schon für Schmetterlinge, nicht?«

»Nun, sie fliegen, nicht wahr? Sehr weite Strecken, obwohl nicht viel an ihnen dran ist. Grund genug, wie ich finde.«

»Ja, das denke ich auch.«

»Sicher ist Afrika eine besondere Erfahrung für Sie?«, fragte Hedy.

Martin nickte, dann antwortete er: »Es ist unbeschreiblich. Ich wünschte, Sie könnten es sehen!«

»Ja, das wünschte ich mir auch.«

»Vielleicht werde ich dortbleiben.«

Hedy hob verwundert die Augenbrauen: »Sie meinen, über das Stipendium hinaus?«

»Ich meine, für den Rest meines Lebens …«

Sie stieß mit ihm an. »Nun, dann sehe ich, dass meine Entscheidung richtig war.«

»Ja.«

Sie wandte sich ab, um noch andere Absolventen zu begrüßen, als er sie noch einmal zu sich rief: »Fräulein von Pyritz?«

Sie drehte sich ihm wieder zu.

»Wie ich hörte, haben sie hier vor drei, vier Monaten mit einer Anzeige für große Aufregung gesorgt?«

Hedy sah ihn aufmerksam an.

»Ich wollte Ihnen nur sagen …«

Er sah sich verstohlen um.

»Ja?«

»*Tun Sie es!*«

»Tatsächlich?«, fragte Hedy ein wenig überrascht von so viel Solidarität.

»Ja, es war das Lustigste, nein, das Inspirierendste, was ich seit langer Zeit gehört habe. Also, tun Sie es! Und wenn Sie niemand fährt, dann fahre ich Sie.«

Hedy lächelte wieder: »Ich habe einen Fahrer!«

Sie blickten beide zu Jan.

Er wirkte ebenso deplatziert wie Martin selbst.

»Ein Absolvent?«

»Ein Stipendiat.«

»Was für ein Fachgebiet?«, fragte Martin.

Hedy blickte Jan an und antwortete: »Das wissen wir noch nicht …«

Martin kicherte: »Sie haben sich wirklich verändert, Fräulein von Pyritz.«

»Habe ich das?«

»Ja, als ich vor ein paar Monaten vor Ihnen stand, waren Sie wie ein Monument. Eine Richterin aus Marmor. Ich habe gezittert vor Ihnen.«

»So schlimm?«

Er nickte heftig: »Was ist passiert, dass Sie jetzt so anders sind?«

Und sie gab ihm dieselbe Antwort, die sie schon Maria gegeben hatte: »Ich habe lange geschlafen. Jetzt bin ich wach.«

Und genauso wenig wie Maria verstand auch Martin sie: »Ich habe keine Ahnung, was Sie damit meinen, Fräulein von Pyritz, aber es steht Ihnen!«

Sie lächelte: »Vielen Dank. Na, sehen Sie, ein Kompliment. Ein bisschen Geplauder. Afrika hat Ihnen gutgetan. Und wenn Sie dort bleiben wollen, dann bleiben Sie dort. Es ist Ihr Leben. Verschwenden Sie es nicht damit, dass Sie tun, was man von Ihnen erwartet.«

Sie verabschiedeten einander mit einem Kopfnicken.

Hedy suchte im Raum nach Hannah und fand sie draußen auf der Terrasse. An Ihrer Seite: Herr Middendorp und Frau Dr. Mayer-Leibnitz. Man musste kein Mentalist sein, um ihre Gestik und Mimik zu deuten: Sie sprachen über sie. Und über die Abläufe, wie sie sie loswerden konnten.

Sie streifte Hedys Blick, dann straffte sie sich und ging auf sie zu.

»Hallo Mutter!«

»Hallo Hannah!«

»Ein schönes Fest! Sehr gelungen. Wie immer!«

»Ja, und so praktisch, dass man hier die Stiftungsbeiräte treffen kann, nicht wahr?«

Hannah nickte: »Ja, sehr praktisch.«

»Und? Schon einen Weg gefunden, mich loszuwerden?«, fragte Hedy.

Hannah verzog abschätzig den Mund, schwieg aber.

Hedy sah sie überrascht an: »Wer?«

Hannah zuckte mit den Achseln: »Bürgermeister Schmidtke.«

Hedy lächelte: »Was denn? Hat er keine Verwandten oder alte Freunde, die plötzlich hochbegabt sind?«

»Offensichtlich nicht.«

Hedy war sichtlich beeindruckt: »Na, so was, ausgerechnet ein Politiker verhält sich loyal.«

»Er hält dich für eine Nervensäge, wenn du das meinst, Mutter, aber es sieht so aus, als stünde er auf deiner Seite. Er ist tatsächlich der Meinung, dass auf dein Wort Verlass ist, und weiß das zu schätzen.«

»Sieh mal einer an …«

Hedy lächelte.

Für einen Moment sah sie an Hannah vorbei, dann nickte sie kurz in diese Richtung und sagte: »Vielleicht hättest du ihn heiraten sollen, Hannah. Nicht den da.«

Hannah folgte ihrem Blick.

Ihr Ehemann Harald stand an einem Tisch mit Punsch und kippte gerade den letzten Schluck herunter. Auf dem Glasboden klebten noch Früchte und, obwohl in jedem Glas ein kleiner Stocher steckte, versuchte er, sie mit der Zunge herauszulecken.

Da stand er nun: den Kopf im Nacken, wild nach Früchten züngelnd, die partout nicht herabfallen wollten, bis er von außen gegen den Glasboden klopfte und sie ihm ins Gesicht fielen. Saft lief rechts und links an seinem Kinn herab, während Harald zufrieden die Früchte aß, das leere Glas auf den Tisch stellte, den kleinen Stocher dabei herausnahm und ihn auf die Tischdecke warf.

Hannah atmete tief durch.

Sie wandte sich Hedy wieder zu und zischte: »Lass es nicht auf einen Prozess ankommen, Mutter. Mehr kann ich dir nicht raten.«

Sie nickte ihr zum Abschied zu und wandte sich ab. Schnappte sich ihren Ehemann am Arm und zog ihn herrisch mit nach draußen.

Später suchte Hedy Maria, fand sie an Jans Seite am Buffet. Sie packte ihm einige Köstlichkeiten auf den Teller, die er nur widerwillig annahm. Lustlos, nur um Maria einen Gefallen zu tun, piekte er einen Happen auf die Gabel und führte ihn in den Mund.

Maria wandte sich Hedy zu und bemerkte ein kleines Nicken ihrerseits.

Sie folgte Hedys Blick zur Haustür und sah einen letzten Gast eintreten: Nick. Hedy hatte ihn ebenfalls eingeladen, den Einzigen, bei dem sich weder eine Verbindung zur Stiftung noch eine zur einheimischen Hautevolee herstellen ließ, dennoch war Hedy überzeugt, dass er kommen würde. Ein Mann wie

Nick würde sich eine Gesellschaft wie diese niemals entgehen lassen.

Als Jan Nick entdeckte, fiel ihm beinahe das Häppchen aus dem Mund, auf dem er träge herumgekaut hatte. Dann drückte er Maria hektisch den Teller in die Hand, und so energielos er noch vor Sekunden gewesen war, so dynamisch drängte er jetzt zwischen den Gästen hindurch zu seinem Bruder.

Nick, mittlerweile eine Sektflöte in der Hand, hatte einer zufällig benachbarten Gruppe zugeprostet, und als dieser Gruß erwidert worden war, war er schnurstracks zu ihnen hinübergegangen und hatte sich lächelnd vorgestellt. Niemand dort fragte, wer er war, sie alle sahen den gutaussehenden jungen Mann, über dessen witzige Begrüßung alle amüsiert lachten, und stießen mit ihm an.

Jan fasste Nick am Oberarm, zog ihn zu sich und fragte scharf: »Was machst du hier?!«

Nick präsentierte der Gruppe Jan: »Darf ich vorstellen: mein Bruder Jan. Stipendiat der Von-Pyritz-Stiftung. Und ganzer Stolz der Familie!«

Die Gruppe nickte oder prostete ihm lächelnd zu.

Jan sah nur kurz auf und antwortete knapp: »Sie entschuldigen uns?«

Dann zog er Nick ein paar Meter zur Seite.

»Was soll das, Nick?«

Der sah seinen Bruder irritiert an: »Was meinst du?«

»Das weißt du ganz genau.« Jan sah sich verstohlen um, dann führte er seinen Bruder am Arm die Treppe hinauf in den ersten Stock. Dort, wo es keine Gäste mehr gab.

Sie liefen einen Flur entlang, nahmen eines der Zimmer auf der rechten Seite, von dem Jan wusste, dass es eine kleine Bibliothek war und keines der Zimmer, die Hedy privat nutzte.

Nick sah sich beeindruckt um und sagte: »Junge, hier bist du wirklich auf eine Goldader gestoßen!«

»Sie weiß es!«, platzte Jan heraus.

»Sie weiß was?«

»Sie weiß von der Halskette!«

Nick zuckte fast schon gleichgültig mit den Schultern, wandelte ein wenig im Raum umher, sah aus dem Fenster auf den kleinen Park vor der Villa.

Dann wandte er sich zu Jan: »Jetzt bleib mal ganz ruhig, Jan. Wenn sie es wüsste, hätte sie längst die Polizei eingeschaltet.«

»Du hast gesagt, du verschwindest wieder!«, zischte Jan.

»Das tue ich auch. Aber ich brauche noch etwas Kapital …«

Jan ging ein paar Schritte auf ihn zu: »Aber nicht von ihrem Eigentum. Es ist Diebstahl, Nick!«

Nick setzte sich in einen der Ohrensessel und fragte zurück: »Ist es das?«

Jan starrte ihn an.

»Als wir Kinder waren, musste ich viele dieser Dinge tun. Und hast du je wissen wollen, was ich gemacht habe?«

Jan schüttelte zögernd den Kopf.

»So ist es. Du hast nicht gefragt, du hast dich nur auf mich verlassen. Aber es war schwer für mich, Jan. Ich war fünfzehn, du dreizehn. Was glaubst du, wie wir überlebt haben, als diese Hure uns verlassen hat? Was hat sie damals noch gesagt? Ah, richtig: Sie hätte auch ein Recht auf ein *bisschen Glück*! Und wir sollten ihr das nicht versauen. Und dann ist sie einfach gegangen.«

»Das war etwas anderes, damals«, gab Jan zurück. »Wir mussten doch irgendwie überleben.«

»Und heute müssen wir nicht überleben?«

»Heute müssen wir nicht mehr unehrlich sein.«

Nick schüttelte den Kopf: »Sie hat so viel. Und wir so wenig. Sie würde einen Verlust nicht einmal bemerken.«

»Ich werde Fräulein von Pyritz nie wieder bestehlen!«, fauchte Jan.

Und Nick schrie: »Sie hat dich fallengelassen! Wegen eines Füllers! Eines Füllers!«

»Den du versetzt hast! Hinter meinem Rücken!«.

»Janni, verstehst du denn nicht? Wir sind alleine. Wir waren schon immer alleine. Es gibt nur dich und mich. Du bedeutest Fräulein von Pyritz nichts. Wenn du nicht funktionierst, wirft sie dich weg. Genau wie Mutter uns weggeworfen hat. Du kannst ihr nicht vertrauen. Du kannst niemandem vertrauen. Du hast nur mich!«

Jan schüttelte den Kopf: »Ich will dieses Leben nicht, Nick. Ich will nicht alleine sein!«

»Du bist nicht alleine!«

»Doch, das bin ich. Und du bist es auch!«

Nick schwieg.

Jan sah ihn aufmerksam an. »Ist es nicht so?«

Für einen Moment sahen sie sich nur an, offenbar irritiert über die Wahrheit, die sich darin verborgen hatte.

»Weißt du eigentlich, warum ich gesessen habe?«

Jan seufzte: »Weil du gestohlen hast.«

»Ja, aber das ist nicht die ganze Geschichte. Möchtest du die ganze Geschichte hören?«

Jan nickte: »Bitte, erzähl die ganze Geschichte.«

Nick stellte seine Sektflöte auf einen Beistelltisch und stand auf: »Weißt du, vielleicht hast du sogar recht mit dem, was du sagst. In gewisser Weise. Wir haben uns bis zu dem Prozess lange nicht gesehen, richtig?«

Jan nickte: »Du warst viel unterwegs. Überall auf der Welt. Ab und zu ne Karte, ab und zu ne SMS. Bist ganz schön rumgekommen.«

Nick schien lächelnd seinen Erinnerungen nachzuhängen: »Ja, aber dann hast du mich angerufen. Weißt du noch warum?«

»Klar, ich war gerade selbstständig geworden, und als Erstes breche ich mir das Bein.«

Nick schüttelte den Kopf: »Nein, du bist angefahren worden. Von einem Scheißkerl, der dich auf der Straße liegen gelassen hat und weitergefahren ist!«

»Ja, auch das.«

»Du hast es damals nicht gesagt, aber du hattest Angst, dass du all deine Patienten verlierst. Dass du überhaupt alles verlierst, was du dir aufgebaut hast, weil du nicht mehr arbeiten konntest.«

Jan schwieg, nickte aber leicht.

»Ich bin zurückgekommen. Weil du nicht wusstest, wie es weitergehen sollte. Weil du verzweifelt warst.«

»Aber ich wollte nicht, dass du für mich stiehlst!«

Nick warnte mit seinem Zeigefinger: »Nicht so schnell, Jan. Ja, ich habe gestohlen, aber nicht in Deutschland. Hier bin ich nur festgenommen worden.«

»Was war es dann?«, fragte Jan neugierig.

»Wie gesagt, ich war viel herumgekommen und traf in Marseille einen reichen Typen. Und damit meine ich: wirklich reich. Keiner, der je dafür gearbeitet hatte, nein, er war nur der Sohn von einem reichen Papa, der ihm alles gab, was er wollte. Ich traf also diesen Mann, und wir freundeten uns an. Oder sagen wir besser: Wir verbrachten Zeit miteinander. Mit solchen Menschen bist du nicht befreundet. Er mochte meine Art, denke ich, er liebte auch den Kitzel, wenn wir zusammen Leute aufs Korn nahmen. Ihnen Geld abtricksten, ohne dass sie überhaupt kapierten, dass sie ausgenommen worden waren.

Jedenfalls war ich bald in so einer Clique von Superreichen und sah, wie sie ihr Leben genossen. Ohne Rücksicht auf andere, ohne Sorgen, ohne auch nur einen Gedanken daran zu verschwenden, wie sie andere behandelten. Und ich dachte nur, wie unglaublich dieses Leben doch war, nicht, weil sie so viel

Geld hatten, nein, weil dieses Geld sie frei machte. Sie konnten alles tun, was sie wollten, aber sie gaben einen Scheiß auf diese Freiheit, ja, sie wussten nicht einmal, dass sie frei waren. Tatsächlich waren die meisten von ihnen gelangweilt, und die, die nicht gelangweilt waren, waren unglücklich.

Genau wie mein neuer reicher Freund.

Eines Abends, in einer Diskothek, war er so betrunken, dass er anfing, die Angestellten anzupöbeln. Sie zu demütigen. Und plötzlich machte er das auch mit mir. Zeigte auf mich und verriet seinen Freunden, dass ich nur ein armer Schlucker war. Ein Schnorrer. Und noch ein paar andere Sachen, und glaub mir, er war wirklich gemein. Ich stand nur da, ließ mich erniedrigen und lächelte alles weg.

Am nächsten Morgen hatte er natürlich alles vergessen. Aber ich nicht. Er hatte diese Yacht, natürlich auch von Papa geschenkt, und wir waren zuvor schon ab und an damit rausgefahren, so dass ich sie im Grunde bedienen konnte. Ich besorgte mir Bücher über Hochseesegeln, lernte tagsüber, wenn mein Freund seinen Rausch ausschlief, übte, wenn wir einen Törn machten.

Und dann kam der Tag, an dem er mit ein paar seiner Freunde nach Paris fuhr und ich in Marseille blieb. Kaum war er weg, stahl ich seine Yacht und fuhr mit ihr los. Runter nach Marokko. Ich veränderte das Boot, gab ihm einen anderen Namen, fälschte die Papiere und begann, Touristen an der Westküste Afrikas herumzuschiffen.

Und es funktionierte!

Niemand stellte Fragen, niemand kontrollierte mich. Alle glaubten mir den jungen Skipper. So baute ich mir ein Geschäft auf.

Und war frei!

Ja, ich hatte ein Boot gestohlen, aber von jemandem, der viele Boote besaß, der sich einen Scheiß für Boote interessierte und nur welche hatte, weil alle welche hatten. Ich habe es einem verwöhnten, gelangweilten, miesen Dreckskerl abgenommen und etwas daraus gemacht.

Ich hatte also das Boot und das Meer.

Und nie war ich so glücklich wie in diesen Monaten!

Dann kam dein Anruf und ich wusste, ich musste zurück. Denn du warst in Not, und ich konnte dir helfen. Ich reiste heimlich nach Deutschland, stand dir bei, half mit Geld, bis ich mit dem Mietwagen in eine Routinekontrolle der Polizei geriet. Es gab einen internationalen Haftbefehl gegen mich – und den Rest der Geschichte kennst du. Ich wurde wegen schweren Diebstahls verurteilt.«

Jan starrte Nick an: »Das hast du mir nie erzählt!«

Nick zuckte mit den Schultern: »Warum sollte ich? Damit du ein schlechtes Gewissen hast? Nein, ich habe getan, was ich getan habe. Und ich habe mich für dich entschieden, weil du mein Bruder bist. Die einzige Person auf der Welt, der ich vertraue.«

»Wenn ich das gewusst hätte, hätte ich dir nie geschrieben!«, rief Jan geschockt. »Wegen mir bist du ins Gefängnis!«

»Nein, nicht wegen dir. Das war nur Pech. Und mir war das Risiko völlig klar.«

»Du hättest nicht zurückkommen dürfen, Nick! Warum hast du denn nichts gesagt? Ich hätte es verstanden!«

»Weil du es alleine nicht geschafft hättest, deswegen. Und weil ich dein großer Bruder bin.«

Sie schwiegen.

Dann sagte Nick: »Vielleicht hast du recht, Janni. Vielleicht sind wir beide alleine. Denn wahr ist, dass ich für immer auf diesem Boot hätte bleiben können. Dass ich damit irgendwann vielleicht nach Asien gesegelt wäre. Ich weiß es nicht. Ich wäre glücklich gewesen. Auch ohne dich. Das macht mich nicht gerade zum

Bruder des Jahres, bestimmt nicht, aber ich würde dich niemals im Stich lassen.«

Jan schluckte hart.

Dann sagte er: »Trotzdem, Nick, ich werde Fräulein von Pyritz nicht mehr bestehlen. Nie wieder. Und sobald ich diese Kette wieder auslösen kann, bringe ich sie zurück. Ich habe dir alles gegeben, was ich habe, aber ich werde dir nichts mehr von *ihr* geben!«

»Gut, dann werden wir einen Weg finden, das wieder ins Reine zu bringen.«

»Versprochen?«, fragte Jan.

»Versprochen«, bestätigte Nick.

Sie nahmen einander in den Arm.

Hielten sich, so wie sie es als Kinder auch schon getan hatten.

Sagten kein Wort mehr.

Draußen löste sich Maria von der Tür und eilte nach unten.

Für Jan war der Rest des Festes eine einzige Qual.

Die einzige Person, nach der er sich sehnte, war nicht da. Die einzige Person, mit der er hätte reden wollen, rief ihn nicht zu sich. Der Rest plapperte unerträglich über Beruf, Wetter und Stipendien.

So drückte er sich mal in der einen Ecke, mal in der anderen herum, zum Schluss spazierte er durch den Park, genoss den schönen Tag und den herannahenden Abend. Er stand vor einem der alten Bäume, als er plötzlich eine Stimme hinter sich hörte.

»Verstecken Sie sich vor mir?«

Er drehte sich um.

Hedy.

»Ich … mir ist nicht nach Gesellschaft.«

Hedy nickte: »Verstehe …«

Jan kannte diese kleine Atempause vor einem ihrer berühmten Angriffe. Drei Silben Anlauf, bevor sie einem Gegner das Fell über die Ohren zog. Doch stattdessen meinte sie nur: »Ich wollte Ihnen eigentlich nur sagen, dass ich sehr stolz auf Sie bin!«

Jan sah sie überrascht an.

»Sie müssen sehr viel mehr leisten als all die jungen Burschen und Mädchen da drinnen, denen der liebe Gott so viel Talent geschenkt hat, dass sie gar nicht wissen, wohin damit. Sie dagegen arbeiten hart. Vielleicht zu hart.«

»Nein, ist schon okay.«

Hedy sah ihn lange an.

Es schien, als wäre sie im Begriff, etwas zu sagen, aber sie brachte es nicht über die Lippen. Da war ein seltsamer Zug um ihre Augen, den Jan nicht wirklich deuten konnte. Müdigkeit? Traurigkeit?

»Fräulein von Pyritz«, begann Jan langsam. »Es gibt da etwas ...«

Hedy schüttelte den Kopf: »Nein, Jan.«

»Nein?«

»Nein.«

Sie lächelte: »Unser Weg ist noch nicht zu Ende.«

Jan runzelte die Stirn: »Ist alles in Ordnung mit Ihnen? Sie sind so anders heute.«

Hedy zuckte mit den Schultern: »All meine Kinder sind da. Die Jahre fliegen dahin, aber im Juni kommen sie zurück und berichten mir von den Wundern der Welt. Da kann man schon mal ein wenig sentimental werden, nicht?«

»Ja, vielleicht.«

Wieder Schweigen.

Wenn es auch nichts Unangenehmes hatte. Nur Stille zwischen zwei Vertrauten, weil es gerade keinen Grund gab zu reden.

Da klatschte Hedy leicht in die Hände und befand: »Gut, ab morgen geht der Unterricht weiter. Pünktlich!«

Jan nickte: »Natürlich.«

Sie wandte sich ab und ging zurück zur Terrasse, die sich merklich geleert hatte.

»Fräulein von Pyritz?«, rief Jan.

Sie drehte sich um.

»Danke.«

Sie sah ihn an.

Und Jan dachte: Nicht Müdigkeit oder Sentimentalität machten ihre Gesichtszüge so weich.

Das war nur Liebe.

50

Als Jan am folgenden Tag die Villa betrat, war die so aufgeräumt, so sauber, als hätte es nie ein Ehemaligentreffen gegeben. Nicht mal ein Geruch in der Luft deutete darauf hin, dass am Vortag noch gut zweihundert Gäste ein und aus gegangen waren, gegessen, getrunken und gelacht hatten. Alles war so, wie es immer war.

Genau wie Fräulein Hedy.

Sie wirkte frisch, ausgeruht, in gewisser Weise auch kampfeslustig, als sie Jan im Salon begrüßte. Was immer ihr Gesicht gestern hatte verändert wirken lassen, war über Nacht verschwunden.

»Wie kommen Sie mit den Fahrstunden voran?«, fragte sie.

»Der Fahrlehrer ist sehr zufrieden«, antwortete Jan. »Er hat es mir überlassen, wann ich mich zur praktischen Prüfung anmelde.«

»Ich gehe davon aus, dass Sie keine weiteren Fahrstunden mit Alina wünschen?«

Jan atmete tief durch und antwortete dann. »Ich glaube, dass wäre im Moment eher kontraproduktiv.«

Hedy nickte: »Schade, das letzte Mal hatten wir viel Spaß, nicht wahr?«

»Ging so …«, murrte Jan.

»Im Übrigen bin ich der Meinung, dass Sie zu früh aufgegeben haben.«

»Da liegt wohl daran, dass Sie niemals aufgeben, Fräulein von Pyritz«, konterte Jan.

»Das ist wohl so. Aber wenn es Sie tröstet: Das ist auch nicht immer gut.«

»Nanu? Höre ich da etwa einen Hauch Selbstzweifel heraus?«

»Selbstzweifel?«, fragte Hedy irritiert zurück.

Jan grinste: »Kommt in den besten Familien vor, Fräulein von Pyritz.«

Sie war im Begriff zu antworten, als es an die Salontür klopfte und kurz darauf Maria eintrat: »Fräulein Hedy? Wir haben Besuch.«

Allein ihr Tonfall kündete nichts als Unheil an.

»Wer ist es denn?«

Maria hob eine Visitenkarte an und las: »Annette Schramm. Psychologin.«

»Psychologin?«, fragte Hedy zurück.

»Vom Gericht bestellt«, sagte sie.

»War sie angemeldet?«

»Schon vor Wochen, sagt sie. Mit einem Schreiben der Kanzlei Kammerer & Leopold.«

Jan sah Hedy an: »Die kommt von Hannah. Schicken Sie sie einfach weg.«

Hedy zögerte einen Moment, dann lächelte sie: »Aber nein. Sie soll eintreten.«

Maria verschwand aus dem Türrahmen, wenige Momente später trat Frau Schramm ein. Und für einen Moment flatterten Hedy die Augenlider, nicht, weil ihr blümerant geworden war oder ihr sonst die Sinne schwanden. Frau Schramm hatte noch kein Wort gesagt, nichts getan oder auch nur gedacht, da wusste Jan bereits, dass sie heute gute Nerven brauchen würde. Hedy hatte sich bereits ein Bild von ihr gemacht, und Frau Schramm würde bald feststellen müssen, was das für sie bedeutete.

»Guten Tag, Frau von Pyritz!«, grüßte Frau Schramm forsch.

Falsche Anrede, dachte Jan, nicht gut, gar nicht gut.

Hedy nahm hinter ihrem Schreibtisch Platz und lud Frau Schramm mit einer Geste ein, sich davorzusetzen. Das machte sie so charmant, dass gar nicht weiter auffiel, dass sie Frau Schramm nicht die Hand gegeben hatte.

»Was kann ich für Sie tun?«, fragte Hedy freundlich.

»Sie wissen nicht, warum ich hier bin?«, fragte Frau Schramm lauernd.

»Ich weiß nicht, was Sie vorhaben. Wenn Sie also so freundlich wären, es zu erläutern?«

Frau Schramm setzte sich und antwortete: »Nun, es bestehen Zweifel, ob Sie den täglichen Anstrengungen einer so großen Stiftung gewachsen sind. Ich bin hier, um das herauszufinden.«

»Da bin ich gespannt«, antwortete Hedy gut gelaunt.

Frau Schramm wandte sich Jan zu und befahl: »Wenn Sie uns jetzt entschuldigen würden?«

»Er kann bleiben«, bestimmte Hedy.

»Es ist nur in Ihrem Sinne, Frau von Pyritz. Die Fragen können sehr privater Natur sein …«

»Er bleibt.«

Für einen Moment wirkte Frau Schramm irritiert, dann zuckte sie mit den Schultern: »Wie Sie wollen. Ist vielleicht schon ein guter Anknüpfungspunkt. Ist das der junge Mann, den Sie mit einem Stipendium fördern?«

»Ja.«

»Der ein Buch schreiben soll, obwohl er Legastheniker ist?«

»Ebender.«

»Hat es in der Geschichte der Stiftung schon mal einen Legastheniker gegeben, der mit einem Buch-Stipendium gefördert wurde?«

Hedy dachte nach.

Dann lehnte sie sich zurück und fragte: »Ich würde Sie gerne um eine Einschätzung bitten, Frau Schramm …«

Frau Schramm nickte.

»Stellen Sie sich eine junge Mutter vor. Sie hat bereits eine Reihe von Kindern verloren und ist wieder schwanger. Das Kind in ihrem Bauch leidet sehr wahrscheinlich an demselben Gendefekt, den schon die verstorbenen Kinder hatten. Zudem droht die Geburt so schwierig zu werden, dass größte Gefahr besteht, dass die Mutter sie nicht überlebt. Sie müssen jetzt entscheiden, was zu tun ist. Also, was raten Sie?«

»So, wie Sie die Lage beschreiben, ist es vernünftig, dass sie das Kind nicht bekommt. Als Mutter hat sie ja noch Kinder, die auf sie angewiesen sind. Sie sollte auch an diese Kinder denken.«

Hedy nickte nachdenklich: »Das klingt besonnen.«

»Es ist besonnen«, antwortete Frau Schramm überzeugt.

»Dann wäre das Ihre Entscheidung: Abtreibung, um die Mutter zu retten?«

»Ja.«

Hedy legte die Hände auf den Schreibtisch und verschränkte die Finger: »Gratuliere. Sie haben gerade Ludwig van Beethoven abgetrieben. Sie mögen keine klassische Musik, oder?«

»Natürlich … was?«

»Na ja, was soll's: Mozart ist auch schön.«

Jan verkniff sich ein Kichern: Die Pointe hatte ihn genauso überrascht wie die Psychologin.

Frau Schramm atmete tief durch: »Das war wohl nicht ganz fair, Frau von Pyritz. Sie haben mir Informationen vorenthalten!«

»Oh, ich habe vergessen, Ihnen den Namen zu nennen, damit sie wissen, was zu tun ist? Sehen Sie, so ist die Arbeit in dieser Stiftung. Die jungen Leute kommen hierhin und haben keinen Namen. Sie haben nur ihr Talent. Und niemand weiß, ob sie es damit an die Spitze schaffen. Ich auch nicht. Ich kann nur an sie glauben. Oder auch nicht.«

»Und so verhält es sich auch mit dem jungen Mann?«

Hedy trommelte ungeduldig mit den Fingern auf der Schreibtischunterlage: »Es muss Ihnen wie ein Traum vorkommen, hier zu sein, oder?«

Frau Schramm schwieg beleidigt.

Wieder klopfte es an die Tür.

Maria trat ein, nickte Frau Schramm entschuldigend zu, dann beugte sie sich zu Fräulein Hedy herab und flüsterte ihr ein paar Sätze ins Ohr. Fräulein Hedy nickte. Dann verschwand Maria genauso schnell wie sie gekommen war.

»Haben Sie noch weitere Fragen, Frau Schramm?«

»Es gab da eine Reihe von Auffälligkeiten in den letzten Wochen und Monaten. Unter anderem eine Annonce in der Tageszeitung …«

»Und?«, fragte Hedy kühl.

»Halten Sie das für angemessen?«

»Halten Sie das für unangemessen?«, fragte Hedy zurück.

»Um mich geht es hier nicht«, antwortete Frau Schramm.

»Unglücklicherweise schon …«

Frau Schramm räusperte sich genervt: »Sie könnten ein wenig kooperativer sein, Frau von Pyritz.«

»Ich gebe mir die größte Mühe, Frau Schramm«, lächelte Hedy.

Frau Schramm seufzte leise und sagte dann: »Gut, versuchen wir mal etwas anderes. Haben Sie vielleicht ein Blatt Papier und einen Stift?«

Hedy nickte und schob ihr beides über den Schreibtisch.

»Nein, behalten Sie es. Bitte malen Sie mir doch mal eine Uhr.«

»Eine Uhr?«, fragte Hedy ironisch.

»Ja.«

»Soll ich auch noch ein Pony dazumalen?«

Frau Schramm reagierte gereizt: »Bitte malen Sie einfach!« Sie blickte auf ihre Uhr: »Sagen wir einfach: Viertel nach drei.«

Hedy malte und schob ihr das Papier rüber.

»Was ist das?«, fragte Frau Schramm.

»Eine Quarzuhr. 15:15 Uhr. Ist hübsch geworden, nicht?«

Frau Schramms Mundwinkel verzogen sich zu einem Strich. Es war offensichtlich, dass sie ein Ziffernblatt gemeint hatte, aber das hatte sie nicht eigens erwähnt.

»Gut, vielleicht noch etwas anderes. Nehmen wir an, Sie würden mir einen Brief schreiben …«

»Jetzt?«

»Ja.«

»Sie sitzen doch gleich vor mir? Ist das nicht ein wenig umständlich?«, fragte Hedy unschuldig.

»Frau von Pyritz, Sie verhalten sich feindselig.«

»Tut mir leid. Gut, einen Brief.«

Frau Schramm nickte zufrieden: »Es geht nur um den Umschlag. Adressieren Sie einen Brief. Markieren Sie die Briefmarke, den Absender. So etwas.«

Hedy nickte: »Gut, ich adressiere einen Brief an Sie: An Frau Dr. Annette Schramm … Ach, das ist ja falsch! Sie sind ja gar kein Arzt …«

Hedy lächelte hinterhältig: Frau Schramm schluckte die darin enthaltene Kränkung wie bittere Medizin.

Hedy fragte: »Für ein Medizinstudium hat es nicht gereicht?«
Sie wahrte Fassung, aber sie sah aus, als würde sie Hedy am liebsten anspringen wollen.

»Trotzdem kein Doktor? Eine kleine Promotion? In irgendetwas?«, fragte Hedy fast schon flehend.

»Ich habe einen Master in …«

»Master? Da sind ja Studienabbrecher länger immatrikuliert!«, rief Hedy empört.

»Frau von Pyritz, ich habe fünf Jahre Fachausbildung in klinischer Psychologie, eine Zusatzausbildung in forensischer Psychologie, arbeite seit Jahren als Gerichtsgutachterin …«

»Aber kein Medizinstudium«, fasste Hedy zusammen.

»Nein, kein Medizinstudium«, antwortete Frau Schramm bissig.

Hedy nickte: »Ihre Eltern müssen furchtbar stolz auf Sie sein …«

Frau Schramm schwieg – sie war jetzt wirklich wütend.

Hedy fragte: »Wie ich höre, haben Sie in Klagenfurt studiert?«

»Woher?«, fragte Frau Schramm entgeistert.

»Meine Haushälterin hat sich Ihre Homepage angesehen.«

»Ja, in Klagenfurt.«

»Diplom in Berlin oder Marburg war nicht drin? Wenigstens Göttingen?«, fragte Hedy.

Frau Schramm sammelte sich und fügte dann an: »Ich kann Ihnen versichern, dass das Studium in Klagenfurt …«

»Ähnlich zu bewerten ist wie das Studium an der Universität von Kiribati. Ich kenne die deutschsprachigen Hochschulrankings – und zwar alle. Frau Schramm, Sie befinden sich in der Von-Pyritz-Stiftung für Hochbegabte. Ich weiß, dass Ihnen das alles sehr fremd vorkommen muss, aber ehrlich gesagt bin ich jetzt doch ein wenig enttäuscht.«

Frau Schramm sah sie mit Leichenbittermiene an.

»Nicht Sie, Frau Schramm! Sie tun, was in Ihren Möglichkeiten liegt. Meine Tochter! Sie hätte wenigstens so höflich sein können, mir eine Spitzenkraft ins Haus zu schicken. So ist dieses Gespräch für uns beide ein wenig ernüchternd, nicht wahr?«

Einen Moment sahen sich die beiden Frauen schweigend an.

Dann richtete sich Frau Schramm in ihrem Stuhl auf: »Da Sie sich für so überlegen halten, darf ich Sie da etwas fragen?«

»Ich bitte darum!«

»Halten Sie es für schlau, mich gegen Sie aufzubringen?«

Frau Schramms Gesicht war ganz freundlich geworden, sie genoss die in der Frage enthaltene Drohung.

Selbst Jan hatte bereits die ganze Zeit das Gefühl, Hedy kleine Zeichen geben zu müssen, sich einzubremsen. So amüsant sie auch war, ihre Sticheleien würden in ein Gutachten münden, dass sie vor Gericht geradezu vernichten würde.

Hedy hingegen lehnte sich zurück und dachte einen Moment nach, ohne Frau Schramm dabei aus den Augen zu lassen.

Dann sagte sie: »Sie meinen, ich sollte mich ein wenig gefälliger verhalten? Ihnen vielleicht hier und da ein Kompliment machen, damit Sie mir wohlgesinnt sind?«

Frau Schramm schwieg, aber es war ihr anzusehen, dass sie sich im Vorteil wähnte. Zum ersten Mal in diesem Gespräch.

»Verstehe …«, murmelte Hedy.

Dann stand sie auf und ging um den Schreibtisch herum: »Gut! Vielleicht war ich ein wenig grob. Vielleicht sollte ich Ihnen ein wenig positiver begegnen. Also, dann Frau Schramm, ich halte Sie für einen durch und durch optimistischen Menschen!«

»Tatsächlich?«, fragte die misstrauisch.

»Nehmen Sie es nur an! Es kommt wirklich von Herzen.«

»Gut, danke. Sehr freundlich. Wie kommen Sie darauf?«

Jan schloss die Augen: Frau Schramm sollte sich jetzt besser einmal einen Helm aufsetzen.

»Ich sehe keine Ringe an Ihren Händen und einen kleinen Fleck vom Frühstück auf Ihrem sackartigen Umhang, so dass ich annehmen muss, dass Sie niemanden zu Hause haben, der Sie darauf aufmerksam gemacht haben könnte. Ihre Kleidung hat keine definierbare Farbe, genau wie Ihr ungeschminktes Gesicht, Ihre Schuhe taugen zur Gartenarbeit, und Ihre Frisur ist – ganz vorsichtig ausgedrückt – praktisch.

Sie halten sich schlecht, so dass ich noch rätsele, ob Sie es tun, weil Sie sich für Ihre volle Brust schämen oder, und das wäre mein Favorit, Sie nicht wollen, dass man *Ihren Körper* als Erstes sieht. Sie wollen, dass Ihr Gegenüber vor allem den wertvollen Menschen entdeckt, der Sie sind. Nicht die Frau.

Sie verzichten auf Schmückendes, weil Sie glauben, es lenkt von Ihrer Persönlichkeit ab. Sie wollen Ihres Verstandes wegen geliebt werden, jemand soll Ihre innere Schönheit sehen. Die äußere Schönheit anderer dagegen fürchten Sie zutiefst, deswegen ist Ihr Aufzug nicht nur gewollt, sondern geradezu eine politische Aussage.

Im Übrigen ist ein Rock nicht gerade vorteilhaft, wenn man darunter behaart ist wie eine Vogelspinne, aber auch das ist Ihr Signal an die Welt da draußen: Nehmt mich, wie ich bin. Sie kultivieren Ihre Makel, demonstrieren den Verlockungen der Weiblichkeit gegenüber nichts als gelassene Verachtung, damit niemand bemerkt, dass Ihr ausgeprägter Minderwertigkeitskomplex Ihnen nicht erlaubt, entspannt mit diesen Dingen umzugehen.

Einen einzigen Schnörkel leisten Sie sich dann doch: eine Halskette mit einem seltsamen Amulett, was natürlich kein Zufall ist, sondern einen fatalen Hang zum Esoterischen vermuten lässt, denn Eskapisten fühlen sich nur wohl in Welten, in denen sie Helden sein können, ohne dabei sie selbst zu sein. Und die Katzenhaare an Ihrem Rock deuten auf Ihre einzigen Wegbegleiter, weil Sie nichts, aber auch wirklich gar nichts auslassen, um das Klischeebild einer alleinstehenden *Psychologin* zu erfüllen.

Deswegen, Frau Schramm, halte ich Sie für einen unheimlich optimistischen Menschen, weil Sie tatsächlich daran glauben, dass es da draußen jemanden gibt, der intelligent, facettenreich, charismatisch und brillant ist und dieses …« Hedy machte mit den Händen eine präsentierende Geste, »… alles klaglos hinnimmt. Und das ist dann wirklich die ironische Pointe einer ansonsten traurigen Geschichte.«

Frau Schramm stand auf, weiß und wütend, aber sie wahrte Haltung und sagte so unterschwellig drohend, wie sie nur konnte: »Ich denke, ich gehe jetzt besser!«

Hedy nickte: »Adieu, Frau Schramm, kommen Sie gut nach Hause.«

»Auf Wiedersehen, Frau von Pyritz.«

Sie verließ hocherhobenen Hauptes den Salon. Noch bevor sie die Tür erreicht hatte, öffnete ihr Maria und begleitete sie anschließend mit nach draußen.

Jan räusperte sich, so dass Hedy zu ihm rübersah.

»Ich glaube, das war wirklich nicht sehr klug, Fräulein von Pyritz!«

Hedy sah ihn stirnrunzelnd an: »Warum?«

»Das Gutachten wird eine Katastrophe!«

Hedy lächelte: »Aber natürlich wird es das!«

»Das scheint Sie auch noch zu freuen?«, wunderte sich Jan.

Hedy schüttelte den Kopf: »Sie sind einfach viel zu ängstlich, Jan. Angst macht alles nur noch schlimmer. Angst tötet. Haben Sie keine Angst! Es gibt keinen Grund.«

»Keinen Grund? Ein vernichtendes Gutachten sollte Grund genug sein!«

Hedy seufzte: »Jan, Sie hätte dieses Gutachten doch *sowieso* geschrieben. Hannah hat sie gekauft! Und das Gutachten dazu. Selbst wenn ich hier brav gesessen und ihr viele Komplimente gemacht hätte, wäre es genauso gekommen. Und so hatten wir wenigstens ein bisschen Spaß, nicht?«

Jan sah sie verblüfft an.

»Kommen Sie, sagen Sie nicht, es hat keinen Spaß gemacht!«, grinste Hedy.

Jetzt grinste auch Jan: »Sie waren in Höchstform! Noch besser als bei mir und Tenzing Norgay!«

»Vielen Dank, junger Mann. Ein Kompliment hört eine Frau immer gerne.«

»Was sollte das eigentlich mit der Uhr und dem Brief?«, fragte Jan.

»Das sind übliche Demenztestungen. Wenn ich nicht mehr in der Lage bin, eine Uhrzeit auf einem Ziffernblatt darzustellen oder nicht mehr weiß, wo auf einem Umschlag eine Adresse steht oder wo man die Briefmarke hinklebt, dann sind das Hinweise auf eine Erkrankung. Nichts Aufregendes.«

»Und woher wissen Sie das alles?«

»Viele junge Menschen kommen zu mir und stellen mir ihre Fachgebiete vor. Und ich lerne von jedem von ihnen.«

»Dann haben Sie diese Sache mit Beethoven von einem Musikwissenschaftler?«

Hedy winkte ab: »Ach was, das war erfunden!«

»WAS?«

»Wie bitte«, korrigierte Hedy. »Na ja, nicht alles erfunden. Es gab sieben Kinder, vier davon sind gestorben. Ob die einen Gendefekt hatten … keine Ahnung. Klang doch gut, oder? Und Geburten waren im 18. Jahrhundert grundsätzlich eine große

Gefahr für Frauen. Also sagen wir: Ich habe es ein wenig aufgepeppt.«

Jan klatschte in die Hände und lachte: »Bravo!«

»Schön, Sie wieder vergnügt zu sehen, Jan. So, jetzt gebe ich noch ein Gutachten zu meinen Gunsten in Auftrag, und dann beginnen wir mit der Groß- und Kleinschreibung!«

51

Jan schrieb.

Von den Dingen, die Hedy ihm erzählt hatte, von den Dingen, die er sich dazu vorstellte und von Menschen, die für Hedy einmal so wichtig gewesen waren. Durch die Fotos hatten alle Figuren Gesichter bekommen, und er malte sich aus, dass es etwas Besonderes gewesen sein musste, Teil der von Pyritz zu sein. Was, wenn er auch ein Köseritzer gewesen wäre? Wenn er die junge Hedy und die junge Charly gekannt hätte und sie ihn zu sich nach Hause eingeladen hätten? Zusammen am Tisch mit Karl und Anni, beim gemeinsamen Abendessen vielleicht. Und ehe er sich versah, hatte er begonnen, sich selbst in Hedys Geschichten einzubauen, ohne tragende Rolle natürlich, nur ein kleines Mitglied der Familie, die ihn als Sohn anerkannte und liebte.

Es fühlte sich herrlich an.

Plötzlich war er Teil eines Ganzen, fühlte sich sichtbar, auch wenn er für die Handlung überhaupt keine Rolle spielte, war er jemand: Jan von Pyritz. Sohn von Karl und Anni. Bruder von Hedy und Charly. Enkel von Auguste und Gustav. Er wusste, wer er war, wo er hingehörte, und er wusste vor allem, dass er im Schutz der Familie wachsen konnte.

Er schrieb ein paar Seiten mit ihm als Teil des Clans, las es mit Vergnügen, doch dann zerknüllte er das Papier und warf es in die Mülltonne. In Geschichten konnte man alles erzählen, in Geschichten war alles möglich, aber es waren eben nur Geschichten.

In der Realität war er Jan Kramer.

Legastheniker.

Ohne Familie.

Dann begann er von neuem, ohne ihn als Angehöriger, erweckte abermals das alte Köseritz zu neuem Leben und erzählte eine Geschichte, die nicht *seine* war. Und alles, was ihm eben noch so nahe gewesen war, rückte jetzt von ihm ab und verwandelte ihn zurück in einen Autor, der nur einen teuren Füller in den Händen hielt und die deutsche Rechtschreibung mit Füßen trat.

Dennoch hatte das Schreiben etwas Heilsames.

Er dachte nicht ständig an Alina und auch nicht an seinen schändlichen Diebstahl, von dem Hedy niemals erfahren durfte. Sie hatte ihm das Tor zu einer neuen Welt aufgestoßen, und wie hatte er es ihr gedankt? Sie lernte mit ihm, sie ließ ihn im Institut für Legasthenie pauken, bezahlte ihm Fahrstunden und hatte ihn zu einer Art Schriftsteller befördert. Letztlich hielt sie schützend ihre Hand über ihn, so wie eine Mutter es täte, und obwohl Jan bereits fünfundzwanzig Jahre alt war, fühlte er sich wie siebzehn. Wie ein Schüler auf dem Weg ins Erwachsenenleben.

War es nicht so?, dachte er verblüfft.

Jemand, der im Unterricht saß? Jemand, der sich zum ersten Mal ernsthaft verliebt hatte und nicht wusste, wie er sich verhalten sollte? Jemand, der gerade seinen Führerschein machte und sich auf den achtzehnten Geburtstag freute, an dem er endlich fahren durfte? Er schrieb ihr Leben auf und erkannte dabei sein eigenes: Seit er von der Schule gegangen war, nein, seitdem er von seiner Mutter verlassen worden war, hatte er sich nicht mehr weiterentwickelt.

Er war erstarrt in Furcht.

Erst mit Hedy war wieder Bewegung hineingeraten.

So wie mit ihm Bewegung in ihr Leben geraten war.

Ein erstaunlicher Zufall.

Hätte er seinen Papierflieger vor ein paar Monaten ein paar Minuten früher geworfen oder später, wäre nichts von alldem passiert. Sie hätten einander nicht bemerkt und einfach weitergemacht.

Als ob nichts gewesen wäre.

Außer einem Papierflieger.

Hoch in der Luft.

Ein paar Tage später saßen Hedy und Jan bei Übungen zur Groß- und Kleinschreibung zusammen, als Jans Handy klingelte und er mit entschuldigender Miene abnahm.

Von einer Sekunde auf die nächste bemerkte Hedy einen alarmierten Gesichtsausdruck bei Jan, der aufgescheucht fragte: »Wo bist du?«

Offenbar bekam er keine befriedigende Antwort, obwohl Hedy die Stimme im Hörer unentwegt sprechen hörte.

»Wo bist du?!«, fragte Jan erneut, drängender.

Dann hörte Hedy die Stimme plötzlich sehr deutlich aus dem Hörer: »*Kannst du kommen? Jan? Bitte? Bitte!*«

Nick.

Und die Art und Weise, wie er sprach, verriet nichts Gutes. Hedy war sich sicher, dass er weinte. In jedem Fall klang er hektisch.

Hedy flüsterte: »Er soll hierhin kommen, wenn er kann!«

Jan nickte und rief ins Handy: »Wo bist du jetzt?«

Er hörte zu, dann rief er: »Nimm ein Taxi und komm zur Villa. Hörst du? Ich zahle. Setz dich jetzt in ein Taxi und komm sofort hierher … Gut. Ich warte auf dich!«

Er legte auf.

»Was ist passiert?«, fragte Hedy.

Jan schüttelte den Kopf: »Ich weiß es nicht. Er hat so schnell und zusammenhanglos gesprochen, ich hab's nicht verstanden.«

Eine halbe Stunde später hielt ein Taxi vor der Villa, Jan eilte hinaus und bezahlte den Fahrer. Dann kam er mit Nick die Treppen herauf. Hedy erschrak, als sie Nick sah: Er war vollkommen verschwitzt, sah ständig um sich, als ob er fürchtete, dass ihn jemand verfolgte, seine Augen waren weit aufgerissen, gerötet, und seine Haut fahl.

»Guter Gott, Nick! Wie lange haben Sie nicht mehr geschlafen?«

»Welcher Tag ist heute?«, fragte Nick verwirrt. »Dienstag? Mittwoch?«

Hedy und Jan sahen sich an.

»Es ist Freitag, Nick«, antwortete Jan.

»Freitag … nicht gut … Freitage sind nie gut«, er drehte sich wieder um. »War da jemand? Da ist doch einer! Lass uns lieber schnell reingehen. Hast du was zu trinken da? Bier vielleicht? Wasser? Oder ein Bier?«

»Kommen Sie erst mal rein«, antwortete Hedy ruhig.

Sie schlossen die Tür, führten Nick in den Flur.

»Was ist passiert, Nick?«, fragte Jan.

»Was soll passiert sein?! Muss denn immer was passiert sein? Nichts ist passiert! Ich … ich …«

Er zögerte.

Sah mal zu Jan, mal zu Hedy, dennoch hatte keiner der beiden das Gefühl, er würde sie wahrnehmen. Sein Blick hatte keinen Halt, er begann zu schwanken, dann machte er plötzlich ein paar Schritte vor, sah um sich, als wüsste er nicht, wo er sich befindet und stürzte der Länge nach zu Boden.

Bewusstlos.

»Einen Arzt!«, schrie Jan. »Schnell!«

Maria stand in der Küchentür und sah erschrocken zu ihnen herüber.

Hedy gab ihr ein kleines Zeichen, den Notarzt zu rufen.

52

Jan hatte den ohnmächtigen Nick im Krankenwagen ins Hospital begleitet, während die Sanitäter ihn stabilisierten. Natürlich hatten sie ihn gefragt, was mit ihm passiert sei, doch Jan hatte gezögert, ihnen seine Vermutung kundzutun: Überdosis. Gab es eine Meldepflicht? Würde es möglicherweise dazu führen, dass Nick in noch größere Schwierigkeiten geriet, weil plötzlich die Polizei an seinem Krankenbett stand und Auskunft verlangte?

Der anwesende Notarzt diagnostizierte ohne Jans Mithilfe ziemlich schnell die Ursache und leitete entsprechende Maßnahmen ein. Kurz vor der Ankunft kam Nick zu sich, verlor aber wieder das Bewusstsein.

Er wurde auf die Intensivstation gebracht, an ein EKG angeschlossen und sicherheitshalber an eine Beatmungsmaschine. Der Herzschlag tanzte viel zu schnell über das Display, Kurven kraxelten steil nach oben, fielen steil herab, bedrohlich unregelmäßig und wild.

Nach einer guten Stunde bat ihn der Stationsarzt hinaus.

»Wir haben jetzt die Laborwerte seines Blutes. Kokain und Chrystal Meth. In einer Konzentration, dass er eigentlich tot sein müsste.«

Jan schluckte und nickte schweigend.

»Ihr Bruder muss sehr daran gewöhnt sein, sonst hätte er das nicht überlebt«, sagte der Arzt. »Wir haben ihm Betablocker und Ammoniumchlorid gegeben. Ich denke, morgen früh werden wir ihn so stabil haben, dass wir ihn auf eine normale Station verlegen können. Sobald er dazu in der Lage ist, sollten Sie versuchen, ihn zu einem Entzug zu bewegen.«

»Okay«, murmelte Jan.

Er wollte die Nacht im Krankenhaus verbringen, aber das Personal überredete ihn, nach Hause zu fahren. Es gab nichts, was er hätte tun können, und akute Lebensgefahr bestand nicht mehr.

Am frühen Morgen kehrte Jan nach einer unruhigen Nacht zurück ins Krankenhaus. Nick lag bereits auf einer normalen Station. Als Jan ins Zimmer trat, fand er Nick wach vor, blass, mit versteinerter Miene, als müsste er einen Schmerz unterdrücken.

Dennoch rang er sich ein Lächeln ab: »Hallo, Brüderchen.«

»Hey, wie geht's denn so?«

Nick zuckte mit den Schultern, aber seinen Augen war anzusehen, dass es ihm nicht gut ging. Jan setzte sich zu ihm ans Bett.

»Es war knapp, weißt du?«, begann er.

»Hm.«

»Du warst auf Intensiv …«

»Hm.«

»Willst du mit dem Scheiß nicht lieber aufhören?«

»Ist nicht so leicht«, antwortete Nick.

»Hast du es denn schon mal versucht?«, hakte Jan nach.

Nick schwieg.

»Hast du Schmerzen?«, fragte Jan weiter.

»Keine körperlichen …«

»Welche denn?«

Nick sah aus dem Fenster und antwortete: »Es ist, als würde es mich innerlich zerreißen. Alles ist dreckig. Alles ist widerlich. Niemand kann das ertragen.«

»Du kannst, Nick! Du kannst alles. Ich habe es selbst gesehen!«

Nick wandte sich ihm zu: »Du fängst jetzt aber nicht wieder mit dem Lauf an, oder?«

»Warum nicht?«, fragte Jan zurück. »Du hast allen gezeigt, wozu du in der Lage bist!«

»Ach Janni, das waren doch nur zehn Kilometer. Was sind zehn Kilometer verglichen mit dem, was man im Leben zurücklegen muss?«

Jan schüttelte den Kopf: »Manchmal reichen zehn Kilometer, wenn sie für etwas stehen!«

»Für was stehen sie denn?«

»Sie stehen für jemanden, der alles erreichen kann. Der Unmögliches schaffen kann. Sie stehen für jemanden, der andere inspirieren kann, ihr Leben zu ändern!«

»Und hat es funktioniert?«, fragte Nick ruhig. »Bei dir? Bei mir?«

Jan schwieg.

Im Zimmer wurde es ganz ruhig.

Alles war weiß, clean und aufgeräumt. An der Decke hing ein Fernseher, offenbar mit defekter Halterung, denn er blickte mit toter Mattscheibe zu Boden. Ansonsten gab es nichts außer zwei Betten, zwei Stühlen, einem Tisch und dem Geruch nach Medizin und Hoffnungslosigkeit, während draußen ein herrlicher Sommertag alles erblühen ließ.

Nick fuhr gedankenverloren mit dem Finger über seinen Hals und zog schließlich an einem einfachen Lederband ein daran hängendes Amulett heraus. Eine Kaurimuschel. Befestigt auf einem Bronzestück. Er spielte daran rum, versunken in Melancholie.

»Was ist das?«, fragte Jan neugierig.

Nick schien wie aus einem Tagtraum zu erwachen und blickte auf das Amulett: »Ein Talisman. Hab ihn in Dakar gekauft. Es soll mich immer daran erinnern, eines Tages zurückzukommen. Angeblich hat es magische Kräfte.«

Er lächelte etwas schief.

»Es ist sehr schön.«

»Ja«, bestätigte Nick nachdenklich.

Dann fragte er plötzlich: »Weiß du eigentlich, warum ich damals geheult habe?«

»Du meinst in der Umkleidekabine?«

»Ja.«

»Vor Schmerzen? Vielleicht auch vor Erleichterung?«, mutmaßte Jan.

Nick schüttete den Kopf: »Nein. Ich habe geheult, weil Mama nicht da war. Ich wollte ihr zeigen, dass man alles schaffen kann, wenn man nur will!«

Jan schluckte: »Das wusste ich nicht.«

»Weiß du noch, was Bosch, dieser Idiot, über sie gesagt hat?«

Jan nickte: »Er hat gefragt, ob man sie auch ficken kann, wenn sie bei ihm durch die Küche kriecht und putzt.«

»Und warum hat sie da geputzt?«, fragte Nick.

Jan schwieg.

Nick wurde drängender: »Warum hat sie dort geputzt, Jan?!«

»Ist doch egal … «

»Nein, ist es nicht. Sie hat es nämlich nicht für uns getan! Sie hat gar nichts für uns getan. Sie hat geputzt, weil sie mit ihrem neuen Lover in Urlaub fahren wollte. Weil dieser Versager zu wenig Geld hatte. Deswegen hat sie da geputzt.«

Jan versuchte, das Thema zu wechseln: »Nick, das ist doch alles lange her …«

»Ich bin nicht gegen Bosch angetreten, weil ich sauer auf ihn war. Ich bin gegen ihn angetreten, weil ich Mama beweisen wollte, dass man mehr sein kann, als man denkt. Ich wollte ihr zeigen, dass, wenn ich dieses Rennen gewinnen kann, sie ihr Heil nicht von einem Mann abhängig machen muss. Ich wollte ihr beweisen, dass sie eine gute Mutter sein kann, wenn sie nur *will*!«

Jan senkte den Kopf, wagte nicht mehr aufzusehen.

»Und als ich dann gewonnen habe, als mich alle gefeiert haben, als ich diesen Scheißkerl Bosch so tief in die Erde gerammt habe, dass er sich nie wieder davon erholt hat, wo war da unsere Mutter? Wo war sie an diesem Tag?«

Jan schluckte, dann antwortete er leise: »Sie ist in Urlaub gefahren.«

»Genauso ist es! An diesem Tag ist sie mit diesem Typ in Urlaub gefahren. Und darum habe ich an diesem Tag gar nichts geschafft! Verstehst du? Weil es Dinge gibt, die man nicht überwinden kann! Weil es keine Lösung gibt. Und kein Happy End! Weil die einzige Person, die es hätte inspirieren sollen, nicht da war. Weil sie nie da war! Kapier das doch endlich!«

Jans Mundwinkel zuckten.

Er wagte immer noch nicht aufzusehen.

Dann aber schüttelte er den Kopf und sagte: »Mich hast du inspiriert, Nick! Vielleicht hat sie es nicht gesehen, aber *ich* habe es gesehen! Du bist auch für mich gelaufen!«

Nick wandte sich wieder zum Fenster und antwortete: »Und was hat es dir gebracht?«

»Stolz … Liebe …«

Nick starrte hinaus und lächelte schwach: »Du bist und bleibst ein Romantiker, Janni!«

»Jedenfalls hast du mir gezeigt, dass man nicht bleiben muss, was man ist. Und wir wissen beide, wo ich gelandet wäre mit meinem Analphabetentum.«

»Du bist kein Analphabet!«

»Nenn es, wie du willst. Du bist um dein Leben gelaufen – und um meines.«

Eine Weile sagte niemand etwas.

Sie rangen beide mit der Fassung.

»Janni, die Wahrheit ist: Ich komme mit diesem Leben hier nicht klar. Alles erstickt mich hier!«

Jan nickte: »Ich weiß, aber du könntest doch wieder Skipper werden? Du könntest doch wieder zurück in die weite Welt. Ans Meer!«

Nick schüttelte den Kopf: »Niemand will einen vorbestraften Skipper!«

»Dann spar für ein eigenes Boot! Ich kann dir doch helfen!«

Nick verzog spöttisch den Mund: »Ein eigenes Boot? Weißt du, wie lange ich dafür sparen müsste? Mein ganzes Leben müsste ich dafür sparen.«

»Es gibt doch bestimmt Möglichkeiten …«, antwortete Jan und fand schon im selben Moment, dass es sich ungeheuer schal anhörte.

Zu seiner Überraschung murmelte Nick: »Ja, vielleicht gibt es Möglichkeiten … «

Dann jedoch sagte er: »Du bist ein guter Mensch, Janni! Geh fort von mir! Du hast eine Zukunft, ich nicht.«

»Nein, ich bleibe bei dir. Und du wirst allen zeigen, dass du noch mal um dein Leben laufen kannst.«

Nick schüttelte den Kopf: »Damals waren wir Kinder! Heute nicht mehr. Alles ist kompliziert, und ich bitte dich von Herzen: Geh fort! Ich bin nicht gut für dich. Ich bin für niemanden gut.«

»Das ist nicht wahr!«, rief Jan.

»Doch, das ist es. Geh! Bitte! Denn wenn du bleibst, werde ich dich nur in meine Welt hineinziehen. Und glaub mir: Diese Welt ist nicht gut!«

Jan stand auf und sagte: »Du weißt nicht, was du da redest. Du bist deprimiert, weil das Chrystal dich fertiggemacht hat. Aber das wird wieder. Du gehst in den Entzug. Und wenn du wieder clean bist, dann werden wir beide neu starten. Ein neues Leben! Du warst immer für mich da – jetzt werde ich für dich da sein!«

»Ach, Janni, du hast doch schon alles für mich getan. Wir sind doch schon längst quitt!«

Jan schüttelte den Kopf: »Du wirst wieder gesund. Und dann zeigst du es allen. So wie damals!«

Nick schwieg.

Und wollte auch nicht mehr reden.

Eine Weile saß Jan noch an seinem Bett, dann verabschiedete er sich und verließ das Zimmer.

53

Nick blieb noch drei Tage zur Beobachtung, dann durfte er das Krankenhaus wieder verlassen. Vor dem Haupteingang warteten Jan und Hedy. Die hatte die letzten Tage genutzt, Jan über Nick auszuquetschen, peinlich genau darauf bedacht, dass er ja nicht mitbekam, was sie sowieso schon über die beiden wusste. Danach hatte sie ein paar Telefonate geführt, den einen oder anderen Gefallen eingefordert, so dass sie Jan am Tag von Nicks Entlassung über das Ergebnis ihrer Strippenzieherei in Kenntnis setzen konnte.

Nick begrüßte Jan mit einer Umarmung und gab Hedy die Hand.

»Fräulein von Pyritz. Ich bin überrascht!«

Hedy antwortete zweideutig: »Ich nicht …«

Jan schlug seinem Bruder kumpelhaft auf die Schulter: »Wir haben eine gute Nachricht für dich!«

»Ja?«

»Du hast einen Platz in einer Entzugsklinik. Eine sehr gute. In Hürth, bei Köln. Und da fahren wir jetzt auch hin.«

Nick runzelte die Stirn: »Und ich werde dazu nicht gefragt?«

»Wenn es dich tröstet: Fräulein von Pyritz fragt in diesen Dingen niemanden. Mich auch nicht. Also, machen wir uns auf den Weg. Man wartet bereits auf dich!«

Nick wandte sich Hedy zu.

Die beiden sahen sich an.

Dann nickte er und gab ihr die Hand: »Danke.«

Hedy hielt seine Hand länger als notwendig: »Wenn man bedenkt, wie knapp es war, Nikolas, ist das jetzt vielleicht schon Ihre letzte Chance. Verspielen Sie sie nicht!«

Nick antwortete nicht, wich ihrem Blick aber auch nicht aus.

Ein Taxi fuhr vor.

Sie lösten sich voneinander und stiegen ein.

»Zum Bahnhof!«, sagte Jan.

Am Abend kehrte Jan zurück in die Villa, die ausgefüllten Übungsblätter der Leseschule in den Händen. Wie so oft in den letzten Wochen und Monaten fanden sie sich im Salon zusammen, der jetzt im feurigen Abendlicht spektakulär leuchtete.

»Gut angekommen?«, fragte Hedy.

»Ja«, bestätigte Jan. »Es hat ihm da gefallen.«

»Freut mich.«

Jan setzte sich zu ihr aufs Sofa.

Eine Weile suchte er nach den richtigen Worten, dann sagte er: »Sie haben so viel für uns getan, Fräulein von Pyritz. Ich weiß nicht, wie ich Ihnen danken soll.«

»Indem Sie die Führerscheinprüfung bestehen und mich zum Strand fahren«, antwortete Hedy.

»Sie wollen da immer noch hin?«, fragte Jan.

»Natürlich. Habe ich den Eindruck gemacht, als wäre es mir nicht ernst damit?«

Jan schüttelte den Kopf: »Nein, Sie tun immer, was Sie sagen. Das ist bewundernswert.«

Hedy winkte ab: »Ach was, ist eigentlich ganz leicht. Nur eine Frage der Haltung. Was macht Ihr Buch?«

»Über Sie?«

»Schreiben Sie noch ein anderes?«, fragte Hedy stirnrunzelnd zurück.

Jan lächelte: »Nein, eines reicht. Ich komme voran. Das meiste kennen Sie ja schon.«

Hedy tätschelte mütterlich seinen Oberschenkel: »Nicht nur das meiste, sondern alles. Nur Sie noch nicht, Jan.«

»Kommt denn noch etwas?«

Hedy machte große Augen: »Natürlich kommt da noch etwas!«

Sie war fast schon empört, dann erst sah sie, dass Jan grinste: Er hatte sie auf den Arm genommen.

Da lächelte auch Hedy: »Gut gemacht, Sie Lümmel! Jetzt stehe ich ganz schön eitel da!«

»Ach was!«

»Jetzt hören Sie schon auf, so unverschämt zu grinsen. Das ist ganz schön frech einer Dame gegenüber!«

Jan zuckte mit den Schultern: »Man kann Sie aber auch nicht zufriedenstellen, Fräulein von Pyritz. Erst bin ich zu ängstlich, dann zu frech!«

Hedy nickte: »Sie haben recht! Courage muss belohnt werden. Ich hatte Ihnen doch schon angedeutet, dass ich Pilotin geworden bin, oder?«

»Ja, nach Peters Tod.«

»Ich sagte aber nicht, dass ich im Zweiten Weltkrieg eine Luftschlacht angezettelt habe?«

»Sie waren Kampfpilotin?«, staunte Jan. »Ich wusste nicht, dass es überhaupt welche gab!«

»Die gab es auch nicht.«

»Nur Sie!«, folgerte Jan. »Natürlich …«

»Ja, nur ich. Und ich wurde hart dafür bestraft. Unendlich hart.«

Sie lehnte sich zurück in das Sofa.

Und begann zu erzählen.

54

Köseritz
1941

Gut eineinhalb Jahre waren vergangen, 553 Tage ohne Peter, und kein Tag war geendet, ohne dass ich nicht an ihn gedacht hätte. Ich hatte einen entnervenden Briefwechsel mit seiner Einheit geführt, um herauszufinden, wo in Polen er begraben lag, und auch irgendwann einen Kommandanten gefunden, der es mir verriet, allerdings unter der Auflage, ihn nie wieder zu kontaktieren. Doch alles, was ich fand, war ein Feld. Nur ein

Stück Land, grasbewachsen. Nicht weit von diesem Feld sah ich einen ausgebrannten deutschen Jäger. Einen weiteren dahinter.

Ich stand da und dachte, hier, irgendwo, vergraben unter zwei Metern Erde, musste er liegen. Vielleicht mit ein paar Kameraden, vielleicht auch mit ein paar Einheimischen.

Vielleicht hatte sein Vorgesetzter auch deswegen darauf bestanden, nie wieder von mir zu hören, weil er wusste, dass man Peters Leiche nicht geborgen, sondern schlicht an Ort und Stelle vergraben hatte. Für mich jedenfalls war er für immer verloren, ich hatte ihn heimholen wollen, aber ich kehrte ohne ihn zurück und verfiel in eine monatelange tiefe Depression.

Und so bekam ich auch nicht mit, wie Charly, mein süße kleine Charly, begann, mit einem jungen Mann aus Köseritz auszugehen, den sie schon aus dem Sandkasten kannte. Im Gegensatz zu ihr mied ich jede Festivität, wovon es in den ersten beiden Kriegsjahren noch genügend gab, denn allein Rudolf Karzig sorgte schon dafür, dass die Siege der Wehrmacht gebührend gefeiert wurden.

Er schien geradezu besoffen von seiner eigenen Bedeutung zu sein, sein Benehmen anderen gegenüber wurde derart herrisch und überheblich, dass ihn jeder mied, wenn er denn konnte. Mit der gebotenen Vorsicht natürlich, denn ihm nicht jubelnd zuzustimmen bedeutete fast augenblicklich, gegen ihn zu sein. Und damit gegen Reich und Führer.

Eines Nachts jedenfalls, ich war fast schon eingeschlafen, hörte ich, wie sich die Tür meines Schlafzimmers leise öffnete.

»Hedy?«

Charlys Flüstern ließ mich aufschrecken.

»Ist etwas passiert?«

»Aber nein!«, beruhigte sie mich und schloss die Tür hinter sich. Dann kam sie herangeschlichen. Trotz der Dunkelheit hörte ich, dass sie grinste: »Na ja, vielleicht doch …«

Sie setzte sich auf mein Bett, während ich mich aufrichtete und die Konturen ihres weißen Nachthemdes ausmachen konnte.

»Was meinst du?«, fragte ich neugierig.

Sie flüsterte: »Ich hab's noch niemandem gesagt, aber da gibt es einen jungen Mann ...«

Ich sog laut Luft ein: »Du bist verliebt!«

»Shhhh! Nicht so laut! Mama und Papa sind vielleicht noch wach!«

»Du bist verliebt!«, wiederholte ich flüsternd. »Das ist toll! Wer ist es denn?«

»Er heißt Herbert!«

»Und liebt er dich auch?«

»Er will mich heiraten!«

»Was?!«

»Hedy!«

Ich nickte: wieder zu laut.

Das erste Mal seit unendlich langer Zeit fühlte ich mich von einem Moment auf den anderen lebendig, ja geradezu fiebrig. Mit einem Mal rauschte das Blut in meinen Adern, und meine innere Finsternis erlebte eine Morgenröte, die mich an die schönste Zeit mit Peter erinnerte.

»Hat er dich gefragt?«, wollte ich wissen.

Wieder spürte ich ihr breites Grinsen.

»Er hat vor mir gekniet!«

Ich schlug die Decke zurück: »Du musst mir alles erzählen. Ganz genau!«

Charly legte sich zu mir.

Wir lagen Löffelchen, so, wie wir es als Kinder oft getan hatten, wenn wir nicht schlafen wollten, weil der Tag einfach zu aufregend gewesen war. Sie berichtete von Herbert, der eigentlich schon immer da gewesen war und der sie irgendwann im letzten Jahr zum Kino eingeladen hatte. Von da an hatten sie sich immer öfter getroffen, bis er sie kurz vor Weihnachten das erste Mal geküsst hatte.

»Wie schön!«, flüsterte ich und zog sie noch näher an mich heran. »Bist du verliebt?«

»Ich glaube schon …«, antwortete sie vorsichtig.

»Was heißt hier: du glaubst?«, wollte ich wissen.

Sie zögerte.

»Darf ich dich etwas fragen, Hedy?«

»Natürlich!«

Wieder ein Zögern.

»Wie war das bei dir und Peter? Wie hast du gewusst, ob du verliebt bist?«

Zu meinem Erstaunen stach mir die bloße Erwähnung seines Namens nicht ins Herz. Ich dachte einen Moment nach und antwortete dann: »Du bist verliebt, wenn die Zeit keine Logik mehr hat. Wenn die Stunden mit ihm wie Sekunden verfliegen und die Stunden ohne ihn zu Jahren werden.«

Charly schwieg.

»Und bist du verliebt?«, wollte ich wissen.

Wieder dieses unsichtbare Grinsen.

»Ja. Und wie!«

Ich zwickte sie in die Seite, sie quietschte vergnügt auf.

»Ich freu mich so für dich … Warte, Moment, was hast du denn geantwortet?«

»Ich habe ihm gesagt, dass ich vorher mit dir sprechen möchte.«

»Hast du ja jetzt!«

Sie drehte sich zu mir um und flüsterte: »Ich sag's ihm morgen. Willst du meine Trauzeugin sein!«

Ich küsste sie ab und rief: »Ja, ja, ja!«

»Danke, Hedy!«

»Nein, meine Süße, ich danke dir!«

Sie schlief in dieser Nacht bei mir.

Nur ich schlief nicht.

Denn nach 553 Tagen war ich das erste Mal wieder glücklich.

55

Mutter zeigte sich wenig überrascht von Charlys Plänen: »Hast du wirklich geglaubt, ich hätte nicht bemerkt, dass du verliebt bist? Und in wen?«

Selbst Vater wusste es, weniger weil er einen siebten Sinn für so etwas gehabt hätte, sondern schlicht, weil es ihm die Leute bei seinen Besuchen auf den diversen Höfen zugeflüstert hatten. Er lud zunächst Herbert ins Haus, auf dass er sich offiziell vorstellen konnte, später auch seine Eltern, die hocherfreut waren, dass ihr Sohn sich das hübscheste Mädchen der Stadt geangelt hatte, dazu noch aus der bekanntesten Familie.

So saßen Charly und Herbert dann auf einem Sofa in der guten Stube, so wie Anni und Karl vor beinahe zwanzig Jahren es bei Auguste und Gustav auch schon getan hatten.

Herbert, ein schlanker, blasser, junger Mann, nestelte nervös an einem Knopf seiner Anzugjacke herum. Er hatte einen Mordsrespekt vor den von Pyritz, und zu seinem Pech waren alle anwesend: Gustav, Auguste, Mutter, Vater und ich. Doch bei aller Unruhe strahlte er auch ein gewisses Selbstbewusstsein aus, was mir gut gefiel: Er wusste, wer er war, und dachte nicht daran, sich kleiner zu machen.

»Wann wollt ihr denn heiraten?«, fragte Vater freundlich.

»Nun, so bald wie möglich. Vielleicht schon im Sommer?«

»Nicht schon wieder«, murmelte Auguste, die auf einem Stuhl

in der zweiten Reihe saß, vor ihr Anni und Karl, neben ihr Groß-vater. Und ich grinsend dahinter. Ich konnte gar nicht anders, als Faxen zu machen und Charly damit zum Lachen zu bringen.

»Ist eine so schnelle Hochzeit vonnöten?«, fragte Vater vorsichtig.

Herbert schluckte, knetete Charlys Hand.

»Das kann doch nicht wahr sein!«, seufzte Großmutter.

Herbert schüttelte den Kopf: »Ähm, nein, sie wäre nicht notwendig. Aber es ist Krieg und ich dachte, wir dachten, es wäre eine Möglichkeit, zur Abwechslung einmal ein schönes Fest zu feiern.«

Vater und Mutter sahen sich an.

Und ich verzog anerkennend den Mund: Der traute sich was! Heutzutage wäre eine solche Äußerung völlig harmlos, damals jedoch war sie von einiger Sprengkraft. Ein Anruf hätte genügt und Herbert hätte sich vor der Gestapo rechtfertigen müssen. Und dann hätte er besser gute Argumente gehabt oder wenigstens das Glück, dass sie kein wirkliches Interesse an ihm gehabt hätten.

Obwohl es keine Juden in Köseritz gab, das Städtchen war durch und durch protestantisch, waren Menschen praktisch über Nacht verschwunden. Und immer waren die Männer in langen Ledermänteln daran beteiligt gewesen. Ich erinnere mich an einen Fischhändler, der einmal seine Ware wie folgt angepriesen hatte: »Hering, Hering, so dick wie der Göring!«

Er hatte die Lacher auf seiner Seite.

Sie haben ihn geholt, und niemand hat je erfahren, was aus ihm geworden ist.

Vater stand auf und reichte Herbert die Hand: »Gut, im Sommer dann. Willkommen in unserer Familie!«

Herbert sprang freudig auf und schüttelte Vaters Hand: »Ich danke Ihnen, Herr von Pyritz!«

»Karl.«

Auch Mutter stand auf und umarmte ihn: »Ich freue mich für euch, Herbert. Sag bitte Anni zu mir!«

»Danke ... Anni!«

»Wehe, du sagst auch nur einmal *Mutter*!«, lächelte Anni.

»Niemals«, versicherte Herbert.

»Gut, dann werden wir feiern. Erst ein Verlobungsfest. Dann Hochzeit! Die Stadt soll noch in Jahren davon sprechen!«

Und so kam es auch.

Für Mitte Mai wurde die Verlobungsfeier festgelegt. Die Hochzeit sollte am selben Tag im Juli stattfinden, an dem auch meine Eltern geheiratet hatten. Charly vergötterte Vater, na ja, alle Von-Pyritz-Frauen vergötterten Vater, und sie bestand auf dem Termin, ihm und meiner Mutter zu Ehren.

In den folgenden Wochen lernten wir Herbert besser kennen, und ich begann zu begreifen, warum Charly sich in ihn verliebt hatte. Er war nicht das, was man einen schönen Mann genannt hätte, und im Vergleich zu meinem Vater wirkte er sogar ein wenig mickrig, aber da war etwas an ihm, das man einfach nicht ignorieren konnte: Er besaß ein unerschütterliches Selbstvertrauen. Nicht die Art, die so stark nach außen strahlte, dass man sich an ihr stören musste, sondern eher ein leises, subversives Wesen, das mir jeden Tag ein bisschen besser gefiel.

Er sagte Dinge, die ihn Kopf und Kragen kosten konnten, aber er sagte sie so geschickt, dass es den meisten nicht einmal auffiel, wie aufrührerisch sie waren. Für Nationalismus oder gar Antisemitismus hatte er nichts als leisen Spott übrig, und zogen ihn seinen Altersgenossen damit auf, dass er wegen einer chronischen Lungenkrankheit ausgemustert worden war, so ertrug er das Gefeixe mit dem Hinweis, dass man sich sicher bald schon im selben Krankenhaus wiedersehen würde, er mit einem defekten Lungenflügel, sie dafür ohne diverse Körperteile. Sie lachten darüber, aber später wurde einer nach dem anderen in Stücke gesprengt.

Eines Abends überraschte er uns alle damit, dass er das *Horst-Wessel-Lied* zu einem *Blues* umkomponiert hatte und es auf unserem Klavier zum Besten gab. Mutter fand es so komisch, dass sie sich vor Lachen bog und Minuten brauchte, um sich wieder zu beruhigen. Auch Vater lachte, mahnte aber: »Spiel das bitte nur hier, Herbert. Bei uns … hast du übrigens noch mehr davon?«

Herbert grinste und antwortete: »Natürlich.«

Ich erinnere mich an viele Kleinigkeiten, die Herbert ausmachten, die für diese Zeit ungewöhnlich langen Haare, auch so ein stiller Protest, viele kluge, spitze Bemerkungen, mit denen er uns zum Lachen brachte. Er war in der Familie angekommen, noch bevor Hochzeit gefeiert wurde, und meine Eltern liebten ihn bereits wie einen Sohn.

Im April gingen dann die Einladungen zur Verlobungsfeier heraus. Es war durchaus üblich, den Bürgermeister der Stadt einzuladen, und darüber hinaus sehr ratsam, Blockwarte oder Gauleiter nicht zu vergessen.

Selbstredend bekam keiner von ihnen Post.

Und schon ein paar Tage später scharwenzelte Karzig im Hof herum, und wie *zufällig* traf er mich, als ich ihn gerade verließ.

»Guten Tag, Fräulein von Pyritz!«, grüßte er einschmeichelnd. »Ist lange her … «

»Guten Tag, Bürgermeister«, gab ich knapp zurück.

Ich war im Begriff, an ihm vorbeizurauschen, als er mich am Arm festhielt.

»Was soll das?«, fragte ich harsch.

»Ist es nicht an der Zeit, Frieden zu schließen?«

»Ich dachte immer, der Krieg gefällt Ihnen?«, zischte ich.

»Sehen Sie, Fräulein, wir haben beide einen schweren Verlust erlitten. Und ich gebe zu, dass ich sehr lange wütend auf Sie war. Und auch auf Ihre Familie. Aber jetzt, in diesen großen, heroischen Zeiten, müssen wir unseren Groll vergessen und zusammenrücken. Finden Sie nicht auch?«

Ich antwortete nicht, denn ehrlich gesagt wusste ich nicht, wovon er redete.

»Ich bin hier, um Ihnen einen Vorschlag zu machen …«

»Und der wäre?«, fragte ich herausfordernd.

»Ich weiß nicht, ob es je der Traum meines Sohnes war, Pilot zu werden, aber ich weiß, dass es immer Ihrer war. Peter ist jetzt nicht mehr hier, aber ich glaube, er hätte sich sehr über meine Idee gefreut: Werden Sie Pilotin!«

Ich hatte mit allem Möglichen gerechnet, damit aber nicht. So starrte ich Karzig nur an, als wäre mir gerade die heilige Mutter Gottes erschienen.

»Wie bitte?«, fragte ich schließlich ungläubig.

»Das Deutsche Reich braucht Sie jetzt! Der Führer braucht Sie! Die Luftschlacht um England hat es doch gezeigt! Der Feind ist überall, und es braucht jede Hand, um ihn zu unterwerfen. Daher bitte ich Sie: Werden Sie Pilotin! Natürlich werden Sie nicht in Kampfeinheiten aufgenommen, aber Sie können die fertigen Maschinen zu ihren Einsatzorten bringen, damit sie unseren Offizieren im Kampf gegen unsere Feinde zur Verfügung stehen. Ich habe bereits mit dem Leiter der Flugschule in Berlin-Rangsdorf gesprochen, ein alter Kamerad von mir. Er hat sich einverstanden erklärt, Sie aufzunehmen. Meinem Sohn zu Ehren. Er sagte mir, dass sie dort bereits eine Pilotin ausgebildet und gute Erfahrungen mit ihr gemacht hätten. Was halten Sie davon, Fräulein von Pyritz?«

»Ist das wahr?«, fragte ich völlig geschockt.

»So wahr ich hier stehe!«

Für einen Moment war ich wirklich sprachlos.

Dann jedoch sagte ich: »Ich werde mit meinen Eltern sprechen, Herr Bürgermeister.«

Es war mir gar nicht aufgefallen, dass ich vor lauter Schreck die Höflichkeitsanrede benutzt hatte, so kehrte ich ins Haus zurück, wo ich meine Eltern und Charly bei den Vorbereitungen zum Mittagessen vorfand. Mutter runzelte die Stirn, als sie mich eintreten sah und sagte: »Du siehst aus, als hättest du einen Geist gesehen!«

Ich setzte mich an den Tisch und erzählte ihnen von meiner Begegnung mit Karzig.

»Was haltet ihr davon?«, fragte ich schließlich.

»Das war immer dein Traum, Hedy! Mach es!«, rief Charly. Doch dann wurde auch sie vorsichtiger und fragte: »Kann man dem denn trauen?«

»Nein!«, beschied Mutter.

»Dann soll ich es nicht machen?«, fragte ich.

»Das habe ich nicht gesagt«, antwortete Mutter.

»Rangsdorf ist nicht allzu weit von hier«, sagte Vater. »Wenn sie dort vorstellig und vom Leiter ausgelacht wird, weiß sie, dass er sich einen Scherz mit ihr erlaubt hat.«

Ich antwortete: »Er machte nicht den Eindruck, als ob er sich einen Scherz mit mir erlaubt.«

»Schreib diesem Leiter doch einen Brief!«, schlug Vater vor. »Dass du dich über die Chance freust und es nicht abwarten kannst. So etwas in der Art. Danach sind wir sicher schlauer.«

Und genau das tat ich.

Eine gute Woche später erhielt ich Antwort.

Karzig hatte nicht gelogen.

Hauptmann Lück bestätigte Karzigs Angebot und hieß mich

willkommen. Schon zum ersten Juni sollte ich meine Ausbildung beginnen.

Unterschrieben auf Regimentspapier, es gab keinen Grund, es nicht zu glauben.

Am Abend zeigte ich meinen Eltern den Brief, auch Charly und Herbert, der zum Essen eingeladen war, lasen ihn.

»Meine Schwägerin wird eine Pilotin!«, sagte Herbert mit sanftem Spott. »Ich werde sofort ein Heldenlied für dich komponieren!«

»Idiot«, grinste ich.

»Willst du denn?«, fragte Charly.

»Natürlich will ich das. Mehr als alles andere!«

»Gut!«, sagte Vater. »Meinetwegen! Aber sollte irgendetwas faul an der Sache sein, kommst du sofort zurück, verstanden?«

Ich fiel ihm um den Hals: »Danke, Papa!«

Mutter gab mir einen Kuss und gratulierte: »Du wirst eine Pilotin, Hedy! Ich bin so stolz auf dich!«

Auch die anderen gratulierten mir, Herbert salutierte sogar nach Soldatenart und schlug dabei die Hacken zusammen. Ich knuffte ihn dafür.

»Ich werde vielleicht nicht zu eurer Hochzeit kommen können!«, sagte ich zu Charly und Herbert.

»Das wäre schade, aber so eine Möglichkeit bekommst du vielleicht nie wieder«, antwortete Charly.

Ich nickte, dann sagte ich: »Was das betrifft: Ich weiß, dass das niemand will, aber vielleicht sollten wir Karzig dazu einladen? Es wäre eine Geste des guten Willens.«

Mutter zischte: »Dieses Schwein? Niemals! Ich will den und seine Nazifreunde nicht auf meinem Fest!«

»Es ist aber nicht dein Fest, Anni«, mahnte Vater. »Charly und Herbert müssen entscheiden, wen sie einladen und wen nicht.«

Wir blickten alle zu den beiden.

»Wenn wir es nicht tun, könnte es zu Hedys Nachteil sein«,
antwortete Charly zögerlich.

Da stand Herbert auf und sagte: »Laden wir ihn erst mal zur
Verlobung ein. Wenn er sich benimmt, können wir ja immer
noch entscheiden, ob er zur Hochzeit kommt. Aber irgendwas
sagt mir, dass er nach der Verlobung sowieso nicht mehr zur
Hochzeit will … «
Er grinste so frech, dass wir alle ahnten, dass er etwas im Schil-
de führte.
Und am Tag der Verlobung wussten wir auch was.

56

Wir hatten den ganzen Hof geschmückt, Bänke und kleine Zel-
te aufgestellt, sogar eine kleine Kapelle spielte, wenn auch nicht
mit der Musik, die Mutter und ich so liebten, denn das war zu
dieser Zeit nicht mehr möglich, ohne ein Unglück heraufzubeschwören. Zwar war das Festmahl nicht mehr ganz so reich-
haltig wie vor dem Krieg, aber einer der wenigen Vorteile des
Landlebens war, dass die Versorgungslage deutlich besser war
als in den Städten.
Vorne vor unserem Haus war eine geschmückte Tafel quer gestellt worden, damit jeder eine gute Sicht auf das glückliche
Paar und unsere Familie hatte, ein aufgebautes Buffet vor dem
Haus meiner Großeltern ließ den meisten das Wasser im Mund
zusammenlaufen.
Das Wetter war herrlich, die Stimmung gelöst.
Charly und Herbert waren noch im Haus, als Karzig und des-
sen Frau eintrafen, die, selbst wenn man sie begrüßte, niemals

sprach und immer den Eindruck machte, als wäre sie am liebsten unsichtbar. Tatsächlich gab es nie einen wirklichen Kontakt zu ihr, nicht einmal als Peter und ich noch Kinder waren. Die Köseritzer behaupteten stets, sie litte an Schwermut, Peter oder sein Vater erwähnten so etwas mir gegenüber nie.

Natürlich erschien Karzig in Uniform, und natürlich grüßte er Bekannte mit dem deutschen Gruß, den die Ängstlichen unter ihnen erwiderten. Er machte gerade seine Aufwartung bei meiner Familie vorne am Tisch, als Herbert und Charly *wie zufällig* das Haus verließen und ihre Plätze an der Tafel einnahmen.

Herberts Lieblingsbeschäftigung mit Nationalsozialisten war schon seit jeher Spott gewesen, Provokation hart an der Grenze zur Strafbarkeit, manchmal sogar darüber hinaus. Doch diesmal hatte er eine ganz besondere Überraschung für Karzig, ein kleines, unschuldiges Utensil, hintersinnig, ja, rebellierend eingesetzt, nach heutigen Maßstäben geradezu lächerlich: einen geschlossenen Regenschirm.

Um zu ermessen, wie frech dieser Auftritt war, wie wütend es Karzig gemacht haben musste, musste man die Bedeutung des geschlossenen Regenschirms kennen. Er stand für den von Hitler verspotteten Premier und *Regenschirmtypen Chamberlain* und symbolisierte nichts als Sympathie mit allem Britischen. Und das nach der verlorenen Luftschlacht um England!

Herbert verließ also das Haus, Zigarette im Mundwinkel, eine Hand in der Hosentasche, den geschlossenen Schirm wie Charly Chaplin schwingend und setzte sich an seinen Platz.

Das war schon alles.

Und genau das war zu viel!

Karzig trat vor ihn, verbeugte sich vor Charly und reckte dann den rechten Arm: »Heil Hitler!«

Charly nickte nur kurz, Herbert lehnte sich zurück und sog an seiner Zigarette: »Tag, Bürgermeister! Wie geht's denn so?«

Er sah Karzig herausfordernd an, aber der hatte sich für seine Verhältnisse beachtlich gut im Griff. Er lächelte sogar ein wenig und sagte: »Ein schönes Fest! Sie sollten es genießen!«

Es klang hinterhältig, und im Nachhinein betrachtet war es das auch. Scheinbar unbeeindruckt, ja, geradezu gut gelaunt, hob er wieder die Hand zum Gruß. Dann ging er auf seinen Platz und verhielt sich ruhig.

Vater und Mutter, sonst für jeden von Herberts Scherzen zu haben, sahen beunruhigt aus, aber sie vermieden jeden Vorwurf, so dass wir bis tief in die Nacht ausgelassen feierten und dieser kleine Zwischenfall bald schon vergessen war.

Nur einer hatte ihn nicht vergessen, und das war Karzig.

Ein paar Tage später bestellte er Herbert zu sich ins Rathaus und überreichte ihm ein Papier: Seine Ausmusterung war aufgehoben worden. Er war für voll wehrdiensttauglich erklärt worden und hatte sich schon in drei Tagen zur Grundausbildung zu melden.

Dann schlug er die Hacken zusammen und bellte triumphierend: »Heil Hitler!«

Herbert hatte keine Wahl.

Er hatte noch Zeit zu packen, verbrachte die letzten Tage mit Charly und meiner Familie, dann stieg er in den Zug nach Stettin, rückte in ein Infanterieregiment ein, das ihn in acht Wochen bereit für den Krieg machen würde. Natürlich legte er Beschwerde ein, aber was er auch tat, wen er auch ansprach, niemand interessierte sich für seine Argumente oder Atteste.

Im Gegenteil: Vermutlich hatte Karzig einen entsprechenden Vermerk in seiner Akte untergebracht, denn fortan galt er bei jedem, den er im Militärwesen antraf, als *Schlurf*. Herbert erkannte schnell, dass er sich jeden Protest sparen konnte: Er saß in der Falle.

Er schrieb Charly jeden Tag und sie ihm.

Sie bat ihn, nicht aufzugeben, sich nicht aufzulehnen, denn eigentlich hatten sie im Juli Hochzeit feiern wollen, und vielleicht würde sich noch alles zum Guten wenden, wenn Herbert nur vernünftig wäre. Herbert versprach, nichts zu tun, was die Hochzeit hätte gefährden können, aber er war sich auch sicher, dass es nichts nutzen würde. Karzig hatte ganze Arbeit geleistet – er glaubte nicht, dass sie sich so schnell wiedersehen würden.

Er ahnte nicht, wie recht er damit hatte.

In seinem letzten Brief aus Stettin schrieb er, dass einer seiner Ausbilder ihm den gut gemeinten kameradschaftlichen Hinweis gegeben habe, dass er froh sein solle, seinem Vaterland dienen zu können, denn normalerweise wäre er für zwei Jahre ins KZ gewandert: *Jetzt aber kannst du zeigen, dass du ein Mann bist! Und wenn du für Deutschland stirbst, dann hat dein Leben wenigstens einen Sinn gehabt!* Er war ziemlich betrunken, als er es ihm verriet, nach einem dieser Kameradschaftsabende, die Herbert so verhasst waren. Was es genau bedeutete, erfuhr er bald.

Am 22. Juni 1941 rückte die Wehrmacht auf russisches Gebiet vor.

Und mit ihr Herberts Regiment.

Seine Grundausbildung wurde vorzeitig beendet.

Er wurde Teil eines beispiellosen Vernichtungskriegs, den das Oberkommando der Wehrmacht verklärend nach dem römisch-deutschen Kaiser Friedrich I. benannt hatte: *Unternehmen Barbarossa.*

57

Charly war untröstlich, und ich litt mir ihr. Wir alle litten, denn, wenn jemand nicht für den Krieg geeignet war, körperlich tauglich oder nicht, dann war es Herbert. Beinahe täglich rechneten wir mit einem Schreiben von Bürgermeister und Ortsgruppenleiter Karzig, der Charly vom *Heldentod* des geliebten Verlobten unterrichten würde. Doch vorerst kam kein Brief – weder von ihm noch von Herbert.

Wie wütend ich war!

Auf Karzig, auf die Nationalsozialisten, auf Hitler, auf den Krieg!

Noch ahnte ich nicht, dass es nur der Auftakt eines Komplotts war, der meine Familie vernichten sollte; noch war ich der Überzeugung, dass Herbert durch seine Unvorsichtigkeit die Situation selbst heraufbeschworen hatte. Als schlüge man einem gefährlichen Hund auf die Schnauze, um sich anschließend zu wundern, dass er einen biss.

Wir hielten uns zurück – Karzig war in der deutlich besseren Position.

Am 1. Juni wurde ich in Rangsdorf erwartet, und ich war immer noch fest entschlossen, Pilotin zu werden. Am Vorabend meiner Abreise trat mein Vater ins Zimmer und setzte sich zu mir ans Bett. Er sah nicht glücklich aus, aber er versuchte ein Lächeln und sagte nur: »Morgen, hm?«

»Ja.«

Er nickte.

Nach ein paar Momenten fragte er: »Bist du sicher, dass du das wirklich machen willst?«

»Natürlich! Wie kommst du darauf?«

»Weil es Karzig ist, deswegen!«

Ich zuckte mit den Schultern: »Wenn schon! Dann hat er eben aus Versehen mal was Richtiges getan.«

»Ich glaube nicht, dass er Dinge aus Versehen tut«, antwortete Vater betrübt.

Ich winkte ab: »Er hofft, dass ich abstürze. Aber den Gefallen tue ich ihm nicht.«

»Bitte versprich mir, vorsichtig zu sein. Und sofort zurückzukommen, wenn du schikaniert wirst. Das ist es nicht wert!«

Ich griff seine Hand und beruhigte ihn: »Ich verspreche es. Aber ich bin sicher, du siehst Gespenster!«

Er nickte und gab mir einen Gute-Nacht-Kuss: »Hoffen wir's!«

Dann verließ er das Zimmer und löschte das Licht.

Eine Weile blieb ich noch wach und war gerührt, dass er sich solche Sorgen machte. Ich hatte ja keine Ahnung, wie recht er haben sollte.

58

Mein erster Tag in Rangsdorf war ein Schock.

Die einzige Frau unter Hunderten von Männern, zumeist Soldaten. Ich hatte mit einer zivilen Pilotenschule gerechnet, und in gewisser Weise war sie das ja, nur dass Rangsdorf auch der Luftwaffe Kapazitäten zur Verfügung stellen musste und alle erfahrenen Fluglehrer fast ausschließlich Militärs unterrichteten.

Ich sah also Soldaten – vom Flugfeld dagegen nichts.

Ich gebe zu, dass ich sehr eingeschüchtert war, meine erste Reaktion war jedenfalls: weglaufen. Ich vermisste die sanfte Intelligenz meiner Familie, die Musik und die ruhige Freundlichkeit des Hofes.

»Mitkommen!«, befahl der Unteroffizier, der mich begleitet hatte.

Wir steuerten auf Hangars und Verwaltungsgebäude zu. Ein paar Minuten später wurde ich Hauptmann Lück angekündigt und betrat dessen Büro. Ich ging auf ihn zu, um ihm die Hand zu geben, doch er stand nur vor mir und blickte mich eisig an.

»Sind Sie betrunken, Fräulein von Pyritz?«

»N-nein«, stotterte ich verwirrt.

»Dann nehmen Sie gefälligst Haltung an und grüßen einen Vorgesetzten!«, schrie er.

Ich stand stramm und hob die rechte, gestreckte Hand an die Schläfe, so wie ich es auf dem Kasernenhof gesehen hatte: »Hedy von Pyritz meldet sich zum Dienst!«

Er starrte mich an, dann lächelte er.

»Schon gut, Fräulein von Pyritz. Vor dem Krieg war ich auch nicht beim Militär, jetzt bin ich es nur, weil ich junge Fähnriche ausbilde. Setzen Sie sich!«

Ich kam der Aufforderung nach und setzte mich vor seinen Schreibtisch auf einen der beiden Stühle.

»Kommen wir zu Ihnen! Sie sind kein Mitglied der deutschen Luftwaffe, auch wenn Sie von Soldaten umgeben sind. Trotzdem werden Sie sich den Gegebenheiten anpassen. Sie lernen die Dienstgrade und ihre Abzeichen auswendig und werden jeden Vorgesetzten ordnungsgemäß grüßen. Sie werden zunächst den Segelflugschein, dann die Kunstflugprüfung K1 ablegen. Wenn Sie bis dahin nicht durchgefallen oder abgestürzt sind, können Sie auch noch die K2 ablegen. Dann werden wir sehen, ob wir eine zuverlässige Pilotin aus Ihnen gemacht haben oder nicht. Verstanden?«

»Jawohl, Herr Hauptmann!«

Er nickte zufrieden: »Sie kapieren schnell. Das ist doch schon mal was! Wie Sie bereits bemerkt haben, sind Sie hauptsäch-

lich von Männern umgeben. Sollten Sie sich moralisch zwei-
felhaft benehmen, fliegen Sie hier raus. Und zwar sofort!«
Ich nickte schnell.

»Und ich möchte betonen: Ich mache das nur meinem Kameraden Karzig zum Gefallen. Er hat den größten Verlust erlitten,
den ein Vater erleiden kann. Und wie ich höre, betrifft es Sie
ebenfalls. Es liegt also in Ihrem Interesse, dem Ansehen des Toten keine Schande zu bereiten. Ist das so weit alles klar?«

»Jawohl, Herr Hauptmann!«

»Sie werden sich bei Herrn Uhse melden. Er wird für die kom-
menden Monate einer Ihrer Fluglehrer sein. Und noch mal: keine Männergeschichten! Auch wenn Uhse seine Schülerin Beate
geheiratet hat, wird das hier nicht zur Regel. Verstanden?«

»Jawohl, Herr Hauptmann!«

»Gut, dann willkommen, Fräulein von Pyritz! Unteroffizier
Rabe wird Ihnen Ihr Quartier zuweisen. Sie werden sich ein
Zimmer mit zwei Damen teilen, die hier Büroarbeiten über-
nehmen.«

Die folgenden Wochen verflogen wie im Rausch.
Ich wagte die jungen Soldaten nicht einmal anzusehen, schon
aus Furcht davor, dass man mir eine lose Moral hätte vorwerfen können. So lernte ich in jeder freien Minute und wartete
sehnsüchtig auf meine Flüge, denn die militärische Ausbildung
wurde meiner natürlich vorgezogen.
Ich genoss die Stille der ersten Segelflüge und durfte rasch auf
die kleine *Klemm Kl 25* umsatteln, die für die angehenden Piloten der Luftwaffe viel zu popelig war. Ich lernte alles über Mo-
torenkunde, Wetter und Instrumentenkunde, Flugphysik, Funk-
systeme, Navigation, Ziellandungen und Luftfahrtgesetze. Bald
schon unternahm ich die ersten Flüge mit meinen Ausbildern,
drehte Platzrunden, übte unter Aufsicht Landungen.

Schließlich mein erster Alleinflug.

Nie war ich dem Himmel näher.

Ich dachte an Elly Beinhorn und träumte davon, es ihr nachzutun, sollte dieser Krieg erst einmal vorbei sein. Nach der Landung strahlte ich dermaßen vor Glück, dass Uhse dachte, ich hätte mir einen Höhenrausch eingehandelt. Dann jedoch sagte er: »Umdrehen!«

Ich drehte mich um.

»Vorbeugen!«

Ich beugte mich vor.

Er trat mir in den Hintern.

Dann gab er mir die Hand und sagte: »Gut gemacht!«

Ich bestand die K1 mit Bravour und auch die K2 – beherrschte Looping, Rückflugfiguren, gerissene Rollen und Notlandungen. Meine Fluglehrer waren angetan von meinen Leistungen, wenn sie auch mit Lob ziemlich geizten. Aber heimlich merkte ich, dass sie hinter meinem Rücken voller Anerkennung redeten.

Hauptmann Lück bat mich erneut in sein Büro und sagte: »Wir möchten, dass Sie den A / B-Flugschein machen. Wenn Sie den bestehen, wird Sie die Firma Bücker als feste Pilotin anstellen!«

Mein Herz klopfte vor Aufregung, als ich den Hangar mit den zur Verfügung stehenden Maschinen betrat. Allesamt größer und besser motorisiert als das, was ich bisher fliegen durfte.

Mein Ausbilder zeigte auf die Maschinen und sagte: »Sie werden alle ausprobieren. Wir hätten hier *Focke-Wulf Stieglitz*, *Arado*, *Henkel*, *Junkers* oder *Messerschmitt Taifun*. Mit welcher wollen Sie beginnen?«

Ich sah ihn an und grinste: »Mit der *Taifun*!«

59

Es war Herbst geworden, ich flog, sooft ich durfte, sammelte Flugstunden und Erfahrungen in der Luft. Den Spott der angehenden männlichen Piloten ignorierte ich, doch leicht war es nicht: Ich war die einzige Frau, und an manchen Tagen hätte ich mich über weibliche Unterstützung gefreut. Nicht einer unter den Fähnrichen sah in mir eine vollwertige Pilotin, alle hingegen waren der Meinung, ich gehörte nicht in ein Cockpit, sondern an den Herd. Gerne auch als *ihre* Frau, Bewerber gab es zu diesem Zeitpunkt viele, ich ließ sie alle abblitzen.

Der Krieg machte sich auch bei uns bemerkbar, immer öfter fehlte der nötige Treibstoff, weil er an der Front gebraucht wurde. Gab es dann welchen, war der Ansturm auf die Maschinen groß – ich zog oft den Kürzeren und musste die Männer vorlassen. Ein Umstand, der mir vielleicht das Leben gerettet hat.

Karzig besuchte seinen alten Kameraden Lück in Rangsdorf.

Er tauchte an einem Tag im November auf, stand plötzlich vor mir und grüßte mich. Ich gab ihm sogar die Hand, aber nur aus dem Grund, dass eine Ohrfeige mit Sicherheit meine sofortige Entlassung zur Folge gehabt hätte. Anfangs dachte ich mir auch nichts dabei, als er mit Lück in das Offizierskasino ging, um das Wiedersehen zu begießen.

Warum sollte er nicht einen alten Freund besuchen?

Ich ging an diesem Abend früh zu Bett, denn für morgen waren Übungsflüge vorgesehen, und ich durfte sogar mit der *Taifun* fliegen, jedenfalls war ich im Dienstplan dafür eingetragen.

In dieser Nacht träumte ich von Elly Beinhorn. Ich flog mit der *Messerschmitt*, die sie umgetauft hatte, und im Traum sah ich mich wieder vor ihr knicksen und ihr die Hand geben. Ich sagte ihr, wie sehr sie mich inspiriert hatte und dass ich jetzt genauso fliegen durfte und stolz war, so zu sein wie sie.

»Elly und Hedy! Das passt doch!«, hatte sie zu mir gesagt. Und im Traum antwortete ich: »Danke! Danke für alles!!«

Am nächsten Morgen zog ich meine Fliegermontur an und betrat den Hangar, in dem auch meine *Taifun* stand. Zu meiner großen Enttäuschung sah ich gerade einen jungen Fähnrich hineinklettern, der mir, als er im Cockpit saß, frech zugrinste.

»Was soll das?!«, rief ich empört.

»Tut mir leid, Hedy. Aber ich fliege heute! Befehl von oben!«

Ich lief zurück ins Büro, wo ich Uhse traf, der mir mit knappen Worten mitteilte, dass am Morgen eine *Junkers* ausgefallen und deswegen dem Fähnrich Hochbauer die *Messerschmitt* zugewiesen worden war.

Vom Fenster aus konnte ich die *Messerschmitt* aus dem Hangar herausrollen sehen. Ich hatte mich so auf sie gefreut, aber ich wusste auch, dass Protest nicht nur vollkommen sinnlos war, sondern auch nur zu einer schlechten Stimmung führte, die ich mir als Frau nicht leisten konnte.

Ich ging hinaus, sah den Maschinen beim Start zu, blickte ihnen nach, wie sie dem Horizont entgegenjagten und erste Figuren übten – verspielt wie junge Hunde.

Doch dann geriet die *Taifun* in Schwierigkeiten!

Selbst aus der Entfernung war zu hören, dass der Motor stockte und schließlich ausfiel. Hochbauer verlor die Kontrolle, das Flugzeug schmierte zur Seite ab. Selbst wenn er sich noch hätte retten wollen, hatte das Flugzeug zu wenig Höhe, als dass der Fallschirm rechtzeitig auslösen würde. Innerhalb von Sekunden fiel die *Taifun* vom Himmel.

Und explodierte!

Ich starrte auf einen schwarzgrauen Rauchpilz, auf rot-gelbe Flammen, die emporzüngelten. Niemand konnte das überleben. Hochbauer war tot – und ich stand auf dem Flugfeld und lebte!

Natürlich gab es eine Untersuchung, aber Tote waren nicht nur im Krieg, sondern auch in der Pilotenausbildung nicht ungewöhnlich. Mal war es ein Unfall, mal Selbstmord, falls einer die Prüfungen nicht bestanden hatte und die Schande nicht ertrug, kein Offizier werden zu können. Hochbauers Absturz wurde als Unfall deklariert. Die Maschine war derart zerstört, dass man im Bericht schlicht *technisches Versagen* als Ursache benannte.

Das war offizielle Lesart.

Das war allgemeine Annahme.

Der Fall wurde zu den Akten gelegt.

Nur ich war anderer Meinung: *Ich* hätte diese Maschine fliegen sollen, nur ein Zufall hatte dafür gesorgt, dass Hochbauer sie bekam. Und wie *zufällig* war in dieser Nacht auch Karzig auf dem Gelände der Flugschule gewesen, hatte mit seinem Kameraden Lück gebechert, bis der betrunken ins Bett gewankt war.

Karzig war daraufhin noch eine Weile geblieben und hatte dann das Kasino alleine verlassen. Man nahm an, dass auch er ins Bett gegangen war. Gesehen hatte ihn in dieser Nacht niemand mehr, erst wieder am Morgen zum Wecken. Er hatte seine Sachen gepackt und war wieder nach Köseritz gefahren.

Das alles hatte ich durch vorsichtiges Fragen herausbekommen.

Ich konnte ihm nichts beweisen, aber ich war sicher, dass er die *Taifun* manipuliert hatte. Dass ihm der Gedanke gefallen hätte, dass ich ausgerechnet in dieser Maschine vom Himmel fallen und verbrennen würde. Dass er sich auf diese Art an den von Pyritz für Peter rächen konnte.

Auge um Auge.

Ich bat Hauptmann Lück um Heimaturlaub, und er wurde mir für drei Tage gewährt. Dort angekommen, hielt ich mich nicht lange mit Begrüßungen auf, obwohl ich meine Familie natürlich sehr vermisst hatte, sondern marschierte schnurstracks ins Rathaus und trat in Karzigs Zimmer, ohne vorher anzuklopfen.

»Überrascht mich zu sehen?!«, zischte ich wütend.

Er sah tatsächlich für einen Moment geschockt aus, dann jedoch hatte er sich schnell wieder im Griff und bot mir einen Platz an, so als wäre ich ein willkommener Besuch: »Setzen Sie sich doch, Fräulein von Pyritz! Was kann ich für Sie tun?«

»Vielleicht fragen Sie mich besser, was ich für *Sie* tun kann?«

Karzig lehnte sich zurück und grinste: »Da bin ich aber gespannt …«

»Was halten Sie davon, wenn ich mit der Gestapo spreche? Wenn ich denen erzähle, dass Sie versucht haben, mich umzubringen.«

»Die werden Sie für verrückt halten, ganz sicher, Fräulein von Pyritz«, antwortete Karzig gemütlich.

»Vielleicht. Vielleicht aber auch nicht. Ein deutscher Offiziersanwärter ist ums Leben gekommen.«

»Ein bedauerlicher Unfall, wie ich hörte.«

»Und dennoch: ein deutscher Soldat. Tot. Durch Ihre Schuld!«, behauptete ich.

»Was erlauben Sie sich!«, schrie Karzig.

»Das werde ich denen sagen. Und ich werde ihnen auch sagen, warum Sie das alles tun. Und wer weiß: Vielleicht finden die doch noch einen Zeugen, der Sie in der Nacht in der Nähe des Hangars hat rumschleichen sehen. Jedenfalls fällt das, was Sie getan haben, unter Sabotage. Und Sabotage ist Hochverrat. Und wie der bestraft wird, wissen Sie ja!«

»Sie können nichts von dem, was Sie da behaupten, beweisen!«

Ich zuckte mit den Schultern: »Das muss ich auch nicht. Wir sind nicht irgendwer! Das Wort einer von Pyritz hat auch bei der Gestapo Gewicht. Es wird ausreichen, um eine Untersuchung einzuleiten. Und machen wir uns nichts vor: Die Männer von der Gestapo haben Mittel und Wege, die Wahrheit herauszufinden, glauben Sie nicht auch?«

Karzig sah mich hasserfüllt an.

Ich konnte sehen, wie er fieberhaft nach einem Ausweg suchte.

»Wenn Sie die Gestapo einschalten, beende ich Ihre Karriere als Pilotin!«

»Dann ist es eben so!«, antwortete ich barsch. »Selbst wenn die Gestapo nichts bei Ihnen findet, der Verdacht klebt an Ihnen. Karriere machen *Sie* danach nicht mehr.«

Da lehnte sich Karzig gemütlich zurück in seinen Stuhl und sagte: »Nur zu, Fräulein von Pyritz. Allerdings muss Ihnen dann auch klar sein, dass Ihre Schwester nicht mehr heiraten wird!«

Ich sah ihn überrascht an: »Wovon reden Sie da?!«

»Ich rede davon, dass der Gefreite Herbert Borkenhagen auf meinen Wunsch hin in das nächste Himmelfahrtskommando befohlen wird und entweder in einem Sarg zurückkommt oder vor Moskau, wo seine Division jetzt gerade ist, verbuddelt wird. Genauso schäbig begraben wie mein Sohn!«

»Reicht Ihnen ein Unschuldiger nicht, Sie Schwein?!«, fauchte ich.

Karzig zuckte lässig mit den Schultern: »Es muss ja nicht so weit kommen, Fräulein von Pyritz! Es ist allein Ihre Entscheidung!«

Er lächelte, konnte meinem Gesicht ansehen, dass er einen schweren Treffer gelandet hatte. Jetzt war ich es, die nach einem Ausweg suchte.

Schließlich zischte ich: »Wenn Sie noch einmal in Rangsdorf auftauchen, wenn Sie überhaupt noch einmal irgendwo auftauchen, wo auch ich bin, dann ist es mir egal, was mit mir passiert. Oder mit Herbert. Dann werde ich nicht ruhen, bis Sie am Galgen baumeln! Habe ich mich da klar ausgedrückt?«

Karzig funkelte mich belustigt an: »Drohen Sie mir nicht, Fräulein. Es bekommt Ihnen nicht!«

Ich stand auf und sagte: »Fordern Sie es nicht heraus! Sollte Herbert etwas zustoßen, ist unser Handel nichtig! Sein Wohl ist jetzt mit Ihrem untrennbar verbunden.«

Für einen Moment sah ich eine Erschütterung in seinem gemeinen Grinsen. Wir hatten uns gegenseitig in der Hand.

Noch am Abend kehrte ich nach Rangsdorf zurück.

Dort klopfte ich an Hauptmann Lücks Tür, trat ein und salutierte.

»Fräulein von Pyritz? Was machen Sie denn schon hier?«

»Ich möchte Sie um einen Gefallen bitten, Herr Hauptmann!«

Er sah mich verwundert an, dann nickte er: »Und der wäre?«

»Bringen Sie mir das Schießen bei!«

60

Eigentlich hatte ich gehofft, dass Hauptmann Lück mir Trainingszeiten auf dem Schießstand einräumen würde, aber tatsächlich ließ er mich eine achtwöchige Grundausbildung machen. Er bat einen Unteroffizier zu sich und befahl ihm, mich zu schleifen, so wie jeden anderen Rekruten auch.

Er betonte: »Sie wollen Soldat spielen, Fräulein? Gut. Sie sind die einzige Frau, die jemals darum gebeten hat. Und ich mache

das nur wegen Ihrer bisherigen Leistungen. Wenn Sie schlapp-
machen, werden Sie mich niemals wieder um einen Gefallen
bitten! Verstanden?«

»Jawohl, Herr Hauptmann!«

»Sie gehören ab jetzt in Ihrer Freizeit Unteroffizier Wegmann.
Er wird Ihnen alles beibringen, was Sie wissen müssen. Er wird
Sie gerecht bewerten. Aber es wird keine Extrawürste geben,
nur weil Sie eine Frau sind. Wenn Sie einen Befehl verweigern,
fliegen Sie raus. Auch aus der Flugschule! Wollen Sie immer
noch Schießen lernen, Fräulein von Pyritz?«

»Jawohl, Herr Hauptmann!«

Er seufzte: »Dachte ich mir schon … abtreten!«

Ich lernte also nicht nur Gewehr, Pistole und Maschinenpistole
zu bedienen, ich marschierte, trug dasselbe schwere Marsch-
gepäck, hatte durch Schlamm zu robben, Gräben auszuheben,
musste mich anschreien lassen. Als einziges Zugeständnis durfte ich in der Waffenkammer assistieren, nicht, weil ich eine
Frau war, sondern, weil ich gute Leistungen auf dem Schießstand und bei den körperlichen Übungen gezeigt hatte.

Dort, in der Waffenkammer, ging es vergleichsweise gemütlich
zu: Die Gefreiten spielten oft Karten, wenn gerade kein Vorgesetzter in der Nähe war, und ich vertrieb mir meine Zeit, indem
ich alle mir verfügbaren Waffen auseinanderbaute und wieder
zusammensetzte. Bald schon war ich die Schnellste von allen,
sehend und mit verbundenen Augen.

Dazwischen lernte ich für den A/B-Flugschein, flog, wann immer ich durfte, und bestand schließlich alles mit Bravour: Ich
erhielt mein Flugzeugführerabzeichen und platzte förmlich vor
Stolz.

Hauptmann Lück ließ mich in seinem Büro antreten, scheinbar
in meine Akte vertieft: »Ich muss wirklich sagen, junges Fräulein, so eine wie Sie ist mir noch nicht untergekommen!«

Ich schluckte, antwortete aber: »Jawohl, Herr Hauptmann!«
Lück konnte sich ein Grinsen nicht verkneifen: »Dass Sie eine außergewöhnliche Pilotin werden würden, haben die Kameraden schon früh gesagt. Aber wenn ich mir Ihre Schießergebnisse so ansehe: Wenn Sie ein Mann wären, hätten Sie hier alle Rekorde gebrochen. So aber laufen die Ergebnisse nur außer Konkurrenz.«
»Wenn ich ein Mann wäre, wäre ich jetzt schon an der Front«, gab ich zurück.
Er nickte: »Ich bin froh, dass Sie es nicht sind. Aber wer weiß, vielleicht kommen Sie ja doch noch dahin …«
Ich sah ihn fragend an.
Er stand auf, kam um seinen Tisch und gab mir die Hand: »Fräulein von Pyritz, ich gratuliere Ihnen zu Ihren Leistungen. Und ich gratuliere Ihnen zu Ihrer neuen Aufgabe: Die Firma Bücker stellt Sie mit sofortiger Wirkung als Pilotin ein. Sie werden ab sofort Maschinen von den Werften oder Reparatureinheiten zu deren Truppen überführen!«
»Ich danke Ihnen, Hauptmann!«
Am liebsten wäre ich vor Freude in die Luft gesprungen.
Hauptmann Lück musste es mir wohl angesehen haben und machte es daher kurz: »Sie können abtreten!«
Innerlich tobend vor Glück drehte ich mich um und marschierte zur Tür.
»Fräulein von Pyritz?«, rief er mir nach, als ich bereits im Begriff war, aus dem Raum zu treten.
Ich wandte mich um.
Er saß bereits an seinem Schreibtisch, blickte wieder in meine Akte. Ohne aufzusehen, sagte er: »Ich heiße übrigens Konrad.«
Es würde kaum Gelegenheiten geben, ihn mit dem vertraulicheren *Du* anzusprechen, und ich hatte auch zu großen Res-

pekt vor ihm, es überhaupt in Erwägung zu ziehen. Dass er es
mir aber angeboten hatte, machte mich sehr stolz.
Daher nahm ich Haltung an und grüßte militärisch.
Als ich ging, sah ich ihn sanft lächeln.
Scheinbar immer noch vertieft in meine Akte.

61

Als ich im Frühjahr 1943 mit Sonderurlaub nach Köseritz zurückkehrte, hatte sich meine Heimat vollkommen verändert.
Was einst ein provinzielles Bauernstädtchen gewesen war, licht,
freundlich und sehr gemütlich, sich später zum fahnenbehan-
genen Parteischmuckstück gewandelt hatte, geschäftig, sauber
und betont deutsch, war jetzt völlig in sich zusammengefallen.
Alle Fenster waren wegen der Verdunklung verhangen, an den
Wänden klebten Plakate wie *Pst, Feind hört mit!*, selbst die Menschen, die tagsüber durch die Straßen liefen, schienen sich zu
ducken, als könnte jederzeit eine Bombe aus dem Himmel fallen.
Nachts gab es eine Ausgangssperre, aber auch ohne die hätte
man wohl niemanden draußen gesehen. Und die einzige Musik, die noch lief, war die aus dem Volksempfänger, zumeist Märsche oder Durchhaltelieder oder etwas von Zarah Leander. Nicht
einmal meine Eltern wagten jetzt noch ihre Schallplatten auf-
zulegen.
Sogar die Stimmen der Menschen klangen anders. Sie achteten nicht nur darauf, was sie sagten, sondern auch, *wie* sie es
sagten. Und immer mit einem flüchtigen Blick in alle Richtungen, so als ob man fürchte, jemand anderes könnte die Gesprä-

che hören. Ganz gleich, wie unschuldig oder belanglos sie waren.

Immerhin konnte ich Vater, Mutter und Charly mit Geschichten erfreuen. Von meinen Flügen, den skeptischen Blicken der Soldaten, wenn sie eine Frau am Steuer eines Flugzeugs sahen, von langen Überlandflügen bis nach Ungarn oder auch von Nacht- und Schlechtwetterflügen, denn nach ein paar Wochen durfte ich auch noch die Zusatzausbildung für Instrumentenflüge machen, da ich immer öfter auch nachts unterwegs war.

»Hier passiert rein gar nichts«, seufzte Mutter.

»Gibt es Neuigkeiten von Herbert?«, fragte ich.

Charly schüttelte den Kopf: »Ab und zu ein Brief. Er schreibt über alles Mögliche, nur nichts von den Erlebnissen an der Front. Es muss furchtbar sein!«

Ich schwieg.

Charly begann zu weinen: »Zuletzt war er in Stalingrad. Anfang Februar hat Goebbels verlauten lassen, dass alle Soldaten den Heldentod gestorben seien!«

»Die BBC sagt was anderes«, antwortete Vater ruhig und blätterte ungerührt in einer Zeitung.

»Bist du verrückt!«, rief ich. »Willst du erschossen werden?!«

»Nur die Ruhe, Hedy! Wir sind vorsichtig. Goebbels ist ein verdammter Lügner. Das war er schon immer. Über neunzigtausend Soldaten sind in Gefangenschaft gegangen.«

Ich griff Charlys Hand: »Siehst du, Charly. Herbert ist bestimmt dabei.«

Sie nickte tapfer, konnte aber nicht aufhören zu weinen.

»Wann habt ihr das letzte Mal von ihm gehört?«, fragte ich.

»Vor drei Monaten. Im November«, schluchzte Charly.

Einen Moment saß ich noch bei ihr: Drei Monate galt Herbert als vermisst. Wie wahrscheinlich war es, dass er noch lebte? Und vor allem: Wer war dafür verantwortlich, wenn nicht?

Da stand ich auf, nahm meinen Mantel und ging zur Haustür.

Mutter eilte mir nach und hielt mich im Hauseingang am Arm fest.

»Was hast du vor?«, fragte sie scharf.

»Nichts«, antwortete ich ruhig. »Nur jemanden besuchen.«

»Versprich mir, dass du keinen Unsinn machst!«

»Natürlich.«

Es war betont gleichgültig dahingesagt, aber Mutter glaubte mir davon keine Silbe. Sie drückte meinen Arm, dass es weh tat: »Versprich es, Hedy!«

Ich nickte kurz zur Antwort. »Schon gut!«

Dann öffnete ich die Tür und stutzte: »Wollt ihr die Stiefel nicht lieber reinholen? Die frieren doch fest!«

Ich blickte auf ein Paar brauner Treter, die auf dem Treppenabsatz standen.

»Charly hat sie dorthin gestellt«, seufzte Mutter. »Sie gehören Herbert.«

Ich blickte sie fragend an.

»Sie sagt, sie stehen dort, damit Herbert wieder aus dem Krieg zurückfindet.«

Sie lächelte – ich zurück.

Es tat weh.

Sehr weh.

Wütend marschierte ich durch den Schnee nach Köseritz hinein, und wenig später riss ich bereits Karzigs Bürotür auf, um sie geräuschvoll hinter mir zu schließen.

»Für eine so feine Familie haben Sie wirklich wenig Erziehung, Fräulein von Pyritz«, provozierte Karzig und blätterte gelassen in einer Akte. »Aber vielleicht ist das alles ja immer nur mehr Schein als Sein gewesen.«

»Sie wissen, warum ich hier bin. Wir müssen uns also nicht mit Höflichkeiten aufhalten!«

Karzig blickte auf: »Weswegen sind Sie denn hier?«

»Herbert wird seit drei Monaten vermisst. Wahrscheinlich ist er in Stalingrad gefallen. Und Sie sind daran schuld!«

»Nein, der verdammte Bolschewik ist daran schuld. Ich habe damit nichts zu tun!«

»Überlassen wir die Beurteilung der Gestapo!«

Karzig lehnte sich in seinem Stuhl zurück und verschränkte die Arme hinter dem Kopf. »Sie wollen also immer noch wegen dieser Geschichte zur Gestapo?«

»Es ist keine Geschichte. Und ja: Ich hoffe, die bringen Sie an den Galgen.«

»Wenn dem so sein sollte, wird Ihre Familie mich begleiten!«

Ich sah ihn lauernd an.

»Ihr Vater hört Feindsender. Darauf steht die Todesstrafe. Ihre Mutter wird sich ihm anschließen, denn selbst, wenn sie abstreiten sollte, einen englischen Sender gehört zu haben, wird ihr niemand glauben. Ihre *Niggermusik* spricht da Bände. Und Ihre Schwester ... na ja, wenn sie nicht hingerichtet wird, wandert sie in jedem Fall ins KZ. Genau wie Ihre Großeltern. Sippenhaft. Sie verstehen ...«

»Dazu müssten Sie erst einmal beweisen, dass mein Vater einen Feindsender gehört hat!«, fauchte ich.

»Fräulein von Pyritz, ich *weiß* das doch alles schon. Und woher weiß ich das? Weil irgendwer immer redet. Eine Kleinigkeit hier, eine Kleinigkeit da. Und schon ergibt sich ein Bild. Einen oder mehrere Zeugen zu finden ist nicht schwer. Ich suche mir nur den mit der größten Angst aus. Oder den mit dem größten Ehrgeiz. Und schon habe ich meine Zeugen. Sie wären überrascht, wie einfach das geht.«

In meinen Adern rauschte das Blut, doch plötzlich wurde ich sehr ruhig.

Sehr kontrolliert.

Ich nickte nur langsam und sagte: »In diesem Fall …«

Karzig sah mich belustigt an: »Ja?«

Mit zwei, drei schnellen Schritten sprang ich auf ihn zu, zog gleichzeitig eine *Luger Parabellum* aus der Manteltasche, spannte den Verschluss, und schon stieß ich ihm erst mein Knie gegen die Brust, dann den Lauf der Pistole auf die Stirn.

Er war völlig überrumpelt und starrte mich entgeistert an.

Halb über ihm stehend, drückte ich ihn in die Rückenlehne seines Stuhls und entsicherte die Waffe: »In diesem Fall ersparen wir der Gestapo doch den Prozess!«

»Machen Sie sich nicht unglücklich, Fräulein!«, stammelte Karzig blass.

»Unglücklich? Sie haben keine Ahnung, wie *glücklich* mich das machen würde, Ihnen hier und jetzt eine Kugel durch Ihren Schädel zu jagen!«

»Jetzt seien Sie vernünftig, Fräulein von Pyritz! Ich habe nicht gesagt, dass ich Ihren Vater anzeigen werde.«

»Natürlich nicht. Sie sind ja auch gleich tot!«

»Jetzt warten Sie doch! Wir sind doch beide vernünftig. Und es ist nicht gesagt, dass Herbert gefallen ist!«

»Das ist ziemlich unwahrscheinlich!«, zischte ich.

»Herbert wird nicht lebendig, wenn Sie mich jetzt erschießen. Sie würden nur noch weiteres Unglück über Ihre Familie bringen!«

Ich spürte, wie sich mein Zeigefinger krümmte.

Natürlich würde man mich verhaften, was mich nicht sonderlich schreckte, aber Charly würde neben ihrem Verlobten auch ihre Schwester verlieren. Und meine Eltern die Tochter.

Ich presste die Luger an seine Stirn: »Sollte aus meiner Familie jemand verhaftet werden, dann wird Sie nichts mehr vor mir retten. Ich erwische Sie auf jede Entfernung. Wenn Sie mir nicht glauben, fragen Sie Ihren Kameraden Lück.«

»Schon gut …«

»Ich will wissen, ob Sie das verstanden haben?!«

»Ja, habe ich!«

Mit einem Ruck stieß ich Karzig von mir weg, so dass er rückwärts über seinen Stuhl kippte und polternd zu Boden ging.

Er rappelte sich wieder auf und zog seine Uniform glatt: »Wie gesagt, Ihre Manieren lassen zu wünschen übrig, Fräulein, aber immerhin sind Sie vernünftig. Trotzdem könnte ich Sie für Ihren Auftritt hier jederzeit verhaften lassen!«

»Versuchen Sie es! Ihr Wort steht gegen meines. Sollte ich dennoch einfahren, beten Sie, dass ich nicht wieder rauskomme!«

»Dann haben wir jetzt einen Handel?«

»Ja, und der lautet: Das nächste Mal, wenn ich hierhinkomme, bringe ich Sie um!«

Er starrte mich an, dann grinste er böse: »Sie sind nur ein Hund, Fräulein. Ein kleiner, kläffender Hund!«

»Probieren Sie es aus!«, antwortete ich ruhig.

Einen Moment lang standen wir uns hasserfüllt gegenüber.

Dann nickte Karzig zur Tür: »Sie dürfen jetzt gehen!«

Ich steckte die Luger wieder in den Mantel und verließ sein Büro.

Ich hätte ihn an diesem Tag erschießen können.

Man hätte mich verhaftet und hingerichtet.

Aber alle anderen wären gerettet worden.

Monatelang rechnete ich mit einer Verhaftung.

Ich überführte Maschinen von ihren Reparatur- oder Fertigungswerken zu den Frontschleusen, und bei jeder Landung erwartete ich Männer in Ledermänteln, die mich mit unbewegten Mienen in Empfang nehmen würden. Sie würden mich verhören, mir mitteilen, dass meine Familie in einem KZ umgekommen wäre. Manchmal sah ich mich selbst im Morgengrauen einem Erschießungskommando gegenüber und spürte die Einschläge in meiner Brust, bevor ich hochschreckte und merkte, dass ich nur schlecht geträumt hatte und nichts von dem passiert war.

Karzig hielt also still, was mich in meiner Annahme bestätigte, dass er hinter dem Absturz in Rangsdorf stand. Vielleicht ein spontaner Entschluss, vielleicht geplant, aber sicher war er nicht mehr nüchtern, als er die Maschine manipulierte, und konnte daher auch nicht mehr einschätzen, ob er nicht doch Fehler begangen hatte. Ich war mir sicher, dass er auf den Endsieg hoffte und dann, im Rausch des Triumphes über die ganze Welt, bessere Möglichkeiten sah, mich und alle anderen von Pyritz loszuwerden. Jetzt hingegen waren die Nerven aller angespannt, die Wehrmacht verlor Schlacht um Schlacht, und die Alliierten waren mittlerweile in Italien gelandet. Man würde bei dem kleinsten Verdacht kurzen Prozess mit jedem machen. Auch mit ihm.

Charly schrieb mir, dass sie sich mit Großmutter überworfen hatte, weil die versucht hatte, ihr schonend beizubringen, dass Herbert nicht zurückkehren würde und sie den Blick wieder nach vorne richten müsste. Sie hatte dabei die Stiefel in den Händen gehalten und gefragt, ob sie die vielleicht einem Nachbarn geben durfte, dessen Sohn keine Winterschuhe mehr hatte.

Charly hatte geschrien und getobt, ihr die Stiefel aus den Händen gerissen und sie wieder vor die Tür gestellt.

»Wenn der Russe sie nicht umbringt, dann tu ich's!«, hatte sie in Großbuchstaben geschrieben.

Ich konnte sie mir so wütend gar nicht richtig vorstellen, meine sanfte Charly, aber ich konnte mir sehr gut vorstellen, dass Großmutter großes Talent hatte, jemanden rasend zu machen.

In der Zwischenzeit flog ich zumeist Jagdmaschinen.

Junkers, *Messerschmitts* oder *Focke-Wulfs*.

Und obwohl unter mir die Menschheit in Flammen aufging, konnte ich immer wieder die Flüge genießen. Was für ein Unterschied zu meiner ersten Maschine, der *Klemm*, mit ihren fünfundzwanzig PS. Die Jäger und Stukas hatten alle über tausend PS, einige davon fast zweitausend.

Ich flog mit ihnen über eine aus den Fugen geratene, tobende Welt und übte gerissene Rollen, Rückenflug oder Loopings. Aber auch Sturzflüge aus einem Blindflug heraus oder extreme Tiefflüge, wenn ich wusste, dass es unter mir keine neugierigen Blicke gab.

Diese Geschwindigkeit, diese Beschleunigung, diese Fliehkräfte!

Ich trieb die Maschinen an ihr Limit und mich dazu.

Was für ein Rausch!

Ja, es ist wahr: Wenn ich unbeobachtet war, spielte ich in der Luft mit einer todbringenden Waffe und vergaß den Krieg.

Aber er holte mich ein.

Und am 29. Januar 1945 endete alles.

Natürlich hatte ich schon vorher mitbekommen, dass die Rote Armee auf dem Vormarsch war, dass sie unaufhaltsam auf Pommern und das Deutsche Reich vorrückte. Doch am Abend des Achtundzwanzigsten vernahm ich von einem Kommandanten, dass sie Woldenberg und Berlinchen eingenommen hatten. Bis nach Köseritz waren es nur noch wenige Kilometer! Und als ich dann weisungsgemäß am nächsten Tag in einen *Focke-Wulf*-Jäger *Fw190D* stieg, um ihn in Richtung Berlin zu überführen, hörte ich, dass auch Lippehne eingenommen worden war. Köseritz lag damit wie im Kessel eines zu allem entschlossenen Feindes, und ich war halb verrückt vor Sorge.

Außer Sichtweite des Flugfelds traf ich dann eine Entscheidung: Ich schaltete das Funkgerät aus und änderte den Kurs Richtung Heimat. Es war ein wolkenverhangener, eiskalter Tag, ich flog unter der geschlossenen Wolkendecke auf Sicht über das weiße, gefrorene Land, erreichte Stettin, steuerte südlich auf Pyritz zu und hielt schließlich im Tiefflug über den Plönesee direkt auf Köseritz.

Trecks von Vertriebenen zogen unter mir vorbei: Frauen, Kinder, Alte. Teilweise auf Schlitten, teilweise auf Karren, die von klapprigen Gäulen gezogen wurden. Dick vermummt, die Gesichter mit Schals vor der schneidenden Kälte verdeckt.

Köseritz tauchte vor mir auf, ich zog die Maschine hoch und sah unseren Hof und dahinter einen Treck von Flüchtlingen. Und wie aus dem Nichts stürzten vier russische *Jaks* aus den Wolken und nahmen die Kolonnen unter Beschuss. Ich konnte das MG-Feuer sehen, schon im nächsten Moment stürzten die Menschen rechts und links in die Gräben, die keinen Schutz boten. Da war nur Schnee, und sie in ihrer Winterkleidung gaben ein gutes Ziel ab. Ein Wagen mit Habseligkeiten wurde von einer Salve zersägt, genau wie das Pferd, das ihn zog. Ich sah die Körper, Blut, der den Schnee rot färbte, dann schon rasten die *Jaks* an mir vorbei.

Unser Hof tauchte unter mir auf, und ich sah: Charly!

Sie stand mitten auf dem Hof und blickte zu mir hinauf, also kehrte ich mit der *Focke* um und hielt wieder auf sie zu.

Bewegte den Steuerknüppel mal nach links, mal nach rechts. Winkte ihr zu.

Sah, wie sie sich umdrehte und nach meiner Mutter schrie, die auf den Hof rannte, um sie ins Haus zu zerren. Sah, wie sie mit dem Finger auf meine Maschine zeigte und winkte. Und es war, als hörte ich ihre Stimme bis in mein Cockpit.

Sie rief: »Da ist Hedy! Hedy ist da! Sie wird uns beschützen!«

Auch die *Jakowlews* hatten kehrtgemacht und mich mittlerweile entdeckt.

Schnelle, wendige Maschinen.

Sie teilten sich zu Pärchen, versuchten, mich in die Zange zu nehmen.

Ich riss den Steuerknüppel nach hinten und verschwand in der geschlossenen Wolkendecke. Es würde sich schnell zeigen, ob die russischen Piloten in Blindflug ausgebildet waren, denn wenn nicht, würden sie binnen kürzester Zeit jede Orientierung verlieren. Oben, unten, rechts, links, hoch, tief, nichts war ohne Instrumenteneinsatz mehr zu bestimmen. Sie mussten aus den Wolken und das ging nur in zwei Richtungen: nach unten, aber die Wolkendecke hing so tief, dass sie die Maschinen nicht rechtzeitig würden abfangen können, wenn sie orientierungslos zu Boden rasten. Ein Absturz war damit fast sicher.

Oder nach oben: Dort würde ich warten.

Hier entfaltete mein Zwölfzylinder seine ganze Kraft. Hier oben, in der dünnen Höhenluft, waren mir die *Jaks* unterlegen. Nach etwa sechstausend Metern durchbrach ich die Wolkendecke, ein strahlend blauer, friedlicher Himmel empfing mich und eine gleißend helle Sonne.

Wie friedlich es hier war!

Wie schwerelos!

Ich flog eine Kehrtwende und lauerte.

Von einer Sekunde auf die nächste durchbrach die erste *Jak* die

Wolkendecke, gleich hinter ihr die zweite. Ich entsicherte meine Bordwaffen am Steuerknüppel, setzte eine erste MG-Salve. Die Leuchtspur der davonjagenden Geschosse wies mir den Weg: Ich hatte die erste *Jak* gestellt!

Dann feuerte ich aus den Bordkanonen und sah, wie die Sprengbrandmunition die Kanzel durchschlug, den Piloten praktisch explodieren ließ, so dass sein Blut von innen alles rot färbte, bevor die Maschine auch schon Feuer fing und in Sekundenschnelle aus dem Blau des Himmels kippte: Ein kleines, lautloses Aufpoppen der Wolken verschlang sie. In zwei Minuten würde sie mit einem toten Piloten senkrecht auf die Erde schlagen.

Die zweite *Jak* hatte abgedreht, versuchte, hinter mich zu kommen, aber ich hatte noch einen Trumpf im Ärmel: Für kurze Zeit konnte ich das Einspritzungsgemisch im Motor verändern. Ein simpler Klick, und plötzlich hatte ich fast vierhundert PS mehr! Ich zog der *Jak* davon und setzte mich meinerseits an ihr Heck. Sie lag nun wie auf dem Präsentierteller, schon entsicherte ich den Schussknopf, da kippte sie über die Seite in die Tiefe, zurück in die Wolken. Ein letzter verzweifelter Versuch, mir zu entwischen.

Ich stürzte ihr nach.

Kurz hintereinander rasten wir in die Wolkendecke, der Motor jaulte auf, ich feuerte ins Blinde hinein, in der Hoffnung, ich könnte den Piloten vielleicht in Panik versetzen, so dass er den Sturzflug beibehielt. Ich achtete währenddessen nur auf meine Instrumente, der Höhenmesser drehte sich wie verrückt, die Erde raste auf mich zu, aber die Maschine blieb ansonsten in perfekter Balance.

Im letzten Moment riss ich die *Focke* aus dem Sturzflug zurück, versuchte, sie in Normallage zu bringen, als ich auch schon die Wolkendecke durchbrach und die Fliehkräfte mir die Luft abdrückten. Mir schwanden die Sinne, Sternchen tanzten vor meinen Augen, für einen Moment drohte ich ohnmächtig zu werden, dann kam mein Jäger mit kreischendem Motor in die Horizontale und raste in nur zwanzig Metern Höhe über ein flaches Schneefeld dahin.

Ich war benommen, schüttelte den Kopf, spürte, dass mir etwas Warmes über das Gesicht lief, und als ich mich im Spiegelbild meiner Instrumente sah, konnte ich sehen, dass mir Blut aus der Nase gelaufen war, so dass ich aussah wie eine Katze mit Schnurrhaaren aus Blut.

Ich wendete die *Focke* und konnte jetzt sehen, dass die zweite *Jak* am Boden explodiert war. Der Pilot hatte im Blindflug die Kontrolle verloren, und als er wieder sehen konnte, war es zu spät für ihn gewesen. Es machte mir Mut, dass die beiden verbliebenen Piloten möglicherweise zu unerfahren waren, denn sie hatten den Aufstieg gar nicht erst riskiert: Ich konnte sie vor mir am Horizont sehen.

Ich hielt mit Vollgas auf sie zu.

Doch bevor sie in Schussweite kamen, zog ich die Maschine wieder hoch und verschwand in den Wolken, während sie unter mir hinwegschossen, ohne zu wissen, wo ich wieder herauskommen würde.

Ich kehrte erneut um, kreiste einen Moment und stieß dann hinab.

Sekunden später stürzte ich aus der Wolkendecke, den Daumen schussbereit auf dem Feuerknopf, schrammte um ein Haar eine der *Jaks*, erwischte die zweite mit einer Salve aus der MG am Heck. Sie kam davon, ohne abzustürzen, während sich die zweite an mein Heck gesetzt hatte und das Feuer eröffnete. Ich konnte die Leuchtspuren rechts und links an meinem Cockpit vorbeijagen sehen, *Geisterfinger*, die nach meiner Maschine griffen.

Dann schon tauchte ich zurück in die schützenden Wolken.
Was würden die beiden jetzt tun?

Zum ersten Mal in diesem Kampf hatte ich ein paar Sekunden
Zeit nachzudenken. Sie hatten sicher längst Verstärkung ange-
fordert. Kamen weitere Jäger, würde mein Abschuss nur noch
eine Frage der Zeit sein. Versteckte ich mich in den Wolken, würde mir irgendwann das Benzin ausgehen, so wie einem Tau-
cher die Luft. Ich würde mich zeigen müssen, und wer weiß,
wie viele dann auf mich warteten.

Ich musste also angreifen.

Ich wusste nicht, wo sie gerade waren, aber grundsätzlich hatte ich das Überraschungsmoment auf meiner Seite. Alles, was
ich brauchte, war ein wenig Glück, dass ich sie bei meinen Ausflügen in die Klarsicht vor die Bordkanone bekam.

Ich stieg auf.

Dann ließ ich die Maschine über eine Tragfläche nach unten
kippen und raste hinab. Stellte die *Focke* früher in einen komfor-
tablen Abwärtsflug, durchbrach die Wolkendecke: Eine der *Jaks*
war direkt vor meinem Propeller. Ich löste MG und Bordkanonen gemeinsam aus und traf sie mittig: Sie explodierte in der
Luft und stürzte brennend zu Boden.

Schon im nächsten Moment spürte ich Einschläge in meiner
Maschine.

Das Glas meiner Kanzel splitterte, die Geschosse verfehlten mich
aber. Zugluft drang ein, nahm mir den Atem, ich riss die *Focke*
nach rechts, raste knapp über dem Boden davon, drehte mich
schnell um, entdeckte die letzte *Jak* direkt hinter mir.

Hinter einer Baumreihe riss ich die Maschine wieder in die Höhe, wieder griffen die *Finger* nach mir, als ich im nächsten Moment schon wieder in der Wolkendecke verschwand und Gas
wegnahm. Sekunden später tauchte ich wieder auf, zu seiner
Überraschung gleich an seinem Heck: Er war einfach unter
mir hinweggetaucht.

Ich eröffnete meinerseits das Feuer und verfehlte ihn deutlich.

Aber ich hatte ihn jetzt vor mir und beschleunigte: Nur wenig noch, und er gehörte mir.

Dann presste ich den Feuerknopf und hörte nur Klicken.

Auch aus der Bordkanone kam nichts.

Ich war leergeschossen.

Wehrlos.

Mit einem Gefühl der Panik stieg ich auf und verschwand in den Wolken.

Das musste er gemerkt haben! Er hatte einen Fehler gemacht und war nicht dafür bestraft worden, und das konnte für ihn nur heißen, dass ich keine Munition mehr hatte.

Und ein Blick auf meine Tankanzeige verriet, dass ich bald landen musste. Doch wo? Selbst wenn ich die Maschine auf einem Feld runterbrachte, würde er mich vorher in Stücke schießen.

Es gab nur eine Lösung.

Für einen Moment schloss ich die Augen.

Atmete tief durch.

Dann drückte ich den Steuerhebel nach vorne und gab Vollgas.

Im nächsten Moment durchbrach ich die Wolkendecke und sah die *Jak* direkt vor mir. Sie eröffnete sofort das Feuer, ich konnte sehen, wie sich die Leuchtspuren der Geschosse rasch an meine Maschine herantasteten.

Ich kippte die *Focke* in die Vertikale.

Ich sah das Bordfeuer der *Jak*, einige wenige Geschosse trafen meinen Jäger, aber ich hielt Kurs.

Wir rasten aufeinander zu.

Ich hielt unerbittlich den Kollisionskurs.

Ich glaube, in dem Moment ahnte der *Jak*-Pilot, was ich vorhatte, stellte das Feuer ein, versuchte ein letztes verzweifeltes Abtauchen, aber ich stieß auf die *Jak* hinab, erwischte das Heck und riss es ab.

Ein paare Sekunden rotierten noch die Propeller der *Focke*, dann schleuderten sie, verbogen vom Aufprall, davon. Im Segelflug versuchte ich eine Notlandung, während hinter mir die *Jak* auf dem Boden zerschellte und in Flammen aufging. Ich sah noch ein freies, schneebedecktes Feld, dann setzte die Maschine hart auf, rollte und überschlug sich schließlich.

Das Nächste, was ich weiß, war, dass ich kopfüber in meinem Gurt hängend zu mir kam. Wie lange ich dort bereits baumelte, wusste ich nicht. Es hätte eine Minute, eine Stunde oder viele Stunden sein können.

Alles war seltsam still.

Keine Motorengeräusche, kein MG-Feuer, kein Wind.

Nichts.

Es hatte begonnen zu schneien.

Dichter Schneefall, so friedlich.

Wenn da nicht überall der Geruch von Benzin gewesen wäre: Es tropfte mir sogar ins Gesicht.

Ich versuchte, mich zu befreien, aber mir fehlte die Kraft. Gleich würde die Maschine Feuer fangen, und ich würde verbrennen.

Plötzlich spürte ich Hände an meiner Fliegerjacke, jemand riss mir die Haube mit der Schutzbrille vom Gesicht.

»Eine Frau?!«

Ich dachte in dieser Sekunde dasselbe, denn auch ich starrte in das Gesicht einer Frau. Sie betrachtete mich verwundert, dann öffnete sie die Gurte und zerrte mich aus dem Wrack.

»Kannst du gehen?«, fragte sie hektisch.

Ich versuchte zu stehen, aber ein Blick genügte, um zu sehen, dass sie gebrochen waren. Schmerzen hatte ich keine, nur das Gefühl, dass unterhalb meines Beckens alles taub war und sich irgendwie zermalmt anfühlte. Da packte die Fremde mich unter den Armen und zog mich von der *Focke* fort.

Wir waren kaum fünfzig Meter entfernt, da explodierte die Maschine.

Eine Hitzewelle raste über uns hinweg, wir stürzten beide mit dem Gesicht in den tiefen Schnee.

Es brannte in meinem Rücken, ich bekam keine Luft mehr, doch schon packte sie mich wieder, schleifte mich weiter, weg vom Feuer und der Maschine.

»Kennst du dich hier aus?«

Ich nickte: »Dort drüben ... Auenwäldchen! Da ... ein Baumhaus ...«

Zu viel für mich, alles drehte sich plötzlich, dann wurde es dunkel.

Als ich wieder aufwachte, lag ich am Fuß unseres Baumhauses. Das Gesicht der Frau tauchte erneut vor meinem auf: »Ich werde Hilfe holen. Du musst hier warten.«

Ich grinste schief: »Ich lauf nicht weg.«

Die Frau berührte mit ihrer Hand meine Wange: »Halt durch!«

Dann lief sie davon.

Ich lag im Schnee und blickte auf die winterstarren Baumkronen.

Auf das Baumhaus.

Peter.

Dann verlor ich wieder das Bewusstsein.

63

Ich verbrachte Tage, um nicht zu sagen Wochen, in einem seltsamen Dämmerzustand zwischen Wachen und Schlafen. In meinen Träumen hörte ich Flakfeuer und Explosionen von Granaten und Bomben, Schreie und MG-Salven.

Dann wieder wand ich mich vor Schmerzen und schrie. Da hielt mir die Frau, die fast immer in meiner Nähe war, den Mund zu. Sie hatte meine Beine geschient, und es dauerte Tage, bis die Qual erträglich wurde. Jedenfalls solange ich meine Füße nicht bewegte. Was dann und wann nötig war, denn für die Notdurft hatte sie ein Loch in den Boden des Baumhauses gehackt, über das ich mich setzte, wenn es so weit war. Das war entwürdigend, und doch war ich unendlich dankbar für ihre Hilfe.

»Wie heißt du?«, fragte ich sie.

»Lene. Helene. Und du?«

»Hedy. Woher kommst du?«, fragte ich.

»Köslin.«

»Oh, von der Küste. Meine Großmutter kommt auch aus der Gegend.«

Sie nickte und schwieg.

»Ich wohne hier in der Nähe. Mein Vater ist Arzt!«, sagte ich.

»Wir können hier nicht weg. Die Russen sind noch da. Die Wehrmacht hat einen Verteidigungsring von Bahn über Pyritz bis nach Stargard errichtet. Aber vor allem suchen sie dich!«

»Mich?«

»Sie suchen den Piloten. Sie haben keine Leiche gefunden.«

Ich nickte.

»Aber auch, weil du eine Frau bist, ist es besser hierzubleiben. Es sind Soldaten … verstehst du?«

»Ja, ich muss meine Familie …«, begann ich.

»Nicht jetzt, Hedy. Jetzt musst du nur überleben!«, antwortete sie heftig.

Ich schwieg und wusste, dass sie recht hatte.

Sie hatte offenbar ihre Sachen mit nach oben geschleppt, die Ritzen und Lücken mit dem abgedeckt, was zur Verfügung stand, und eine Decke vor die Öffnung gehängt, aus der Peter und ich so oft auf das weite Land Pommerns geblickt hatten. Das hielt unser Versteck zwar nicht warm, aber im Vergleich zu den Temperaturen draußen ließ es sich aushalten.

Ich bekam Fieber.

Die Knochenbrüche waren es nicht, es hatte sich nichts entzündet, aber in der ewigen Kälte hatte ich mir eine Bronchitis zugezogen, so dass Lene immer wieder losmusste, nicht nur, um Essen, sondern auch, um Heilkräuter zu besorgen.

Sie machte mir Tees und Aufgüsse mit einer kleinen Brennhexe, dennoch wurde das Fieber stärker, und ich begann zu fantasieren. Flüchtete mich regelrecht in Trugbilder, in denen ich wieder mit Mutter tanzte. Oder Vater bei seiner Arbeit assistierte. Oder mit Charly über Albernheiten kicherte. Aber vor allem war ich wieder mit Peter zusammen.

Meinem Peter.

Er lebte, und wir flogen dem Krieg davon.

Waren glücklich.

Dann wieder spürte ich die kalten Wickel, die mir Lene auf den Kopf oder um die Arme legte. Im nächsten Moment stürzte ich zurück in die Wirklichkeit und hoffte gleichsam auf den nächsten Fieberschub, der mich wieder zu Peter brachte.

Viel erinnere ich nicht aus dieser Zeit, aber eine Sache doch: Da war ein Tag, an dem das Fieber bedrohlich hoch anstieg. So hoch, dass ich dachte, Peter wäre mit mir in dem kleinen Baumhaus und würde mich pflegen. Ich war so froh, ihn zu sehen, dass ich

mich aufrichtete, meine Arme um seinen Hals schlang und ihn
küsste.

Und er den Kuss erwiderte.

Süß.

Zärtlich.

Unendlich nah.

Dann legte er mich sanft zurück auf mein Lager, und noch bevor ich das Bewusstsein verlor, sah ich Lenes Gesicht über meinem.

Sie lächelte.

»Schlaf jetzt!«, flüsterte sie sanft.

Und ich schlief ein.

Endlich ließ das Fieber nach.

Lene war da, immer da.

In den Nächten lagen wir dicht beieinander, unter Decken und
Kleidung begraben, bis wir mir steifen Gliedern am Morgen
erwachten. Dann machte sie Feuer in der Brennhexe, trotz der
ständigen Sorge, von den Russen entdeckt zu werden, und nach
ein paar Minuten erwärmten wir uns ein karges Mahl, Tee,
und auch das kleine Baumhaus.

Wir saßen da: aßen und tranken langsam.

»Ich werde dir nie zurückgeben können, was du für mich getan hast, Lene!«

»Ich habe nichts verlangt, Hedy.«

»Ich weiß, aber ich stehe so tief in deiner Schuld.«

Sie lächelte nur: »Nein, tust du nicht. Aber wir wollen immer
füreinander da sein, ja?«

»Für immer!«, rief ich fast schon beschwörend.

Und sie nickte erfreut: »Das ist gut!«

Sie musste in meinem Alter sein, aber die Züge in ihrem Gesicht waren hart, und in ihren Augen schimmerte Müdigkeit.

Sie hatte genug von Leid und Tod, von Angst und Horror. Sie sah aus, als hätte sie gerne den Rest ihres Lebens in diesem Baumhaus verbracht – weit weg von Menschen, die nichts Besseres zu tun hatten, als sich gegenseitig zu zerstören.

Erst im März konnte ich wieder die ersten vorsichtigen Schritte tun.

In den Nächten gab es immer noch Frost, aber tagsüber wärmte uns ein wenig die Sonne. Lene half mir, mich aus dem Baumhaus abzuseilen. Meine Beine schmerzten, ich konnte kaum zehn Schritte gehen, ohne mich hinzusetzen: Es war, als hätte ich keine Muskeln mehr. Wir waren beide dürr wie Gespenster – aber meine Beine sahen aus wie Streichhölzer.

»Das wird Wochen dauern, bist du wieder richtig laufen kannst!«, sagte Lene.

Ich schüttelte trotzig den Kopf: »Niemals! So viel Zeit habe ich nicht!«

Nach zehn weiteren Tagen fühlte ich mich stark genug, um mich nach Köseritz aufzumachen. Die Russen waren mittlerweile durch den Verteidigungsring gebrochen und auf dem Weg nach Berlin. Zurückgeblieben war niemand. So stützte ich mich auf Lenes Schultern und stolperte mit ihr zurück zu unserem Hof.

»Hedy«, sagte Lene leise. »Es gibt da etwas, was du wissen musst …«

»Nicht jetzt!«, antwortete ich entschlossen.

»Aber …«

»Nicht jetzt, Lene!«

Wir verließen das Auwäldchen, folgten einer mittlerweile wieder grünen Wiese einen kleinen Hügel hinauf. Ich musste mittendrin pausieren, raffte mich aber nach zwei Minuten wieder auf und freute mich unbändig, meine Leute wieder in die Arme zu schließen.

Oben angekommen, blickte ich hinab auf unseren Hof.

Er war nicht mehr da.

Steinhaufen, Bombentrichter, Ruß.

Nicht einmal mehr Wände ragten auf, so zerstört war er.

»NEIN!«

Ich hatte es hinabgeschrien und merkte nicht einmal, dass ich den kleinen Hügel bereits hinunterrannte, den Ruinen entgegen. Unten lief ich zu der Stelle, an der einmal unser Haus gestanden hatte und wo jetzt nur noch Trümmer lagen, dazwischen verbranntes Gebälk, Glassplitter, ein Stück von einer zerbrochenen Schellackplatte.

Ich tigerte wie ein wildes Tier an den Grenzen der Ruine entlang, schrie, rief die Namen von Mutter, Vater, Charly und meinen Großeltern, dann versuchte ich, in den Steinhaufen hineinzuklettern, stürzte, schlug mir Arme und Schulter an.

Begann zu weinen.

Lene war da.

Nahm mich in den Arm.

Hielt meinen Kopf.

»Was ist passiert?«, schluchzte ich.

Sie zögerte lange mit der Antwort, dann sagte sie: »Sie haben herausgefunden, wer du bist. Und alle umgebracht.«

Ich weinte und starrte auf die Ruinen: Sie lagen noch alle darunter. In ihren Gräbern aus Schutt. Da blitzte eine Erinnerung aus meiner Kindheit auf: Als Charly und ich ein Kälbchen gerettet hatten und unsere abergläubische Großmutter im Angesicht der blutverschmierten Charly tobte: »*Der Tod wird kommen! Hör auf meine Worte! Die Kleine hat ihn hergelockt. Er wird kommen, doch dann wird es zu spät sein!*«

Sie hatte recht behalten.

Ich hatte den Tod gebracht.

Ihnen allen.

64

Die geliebte Schwester.

Die bewunderte Mutter.

Der vergötterte Vater.

Die Großeltern.

Menschen, die Jan so gut zu kennen glaubte, dass er sich selbst in ihre Geschichten hineingeschrieben hatte, waren tot.

Und Hedy saß ihm gegenüber und weinte.

Sie so zu sehen irritierte ihn, denn schon bei seiner ersten Begegnung mit Hedy hätte er an ihr genauso wenig Tränen erwartet wie Schweißperlen auf einem Granitfelsen. Sie hatte sich verändert in den letzten Wochen und Monaten. Alles an ihr dokumentierte immer noch Größe, aber sie war zugänglicher geworden, menschlicher: eine kleine, große Dame mit einem noch viel größeren Herzen.

Der Morgen graute, ein neuer, strahlender Tag wärmte den Salon und malte ihn mit Rottönen aus. Was für ein absurder Kontrast zu dem, was Jan gehört hatte, zu Winter, Kälte, Krieg und Tod. Draußen im Garten erwachte das Leben, protzte mit lieblichen Gerüchen, Vogelgesang und saftigem Grün, während sie hier drinnen still saßen und Jan nicht wusste, was er sagen sollte.

Irgendwann schnäuzte sich Hedy in ein Taschentuch und sah ihn an: »Ich habe sie alle getötet. Ich wollte sie beschützen, aber ich habe sie nur ins Verderben gerissen.«

»Sie sind zu hart zu sich, Fräulein von Pyritz. Sie haben nur getan, was jeder getan hätte: Ihre Familie verteidigt. Und Ihre Heimat«, entgegnete Jan.

»Habe ich das?«, fragte sie zurück. »Ich hatte einen Auftrag, und wenn ich den ausgeführt hätte, wären alle noch am Leben!«

»Das können Sie nicht wissen. Vielleicht wäre alles ganz genauso gekommen!«

»Nein, wäre es nicht. Die Russen waren nicht an Köseritz interessiert. Aber als vier ihrer Leute abgeschossen wurden, waren sie wütend. Und als sie hörten, dass es nicht einmal ein Mann gewesen war, der ihre Kameraden vom Himmel geholt hatte, haben sie alle auf dem Hof zusammengetrieben. Sie mussten in die Häuser meiner Eltern und Großeltern: Kranke, Alte, Verletzte, Frauen und Kinder. Dann haben sie die Bomber gerufen und alles in Schutt und Asche gesprengt.

Und als sie damit fertig waren, haben sie auch Köseritz dem Erdboden gleichgemacht. Alles nur, weil ich geglaubt habe, ich könnte sie aufhalten. In einem Krieg, der längst verloren war!«

Jan schwieg einen Moment bedrückt.

Dann sagte er: »Wer weiß, was sie getan hätten, wenn Sie nicht da gewesen wären? Sie hatten doch gesagt, sie wären ein paar Wochen von einem Verteidigungsring aufgehalten worden. Wer weiß, was Ihren Leuten passiert wäre in der Zeit. Vor allem den Frauen.«

Hedy schüttelte den Kopf: »Das spielt keine Rolle, Jan! Ich trage die Schuld an der Vernichtung von Köseritz und meiner Familie. Ich alleine.«

Jan schüttelte den Kopf: »Es war Krieg, Fräulein von Pyritz. Und den haben Sie weder gewollt noch begonnen.«

Hedy winkte müde ab: »Ist schon gut, Jan. Ich weiß, was ich getan habe. Und ich werde nicht mit dem Abstrakten argumentieren, um das Konkrete zu rechtfertigen. Ich habe sie alle auf dem Gewissen! Das ist die bittere Wahrheit. Es hat keinen Sinn, in meinem Alter noch einmal alles umzudichten. Mit einer Lebenslüge werde ich nicht sterben.«

»Ich werde das so nicht aufschreiben!«, sagte Jan fest.

Hedy zuckte mit den Schultern: »Ich kann Sie nicht zwingen.

Aber ich habe es Ihnen geschildert, wie es war. Und ich hoffe, Sie werden es nicht verfälschen!«

Eine Weile sagte niemand etwas.

Maria klopfte sanft an die Tür, brachte Kaffee und Croissants. Sie dankten ihr beide, dann verschwand sie und zog die Salontür leise hinter sich zu.

»Alles, was wir je waren, alles, was wir je besessen hatten, wurde zerstört. Ich fand nur zwei Dinge in den Trümmern: die Kiste meines Vaters mit ein paar persönlichen Sachen und den Aufzeichnungen, wie er meine Mutter kennenglernt hatte. Und das Zweite …«

»Ja?«, hakte Jan nach.

Hedy lächelte ein wenig schief: »Herberts Stiefel. Sie waren unversehrt.«

Eine Weile schwiegen sie wieder, aßen, tranken Kaffee.

Dann sagte Jan aufmunternd: »Wenigstens ist Karzig auch draufgegangen. Das ist das Einzige, was tröstet!«

Hedy schüttelte den Kopf: »Nein, er ist kurz vorher geflohen. Alle Nazigrößen Pommerns sind damals rechtzeitig abgehauen. Nur der Zivilbevölkerung haben sie nichts gesagt!«

Jan presste wütend die Lippen aufeinander.

»Seine Frau ist geblieben«, fuhr Hedy fort, »diese seltsame, kleine, immer schweigende Frau. Sie wollte bei den anderen bleiben. Und starb mit ihnen.«

»Haben Sie ihn je wieder getroffen?«, fragte Jan.

»Karzig?«

»Ja.«

Hedy zögerte mit der Antwort, dann nickte sie: »Ja, das habe ich …«

»Und?«

Hedy schüttele den Kopf: »Das ist eine andere Geschichte. Eine letzte, die ich schon viel zu lange mit mir herumtrage und die ich Ihnen irgendwann erzählen werde.«

»Also, ich bin noch fit!«

Hedy lächelte: »Gehen Sie ins Bett, Jan. Übermorgen ist Ihr großer Tag. Denken Sie, dass Sie die Führerscheinprüfung bestehen werden?«

»Ja.«

Hedy verzog anerkennend den Mund: »So selbstbewusst! Gefällt mir, junger Mann!«

»Ich habe eine gute Lehrerin«, antwortete Jan und stand auf.

»Dann sehen wir uns übermorgen?«

Hedy nickte: »Übermorgen. Ich hoffe, Sie laden mich zu einer kleinen Spritztour ein?«

»Wird mir eine Ehre sein!«

Er nickte ihr zu.

Sie lächelte.

Und irgendwas daran sagte Jan, dass sie schon wieder etwas im Schilde führte.

65

Doch was an diesem frühen Morgen noch so selbstbewusst geklungen hatte, war schon am Tag der Führerscheinprüfung verflogen. Geradezu verdampft im überhitzten Gedankenspiel eines möglichen Scheiterns und der daraus resultierenden Enttäuschung. Auch für Fräulein Hedy, die so große Hoffnung in ihn setzte.

Neben Jan wurde noch ein zweiter Mann geprüft, ein junger Bursche von gerade mal achtzehn Jahren, der bereits nach fünfzehn Minuten durchgewunken wurde: bestanden. Währenddessen hatte Jan mit dem Prüfer auf der Rückbank gesessen und darüber nachgedacht, ob der wohl besonders streng sein würde oder ob er ihn möglicherweise nicht leiden konnte und deswegen nur auf eine Gelegenheit wartete, ihn durchfallen zu lassen.

Und was würde aus Hedys Fahrt zum Nacktbadestrand?

Er könnte die Prüfung natürlich wiederholen, aber wenn er auch die versemmelte, würde es vielleicht schon Herbst sein, bis er endlich bestand. Und liefen dann noch nackte Männer herum? Die Nord- und die Ostsee waren schon im Hochsommer nicht warm. Kaum vorstellbar, dass sich da im Oktober noch einer im Adamskostüm rauswagte. Sie müssten ans Mittelmeer, aber die Strecke würde für Hedy eine Tortur werden.

Über all diese Dinge dachte er nach, während er geprüft wurde.

Und plötzlich sagte der Mann auf der Rückbank: »Halten Sie hier!«

Jan schluckte, hielt, drehte sich um und fragte: »Hab ich was falsch gemacht?«

Der Prüfer sah ihn stirnrunzelnd an und gab ihm seinen Führerschein: »Bestanden. Gratuliere! Bitte fahren Sie uns zum TÜV-Gebäude zurück. Ich muss noch einkaufen.«

Jan hielt seinen Führerschein in den Händen und grinste breit: Nicht zu fassen! Er hatte es tatsächlich geschafft! Und es nicht mal bemerkt.

Später nahm er sich ein Taxi und fuhr zur Villa.

Sprang die Treppen hinauf und klingelte Sturm.

Maria öffnete ihm: Er hielt ihr lachend seinen Führerschein unter die Nase.

Sie nahm ihn in den Arm und drückte ihn fest an sich: »Ich bin so stolz auf dich!«

Hedy stand dahinter, und auch ihr präsentierte Jan sein neues, scheckkartengroßes Dokument. Hedy hob es prüfend ins Licht, als ob sie fürchtete, es könnte gefälscht sein, dann lächelte sie und nickte: »Gut gemacht!«

»Wenn Sie wollen, können wir gleich los!«, rief Jan euphorisch.

»Die kleine Spritztour?«, fragte Hedy zurück.

»Aber ja! Wollen wir?«

»Es gibt da eine kleine Planänderung!«, nickte Hedy. »Sind Sie so lieb und warten im Salon?«

Jan runzelte die Stirn: »Was ist denn los?«

»Nichts, kommen Sie!«

Hedy wies ihm mit einer Geste den Weg, ging vor, Maria und Jan im Schlepptau. Dann öffnete sie die Salontür und schob Jan hinein.

»Alina?!«, rief er überrascht.

Marias Tochter war vom Sofa aufgestanden: »Jan?!«

Er drehte sich fragend zu Hedy, doch die schloss hinter ihm die Tür.

Einen Moment standen die beiden Damen davor, dann drängte Maria Hedy zur Seite und legte ihr Ohr an das Türblatt.

»Maria! Bitte!«

Die winkte ab und machte: »Schhhh!«

Hedy zog mürrisch die Brauen zusammen: »Shhhh'chen Sie mich nicht an!«

»Wenn Sie weiterreden, kann ich nichts verstehen!«, verteidigte sich Maria.

»Das sollen Sie ja auch nicht!«

Maria ging nicht weiter darauf ein und lauschte eine Weile.

Hedy stand immer noch unschlüssig hinter ihr.

Plötzlich umspielte ein Lächeln Marias Mund.

»Was?«, fragte Hedy neugierig.

Maria hob eine Hand vor den Mund, in ihren Augen glitzerten Tränen.

»Was?!«, drängte Hedy.

»Er gesteht ihr seine Liebe …«, flüsterte Maria und zückte ein Taschentuch. »Das ist sooo romantisch!«

Hedy kam einen Schritt näher: »Was sagt er denn?«

»Er ist so süß!«, kiekste Maria.

Sie schnäuzte sich vor lauter Rührung.

Hedy knetete nervös ihre Hände.

Dann gab sie sich einen Ruck und legte ebenfalls das Ohr an die Tür.

Maria sah sie einen Moment überrascht an, dann schwiegen die beiden, lauschten, blickten dabei einander ins Gesicht.

»Ich höre nichts«, sagte Hedy schließlich.

»Sie sagen ja auch nichts«, bestätigte Maria.

»Warum sagen sie denn jetzt nichts?«, fragte Hedy lauschend.

Maria grinste sie breit an: »Weil sie aufgehört haben zu reden, Fräulein Hedy!«

»Warum sollten sie denn jetzt … oh! Verstehe!«

Jetzt lächelte auch Hedy.

Dann trat sie wieder einen Schritt von der Tür zurück und zog Maria mit sich: »Wenn es nichts mehr zu reden gibt, dann gibt es auch nichts mehr zu hören! Kommen Sie, Maria, kochen wir was. Ich habe Hunger!«

Sie schlenderten zurück in die Küche: »*Sie* wollen kochen, Fräulein Hedy?«

»Warum denn nicht?«, fragte Hedy zurück.

»Sie können nicht kochen, deswegen.«

»Das wissen Sie doch gar nicht!«

»Was können Sie denn kochen?«

»Ach, seien Sie still!«

»Sehr wohl, Fräulein Hedy!«, grinste Maria.

66

Hedy überließ Jan den Mercedes.

Ein Geschenk schien ihr unangemessen, genau wie Jan, aber sie deklarierte es zur Dauerleihgabe, damit das Automobil regelmäßig *an die frische Luft kommen würde*. Jedenfalls war das ihre Begründung, und Jan konnte gut damit leben. Er brauchte dringend Fahrpraxis, also verlangte Hedy, dass er ab sofort praktisch alles mit dem Wagen erledigen musste, und wäre es nur, morgens die Brötchen beim Bäcker um die Ecke zu holen.

Was sie nicht erwähnte und auch nicht zu erwähnen brauchte: Er sollte den Oldtimer nutzen, um mit Alina durch die Gegend zu kutschieren oder schlicht mit ihr die Dinge zu unternehmen, die man so unternahm, wenn man verliebt war.

Denn das waren sie.

Maria hielt Hedy diesbezüglich auf dem Laufenden, erzählte ihr noch so jede Kleinigkeit gleich morgens beim Frühstück, wobei sie ziemlich oft nicht mehr dazu kam, Hedy aus der Zeitung vorzulesen.

Die Zeitung.

Dreckig wie eh und je, jedenfalls, wenn es geregnet hatte, aber entweder übersah Hedy diesem Umstand großzügig, oder es interessierte sie schlicht nicht mehr. Sie saß meist nur da und ließ sich von Maria auf den neuesten Stand bringen. So wusste sie auch in etwa, was Alina und Jan im Salon besprochen hatten, bevor beide keine Lust mehr hatten, ihre Zeit mit Gesprächen zu vertun.

Alina und Nick waren nie – wie von Jan vermutet – ein Paar gewesen. Hätte Jan sie angehört, statt ihre Handynummer zu sperren, hätte er früher erfahren, dass er die Situation vor ihrem Fenster falsch interpretiert hatte.

»Sie hat Nick für ein paar Tage bei sich übernachten lassen, weil er ihr erzählt hatte, es hätte bei ihm zu Hause einen Wasser-rohrbruch gegeben und alles wäre überschwemmt!«

Hedy sah sie fragend an: »Und war es so?«

Maria zuckte mit den Schultern: »Sie weiß es nicht. Sie war nie bei ihm!«

»Hmhm«, machte Hedy.

Nick nahm es mit der Wahrheit nicht so genau, und sie fragte sich, ob er überhaupt eine Wohnung hatte.

»Jedenfalls fand sie Nick attraktiv, aber sie hat immer so je-manden wie Jan gesucht. Nicht einen wie Nick.«

»Den hat sie ja jetzt«, antwortete Hedy.

»Oh, ja!«, grinste Maria. »Den hat sie. Und wie! Sie waren ges-tern übrigens auf der Rennbahn!«

»Sehr schön. Haben Sie gewonnen?«, fragte Hedy.

»Sie haben verloren«, seufzte Maria. »Jan hat darauf bestan-den, auf den größten Außenseiter zu setzen. Alina sagte, dass schon für einen Laien zu erkennen war, dass der Gaul verlie-ren würde. Und so kam es dann auch: Er wurde Letzter. Mit weitem Abstand!«

Hedy nickte lächelnd.

»Das scheint Ihnen zu gefallen?«, fragte Maria.

»Ja«, antwortete Hedy. »Sogar sehr.«

Unterricht fand auch weiterhin statt, wenn auch dosierter, weil Jan nicht jeden Abend mit Hedy verbringen wollte und Hedy dafür tatsächlich Verständnis hatte, eine Eigenschaft, die zu-vor nicht unbedingt zu ihren Stärken gehört hatte. Sie sprach Jan nicht auf Alina an, da reichte schon ein Blick, um zu sehen, wie glücklich er gerade war, und so schielte sie dann und wann zu ihm herüber, wenn er sich mit Lautanalysen abmühte und dabei trotzdem einigermaßen vergnügt aussah.

Eines Abends, vielleicht zwei Wochen nach der Führerscheinprüfung, fragte Jan zwischen zwei Übungen, ob Hedy eine Idee hätte, was er Alina zum Geburtstag schenken könnte.

»Wieso wissen Männer eigentlich nie, was sie ihren Frauen zum Geburtstag schenken sollen? Umgekehrt aber immer?«

»Es sollte jedenfalls etwas Schönes sein!«, lenkte Jan ab.

»Das finde ich auch«, antwortete Hedy.

»Aber was?«

»Etwas ganz Besonderes!«, rief Hedy, als hätte sie gerade eine Erleuchtung gehabt.

»Sie sind keine große Hilfe, Fräulein von Pyritz!«

»Warten Sie mal hier«, sagte Hedy, stand auf und verließ den Salon.

Nach ein paar Minuten kehrte sie mit einem Anzug zurück, den sie über die Unterarme geworfen hatte: »Hier, ich denke, das müsste Ihre Größe sein. Wir haben ein paar davon im Haus, weil wir es immer wieder mit der Art Genie zu tun haben, die im Trainingsanzug zur Nobelpreisverleihung erscheinen würde.«

»Danke, aber das bringt mich nicht wirklich weiter«, antwortete Jan.

»Das glauben Sie vielleicht. In Wahrheit unterstreichen Sie damit aber, dass Sie Alina wertschätzen. So, wie sie Sie wertschätzt, wenn sie sich schön für Sie macht.«

»Hm«, machte Jan.

»Ziehen Sie ihn an!«, forderte Hedy.

Während Hedy aufstand und in den Garten blickte, zog Jan den Anzug an: Er passte wie angegossen.

Hedy nickte zufrieden: »Na, bitte. Wusste ich es doch!«

»Gut, aber eine Idee habe ich immer noch nicht!«

Hedy seufzte.

»Das ist doch ganz einfach!«, behauptete sie dann.

»Ach ja?«

»Aber ja!«

»Und was ist es?«, fragte Jan ungeduldig.

»Falten Sie einen Flieger, Jan! Und dann fliegen Sie!«, rief Hedy überzeugt.

Jan runzelte die Stirn: »Ginge es nicht ein wenig konkreter, Fräulein von Pyritz? Diese Metapher mit dem Flieger ist ja ganz schön, aber ich kann Alina schlecht einen Flieger schenken. Jedenfalls käme das wohl nicht besonders gut …«

Er stockte.

Dann grinste er plötzlich: »Ich glaube, ich weiß etwas!«

»Tatsächlich?«, fragte Hedy zurück.

Er trat zu ihr und flüsterte es ihr ins Ohr.

Sie nickte.

Und lächelte.

Ein paar Tage später holte Jan Alina mit dem Mercedes ab, und als er ausstieg, um ihr feierlich die Tür aufzuhalten, hielt sie inne und verzog anerkennend den Mund.

»So schick?«

Jan wischte sich nicht vorhandenem Staub von den Schultern und sagte: »Man muss es auch tragen können!«

»Du siehst so anders aus!«

»Wie sehe ich denn sonst aus?«

»Wie ein Physiotherapeut.«

Jans seufzte: als ob sie sich mit Hedy abgesprochen hätte.

Sie kam zu ihm und gab ihm einen Kuss: »Du siehst sehr gut aus! Es steht dir wirklich!«

»Danke. Steig ein: Wir müssen los!«

»Wohin denn?«

Aber Jan half ihr nur auf den Beifahrersitz, dann fuhren sie los und verließen das Städtchen. Genossen den ausnehmend schönen Tag, den strahlenden Himmel, die dekorativen Schäfchenwolken, die das tiefe Blau nur weiter betonten.

Dann bog Jan von der Landstraße auf einen Feldweg, parkte den Mercedes und öffnete Alina die Beifahrertür.

»Herzlichen Glückwunsch zum Geburtstag!«, gratulierte er.

Sie sah ihn fragend an.

Hier gab es nichts. Außer Wiese. Einen Hügel, ein paar Felder am Horizont. Er wies ihr den Weg die kleine Anhöhe hinauf, hinter der sie bereits ein seltsames Fauchen hörten, um dann, auf der Kuppe angekommen, auf einen Heißluftballon zu blicken, dessen Hülle sich gerade, von heißem Gas befeuert, zur vollen Größe aufrichtete.

Sie waren nicht die einzigen Gäste, aber allzu voll war es auch nicht, und wenig später stiegen sie in den Himmel hinauf und ließen sich von der trägen Luft davontragen.

Die Welt lag ihnen zu Füßen. Jan hatte Sekt in einem Körbchen mitgebracht und öffnete ihn: Sie stießen auf Alinas Geburtstag an und küssten sich lange und zärtlich.

Bald schon kam die kleine Stadt in Sicht, sie trieben langsam an ihr vorbei, während sie über den Korb nach unten blickten und die Stille genossen. Jan beugte sich herab und entnahm dem Körbchen einen Papierflieger.

»Wünsch dir etwas!«, sagte er zu Alina.

Sie schloss die Augen, dann nickte sie ihm zu.

Jan warf den Flieger aus dem Ballon, der von der lauen Brise davongetragen wurde und schließlich in weiten Kreisen zur Erde herabsank. Sie blickten ihm nach, sahen Hedys Villa von weit oben und folgten dem kleinen Flieger auf seinem Weg nach unten.

Dort, im Dachgeschoss der Villa, an der Brüstung des französischen Balkons, stand Hedy und blickte in den Himmel hinauf.

Sah den Ballon vorbeiziehen.

Und nahm plötzlich eine Bewegung in der Luft war.

Sie brauchte einen Moment, bis sie erkannte, was dort geflogen kam, dann aber lächelte sie selig und folgte dem kleinen weißen Segler auf seinem Weg zur Erde. Das war mit Sicherheit der weiteste Flug, den je ein Papierflieger zurückgelegt hatte, und der Zufall sowie günstige Winde wollten es, dass er auf dem Grundstück der Villa landen würde.

Langsam sank er herab, ganz unbeeindruckt von seiner langen Reise, nahm noch mal einen kühnen, weiten Bogen und steuerte dann elegant im Landeanflug auf die Treppen, wo er vor den Füßen eines Mannes landete, der ihn in die Hände nahm.

Hedy glaubte für einen Moment, einer Halluzination aufzusitzen.

Das konnte doch nicht sein!

Sie schloss schnell das Fenster und eilte nach unten.

Doch als sie auf den Treppen ankam, war dort niemand mehr.

Nicht einmal der Flieger.

Und da wusste sie, dass sie nicht geträumt hatte.

Nick war zurück.

67

Am Abend lud Alina Jan zum Essen ein, und sie verbrachten einen verliebten Abend bei Rotwein und Kerzenlicht, kehrten beschwingt nach Haus und begannen sich bereits vor der Wohnungstür die Kleider vom Leib zu reißen.

Sie traten ein, stolperten über eine herabgelassene Hose und einen sich verheddernden Rock, fielen auf das Bett und kicherten. Viel weiter kamen sie nicht, denn schon Momente später hämmerte es so gegen die Tür, dass man es nicht ignorieren konnte.

Alina fluchte leise, zog sich einen Morgenrock an, während Jan seufzend in die Kissen fiel und hoffte, der ungebetene Gast würde bald wieder verschwinden.

Dann hörte er Alinas Stimme im Flur: »Nick?!«

Jan fuhr hoch, packte sich Anzughose und Hemd, zog sich in Sekundenschnelle an, verließ das Schlafzimmer und folgte den Stimmen, die bereits aus dem Wohnzimmer tönten.

»Was machst du hier?«, fragte Jan streng, als er eintrat.

Nick sah in rastlos an: »Ah, gut, dass du da bist!«

Er sah furchtbar aus.

Sein Anzug war zerknittert und schmutzig, er selbst ein wenig verwahrlost und vor allem übernächtigt: der unstete Blick eines Junkies auf der Suche nach dem nächsten Kick. Vom selbstbewussten, gutaussehenden, charismatischen Nick war nichts als ein Abbild des Jammers übriggeblieben.

»Bist du etwa drauf?!«, fauchte Jan.

»Darum geht es jetzt nicht!«, entgegnete Nick.

»Doch, darum geht es, Nick! Genau darum geht es!«, rief Jan wütend.

»Du verstehst das nicht, Janni!«

»Was soll ich nicht verstehen, Nick? Dass du alles wegwirfst? Dass du dich nicht in den Griff kriegst, obwohl du allen schon bewiesen hast, dass du alles schaffen kannst?«

»Jetzt hör doch mal mit diesem Scheiß auf, Mann!«, fluchte Nick. »Das ist vorbei! Kapier das doch!«

»Bitte, beruhigt euch«, mahnte Alina an und wandte sich Nick wieder zu: »Warum bist du nicht mehr in der Klinik?«

»Ich musste weg«, antwortete Nick lapidar.

Das brachte Jan gleich wieder auf die Palme: »Du musstest weg?! Du hast einen Therapieplatz und lässt ihn einfach sausen? Glaubst du, den kriegt man einfach so? In so einer guten Klinik?«

»Ich konnte nicht bleiben, Jan. Wirklich!«

»So? Dann erklär mir warum! Ich würde nämlich *wirklich* gerne wissen, warum du deine Chance auf einen echten Neustart vermasselt hast. Du hättest clean werden können. Und Fräulein von Pyritz hätte dir bestimmt geholfen, einen Job zu finden. Du hast doch alle Anlagen, um Erfolg zu haben!«

Nick raufte sich die Haare.

Begann rastlos durch das Zimmer zu stromern: »Ich hab Probleme, Janni! Ernste Probleme! Und wenn ich die nicht schnell löse, dann nützt mir keine Therapie der Welt mehr was!«

Jan verschränkte die Arme vor der Brust: »Was ist denn los?«

»Pass auf, ich brauch Geld. Sehr schnell! Ist das letzte Mal, dass ich dich bitte! Ich versprech's!«

»Das hast du schon oft gesagt!«

»Ja, ich weiß. Und es tut mir auch leid. Aber diesmal ist es anders. Diesmal hab ich's wirklich verkackt. Diese Typen verstehen keinen Spaß, Janni!«

»Was für Typen?«

In Nicks Augen flackerte die Panik: »Das willst du nicht wissen. Ist auch egal. Ich dachte, ich könnte was abzweigen. Für einen Neustart. Für ein Boot. Aber sie haben's gemerkt!«

»Was gemerkt?«

»Ich dachte, sie kriegen es nicht mit, aber sie wissen es.«

Es machte fast den Eindruck, als würde er mit sich selbst reden.

Jan starrte seinen Bruder an.

»Wen hast du beklaut, Nick?«

»Was spielt das denn für eine Rolle?«, schrie Nick. »Du kennst diese Typen nicht. Und wenn ich nicht schnell verschwinde, und zwar weit, weit weg, dann … dann …«

Jan machte eine beschwichtigende Geste mit den Händen: »Schon gut, wie viel brauchst du?«

»Weiß nicht, dreißigtausend?«

»Spinnst du? Du weißt genau, dass ich nicht so viel habe!«

»Wie wär's mit dem Mercedes? Der ist was wert! Ich hau ab, und du hörst nie wieder von mir! Ich versprech's!«

Jan schüttelte energisch den Kopf: »Auf keinen Fall! Der gehört Fräulein von Pyritz!«

Nick winkte ab. »Die wird ihn nicht vermissen! Die kann sich zehn von denen kaufen, wenn sie will!«

»Nick, ich habe es dir schon mal gesagt und ich sage es dir wieder: Ich werde Fräulein von Pyritz nie wieder hintergehen. NIE WIEDER! HÖRST DU?«

Der Ausbruch kam so plötzlich, dass Nick förmlich zusammenzuckte.

»*Ich* kann dir was geben«, sagte Alina. »Aber nicht so viel.«

»Das kommt überhaupt nicht in Frage!«, rief Jan sauer.

»Janni, bitte!«, bettelte Nick.

»Sprich mit diesen Typen! Sag ihnen, dass du ihnen alles zurückgibst. Mit Zinsen! Meinetwegen mit einer Strafe dazu. Das sind doch auch Geschäftsleute! Geld ist doch immer ein Thema für die!«

Nick schloss die Augen.

Dann schüttelte er sanft den Kopf: »Du verstehst das nicht …«

»Dann geh zur Polizei!«

»Und was sage ich denen? Dass ich Stoff geklaut habe?! Dass ich versucht habe, es zu verkaufen? Ich würde für Jahre in den Knast gehen. Und ich gehe nicht mehr in den Knast! Verstehst du, Janni? Der Knast hat das hier aus mir gemacht! Einen Junkie. Ich gehe nie wieder in den Knast! Eher sterbe ich!«

»Nick, das Einzige, was ich gerade verstehe, ist, dass *du* Scheiße baust und *ich* es lösen soll. Ich kann das aber nicht lösen! Ich war immer für dich da. Und ich werde immer für dich da sein. Aber du musst auch ein wenig mithelfen. Verstehst du?«

Nick schwieg.

»Ja, du hast recht.«

Er drängte sich an Alina und Jan vorbei, zur Tür hinaus.

»Nick!«, rief Jan ihm nach.

Aber da war er auch schon verschwunden.

68

Niemand schlief in dieser Nacht, weder Jan noch Alina.

Zuerst hatte er noch darüber nachgedacht, Nick zu suchen, aber Alina hielt ihn zurück: Es wäre sinnlos gewesen, jemanden finden zu wollen, der nicht gefunden werden wollte. Stattdessen sprachen sie darüber, wie sie Nick helfen konnten, aber keiner von ihnen brachte auch nur annähernd eine solche Summe auf.

»Nur Fräulein von Pyritz könnte das!«, sagte Alina.

Doch Jan schüttelte den Kopf: »Nein, das kommt nicht in Frage. Auf keinen Fall!«

»Was hast du eigentlich damit gemeint: *sie nicht mehr zu hintergehen*?«, fragte Alina im Dunkel des Schlafzimmers.

Sie konnte spüren, wie sich Jan, der neben ihr lag, verkrampfte, mit der Antwort zögerte und dann doch gestand. Und noch einiges mehr, was sie nicht wusste.

Sie hörte zu, schwieg eine Weile und sagte schließlich: »Du hast recht. Du kannst sie nicht fragen. Diesmal muss Nick alleine klarkommen.«

Als sie am Morgen Alinas Wohnung verließen, blieb Jan auf der Straße stehen und blickte verwirrt um sich.

»Was?«, fragte Alina.

»Wo ist das Auto?«, fragte Jan zurück.

Vor ihnen klaffte eine Lücke zwischen zwei parkenden Wagen, und es brauchte fast eine Minute, bis Jan endlich begriff, was passiert war. Er griff zum Handy und rief Nick an.

Mailbox.

»Wo ist das Auto?«, rief Jan wütend. »Wo bist du? Ruf mich sofort zurück!«

Er legte auf.

»Bist du sicher, dass er es hat?«, fragte Alina.

Jan schnaubte: »Ja, hat er. Ich habe noch einen Ersatzschlüssel bei mir zu Hause. Den wird er sich genommen haben.«

»Dann fahren wir da jetzt hin und checken das.«

Später sagte sie nichts, als sie seine Wohnung sah, konnte sich aber denken, warum sie aussah wie die eines Junkies. Alles, was er hatte, hatte er Nick gegeben. Und als sie den Ersatzschlüssel nicht fanden, wusste sie, dass Nick sich auch noch den Mercedes genommen hatte.

»Du musst es Fräulein Hedy beichten«, sagte Alina behutsam.

»Ich weiß«, antwortete Jan.

»Es ist nicht deine Schuld«, tröstete sie. »Sie wird das sicher auch so sehen!«

»Es ist *meine* Verantwortung. Ich kann mir das zurechtlegen, wie ich will. Aber ich werde nicht vor sie treten und ihr sagen, dass ich nichts dafür kann, denn es ist nicht so. Und das ist die Wahrheit.«

»Ich finde, du bist zu hart zu dir!«

»Nein, bin ich nicht. Es ist das, was Fräulein von Pyritz versucht, mir die ganze Zeit beizubringen: Dass ich Mut haben muss! Dass ich aufhören muss, Schutz zu suchen, und für mich selbst einstehen muss. Selbst Nick hat das gewusst und mich gewarnt. Wenn er den Mercedes nicht gestohlen hätte, wären die Typen, mit denen er zu tun hat, über kurz oder lang bei mir aufgetaucht. Oder bei dir, Alina.«

»Und jetzt?«

Jan zuckte mit den Schultern: »Ich weiß nicht, ob Fräulein von Pyritz mir das verzeiht. Es ist ja nicht nur ein Auto. Ich bin sicher, daran hängen viele Erinnerungen, die wichtig sind für sie.«

Alina schwieg.

Dann fragte sie: »Soll ich dich zu ihr fahren?«

Jan schüttelte den Kopf: »Erst mal zur Polizei. Wir melden das Auto als gestohlen. Das ist ein Oldtimer, nicht gerade unauffällig. Wenn er den verticken will, vielleicht fällt er ja damit auf?«

Es wurde Nachmittag, bis er endlich alle Formalitäten erledigt hatte und nach dem Wagen offiziell gefahndet wurde. Man hatte ihm wenig Hoffnung gemacht, sollte Nick sofort losgefahren sein, wäre er schon in einem anderen Land, ohne dass irgendjemand Verdacht hätte schöpfen können.

»Wissen Sie, ob Ihr Bruder Verbindungen in die Szene hat?«, fragte der Polizist.

»Nein, keine Ahnung.«

»Er könnte es natürlich auch hier in Deutschland weitergegeben haben. An professionelle Schieber. So oder so: Das Auto ist sehr wahrscheinlich weg. Wir haben nur eine Chance, wenn er damit hier herumkurvt. Dann finden wir ihn.«

Er verließ die Polizeiwache und machte sich auf den Weg zur Villa.

In Gedanken spielte er das Gespräch mit Fräulein von Pyritz durch, aber welches Szenario er sich auch ausdachte, es verlief immer furchtbar. An einer Ampel wartete er auf Grün und sah den vorbeifahrenden Autos nach, in der Hoffnung, den Mercedes zu entdecken, als er plötzlich eine Idee hatte! Über sein Handy rief er einen Ortungsdienst im Netz auf und gab dort Nicks Handynummer ein. Als er ihn am Morgen angerufen hatte, war es nicht ausgeschaltet gewesen, vielleicht hatte er das Land ja noch gar nicht verlassen, sondern versteckte sich irgendwo. Vielleicht hatte Jan eine Chance, den Oldtimer zurückzubekommen, bevor er Fräulein von Pyritz beichten musste, was geschehen war.

Wenige Momente später baute sich eine Landkarte auf und zu seinem Erstaunen stellte Jan fest, dass Nick noch in der Stadt war. Er schob das Bild auf dem Display mit den Fingern auseinander und sah auf einen blinkenden Punkt: Nicks Handy. Am Rande der Stadt, in einem kleinen Industriegebiet.

Er rief ihn erneut an, aber es meldete sich nur die Mailbox.

Ein Taxi fuhr zufällig vorbei – Jan winkte es heran und gab die Adresse des blinkenden Punktes im Ortungsdienst durch.

Knapp fünfzehn Minuten später fuhren sie in das Industriegebiet und hielten an einer alten Fabrikhalle, ganz offensichtlich schon seit Jahren verlassen. Jan zahlte, stieg aus und betrat das Gelände über einen umgeknickten Zaun. Was hier produziert worden war, ließ sich nicht mehr erkennen, alles war verwahrlost, die Scheiben der Montagehallen eingeschlagen, die Zuwegung von Gras überwuchert.

Drinnen ein ähnliches Bild: Alle Büros waren leergeräumt, Papier lag auf dem Boden, hier und da vergammeltes Werkzeug oder kaputte Schreibtische. Er war eine Treppe in den ersten Stock hinaufgestiegen, in der Hoffnung, von oben einen besseren Überblick zu haben.

Jan wählte Nicks Nummer und hörte ein Klingeln.

Folgte ihm, bis die Mailbox ansprang.

Wählte erneut.

»Nick?!«, rief er laut.

Er kam dem Klingeln näher, Nicks Handy musste hier irgendwo sein.

Er erreichte eine Brüstung, blickte hinab: Nick!

Er lag etwa fünf Meter unter ihm auf blankem Betonboden. Bewusstlos.

Neben ihm so etwas wie eine Werkbank, dahinter ein paar weitere alte Maschinen, die hier schon seit Jahren vor sich hin rosteten.

Jan raste nach unten.

Lief zu Nick.

Kniete nieder, fühlte den Puls.

Schwach, aber regelmäßig.

Sein Gesicht sah verschwollen aus, so als ob er übel verprügelt worden wäre, ein paar Platzwunden waren mittlerweile eingetrocknet.

»NICK! NICK!«

Für einen Moment kam er zu sich, lächelte sogar. Dann verlor er wieder das Bewusstsein.

Jan rief den Notarzt.

Tief in der Nacht.

Unter dem summenden Neonlicht der Deckenbeleuchtung war Jan auf einem der Besucherstühle eines Krankenhauses in Münster eingenickt. Sie hatten Nick geröntgt und ihn aber gleich mit dem Hubschrauber nach Münster ausgeflogen, um ihn dort zu operieren. Alina hatte Jan hingefahren und war jetzt wieder zu Hause. Jan hatte sie heimgeschickt – es gab nichts, was sie hätte tun können, und die Ärzte signalisierten, dass sie wohl die ganze Nacht brauchen würden.

Jemand berührte ihn sanft an der Schulter und weckte ihn.

Ein paar Momente der Orientierungslosigkeit, dann blickte er zu einem Chirurgen auf, der sich gerade Mundschutz und Haube vom Kopf nahm.

»Wie geht es ihm?«, fragte Jan rasch und stand auf.

»Wir haben ihn so weit stabilisieren können. Gut, dass Sie ihn rechtzeitig gefunden haben. Viel länger hätte er das wohl nicht durchgehalten. Er hat Rippenbrüche und auch einen Jochbein- und Nasenbeinbruch. Prellungen. Quetschungen. Ein paar kleinere innere Blutungen.«

»Aber Sie kriegen das wieder hin?«

»Ja, das ist kein Problem mehr.«

Der Arzt wirkte nicht so, als hätte er gerade eine gute Nachricht übermittelt. Jan hakte daher nach: »Dann wird er wieder gesund?«

Der Arzt zögerte.

»Was?«, fragte Jan aufgeschreckt.

»Sie sagten, dass er von einer Brüstung gestoßen wurde?«

»Sah so aus, ja.«

Wieder das Zögern.

Er suchte nach den richtigen Worten.

»Er hat sich eine Fraktur der oberen Brustwirbelsäule zwischen BWK 2 und 3 sowie eine Luxationsfraktur der Halswirbelsäule HWK 4 mit aufgebrauchtem Spinalkanal und traumatischer Zerstörung des cervikalen Halsmarks zugezogen …«

Jan dachte an die alte Werkbank, neben der Nick gelegen hatte.

War er darauf gestürzt?

»Und was bedeutet das?«, fragte Jan vorsichtig.

»Das Halsmark ist zerquetscht. Zudem arbeitet das Zwerchfell nicht mehr, weswegen wir ihn dauerhaft intubieren müssen. Wir haben die Wirbel mit Schrauben und einem externen Stützkorsett stabilisiert, bis die Knochen verwachsen sind, aber … Es tut mir leid, Herr Kramer … aber Ihr Bruder wird zeit seines Lebens ein Schwerstpflegefall sein.«

Jan taumelte ein Stück zurück: »Er ist gelähmt?«

Der Arzt nickte: »Von den Schultern abwärts, er kann nur noch den Kopf bewegen. Wer immer ihm das angetan hat …« Er zögerte. Dann fuhr er fort: »Es tut mir sehr leid. Ich wünschte, ich könnte Ihnen bessere Nachrichten überbringen.«

Er ließ ihn stehen.

Sichtbar froh, ihm nicht weiter Auskunft geben zu müssen.

Es wurde sehr still.

Nur das Neonlicht summte.

So, als ob nichts geschehen wäre.

ENTSCHEIDUNGEN

69

Am Vormittag durfte Jan zu ihm.

Er war wach, lächelte ihn sogar an, aber das war auch schon das einzig Positive, denn kaum hatte Jan sich an sein Bett gesetzt, brach er auch schon in Tränen aus: Nick war an unzählige Kabel und Schläuche angeschlossen, die zu einer elektronischen Station links neben seinem Bett führten, einem mannshohen Gestell mit einem Monitor ganz oben, der in Zacken, Kurven und Zahlen die Lebensfunktionen dokumentierte. Darunter weitere Geräte, deren Sinn Jan nicht begriff, und ein Intubator, dessen Luftschlauch über eine Öffnung im Hals Nicks Lungen bediente, damit er überhaupt atmen konnte. Selbst auf der rechten Seite gab es noch eine ganze Batterie Elektronik.

Das Schlimmste jedoch war ein Brustgestell, das Nicks Kopf fixierte, was auf Jan wirkte, als wäre sein Bruder eine Art moderner Frankenstein. Die gebrochenen Wirbel waren mit Schrauben und Stahlstiften fixiert worden und ragten aus der Haut ins Freie. Irgendwann würden die Knochen verheilt und die Nägel entfernt sein, die Lähmung aber würde bleiben.

»Ich hab gleich gesagt, dass mir das Gestell in Schwarz nicht steht«, kommentierte Nick lakonisch.

»Was haben die bloß mit dir gemacht?!«

Jan kämpfte mir den Tränen.

»Sieht jetzt schlimmer aus, als es ist«, tröstete Nick. »In ein paar Tagen komme ich auf eine ganz normale Station. Und das meiste von dem Kram hier verschwindet dann auch. Dann sieht es nicht mehr ganz so dramatisch aus.«

Jan wischte sich über die Nase und sagte wütend: »Du musst zur Polizei! Du musst die Typen anzeigen, die dich so zugerichtet haben!«

Nick schwieg.

»Was?!«, fragte Jan fassungslos. »Willst du die damit davonkommen lassen?«

»Das nicht, ich fürchte nur, das wird alles nichts bringen.«

»Warum nicht? Du weißt doch, wer das war!«

»Ja, das weiß ich. Aber *der* war nicht dabei. Und die Typen, die das für ihn erledigt haben, sind längst über alle Berge!«

»Trotzdem, du musst der Polizei alles sagen, was du weißt!«, beharrte Jan.

»Werde ich, wenn es dich beruhigt, aber mach dir keine Hoffnungen: Es wird nichts dabei rumkommen. Diese Männer sind Profis. Die verdienen damit ihr Geld. Die Polizei wird vielleicht ein paar Leute verhören, aber dann ist Schluss. Sie werden niemandem etwas nachweisen können.«

Jan schüttelte energisch den Kopf: »Aber diese Schläger kriegen sie vielleicht!«

»Janni, diese Typen werden für so etwas eingeflogen. Die sind längst wieder in ihren Heimatländern.«

»Du kannst sie beschreiben!«

»Was soll ich beschreiben? Dass sie zu dritt waren, muskelbepackt und mit Verbrecherfressen? Vielleicht Osteuropäer, vielleicht was anderes? Die würden sie nicht mal aufspüren, wenn sie Fotos hätten und wüssten, aus welchem Land sie kämen. Also, finden wir uns beide einfach damit ab und schauen nach vorne. Irgendwie bin ich auch froh, dass es vorbei ist.«

Jan schwieg.

Nick sah nicht einmal unglücklich aus.

Ein Gedanke, den Jan bislang erfolgreich weggeschoben hatte, drang jetzt mit aller Macht an die Oberfläche: dass er noch nicht mit den Ärzten gesprochen hatte. Besser gesagt: die noch nicht mit ihm.

»Wie haben sie dich überhaupt gefunden?«, fragte Jan, der sich dieser letzten Wahrheit nicht gewachsen fühlte, und versuchte, das Thema gar nicht erst aufkommen zu lassen.

»Sie haben vor Alinas Tür gewartet. Als ich den Mercedes geholt habe, haben sie mich geschnappt.«

Jan seufzte: »Ach, Nick …«

Der lächelte: »Das Wichtigste ist doch, dass dir und Alina nichts passiert ist. Das hätte ich mir nie verziehen! Wie läuft es denn so mit ihr?«

»Gut, sehr gut.«

»Ja, das sieht man. Ihr seht glücklich aus. Das freut mich.«

Jan schwieg wieder einen Moment.

Das Gespräch drohte in eine muntere Plauderei abzubiegen, aber wie konnte er hier sitzen und über sich und Alina sprechen? Sein Bruder war ein Wrack, und er schien es nicht einmal zu wissen.

»Ich hatte übrigens nie vor, was mit ihr anzufangen«, sagte Nick.

»Ich hab doch gemerkt, wie du sie angesehen hast. Aber ich wollte es dir auch nicht so leicht machen. Du vergisst nämlich immer zu kämpfen, wenn dir was wichtig ist.«

Jan sah ihn verwundert an: »Ist das so?«

»Natürlich ist das so. Ich spanne meinem Bruder doch nicht das Mädchen aus! Du spinnst wohl?«

»Oh, ich dachte … ach, ist auch egal, was ich dachte. Jetzt musst du erst mal wieder gesund werden.«

»Ja, wird ein bisschen dauern, schätze ich …«

Jan begann, ein wenig auf dem Bett hin und her zu rutschen.

Er wollte nicht, dass ein übermüdeter oder lustloser Arzt Nick an den Kopf knallte, welche Zukunft ihm vorbestimmt war, und gleichzeitig wünschte er sich nichts mehr, als dass jemand anderes Nick die Nachricht beibrachte.

»Nick«, begann Jan schließlich, »es gibt da etwas … hast du eigentlich schon mit den Ärzten gesprochen?«

»Ja, kurz bevor du gekommen bist.«

Jan sah ihn überrascht an: »Und haben sie dir gesagt, was los ist?«

»Ja.«

Jan blickte seinen Bruder aufmerksam an, baff über die Unerschütterlichkeit, mit der er seine Situation offensichtlich sah.

»Und … Und sie haben dir auch gesagt, dass du gelähmt bist?«, fragte Jan vorsichtig.

»Das hatte ich schon selbst bemerkt. Ich kann nicht mal einen Finger heben«, antwortete Nick gelassen und blickte steifhalsig auf seine Hände hinab, die augenscheinlich seinem Willen nicht gehorchten.

»Und haben sie dir auch gesagt, dass das so bleibt?«

Nick verzog den Mund: »Ja, haben sie. Aber weißt du was? Ich habe keine Lust, dass das so bleibt. Also werde ich an mir arbeiten, und eines Tages werde ich mich auch wieder bewegen können. Wirst schon sehen!«

Er klang so optimistisch, dass Jan gar nicht anders konnte, als zu lächeln: »Ja, das ist die richtige Einstellung!«

»Was heißt hier Einstellung? Ich werde das nicht akzeptieren. Basta!«

Jan nickte: »Genau! Du wirst gegen sie laufen! Und du wirst ihnen beweisen, dass du alles schaffen kannst!«

»Ich hab's einmal geschafft, ich kann's noch mal schaffen!«, behauptete Nick fest.

»Wenn einer, dann du, Nick! So was kannst nur du!«

Nick grinste: »So ist es, kleiner Bruder! Wirst schon sehen: Ich gewinne!«

Jan griff nach Nicks Hand.

Dann erst wurde ihm klar, dass er das gar nicht spüren konnte, aber er sah es und zwinkerte ihm zu. Dann sagte er: »Weißt du, ich bin ein bisschen müde. Und du siehst auch nicht gerade

zum Anbeißen aus! Fahr doch nach Hause, leg dich ein bisschen aufs Ohr!«

Jan stand auf, dann streichelte er ihm über die Wange: »Ich bin
so stolz, dich als Bruder zu haben. Und ich werde alles tun, dass
du auch dieses Rennen gewinnst!«

»Mach dir keinen Kopf, in ein paar Monaten bin ich hier wieder raus. Die halten mich nicht auf!«

Jan lächelte wieder.

Dann ging er zur Tür, vollkommen überzeugt, dass Nick über
seine Verletzungen triumphieren, Prognosen und ärztliche Be-
funde ad absurdum führen würde. Und wie wunderbar, dass
er so kämpferisch war, so optimistisch!

Jetzt brauchte es nur noch ein Wunder.

Und Nick war der richtige Mann für Wunder.

70

Sie saßen im Salon.

Ein herrlicher Sommertag drang durch die geöffneten Terrassentüren nach drinnen. Ein Tag, an dem man einfach nur auf
einer Wiese liegen und in den Himmel sehen sollte, fand Jan.
Stattdessen hatte er Fräulein Hedy alles erzählt, und die hatte
sich alles schweigend angehört. Jetzt, wo er geendet hatte, wirkte der Tag draußen nur noch halb so schön.

Schließlich fragte Hedy: »Was wollen Sie jetzt tun?«

Jan zuckte mit den Schultern: »Was kann ich tun, außer für
ihn da zu sein? Ihm beizustehen, so gut es geht? Immerhin
scheint er sein Schicksal sehr gut angenommen zu haben.«

»Hat er das?«, fragte Hedy skeptisch zurück.

»Ja, es war ganz erstaunlich. Er schien mir sehr entschlossen zu sein.«

Hedy schwieg.

Jan hakte nach: »Sie sind anderer Meinung?«

Hedy verzog den Mund: »Vielleicht haben Sie recht, Jan. Ich wünsche es Ihnen und auch Nick.«

»Aber?«

»Nick war ein phantastischer Sportler. Ein Weltenbummler, ein Lebemann, wie er im Buche steht. Jemand, der hohe Risiken eingegangen ist, weil das nun mal seine Natur ist. Das, was er erlitten hat, ist für jeden Menschen eine schwere Prüfung, für jemanden wie ihn aber umso schwerer.«

»Er ist ein Kämpfer!«, behauptete Jan fest.

Doch Hedy schüttelte den Kopf: »*Sie* sind ein Kämpfer, Jan. *Er* ist ein Spieler. Das ist ein himmelweiter Unterschied.«

»Mag sein, aber ich glaube an ihn«, antwortete Jan fast schon trotzig.

Hedy lächelte, aber es wirkte, als ob sie dabei Schmerzen hätte.

»Wie geht es jetzt mit ihm weiter?«, fragte sie.

»Die Ärzte waren mit der Operation sehr zufrieden. Seine Verletzungen müssen heilen, aber er kann bereits mit einzelnen Reha-Maßnahmen beginnen. Das wird dann nach und nach ausgeweitet.«

»Er wird sich in einem ganz neuen Leben zurechtfinden müssen«, schloss Hedy.

»Ja, aber wer weiß, vielleicht überrascht er uns alle und lernt wieder laufen? Die Medizin ist da schon ziemlich weit. Und auch andere wurden schon von Ärzten aufgegeben, und dann haben sie Fortschritte gemacht, die niemand für möglich gehalten hat!«

Hedy antwortete nicht, aber ihrer Miene war anzusehen, dass sie da anderer Meinung war.

»Und was ist mit Ihnen, Jan?«, fragte sie.

»Na ja, im Moment ist es hart. Aber später wird es bestimmt etwas leichter. Vielleicht können wir Nick bei uns aufnehmen?«

»Wir? Sie meinen: Sie und Alina? Sie wollen zusammenziehen?«

»Ja.«

»Und Sie wäre damit einverstanden?«

Jan räusperte sich: »Ich habe noch nicht mit ihr darüber gesprochen, aber sie hat Nick gerne, und vielleicht ist das ja okay für sie.«

»Sie wollen also nicht nur Ihr eigenes Leben, sondern auch *ihres* verändern?«

Jan antwortete nicht gleich, wandte sich von Hedy ab und blickte aus dem Salon nach draußen in den Garten.

»Also nur, wenn sie einverstanden wäre«, murmelte er so leise, dass man es fast nicht hören konnte.

»Denken Sie noch einmal in Ruhe darüber nach, Jan«, mahnte Hedy ruhig. »Ich glaube, das wäre jetzt ganz sicher nicht der richtige Zeitpunkt, um mit ihr darüber zu sprechen.«

Er nickte, ohne sich zu ihr umzudrehen.

»Was ist mit den Tätern?«, fragte Hedy nach einer Weile.

»Die Polizei hat Nick gestern verhört. Sie haben ihm gesagt, dass das BKA übernehmen wird, weil es in den Bereich organisierte Kriminalität fällt.«

»Man kennt die Strippenzieher also?«, fragte Hedy.

»Ja, ich habe die Namen mal gegoogelt. Gegen die laufen etliche Ermittlungen, aber es gab nie ein Urteil. Es ist einfach grotesk. Man weiß alles über die, aber beweisen kann man nichts.«

»Dann ist wohl auch im Falle Ihres Bruders nicht mit einer Festnahme zu rechnen, oder?«

Jan schüttelte schweigend den Kopf.

»Haben Sie eigentlich die Anzeige gegen Nick zurückgezogen?«, fragte Hedy.

Er sah sie überrascht an.

»Nun, genau genommen hat Nick das Auto nicht gestohlen. Mag sein, dass er es vorhatte, aber tatsächlich waren es diese Verbrecher. Sie sollten daher die Anzeige zurückziehen. Fehlte nur noch, dass sie ihn dafür verurteilen. Das wäre schon eine ziemlich grausame Ironie, finden Sie nicht auch?«

»Ja. Sie haben recht. Ich mache es noch heute.«

Nach einer Weile fragte Hedy: »Was ist eigentlich mit unserer Abmachung?«

»Sie meinen den Strand?«

»Ja.«

»Die besteht selbstverständlich. Allerdings haben wir kein Auto mehr!«

Hedy winkte ab: »Wir werden eines mieten. Nur schätze ich, dass Sie jetzt erst einmal für Ihren Bruder da sein wollen?«

»Ja, wenn Sie einverstanden sind. Wir könnten vielleicht im September los? Das sind noch zwei Monate, und bis dahin ist Nick bestimmt aus dem Gröbsten raus.«

Hedy starrte ihn an, als hätte er den Verstand verloren.

Dann aber nickte sie ihm freundlich zu: »Einverstanden. Ich habe gestern den Gerichtstermin gegen Hannah bekommen. Der ist Ende August. Warten wir den noch ab, dann fahren wir los. Entweder kutschieren Sie dann die Vorsitzende der Von-Pyritz-Stiftung für hochbegabte Kinder oder eine einfache Rentnerin mit juristisch festgestelltem Dachschaden.«

Jan lächelte schief: »Sie werden nie eine einfache Rentnerin sein …«

»Was auch immer ich sein werde: Sie sind mein Chauffeur!«

Jan drückte die ihm dargereichte Hand.

»Ja, das bin ich.«

71

Jan stauchte sein Tagesprogramm so zusammen, dass er fortan bereits am frühen Nachmittag nach Münster fahren konnte. Seine Patienten verloren ihn nicht gerne, aber jeder verstand, warum er in nächster Zeit nicht mehr für sie da sein konnte. Genau wie Alina.

Sie hatte ihm angeboten, bei ihr zu schlafen, damit sie wenigstens die Nächte miteinander verbringen konnten, und hielt gleichzeitig Ausschau nach einer kleinen gemeinsamen Wohnung.

Sogar Hedy nahm sich in ihrem Feldzug gegen Jans Legasthenie zurück, verlangte aber von Jan *Heimarbeit* mit Alina, auch wenn sie fürchtete, dass Alinas *Hilfe* allzu häufig im Bett enden würde, was weder der Lautanalyse noch der Orthographie dienlich war.

Für Nick begann der lange Weg der Rehabilitation.

Er war auf eine normale Station verlegt worden, die Apparate an seinem Bett wurden Woche für Woche weniger. Selbst der klobige Intubator rückte ab, ersetzt durch einen Sensor, der Nick in einem kleinen Eingriff unter die Haut gepflanzt worden war und der das gelähmte Zwerchfell regelmäßig mit elektrischen Reizen stimulierte. Es ersparte ihm den Beatmungsschlauch, führte aber auch zu einem seltsamen Sprechverhalten, denn die Impulse kontrahierten das Zwerchfell regelmäßig, fünfzehn Mal in der Minute, ganz gleich, ob er gerade sprach oder nicht. So sagte er manchmal etwas und der Impuls sorgte für ein Einatmen, so dass seine Stimme in höhere Tonlagen zu fliehen schien. Manchmal ging ihm vor dem Impuls die Luft aus und er musste den Satz abbrechen und auf das nächste Luftholen warten.

Er war nicht mehr Herr seines eigenen Atems.

Sie hatten mit Physiotherapie begonnen, bei der sich Jan mit den örtlichen Medizinern absprach und mit Nick zusätzliche Stunden machte. Jan fühlte einen ähnlichen Ehrgeiz in sich brennen wie Hedy, die mit aller Macht seine Legasthenie zu unterwerfen versucht hatte. Es war genauso unsinnig anzunehmen, dass vermehrte Einheiten zu irgendeiner gearteten Verbesserung führen würden, aber während er mit Nick arbeitete, verstand er plötzlich Hedy. Sie war nicht bereit, Jans Einschränkung hinzunehmen – genauso wenig wie er jetzt bei Nick.

In den ersten beiden Wochen machte Jan Nick Mut. Versuchte ihn mit seinem eigenen Optimismus anzustecken, vermied traurige Themen. Negativität, Pessimismus und Melancholie waren verboten. Jan benahm sich, als wäre er der Junkie mit dem Aufputschmittelproblem: ständig plaudernd, ständig anfeuernd, ständig aufmunternd.

Nick schien ihm anfangs gern zu folgen, doch mit der Zeit machte sich eine Änderung bemerkbar: Immer dann, wenn Jan nicht hinschaute, fiel er ein wenig in sich zusammen, gelähmter denn je, nur um im nächsten Moment ein heiteres Lächeln Jans freundlich zu erwidern. Es war, als würde Tag für Tag der Glaube an eine bessere Zukunft aus ihm entweichen, während Jan fast schon verzweifelt versuchte, eine neue heraufzubeschwören.

Und plötzlich war da der Tag, an dem beide tatsächlich Hoffnung schöpften. Der Tag, an dem nicht nur Jan an das Wunder glaubte, sondern auch wieder Nick. Wo er sich von Jans Zuversicht erneut anstecken ließ, weil da etwas war, womit er niemals gerechnet hätte.

Denn nach einer besonders anstrengenden Übung rief Nick plötzlich: »Ich spüre meine Füße!«

Jan hätte vor Schreck um ein Haar Nicks Bein fallen lassen: »Wirklich?!«

»Ja, Mann, meine Zehen sind ganz warm!«

Jan berührte daraufhin Nicks Füße, konnte aber nichts Besonderes feststellen. Aber er sagte: »Gut! Das ist ein gutes Zeichen!«

Sie wiederholten die Übungen, aber die *Wärme* verflog. Sie sprachen mit einem Arzt, doch der teilte ihren Optimismus nicht, verwies darauf, dass solche *Irritationen* immer mal wieder auftauchen konnten. Als er das Zimmer wieder verlassen hatte, sahen sich Jan und Nick an.

»Wir machen weiter!«, sagte Jan entschlossen.

Ein paar Tage später zuckte ein Finger Nicks.

»Hast du das gesehen?«, rief Nick.

»Ja!«, rief Jan. »Hab ich.«

Sie starrten beide auf seine rechte Hand.

Jan spürte, das Nick seinem Arm den Befehl gab, sich zu bewegen, aber nichts rührte sich. Auch für den restlichen Tag nicht mehr. Dennoch waren sie beide gut gelaunt, denn die Bewegung war keine Einbildung, sondern ganz real gewesen. Doch auch hier monierte ein Arzt, dass es sich um einen Reflex gehandelt haben musste.

»Das war kein Reflex!«, behauptete Jan forsch.

Und Nick glaubte ihm.

Später am Abend, in Alinas Armen, berichtete er ihr von dem kleinen Erfolg.

»Und meinst du, es könnte wieder werden mit ihm?«, fragte Alina.

»Bestimmt! Und es hat Nick Hoffnung gemacht. Hoffnung ist eine gute Sache.«

»Er hat einen starken Willen«, antwortete Alina.

»Ja, ich kenne niemanden, der so einen starken Willen hat.«

Sie küsste ihn.

Ein Schmerz in der Hüfte. Ein Zucken im Zeh. Eine Kontraktion im Arm.

Jan lebte für diese Zeichen.

Wartete auf sie.

Sehnte sie herbei.

Und wenn sie kamen, sah er das Erstaunen auf Nicks Gesicht – und es war ihm Belohnung genug. Sie arbeiteten hart, blieben fokussiert, ließen nicht nach. Ja, man konnte sagen: Sie liefen das Rennen ihres Lebens.

Sie würden gewinnen.

Jan hatte keine Angst mehr.

Dann, an einem Montag, entschied sich dieses Rennen.

Wie in den Tagen davor auch eilte Jan nach seinen letzten Patienten am frühen Nachmittag nach Münster und trat in Nicks Zimmer.

»Schnell, Janni, schnell!!«, rief Nick und klimperte aufgeregt mit den Augen.

»Was ist denn los?«, fragte er aufgeschreckt und war mit drei, vier flinken Schritten an Nicks Bett.

»Kratz meine Nase! Schnell! Ich dreh durch!«

Jan setzte sich zu ihm und kratzte ihm ausgiebig die Nase.

»Gut?«, fragte er grinsend.

»Ahhh …«, machte Nick in den nächsten Atemzug hinein.

»Noch ein ›I‹, und du klingst wie ein Esel!«, lächelte Jan.

Es klopfte an der Tür.

Eine Schwester trat ein, die Jan noch nicht kannte: sehr hübsch, sehr kurvig. Nick lächelte sie an, dann nickte er Jan zu: »Schwester Isa. Sie darf nur noch bei Tetraplegikern eingesetzt werden. Bei allen anderen gab es regelmäßig Aufruhr.«

»Nick!«, mahnte Schwester Isa lächelnd.

»Heute keinen Frühdienst?«, fragte Nick.

»Bin eingesprungen«, antwortete sie und hielt Nick ein Messgerät mit einem Mundstück vor das Gesicht: »Na, dann mal los!«

Nick pustete hinein, Schwester Isa las den Wert ab.

»Sehr gut, Nick! Top Werte!«

»Kannst du mal nach meinem Implantat sehen?«

»Hast du Schmerzen?«, fragte sie besorgt.

»Ja.«

Sie kam zu ihm ans Bett, knöpfte das Krankenhaushemd auf. Die OP-Wunde lag zwischen Brustwarze und Schlüsselbein, gut verheilt. Eine Rötung entlang einer dünnen weißen Narbe verriet, dass sie noch nicht alt war.

»Sieht eigentlich gut aus«, sagte Schwester Isa.

»Tiefer«, dirigierte Nick.

»Wo? Hier?«

Schwester Isa drückte vorsichtig an der Brust entlang.

»Tiefer«, dirigierte Nick.

»Hier?«, wunderte sich Schwester Isa. »Am Herzen?«

»Ja«, bestätigte Nick. »Ist gebrochen. Wegen dir.«

Sie sah zu ihm auf: Er grinste frech.

»Blödmann«, lächelte sie.

Jan hatte danebengestanden und sich amüsiert.

Nick schien mit ihr zu seiner alten Leichtigkeit zurückgefunden zu haben und selbst Schwester Isa, die sich vermutlich den lieben langen Tag mehr oder minder geschickt vorgetragene Komplimente oder auch nur *Bemerkungen* anhören durfte, stieg darauf ein.

Die beiden flirteten ungezwungen miteinander.

Für Nick wie die Fingerübungen eines Diebes, der gar nicht vorhatte, ein Herz zu stehlen. Ausgeführt, um in Form zu bleiben, den Kitzel zu genießen.

»Meinen Bruder kennst du nicht, oder?«, fragte Nick.

Sie schüttelte den Kopf: »Nein, aber wie ich sehe, liegt das gute Aussehen in der Familie!«

Sie schüttelte Jan die Hand, der verlegen zur Seite sah.

»Das ist Jan. Manchmal spricht er sogar.«

Schwester Isa kicherte: »Lass ihn in Ruhe, Nick. Ich finde ihn sehr nett. Im Gegensatz zu dir!«

»Hi«, sagte Jan scheu.

Nick grinste: »Jetzt mal im Ernst, Janni: Sieht sie nicht umwerfend aus?«

»Du bist unmöglich, Nick!«, antwortete Schwester Isa amüsiert.

»Sag's ihr. Seit drei Tagen will ich mit ihr durchbrennen, aber sie weigert sich!«

Jan stand ein wenig verloren zwischen den beiden und bemerkte plötzlich einen strengen Geruch, was ihm umso peinlicher wurde, weil er draußen schon für einen Moment das Gefühl gehabt hatte, in etwas Weiches reingetreten zu sein. Er hatte an den Sohlen nichts entdeckt, aber es wurde gerade offensichtlich, dass er nicht genau genug hingesehen hatte. Ausgerechnet jetzt, vor der hübschen Schwester und seinem frech flirtenden Bruder.

Es irritierte ihn so sehr, dass er gar nicht mitbekommen hatte, dass Nick ihn angesprochen hatte.

»Ähm?«, fragte Jan und sah Nick an. »Tut mir leid, aber ich glaube, ich bin in Scheiße getreten.«

Die beiden sahen ihn erst erstaunt, dann ein wenig fassungslos an.

Nick grinste Isa an: »Damit kriegt er sie alle! Sie reißen sich förmlich um den Kerl, damit er ihnen wenigstens einmal etwas Nettes sagt!«

»W-was?! Oh, das … Nein, nein, sie sieht toll aus«, stammelte Jan.

»Nicht zu fassen, dass du eine Freundin hast!«

Schwester Isa kicherte, aber dann verzog auch sie etwas das Gesicht.

»Ich fürchte aber, du hast recht«, sagte sie.

»Tut mir leid«, antwortete Jan.

Doch sie schüttelte nur den Kopf und schlug die Bettdecke zurück.

Der Gestank platzte wie ein giftige Blase auf und erfüllte plötzlich das ganze Zimmer. Nicks Pyjamahose war braun durchgefärbt, an den Rändern nass. Zu allem Unglück war alles ziemlich flüssig, so dass sich langsam auch Nicks Hosenbein verfärbte und das ehemals weiße Laken wahrscheinlich nur noch wegzuschmeißen war.

Das wirklich Schockierende jedoch war Nicks Gesicht: Er starrte in seinen Schoß. Geradezu grau geworden, spiegelten sich in seinem Gesicht Ungläubigkeit, Schock und grenzenlose Scham.

»Wie … wie kann das sein? I-ich hab nichts bemerkt. Wie ist das möglich?!«

Schwester Isa gab sich größte Mühe, einen ganz normalen Ton anzuschlagen, und machte die Situation damit nur noch schlimmer.

»Das kann bei Tetraplegischen passieren, Nick! Warte, ich mach das ruck, zuck wieder sauber!«

»NEIN!«

Sie war zusammengezuckt, so laut hatte es Nick geschrien.

Jan stand wie gelähmt daneben.

»Geh!«

Für einen Moment war sie unschlüssig, sah zu Jan, der nicht wagte, sie anzublicken, dann verschwand sie eilig aus dem Zimmer.

Nick schielte zu Jan hoch und rang sichtlich mit der Fassung: »Ich hab es nicht bemerkt!«

»Es tut mir so leid«, antwortete Jan hilflos.

»Ich wollte sie doch nur zum Lachen bringen und scheiß mir vor ihren Augen in die Hose!«

»Nick, komm schon, das ist nur ein kleiner Unfall …«

Für einen Moment presste er die Lippen aufeinander.

Dann sagte er nur: »Genug!«

»Na, komm, i-ich mach das schnell weg, und dann machen wir weiter, ja?«

Nick schüttelte leicht den Kopf: »Es ist genug.«

Mehr sagte er nicht mehr an diesem Tag.

Und mehr gab es auch nicht mehr zu sagen.

72

Nick versank in tiefe Schwermut.

Und je tiefer er fiel, je dunkler seine Welt wurde, desto offenkundiger traten Symptome auf, die die Ärzte als *leider normal* deklarierten: Muskeln verkrampften spastisch, Reflexzonen erweiterten sich, so dass man bald schon kaum eine Stelle seines Körpers berühren konnte, ohne dass sie wie verrückt zuckte. Das war an einem ansonsten vollständig gelähmten Körper nicht nur sehr verstörend, sondern für Nick auch noch schmerzhaft.

Jan bat die Ärzte um Hilfe, aber ein Gespräch reichte, um zu erahnen, wie hilflos sie in dieser Sache selbst waren: Sie versicherten Jan, dass die Spastiken und Überempfindlichkeiten nachlassen würden, wenn auch nur aus dem Grund, dass Nicks Muskeln langsam atrophierten. Seine Beine und Arme würden zu klapprig dürren Gestellen zusammenfallen. Auch ohne Lähmung würde er in diesem Zustand dann nicht mehr laufen können. Die Verkrampfungen hingegen würden wahrscheinlich bleiben, vor allem morgens beim Aufwachen. Und sie würden große Schmerzen verursachen.

Sie mussten alle Übungen vorerst unterbrechen.

Auch in den Nächten fand Nick keine Ruhe: Immer wiederkehrende Alpträume quälten ihn. Bilder des Überfalls, wechselnde Metamorphosen als lebende Leiche oder als eine von maskenhaften Dämonen geschundene Kreatur, die ihn, den Wehrlosen, mal ertränkten, mal lebendig begruben oder erstickten, ohne dass er die Möglichkeit gehabt hätte, sich zu wehren. Selbst in diesen Angstträumen konnte er seine Arme und Beine nicht bewegen, erlebte dafür aber jeden Moment seines gewaltsamen, quälend langsamen Todes.

Jan wurde bewusst, dass alles, was er zuvor als Zeichen der Hoffnung interpretiert hatte, als aufscheinendes Licht in totaler Finsternis, nur Vorläufer einer Hölle waren, in die Nick jetzt eingetreten war und in der er alle Hoffnung fahren lassen musste.

Jan kündigte auch den verbliebenen Patienten und rechnete sich aus, dass er durchaus ein paar Wochen ohne Einkommen von seinem Ersparten durchhalten konnte. Alina hatte zunächst noch großes Verständnis, dann jedoch begann auch ihre Beziehung unter der Trennung zu leiden.

Eines Tages sagte sie: »Ich sehe dich nur noch spät abends.«

Sie lagen im Bett, und Jan hatte sich bereits müde zur Seite gedreht.

Er wandte sich ihr zu und antwortete tonlos: »Nick macht gerade die Hölle durch. Und ich bin der Einzige, der noch zu ihm durchdringt.«

»Das verstehe ich, aber selbst wenn du hier bist, bist du nicht wirklich anwesend. Wir haben nur noch ein einziges Thema, und das ist Nick!«

»Es tut mir leid, Alina. Das ist nur vorübergehend.«

»Was genau soll vorübergehen, Jan? Nick wird nicht mehr gesund.«

»Aber ich kann ihn doch nicht einfach da liegenlassen. Er leidet mehr, als du dir vorstellen kannst.«

Alina stützte sich auf den Ellbogen und sah auf ihn herab: »Und wie soll es weitergehen, Jan? Ich meine, wie soll es mit uns weitergehen?«

Jan runzelte die Stirn: »Aber es ist doch erst sechs Wochen her. Und schon stellst du alles in Frage?«

»Nein, aber das Problem ist, dass Nick vielleicht noch zwanzig, dreißig Jahre so sein wird, wenn er Pech hat.«

»Wenn er Pech hat?!«, fragte Jan empört.

Er drehte sich von ihr weg: »Hör auf, so zu reden. Nick erholt sich wieder. Mental.«

Alina ließ sich zurück in die Kissen fallen und löschte das Licht.

Ein paar Tage später rief auch Hedy an und erreichte Jan auf dem Handy im Krankenhaus.

»Hallo, Jan, Sie wissen noch, wer ich bin?«, fragte sie freundlich.

»Hallo, Fräulein von Pyritz. Ja, ich weiß. Es tut mir leid.«

Nick schien eingeschlafen zu sein, so stand Jan auf, ging zum Fenster und blickte nach draußen.

Hedy sagte: »Ich vermisse unsere Lernstunden. Und ich habe lange niemanden mehr angemeckert!«

Jan lächelte: »Fällt mir schwer, das zu glauben.«

»Maria ist auch etwas ungehalten.«

»Wegen mir oder wegen ihrer Tochter?«

»Vermutlich wegen beidem. Und da Sie immer noch Stipendiat der Von-Pyritz-Stiftung sind, muss ich Sie darauf aufmerksam machen, dass ein Stipendium kein Wunschkonzert ist. Sie haben jetzt sechs Wochen Auszeit genommen, Sie müssen wieder beginnen, sich einzugliedern, um nicht völlig den Kontakt zu verlieren.«

Jan sah zu Nick herüber und flüsterte fast: »Wissen Sie, das Ganze ist im Moment ein wenig schwierig …«

»Das weiß ich, Jan. Aber Sie werden daran nichts ändern, verstehen Sie?«

»Nick braucht mich jetzt!«

»Zwingen Sie mich nicht, vorbeizukommen und Sie zu holen, Jan!«, antwortete Hedy energisch. »Nick weiß, dass Sie immer an seiner Seite stehen. Aber er muss selbst aus diesem Tal herausfinden. Sie können ihm nicht helfen – das kann niemand. Und das wissen Sie auch!«

»Mag sein«, antwortete Jan ausweichend.

»Passen Sie auf! Wir machen Folgendes: Kommen Sie übermorgen Abend einfach zum Essen vorbei. Das freut Maria. Und mich auch.«

»In Ordnung.«

Sie legte auf.

Einen Moment stand Jan noch am Fenster und blickte auf die Grünanlage hinab, die Patienten für einen Spaziergang nutzten.

Spaziergang.

Gehen, laufen, flanieren, wandern, schlendern.

Es gibt viele Synonyme für diesen banalen Vorgang. So alltäglich, dass man nie einen Gedanken daran verschwendete – bis man nicht mehr dazu in der Lage war.

»Die sitzen dir ganz schön im Nacken, was?«

Jan drehte sich zu Nick, der zu ihm rüberschielte.

Er stellte sich vor ihn und antwortete: »Die sollen sich nicht so anstellen.«

»Weißt du, ich fühle mich wieder etwas besser. Und ehrlich gesagt, verscheuchst du alle hübschen Schwestern!«

Jan lächelte.

»Lass es mal ein bisschen ruhiger angehen. Es reicht, wenn du dann und wann nach dem Rechten schaust. Und außerdem musst du sicher ein bisschen Geld verdienen, richtig?«

Jan zuckte mit den Schultern: »Irgendwann schon.«

»Dann fang jetzt wieder damit an. Und lad Alina mal zum Essen ein. Oder schenk ihr was Schönes!«

»Meinst du?«

»Ja, meine ich. Ruh dich ein bisschen aus. Aber vorher tust du mir noch einen Gefallen ... «

»Klar, jeden. Was darf es denn sein?«

Nick sagte es ihm.

Jan schluckte.

Oh, Mann.

73

Es fühlte sich an wie *Heimkommen*.

Maria wartete bereits an der Tür, als Jan mit Alinas Auto vorgefahren war. Und als er sie begrüßen wollte, umarmte sie ihn stürmisch und schmatzte ihm Küsse auf die Wange.

»Also, so lange war ich jetzt auch nicht weg«, lächelte er, musste aber insgeheim zugeben, dass ihm das sehr gefiel. Wäre es nicht schön gewesen, so begrüßt zu werden, als er noch ein Kind war? Von der eigenen Mutter?

»Wehe, du lässt zwei alte Frauen noch einmal so lange warten!«, schimpfte sie freundlich. »So, komm rein! Essen ist gleich fertig!«

Sie traten ein.

»Fräulein von Pyritz?«, fragte Jan.

»Ist im Salon.«

Maria hatte eine Tafel im Salon vorbereitet.

Drei Gedecke.

Jan war erstaunt darüber, dass Maria mit ihnen essen würde, weil sie das, seit er Hedy kannte, noch nie getan hatte.

Hedy, die auf dem Sofa saß, musste es ihm angesehen haben und sagte: »Wenn das Leben zu einer schnöden Ansammlung von Gewohnheiten wird, dann sollte man mit ihnen brechen. Finden Sie nicht auch?«

»Ja, wahrscheinlich haben Sie recht.«

»Natürlich habe ich recht. Ist das nicht immer so?«

Sie grinste kokett.

»Das muss eine furchtbare Last sein, Fräulein von Pyritz«, grinste Jan zurück.

»Kommen Sie, setzen Sie sich. Und erzählen mir alles von Ihrem Bruder.«

Jan nahm neben ihr auf dem Sofa Platz, und als er geendet hatte, sagte sie: »Wie außergewöhnlich Ihre Verbindung doch ist. So fern und doch so nah. Wie viele Geschwister habe ich in meinem Leben getroffen, die der Welt demonstriert haben, wie sehr sie einander liebten. Und dann gab es ein Problem, und schon gingen sie aufeinander los. Und wollen Sie wissen, welches Problem am häufigsten vorkam?«

Jan zuckte mit den Schultern: »Wenn ich raten müsste: Geld?«

Hedy lächelte: »So ist es. Und wenn nicht das, waren es verschiedene Haltungen gegenüber dem Lebensstil des jeweils anderen. Es ist geradezu lächerlich banal.«

Jan nickte: »Diese Probleme hätte ich auch gerne …«

Sie sah ihn aufmerksam an.

Schließlich sagte sie: »Lassen Sie uns essen.«

Später, nach dem Kaffee, räumte Maria ab und öffnete die Terrassentüren. Kühle Nachtluft vertrieb den schweren Geruch nach Essen, bis Hedy Jan bat, die Türen wieder zu schließen, weil sie fröstelte.

»Also dann«, sagte sie, nahm wieder auf dem Sofa Platz und bat Jan mit einer Geste, sich neben sie zu setzen. »Bereit für eine letzte Geschichte?«

»Unbedingt«, antwortete Jan erfreut. »Ich muss einfach wissen, wie es Ihnen gelungen ist, das hier aufzubauen, obwohl Sie im Krieg alles verloren haben. Nicht nur Ihre Familie, sondern auch Ihre Ländereien. Den ganzen Besitz. Und natürlich den Picasso.«

Hedy lächelte: »Der Picasso, der hat es Ihnen angetan, was?«

»Wer kann schon von sich behaupten, einen besessen zu haben?«, fragte Jan zurück.

Hedy zuckte mit den Schultern: »Es war nur ein Bild, Jan. Aber sei's drum. Sie wissen also, wer ich war. Aber Sie wissen nicht, wie ich zu dem wurde, was ich heute bin.«

»Ja.«

Hedy lehnte sich in das Sofa zurück, starrte auf ihre Hände, wie auf der Suche nach den richtigen Worten. Dann sagte sie: »Ich denke, es ist an der Zeit für ein Geständnis.«

Jan beugte sich gespannt zu ihr vor.

»Wie Sie bemerkt haben, bestehe ich auf die Anrede *Fräulein von Pyritz*.«

»Ist mir nicht entgangen.«

»Trotzdem habe ich eine Tochter ...«

Jan zuckte mit den Schultern: »Na ja, ein uneheliches Kind. Kommt in den besten Familien vor.«

»Aber nicht in meiner.«

»Natürlich nicht«, gab Jan zurück.

Hedy kommentierte die kleine Ironie mit leicht zusammengekniffenen Augen.

Jan fragte: »Aber bedeutet *Fräulein* nicht ganz automatisch *nicht verheiratet*?«

»Ja.«

»Und?«

»Nun, ich war verheiratet.«

»Wirklich?«, rief Jan überrascht.

»Ja, aber nicht sehr lange. Genau genommen: nur einen Tag.«

»Sie nehmen mich auf den Arm?!«

Hedy schüttelte den Kopf: »Nein. Einen Tag. Nicht mehr.«

Jan lehnte sich gespannt zurück.

Und so begann Fräulein Hedy.

Die geheime Geschichte.

74

Pyritz
1945

Wie eine Scherbe ragte die Häuserwand in den grauen Himmel.

Dahinter: nichts mehr.

Die *Kleine Wollweberstraße*, die *Alte Gasse*, die *Bergstraße* mit ihren hübschen Fachwerkhäuschen – fort. Die herrlichen historischen Stadtmauern, das *Stettiner Tor*, der *Eulenturm*: zerbombt bis zur Unkenntlichkeit. Das wenige, was an Gebäuden noch stand, durchsiebt mit Einschüssen. Pyritz, das pommersche Rothenburg, lag zerstört am Boden.

Fenster ohne Glas und Rahmen.

Dächer hinweggefegt im Explosionshagel.

Straßen von Bombentrichtern zerklüftet.

Und überall der Geruch nach Verwesung und einer bis auf die Grundmauern verbrannten Stadt.

Leise fiel Schnee auf die Ruinen, überdeckte gnädig die Wunden des Krieges und auch die der Leichen, die überall zwischen Steinen und Balken herumlagen. Junge Burschen, alte Männer, Volksstürmer, zum Widerstand gezwungen. Aber vor allem Frauen und Kinder, die sich der vorrückenden Roten Armee entgegenstellen mussten, nicht nur, weil der Führer es so befohlen hatte, sondern auch, weil die Gauleiter ihnen nicht gesagt hatten, dass der Feind sie niederwalzen würde. Nur sie selbst waren rechtzeitig geflohen.

So wurden Pyritz, Arnswalde, Stargard und viele andere Orte vollkommen sinnlos verteidigt, überrollt und zum Sterben zurückgelassen, weil Berlin das eigentliche Ziel war.

Dagegen war Köseritz geradezu *human* dem Erdboden gleichgemacht worden, vielleicht aber auch nur, weil es viel kleiner war und auch keine Leichen herumlagen, sondern im Keller meines Elternhauses begraben worden waren.

Wie andere auch irrte ich in diesen Märztagen mit Lene durch die Ruinen, auf der Suche nach etwas Essbarem, nach Holz für Feuer und Kleidung gegen die Kälte. Wir nahmen sie den Toten ab: Mäntel und Schuhe.

Und schämten uns unendlich dafür.

Glücklicherweise lebten noch Teile meiner Pyritzer Familie, so dass wir uns in der Not gegenseitig beistehen konnten. Ich humpelte stark, musste oft pausieren, doch Lene wich nie von meiner Seite, und ich kann gar nicht sagen, wie dankbar ich für ihre Freundschaft war.

Noch tobte der Krieg, auch wenn es in Pyritz nichts mehr zu erobern gab und keine Soldaten mehr benötigt wurden, denn niemand war hier mehr in der Lage, sich zu erheben. In Berlin wurde noch erbittert gekämpft, Pyritz dagegen hatte seinen Frieden. Es war, als wäre der Krieg einfach weitergezogen, und in seinem Schatten breitete sich eine eigenartige Ruhe aus. So still, dass es manchmal, wenn man morgens aufwachte, für einen Moment schien, als wäre alles, was passiert war, nur ein entsetzlicher Alptraum gewesen. Dann jedoch sah man Ruß, Splitter und Zerstörung, und der Schrecken kehrte zurück.

In den Trümmern organisierten wir unser Leben, warteten auf den Frühling und darauf, dass die Erde taute, um die Toten zu begraben. Wir hatten noch Verbindungen zu den Bauern in der Umgebung, die uns unterstützten, aber zunehmend abweisender wurden, denn die großen Trecks der Flüchtlinge aus dem Osten, hungernd und verzweifelt, suchten Schutz, und den verweigerten auch bald die Hilfsbereiten unter ihnen.

Dennoch dachten die meisten, dass wir uns wieder erholen würden. Dass es Jahre, vielleicht auch Jahrzehnte dauern würde, aber die Menschen in Pommern waren zäh, fleißig und willensstark, auch wenn sie jetzt auf die rauchenden Überreste ihrer Existenz sahen. Wir dachten, dass der Krieg vorbei wäre, dass man die Täter bestrafen würde und wir die Chance bekämen, wieder aufzustehen.

Wir irrten.

Denn als Berlin gefallen war, kam der Krieg zu uns zurück.

75

Im April hatten wir begonnen, die Toten zu begraben.

Und obwohl man sich an den Anblick gewöhnt hatte, war das Beisetzen verwesender Körper eine hässliche Aufgabe. Entseelte Gesichter waren das eine, Fleisch, das vom Knochen abfiel oder von Tieren gefressen wurde, das andere, und so erwies man den Toten nicht gerade die letzte Ehre, sondern beeilte sich, sie schnellstens zu verbuddeln, ohne sich Gedanken darüber zu machen, wer sie einmal gewesen waren oder was sie erlitten hatten.

Entsprechend stieß ich mit meinem Vorschlag auf Widerstand, meine Familie in Köseritz aus den Trümmern herauszuholen, um sie in ein echtes Grab umzubetten, so wie sie es verdient hatten. Selbst Lene, die mich sehr wohl verstand, bat mich, die Toten ruhen zu lassen. Der Keller meines Elternhauses wäre voll mit Leichen, man müsste sie alle begraben, doch dazu war niemand bereit.

So sagte sie nur: »Kümmern wir uns um die Lebenden, Hedy.«

Selbstredend war ich zu stur, um die allgemeine Meinung zu akzeptieren. Ich ging zu Fuß zurück nach Köseritz, was mit meinem schmerzenden Bein einen ganzen Tag dauerte. Ich kam erst mit Anbruch der Dunkelheit an und übernachtete im Baumhaus.

Am nächsten Morgen stand ich schließlich vor den Ruinen meines Elternhauses, und das Herz wurde mir schwer, denn ich wusste, dass irgendwo unter dem zersprengten Gemäuer Vater, Mutter, Charly und meine Großeltern liegen mussten.

Ich kletterte auf den großen Steinhaufen und hob den ersten Brocken an: zu schwer. Den würde ich nie bewegen können, und so versuchte ich es an einem kleineren, was mir gelang, doch mit der aufsteigenden Wärme eines sonnigen Tages bemerkte ich schnell den süßlichen, widerwärtigen Geruch, den ich schon aus Pyritz kannte. Ich hob noch weitere Steine auf, nur um festzustellen, dass der Gestank immer intensiver wurde.

Wäre ich in der Lage, Körper um Körper aus den Trümmern hervorzuziehen? Verwesendes Fleisch. Arme und Beine, die beim Herausziehen abreißen würden? Und vor allem: Würde ich den Anblick von Vater, Mutter oder der süßen Charly ertragen, wenn ich irgendwann auf sie stoßen würde?

Eine Weile setzte ich mich neben den Steinhaufen, der einmal mein Zuhause gewesen war, und weinte still. Ich würde sie nicht bergen. Ich wollte sie so in Erinnerung behalten, wie sie einmal waren: schön, sanft, glücklich.

Später stand ich auf, stromerte durch die Trümmer und suchte nach Erinnerungen. Fand die alte Truhe meines Vaters und entnahm ihr das, was ich tragen konnte. Sogar Herberts Stiefel entdeckte ich zwischen Mörtel und Mauerwerk. Mit dem Zipfel meines Rockes begann ich, sie zu säubern, als plötzlich ein Schatten über mich fiel und ich erschrocken herumwirbelte. Für einen Moment blendete mich die Sonne, dann erkannte ich, wer dort vor mir stand.

»HERBERT!«

Ich sprang auf und fiel ihm um den Hals. Er war klapperdürr, das einstmals weiche Gesicht kantig und die Augen so stumpf, als hätten sie alles Elend der Welt gesehen. Und wahrscheinlich hatten sie das auch.

»Du bist zurück!«, weinte ich. »Du bist wirklich zurückgekommen!«

Er antwortete nicht.

Es schien nichts mehr übrig von dem früher so sarkastischen, intelligenten jungen Burschen, der sich für Musik und Literatur interessiert hatte und mit seinem hintersinnigen Spott alle zum Lachen gebracht hatte. Ausgerechnet er, dem niemand eine Chance gegeben hatte, diesen Krieg zu überleben, weder körperlich noch psychisch, war zurückgekehrt.

»Wie geht es dir? Wo kommst du her? Wir dachten, du wärest gefallen!«

Eine Frage nach der anderen sprang mir über die Lippen, selbst wenn er hätte antworten wollen, ließ ich ihm überhaupt keine Zeit dazu. So stand er nur da und sah mich lange an.

Irgendwann fragte er mich: »Wo ist Charly?«

Es stach mir tief ins Herz.

In meiner Freude, ihn wiederzusehen, hatte ich für einen Moment vergessen, weswegen ich eigentlich hier war. Wieder schwammen mir Tränen in den Augen, ich suchte verzweifelt nach den richtigen Worten, aber das war gar nicht nötig.

Er fragte nur: »Hier?«

Und blickte auf die Trümmer.

»Sie hat immer gewusst, dass du zurückkommst!«, sagte ich. »Alle haben gedacht, du wärest gefallen, aber sie wusste, dass du zurückkommen würdest.«

Er nickte schwach.

Ich beugte mich herab und nahm die Stiefel auf.

»Die hat sie für dich aufbewahrt.«

Herbert blickte auf seine Füße, und jetzt sah ich auch, dass seine Schuhe eigentlich nur noch Fetzen waren. Er hatte offenbar einen langen Marsch hinter sich. Aus dem löchrigen Leder lugten schmutzige Zehen hervor. Jedenfalls die, die ihm noch geblieben waren, denn einige waren schwarz. Erfroren. Auch der Rest seiner Kleidung war zerrissen, teils Uniform, teils zivil, je nachdem, was er gerade für sich hatte finden können.

Er nahm die Stiefel.

Blickte sie gleichgültig an.

Dann jedoch tauschte er die Fetzen an seinen Füßen gegen sie ein.

Als er sich wieder aufgerichtet hatte, umarmte ich ihn und sagte: »Du bist wieder da. Der Krieg ist vorbei.«

Er sah mich an und antwortete nur: »Nein.«

»Ja, gut, in Berlin noch, aber … «

Er schüttelte den Kopf: »Nein.«

Wandte sich ab und ging.

Da wusste ich, dass für ihn dieser Krieg niemals vorbei sein würde.

Für den Rest seines Lebens.

76

Ich war noch eine Weile neben ihm hergelaufen, hatte ihn gebeten, mit nach Pyritz zu kommen, damit wir uns um ihn kümmern konnten. Ich hatte so viele Fragen, doch er ließ sie alle unbeantwortet. Was immer er erlebt hatte, was immer er gesehen hatte, es hatte ihn sprachlos gemacht. Und so nickte er nur, als ich ihm sagte, wo er uns in Pyritz finden würde, doch als ich zurückkehrte, war er nicht da.

Ich habe ihn nie wiedergesehen.

Ich gab meinen Plan auf, meine Familie zu beerdigen, aber ich kehrte noch ein paar Mal zurück, denn in den Trümmern von Köseritz fand ich genügend Dinge, die wir alle gebrauchen konnten: nicht nur Lebensmittel, wie verschlossene Gläser mit Eingemachtem, die wie durch ein Wunder das Bombardement überstanden hatten. Ich fand auch Wertgegenstände, die wir möglicherweise gegen das tauschen konnten, was wir noch brauchten. Anfangs nahm ich all diese Gegenstände mit großem Skrupel, später dann mit großer Selbstverständlichkeit: Der Krieg hatte mich zu einer Diebin gemacht.

Und ich gestehe: Kein Haus durchforstete ich so intensiv wie das von Rudolf Karzig. Auch hier war kaum ein Stein auf dem anderen geblieben, aber in dieser Ruine hielt ich mich länger auf als in allen anderen, denn in meinem Hass auf ihn suchte ich nach Dingen, die ihm gehörten, um sie ihm zu wegzunehmen. Um wenigstens für ein paar Sekunden das Gefühl zu genießen, auch ihm Schaden zugefügt zu haben.

Ich trug Stein um Stein ab, in der Hoffnung, vielleicht auf etwas Wertvolles zu stoßen oder wenigstens auf etwas, womit ich ihm Schwierigkeiten machen konnte. Etwas, was ich seinen Feinden geben konnte, wenn der Krieg wirklich einmal vorbei wäre. Er hatte sich fortgeschlichen, als alle anderen dem Tod geweiht waren, womöglich würde ich etwas entdecken, was ihn wieder anlocken würde. So wie bei Charly und mir und dem Kälbchen im Stall.

Ich fand ein paar Wertgegenstände, ein wenig Geld, ein paar Akten, die ich Blatt für Blatt durchging. Aber nichts, was mir verdächtig schien. Ich steckte die Wertsachen ein und kletterte zurück auf die Straße. Dann drehte ich um, spuckte auf die Trümmer von Karzigs Haus und kehrte zurück nach Pyritz.

Wir aßen zu Abend, doch während die anderen früh schlafen gingen, verließ ich unseren Unterschlupf, eines der wenigen Häuser, das das Stahlgewitter halbwegs überstanden hatte und jetzt vollkommen überfüllt war mit Überlebenden.

Die Nacht war überraschend mild.

Das kalte Licht eines fast vollen Mondes ließ die Ruinen bizarr, ja beinahe okkult wirken, und selbst die kleinen schwarzen Ratten wirkten weniger ekelerregend als am Tag. Eine Weile saß ich unter den Resten des alten *Eulenturms*, der wie ein abgebrochener Zahn aus den zerschossenen historischen Stadtmauern herausragte, und dachte an Charly. Und Herbert. Und wie glücklich sie gewesen waren, bevor die Welt in Flammen aufgegangen war.

»Guten Abend, Fräulein!«

Erschrocken blickte ich auf und sah den Schatten eines großen Mannes auf mich zukommen.

»Haben Sie keine Angst!«, sagte er leise und setzte sich neben mich.

Selbst im fahlen Mondlicht sah er gut aus. Mehr als das: Er war schlichtweg ein schöner Mann. Ebenmäßige Gesichtszüge, volles, dunkles Haar, auffallend blaue Augen. Er trug einen Anzug, der wie für ihn gemacht worden war, ein wenig staubig zwar, aber ansonsten in tadellosem Zustand. Als hätte es nie Krieg und Zerstörung gegeben, als wäre er nur auf einem nächtlichen Spaziergang zufällig auf eine junge Dame getroffen, der er jetzt eine Zigarette anbot … Er hatte Zigaretten! Während der Rest froh war, wenn er etwas zu essen fand.

»Ich habe keine Angst«, antwortete ich wahrheitsgemäß.

Das schien ihn zu amüsieren.

»Was ist daran so komisch?«, fragte ich und lehnte mit einer Handbewegung die mir angebotene Zigarette ab.

»Nichts, mein Fräulein. Man trifft nur so selten Menschen, die keine Angst haben. In diesen Zeiten.«

»Sie sind nicht von hier?«, fragte ich neugierig.

Er schüttelte den Kopf: »Nein.«

»Vertrieben?«, fragte ich weiter.

»Ja.«

»Woher kommen Sie?«

Er zündete sich seine Zigarette an und fragte zurück: »Und Sie?«

»Köseritz.«

Er nickte, als ob er es kennen würde.

»Was machen Sie hier?«, fragte ich erneut.

»Wollen wir ein wenig spazieren gehen, mein Fräulein? Es ist so mild heute. So friedlich. Und trägt nicht alles, was uns begeistert, die Farbe der Nacht?«

Ich sah ihn prüfend an.

Nichts in seinem Gesicht verriet Arglist oder böse Absichten. Im Gegenteil: Er wirkte offen und selbstbewusst. Nicht nur ein Mann, der keine Furcht hatte, sondern einer, der gewohnt war, voranzugehen. Einer, der vollkommen in sich selbst ruhte. Und einer, der Novalis kannte, den er gerade zitiert hatte.

»Wollen Sie sich nicht erst einmal vorstellen?«

»Tut mir leid, meine Manieren lassen zu wünschen übrig … «

Er stand auf, genau wie ich, nahm meine Finger und deutete einen Handkuss an: »Pape. Richard von Pape.«

»Hedy von Pyritz.«

»Sehr erfreut, Fräulein von Pyritz. Wollen wir?«

Er bot mir den Arm, und wir schlenderten durch die Trümmer. Und es kam mir nicht einmal surreal vor, so selbstverständlich führte er mich um Bombentrichter und zerbrochene Ziegel herum. Als flanierten wir an einem Sonntagnachmittag durch einen Park.

Ich erfuhr nicht viel von ihm, außer dass er Soldat gewesen war, wie alle anderen auch, und die Uniform abgelegt hatte, weil er keine große Lust hatte, in russische Gefangenschaft zu geraten. Von seiner Familie erzählte er so gut wie nichts, nur dass er ein Einzelkind war und die Musik liebte. Dann und wann erwischte ich mich dabei, wie ich ihn von der Seite ansah, wenn ich glaubte, dass er es nicht bemerkte, und selbst im Profil sah er umwerfend aus.

Nach einer Weile brachte er mich zurück zum *Eulenturm* und verabschiedete sich.

Er wandte sich ab, und ich fragte ihn rasch: »Sehen wir uns wieder?«

Da drehte er sich um und sagte: »Ich finde Sie nachts am *Eulenturm*, wenn Sie wollen.«

Ich nickte und sah, wie er in der Dunkelheit verschwand.

Mit einem Lächeln ging ich zurück.

77

Erst später fiel mir auf, dass er den Namen des *Eulenturms* kannte, aber das konnte ihm auch ein anderer Überlebender aus Pyritz gesagt haben. Aber ehrlich gesagt kümmerte es mich nicht, ob er mit der Gegend vertraut war oder nicht, ob er vertrieben worden war oder fahnenflüchtig, wie ich vermutete, ob er aus Schlesien, Pommern oder dem Rheinland stammte: An jenem Abend verliebte ich mich Hals über Kopf in ihn. Nicht so wie bei Peter, der über die Jahre des gemeinsamen Aufwachsens ein Teil von mir geworden war und den ich immer noch spüren konnte, sondern hier fühlte ich eine Hitze, die ich zuvor noch nie kennengelernt hatte.

Keine Glut, sondern offenes Feuer.

Hätte man mir zuvor gesagt, dass so etwas zwischen Menschen möglich sein könnte, hätte ich darüber gelacht. Ich hätte zu jeder Zeit abgestritten, dass man jemandem innerhalb kürzester Zeit den Schlüssel zu seinem eigenen Herzen schenken konnte. Sich erobern lassen konnte, ohne irgendwelchen Widerstand zu leisten.

Vielleicht war es diese milde Nacht, das Licht, das die Schatten so magisch zum Leben erweckt hatte. Vielleicht war es das Gefühl, in den Trümmern der Welt zu hocken und alles verloren zu haben. Vielleicht aber war ich auch nur eine junge Frau von gerade mal dreiundzwanzig Jahren, die nicht mehr alleine sein wollte. Was auch immer es war, in dieser Nacht jedenfalls lag ich wach neben Lene und dachte an Richard von Pape.

Den nächsten Tag verbrachte ich in Unruhe, denn es sollte endlich Abend werden, weil ich Richard dann wiedersehen konnte. Wir sammelten Holz und suchten nach Nahrung und Wertgegenständen, der Rest war Warten. Und als es schließlich dämmerte, drängte ich darauf, früh zu essen und anschließend alleine spazieren zu gehen, obwohl Lene Lust hatte, mich zu begleiten. Ich vertröstete sie auf ein andermal, sagte ihr, dass ich ein wenig Zeit für mich bräuchte, und machte mich auf den Weg zum *Eulenturm*.

Dort saß ich dann.

Sehr lange.

Und je länger ich wartete, desto wütender wurde ich, denn ich war der Meinung, dass man eine Hedy von Pyritz so ganz sicher nicht behandelte. Was bildete sich dieser Mann eigentlich ein? Wir hatten zwar keine Uhrzeit ausgemacht, aber ein Ehrenmann hatte selbstverständlich vor der Zeit am vereinbarten Ort zu sein und das Eintreffen der Dame gefälligst herbeizusehnen.

Dann dachte ich plötzlich bang, dass er natürlich auch einer russischen oder polnischen Militärpatrouille in die Hände gefallen sein könnte, dass sie ihn festgenommen oder vielleicht sogar erschossen hatten. Es wäre sogar möglich gewesen, dass er versprengten deutschen Soldaten begegnet war, die ihn als Fahnenflüchtigen an die Wand gestellt hatten. Er hatte nicht gesagt, wo er sich tagsüber aufhielt oder warum er überhaupt hier war, daher konnte die Verspätung viele Gründe haben.

»Guten Abend, Fräulein von Pyritz!«

Ich wandte mich um und staunte über seine Fähigkeit, sich leise wie eine Katze anzuschleichen. Ich hatte ihn nicht kommen gehört, und obwohl ich mich im ersten Moment über die Maßen freute, dass ihm nichts zugestoßen war, stellte ich fest, dass er offensichtlich nicht in Gefangenschaft oder Lebensgefahr geraten, sondern schlicht und ergreifend weit über der Zeit war.

Ich stand auf und sagte: »Sie sind zu spät!«

»Das tut mir leid, aber ich …«

»Das nächste Mal kommen Sie pünktlich oder gar nicht mehr!«

Ich drehte mich um und marschierte zurück in unsere Unterkunft.

Er versuchte nicht, mich aufzuhalten oder um Verzeihung zu bitten, was mich ärgerte und gleichzeitig beeindruckte: Das war kein Mann, den man herumkommandieren konnte. Keiner, der mehr erklärte, als nötig war, und vor allem keiner, der sich von Zickigkeiten beeindrucken ließ.

Wie reizvoll!

Am nächsten Abend dann war er vor mir da.

Ich grüßte kühl, aber mein Herz hüpfte vor Freude, denn ich war ein Freund kleiner Gesten, und diese hier genügte vollkommen, um mich zu besänftigen.

Er selbst blieb vollkommen souverän, zugewandt, biederte sich aber zu keiner Sekunde an, wählte interessante Gesprächsthemen, hielt sich aber, was private Dinge betraf, bedeckt, was ihn in meinen Augen nur umso geheimnisvoller machte. Da er meinen persönlichen Fragen wieder und wieder geschickt auswich, unterließ ich sie irgendwann. Immerhin erfuhr ich, dass er vier Jahre älter war, ehemals Leutnant der Wehrmacht, und ich konnte nicht umhin, ihn mir als charismatischen Offizier vorzustellen.

Am Ende des Abends verabschiedete er sich wieder mit einem Handkuss.

»Ich fürchte, ich muss Sie ein wenig vertrösten, Fräulein von Pyritz!«

»Warum?«

»Nun, ich bin hierhergekommen, um einen Freund zu treffen. Aber wir haben uns verloren. Ich werde ein paar Tage unterwegs sein und hoffe, dass ich seine Spur finde.«

»Das muss ein sehr guter Freud sein, wenn Sie ein solches Risiko eingehen?!«

»Ja, er ist sehr wichtig für mich. Ich hoffe, Sie verstehen das.«

»Natürlich«, antwortete ich. »Aber was wird sein, wenn Sie ihn finden? Oder auch nicht finden?«

»In beiden Fällen sehen Sie mich wieder.«

»Und dann?«, fragte ich.

»Dann werde ich Sie bitten, mit mir zu kommen.«

Er sah mich völlig ruhig an.

Gerade so, als hätte er mich aufgefordert, ihn ins Kino zu begleiten und nicht in ein neues Leben.

»Sieh an, Sie trauen sich ja was!«, gab ich lächelnd zurück.

»Was stimmt Sie so optimistisch, dass ich Sie begleiten möchte?«

»Was hält Sie hier? Pommernland ist abgebrannt. Und die Russen werden es behalten. Oder den Polen übergeben. So oder so ist es das Ende des Deutschen Reiches. Wollen Sie dann noch hier sein?«

»Das ist meine Heimat!«, protestierte ich.

Er nickte: »Denken Sie darüber nach, Fräulein von Pyritz. Wenn Berlin gefallen ist, wird sich alles ändern. Ihre Heimat wird dann nur noch in Ihrer Erinnerung existieren.«

Er deutete eine Verbeugung zum Abschied an und kehrte zurück in die Dunkelheit.

78

Er brauchte länger als ein paar Tage.

Viel länger.

Es wurde Mai, und ich verbrachte meine Abende am *Eulenturm*, wartete auf jemanden, der einfach nicht kam, und kehrte spät in der Nacht zurück, manchmal nicht wissend, ob es Richard von Pape überhaupt gegeben hatte oder ob er nur ein Traum gewesen war, eine Halluzination, aufgestiegen aus tiefer Verzweiflung darüber, was alles geschehen war.

Natürlich blieb Lene nicht verborgen, dass ich mich verändert hatte, dass ich tagelang beinahe euphorisch gewesen war, nur um dann zunehmend melancholischer zu werden. Mich zurückzog, Gespräche mit ihr nur mechanisch am Leben hielt, bis ihr irgendwann einmal der Kragen platzte und sie mich zur Rede stellte.

»Was ist eigentlich los mit dir?«, fragte sie streng.

»Ich weiß auch nicht«, gab ich vage zurück.

Doch sie fuhr mich an: »Natürlich weißt du das! Du willst es mir nur nicht sagen. Warum? Habe ich was falsch gemacht? Bist du böse mit mir?«

Ich ergriff ihre Hand und sagte schnell: »Natürlich nicht! Wie kommst du nur auf so etwas?«

»Was ist es dann?«

Ich zögerte einen Moment, dann erzählte ich ihr von meinen beiden Begegnungen mit Richard, erwähnte seinen Vornamen so selbstverständlich, als ob er mir schon das *Du* angeboten hätte.

Lene hörte zu, dann rief sie: »Du bist ja verliebt!«

Ich spürte, wie mir die Röte in die Wangen schoss, aber ich konnte nicht anders, als zu grinsen. Und zu nicken.

»Ach, Hedy!«, seufzte Lene.

Und ich wusste nicht, wie sie das gemeint hatte.

Sie sah unglücklich aus, mühte sich aber um Munterkeit. Lächelte sogar, wenn es auch ein wenig gequält wirkte.

»Ist er auch verliebt?«, fragte sie vorsichtig.

»Ich weiß es nicht. Ich hoffe!«

»Und wirst du mit ihm gehen, wenn er kommt?«, fragte sie bang.

»Vielleicht. Ja.«

Lene schwieg.

Ich griff ihre Hand und schwor: »Aber ich werde nicht ohne dich gehen, Lene. Wenn du nicht mitkommst, dann gehe ich auch nicht.«

»Wirklich?«

»Natürlich!«

Wir umarmten uns.

»Ganz gleich, was aus mir und ihm wird, wir werden zusammenbleiben. Für immer!«

Lene drückte mich fest an sich: »Ja. Du und ich.«

Ich wartete.

Der *Eulenturm* wurde mir ein treuer Kumpan, ein zerbrochener Freund aus Stein und Ziegel, zu dem ich manchmal in Gedanken sprach und der immer nur stumm auf mich herabblickte. Dann, am achten Mai, nachts, kam mir ein Mann entgegen und rief jubelnd: »Der Krieg ist aus! Der Krieg ist aus!«

Sie hatten die vollständige Kapitulation im Radio verkündet, jetzt verbreitete sich die Nachricht wie ein Lauffeuer, und bald schon traten alle Überlebenden von Pyritz mit brennenden Kerzen aus ihren Ruinen. Zum ersten Mal seit unendlich langer Zeit sah ich die Menschen wieder strahlen oder wenigstens erleichtert lächeln. Und ich war erstaunt darüber, wie viele doch noch da waren. Die gute Nachricht hatte sie aus den Kellern gelockt.

Wir standen zusammen und umarmten uns: Fast sechs Jahre Krieg waren vorbei. Einfach so, wie uns schien. Der Krieg endete wie er begonnen hatte: mit einer Meldung im Radio. Dazwischen lagen über sechzig Millionen Tote. Soldaten wie Zivilisten.

Leid, Schmerz, Zerstörung.

Aber in dieser Nacht zum neunten Mai keimte neue Hoffnung, alle waren überzeugt, dass sich das Schicksal jetzt zum Besseren wenden würde, und niemand rechnete mit dem, was nur zwei Tage später geschah.

Sie kamen am Tag.

Schnell und mitleidlos.

Kesselten die Stadt ein und begannen die Menschen aus den Trümmern herauszutreiben. Hauptsächlich braun uniformierte Truppen mit den blauen Offiziersmützen des Volkskommissariats für innere Angelegenheiten NKWD, aber auch die Grünuniformierten mit den grünen Mützen des militärischen Abwehrdienstes SMERSch. Sie waren voller Hass auf das, was die Wehrmacht ihrer Heimat angetan hatte, und jetzt rächten sie sich dafür.

Die meisten Männer, die sie fanden, wurden noch an Ort und Stelle exekutiert. Warum einige weiterleben durften, andere nicht, war nicht ersichtlich, hing möglicherweise auch von der Laune des befehlgebenden Offiziers ab. Ebenso, ob eine Frau vergewaltigt wurde oder nicht, wenngleich die meisten diesbezüglich kein Glück hatten, völlig unabhängig von ihrem Alter oder ihrer körperlichen Verfassung.

Ich hörte ihre Schreie.

Die Schüsse.

Befehle.

Nur durch einen glücklichen Zufall befand ich mich beim Einmarsch der Truppen am Rande der Stadt auf der Suche nach Lebensmitteln, konnte mich verstecken, bevor sie mich entdeckten, und sah sie an mir vorübermarschieren. Sie teilten sich rasch auf und durchkämmten Straße um Straße – bald würde es kein Entrinnen mehr geben.

Ich sprang aus meinem Versteck und dachte nur: Lene!

Geduckt lief ich durch die Steinwüste, warf mich zu Boden, wenn sich ein Soldat umzudrehen drohte, kroch weiter, erreichte bald schon die Weggabelung, die zu unserem Unterschlupf führte. Niemand war zu sehen, die Gelegenheit günstig, aber ich wusste nicht, ob Lene überhaupt da war. Es waren knapp fünfzig Meter bis zu unserem Haus, Deckung gab es bis dorthin keine. Ich würde schon von weitem gut sichtbar sein. Und wenn sie nicht dort wäre, hätte ich mich völlig vergebens in Gefahr gebracht.

Schon hörte ich das Geräusch der Stiefel.

Ich spannte die Muskeln an, bereit zum Sprung über einen querliegenden Balken, um dann über ein Trümmerfeld zu unserem Unterschlupf zu hetzen.

Los!

Aufspringend stürzte ich im gleichen Moment wieder zu Boden. Jemand hatte meinen Fußknöchel gepackt und zog mich zurück hinter ein Mauerstück. Mein Herz raste vor Aufregung, ehe ich nachdachte, schlug ich bereits wie wild nach dem Angreifer, der meine Handgelenke packte und sie herabdrückte: Richard!

»Nicht!«, zischte er.

Dann hielt er mir den Mund zu und drückte mich zu Boden. Schon im nächsten Moment hörte ich einen Trupp NKWDler sehr nah an uns vorübermarschieren. Ein Offizier gab ihnen kurze Anweisungen, die Schritte entfernten sich rasch nach allen Seiten.

Erst nach einer unendlich langen Minute wagte ich, hinter dem Mauerstück hervorzulugen.

Die Männer trieben gerade die Bewohner unseres Hauses auf die Straße: Lene war dabei.

»Wir müssen weg hier!«, flüsterte Richard.

»Nein!«, antwortete ich ebenso leise wie bestimmt.

»Hedy, ich habe alles riskiert, um dich zu retten. Komm jetzt!«

»Nicht ohne Lene. Ich lasse sie nicht im Stich!«

Er blickte zu der Gruppe aus unserem Haus, das mittlerweile von den russischen Geheimdienstlern umstellt war.

»Du kannst nichts mehr für sie tun!«, mahnte er gereizt.

»Sie hat mein Leben gerettet. Ich gehe nicht ohne sie!«, flüsterte ich ebenso gereizt zurück.

Ich hörte ihn undeutlich fluchen.

Dann zog er mich zurück: »Gut, komm! Hier können wir nichts ausrichten!«

Widerwillig ließ ich mich von ihm fortziehen.

Lene stand mitten in der Gruppe.

Blass.

Zitternd.

Einer der Soldaten zerrte einen neben ihr stehenden älteren Herrn heraus und schoss ihm in den Kopf.

79

Wir zogen uns zurück, suchten Schutz in einem nahe liegenden Wäldchen, doch auch hier mussten wir den Truppen immer wieder ausweichen, denn wir waren nicht die Einzigen mit dieser Idee gewesen. Sie suchten überall nach geflohenen Einheimischen und fanden viele.

Richard führte mich umsichtig, schien trotz der enormen Anspannung nicht übermäßig nervös zu sein und traf die richtigen Entscheidungen, wann wir uns wohin bewegen mussten.

Endlich brach die Dunkelheit an und wir kamen langsam zur Ruhe, denn auch der NKWD kehrte jetzt nach Pyritz zurück.

Bald war es so dunkel, dass man die Hand nicht mehr vor den Augen sehen konnte und ich, trotz eines guten Orientierungssinnes, nicht mehr wusste, in welcher Himmelsrichtung Pyritz lag.

Richard brachte uns bis an den Rand der Bewaldung.

Die Stadt lag vor uns, offenbar hatten die Truppen ein großes

Feuer in der Mitte entfacht: Der Himmel flackerte dort gelblich.

»Das ist Wahnsinn, Hedy!«, flüsterte Richard. »Wir kommen niemals an sie heran!«

»Ich gehe nicht!«, gab ich zurück.

»Ich bin zurückgekommen, weil ich eine Route für uns gefunden habe. Aber das Zeitfenster schließt sich.«

»Ich gehe nicht!«

»Hier werden wir sterben. Du hast gesehen, was sie getan haben!«

»Ich habe es gesehen. Und deswegen bleibe ich!«

Er schwieg.

Aber an seinen malmenden Unterkiefern konnte ich erkennen, dass er alles andere als glücklich über meinen Starrsinn war.

Dann jedoch nickte er: »Bleib hier! Rühr dich nicht von der Stelle. Hast du verstanden?«

»Wo willst du hin?«

»Ich werde versuchen, etwas näher heranzukommen.«

Er schlich davon und tauchte in die Finsternis ab.

Ich saß da und lauschte in die Nacht.

Verfluchte Vögel und alles Getier, was Geräusche machte, denn ich horchte angestrengt auf Rufe, vielleicht sogar Schüsse, und betete zugleich, dass ich sie nicht zu hören bekam. Denn dann wäre alles aus gewesen.

Stundenlang hockte ich da, starrte ins Schwarze, bis meine Augen tränten und ich bei jedem kleinsten Knacken eines Zweiges, bei jedem Rauschen eines Baumwipfels oder Krabbeln eines Käfers paranoid fürchtete, entlarvt worden zu sein.

Dann endlich hörte ich leise Schritte, ein Schatten schälte sich aus dem Dunkel heraus, und im nächsten Moment hockte sich Richard neben mich.

»Sie haben sie auf dem Marktplatz zusammengetrieben. Es gibt keine Möglichkeit, an sie heranzukommen.«

»Wie geht es Lene?«

Ich hatte sie ihm beschrieben und hoffte, dass er sie entdeckt hatte.

»Lebt sie?«, fragte ich drängender.

»Ja.«

»Was machen sie dort?«, fragte ich weiter.

Wieder schwieg er.

»So schlimm?«, fragte ich mit einem Kloß im Hals.

»Konzentrieren wir uns auf das, was vielleicht möglich ist«, bestimmte er. »Ich habe eine der Wachen *Świebodzin* sagen hören. Schwiebus, das ist gut hundert Kilometer von hier.«

»Was ist dort?«

»Ein Zwischenlager.«

»Zwischenlager für was?«, hakte ich nach.

»Die Arbeitsfähigen werden von dort nach Russland gebracht. In Gulags.«

»Nein!«, entfuhr es mir so laut, dass ich mir sofort die Hand vor den Mund hielt.

»Wenn sie erst in diesem Lager ist, ist sie verloren. Die Russen haben praktischerweise viele KZ übernommen und zu ihren Lagern gemacht. Sie sind gut gesichert. Wer drin ist, wird abtransportiert oder stirbt dort.«

»Woher weißt du das mit den Lagern?«, fragte ich.

»Ich war Offizier, Hedy. Und ich bin sicher, selbst ihr auf dem Land habt von den Gerüchten im Osten gehört?«

»Ja. Aber keiner wollte sie so recht glauben.«

»Ist das so?«, fragte Richard und sein Ton wurde so *ironisch*, dass ich nicht wusste, ob er sich gerade über mich lustig machte oder empört war.

Ich wollte darauf antworten, aber er hielt mir einen Finger auf die Lippen, als Zeichen dafür, dass er das Thema nicht weiter vertiefen wollte.

»Die Russen werden ihr Land wieder aufbauen. Aber sie werden es mit Gefangenen tun. Wir würden dasselbe mit ihnen machen.«

»Und was tun wir jetzt?«, fragte ich.

»Der Bahnhof von Pyritz ist zerstört, aber weiter draußen sind die Gleise noch intakt. Sie werden sie dorthin bringen und abtransportieren. Das könnte unsere Chance sein, denn dafür werden sie nur einen Bruchteil der Truppen abstellen, der Rest wird weiterziehen.«

»Dann sollten wir dahin, richtig?«

Er nickte: »Wir müssen sofort los und dort sein, bevor die Sonne aufgeht. Und eines muss dir klar sein, Hedy: Wir brauchen alles Glück der Welt!«

In geduckter Haltung umschlichen wir die Stadt großräumig, ständig auf der Hut vor Posten, denen wir auf keinen Fall vor die Gewehrläufe kommen wollten. Kurz vor Sonnenaufgang erreichten wir tatsächlich die Gleise, die nach Pyritz führten. Im Zwielicht eines schönen Morgens suchte Richard nach einer geeigneten Stelle und fand sie im angrenzenden Dickicht, in das wir uns zurückzogen und warteten.

Doch nichts passierte.

Kein Zug fuhr an Pyritz heran, keine Truppen mit Gefangenen verließen die Stadt. Gegen Mittag schliefen wir ein, schreckten immer wieder auf, nur um festzustellen, dass sich nichts verändert hatte.

Es wurde Nacht.

Und es wurde wieder Tag.

Ich hatte nur eine vage Vorstellung, was Lene erleiden musste, und betete förmlich für einen Transport, denn dort, auf dem Marktplatz, würde sie unter wütenden, betrunkenen Soldaten nicht lange durchhalten. Sie war eine hübsche, junge Frau – das war den Soldaten sicher nicht entgangen.

Dann endlich, in der Nacht, fuhr ein Zug heran und hielt an der Stelle, wo das Gleis, von einer Bombe zerrissen, endete. Ein paar gelangweilte, reguläre Soldaten hatten ihn begleitet und lungerten jetzt vor der Lok herum, spielten Karten, rauchten und tranken. Wir waren nicht weit von ihnen entfernt und wagten kaum zu atmen.

Endlich dämmerte ein neuer Tag, und schon von weitem sahen wir die Gefangenen von Pyritz auf den Zug zumarschieren.

Die Soldaten öffneten die Waggons und warteten.

Es war ein halbes Dutzend, vielleicht ebenso viele NKWD-ler.

Der Trupp erreichte die Lok, die Soldaten trieben die Gefangenen vor sich her, hin zu den Waggons. Schrien und stießen sie mit den Gewehrkolben in die Rippen.

Ich sah Lene und unterdrückte einen Schrei: Ihr Gesicht war blutig und geschwollen, die Kleidung zerrissen. Sie blickte zu Boden, mied jeden Augenkontakt, sosehr ich mir auch wünschte, sie würde einen Blick in das Unterholz riskieren, wo wir in der Dämmerung fast unsichtbar waren.

Richard stupste mich an und zeigte auf einen NKWD-Soldaten: Er hatte seinen Kameraden signalisiert auszutreten und marschierte jetzt ein paar Schritte ins dichte Grün neben dem Gleis.

»Wir haben nur diesen einen Versuch!«, flüsterte er. »Sobald du Schüsse hörst, greifst du dir deine Freundin und fliehst. Dreh dich nicht um. Halt nicht an! Lauf, so schnell du kannst!«

»Schüsse?!«, würgte ich leise hervor. »Hast du eine Waffe?«

Richard schüttelte den Kopf: »Nein, aber er!«

»Wo werden wir uns treffen?«, fragte ich schnell.

»Ich habe dich einmal gefunden!«, wisperte er zurück. »Ich werde dich wieder finden! Geht nach Westen. Zu den Amerikanern. Ändere nicht deinen Namen!«

Ich nickte.

Und schon im nächsten Moment war er verschwunden.

Unendlich vorsichtig kroch ich zu der Stelle, an der Lene darauf wartete, in einen Waggon zu steigen. Nur dichtes Grün und ein paar Meter bis zu den Gleisen trennten uns. Ich starrte sie an, in der Hoffnung, sie würde mich spüren, würde zu mir herübersehen, damit ich ihr ein kleines Zeichen geben konnte, aber sie blickte immer nur zu Boden.

In einiger Entfernung hörte ich einen Soldaten einen Namen rufen: »Mischa?«

Als er keine Antwort bekam, ging er ihm durch das Dickicht nach, um zu sehen, wo sein Kamerad blieb.

Dann ging alles ganz schnell!

Ein Schuss!

Die Soldaten zuckten zusammen und wandten sich dem Geräusch zu. Liefen der Stelle entgegen, während andere schon ins Unterholz drangen und gleich darauf von einer Salve niedergemäht wurden.

Schreie!

Schüsse!

Die Russen feuerten aus allen Rohren ins Unterholz!

Die Gefangenen warfen sich zu Boden.

Ich sprang aus dem Dickicht, war in weniger als einer Sekunde bei Lene, riss sie am Arm hoch: »Schnell!«

Schon zerrte ich sie ins Dickicht zurück.

Stimmen hinter uns.

Schüsse!

Einschläge rechts und links von uns splitterten Baumstämme auf.

Dann hörten wir nichts mehr.
Und rannten um unser Leben.

80

Jans Handy klingelte.
Vor Schreck griff er so hektisch nach dem Telefon, dass es ihm
aus den Händen fiel, um auf dem Boden weiter zu bimmeln
und zu vibrieren.
»Verfluchte Scheiße!«, rief er wütend.
»Jan!«, mahnte Hedy nachsichtig, lächelte aber, weil Jan her-
umsprang, als hätte ihn jemand unter Strom gesetzt.
»Ausgerechnet jetzt!«
Endlich hatte er das Handy zu fassen bekommen und ging
ran.
»WAS?!«, fluchte er.
Dann hörte er zu.
Nach einer Weile antwortete er nur: »Ist gut, ich komme.«
Er legte auf und sah Hedys neugierigen Blick: »Ich fürchte, ich
muss noch mal ins Krankenhaus.«
»Ist etwas passiert?«, fragte Hedy.
»Ja und nein. Nick ist wohlauf, aber es gibt wohl Proble-
me.«
»Dann kümmern Sie sich mal.«
»Ich will auf jeden Fall das Ende hören!«, verlangte Jan.
Hedy nickte: »Ja, das werden Sie.«
Er verabschiedete sich und eilte hinaus zu Alinas Wagen. Noch
auf dem Weg nach Münster spürte er langsam Unmut in sich
aufsteigen, der sich nach und nach zu Wut erhitzte. Was dach-

ten die sich eigentlich dabei, ihn so spät am Abend anzurufen und einzubestellen?

Nick hatte man mit dem Gesicht zum Fenster gelagert, so dass er erst um das Bett herumgehen musste, um ihn zu begrüßen.

»Schlechte Nachrichten, Kumpel!«, sagte der.

»Abwarten«, antwortete Jan.

Er drehte ihn auf den Rücken und fuhr das elektrische Gestell des Bettes hoch, so dass Nick aufrecht sitzend in den Raum sehen konnte. Wenige Momente später flog auch schon die Zimmertür auf, ein Arzt in den Fünfzigern marschierte herein.

»Sind Sie der Bruder?!«, fragte er herrisch.

»Und Sie sind?«, fragte Jan gereizt zurück.

»Doktor Brosig. Ich bin der Chefarzt dieser Station!«

Er kramte in der Tasche seines weißen Kittels und zog schließlich ein kleines, durchsichtiges Beutelchen heraus.

»Ist das Ihres?«, fauchte er.

Jan zuckte mit den Schultern und deutete mit dem Daumen auf seinen Bruder: »Seines.«

»Veräppeln kann ich mich selbst!«, giftete Doktor Brosig.

»Ist wirklich meines!«, gab Nick zu.

»Halten Sie den Mund, Herr Kramer!«

Dann wandte er sich wieder Jan zu: »Wie kommen Sie dazu, Marihuana in mein Krankenhaus zu schmuggeln!«

»Ihr Krankenhaus?«, fragte Jan. »Ich dachte, das wäre ein städtisches Krankenhaus?«

»Meine Station!«, korrigierte Doktor Brosig wütend. »Sie haben das in dieses Zimmer geschmuggelt. Eine Schwester hat es heute Abend in einer Schublade von Herrn Kramers Rollwagen gefunden. Das sind illegale Drogen!«

»Und?«, fragte Jan ruhig.

»Das ist ein Krankenhaus hier – und Sie machen eine Opiumhöhle draus! Das verstößt gegen das Gesetz und bringt eine ganze Station in Verruf. Und ich dulde das keine Sekunde lang!«

Jan nickte und sagte: »Was sehen Sie hier, Doktor Brosig?«

Er sah ihn irritiert an: »Was meinen Sie?«

»Ist doch nicht so schwer zu begreifen. Was sehen Sie hier?«

Er deutete mit einer Handbewegung auf Nick.

»Einen Tetraplegiker.«

»Richtig. Bin beeindruckt. Man merkt gleich, dass Sie Arzt sind …«

Nick kicherte vergnügt.

Jan hob die Hand, als Doktor Brosig darauf etwas erwidern wollte: »Mein Bruder hat Schmerzen. Spastiken. Verkrampfungen. Jeden Tag.«

»Dagegen bekommt er doch Schmerzmittel!«, knurrte Doktor Brosig.

»Die nicht wirken. Was dazu geführt hat, dass die Dosis stetig erhöht worden ist. Im Übrigen: Diese Schmerzmittel sind Opiate. Sehr stark. Sehr abhängig machend. Aus demselben Stoff, aus dem auch Heroin gemacht wird. Und das bei einem Patienten, der dafür eine Disposition hat. Aber es ist natürlich völlig o. k., ihn damit bis zum Schädeldach vollzupumpen, weil es ja legal ist. Der Einzige, der aus diesem Krankenhaus eine Opiumhöhle gemacht hat, sind also Sie!«

»Es gibt Gesetze in diesem Land und an die halte ich mich. Und ich bestehe darauf, dass Sie sich auch daran halten!«

»Verstehe, das bedeutet: Sie, Doktor Brosig, können meinem Bruder nicht helfen – ich schon. Und weil Sie der Sheriff dieser Stadt sind, weil es *Ihr* Krankenhaus und *Ihre* Station ist, ist es völlig in Ordnung, dass er jeden Tag leidet.«

»Sie können Marihuana auch mit einer Sondergenehmigung vom Staat bekommen!«

»Das weiß ich. Und beantragt ist es auch. Aber Verwaltungsmühlen mahlen langsam und mein Bruder braucht *jetzt* Hilfe!«

Einen Moment schwieg Doktor Brosig.

Schließlich sagte er ruhiger: »Dann warten Sie auf die Sondergenehmigung.«

»Aha, weil es dann nicht mehr illegal ist?«

»So ist es.«

Jan trat näher an ihn heran und sagte eindringlich: »So, wie ich die Sache sehe, gibt es zwei Möglichkeiten: Sie rufen die Polizei und zeigen meinen Bruder und mich an. Die werden dann hierhinkommen und uns vielleicht mit auf die Wache nehmen wollen. Ich werde sogar darauf bestehen, dass sie das tun! Aber Sie können sicher sein, dass ich Fotos davon machen werde und an die Presse gebe. Die ganze Welt wird erfahren, wie Chefarzt Doktor Brosig einen Tetraplegiker behandelt. Dem er zwar nicht helfen kann, den er mit stärksten abhängig machenden Drogen behandelt, aber Marihuana nicht duldet, weil er ja ein guter Staatsbürger ist. Der einen Patienten leiden lässt, weil ein Formular noch nicht bearbeitet wurde.«

Sie sahen einander feindselig an.

»Und die zweite Möglichkeit?«, fragte Doktor Brosig schließlich.

»Sie gehen jetzt raus und ficken sich selbst!«

Jan starrte ihm so herausfordernd in die Augen, dass Doktor Brosig schließlich den Blick abwendete und sich umdrehte. Jan fasste seinen Arm und sagte: »Der Stoff bleibt hier! Wenn Sie ihn mitnehmen, zeige ich Sie wegen Diebstahls an!«

»Was?!«

»Wie bitte«, korrigierte Jan. »Und legal oder nicht: Er gehört meinem Bruder. Und stellen Sie sich nur die schöne Überschrift in einem Boulevardblatt vor: *Chefarzt bestiehlt Querschnittsgelähmten!* Also, mir würde das gefallen. Wie steht's mit Ihnen?«

Einen Moment zögerte Doktor Brosig, dann gab er Jan den Beutel zurück.

Er verschwand nach draußen und knallte die Tür hinter sich zu.

Nick sagte: »Ehrlich Janni, wenn ich ne Frau wäre, würde *ich* jetzt mit dir ficken! Gleich hier!«

Jan atmete tief durch.

Du lieber Himmel!

Was hatte ihn da nur geritten?

Doch dann dachte er nur: Gott, fühlte sich das gut an!

81

Die Polizei kam in dieser Nacht nicht.

Und auch nicht in den folgenden Tagen und Nächten. Selbst Doktor Brosig tauchte nur noch sehr unregelmäßig auf und überließ die Kommunikation mit den Kramer-Brüdern seinem Stationsarzt.

Am nächsten Morgen erschien Jan zum Wecken und drehte als Erstes einen gewaltigen Joint, da Nick von heftigen Verkrampfungen gequält wurde. Jan zündete die Selbstgedrehte an und steckte sie Nick in den Mund. Schon nach wenigen Zügen entspannte er sich, und die Schmerzen verschwanden.

Jan öffnete die Fenster.

Trotzdem trieb ein süßer Geruch über die Flure von Nicks Station, was die Schwestern mit einem wissenden Grinsen quittierten und die Ärzte mit steinernen Mienen ignorierten.

Ein paar Tage nach dem kleinen Zwischenfall mit Doktor Brosig besuchte Jan Nick noch am späten Abend, um ihm ein wenig

Gesellschaft zu leisten. Er wusste, dass Nick die Nächte fürchtete, denn entweder quälten ihn Alpträume oder eine schlaflose Einsamkeit, da es für ihn zu dieser Uhrzeit keine Möglichkeit zur Kontaktaufnahme gab. Niemand war im Zimmer, er musste auf den Morgen warten und darauf, dass ihn jemand umlagerte, so dass er etwas anderes sehen konnte.

»Nick?«, fragte Jan leise.

Er antwortete nicht.

Als er näher kam, sah Jan, dass Nicks Oberkörper vollkommen durchnässt war. Sein Haar klebte am Schädel, der Schweiß lief in Strömen über Gesicht und Körper. Gleichzeitig schien er nicht wirklich bei Bewusstsein zu sein, aber auch nicht bewusstlos. Jan klingelte nach der Schwester, die nur wenige Augenblicke später eintrat.

»Was ist los?«, fragte Jan aufgeschreckt.

»Das kommt vom Unfall«, sagte die Schwester. »Er kann seine Körpertemperatur nicht mehr selbst regulieren, und dann kann es zu Überhitzung kommen.«

Zusammen mit einer Verstärkung hob sie Nick mit einem Bettkran heraus, um seinen Pyjama und die Bettwäsche zu wechseln.

Dort hing er nun.

Wie an einem Galgen baumelnd.

Er war mittlerweile zu sich gekommen und starrte zu Boden, während er sanft am Kran schaukelte und die Pfleger und Schwestern sein Bett neu machten. Jan fragte sich unwillkürlich, ob sie genauso schnell arbeiten würden, wenn er nicht da gewesen wäre? Was hinderte sie daran, nicht erst eine rauchen zu gehen und seinen Bruder so lange in der Luft hängen zu lassen? Er konnte sich nicht wehren. Er konnte dort oben nichts anstellen. Er konnte nur hängen.

Sie betteten ihn erneut und verabschiedeten sich wieder.

Die Schwester lächelte Jan an und sagte, dass Nick morgen eine Spezialmatratze bekäme, eine mit Luftumwälzpumpe. So, als wäre es eine ganz tolle Sache, und wahrscheinlich war es das auch, aber Jan sah vor seinem geistigen Auge Nick immer noch am Kran hängen.

Wie tot.

»Sonst ist mir öfter kalt«, lächelte Nick. »Heiß ist mal was anderes.«

Jan zog einen Stuhl an Nicks Bett und fragte: »Und sonst?«

»Zündest du uns eine an?«

»Hast du Schmerzen?«, fragte Jan.

»Nein.«

Jan grinste und baute einen Joint.

Nach den ersten Zügen sagte Nick: »Bedien dich. Ist ziemlich gut das Zeug!«

Jan zögerte einen Moment, dann inhalierte er auch.

Die Wirkung stellte sich fast augenblicklich ein.

»Hui, ganz schön stark«, nuschelte er gut gelaunt.

Sie rauchten.

Nach einer Weile vergaß Jan, Nick den Joint an die Lippen zu führen, und starrte nur noch selig geradeaus, genau wie Nick. Er merkte nicht einmal, dass die gebaute Tüte ausging und ihm schließlich aus den Fingern fiel.

»Warst du mal im Senegal? Oder in Guinea?«, fragte Nick schließlich.

»Ich war nicht mal auf Mallorca«, antwortete Jan.

Beide brachen in albernes Gekicher aus.

»Wie ist es denn da?«, fragte Jan schließlich.

Nick schien nachzudenken, dann sagte er: »Es ist alles so weit, so grenzenlos. Du bist an Land und denkst nur: Wie riesig ist dieser Kontinent! Und dann bist du auf dem Meer, und da ist es auch so. Alles scheint möglich zu sein. Niemand sieht hin. Nicht mal Gott.«

»Klingt, als hättest du dort ne Menge Spaß gehabt«, sagte Jan und versuchte, sich Westafrika vorzustellen.

»Spaß? Nein, ich war glücklich. Und dann diese Nächte! Du siehst Millionen Sterne, weil es so dunkel ist. Du lässt die Beine über die Bugspitze baumeln, trinkst ein Bier in der sanften Dünung und denkst: Es kann nicht mehr besser werden.«

»Hmhm«, machte Jan.

Er wusste nicht recht, was er sagen sollte. Es hieß, dass die Erinnerung das Paradies war, aus dem man nicht vertrieben werden konnte. Aber waren Nick diese Erinnerungen wirklich ein Trost? Oder nur die Mahnung, dass er nie wieder dorthin zurückkehren konnte? Ein ständiger Schmerz – wie ein Splitter in seinem Kopf.

»Weißt du, was ich jetzt sehe? Die Zimmerdecke. Oder eine Wand. Je nachdem, wie sie mich liegen lassen. Ich sehe ein Fenster, aber nicht, was dahinter ist. Ich sehe nichts mehr.«

Jan schwieg.

»Mein Essen ist püriert, damit ich das Schlucken wieder lerne. Sie bringen mir Selbsthypnose bei, damit ich nicht durchdrehe, wenn mich etwas juckt oder ich Phantomschmerzen habe. Und jeden Morgen kommt einer und steckt mir seinen Finger in den Hintern … «

»Was?«

»Es stimuliert mich, zu kacken. Und wenn er seinen Job gut macht, dann kacke ich.«

Ein unbändiges Gekicher stieg aus Jans Magen auf. Er biss sich fest auf die Lippen, so dass er hoffte, der Schmerz könnte den Lachreiz wieder verschütten. Doch plötzlich war da das Bild einer riesigen Schwester in Grenzeruniform, die genüsslich die Fingergelenke knacken ließ und mit einem verstörend starken russischen Akzent sagte: *Chierr kchommt de Mauss!*

»Das ist nicht witzig, Janni!«

»Nein … tschuldige …«, presste Jan hervor, gab aber gleichzeitig ein Schnorcheln von sich.

Das verdammte Gras!

Das wurde ja immer schlimmer.

»O.k., ist doch witzig«, grinste Nick.

Sie begannen beide zu lachen.

»Ist es wenigstens Schwester Isa?«

»Pfleger Andi. Er war früher mal Schornsteinfeger, aber dann wollte er lieber was mit Menschen machen …«

Sie kreischten los.

Bis ihnen die Tränen über die Wangen liefen.

»Brosig schüttelt ihm immer wie wild die Hand, weil es Glück bringt!«

Großes Gegacker.

Sie brauchten lange, um wieder zu sich zu kommen, dann saßen sie eine Weile nur da, ein vergessenes Lächeln auf den Lippen, und ließen den Rausch langsam ausklingen.

Jan fühlte plötzlich eine bleierne Müdigkeit – er konnte die Augen nur schwer offen halten.

Da fragte Nick: »Kannst du mir einen Gefallen tun, Janni?«

»Ich werde Pfleger Andis Job nicht übernehmen«, protestierte der.

Nick grinste: »Nein, lass mal. Du bist mir zu grob.«

»Was soll ich machen?«

Nick sah ihn ruhig an und antwortete: »Du musst mir helfen zu sterben.«

Es war ein Schock, aber es kam auch nicht völlig überraschend.

Jan war zu müde, vom Dope zu ausgelaugt, um mit Nick darüber zu diskutieren, doch schon auf dem Heimweg spürte er plötzlich einen Druck auf der Brust, und das kam ganz sicher nicht vom Marihuana. Er schlich zu Alina ins Bett, zog sie, die Schlaftrunkene, zu sich, vergrub sein Gesicht in ihrem Nacken und schlief ein.

Als er am Morgen aufwachte, fühlte er sich müde und zerschlagen.

Es war Wochenende, das Wetter schön. Alina hatte das Radio angestellt und summte einen Song mit.

»Was wollen wir heute unternehmen?«, fragte sie fröhlich.

Jan antwortete nicht.

Ihm fiel das Sprechen schwer. Er hatte keine Lust zu reden, jedes Wort war ihm zu viel, jede Empfindung erhöhte nur den Druck auf seiner Brust.

Da war plötzlich der Wunsch nach Stille.

Nichts als Stille.

»Was hältst du davon, wenn wir einfach ein paar Tage wegfahren? Ich habe Montag und Dienstag frei. Wir könnten nach Hamburg? Oder … nein, warte: lass uns nach Paris fahren! Einfach so, ja?«

Als er immer noch schwieg, setzte sie sich zu ihm an den Frühstückstisch.

»Es wird dir guttun, Jan! Du hast dir mal ne Auszeit verdient, was meinst du?«

Jan zuckte mit den Schultern.

»Ich bin sicher, Nick sähe das auch so.«

»Hm.«

»Du hast seit Wochen keinen freien Tag mehr gehabt.«

»Ist nicht so schlimm«, murmelte Jan.

Alina schwieg.

Sah ihn an.

Dann fragte sie: »Und was ist mit mir?«

Jan blickte sie stirnrunzelnd an.

»Was ist mit uns?«, präzisierte sie. »Sollten wir nicht auch Zeit für uns haben?«

»Ich bin doch jeden Tag hier«, gab Jan zurück.

»Nein, du bist jeden Tag bei deinem Bruder. Bei mir bist du nie.«

Wieder Schweigen.

»Was verlange ich denn, Jan? Ich will doch nur ein paar Tage mit dir verbringen. Ohne Nick. Ohne das Krankenhaus. Nur wir beide. Ein verliebtes Paar sein. Nicht mehr.«

Er stand auf und antwortete nur: »Es tut mir leid.«

Damit verließ er die Wohnung.

Es war falsch, nicht mit ihr zu reden, aber was hätte er ihr sagen können? Mein Bruder will, dass ich ihn umbringe? Was, wenn er es wirklich tat? Was, wenn Nick eines Tages tot sein würde und sie wüsste, er hätte damit zu tun? Sie wäre Mitwisserin, Komplizin. Und vielleicht nicht mehr in der Lage, mit ihm zusammen zu sein.

Er setzte sich in ihr Auto, fuhr aber nicht nach Münster ins Krankenhaus, sondern raus aufs platte Land, suchte sich eine Stelle weit weg von Menschen und spazierte ziellos an Feldern und Wiesen vorbei. Das würde Nick auch nie wieder tun können: *spazieren* gehen, dachte er deprimiert und begann, in Gedanken aufzuzählen, was Nick noch alles *nie wieder* tun konnte. Jedenfalls nicht selbstständig. Er würde eine Pflegekraft rund um die Uhr brauchen, für so gut wie alles. Nur für seine Erinnerungen bräuchte Nick niemanden, doch die würden sein Leben nicht besser, sondern nur noch schlimmer machen.

Nick, festgeschraubt in seinem Gestell ... das war, als sähe man einen Sträfling in einem hohen Turm ohne Tür. Am Fenster stehend, die Hände um die Gitter gelegt, mit Blick ins Nichts. Seine äußeren Wunden waren gut verheilt, seine inneren klafften weiter auf denn je. Wie konnten die sich jemals schließen? Wie konnte er sich je damit abfinden, dass er in diesem Turm hockte, vergessen von der Welt.

Da ihm die Beine schwer wurden, setzte sich Jan unter einen Baum und verbrachte Stunden in totaler Reglosigkeit. Er wollte Nick nicht in diesem Turm zurücklassen, aber selbst wenn er den Rest seines Lebens Tag für Tag bei ihm wäre, würde es daran etwas ändern? Außer, dass sie dann zusammen in diesem Turm säßen?

Am Abend kehrte er schließlich zurück.

Vollkommen ausgelaugt.

Alina saß vor dem Fernseher und er setzte sich zu ihr.

Sie griff nach seiner Hand, sagte aber nichts.

Später gingen sie ins Bett.

Schweigend.

Sie löschte das Licht – er schlief sofort ein.

Er wurde von seinen eigenen Schreien wach.

Das Licht war wieder an.

Alina über ihm.

»Was?«, fragte Jan verwirrt.

»Du hast nur schlecht geträumt.«

»Es tut mir leid!«, sagte er.

Jan wollte mit ihr reden, aber es war, als wäre seine Zunge, sein ganzer Mund wie gelähmt. Er verbrachte Tage im Bett, unfähig aufzustehen, unfähig, sich zu erklären. Gleichzeitig hatte er das Gefühl, Nick im Stich zu lassen, wenn er nicht bei ihm war, und Alina, wenn er hierblieb.

Er war wie erstarrt.

Fühlte sich zurückversetzt in seine Jugend, suchte Schutz und fand keinen. Hoffte darauf, dass er keine Entscheidung treffen musste, und wusste gleichzeitig, dass er nur auf Zeit spielte. Es war, als wäre er unter Wasser getaucht, die Töne gedämpft, in einem seltsamen Zustand der Schwerelosigkeit, vor den Augen der Welt draußen verborgen.

Doch je länger er blieb, desto stärker brannten seine Lungen.

Er würde auftauchen müssen oder ertrinken.

Es gab nur diese beiden Möglichkeiten.

Er tauchte auf.

Nach vier Tagen der Apathie stand er morgens aus dem Bett auf und war entschlossen, sich der Situation zu stellen. Fand Alina am Frühstückstisch und küsste sie.

»Geht's dir besser?«, fragte sie zweifelnd.

Er schüttelte den Kopf: »Nein, aber solange du bei mir bist, ist alles gut.«

Später machte er sich auf den Weg nach Münster, betrat das Krankenhaus, erreichte Nicks Zimmer und legte die Hand auf die Türklinke.

Zögerte.

Atmete tief durch und trat dann ein.

Nick saß fast aufrecht in seinem Bett und starrte auf den laufenden Fernseher. Der Rollwagen war so gestellt, dass das Tablett quer über sein Bett reichte, darauf eine Fernbedienung und ein schmaler Stab aus Kunststoff, den er mit den Lippen aufnehmen konnte, um um- oder auszuschalten, ohne dafür gleich die Schwester rufen zu müssen.

»Hast du mit Alina einen Ausflug gemacht?«, wollte er wissen.

Jan fragte sich, ob in seiner Stimme ein wenig Vorwurf herauszuhören war, denn seine Mimik blieb unbeteiligt.

»Nein«, antwortete Jan.

»Warum nicht?«, fragte Nick.

»Weiß nicht.«

»Solltest du aber! Was hältst du von Paris? Paris ist schön um diese Jahreszeit.«

»Paris?«

Nick lächelte: »Also, ich wäre mit ihr da hingefahren. Findest du nicht, dass sie das verdient hat?«

»Natürlich hat sie das!«

»Fahr mit ihr hin, Janni. Und wenn du schon dabei bist: Fahr mit ihr überallhin. Seht euch alles an! Es kann morgen schon vorbei sein, weißt du?«

Jan nickte: »Vielleicht hast du recht.«

Nick beugte den Kopf zum Tisch und versuchte, mit dem Mund den Plastikstab zu erwischen. Nahm ihn auf und nuschelte mit zusammengepressten Lippen, dass das Programm unerträglich sei. Er tippte auf der Fernbedienung herum, bis der Fernseher erlosch.

»Tadaaaa!«, lächelte er und spuckte den Plastikstab aus. »In ein paar Wochen jonglier ich Teller!«

»Wahrscheinlich«, grinste Jan und zog sich einen Stuhl an Nicks Bett.

Sie sahen einander an.

Wussten nicht recht, wie sie beginnen sollten.

»Hast ein paar Tage gebraucht, was?«, fragte Nick schließlich.

»Ja.«

»Und?«

Jan zögerte mit der Antwort.

Dann sagte er: »Du verlangst zu viel von mir, Nick. Du bist mein Bruder!«

»Wer sollte es denn sonst tun, wenn nicht du? Ein Fremder?«

»Vielleicht sollte es niemand tun, Nick. Vielleicht solltest du das, was passiert ist, hinter dir lassen und nach vorne blicken?«

»Hm«, machte Nick.

»Glaubst du nicht, dass du deine Meinung ändern könntest? Nicht jetzt sofort, aber später? Du würdest immer Hilfe brauchen, das ist wahr, aber du bist bei klarem Verstand. Du kannst immer noch erleben, was die Welt dir zu bieten hat!«

»Janni, weißt du, was ich kann? Ich kann eine Fernbedienung mit einem Plastikstab bedienen, aber nur, wenn mir jemand eine Fernbedienung vor den Mund legt. Ich kann die Wand anstarren und dann eine andere, wenn ich umgebettet werde. Ich kann mit einer Schwester flirten, aber wenn wir Essen gehen wollen, müsste sie mich füttern. Ich kann nicht alleine atmen. Ich kann nicht mal alleine scheißen. Also, was denkst du, was könnte die Welt mir noch bieten?«

Jan schwieg einen Moment.

Dann sagte er: »Du könntest trotzdem noch reisen, auch wenn du das nicht alleine kannst und es umständlich ist. Du könntest in eine Bar oder ein Restaurant gehen und deinen Aufenthalt dort genießen. Du könntest Menschen kennenlernen und Zeit mit ihnen verbringen. Du könntest die Sonne sehen und das Meer. Du könntest den Wind spüren und den Wald riechen. Du könntest all diese Dinge tun, wenn du nur neuen Mut schöpfen würdest.«

»Mut?«, fragte Nick ein wenig spöttisch.

»Ja, es bräuchte Mut dafür«, antwortete Jan.

»Und du wärest mutig?«

Jan schluckte: »Ich weiß es nicht. Du warst immer derjenige von uns beiden, der Mut hatte.«

»Das war ich. Aber du hast aufgeholt.«

»Meinst du?«

»Das weiß ich. Den alten Janni hätte ich nicht gefragt. Ich hätte die Antwort gekannt beziehungsweise ich hätte gewusst, was du getan hättest. Du hättest dich versteckt, in der Hoffnung, dass die Situation irgendwann vorübergeht. Der neue Janni ist heute hier. Bei mir.«

»Das bedeutet aber nicht, dass ich es tue. Ich bin hier, um dich zu überzeugen, dass du kämpfen musst.«

Nick schüttelte den Kopf: »Ich will nicht kämpfen, ich will leben!«

»Das ist manchmal dasselbe.«

»Für dich. Nicht für mich.«

»Aber willst du dir nicht noch ein bisschen Zeit geben?«

»Zeit wofür?«

»Dich an deine Situation zu gewöhnen. Im Moment ist alles neu, alles erschreckend. Aber vielleicht verliert sich der Schrecken. Und du entdeckst etwas, wofür sich zu leben lohnt.«

Nick runzelte die Stirn: »Du meinst leben um des Lebens willen?«

»Umbringen kannst du dich ja immer noch«, antwortete Jan und grinste ein wenig schief.

Nick seufzte: »Das kann ich eben nicht, Janni. Denn wenn ich es könnte, wäre ich schon längst tot. Und hätte dir das jetzt nicht zugemutet. Aber die Wahrheit ist: Ich kann nichts mehr tun, ohne jemanden zu fragen. Nicht mal meinem Leben ein Ende setzen.«

Jan dachte einen Moment nach, dann fragte er: »Was hältst du davon, dich mit anderen in deiner Situation zu unterhalten? Sie können doch am besten nachempfinden, wie es dir geht. Und vielleicht wissen sie einen guten Rat?«

»Du meinst eine Selbsthilfegruppe?«, fragte Nick wieder ein wenig spöttisch. »Kennst du mich denn so schlecht?«

»Ich weiß, dass das nicht unbedingt dein Ding ist. Aber besondere Situationen erfordern besondere Maßnahmen!«

»Und wer bringt mich zu dieser Selbsthilfe? Du?«

»Klar, wenn du willst!«

»Das haben mir die Therapeuten und Psychologen hier im Haus auch schon vorgeschlagen. Im Prinzip haben sie all das gesagt, was du auch gesagt hast. Sie sind wirklich sehr bemüht, meinen Blick auf die schönen Dinge im Leben zu lenken. Mich daran zu erinnern, was ich noch kann, und nicht daran zu denken, was ich nicht mehr kann.«

»Weil sie recht damit haben!«, sagte Jan fest.

»Das ist alles so scheißtheoretisch! Hier an meinem Bett zu sitzen und mir Hoffnung auf ein Leben zu machen, das ich nicht will! Zu behaupten, es gäbe da draußen noch viele Wunder zu entdecken und dass ich mich wieder allem zuwenden soll! Und dann gehen sie nach Hause, zu ihren Familien, oder treffen sich mit Kumpeln in der Kneipe oder mit der neuen Flamme und vögeln sich das Hirn raus. Während ich hier liege, und zwar genauso, wie man mich bettet, und wach bin. Und warte. Und schweige.

Bis sie am nächsten Tag wiederkommen und sagen, ich solle Hoffnung haben. Sie sagen, ich solle das Leben als Geschenk nehmen, aber ich bin eingesperrt in diesen Körper. Sie sagen, ich soll Freude an den kleinen Dingen entwickeln, aber das kommt für sie selbst natürlich nicht infrage, weil sie aus dem Vollen schöpfen können. Sie sagen, ich solle nur daran glauben, aber sie glauben nicht einmal selbst daran. Sie wissen nicht, wie es ist, gefangen zu sein, weil sie es nie waren. Sie meinen es gut, aber sie machen alles schlimmer. Wie alle, die es nur gut meinen. All diese Gutmeiner haben die Welt zu der gemacht, die sie nun mal ist.«

Jan schwieg.

Nach einer Weile sagte er leise: »Weißt du eigentlich, was du da von mir verlangst?«

»Das weiß ich, Janni. Und ich würde es dir gerne ersparen. Aber ich bitte dich: Ich war immer für dich da, sei jetzt für mich da.«

Jan spürte einen Kloß im Hals.

»Und du bist sicher, dass du deine Meinung niemals ändern wirst?«

»Ich glaube, du kennst mich gut genug, um dir diese Frage selbst zu beantworten.«

Jan nickte.

Dann aber sagte er: »Du hast doch schon bewiesen, dass du das Unmögliche schaffen kannst! Du hast es allen gezeigt. Glaubst du nicht, dass du diesmal auch Unmögliches schaffen kannst? Dass du zurück ins Leben findest?«

»Fängst du schon wieder mit dem Lauf an?«

»Warum nicht?«

»Weil ich nicht mehr laufen kann!«, zischte Nick.

»Im übertragenen Sinn«, korrigierte sich Jan schnell.

»Versteh das doch endlich: *Ich kann nicht mehr laufen!* In jedem nur möglichen Sinn.«

Jan klang verzweifelt: »Aber du könntest es doch versuchen? Wer, wenn nicht du?«

Eine Weile hing Nick seinen Gedanken nach.

Dann sagte er: »Nehmen wir an, ich könnte das für mich Unmögliche noch einmal schaffen …«

»Ja.«

»Gegen wen sollte ich laufen?«

Jan sah ihn fragend an.

»Ich meine es ernst. Sag mir, gegen wen ich laufen soll, dann werde ich das Unmögliche versuchen.«

»Gegen dich selbst.«

Nick schüttelte den Kopf: »Man kann nicht gegen sich selbst laufen. Du brauchst immer einen Gegner. Einen, der dich schlägt oder den du schlägst. Ich bin mit mir vollkommen im Reinen. Damit wären all die, die es gut mit mir meinen, meine Gegner. Soll ich gegen sie laufen?«

Er sah ihn eindringlich an: »Laufe ich gegen dich, Janni?«

Jan schluckte.

Dann schüttelte er den Kopf und flüsterte: »Ich kann nicht gegen dich laufen, Nick. Niemand kann das.«

Nick lächelte: »Ich weiß.«

84

Seine Schweigsamkeit Alina gegenüber löste sich, warum er aber in eine tagelange Grübelei gefallen war, offenbarte er ihr nicht. Und sie fragte auch nicht, sondern nahm einfach an, dass der Grund dafür allein einer depressiven Verstimmung geschuldet war, der Umstände wegen. Jedenfalls verbrachten sie den Abend miteinander, aßen und tranken und plauderten über ihre Ideen, mehr Zeit für sich zu haben. Danach schliefen sie miteinander, so stürmisch wie lange nicht mehr.

Auch der nächste Morgen verlief in Harmonie.

Erst als sie zur Uni musste und Jan sich bereit machte, in die Klinik zu fahren, überkam ihn erneut Schwermut: Nick hatte mit allem abgeschlossen.

Jetzt wartete er nur noch auf *ihn*.

Aber war er dem wirklich gewachsen? Gab es nicht doch noch eine Alternative? Brauchte er nicht einfach nur einen guten Rat?

Er griff zu seinem Handy und rief Hedy an.

»Guten Morgen, Jan«, grüßte sie freundlich. »Was kann ich für Sie tun?«

»Sie könnten mich zum Essen einladen!«, gab Jan keck zurück.

Hedy lachte.

»Heute Abend?«

»Ja, das wäre schön.«

Den Tag verbrachte er mit Nick, aber da der keine Lust auf Bewegungstherapie hatte und Jan keine Lust, weiter über das *Thema* zu sprechen, wurden es für beide langweilige Stunden.

Träge dahinfließende Ödnis.

Und für einen Moment erwischte sich Jan bei dem Gedanken, dass das Nicks zukünftiges Leben bestimmen würde, denn er hatte tatsächlich keine Wahl, sondern musste auf das hoffen, was andere für ihn aufbereiten würden.

Am Abend verabschiedete er sich zeitig, rief Alina an, dass es spät werden würde. Er bog in die Einfahrt zu Hedys Villa, den ihm so vertrauten Hügel hinauf, und stieg aus.

Was für ein schönes Haus!

Es war einzigartig.

Aber auch entrückt, von allem anderen getrennt, allein.

Wie Hedy.

Maria begrüßte ihn temperamentvoll, und wie so oft hatte Jan das Gefühl, dass es sie wirklich Kraft kostete, *nicht* nach Enkeln zu fragen. Oder wenigstens nach einer Hochzeit. Sollte er sich von Alina – aus welchen Gründen auch immer – jemals trennen, würde Maria ihm das nie verzeihen. Alina dagegen bestimmt.

Er fand Hedy im Salon, dessen Tisch für drei eingedeckt war, und bald schon saßen sie zusammen und speisten miteinander. Keine der beiden Damen schnitt das Thema Nick oder den drohenden Prozess mit Hannah an, man blieb bei Unverfänglichem.

Später, nach dem Kaffee, zog sich Maria zurück.

Hedy setzte sich mit Jan auf das Sofa und fragte: »Wie geht es Nick?«

Jan zögerte mit der Antwort.

Dann sagte er: »Nicht gut. Er ist in einer schweren Krise.«

»Wundert Sie das?«, fragte Hedy.

»Nein.«

»Und glauben Sie, dass er diese Krise überwinden kann?«

Jan schüttelte den Kopf: »Nein.«

Hedy schwieg.

Dann sagte sie: »Das heißt, Sie beide müssen eine Entscheidung treffen …«

Jan sah sie überrascht an.

Dann blickte er auf seine Hände, rieb sie, als ob sie schmutzig wären.

Schließlich antwortete er: »Das ist alles nicht fair.«

Sie legte ihm mütterlich die Hand auf die Schultern und strich beruhigend darüber: »Nein, ist es nicht. Aber Sie müssen sich jetzt dieser Situation stellen, Jan. Und ganz gleich, wie Ihre Entscheidung ausfällt, müssen Sie mit den Konsequenzen leben.«

»Ich weiß.«

Eine Weile saßen sie einfach nur da.

Dann klopfte Hedy Jan auf den Oberschenkel und sagte munter: »Warum gießen Sie uns nicht noch eine Tasse Kaffee ein? Wenn mich nicht alles täuscht, bin ich Ihnen noch das Ende einer Geschichte schuldig.«

Jan lächelte: »Die geheime Geschichte?«

»Ja.«

Er stand auf, schenkte Kaffee ein und reichte Hedy ihre Tasse. Sie trank einen Schluck und fragte: »Wo waren wir stehengeblieben?«

»Sie sind mit Lene geflohen. Vor den Russen.«

Sie nickte bedächtig: »Kugeln kann man ausweichen. Entscheidungen nicht.«

Sie stellte die Tasse ab und begann zu erzählen.

85

Pyritz
1945

Wir liefen wie von Sinnen.

Immer geradeaus.

Erstaunlich, zu welchen Kräften man fähig ist, wenn einen die Panik im Genick sitzt. Wie lange man durchhält und wie wenig man dabei wahrnimmt. Hätte sich ein großes Loch vor uns aufgetan, wir wären hineingestürzt, so blindlings waren wir unterwegs. Daher bemerkten wir auch nicht, dass wir gar nicht mehr verfolgt wurden, vielleicht, weil wir zu unwichtig für den NKWD waren, vielleicht aber auch, weil die Soldaten fürchteten, sie könnten einer versprengten Truppe *Werwölfe* vor die MGs laufen. Himmlers letzte Waffe gegen den Feind, Fanatiker, die noch an den Endsieg glaubten oder wenigstens einmal in ihrem Leben Elite sein wollten. Die Russen am Zug hatten annehmen müssen, dass sie von so einem Trupp angegriffen worden waren.

Irgendwann ließen unsere Kräfte nach.

Wir hatten das Wäldchen längst verlassen, waren über das freie Feld geflüchtet und erreichten eine alte Scheune, in die wir hineinstürzten und atemlos zurückblickten: Alles war ruhig. Schüsse hatten wir lange nicht mehr gehört, und das Land wirkte so friedlich, als hätte es nie Krieg gegeben. Nur die Felder waren nicht bestellt. Die Ernte würde im Herbst ausfallen.

Wir umarmten uns.

Mehr als erleichtert, der Gefahr entkommen zu sein.

Lene gab mir einen Kuss auf den Mund und flüsterte: »Ich dachte, ich sehe dich nie mehr wieder!«

Ich strich ihr die Haare aus der Stirn: »Glaubst du wirklich, ich hätte dich im Stich gelassen? Wenn Richard nicht gewesen wäre, dann hätte ich dich ins Lager begleitet.«

»Du bist verrückt!«

»Das merkst du erst jetzt?«

Wir mussten beide lachen.

»Wo ist dein Richard?«, fragte sie schließlich.

»Er hat für das Ablenkungsmanöver gesorgt, mehr weiß ich nicht.«

»Er hat es sicher geschafft!«, tröstete Lene schnell.

»*Er* ist verrückt«, antwortete ich voller Bewunderung.

»Ja«, nickte Lene, »wahrscheinlich.«

An diesem Tag trafen wir auf keine Russen mehr.

Und an den folgenden Tagen auch nicht. Wir hielten uns versteckt, schlugen uns durch und erreichten nach Wochen irgendwann tatsächlich Bayern und die Amerikaner.

Wir hatten es geschafft.

Doch Richard war verschwunden.

Münsterland
1954

Alles war zerstört, es gab kaum zu essen, und im Jahrhundertwinter 1946/47 starben die Menschen wie die Fliegen, erfroren oder verhungerten. Lene und ich gaben uns Halt: Wir stahlen, tauschten, handelten schwarz, wir taten alles, um uns über Wasser zu halten.

Überlebten.

Aber wir waren Flüchtlinge. Und mussten feststellen, dass uns unsere eigenen Landsleute nicht wollten. Interniert im Auffanglager für *Displaced Persons*, hofften wir auf eine Zuzugsgenehmigung und wurden irgendwann tatsächlich entlassen.

Ins Münsterland.

Irgendwo im Nirgendwo.

Weit draußen auf dem platten Land. Zunächst als Hilfen auf einem Hof, wo wir für einen Bauern schufteten, damit wir ein Dach über dem Kopf hatten.

Zwei Jahre totale Ausbeutung.

Bei jeder Gelegenheit hielten wir Ausschau nach einer anderen Anstellung, aber bald schon stellten wir fest, dass nur ich eine realistische Chance auf einen anderen Beruf hatte, denn Lene wollte niemand. Sie, die ausgebildete Krankenschwester, fand kein Auskommen, selbst wenn dringend Personal gesucht wurde. Sie musste nur ihren Namen nennen: Helene *Simon* – und schon gab es keinen Bedarf mehr. Alle hielten sie für eine Jüdin aus dem Osten, niemand interessierte sich dafür, dass sie gar keine war.

Sie trug nur den *falschen* Nachnamen.

Auch ich hatte anfangs eine Jüdin in ihr vermutet, aber es war mir schon bei unserer ersten Begegnung vollkommen egal, was oder wer sie war, an was oder wen sie glaubte: Sie war meine

Freundin. Ein Mensch, den ich wie meine Schwester Charly liebte. Was für eine Rolle spielte da die Religion?

Für die meisten anderen allerdings reichte schon der Verdacht, dass sie Jüdin hätte sein können, denn ob Antisemit oder nicht: *Sie alle wollten vergessen.*

Dann endlich bekam ich eine Anstellung als Verkäuferin.

Lene und ich bezogen eine kleine Wohnung in der Nähe des Krämerladens, lebten beinahe wie ein Ehepaar. Ich ging arbeiten, sie versorgte den Haushalt. Wir waren sparsam, hatten uns nach der Einführung der D-Mark ein kleines Polster anlegen können, doch zufrieden waren wir nicht. Lene haderte damit, dass sie keine Arbeit fand, und ich, dass ich in einem Laden Menschen bedienen musste, die dumm und herablassend waren. Vor allem die Frauen ließen uns spüren, dass wir nicht willkommen waren, nicht nur, weil wir aus dem Osten kamen und hier nichts verloren hatten, sondern auch, weil wir jung und hübsch waren und die wenigen Männer sich für uns interessierten.

Dabei bestand nicht einmal Gefahr für sie: Lene hatte auch vor dem Einmarsch in Pyritz schon kein besonderes Interesse an Männern gezeigt. Sie sprach über dieses Thema nur sehr indirekt, ich hörte es eigentlich nur heraus, weil es in ihrer Jugend nie eine Liebelei mit einem Mann gegeben hatte und in ihren Erinnerungen eigentlich nur Frauen aufgetaucht waren: Mutter, Großmutter, Lehrerinnen, Schulfreundinnen. Es schien, als hätte es dort, wo sie aufgewachsen war, überhaupt keine Männer gegeben.

Was die Angebote betraf, die ich bekam: Ich dachte nicht mal im Traum daran, mich mit einem Bauernlümmel abzugeben. Was für ein Unterschied zu dem gebildeten, eleganten, gut aussehenden Richard! Und je mehr Offerten ich ausschlug, desto öfter dachte ich an ihn.

Ich war jetzt zweiunddreißig Jahre alt und immer noch nicht verheiratet!

Von Kindern ganz zu schweigen!

Nie hätte ich gedacht, dass ausgerechnet ich niemanden finden würde, den ich heiraten konnte. Nie hätte ich gedacht, dass ich *keine* Familie würde gründen können. Das war gelinde gesagt ein Schock, denn ich war auf dem besten Weg, eine alte Jungfer zu werden.

Immerhin träumte ich noch vom Fliegen.

Ich wurde in meiner wenigen Freizeit immer wieder an Flugplätzen vorstellig, bot mich als Pilotin an, was stets belächelt wurde. Lange wurde ich abgewiesen, doch dann bekam ich meine Chance: Auf dem Luftlandeplatz Teltge begann ich mit meinen ersten Flügen, bewährte mich, bis man mir Schritt für Schritt mehr zutraute, mir mehr Aufgaben zugestand und ich schließlich auch Flugschüler ausbilden durfte. Es war herrlich.

Ich kündigte beim Krämer.

Wir zogen nach Teltge.

Lene fand schließlich doch irgendwann eine Anstellung als Krankenschwester, und endlich verdienten wir genug Geld, so dass wir in eine schöne Wohnung einziehen und uns auch hier und da ein Essen in einem Restaurant oder ein Stück Kuchen in einem Café leisten konnten.

Niemand fragte mehr, woher wir kamen, niemand interessierte sich mehr für Flüchtlinge. Wir waren in den Fünfzigern. Es ging aufwärts. Die Wirtschaft sprang an, und die letzten Trümmer wurden beiseitegeschafft. Der Krieg lag noch keine zehn Jahre zurück, und nur dann und wann, wenn Meldungen von Russlandheimkehrern in den Zeitungen standen, erinnerten sich die Menschen, dass es ihn gegeben hatte.

Oder den Holocaust.

Alle blickten nach vorne.

Verdrängten den Schmerz und ignorierten die Erinnerungen an die Katastrophe und das eigene Versagen.

Am 23. Mai 1954 landete einer meiner Schüler auf dem Flugplatz, und ich gratulierte ihm zu seinem ersten Alleinflug. Traditionsgemäß forderte ich ihn auf, sich umzudrehen, damit ich ihm zur Feier des Tages in den Hintern treten konnte, als sich ein Auto dem Rollfeld näherte und ich mich fragte, wer so frech sein konnte, mit einem Privatwagen über einen Flugplatz zu fahren.

Ich wandte mich dem Fahrzeug zu, das ein paar Meter neben uns gehalten hatte. Langsam öffnete sich die Fahrertür, und ein Mann in einem eleganten Anzug trat heraus, setzte sich seinen Hut auf und drehte sich zu mir um.

Richard.

Ich starrte ihn an wie eine Marienerscheinung.

Er lächelte.

Zündete sich eine Zigarette an und nickte lässig: »Ich sagte ja, dass ich dich finden werde, Hedy von Pyritz!«

Da fiel ich ihm in die Arme.

Wir küssten uns.

Zum ersten Mal.

86

Ich hatte eine Million Fragen.

Wie er entkommen konnte? Wie er das Kriegsende erlebt hatte? Wo er die ganze Zeit gewesen war? Wie er mich gefunden hatte?

Ich fragte und küsste ihn.

Wir fuhren zunächst nach Münster, wo er im besten Hotel am Platz untergebracht war, und für einen Moment glaubte ich, er wolle mich dort verführen, aber er blieb ganz und gar Gentleman. Vielleicht hätte er es sogar geschafft, denn an diesem Tag war ich so aus dem Häuschen, dass ich wahrscheinlich bereit gewesen wäre, meine Prinzipien über Bord zu werfen, doch Richard versuchte erst gar nicht, mich aufs Zimmer zu locken, sondern bestellte Champagner an der Bar und stieß mit mir an.

»Auf dich!«, sagte er.

»Auf uns!«, antwortete ich ihm.

Beabsichtigt oder nicht: Es war nicht zu übersehen, wie zuvorkommend er bedient wurde. Anscheinend kannte jeder im Haus seinen Namen und sprach ihn beinahe ehrfürchtig aus. Richard tat, als würde er es nicht bemerken, aber ich staunte über die wilde Buckelei des Personals.

»Bist du schon länger hier?«, fragte ich.

»Vorgestern«, antwortete er.

»Hast du sie bestochen, dass sie dich so hofieren? Um mich zu beeindrucken?«, fragte ich.

»Funktioniert es?«

Ich grinste: »Ja.«

»Nein, ich habe sie nicht bestochen. Aber sie hoffen sicher auf ein dickes Trinkgeld.«

Unauffällig musterte ich ihn: Der Anzug war maßgeschneidert und musste ein Vermögen gekostet haben. Ich war ständig versucht, mit den Fingerspitzen über den Stoff zu fahren, so fein war er. Die Schuhe aus Leder von solcher Qualität, wie ich es zuletzt vor dem Krieg gesehen hatte. Seine Krawatte aus Seide, das Hemd blütenweiß, genau wie das Einstecktuch. Sogar seine Hände schienen maniküurt zu sein, und unwillkürlich verbarg ich meine unter der Theke: Sie waren schmutzig vom

Flugbetrieb. Und die Fingernägel hatten seit Ewigkeiten keinen Lack mehr gesehen.

»Was siehst du?«, fragte Richard amüsiert.

Ertappt schluckte ich und antwortete dann: »Dass weder meine Frisur noch mein Aufzug angemessen sind für dieses Haus!«

»Eine Frisur kann man legen lassen, ein Kleid kaufen, Klasse nicht. Mach dir keine Sorgen über deinen Aufzug. Es gibt keinen eleganten Ort, wo du nicht hinpassen würdest.«

»Er scheint dir sehr gut zu gehen …«

»Ja, ich hatte Glück.«

»Du musst mir alles erzählen!«, drängelte ich

»Aber nicht heute«, lächelte er. »Heute feiern wir. Einverstanden?«

»Ja.«

Wir stießen miteinander an.

Der Alkohol stieg mir zu Kopf. Den letzten hatte ich während meiner Zeit in der Flugschule getrunken, wenn man mich dazu eingeladen hatte. Und auch nur, um nicht als ungesellig zu gelten.

»Nur eines: Wie konntest du vor den Russen fliehen?«, fragte ich schließlich.

»Nun, ein paar von ihnen habe ich erwischt. Sie waren irritiert, als du mit deiner Freundin getürmt bist, so dass ich einen kleinen Vorsprung hatte. Als sie mir folgten, warf ich eine Handgranate, die ich dem ersten Burschen abgenommen hatte. Das hat sie vorsichtig werden lassen. Sie waren unschlüssig, ob sie mir folgen sollten oder nicht, und als sie sich dazu entschlossen hatten, war ich schon auf und davon.«

»Und dann?«

»Ich hatte dir ja gesagt, dass ich einen Weg rausgefunden hatte. Eigentlich für uns beide. Jedenfalls hatte ich Hilfe von ein paar Freunden und konnte fliehen.«

»Und wie hast du mich gefunden?«, fragte ich.

»Über das Deutsche Rote Kreuz. Du hast deinen Namen nicht geändert – das hat es eigentlich ziemlich leicht gemacht.«

Ich sah ihn aufmerksam an.

Und er schien meine Gedanken zu erraten.

»Es ging nicht früher, Hedy. Das ist eine lange Geschichte, und irgendwann werde ich sie dir auch erzählen. Aber die Hauptsache ist, dass ich nicht mehr weggehe.«

»Wegen mir?«

»Ja, wegen dir, Hedy von Pyritz. Ich bin zurückgekehrt, weil ich dich heiraten werde!«

Ich starrte ihn an.

Dann lächelte ich: »Sieh mal einer an: Sie trauen sich ja was, Herr von Pape. Was stimmt Sie so optimistisch, dass ich *Ja* sagen werde?«

Er lachte vergnügt: »Immer noch die Hedy aus Pyritz.«

Und ich nickte: »Immer noch der Richard aus Pyritz.«

Da hob er sein Glas und stieß mit mir an.

»Auf den *Eulenturm*!«

Wir tranken.

Auf unsere Vergangenheit.

Und auf unsere Zukunft.

87

Als Lene von ihrer Schicht kam, saß ich bereits an einem festlich eingedeckten Tisch, mit Kerzenlicht und so vielen Leckereien, dass ihr erster Gedanke war, ich hätte unser Konto geplündert. Ich führte sie an ihren Platz, schob ihr den Stuhl zurecht, goss Wein ein. Dann wankte ich zu meiner Tischseite und prostete ihr zu.

»Bist du betrunken?«, fragte sie verwundert.

»Nur ein kleiner Schwips.«

Lene runzelte grinsend die Stirn: »Du bist voll wie ne Haubitze!«

»Ein Schwips!«, beharrte ich.

Wir tranken einen Schluck.

»Was gibt es denn zu feiern?«, fragte sie.

»Als Erstes, dass ich *nicht* gekocht habe. Wir werden also vorzüglich speisen …«

»Und wer hat dann gekocht?«

»Unsere Nachbarin. Ich habe ihr eine Flasche Wein und etwas vom Braten versprochen.«

Lene nickte: »Und warum feiern wir wirklich?«

»Richard ist wieder da.«

Ich hatte erwartet, dass sie sich für mich freuen würde, aber sie saß nur da, starrte mich an und sekündlich wurde ihr Gesicht blasser, so dass ich mir Sorgen machte, sie könnte gleich umkippen.

»Lene! Was ist denn?!«, rief ich erschrocken.

»Ich … das ist … überraschend …«, stammelte sie.

»Nicht wahr? Er ist einfach aufgetaucht. Stand plötzlich vor mir. Wie in Pyritz.«

»Oh …«

»Er hat sein Versprechen gehalten, Lene! Er ist zurückgekommen, um zu bleiben!«

Sie nickte.

»Was ist? Freust du dich denn gar nicht?«, fragte ich ein wenig enttäuscht.

Da versuchte sie ein Lächeln: »Doch, natürlich. Ich gratuliere dir!«

Sie umarmte mich.

Und ich spürte, dass sie zitterte.

»Ich werde ihn dir vorstellen, Lene. Und ich bin sicher, ihr werdet euch mögen! Und wir dürfen nie vergessen: Er hat unser beider Leben gerettet!«

Sie nickte wieder.

»Ja, ist schon recht«, antwortete sie leise.

Richard war tatsächlich der geblieben, den ich in Pyritz kennengelernt hatte. Alles, was er tat, tat er mit der größten Selbstsicherheit, ohne viel Aufhebens, gerade so, als ob es die natürlichste Sache von der Welt war, dass man seinen Wünschen nachkam. Egal, wem er begegnete, Kellnerin, Passant, Herr oder Marktfrau: Richard wiederholte seine Anliegen nie, denn sie wurden ihm einfach erfüllt. Und nicht wenige, vor allem die Frauen, wurden förmlich zu Gefangenen seines Blickes, bis er sie *losließ* und weiterging, ohne sie auch nur noch einmal zu beachten. Blaue Augen und dunkles Haar waren sicher eine ungewöhnliche Kombination, aber es erklärte trotzdem nicht seine Wirkung auf Menschen. Er wollte etwas, er bekam es. So einfach war das. Und ich gestehe, je länger ich an seinem Arm mit ihm durch die Stadt schlenderte, desto mehr genoss ich, dass er wegen mir hier war.

Nur wegen mir.

Ich erzählte viel über unsere Flucht, über Lene, die mir die beste Freundin war, die man sich nur vorstellen konnte, und über die Jahre nach dem Krieg. Und er hörte aufmerksam zu, doch selbst hielt er sich bedeckt, wie er es schon in Pyritz getan hatte und wie es offensichtlich seine Art war.

Und wie in Pyritz hörte ich irgendwann auf, neugierige Fragen zu stellen, denn es überkam mich der Verdacht, dass er, wie Lene bereits vermutete, in Gefangenschaft geraten war. Dass er den Russen möglicherweise doch nicht entwischt war und schlicht nicht über das reden wollte, was ihm widerfahren war. Alles, was Rückkehrer über die Gulags berichtet hatten, war so grausam, dass es mich nicht wunderte, dass er nicht darüber sprechen wollte oder konnte.

Seinen offensichtlichen Reichtum erklärte es allerdings nicht.

Aber ihn so zu sehen, mit dieser Wirkung auf andere: Es fiel mir nicht schwer, mir vorzustellen, dass er schnell Karriere gemacht hatte. Und jetzt, um mich zu beeindrucken, ein wenig auf den Putz haute.

»Komm doch heute Abend zum Essen. Dann lernst du Lene kennen«, bat ich ihn.

»Können wir das etwas verschieben?«, fragte er.

»Natürlich«, antwortete ich enttäuscht.

»Ich hole dich gegen 18 Uhr ab.«

»Tatsächlich?«, fragte ich.

»Zieh etwas Hübsches an, würdest du mir diese Freude machen?«

Ich nickte.

Natürlich war ich neugierig, aber ich fragte nicht, er hätte es mir eh nicht verraten. Und so wartete ich in meiner Wohnung, so elegant, wie es nur ging, als um Punkt 18 Uhr ein Wagen hupte und ich hinunterging, um ihn zu begrüßen.

Ein Mercedes wartete vor der Tür, ein neuer 170 S, mit hübschen Weißwandreifen und kühn geschwungenen Kotflügeln. Richard hielt mir die Beifahrertür auf, ich gab ihm einen Kuss und schlüpfte hinein.

»Wo fahren wir hin?«, fragte ich.

»Überraschung!«, sagte er.

Wir fuhren hinaus aufs Land.

Bogen irgendwann auf einen Feldweg ein und erreichten bald einen Altarm der Ems. Stilles Wasser, überbordende Flora und

Fauna, hängende Weiden und wogendes Schilf gaben den Blick auf ein verzaubertes Plätzchen unberührter Natur frei. Wie ein Ort in einem Märchen, an dem sich Feen und Trolle versteckten und an dem man für immer bleiben wollte.

Ganz offensichtlich hatte Richard alles vorbereitet, denn er führte mich zu dem Platz mit der besten Aussicht, auf dem bereits eine Decke auf dem Boden lag, ein Körbchen mit kleinen Köstlichkeiten und Gläsern sowie eine Flasche Champagner, die im Uferwasser steckte.

Richard öffnete den Champagner, schenkte mir ein: »Auf uns!«

Dann sank er auf die Knie.

Öffnete eine kleine Schachtel und nahm einen funkelnden Ring heraus.

Hob ihn an meinen linken Ringfinger und hielt meine Hand.

»Hedy von Pyritz. Würdest du mir die größte Ehre erweisen und meine Frau werden?«

Und wieder tat er das mit größter Selbstverständlichkeit.

So, als ob es nur eine einzig mögliche Antwort darauf geben konnte.

Und er sollte damit recht behalten.

»Ja!«

Wir küssten uns.

Den Rest dieses wundervollen Abends saßen wir dort am Wasser und ich dachte, dass ich nur mit Peter jemals so glücklich war wie in diesem Moment.

Ich kehrte spät heim.

Lene hatte auf mich gewartet und sah es mir schon am Gesicht an, dass etwas geschehen sein musste. Offenbar leuchteten meine Augen unsere kleine Wohnung derart aus, dass es darin keine Schatten mehr zu geben schien.

»Was ist denn mit dir passiert?«, fragte sie.

Als Antwort hielt ich ihr nur meine linke Hand hin, an dem ein goldener Ring mit einem Brillanten glitzerte.

»Er verliert wirklich keine Zeit, was?«, fragte Lene beeindruckt.

»Er weiß, was er will. Und er tut, was er sagt. Das war schon in Pyritz so.«

Einen Moment starrte sie auf den Ring.

Dann schien ein Ruck durch sie zu gehen und sie umarmte mich innig.

»Ich wünsche dir so sehr, dass du glücklich wirst, Hedy!«

Ich drückte sie fest an mich und flüsterte: »Wir werden immer zusammen sein, Lene. Immer! Nichts wird das je ändern.«

»Wirklich?«, fragte sie zurück.

»Ja.«

»Danke.«

Eine Weile standen wir da.

Und zum ersten Mal wurde mir wirklich klar, was mit ihr los war. Ihr Desinteresse an Männern, ihre Erinnerungen an Frauen, der zärtliche Kuss, den ich im Fieber nach meinem Absturz gespürt hatte, ihre enttäuschten Reaktionen, als ich von Richard erzählte. Wie hatte ich nur so blind sein können? Oder eher: sein wollen! Ich hatte ihre Veranlagung erahnt, sie machte mir überhaupt nichts aus, aber ich hatte ihre Liebe nicht wahrhaben wollen, denn für mich war sie wie eine Schwester. Wir liebten einander – aber auf völlig verschiedene Art.

Und jetzt hielt ich sie im Arm und plötzlich fühlte sich alles anders an.

Als sie sich von mir löste, musste sie mir meine Verlegenheit angesehen haben. Denn plötzlich lächelte sie und streichelte meine Wange: »Schon gut, wir haben nie darüber gesprochen.«

Ich räusperte mich und krächzte beinahe: »Nein.«

»Hm?«

»Hm?«

»Hm!«

Wir sahen uns an.

Dann lachte sie.

Ich stimmte erleichtert ein, war einfach zu albern.

Und da löste sich auch endlich die Spannung.

Lene wechselte das Thema: »Ich hoffe, du stellst ihn mir noch vor der Hochzeit vor! Bei eurem Tempo verpass ich die sonst!«

»Keine Angst, die verpasst du sicher nicht. Ohne Trauzeugin geht es nicht …«

Lene nahm mich wieder in den Arm: »Aber natürlich!«

Wir hielten uns.

Und ich dachte nur: meine Schwester.

Ich brachte unsere Wohnung auf Vordermann, während Lene ein Festmahl kochte. Diesmal kaufte ich Champagner und war, gelinde gesagt, schockiert über den Preis, aber für unseren Retter durfte nichts zu teuer sein. Wir deckten den Tisch festlich für drei, putzten uns raus, selbst Lene schminkte sich, die das seit dem Kriegsende nicht mehr getan hatte.

Es klopfte an der Tür.

Ich öffnete.

Richard trat ein, nahm den Hut ab und küsste meine Wangen: »Du siehst bezaubernd aus.«

»Danke. Und das ist Lene!«, sagte ich und trat zur Seite.

Richard gab ihr die Hand: »Schön, Sie endlich kennenzulernen, Fräulein Simon.«

Lene starrte Richard an.

Ich konnte mir ein Lächeln nicht verkneifen, denn offensichtlich gab es keine Frau, die Richard widerstehen konnte. Nicht einmal Lene, deren Hand immer noch in der Richards lag.

»G-guten Abend«, stotterte sie hilflos.

Wir setzten uns, tranken auf unser Wohl, dann servierte ich das Essen und bemerkte, dass das Gespräch zwischen Richard und Lene nicht so recht in Gang kommen wollte. Geplauder fand überwiegend nur zwischen mir und ihm statt. Lene nickte allenfalls hier und da und selbst die Erinnerungen an unsere Rettung vor dem NKWD führten zu keiner Belebung. Sie wirkte teilnahmslos, vielleicht sogar abweisend.

Ich fand ihr Benehmen unmöglich!

Jede Frau war in der Lage, ein wenig Begeisterung zu spielen oder ein wenig Konversation zu betreiben, selbst wenn sie sich nicht wohlfühlte. Ich verstand ihre Eifersucht, ja, auch ihren Schmerz, dennoch hätte ich mir gewünscht, dass sie sich mir zuliebe etwas verstellt hätte.

Richard dagegen ließ sich nichts anmerken. War charmant und geistreich wie immer und bezog die maulfaule Lene immer wieder in ein Gespräch ein und ließ sich auch nicht davon irritieren, wenn er nur lahme oder gar einsilbige Antworten bekam. Es war, als wäre er der Gastgeber, der alle bei Laune hielt und gar nicht daran dachte, dass dieser Abend ein Misserfolg werden könnte.

Irgendwann verabschiedete er sich dann und verließ gut gelaunt die Wohnung.

Kaum war die Tür ins Schloss gefallen, drehte ich mich auch schon zu Lene um: »Sag mal, was war denn los mit dir?!«

Sie antwortete nicht, sah mich auch nicht an.

»Ehrlich, Lene, ich stelle dir meinen Verlobten vor, den Mann, der dir und mir das Leben gerettet hat, und du benimmst dich wie eine Idiotin!«

Es war das erste Mal, dass ich auch nur ansatzweise in dieser Form mit ihr gesprochen habe, aber ich war wirklich wütend und hatte mich so auf einen wunderbaren Abend zwischen uns gefreut.

Lene schüttelte nur den Kopf: »Es tut mir leid, Hedy. Ich geh ins Bett!«

Sprach es, verschwand in ihrem Zimmer und ließ mich einfach stehen.

Auch am nächsten Morgen blieb sie wortkarg.

Also frühstückten wir beide schweigend, räumten ab, dann verschwand ich nach draußen und raffte mich noch zu einem knappen *Wiedersehn!* auf. Es war Wochenende, und ich hatte vor, es mit Richard zu genießen.

Die restlichen zwei Tage verbrachte ich wie im Rausch mit Richard, der mich verwöhnte, wie er nur konnte, und mir am Sonntag mitteilte, dass er ein Haus gekauft hatte.

»Willst du es sehen?«, fragte er.

Ich nickte heftig.

Und so fuhren wir mit dem Mercedes aus Teltge raus, über Land, und erreichten ein mir bis dahin völlig unbekanntes Städtchen und bald schon die Einfahrt zu einem Anwesen auf einem kleinen Hügel.

Wir stiegen aus, und ich kam aus dem Staunen nicht mehr heraus: Eine herrliche Villa thronte über dem Ort, umgeben von einem wild wuchernden Wäldchen.

»Wie gefällt sie dir?«, fragte Richard.

»Sie ist phantastisch!«, rief ich.

»Sie muss noch ein wenig hergerichtet werden, aber ich denke, man erkennt schon, was aus ihr werden kann.«

Tatsächlich klafften noch Einschusslöcher im Mauerwerk, das Dach war teilweise abgedeckt, der französische Balkon vor dem Fenster im Türmchen hing windschief herab. Ein paar Scheiben mussten ersetzt werden, aber ansonsten war zu erahnen, was für ein schönes Haus es einmal gewesen war.

»O Gott, Richard, das muss ein Vermögen gekostet haben!«, rief ich.

Er schüttelte den Kopf: »Nein, eigentlich habe ich es für einen Spottpreis bekommen. Allerdings wird die Renovierung ein hübsches Sümmchen verschlingen.«

Wir stiegen die mit Unkraut überbewucherte Treppe hinauf, öffneten die unverschlossene und ziemlich ramponierte Haustür und traten ein: Drinnen war alles schmutzig, Staub tanzte in der Luft, und vom Interieur war einiges zu Bruch gegangen. Die Treppe in die oberen Geschosse hingegen war in fast tadellosem Zustand, der Salon dagegen ziemlich verwüstet. Die Küche stand noch, aber musste ohne Zweifel komplett ersetzt werden. Was auch für das Mobiliar in den oberen Zimmern galt.

Dennoch: Diese Villa war unglaublich. Und vor meinem geistigen Auge begann ich, sie zu renovieren, sie einzurichten, den Salon mit großen Flügeltüren zum Garten hin auszustatten, eine Terrasse bauen zu lassen und den Wildwuchs dahinter vorsichtig zu einem kleinen Park umzugestalten.

»Kannst du dir das denn leisten?«, fragte ich ungläubig.

Doch Richard lächelte nur: »Mach dir darüber keine Sorgen. Es soll unser neues Zuhause werden.«

»Sag mal, Richard«, begann ich. »Das kannst du doch unmöglich alles innerhalb weniger Tage hinbekommen haben?«

»Was meinst du?«, fragte er unschuldig zurück.

»Ich meine, dass du mich findest, dass du mich heiratest, dass du ein Auto kaufst, eine Villa, dass du die Gegend schon zu kennen scheinst wie deine Westentasche.«

Er lächelte.

»Und?«, fragte ich.

»Nein, ich bin schon seit ein paar Wochen hier.«

»Ein paar Wochen?«

»Ja. Ich wusste ja nicht, ob du verheiratet oder vielleicht mit jemandem zusammen bist. Und als ich dann alles in Erfahrung gebracht hatte, habe ich mich entschlossen, hierzubleiben.«

»Du hast mir nachspioniert?«, rief ich irritiert.

»Ich habe mich versichert, nichts weiter«, gab er seelenruhig zurück.

»Und wenn ich dich nicht hätte heiraten wollen?«

»Dann wäre ich auch geblieben. Es gefällt mir hier.«

»Einfach so?«, fragte ich.

»Ja, aber ich war mir eigentlich sicher, dass du *Ja* sagen würdest.«

Ich kniff ein wenig die Augen zusammen: »Soll bloß niemand behaupten, dass du eingebildet sein könntest …«

Er lachte.

Dann sah er mich an und sagte: »Ich liebe dich, Hedy von Pyritz. Und wenn du es nicht bist, dann wird es niemand anderes sein. So einfach ist das.«

Ich grinste ihn an.

»Weißt du eigentlich, wie ähnlich wir uns sind?«

»Wirklich?«, rief Richard spitzbübisch.

»Ja, denn die Wahrheit ist: Wenn du es nicht für mich sein kannst, dann wird es auch niemand anderes für mich sein. So einfach ist das!«

Dann küssten wir uns.

»Wann möchtest du heiraten?«, fragte er.

»Hast du nicht längst einen Termin für uns festgelegt?«, fragte ich zurück.

»Nun …«

»Du hast wirklich schon einen Termin?!«, rief ich überrascht.

»Wir können ihn noch ändern.«

»Wir werden im Juli heiraten. An dem Tag, an dem meine Eltern geheiratet haben. Und an dem meine Schwester heiraten wollte.«

»In Ordnung. Die Villa wird bis dahin nicht fertig sein, aber wir könnten hier eine Jagdgesellschaft geben. Es gibt ein Revier in der Nähe. Später können wir die Strecke hier präsentieren und lassen das gesamte Fest mit einem Umtrunk und einem Grillabend ausklingen. Was hältst du davon?«

»Bestell schon mal das Aufgebot – ich kümmere mich um den Rest!«

Er fuhr mich nach Hause, und es fiel mir schwer, nicht zu ihm ins Hotel zu fahren, denn kaum war ich ausgestiegen, dachte ich finster an Lenes miese Laune. Aber es war das erste Mal, seit wir uns kannten, dass es einen Missklang zwischen uns gab, und ich wollte ihn unbedingt aus dem Weg räumen. Sie würde meine Trauzeugin sein, sie war meine einzige Vertraute, meine beste Freundin. Sie sollte genauso selig sein, wie ich es war!

Ich betrat die Wohnung und rief: »Lene? Bist du da?«

Sie trat aus ihrem Zimmer.

Blass.

Übernächtigt.

Ich ging zu ihr, nahm ihre Hände und sagte: »Lene, wir müssen reden. Bitte!«

Sie nickte schwach.

Wir setzten uns an den Tisch.

Da keine von uns wusste, wie sie das Gespräch anfangen sollte, saßen wir uns eine Weile schweigend gegenüber, und ich dachte nur, dass Lene wie eine junge Frau aussah, die unglücklich verliebt war.

»Ist es wegen Richard?«, fragte ich vorsichtig.

»Liebst du ihn?«, fragte sie.

Ich sah sie an und antwortete: »Ja.«

Da begann sie zu weinen.

Ich sprang auf und nahm sie in die Arme: »Lene, meine Lene!«

»Du darfst Richard nicht heiraten!«

Ich seufzte.

Dann antwortete ich: »Lene, ich weiß, wie schwer das für dich sein muss, aber wir beide … wir können nicht … verstehst du?«

Sie weinte und nickte zugleich: »Das weiß ich, Hedy. Ich wusste das schon immer. Und es war mir egal, solange wir zusammen sein konnten, aber deswegen bin ich nicht gegen die Hochzeit.«

»Nicht?«, fragte ich verwundert.

Wieder zögerte sie.

Dann aber sagte sie: »Du kannst Richard nicht heiraten, weil er ein Mörder ist.«

89

Ich wusste, dass Lene im Krieg Krankenschwester gewesen war, dass sie Verwundete versorgt hatte, bis die Rote Armee nach und nach auf ehemals deutschen Boden vorgedrungen war und begonnen hatte, die Menschen vor sich herzutreiben. So wurde auch Lene in den Kriegswirren von den Verbänden und Lazaretten, in denen sie Dienst tat, getrennt und schlug sich schließlich bis nach Köseritz durch, wo sie mich aus meiner abgestürzten *Messerschmitt* zerrte und wieder gesund pflegte.

Ich hatte wie viele andere auch von den Gerüchten im Osten gehört, was die Massenvernichtungslager betraf, es aber nicht glauben *wollen*. Was mir aber tatsächlich nie zu Ohren gekommen war, waren Sondereinsätze hinter der Front, Einsatzgruppen der SS, der Sicherheitspolizei *Sipo* und des Sicherheitsdienstes SD. Ideologisch geschulte Männer, die das besetzte Territorium von Partisanen, Intellektuellen, Zigeunern und Juden *bereinigten*.

Daher waren von Lene in den Lazaretten nicht nur einfache Wehrmachtssoldaten zu versorgen, sondern auch dann und wann Männer vom SD und der SS. Verletzt durch Partisanenangriffe, so jedenfalls die offizielle Lesart. Und natürlich verfehlte es nie die emotionale Wirkung, wenn eigene Soldaten vom Feind hinterrücks angegriffen worden waren. Was sie selbst dazu beigesteuert hatten, wurde nie erwähnt.

»Viele lagen einfach nur da und starben still«, erinnerte Lene sich, »andere riefen nach ihrer Mutter oder nahmen mir das Versprechen ab, ihre Familien zu benachrichtigen. Und manchmal, sehr selten, gab es jemanden, der sich die Last von der Seele reden wollte. Der einen Pfarrer verlangte, und wenn es keinen Geistlichen gab: irgendjemanden, der seine Hand hielt, während er um Vergebung bat. Für das, was er getan hatte.«

Ich saß Lene verwirrt gegenüber und fragte: »Aber, was hat das alles mit Richard zu tun?«

Sie hob die Hand als Zeichen dafür, dass ich mich noch gedulden sollte: »Ich hörte das erste Mal in Lemberg diesen Namen: *Karatschun*. Wir bekamen zwei verletzte SD-Männer herein, beide mit so schweren Verwundungen, dass klar war, dass sie das nicht überleben würden. Man sagte uns: Partisanenüberfall. Und es gab auch keinen Grund, das nicht zu glauben. Der Erste starb ein paar Minuten nachdem er eingeliefert wurde, der Zweite lebte noch ein paar Stunden. Als ich bei ihm saß, um einen Verband zu wechseln, sah er mich an und sagte nur: *Karatschun*. Mehr nicht.

Monate später, ich war mittlerweile nach Weißrussland versetzt worden, hörte ich diesen Namen wieder. Wir hatten Halt gemacht in einem kleinen Dorf, um uns um Verletzte zu kümmern. Diesmal waren reguläre Soldaten in einen Hinterhalt geraten. Während wir die Männer erstversorgten und fertig für den Transport machten, hörte ich einen Offizier mit einem Untergebenen sprechen. Er sagte, er soll das SK7a anrufen. Mal sehen, was die Schweine sagten, wenn Karatschun ihnen einen Besuch abstattete.

Eine Woche später wurden wir planmäßig verlegt, und der Zufall wollte es, dass wir wieder durch dieses Dorf kamen – doch diesmal war da nichts mehr. Die Häuser waren bis auf die Grundmauern abgebrannt. Frauen. Männer, Kinder, Tiere – verschwunden. Nichts mehr. Als ob nie jemand dort gelebt hatte.

Dann begannen wir, den Krieg zu verlieren, unsere Einheit wurde immer öfter versetzt, manchmal sogar Hals über Kopf, und immer wieder kamen wir durch Ortschaften, in denen es kein Leben mehr gab. Genauso, wie ich es in Weißrussland gesehen hatte.

In einer Nacht wurden die Angriffe so heftig, dass wir fliehen mussten, jeder für sich, ohne Ordnung, nur mit dem Willen zu überleben. Tagelang irrte ich umher und kam eines Nachts in ein Dorf, wo ich heimlich Eier aus einem Hühnerstall stahl und roh trank. Meine erste Mahlzeit seit Tagen.

Ein Geräusch ließ mich aufschrecken, ich schaffte es gerade noch hinaus an einen angrenzenden Wald, als ein kleiner Junge ins Dorf rannte und schrie: *Karatschun! Karatschun!* Gleich darauf umstellte ein Trupp des SD das kleine Dorf und trieb die Menschen zusammen. Frauen, Kinder, Alte, Tiere. Sie sperr-

ten sie alle zusammen in eine kleine Kapelle und zündeten sie
an.

Ich war starr vor Furcht und sah nur das Feuer. Hörte die Schreie
der Menschen. Und zum ersten Mal sah ich ihn: Karatschun.
Er stand ganz ruhig dort, blickte in die Flammen, während seine Männer alles mitnahmen, was irgendwie von Wert war.

Plötzlich hörte ich Schüsse, sah, dass sich Karatschun dem Geräusch zuwandte, und schon im nächsten Moment sprang ein
junger Mann aus einem Schuppen und schoss auf ihn. Er lief
auf ihn zu, schoss panisch, schnell, unkontrolliert, während Karatschun in sein Pistolenhalfter griff, seine Waffe zog und entsicherte. In einer einzigen, ruhigen Bewegung legte er an und
schoss dem heranstürmenden Partisanen in den Kopf. Dann
steckte er die Pistole wieder ein und wandte sich erneut dem
Feuer zu. Starrte seelenruhig hinein, die Hände auf den Rücken gelegt.

Kalt, bis in die letzte Faser seines Seins.

Ein paar seiner Männer kamen zu ihm, er strafte sie mit einem
Blick. Und sie schlichen davon, als hätte er sie wie einen Hund
geprügelt.

Als das Feuer niedergebrannt war, als alle tot waren, wies er
seinen Trupp an, die Ruinen zu durchkämmen. Dort brachen
sie noch den Toten das Gold aus den Zähnen.

Im Morgengrauen verschwanden sie wieder, wie sie gekommen waren: wie Geister.

Genauso schnell, wie sie gekommen waren. Wie Geister. Und
genauso war Karatschun. Nur ein Geist. Wie eine böse Geschichte, die man unartigen Kindern erzählt, wenn sie nicht
ins Bett gehen wollten. *Schlaf jetzt! Schlaf oder Karatschun kommt
dich holen!* Nie hatte jemand sagen können, wer Karatschun
war, denn bis auf seine Männer hatten alle, die ihn je gesehen
hatten, diesen Anblick mit dem Leben bezahlt. Nur ich habe

ihn gesehen. Und überlebt. Ich bin die einzige Zeugin. Und daher weiß ich genau, wer Karatschun war: Richard von Pape. Dein Richard.«

Ich starrte sie an.

»Das kann nicht sein!«

»Nein?«, fragte Lene zurück. »Warum kann das nicht sein?«

»Du hast gesagt, es war Nacht. Dass du ihn aus einiger Entfernung gesehen hast. Im Flackerlicht eines Feuers. Ist es nicht möglich, dass du dich irrst?«

»Ich weiß, was ich gesehen habe, Hedy. Und ich habe *ihn* gesehen.«

»Du musst dich irren!«, rief ich.

»Ich habe die letzten Tage über nichts anderes nachgedacht, und das Ergebnis ist immer dasselbe: Wie könnte ich jemanden wie Richard nicht wiedererkennen? Hast du mir nicht erzählt, wie ihn alle anstarren? Welche Wirkung er auf Menschen hat? Vor allem auf Frauen? Glaubst du, dass nur eine von ihnen ihn nicht wiedererkennen würde?«

Ich schüttelte den Kopf, stammelte: »Nein … nein …«

Lene nahm meine Hände: »Karatschun hat Jagd auf Menschen gemacht: Partisanen, Juden, ›Volksschädlinge‹. Glaubst du, ich würde so etwas sagen, wenn ich nicht hundertprozentig sicher wäre? Glaubst du, ich würde so etwas auch nur andeuten?«

»Es muss eine Erklärung dafür geben«, stammelte ich.

Lene sah mich eindringlich an: »Wo war er nach dem Krieg? Woher kommt sein Reichtum?«

»I-ich weiß es nicht …«

Mir drehte sich der Magen um.

Ich sprang auf, schaffte es noch bis zur Spüle in der Küche.

Wir hatten uns am nächsten Tag treffen wollen, nach meiner Arbeit am Flugplatz, aber ich gab vor, mich krank zu fühlen und ihn nicht anstecken zu wollen. In gewisser Weise war das nicht einmal gelogen.

Was sollte ich jetzt tun?

Wir hatten über unsere Zukunft gesprochen, er hatte mir versichert, dass ich mich auch weiterhin beruflich verwirklichen durfte, ja, er liebte sogar den Gedanken, dass wir zusammen an jeden Ort fliegen konnten, nach dem uns zumute war.

Da war diese herrliche Villa, in der schon morgen Handwerker mit dem Dach beginnen würden, andere mit den elektrischen Leitungen, der Heizung sowie den Zu- und Abflüssen. Bis zur Hochzeit in sechs Wochen würden auch Böden und Wände gemacht und das umgebende Wäldchen von einem Gärtner vorsichtig gerodet und kultiviert worden sein. Am Tag unserer Hochzeit wäre die Villa zwar nicht ganz fertiggestellt, aber doch so weit, dass wir einziehen konnten.

Die Hochzeit.

Die Vorbereitungen liefen bereits auf Hochtouren, da war ein Mann, den ich liebte, und der vielleicht ein Kriegsverbrecher war. Es gab keinen Grund, an Lenes Aufrichtigkeit zu zweifeln, aber war es nicht doch möglich, dass sie sich irrte? Der menschliche Geist war beeinflussbar, Erinnerungen konnten trügen, Bilder, die man im Kopf oder Herzen trug, konnten sich verändern, genau wie Fotografien vergilbten, wenn man sie nicht vor dem Licht schützte. War es wirklich denkbar, dass Richard ganze Dörfer hatte auslöschen lassen? Dass er Partisanen, Juden oder einfach nur Zivilisten zusammengetrieben und ermordet hatte? Um sich anschließend an ihnen zu bereichern?

Und hatte er, bei solch schweren Anschuldigungen, nicht das Recht, sich zu verteidigen? Seine Sicht der Dinge vorzutragen? Manchmal war das Offensichtliche nicht wahr und das Wahre nicht offensichtlich. In jedem Fall wollte ich Richard die Gelegenheit geben, meine Fragen zu beantworten. Er sollte sich erklären.

Dann setzte ich mich an den Tisch, nahm Füllfeder und Papier und schrieb einen Brief. Ich hatte von einem Mann in Linz gehört, der es sich zur Lebensaufgabe gemacht hatte, das an den Juden begangene Unrecht zu sühnen, die Täter zu finden und sie der Justiz zu übergeben. Er würde vielleicht nicht von allen Verbrechen Kenntnis haben, die Richard begangen haben soll, aber wenn jemand etwas darüber wusste, dann er.

Ich schrieb und fragte, ob ihm eine Gestalt namens Karatschun bekannt sei? Ob er von Tötungen in Weißrussland, Russland und Polen wusste? Ich berichtete ihm von dem Massaker, das Lene beobachtet hatte, nannte den Namen der kleinen Ortschaft. Auch fragte ich nach einer Einsatzgruppe SK7a, versuchte alles so genau wie irgend möglich wiederzugeben. Und schließlich fragte ich ihn, ob ihm im Zusammenhang mit Verbrechen gegen die Menschlichkeit je der Name Richard von Pape begegnet war? Ob Richard von Pape möglicherweise als Kriegsverbrecher gesucht würde? Und ob sein Name je in Zusammenhang mit Karatschun genannt worden war?

Ich faltete den Brief und steckte ihn in einen Umschlag. Ich hatte keine Adresse von jenem Mann, aber seinen Namen, und hoffte, dass der so bekannt war, dass man ihm meinen Brief zustellen würde. So schrieb ich auf den Umschlag: *An Herrn Simon Wiesenthal, Abteilung Kriegsverbrecher, Linz, Österreich.*

Das ebenso erstaunte wie misstrauische Gesicht des Postbeamten beantwortete ich mit demonstrativer Gleichgültigkeit, blieb aber so lange am Schalter stehen, bis ich sah, dass er diesen Brief in einen Postsack steckte.

Am nächsten Tag fragte Richard nach meinem Befinden, und ich gab an, dass es mir deutlich besser gehen würde. Daraufhin lud er mich zum Essen ein, und ich beschloss, die Gelegenheit zu nutzen, ihn auf seine Vergangenheit anzusprechen. Ein teures Restaurant war sicher kein idealer Ort, aber auch nicht der schlechteste, falls das Gespräch eskalieren sollte.

Ich gab meine Flugstunden und wartete, dass der Tag endlich verging.

Endlich verabschiedete ich meinen letzten Schüler.

Eilte nach Hause, zog mich um.

Ließ mich von Richard ausführen.

Lächelte viel.

Trank Wein und aß vorzüglich.

Ein Fruchtsalat als Dessert, dann ließ uns der Kellner alleine.

Richard berichtete gerade von den ersten Umbauarbeiten und den Handwerkern, die sich gleich im Dutzend auf den Füßen standen, als ich ihn einfach unterbrach: »Ich denke, es ist jetzt an der Zeit, dass du mir ein paar Fragen beantwortest.«

Er sah mich überrascht an, dann lächelte er: »Jawohl, Frau Kommissarin!«

»Es ist mir ernst, Richard. Es wird keine Ehe geben, deren Fundament eine Lüge ist.«

Er musterte mich aufmerksam.

»Wann habe ich dich denn angelogen?«

»Noch nicht. Also überleg es dir gut, ob du das wirklich willst.«

Er lehnte sich in seinen Stuhl zurück, ließ mich nicht aus den Augen: »Um was geht es überhaupt?«

»Du weißt alles über mich, aber ich weiß so gut wie nichts über dich. Und heute Abend wirst du mir alles erzählen, oder wir werden dieses Restaurant als getrennte Personen verlassen.«

»Himmel, Hedy, was ist denn plötzlich los?«

»Ich bin eine Frau mit Prinzipien, wie du wohl weißt …«

»Ist mir nicht entgangen.«

»Und ich lasse mich nicht für dumm verkaufen.«

»Das weiß ich.«

»Dann macht es dir sicher nichts aus, mir zu erzählen, was du von 1945 bis heute getan hast? Wo du warst, und wieso du so wohlhabend bist? Denn meine Familie war sehr vermögend, aber ich habe alles verloren. Du offenbar nicht. Und ich will hier und heute wissen, warum das so ist.«

Eine Weile saßen wir uns nur gegenüber.

Blickten uns an.

Dann nickte er: »Du willst die Wahrheit?«

»Ja.«

»Gut, dann also die Wahrheit. Ich bin ein gesuchter Verbrecher.«

Ich spürte, wie mir wieder schlecht wurde, wie mein Magen rebellierte, aber ich zwang mich, sitzen zu bleiben.

Und so würgte ich beinahe heraus: »Was hast du getan?«

»Nun, das Ganze hat einen kleinen Vorlauf. Wie du weißt, war ich Offizier im Krieg. Im Gegensatz zu vielen meiner verblendeten Kameraden und Vorgesetzten sah ich sehr schnell, dass wir diesen Krieg nicht gewinnen konnten. Und schon 1944 begann ich, mich auf das Ende vorzubereiten. Wir hatten auf unserem Weg in den Osten immer Beutegut gesichert und es zurück ins Reich geschickt, soweit wir es nicht selbst brauchten. Ich begann, mit ein paar Kameraden, mehr und mehr von dieser Beute abzuzweigen. Als dann klar war, dass wir zwischen Amerikanern, Engländern und Russen aufgerieben werden würden, versteckten wir alles, was wir gestohlen hatten, und warteten auf das Ende.

Als der Krieg vorbei war, ging ich nach Hamburg. Wir hatten genug Wertgegenstände gebunkert, um auf dem Schwarzmarkt gute Geschäfte damit zu machen. Doch bei einer Razzia flog ich auf.

Ich floh vor deutschen Polizisten und englischer Militärpolizei, geriet unter Beschuss, wehrte mich. Ich traf einen der Polizisten, doch was viel schwerwiegender war: Ich traf auch zwei Engländer. Ich wusste nicht, ob ich sie getötet hatte, aber klar war, wenn sie mich jetzt erwischen würden, wäre mein Schicksal besiegelt.

Ich bestach einen Matrosen, der mich heimlich auf das erste Schiff schmuggelte, das Hamburg verließ. Erst auf hoher See erfuhr ich, dass ich auf dem Weg nach Buenos Aires war. Dort stieg ich von Bord mit genügend Geld, um mir vorerst keine Sorgen machen zu müssen.

Ein paar Wochen später lernte ich in einem vornehmen Club einen Argentinier mit deutschen Wurzeln und seine deutsche Ehefrau kennen. Wir freundeten uns an, und als er sah, dass ich finanziell unabhängig war, schlug er mir ein Geschäft vor: Er suchte einen Partner für eine Kupfermine und ich stieg ein. Wie sich herausstellte, eine ausgesprochen gute Entscheidung, denn schon bald zeigte sich, wie rentabel diese Mine war.

Ich wurde ein reicher Mann.

Ein wirklich reicher Mann.

Doch: So schön Argentinien auch war, es wurde nie meine Heimat. Die war hier. In Deutschland. Also begann ich vor zwei Jahren vorsichtig zu recherchieren, ob ich immer noch gesucht wurde. Einzureisen und möglicherweise wegen Mordes festgenommen zu werden – unvorstellbar. Mittlerweile gab es die Bundesrepublik, aber die Engländer waren immer noch da. Ende letzten Jahres erhielt ich die Nachricht, dass kein Haftbefehl mehr gegen mich vorlag.«

»So was verschwindet doch nicht einfach?«, fragte ich misstrauisch.

Richard zuckte mit den Schultern: »So was verschwindet, wenn du jemanden findest, der es verschwinden lässt. So einfach ist das. Aus dem gesuchten Verbrecher Richard von Pape wurde damit der Geschäftsmann Richard von Pape. Im Übrigen hatten die beiden Engländer überlebt. Und für den toten Polizisten interessierte sich niemand mehr, nachdem sie herausgefunden hatten, dass er im Krieg Mitglied der SS gewesen war.«

»Und dann?«

»Ich verkaufte meine Anteile an der Mine und kam zurück.«

Ich musterte ihn argwöhnisch: »Und das soll ich glauben?«

»Sieh mich an, Hedy. Ich war ein König in Argentinien. Und das wäre bis an mein Lebensende so geblieben. Aber das alles wäre mir nichts wert gewesen, wenn ich es nicht hätte teilen können. Ich wollte eine Familie gründen. Und ich wollte sie mit dir gründen. Der Frau, die ich in Pyritz gefunden und wieder verloren hatte. Die Frau, in die ich mich sofort verliebt hatte und die mir auch in dieser ganzen Zeit nicht aus dem Kopf gegangen war.«

»Und diese Dinge, die du in Russland gestohlen hast … wem gehörten die?«

Richard runzelte die Stirn: »Den Russen. Wir eroberten eine Stadt und nahmen das, was wir in den Häusern fanden. Vieh und Lebensmittel wurden für die Truppen verwendet. Wertgegenstände gingen nach Berlin. Oder unsere Vorgesetzten richteten sich damit prunkvolle Kommandanturen ein.«

»War da auch Gold dabei?«, fragte ich vorsichtig.

»Selten in reiner Form. Aber schon in Ikonen oder kirchlichem Besitz. Wir nahmen auch Kunst, Geld, Schmuck, selbst Alkohol oder Kaviar. Alles, was sich leicht transportieren ließ.«

»Und habt ihr dafür Menschen getötet?«

Richard sah mich durchdringend an.

»Es war Krieg, Hedy. Natürlich sind Menschen getötet worden. Hast du nicht gesehen, was die Russen Ende des Krieges in Deutschland gemacht haben? Warst du in Pyritz nicht selbst dabei? Ja, wir haben ihren Besitz genommen, aber wir haben dafür niemanden getötet. Wenn wir eine Stadt oder ein Dorf eingenommen haben, waren die Menschen entweder durch den Beschuss gefallen, geflohen, oder sie gaben uns, was wir wollten, ohne dass weiteres Blut vergossen worden wäre.«

»Und du warst Offizier der Wehrmacht? Oder hast du einem Sonderkommando angehört?«

»Ich war Leutnant der Wehrmacht, Hedy.«

»Hast du je den Namen Karatschun gehört?«, fragte ich.

»Karatschun? Nein, was soll das sein?«

Ich sah in seine Augen und entdeckte nichts, was auf eine Lüge hätte hindeuten können. Im Gegenteil: Er wirkte aufrichtig, überrascht von dem Verhör, das sich gerade entwickelt hatte, aber er wirkte nicht, als hätte er etwas zu verbergen.

»Was sollen die ganzen Fragen, Hedy?«

»Wir wollen heiraten, Richard. Und ich muss wissen, *wen* ich heirate«, gab ich zurück.

»Ja, verstehe ich. Auch die Fragen zu meinem Reichtum. Aber diese letzten Fragen nach dem Gold und diesem Karatschun – das kommt mir schon sehr spezifisch vor …«

Ich schwieg, denn ich wollte Lene nicht in dieses Gespräch einbinden.

Jedoch schien er es längst erraten zu haben: »Hat dich vielleicht deine jüdische Freundin gegen mich aufgehetzt?«

»Sie ist keine Jüdin!«, gab ich scharf zurück.

»Egal, was sie ist, sie mag mich nicht, das war deutlich zu spüren. Und ist es nicht möglich, dass sie in mir einen Vertreter derer sieht, die ihr vielleicht ein Leid angetan haben? Und mich jetzt dafür bestrafen will, indem sie unsere Hochzeit verhindert?«

»Lene hat damit nichts zu tun, Richard!«

Er sah mich an.

Dann fragte er: »Und was ist mit dir? Mit uns? Habe ich deine Zweifel ausräumen können?«

Ich seufzte und antwortete: »Vorerst.«

»Gibt es etwas, was ich tun kann, damit du mir vertraust?«

Ich schüttelte den Kopf: »Lassen wir das Thema ruhen, Richard. Du hast dich erklärt und das reicht mir erst einmal.«

»Hm«, machte er zweifelnd.

Damit endete der Abend.

In gedrückter Stimmung.

91

Hätte die Zeit vor einer großen Hochzeit nicht die aufregendste von allen sein sollen? All die Vorbereitungen, die getroffen werden mussten, die Einladungen, die man verschickte, das Essen, das man bestellte, die Brautkleider, die man anprobierte. Die Besuche auf der Baustelle in der Hoffnung, alles würde rechtzeitig fertig werden. Das alles hätte für Euphorie sorgen sollen, für ein Hinfiebern auf den großen Tag, den Startschuss in ein neues, glückliches Leben. Das Gründen einer Familie, die Hoffnung bald schwanger zu werden und Kinder aufziehen zu können.

Jetzt lag über alldem ein Schatten.

Zweifel.

Und auch wenn Lene sich die größte Mühe gab, mir eine gute Freundin zu sein und das *Thema* nicht mehr zu erwähnen, wusste ich doch, was in ihrem Kopf vor sich ging.

Genau wie in meinem.

Richard gegenüber gab ich mich unbeschwert. Ich wollte nicht, dass unsere Liebe endete, bevor sie überhaupt richtig begonnen hatte.

Die Wochen flogen dahin.

Und langsam nahm die Villa Gestalt an.

Sie hatte mittlerweile Strom und Heizung. Das Dach war gemacht, die Böden und Wände wurden gerade renoviert. Selbst der Garten war bereits angelegt worden. Nur die Fassade sah immer noch zerschossen aus. Das würde bis nach dem Fest warten müssen. Trotzdem war das Anwesen bereits jetzt das schönste des Städtchens.

Erhaben und einzigartig.

Ich begann, in unserer Wohnung meine Habseligkeiten zu packen. Lene half mir, und ich konnte ihrem Gesicht ansehen, wie sehr sie mein baldiger Auszug schmerzte.

Es klopfte unten an der Tür – Lene ging hinunter und kam mit einem Brief zurück.

»Für dich!«, sagte sie.

Der Ton in ihrer Stimme ließ mich alarmiert aufsehen. Ich nahm den Brief und drehte ihn um. Absender: *Simon Wiesenthal.*

Wir blickten uns beide an.

Dann riss ich den Brief auf und las.

In freundlichen Worten hatte Herr Wiesenthal auf meine Fragen geantwortet. Richard von Pape war als Kriegsverbrecher weder bekannt noch wurde er gesucht. Karatschun war ebenfalls nicht bekannt, was aber nicht hieß, dass es diese Figur nicht gegeben haben könnte, er hatte nur keine Erkenntnisse darüber. Das Sonderkommando SK7a, vor allem unter der Leitung von SS-Brigadeführer Erich Naumann, war sehr wohl bekannt, nach Mitgliedern der gut sechshundert Mann starken Gruppe würde weltweit gesucht. Naumann selbst war vor drei Jahren hingerichtet worden.

Abschließend betonte er noch einmal, dass vieles noch nicht

aufgeklärt worden war, weil es schlicht an Zeugenaussagen mangelte, so dass jedes Mitglied der Wehrmacht, gleich, ob der SS zugehörig oder nicht, nur so lange als unschuldig galt, bis es aufgrund von Zeugen möglich war, Anklage zu erheben.

Er verabschiedete sich mit freundlichen Grüßen und bat, ihn auf dem Laufenden zu halten, sollte ich zu neuen Erkenntnissen kommen.

»Und?«, fragte Lene bang.

Ich gab ihr den Brief.

Sie starrte lange darauf.

Dann sagte sie: »O Gott, Hedy!«

Ich nahm ihre Hand, die den Brief immer noch fest umklammert hielt: »Es war dunkel, du hast furchtbare Dinge gesehen. Da spielt einem die Wahrnehmung schnell einen Streich.«

»Dabei war ich mir so sicher!«

»Aber vor dem Hintergrund dieses Briefes: Wäre es nicht genauso gut möglich, dass Richards Geschichte stimmt? Einfach, weil sie wahr ist?«

Sie antwortete schwach: »Ja, natürlich … wenn Wiesenthal Karatschun nicht kennt.«

»Dann schließen wir damit ab?«

Lene nickte.

Wir nahmen uns in die Arme.

»Es tut mir so leid, Hedy. Um ein Haar hätte ich deine Hochzeit ruiniert!«

»Es hätte keine gegeben, wenn du recht gehabt hättest.«

Endlich konnte ich die letzten Tage vor der Hochzeit genießen. Ich lebte auf, war euphorisch, und auch Richard bemerkte schnell, wie gelöst ich wieder war. Offenbar waren meine schauspielerischen Fähigkeiten doch nicht ganz so gut, wie ich gedacht hatte.

Zwei Tage vor dem Fest saßen wir bei mir zusammen, studierten den Sitzplan der Hochzeitsgesellschaft, wobei ich so lange herumalberte, bis Richard rief: »Ich kann dich nicht heiraten, wenn du so herumgackerst! Was sollen denn die Leute denken?«

Ich winkte ab: »Die halbe Stadt ist eingeladen. Und die andere Hälfte neidet es ihnen. Wir können machen, was wir wollen!«

Ich küsste ihn überschwänglich.

»Schön, dich so aufgekratzt zu sehen. Davor dachte ich schon, du freust dich gar nicht.«

»Aber natürlich tue ich das!«

»In letzter Zeit bist du so stürmisch. Gibt es einen Grund dafür?«

»Vielleicht … vielleicht auch nicht!«, kicherte ich. »Jedenfalls bin ich glücklich. Oder betrunken. Könnte auch sein.«

Er verdrehte ein wenig die Augen, dann stießen wir erneut auf unser Glück an und beugten uns wieder über den Sitzplan.

»Die beiden großen Tische mit deinen ehemaligen Kameraden: Willst du sie nicht weiter vorne haben? Bei uns? Du hast gesagt, sie waren wie eine Familie für dich. Und da wir beide keine Familie mehr haben?«

»Na ja, es sind ein knappes Dutzend. Mit ihren Frauen. Sie würden eh nicht alle an unseren Tisch passen. Und ich will keinen bevorzugen.«

»Ich bin ja so gespannt, sie kennenzulernen!«

»Und sie sind gespannt auf dich! Du wirst sie sicher mögen.«

Ich trank mein Glas aus und sagte: »Machst du uns noch eine auf?«

Er grinste, während ich mich dezent zurückzog und zur Toilette ging.

Später noch einmal den Lippenstift nachzog und die Frisur kontrollierte.

Als ich zurückkehrte, hatte Richard eine neue Flasche geöffnet.

Aber die gute Stimmung war dahin.

Wie abgerissen.

Richard verabschiedete sich eine Viertelstunde später mit einem Seufzer: Kopfschmerzen. Offenbar war ihm der Wein nicht bekommen.

Ich räumte den Tisch, brachte die angebrochene Flasche in die Küche. Spülte ab, und gerade als ich den Wein zurück in den Schrank stellen wollte, sah ich dort den Brief. Hinter eine Kanne geklemmt, damit er nicht offen in der kleinen Wohnung herumlag.

Ich zog ihn heraus und war mir sicher, dass ich ihn anders herum dort hineingesteckt hatte.

92

Es wurde eine Hochzeit, über die man noch viele Jahre sprechen würde.

Und sie begann prachtvoll, überbordend, spektakulär.

Eine Kutsche mit weißen Pferden, ein Hochzeitskleid mit einer meterlangen Schleppe, ein Spalier vor der Kirche und dichtes Gedränge drinnen. Die standesamtliche Trauung war schnell und fast schon lieblos gewesen, denn alles sollte sich auf die kirchliche Zeremonie konzentrieren, die anschließend in ein großes, rauschendes, zweitägiges Fest übergehen würde. Es war *das* gesellschaftliche Ereignis des Jahres, und kaum jemand wohnte ihm nicht bei.

In der Kirche brannten die Kerzen, während sich alle Augen

auf Richard und mich richteten, die wir vor dem Altar standen und den salbungsvollen Worten des Pastors lauschten. Ich glaube, ich übertreibe nicht, wenn ich sage, dass die ganze Vermählung an Pracht und Feierlichkeit der Hochzeit in einem Königshaus nahekam, und dank Richards enormen finanziellen Möglichkeiten empfanden die meisten das wohl auch so.

Dann endlich kam die große Frage, und als er mir den Ring über den Finger streifte, kullerten mir ein paar Tränen der Rührung über die Wangen.

Auch Lene weinte.

Nach den Feierlichkeiten verließen wir die Kirche, wurden mit Reis beworfen und flohen lachend in den Mercedes, der bereits auf uns wartete.

Ein Fahrer brachte uns nach Münster, während für den Rest der Gesellschaft Busse bereitgestellt worden waren, damit sie uns in das Hotel folgen konnten, in das Richard mich an seinem ersten Tag eingeladen hatte. Und wie an diesem ersten Tag überschlug sich das Personal mit Katzbuckelei, diesmal auch vor mir, die ich nur noch als *Frau von Pape* angesprochen wurde.

Mein neuer Name!

Das Hotel hatte einen Festsaal, der aufwändig eingedeckt und prächtig geschmückt worden war. Vorne gab es eine Bühne mit einer Kapelle, und überall standen livrierte Kellner herum, um den Gästen jeden Wunsch von den Augen abzulesen. Das alles musste ein Vermögen gekostet haben, und ich fand, bei aller gegebenen Bescheidenheit, dass ich das auch durchaus verdient hatte!

Bald schon kamen die Gäste und nahmen ihre Plätze ein.

Wir saßen ganz vorne, an unserem Tisch Lene, der Bürgermeister und seine Frau und der Flugplatzleiter von Teltge samt Frau, der Erste, der mir nach dem Krieg eine Chance gegeben hatte, wieder als Pilotin arbeiten zu können. Es wurde rasch Alkohol in rauen Mengen ausgeschenkt – die Stimmung stieg entsprechend.

Lene überreichte mir grinsend ihr Hochzeitsgeschenk: ein kleines, längliches Päckchen mit einer hübschen Schleife.

Ich öffnete es und rief entzückt: »O Gott!«

»Du schreibst doch so gerne«, sagte sie. »Da dachte ich, das könntest du vielleicht gebrauchen.«

Ich hob einen wunderschönen Füllfederhalter aus dem Päckchen, öffnete ihn, malte ein paar Bögen auf eine Serviette, bewunderte das Schriftbild. Der Stern auf der Spitze verriet mir die Marke und ich erschrak ein wenig: »Bist du verrückt, Lene? Der muss ein Vermögen gekostet haben!«

Sie nickte und sagte: »Billig war er nicht. Aber man heiratet ja auch nur einmal!«

Ich umarmte sie, küsste ihre Wangen: »Ich danke dir! Das ist das schönste Geschenk von allen!«

Als es Zeit wurde, die Gäste zu begrüßen, gingen Richard und ich von Tisch zu Tisch und nahmen deren Glückwünsche entgegen. Und so kamen wir auch an den Tisch mit seinen Kameraden.

Sie standen alle auf.

Applaudierten.

Nur einer saß.

Rudolf Karzig.

Ich starrte ihn an, als hätte ich einen Geist gesehen, blinzelte, hoffte, dass ich halluzinierte, aber er saß einfach nur da und grinste mich an.

Dann stand auch er auf und applaudierte.

»Hätte nicht gedacht, dass wir uns mal wiedersehen, Fräulein von Pyritz … oh, Verzeihung: Frau von Pape!«

Ich wirbelte zu Richard herum: »Was macht dieser Mann hier?!«

»Ihr kennt euch?«, fragte Richard scheinbar verwundert.

Ich zog Richard ein paar Schritte zur Seite: »Es hätte nicht viel gefehlt und ich hätte ihn damals umgebracht! Und weißt du was? Vielleicht hole ich es heute einfach nach!«

»Jetzt beruhige dich Hedy!«

»Woher kennst du diesen Scheißkerl überhaupt?!«, zischte ich.

»Dieser *Scheißkerl* hat mir das Leben gerettet. Er war damals mein Kontakt in Pyritz. Als die Russen uns eingekesselt hatten, hat er mich in Sicherheit gebracht.«

»Schmeiß ihn raus!«

»Das geht nicht, Hedy. Ich habe ihm viel zu verdanken!«

Ich funkelte ihn an: »Dieser Mann ist ein fanatischer Nazi! Wie kannst du mit ihm befreundet sein?«

»Dieser Mann hatte damals die besten Kontakte. Hast du mir nicht selbst erzählt, dass er auch deinen ersten Fluglehrer kannte? Und der war ja wohl auch ganz in Ordnung!«

Hauptmann Lück in Rangsdorf.

Der Mann, der mir das Fliegen ermöglicht hatte.

Ich atmete tief durch.

»Können wir weitermachen, Hedy?«, fragte er. »Langsam wird die Situation wirklich peinlich!«

Ich sah wütend zu Karzig, dann fauchte ich Richard leise zu: »Er soll sich fernhalten von mir!«

»In Ordnung.«

Wir kehrten an den Tisch zurück, wo ich Karzig keines weiteren Blickes würdigte. Stattdessen nahm ich die Gratulationen von Richards anderen Kameraden entgegen, die mir jeder dezent einen Umschlag in die Hand drückten, der ganz offensichtlich prall gefüllt war mit Geld. Sie waren durch die Bank charmant, die meisten groß und kräftig und ihre Frauen schön. Doch ihre Blicke waren kühl, berechnend, und trotz ihrer vorbildlichen Manieren kam keine Nähe auf. Auch Karzig hatte eine Frau bei sich, seinen Umschlag nahm Richard entgegen, während ich zumindest Karzigs Frau begrüßte. Rein äußerlich das komplette Gegenteil von Peters schweigender Mutter: perfekt frisiert, dekolletiertes Kleid, Lippenstift und Nagellack. Hübsch, wie die Frauen der anderen auch. Ein paar freundliche, unverbindliche Worte zur Vermählung, sicheres Auftreten. Eine, die man überall hätte mitnehmen können.

Was sie an Karzig nur fand?

Endlich spielte die Kapelle auf.

Richard und ich eröffneten den Tanz mit einem Walzer.

Inmitten der ganzen Gesellschaft schwebten wir einmal im Kreis, bis sich nach und nach andere Paare dazugesellten und die Musik den Raum erfüllte.

Wir tanzten, bis ich ganz außer Atem zurück an unseren Tisch ging.

Lene saß dort und sah dem Treiben zu.

Wir stießen miteinander an.

»Bist du glücklich?«, flüsterte sie mir ins Ohr.

Ich nickte.

»Dann bin ich es auch«, sagte sie leise.

Ich sah verstohlen in die Gesellschaft, doch niemand beachtete uns in diesem Moment. Da beugte ich mich rasch zu ihr und gab ihr einen Kuss auf den Mund: »Ich danke dir, Lene!«

Ich sah nach Richard und seinen Kameraden, blendete Karzig aus, dessen Anwesenheit wie ein Pesthauch auf einer ansonsten duftenden Sommerwiese war. Richard saß zusammen mit drei seiner Kameraden im offenbar ernsten Gespräch. Ob er gerade wegen Karzig mit ihnen sprach? Sie sahen ihn mit steinernen Gesichtern an, als stünden sie immer noch in Uniformen vor ihrem Vorgesetzten, um Befehle entgegenzunehmen.

Dann sah einer dieser Männer zu Lene herüber.

Kalt, beinahe schon schmerzhaft.

Ich erschrak und wandte mich instinktiv Lene zu, die nichts zu bemerken schien.

Doch schon im nächsten Moment plauderte dieser Mann wieder gut gelaunt mit Richard und anderen. Was immer sie zu besprechen hatten, sie hatten offensichtlich das Thema gewechselt, denn jetzt schienen sie in Erinnerungen zu schwelgen und lachten miteinander.

Ich stieß wieder mit Lene an.

Ich stieß mit Richard an.

Und mit vielen anderen auch.

Bald schon merkte ich, wie betrunken ich war. Dass sich die Welt um mich herum zu drehen begonnen hatte und es nicht lange dauern würde, bis mir davon schlecht würde.

Richard muss es wohl bemerkt haben, denn irgendwann spürte ich seinen Arm um meine Taille.

»Was denkst du? Gehen wir einfach und lassen die Damen und Herren noch etwas feiern?«, flüsterte er mir ins Ohr.

Ich nickte.

Da schob er mich vorsichtig an den Feiernden vorbei.

Ich winkte noch einmal Lene.

Sie warf mir eine Kusshand zu.

Ein Bild, das ich für immer in meinem Herzen tragen würde.

Dann schon waren wir im Foyer.

Richard hob mich auf die Arme und trug mich in den zweiten Stock hinauf, während mein Kopf schon schläfrig auf seinen Schultern ruhte. Wir hatten die Hochzeitssuite, und nur mit Mühe fand ich aus meinem Kleid und kroch ins Bett.

Richard löschte das Licht.

Dann schon spürte ich seine Hände überall auf meinem Körper.

Und im nächsten Moment lag er auf mir.

Ein kleiner Schmerz.
Ein hektischer Beischlaf.
Ein flüchtiger Kuss.
Ich schlief sofort ein.

93

Der nächste Morgen war eine Katastrophe.
Ich hatte einen solchen Kater, dass ich wie gelähmt im Bett lag und an die Decke starrte. Es war noch früh und Richard ganz offensichtlich schon wieder in großer Form.
»Liebling«, flehte ich. »Ich werde dich später entlohnen, aber wenn du jetzt loslegst, dann sterbe ich!«
Er lächelte, gab mir einen Kuss und sprang aus dem Bett.
Er bestand darauf, aufzustehen, denn der Tag würde lang werden und die Gesellschaft erwartete uns am späten Vormittag vor der Villa. Also schleppte ich mich ins Bad, machte mich zurecht, und nach einem Katerfrühstück fühlte ich mich zwar immer noch wackelig, aber doch schon fast wiederhergestellt. Draußen fuhr einer der Angestellten des Hotels den Mercedes vor, Richard hielt mir die Tür auf und zusammen brachen wir auf.
Es war das erste Mal, dass ich als Frau von Pape die Einfahrt zur Villa hinauffuhr und vor der Treppe hielt. Das Wetter war herrlich und unser neues Zuhause trotz der Einschüsse in der Fassade so schön, dass mir das Herz bis zum Hals schlug.
Vor dem Eingang hob Richard mich auf die Arme und trug mich über die Schwelle nach drinnen. Ich hatte den Baufortschritt in den letzten Tagen nicht mehr sehen können und staunte, wie viel geschafft worden war! Die Böden glänzten, die Wände waren strahlend weiß.

In der Küche arbeiteten bereits die Küchenhilfen und bereiteten ein paar Kleinigkeiten für die Gäste vor. Sie begrüßten
mich mit einem Knicks und meinem neuen Namen.
Im oberen Stockwerk fehlten noch einige Einrichtungsgegen-
stände, aber unser Schlafzimmer war bereits fertiggestellt und
ich dachte, dass wir heute Abend das erste Mal in unserem neuen
Zuhause zu Bett gehen würden.
Der Salon sah phantastisch aus, und die paar Schritte hinaus
auf die Terrasse, mit dem Blick auf den hergerichteten, parkähn-
lichen Garten, waren ein einziger Triumph. Im Sonnenlicht eines unübertrefflichen Sommertages flirrte die Flora in perfekter Harmonie, und die Luft war wie reingewaschen.
Ich küsste Richard.
»Es ist schöner, als ich mir das hätte erträumen können!«
Gegen zehn Uhr kamen Gäste an, die meisten in Jagdmontur,
und auch wir hatten die Zeit genutzt, uns umzuziehen. Auf der
Terrasse begrüßten wir jeden Einzelnen, bis auch Richards Freunde auftauchten. Hätte man einen Fotokatalog mit Jägern machen wollen, hier hätte man die Gelegenheit seines Lebens
dazu gehabt, denn alle waren wie aus dem Ei gepellt. Männer,
wie geschaffen für die Jagd: groß, gutaussehend, mit natürlichen, geschmeidigen Bewegungen. Man konnte gar nicht anders, als sie zu bewundern, denn viele andere, die ebenfalls teil-
nahmen, taten dies ganz offensichtlich zum ersten Mal: Sie
wussten nicht recht, wie man ein entladenes Gewehr hielt, und
sahen in Jagdaufmachung aus, als wären sie verkleidet.
Diese Männer jedoch: elegant, erfahren und mit kontrolliertem
Jagdfieber. Ihre Frauen trugen vornehme Kleider oder Hosen-
anzüge, kühle Schönheiten, die wie ausgesucht an der Seite ihrer Männer eine gute Figur machten. Nur einer fehlte: Rudolf
Karzig. Und dementsprechend auch seine Gefährtin.
Richard gab jedem von ihnen die Hand.

Bis auch der Mann an der Reihe war, der Lene gestern diesen furchteinflößenden Blick zugeworfen hatte. Er begrüßte mich freundlich, dann blickte er Richard in die Augen. Und der ihm, während sie sich die Hände drückten.

Und es war für einen Moment, als stünden sie in einem heimlichen Einvernehmen miteinander.

Dann lösten sie sich voneinander mit einem kühlen Lächeln.

Für einen kurzen Moment war ich irritiert, aber im nächsten Moment begrüßte mich seine Frau herzlich, und auch die anderen folgten mit Komplimenten.

»Ich habe Karzig gebeten, nicht zu kommen!«, flüsterte Richard mir zu. »Ich dachte, es wäre in deinem Sinne.«

Ich nickte dankbar.

Doch Karzig war nicht der Einzige, der fehlte.

Lene war auch nicht gekommen.

Mittlerweile waren alle Gäste da, standen im Garten herum, tranken Sekt und pickten Kleinigkeiten von silbernen Tabletts, die Kellner ihnen darboten. Ich suchte den Garten ab, ging auch durch das Haus und warf einen Blick in die Einfahrt, aber Lene war nicht da. Das war mehr als ungewöhnlich, nein, eigentlich völlig unmöglich! Nie hätte sie freiwillig gefehlt. Nie!

Beunruhigt wandte ich mich an Richard: »Wo ist Lene?«

»Vielleicht hat sie zu heftig gefeiert gestern?«, fragte der amüsiert zurück.

»Das ist nicht ihre Art! Wirklich nicht!«

»Dann kommt sie sicher noch.«

»Und was, wenn sie einen Unfall hatte?«, fragte ich besorgt.

»Es wird schon nichts passiert sein. Und jetzt, bitte, Hedy: Das ist unser Tag! Und den wollen wir uns nicht vermiesen lassen, nur weil deine Freundin spät dran ist, ja?«

Ich seufzte leise: »Ja, ist gut. Ich hoffe, sie kommt noch.«

Richard wandte sich von der Terrasse aus den Gästen zu und

rief die Teilnehmer der Jagd zu sich. Alle anderen, zumeist die
Ehefrauen, sollten sich im Garten vergnügen und bei Wünschen
nicht zögern, das Personal anzusprechen.

Vor der Villa hielten zwei Busse, in die wir einstiegen. Wieder
hielt ich Ausschau nach Lene, doch sie war nirgends zu entdecken. Und so fuhren wir ohne sie los und erreichten nur wenige Minuten später ein Wäldchen, vor dem bereits Mitglieder
des örtlichen Jagdvereins auf uns warteten, die ihre Gewehre
denen liehen, die selbst keine besaßen.

Der Vorsitzende des Vereins erklärte jedem noch einmal die
Regeln, die strengstens zu befolgen waren. Die Gesellschaft bestand aus Treibern und Schützen. Die Treiber würden lärmend
das Wild aufscheuchen, die Schützen warten, bis es aus dem
Unterholz herausbrach. Es durfte nur auf Sicht geschossen werden, nur wenn das Wild klar zu erkennen war, damit nicht versehentlich die Treiber zum Ziel wurden.

Ich hatte seit dem Krieg nicht mehr geschossen und lieh mir
eines der Gewehre aus. Wir fächerten uns breit auf, während
von der anderen Seite des Waldes die Treiber begannen, das
Wild mit lautem Geschrei vor sich her zu scheuchen.

Und während dieser ganzen Zeit dachte ich nur an Lene.

Wieso war sie nicht gekommen?

Was konnte passiert sein, dass sie nicht in der Villa aufgetaucht
war? Ein Unfall? Was für ein Unfall? Am Abend waren die
Gäste mit den Bussen zurückgekehrt, genau wie sie heute Morgen gebracht worden waren. Niemand hatte erwähnt, dass es
unterwegs einen Zwischenfall gegeben hätte. Wenn sie im Krankenhaus gelegen hätte, hätte sie angerufen oder anrufen lassen. Sie arbeitete doch dort – jeder kannte sie und damit auch
mich. Und die einfachste aller Annahmen, nämlich, dass sie
schlicht verschlafen haben könnte, war nicht mal theoretisch
denkbar. Lene war der Inbegriff der Zuverlässigkeit. Dazu eine
ausgeprägte Frühaufsteherin.

Wir gingen in etwa zwanzig Metern Abstand voneinander auf breiter Linie, während sich vor uns der Wald dunkel aufbäumte. Richard stand rechts von mir, der Letzte auf dieser Seite, alle anderen links von mir.

Ein Reh brach aus dem Gehölz und preschte in weiten Galoppsprüngen vor, änderte aber schnell die Richtung, als es die Jäger vor sich sah. Schüsse fielen – das Reh brach zusammen.

Ich sah das Tier zuckend auf dem Boden liegen und plötzlich war mir, als hörte ich Lenes Stimme in meinem Kopf: *Alle, die ihn je gesehen haben, haben es mit dem Leben bezahlt. Ich bin die einzige Zeugin, Hedy.* Unwillkürlich blickte ich zu Richard hinüber, der entspannt neben mir herging, dennoch konnte ich sehen, dass er auf seine Chance zum Schuss lauerte.

Er kannte Rudolf Karzig, der ihm im Krieg geholfen hatte. Einen Fanatiker und Mörder. Zusammen mit seinen Kameraden bildeten sie eine verschworene Gemeinschaft, das konnte jeder sehen. Und sie hatten alle Geld. Viel Geld.

Woher?

Rudolf Karzig war nicht gekommen.

Warum?

Lene war nicht gekommen.

Warum?

Der Mann, der Lene am Hochzeitsabend angeblickt hatte, hatte Richards Hand länger gehalten als nötig.

Warum?

Richard und er standen im stummen Einvernehmen miteinander.

Warum?

Der Brief an Simon Wiesenthal hatte falsch herum hinter der Kanne gesteckt.

Warum?

Ich weiß, wen ich gesehen habe, Hedy, und ich habe ihn gesehen!

KARATSCHUN.

Richard.

Ich bin die einzige Zeugin, Hedy!

Vor uns waren weitere Tiere aus dem Unterholz gesprungen, zumeist Kaninchen, aber auch noch ein zweites Reh. Schüsse peitschten, Tiere flüchteten.

Und dann sprang rechts von mir ein kapitaler Eber ins Freie.

Richard hob sein Gewehr, zielte, schoss. Traf das Tier aber nur an der Flanke. Ein wütendes Quieken, ein Stolpern, dann wandte sich der Eber Richard zu und raste auf ihn los. Richard zielt erneut – doch diesmal: kein Schuss.

Ladehemmung!

Er nahm das Gewehr herunter.

Ich hob meines.

Ich konnte sehen, wie er den Lauf öffnete, die defekte Patrone herausnahm und eine neue einlegte.

Keine Angst.

Vollkommene Kontrolle.

Kalt bis in die letzte Faser seines Seins.

Wie in Lenes Erinnerung. Als der verzweifelte Partisan Richard angegriffen hatte.

In diesem Moment wusste ich, dass alles wahr war, was Lene gesagt hatte. Ich sah sie plötzlich vor mir, wie sie mir einen Handkuss zum Abschied zuwarf.

Ich würde sie niemals wiedersehen.

Der Eber hatte vielleicht noch zwanzig Meter, beschleunigte wild quiekend.

Richard hob erneut das Gewehr.

Zehn Meter.

Richard zielte.

Ich zielte.

Fünf Meter.

Drei.

Zwei Schüsse brachen gleichzeitig.

Der Eber überschlug sich und fiel genau vor Richards Füße.

Eine Sekunde stand Richard noch über ihm.

Dann kippte er nach vorne, in seinem Hinterkopf klaffte ein großes Loch.

Er war tot, noch bevor er auf dem Tier landete.

94

Jan starrte Hedy mit offenem Mund an.

Noch war es dunkel, die blaue Stunde vor Sonnenaufgang, wo die Zeit stillzustehen schien und alles ganz ruhig war, selbst draußen, wo sich die Tiere der Nacht langsam verkrochen und die anderen noch nicht aktiv waren.

Nichts war zu hören.

Nur die leisen Atemzüge von Hedy und Jan.

Und als Hedy schließlich weitersprach, erschien es Jan so laut, dass er davon zusammenzuckte.

»Sie können sich vorstellen, wie groß der Schock für alle Beteiligten war. Noch während man Richards Körper barg, schafften mich zwei seiner Kameraden zur Seite und brachten mich zurück zur Villa, wo alle das Anwesen sofort zu verlassen hatten, inklusive des Personals. Ich saß hier im Salon, während draußen hektisch organisiert wurde, und als Nächstes tauchte ein Arzt auf und gab mir eine Beruhigungsspritze. Irgendwann war ich endlich alleine im Haus.«

Jan starrte sie immer noch an.

»Und niemand hat etwas gesagt? Niemand hat Sie verdächtigt?«

Hedy zuckte mit den Schultern: »Wie verdächtigt?«

»Ihren Mann ermordet zu haben?«

Hedy sah Jan an: »Ein bedauerlicher Unfall. Und es gab eine Menge Augenzeugen, Jan. Ein verletzter Eber, ein Ehemann mit Ladehemmung, eine verängstigte Ehefrau, die ihn nur schützen wollte. Das war die ganze Geschichte. Bezeugt von allen, die es gesehen hatten. Und auch am nächsten Tag, als die Polizei auftauchte und mich befragte, sagte ich ihnen, was geschehen war. Und es unterschied sich nicht von dem, was alle anderen zu Protokoll gegeben hatten.«

»Nicht mal Richards Kameraden?«

»Sie kamen am nächsten Tag und kondolierten. Einigen von ihnen standen die Tränen in den Augen. Ich habe sie gebeten zu gehen, was sie respektierten.«

»Und Karzig?«

»Ich weiß nicht, was aus ihm geworden ist.«

»Und was ist mit Ihrer Freundin Lene?«, fragte Jan.

Hedy senkte den Blick.

Und als sie ihn wieder hob, weinte sie.

»Ich habe sie nie wiedergesehen. Sie verschwand in der Nacht meiner Hochzeit.«

»Aber es muss doch irgendeine Spur gegeben haben?«

Hedy schüttelte den Kopf: »Glauben Sie mir: Richards Kameraden machten in solchen Dingen keine Fehler. Sie haben sie getötet und wahrscheinlich irgendwo vergraben. Die Polizei leitete eine Fahndung ein, aber, obwohl ich jahrelang Druck machte, tauchte sie nie wieder auf. Und selbstredend wurde auch niemand festgenommen. Oder auch nur verdächtigt.«

»Und Richards Kameraden? Haben Sie die wenigstens verfolgen lassen?«

»Ja, aber auch hier ohne Erfolg. Wie sich herausstellte war Richard nicht der Einzige in Argentinien gewesen. Auch diese

Männer hatten sich dort niedergelassen. Oder besser gesagt: Sie hatten sich dorthin abgesetzt. So wie viele Nazis nach dem Krieg. Über die *Rattenlinie* nach Südamerika. Ich hielt noch Kontakt zu Herrn Wiesenthal, aber es gab keine harten Fakten oder Beweise gegen Karatschun und seine Gruppe. Nur Gerüchte.«

»Und niemand hat sich je mit *Ihrer* Vergangenheit befasst, Fräulein Hedy?«

»Mit meiner Vergangenheit?«

»Ja, Sie waren Kampfpilotin und soweit ich mich erinnere, die beste Schützin in Ihrem Ausbildungsregiment. Sie hätten Rekorde aufgestellt, wenn Sie keine Frau gewesen wären!«

Hedy sah ihn unschuldig an: »Ich war aber eine. Und das führte dazu, dass die Leute heimlich über mich spotteten, was alles passieren kann, wenn man einer Frau eine Waffe in die Hand drückte. Sie rissen sogar Witze darüber, dass mich meine *Schießkünste* zu einer sehr reichen Witwe gemacht hatten.«

»Das Vermögen Ihres Mannes!«

»Exorbitant. Und weil sich nicht mehr feststellen ließ, wem der Grundstock von Richards Vermögen gehörte, und weil Teile von Richards Geschichte stimmten und er tatsächlich Anteile an einer Kupfermine verkauft hatte, habe ich mich gefragt, wie ich das Geld sinnvoll einsetzen konnte. Und so gründete ich dann die Stiftung für hochbegabte Kinder. In der Hoffnung, dass ich meinen Teil dazu beitragen konnte, Kinder zu neuen, guten Menschen zu formen, die die Welt ein wenig besser machen würden.«

Sie sahen einander an.

Dann murmelte Jan: »Sie wissen erst, wer Sie sind, wenn Sie wissen, was Sie tun, wenn niemand hinschaut!«

»Bitte?«, fragte Hedy zurück.

»Das ist einer Ihrer Lieblingssätze. Sie sagen ihn jedem Ihrer

Stipendiaten«, antwortete Jan. »Nur bei *Ihnen* müsste er heißen: Sie wissen erst, wer Sie sind, wenn Sie wissen, was Sie tun, wenn *alle* hinschauen!«

»Ja, vielleicht.«

»Sie haben auch vor den Augen aller der Stiftung *Ihren* Namen gegeben. Nicht den Richards, was man als Außenstehender durchaus hätte erwarten können.«

»Ja. Ich nahm wieder meinen Geburtsnamen an und bestand auf die Anrede *Fräulein*. Man hatte im Allgemeinen sehr großes Verständnis dafür, dass ich nicht an den Tag erinnert werden wollte, an dem ich meinen Mann erschoss. Dennoch dachten die meisten, dass ich die Stiftung ihm zu Ehren gegründet hatte.«

Jan schwieg.

Dann aber sagte er: »Aber eine sichtbare Erinnerung an Ihre Hochzeit blieb, nicht wahr?«

»Ja. Ich wurde schwanger mit Hannah. Eine einzige Nacht hatte ausgereicht.«

»Das war sicher nicht leicht für sie«, mutmaßte Jan.

»Was war nicht leicht für sie?«, fragte Hedy zurück.

»So eine Erinnerung zu sein.«

Hedy begann, nervös ihre Finger zu kneten.

»Es war für niemanden leicht«, gab sie knapp zurück.

»Haben Sie sie deswegen immer so kühl behandelt?«, fragte Jan.

Hedy sah ihn stirnrunzelnd an.

»Alle Menschen, die Sie je geliebt haben, sind gewaltsam gestorben. Und immer waren Sie in gewisser Weise daran beteiligt: Peter, Ihre Familie, Richard und Lene. Ich könnte mir vorstellen, dass es sehr schwerfallen muss, jemanden zu lieben, wenn man Angst hat, ihn deswegen zu verlieren.«

Hedy sah ihn an.

Begann mit den Fingern auf ihrem Oberschenkel zu trommeln.

Dann sprang sie auf: »Verschwinden Sie!«

Sie wandte sich ab und würdigte ihn keines Blickes.

95

Vor wenigen Wochen noch hätte ein schiefer Blick ihrerseits
für ein dauerhaft mulmiges Gefühl in Jans Magen gesorgt. Nicht,
dass ihm ein Missklang zwischen ihr und ihm jetzt nichts mehr
ausmachte. Allerdings war es doch so, dass er sie zwar völlig un-
gebeten analysiert hatte, aber in der Sache, wie er fand, nicht
falschlag. Allein dass sie die Krallen ausgefahren hatte, bewies
doch, dass er einen wunden Punkt erwischt hatte.

Jedenfalls erwachte Jan am Morgen nach einer äußerst kurzen Nacht nicht mit der Erinnerung an ihren funkelnden Blick
zum Schluss, sondern mit dem Satz im Ohr, mit dem sie ihre
letzte, geheime Geschichte eingeleitet hatte: *Sie können Kugeln
ausweichen, Entscheidungen nicht.*

Alina schlief noch, sie hatte heute frei, und für einen Moment
dachte er daran, mit ihr ins Grüne zu fahren. Das Wetter war
schon seit Tagen ausnehmend schön, so dass selbst ihn, den
eingefleischten Stubenhocker, langsam das schlechte Gewissen übermannte, es nicht für Unternehmungen zu nutzen. Er
könnte einfach davonfahren, hoffen, dass er zwischen sich und
Nick so viele Kilometer legte, dass die Notwendigkeit, eine Entscheidung zu treffen, verschwand wie Orte im Rückspiegel
eines rasenden Wagens.

Der Reflex, sich zu verstecken, war immer noch da.

Und er war sehr stark.

Er stand auf, duschte und rasierte sich, bereitete Frühstück und überraschte damit Alina im Bett.

»Geht es dir wieder besser?«, fragte sie und bestrich ein Brötchen mit Frischkäse und Marmelade.

»Hm«, machte Jan.

»Nicht?«

»Doch, doch. Ich fühle mich gut.«

Das war gelogen, aber er lächelte dazu.

»Fährst du heute nach Münster?«, fragte sie.

»Ja.«

Für einen Moment sah es aus, als wollte sie darauf antworten, dann aber biss sie in ihr Brötchen und kaute stattdessen.

»Was hältst du davon, wenn ich früher zurückkomme. Wir könnten dann vielleicht noch etwas unternehmen?«

Sie lächelte: »Das wäre klasse!«

»Überhaupt sollten wir mehr unternehmen, nicht?«, fragte er.

Sie sah ihn erstaunt an: »Gern.«

»Vielleicht ein bisschen reisen? Du hast doch noch Semesterferien.«

Sie blickte ihn ebenso amüsiert wie prüfend an: »Wer sind Sie? Und was haben Sie mit meinem Freund gemacht?«

Jan zuckte lächelnd mit den Schultern: »Die letzte Zeit war wirklich nicht leicht. Und du hast so viel Geduld gehabt. Ich denke, es ist mal an der Zeit, etwas zurückzugeben.«

»Wow!«, staunte Alina.

Sie schien einen Moment nachzudenken, dann sagte sie schnell: »Aber ich will nicht, dass du ein schlechtes Gewissen wegen Nick hast. Ich sehe doch, wie sehr du ihn liebst.«

»Nick versteht das.«

»Wenn einer, dann er.«

Jan stand auf, küsste Alina und machte sich auf den Weg nach Münster.

Als er ins Klinikum eintrat, empfand er den typischen Geruch nach Krankenhaus zum ersten Mal als widerwärtig. Schon das Foyer schien ihn zu erdrücken, es war, als würden sich die Wände auf ihn zu bewegen. Hier drinnen gab es keine Sonne, keinen Wind, kein Regen und keinen Mond. Hier gab es nur Gänge, die so blank waren, dass die Schuhsohlen darauf quietschten. Massive Türen, die von den Fluren abzweigten, Patienten in Morgenmänteln, Schwestern und Ärzte in weißen Kitteln. Hier wurden jeden Tag Leben gerettet, aber nichts lebte hier wirklich.

Jan trat in Nicks Zimmer und fand ihn auf der Seite liegend vor, der Tür zugewandt. In seinem Rücken blitzte die Sonne und malte ein dunkles Fensterkreuz auf den Boden.

»Morgen, Janni, kannst du mich mal umdrehen?«

»Klar.«

Jan hob ihn auf den Rücken und fuhr das Bett ein Stückchen nach oben.

»Die Schwestern meinen, ich würde mich wundliegen, wenn ich immer nur aus dem Fenster gucke. Aber ehrlich gesagt, ist mir das ziemlich wurscht.«

»Was brummt denn da so?«, fragte Jan irritiert.

»Das ist die Ventilation meiner neuen Super-Matratze. Besonders nachts der Knaller! Wir trainieren gerade, wie ich damit leben kann. Autosuggestion, weißt du?«

»Und? Funktioniert's?«

Nick lächelte schief: »Wenn ich nur fest genug dran glaube – klar.«

Jan setzte sich zu ihm ans Bett.

»Ich wollte mit dir noch einmal auf unser letztes Gespräch zurückkommen ...«

»Ich habe meine Meinung nicht geändert und werde sie auch nicht ändern, Janni.«

»Ja, ich weiß. Es ist nur … also, für den Fall, dass ich dir helfe, also, nur mal theoretisch: Wie hast du dir das vorgestellt?«

Nick sah überrascht aus: »Du hast es dir überlegt?«

»Noch habe ich gar nichts. Wir reden nur, okay?«

»Okay, reden wir.«

Jan zögerte.

Dann fragte er: »Also, wie würde ich vorgehen? Gift?«

Nick runzelte die Stirn: »Ziemlich riskant. Das Übliche ist nachweisbar. Das Unübliche müsstest du irgendwo besorgen. Nur, wenn es einen Verdacht gegen dich gäbe, würde das als Erstes überprüft.«

»Hm«, machte Jan. »Okay.«

Nick sagte: »Das Beste wäre, ich würde einfach aufhören zu atmen.«

Jan schüttelte den Kopf: »Ich werde dir nicht Mund und Nase zuhalten, Nick. Das kannst du nicht verlangen! Und das mache ich auf keinen Fall!«

»Ist auch nicht nötig«, beruhigte ihn Nick. »Alles, was du brauchst, ist ein starker Magnet.«

»Einen Magneten?«, fragte Jan verwundert.

»Ja, den kannst du im Netz bestellen.«

»Und dann?«, fragte Jan.

»Du hältst ihn einfach gegen den Sensor, der mir unter die Haut gepflanzt worden ist. Er schaltet sich dann ab – und da ich nicht alleine atmen kann … es wird wohl ziemlich schnell gehen.«

Jan starrte ihn an.

»Woher weißt du das mit dem Magneten?«

Nick antwortete: »Hat einer der Ärzte mal im Scherz gesagt. Wir haben über das Sensording gesprochen, und er sagte, das

Einzige, was das Ding ausfallen ließe, wäre ein Magnet. Ich sollte mich daher nicht auf Schrottplätzen rumtreiben, wenn ich mal entlassen würde.«

Jan rutschte auf dem Bett hin und her.

»Ich weiß nicht, Nick.«

»Es ist ideal, Janni. Niemand wird Verdacht schöpfen. Im Gegenteil: Die werden dir wahrscheinlich nicht mal sagen, dass dieser scheiß Sensor ausgefallen ist, weil sie Angst vor einem Kunstfehlerprozess haben. Du bist fein raus – und ich auch.«

»Hm«, machte Jan.

»Wirst du mir helfen?«, fragte Nick nach einer Weile.

»Du bist dir absolut sicher?«, fragte Jan zurück.

»Wie noch nie in meinem Leben.«

»Ich möchte noch mal drüber schlafen, ja?«

»In Ordnung.«

Viel sprachen sie nicht mehr an diesem Vormittag.

Was auch nicht nötig war.

Alles war gesagt worden.

96

Für Jan brach eine seltsame Zeit an.

Drei Tage Ewigkeit mit Alina: jede Minute in ihrer Nähe.

Während sich irgendwo da draußen ein Bote auf den Weg machte.

Unaufhaltsam.

Unbeirrbar.

Unausweichlich.

Und während er mit Alina picknickte oder auf Wiesen lag, einmal nachts in einem Flussseitenarm nacktbadete oder sich mit ihr in einer Bar mit Schirmchendrinks betrank, hatte irgendwo da draußen jemand einen Magneten aus einem Regal genommen und ihn der Poststelle übergeben.

Der Tod würde kommen.

Bewegte sich in Etappen, rückte näher, während Jan in Alinas Armen lag und Nick gegen eine Decke starrte. Es war, als braute sich am Horizont ein Sturm zusammen, den nur Jan fühlen konnte.

Am Morgen des dritten Tages klingelte es an der Wohnungstür.

Der Bote war da.

Und mit ihm ein unscheinbares Paket, eines von vielen Dutzenden, die er an diesem Tag noch abliefern musste. Eines, das verblüffend leicht war, und als Jan es öffnete, lag da ein kleiner, unscheinbarer, grauer Würfel. Doch als er mit ihm zum Kühlschrank ging und sich Zentimeter um Zentimeter der Metalltür näherte, erwachte das, was eben noch wie tot auf seiner Hand gelegen hatte, plötzlich zum Leben. Da war ein Ziehen, eine erstaunliche Kraft, die von dem kleinen Würfel ausging, bis er im nächsten Moment aus seiner Hand schnellte und mit einem lauten Klack gegen den Kühlschrank sprang. Wie ein Raubtier, dass seiner Beute aufgelauert hatte, und als er es wieder lösen wollte, kostete es Jan ziemliche Kraft, denn der Würfel wollte seinen Fang nicht wieder hergeben.

Er verbrachte einen langen Tag mit Alina.

Gab sich heiter, aber immer dann, wenn sie nicht hinschaute, war es, als fiele er in sich zusammen. Doch im nächsten Moment strahlte er sie wieder an und versuchte, seine Gemütsverfassung zu überspielen. Ob sie eine Veränderung an ihm bemerkt hatte, ließ sich nicht sagen, sie machte jedenfalls keinerlei Andeutung darüber, dass er unkonzentriert oder gar melancholisch wirkte.

Am Abend dann, gerade als sie sich auf dem Sofa einkuschelte, um mit ihm einen Film im Fernsehen zu sehen, gab er ihr einen Kuss und sagte: »Ich fahr noch mal nach Münster.«

Sie sah enttäuscht aus.

»Jetzt?«

Er nickte bloß.

»Warum jetzt? Willst du nicht morgen früh?«, fragte sie.

»Nein, lieber jetzt.«

»Ist etwas passiert?«

Er zögerte mit der Antwort: »Nein … es ist nur … ich habe so ein komisches Gefühl. Das ist alles.«

»Okay.«

Er erreichte das Klinikum nach Sonnenuntergang.

Ein milder Abend.

Ein sanftes Lüftchen.

Eine Nacht, zum Sterben schön.

Drinnen war es ruhig, mit dem Sonnenlicht waren auch die meisten Besucher gegangen. Auf den Fluren war kaum noch jemand, es schien, als hätte das ganze Gebäude ausgeatmet und wäre daraufhin in einen tiefen Schlaf gefallen.

Jan achtete darauf, dass ihn niemand auf die Station seines Bruders eintreten sah. Ein langer Flur lag vor ihm, öde und leer, kalt beschienen vom Neonlicht an der Decke. Auf leisen Sohlen schlich er in Nicks Zimmer.

Er war wach und starrte gegen die Decke.

Nur ein kleines Nachtlicht hinter seinem Bett schimmerte und verwandelte das Zimmer in ein Stillleben der Schatten.

Jan setzte sich zu ihm ans Bett.

»Hallo, Janni«, lächelte Nick. »Später Besuch?«

»Ja.«

Sie sahen einander an.

»Ich dachte schon, du hättest es dir noch einmal anders überlegt.«

»Hast du?«, fragte Jan.

»Nein.«

Jan nickte.

Schweigen.

»Kommt heute noch jemand?«, fragte Jan.

»Nein, die Schwestern haben mir schon meinen Gute-Nacht-Kuss gegeben. Nächster Halt: Frühstück.«

»Wenn's mal so wäre.«

»Glaub mir, so ein Frühstück willst du nicht. Es ist püriert. Möchtest du dein Frühstück gerne püriert?«

»Nein.«

Nick sah ihn aufmunternd an: »Weißt du, es ist eigentlich keine große Sache. Heute Nacht endet für mich alles – und das ist gut so. Und wenn morgen früh die Sonne aufgeht, wirst du frei sein.«

»Werde ich das?«

»Ja.«

Jan schluckte schwer: »Weißt du, ist nicht gerade leicht, das hier …«

»Wäre es leichter, wenn ich hier noch zwanzig, dreißig Jahre liegen würde?«

»Weiß nicht, wahrscheinlich nicht.«

Wieder schwiegen sie.

Nach einer Weile griff Jan in seine Hosentasche und zog den kleinen Würfel heraus. Er wirkte wie ein Spielzeug, so niedlich sah er aus. Nick betrachtete ihn mit Argwohn.

»Funktioniert der auch?«, fragte er skeptisch.

»Ja.«

»Sieht ziemlich fummelig aus?«

»Er funktioniert, Nick!«, mahnte Jan fast schon genervt.

»Okay, war ja nur ne Frage. Brauchst nicht gleich dumme Sau zu mir sagen.«

Sie mussten beide darüber lachen.

Dann sagte Nick: »Sieh bitte mal in die Schublade da!«

Jan beugte sich über das Bett zum Rollwagen und öffnete die oberste Schublade: Nicks Talisman lag drin. Das Bronzestück mit der Kaurimuschel. Befestigt an einem Halsband aus Leder.

»Ich hab nicht viel zu vererben. Nur das hier. Ich will, dass du es behältst.«

»Es ist schön.«

»Vielleicht hat es ja wirklich magische Kräfte«, sagte Nick.

»Aha. Und welche?«

»Keine Ahnung. Schutz gegen Schläger können wir, denke ich, ausschließen.«

Jan lächelte.

Dann antwortete er: »Danke. Ich werde es immer tragen.«

»Ja, das wäre schön. Hey, vielleicht ist es ja so ein Voodoo-Geister-Ding. Und meine Seele fährt da hinein!«

»Glaub ja nicht, dass ich dich mit ins Schlafzimmer nehme.«

Nick grinste: »Ich dachte eher daran, dass du auf Reisen gehst. Ich meine, es wär mal an der Zeit, dass du aus deinem Kaff rauskommst. Und ich käme dann mit dir, statt hier zu sein.«

Jan nickte: »Ist gut, ja.«

Wieder schwiegen sie.

»So«, sagte Nick schließlich, »ich denke, es ist so weit.«

Jan schluckte.

»Ich hab noch einen Wunsch, Janni!«

»Natürlich.«

»Bleib bei mir, ja? Bis alles vorbei ist. Lass mich nicht alleine.«

Jan rang mit den Tränen und nickte.

»Vielleicht erzählst du mir noch etwas?«, bat Nick. »Ich weiß nicht, wie lange das dauert, aber es würde mir den Übergang bestimmt erleichtern.«

Wieder nickte Jan.

Der Kloß in seinem Hals hinderte ihn daran, auch nur ein Wort herauszubringen.

»Bereit?«, fragte Nick.

Jan räusperte sich, bis seine Kehle wieder frei war.

Dann hob er den kleinen Würfel an.

Schob Nicks Krankenhemd etwas zur Seite.

Da war die Operationsnarbe unterhalb des rechten Schlüsselbeins. Mit dem Finger fuhr er an ihr entlang und spürte etwas Hartes unter der Haut: Das musste der Sensor sein. Jan legte eine mitgebrachte Postkarte über die Narbe: Der Magnetwürfel war so stark, dass er sonst sicher Spuren auf der Haut hinterlassen würde.

Er sah Nick an.

Führte den Würfel an die Narbe.

Spürte, wie er plötzlich zum Leben erwachte.

Zu Nick zog.

Da sprang er aus Jans Fingern und klebte im nächsten Moment auf Nick.

Das kleine Raubtier.

Augenblicklich fiel der Sensor aus.

Nicks Zwerchfell wurde nicht mehr kontrahiert, sein Bauch blieb flach. Für einen Moment blitzte der Schock darüber in Nicks Augen auf, dann jedoch verschwand die Angst aus seinem Blick. Er war wieder ruhig.

»Geh auf dein Boot, Nick. Siehst du es? Es liegt an einem kleinen Kai. Da ist ein Strand und dahinter ein Urwald. Genau so, wie du es mir immer erzählt hast. Du hörst die Papageien und die Affen und die vielen anderen Tiere. Die Sonne geht gerade unter, es ist noch sehr warm und das Wasser schlägt sanft gegen den Bug. Spürst du, wie es unter deinen Füßen schwankt?«

Er nickte.

»Du löst die Leinen, setzt die Segel. Eine Brise bläht das Tuch, das Boot gleitet sanft hinaus. Du stehst am Steuer und blickst aufs Meer, wo die Sonne gerade rot und riesig groß am Horizont versinkt. Es wird bald Nacht. Dann wirst du die Sterne sehen, Millionen Sterne, weil es so dunkel ist. Und es wird nicht kalt sein.«

Nick hatte begonnen, seinen Kopf von links nach rechts zu werfen, reflexhafte Abwehrbewegungen gegen den Erstickungstod. Seine Augen waren etwas aus seinem Kopf herausgetreten, sein Gesicht hatte sich dunkel verfärbt. Als Jans Finger nach dem Schwesternknopf zu suchen begannen, stieß Nick *Nein!* aus.

Nur ein Flüstern.

Ein letzter, leiser Wunsch.

Da war so viel Liebe.

Dann wurde Nick ruhiger, sein Blick verlor den Halt, während Jan die Tränen übers Gesicht liefen.

»Es wird Nacht. Weil es dort, wo du bist, schnell Nacht wird. Du hörst den Wind und das Plätschern der Wellen. Die Geräusche des Strandes werden immer leiser, und bald ist da nur noch die See. Alle Sterne sind nun herausgekommen, genau wie du gedacht hast, du kannst sie sehen. Du bist alleine auf deinem Boot. Und nichts könnte schöner sein als dieser Moment.«

Jan brach ab.

Weinte.

Er legte seine Hand an Nicks Wange.

Beugte sich zu Nick hinab, küsste ihn und flüsterte: »Ruh dich jetzt aus. Es war ein tolles Rennen. Das Rennen deines Lebens.«

97

Der Würfel hatte Nick nicht loslassen wollen. Jan hatte ihn förmlich von der Postkarte herunterrupfen müssen. Dann aber war er schlagartig wieder ganz friedlich geworden und hatte sich in Jans Hosentasche stecken lassen, so, als wäre nichts geschehen.

Eine Weile noch hatte Jan Nicks Hand gehalten und still geweint.

Einzig dass Nick so friedlich aussah, war ihm ein schwacher Trost, und als er schließlich wieder unbemerkt aus dem Zimmer schlich, beschleunigte er noch auf dem Flur seine Schritte, bis er bald darauf, gleich nach Verlassen des Krankenhauses, zu seinem Wagen rannte und durchstartete.

Er wollte schreien, weinen, reden, alles auf einmal, und doch brachte er nichts von dem fertig, außer völlig durcheinander zu sein, so dass sich sein Kopf anfühlte, als wäre er mit Helium gefüllt worden. Jeder Gedanke raste wie auf einem Karussell des Wahnsinns, die lustige Musik, die es begleitete, kreischte wie im Schnelldurchlauf und dröhnte in seinen Ohren. Nichts stand still, ihm war schwindelig, und er flehte, dass es bitte stoppen möge.

Und plötzlich war da ein Gedanke, der ihm etwas Halt gab.

Eine Person, der er sich anvertrauen konnte.

Eine, die ihn beschützen konnte.

Hedy.

Und ehe er sich dessen bewusst wurde, raste er bereits mit quietschenden Reifen die Auffahrt zu ihrer Villa hoch und stolperte aus dem Auto.

Maria öffnete erschrocken die Haustür, ihre ängstlichen Fragen beantwortete Jan nicht.

»Wo ist sie?«, hörte er sich fragen.

Maria zeigte mit dem Finger auf die Salontür.

Er lief los und trat ein.

Hedy saß an ihrem Sekretär, offenbar in eine Korrespondenz vertieft, doch als sie ihn sah, so wild, so konfus, fuhr sie erschrocken hoch.

»Was ist passiert?«

Jan stürzte in ihre Arme, während Hedy ihn festhielt und seinen Kopf an sich drückte und mütterlich über seine Haare strich.

»Schon gut, mein Junge, ist ja schon gut!«, sagte sie leise.

Jan weinte in ihrem Arm, während sie ihm zuflüsterte: »Shhh … hab keine Angst! Ich pass auf dich auf! Ich werde immer auf dich aufpassen!«

Es war das erste und einzige Mal, dass sie Jan geduzt hatte, und es verfehlte seine Wirkung nicht.

Er wurde ruhiger.

Fühlte sich behütet.

Ja, man konnte sagen: zu Hause.

98

Sie riefen am Morgen an.

Baten ihn ins Krankenhaus, vermieden aber, ihm zu sagen, worum es ging. Möglicherweise aus Sorge, er könnte auf dem Weg dorthin aus Trauer und Kummer mit dem Auto verunglücken. Möglicherweise auch nur, weil die Schwester, die ihn anrief, sich dem Drama am Telefon nicht aussetzen wollte.

Doktor Brosig empfing ihn.

Und obwohl die beiden wegen des Marihuanas ziemlich anein-
andergeraten waren, verhielt er sich Jan gegenüber, zumindest
für seine Verhältnisse, recht empathisch. Und zu Jans heimli-
cher Verwunderung verschwieg er auch nicht, dass der Sensor ausgefallen war. Ein Umstand, den er sich nicht erklären
konnte, denn die Technik galt als sicher, doch in diesem Fall
ließ es sich nicht wegdiskutieren: möglicherweise hatte es einen Kurzschluss oder einen Materialfehler gegeben.
Er machte eine Pause und sah Jan erwartungsvoll an.
»Es ist genug, Doktor«, antwortete Jan müde.
Doktor Brosig schien erleichtert.
»Mein Beileid, Herr Kramer. Ich bin sicher, Ihr Bruder hat nicht
sehr gelitten!«
Jan nickte und dachte nur: *Was weißt du schon?*

Er saß am Bett seines Bruders und wartete förmlich darauf,
dass ihn Schuldgefühle erschlagen würden, aber weder wurde ihm das Herz schwer noch stürzte seine Welt in Dunkelheit.
Er saß einfach nur da und nahm Abschied. Strich mit den Fingern über den Talisman, der um seinen Hals hing, und hoffte,
dass er wirklich magische Kräfte hatte. Dass er Nicks Seele hatte
einfangen können und ihr jetzt in der kleinen Kaurimuschel
ein neues Heim gegeben hatte. Was Nick sicher gefallen hätte,
denn wie in so vielen Muscheln konnte man auch in ihr das
Meer leise rauschen hören, und das bis in alle Ewigkeit.
Irgendwann trat auch Hedy ins Zimmer.
Sie legte Jan die Hand auf die Schulter und blickte mit ihm auf
Nick.
Nach einer Weile sagte sie: »Kommen Sie, wir müssen noch ein
paar Dinge regeln.«
Ohne zu wissen, was sie meinte, nickte er und verließ mit ihr
das Krankenzimmer. Alina und Maria warteten am Hauptein-

gang auf ihn, umarmten und trösteten ihn, so gut es ging, dann fuhren sie mit einem Mietwagen zu einem Beerdigungsinstitut, wo sie bereits erwartet wurden.

Hedy hatte bereits alles durchgeplant: Sarg, Gebinde, Ruheplatz.

Was Jan heimlich seufzen ließ: Hedy war eben Hedy.

Dann machte er alles rückgängig und fragte nach einer Seebestattung.

»Das können wir gerne für Sie übernehmen«, antwortete der Beerdigungsunternehmer. »Wir haben da einen Partner an der Ostsee, der Ihnen auch eine Seekarte überreicht und einen Auszug aus dem Logbuch des Schiffes.«

»Was kostet das?«, fragte Jan.

»Das übernimmt meine Stiftung«, ging Hedy dazwischen, und als Jan dagegen protestieren wollte, antwortete sie nur: »Wir müssen eh in diese Richtung. Da nehmen wir Nick einfach mit.«

Der Beerdigungsunternehmer schüttelte sanft den Kopf und antwortete: »Das geht leider nicht, Fräulein von Pyritz. Vorschriften, Sie verstehen?«

Hedy sah ihn kühl an, dann hakte sie sich bei dem Mann unter und zog ihn mit sich in einen Nebenraum. Und während sie das tat, hörte Jan sie ihre berühmten letzten drei Silben vor einem Wutausbruch sagen.

»Verstehe …«

Und schloss die Tür hinter sich.

99

Nach vielen herrlichen Tagen brach die Schönwetterperiode plötzlich ab, und als Jan am 29. August gegen acht Uhr morgens nach Münster fuhr, lag der Himmel grau und schwer über der Villa, und ein kühler Wind ließ den Staub der Auffahrt in kleinen Wirbeln tanzen.

»Da braut sich was zusammen«, befand Hedy, im Fond eines Mietwagens sitzend, während Jan vor ihr das Auto umsichtig in den Verkehr einfädelte.

»Sind Sie nervös?«, fragte Jan und blickte in den Rückspiegel.

»Nein«, antwortete Hedy und sah dabei versonnen aus dem Seitenfenster.

»Sie könnten heute alles verlieren?«

»Sie haben ja immer noch Angst.«

»Nein«, antwortete Jan.

Wieder blickten sie sich durch den Rückspiegel an.

Lächelten amüsiert.

»Sie sollten möglichst bald wieder zur Leseschule«, befand Hedy.

»Hm«, machte Jan.

»Je schneller Sie wieder in den alten Lernrhythmus finden, desto besser.«

»Hm.«

Eine Weile fuhren sie schweigend weiter.

Erreichten Münster und das rote, mehrstöckige Gerichtsgebäude. Hier hielt Jan an und half Hedy aus dem Wagen. Selbstredend hatte sie auf den Rollstuhl verzichtet, sie wollte aufrecht und stolz in den Saal eintreten, obwohl ihr die Gelenke höllisch schmerzten. Was jeder in ihren Augen sehen konnte, der sie näher kannte. Und man konnte sagen, dass Jan sie mittlerweile ziemlich gut kannte.

Sie ging vor, während Jan einen Parkplatz suchte.

Und als er sie schließlich im zweiten Stock neben ihrem Anwalt fand, schien sie bester Stimmung zu sein. Weiter hinten im Flur wartete auch Hannah mit ihrem Anwalt, würdigte Hedy aber keines Blickes. Allerdings fehlten Herr Middendorp, Frau Dr. Mayer-Leibnitz und Bürgermeister Schmidtke.

»Hm«, machte Hedy.

»Was gibt es?«, fragte Jan.

»Hannahs wichtigste Zeugen fehlen.«

»Vielleicht ein gutes Zeichen?«

Hedy schüttelte den Kopf: »Nein. Sie hat noch ein Ass im Ärmel. Ich kenne meine Tochter.«

Die Tür zum Gerichtssaal öffnete sich, Menschen traten heraus. Anwälte, Kläger und Beklagte im Gespräch vertieft. Und der Zufall wollte es, dass ausgerechnet Frau Schramm, Hedys Gutachterin, eine von ihnen war.

Sie bemerkte Hedy sofort, gab sich jedoch allergrößte Mühe, sie zu *übersehen*, und wühlte schnell in ihren Akten herum, während sie auf sie zuging. Hedy konnte sich ein schmales Lächeln nicht verkneifen. Sie nickte Jan zu, und der sah es dann auch: Frau Schramm hatte ein komplett neues Styling! Die Haare blondiert, Lippen und Augen dezent geschminkt, hübsche Ohrringe. Elegantes Kostüm, Schuhe mit Absätzen, die Beine rasiert. Und keine esoterische Halskette.

Sie wirkte wie die Siegerin von *Shopping Queen*.

Und sosehr Frau Schramm auch versuchte, unter Hedys Blicken hindurchzuschlüpfen, so wenig ließ sich Hedy die Gelegenheit entgehen, sie zu begrüßen. Sie stellte sich ihr einfach in den Weg und sagte freundlich: »Guten Morgen, Frau Schramm. Das ist ja eine Überraschung!«

Sie wussten beide, wie das gemeint war.

Hedy hielt ihr die Hand hin, und da Frau Schramm sich keine Blöße geben wollte, nahm sie an: »Guten Morgen, Fräulein von Pyritz.«

Jan grinste: diesmal die richtige Anrede.

»Sie sehen ganz entzückend aus. Mein Kompliment!«, sagte Hedy.

»Danke«, antwortete Frau Schramm gepresst.

»*La vie est belle?*«, fragte Hedy.

»Bitte?«

»Ihr Parfum.«

»Oh … äh, ja, tatsächlich.«

Hedy nickte zustimmend.

»Na, dann, alles Gute, Frau Schramm!« Sie gab ihr wieder die Hand. »Und denken Sie immer daran: La vie est belle!«

Sie nickte ihr verdattert zu, dann eilte sie davon, als hätte sie Angst, Hedy könnte ihr in zwei, drei Tigersprüngen nachsetzen und sie niederreißen.

Ein Gerichtsdiener bat die beiden Parteien *von Pyritz* in den Saal.

Jan nahm im Zuschauerbereich neben einigen Kiebitzen Platz, Rentner, die ihre Freizeit in Gerichtssälen verbrachten, um den vielen spannenden Geschichten beizuwohnen. Hedy und Hannah saßen an den Tischen neben ihren Anwälten. Die Vorsitzende Richterin grüßte alle Anwesenden, prüfte kurz die Personalien, dann beugte sie sich über zwei Kladden, die vor ihr auf dem Pult lagen.

Nach einigen Momenten sah sie auf und sagte: »Zur Feststellung der Geschäftsfähigkeit der Beklagten liegen mir zwei Gutachten vor. Und ehrlich gesagt, machen sie mich etwas ratlos. Nehme ich dieses Gutachten hier«, sie hielt eine der Kladden hoch, »ist die Beklagte Hedwig von Pyritz eine querulatorische, wahrnehmungsgestörte Patientin, mit einer narzisstischen Persönlichkeitsstörung und fortschreitendem Realitätsverlust.«

Jan nickte: Frau Schramm hatte ganze Arbeit geleistet.

»Nehme ich hingegen dieses Gutachten hier«, sie hielt jetzt die andere Kladde in die Höhe, »ist die Beklagte Hedwig von Pyritz eine hochintelligente, empathische Dame, zuverlässig, verantwortungsbewusst und belastbar. Eine Stütze der Gesellschaft, hochangesehen und kreativ.«

Sie hielt beide Gutachten in die Höhe.

»Wenn ich also verkürzen darf: Einmal ist Hedwig von Pyritz eine Kandidatin für die geschlossene Psychiatrie. Einmal eine für das Bundesverdienstkreuz. Sie sehen also, meine Herrschaften, als Richterin stecke ich in einem gewissen Dilemma.«

Hedys Anwalt ergriff das Wort: »Frau Vorsitzende, ich beantrage hiermit, das Verfahren einzustellen. Meine Mandantin erfreut sich allerbester geistiger Gesundheit. Dazu habe ich hier ein Dutzend eidesstattlicher Aussagen von ehemaligen Absolventen der Von-Pyritz-Stiftung, die das bestätigen können. Allesamt hochangesehene Mitglieder der Gesellschaft in herausragenden Positionen.

Hedy von Pyritz hat in über fünfzig Jahren Hunderte von hochbegabten Kindern in ihr Erwachsenenleben begleitet, ihnen eine glänzende Zukunft ermöglicht und steht mit den allermeisten von ihnen noch immer in freundschaftlichem Kontakt.

Erst im Juni fand das jährliche Ehemaligentreffen statt, zu dem über zweihundert Absolventen aus aller Welt angereist sind.

Glauben Sie wirklich, es wäre diesen Absolventen, allesamt Koryphäen in ihren Fachbereichen, verborgen geblieben, wenn Fräulein von Pyritz den Verstand verloren hätte?

Dieses ganze Verfahren hier ist eine Farce!

Eine Verschwörung gegen meine Mandantin und ihr Lebenswerk. Angezettelt vom Machthunger der eigenen Tochter, basierend auf maßlosen Übertreibungen und Lügen.«

Jan verzog anerkennend den Mund: Der Mann hatte ganz offensichtlich wenig übrig für Geplänkel.

Hedys Anwalt war an das Richterpult vorgetreten und überreichte der Richterin einen Hefter mit den angekündigten eidesstattlichen Erklärungen.

Die Richterin wandte sich Hannah zu: »Frau von Pyritz?«

Hannah stand auf, richtete kurz ihr Kleid.

Dann sagte sie: »Frau Vorsitzende, alles, was Sie eben vom Anwalt meiner Mutter gehört haben, ist wahr. Hedy von Pyritz *ist* die Vorsitzende der Stiftung, sie *hat* in über fünfzig Jahren außerordentliche Arbeit geleistet.

Viele Kinder haben ihr eine großartige Karriere zu verdanken. Kinder, die ihren Kameraden so weit voraus waren, dass sie sich in der Schule langweilten. Die in den Fünfzigern, Sechzigern und Siebzigern ohne meine Mutter durchs Raster gefallen wären, weil man sie für sozial auffällig gehalten hat. Viele, die nicht das Glück hatten, unter die Fittiche meiner Mutter zu kommen, sind auf Sonderschulen gelandet. Weil man ihre Begabungen einfach nicht erkannt hat.

Somit ist richtig: Meine Mutter hat begabte Kinder zu begnadeten Erwachsenen geformt, die der Gesellschaft ein Vielfaches von dem zurückgeben konnten, was meine Mutter in sie investiert hat.«

Jan starrte Hannah an – genau wie es alle anderen im Saal auch taten: Was für eine Überraschung! Sie hatte nicht nur das Hohelied auf ihre Mutter gesungen, sondern damit auch gleichzeitig ihre Anklage zum Einsturz gebracht! All die gesammelten Anschuldigungen von Schlafwandelei, Mordanschlägen auf Zeitungsjungen, ja, sogar der angebliche Missbrauch von Stiftungsgeldern durch Stipendien für Schmetterlingsliebhaber oder Legastheniker lagen nun in Trümmern vor dem Richterpult. Wer würde jetzt noch behaupten können, Hedy von Pyritz hätte den Verstand verloren?

Wer würde jetzt noch über Hedy richten?

Auch die Richterin schien irritiert: »Ich verstehe nicht ganz, Frau von Pyritz. Wollten Sie nicht die Geschäftsfähigkeit Ihrer Mutter anfechten? Alles, was Sie gerade vorgetragen haben, untermauert doch nur, dass sie voll und ganz geschäftsfähig ist?«

Hannah nickte.

Nahm ein Papier in die Hand und fragte: »Darf ich vortreten, Frau Vorsitzende?«

»Natürlich.«

Sie trat ans Richterpult und überreichte ihr das Papier.

»Was ist das?«, fragte die Richterin.

»Das ist ein Auszug aus der Stiftungssatzung. Sie finden dort die üblichen Eintragungen zum Stiftungszweck oder zum Vorstand. Es ist klar umrissen, welche Befugnisse die Vorsitzende hat und was gefördert werden soll. Darf ich Sie bitten, vorzulesen, woher das Vermögen stammt?«

»Es stammt aus dem Nachlass eines gewissen Richard von Pape«, antwortete die Richterin.

»Ja, so ist es.«

»Ich verstehe immer noch nicht, worauf Sie hinauswollen«, sagte die Richterin.

Hannah nickte und antwortete: »Das werden Sie gleich. Richard von Pape war mein Vater. Und meine Mutter hat ihn ermordet!«

Ein Satz wie ein Sprengsatz.

Aufblitzend.

Mit einer konzentrisch herausschnellenden Druckwelle.

Betäubte Gesichter.

Hannah wusste es!

Darum hatte sie keine Zeugen geladen – sie hatte nie vor, Hedys *Geschäftsfähigkeit* anzuzweifeln. Stattdessen hatte sie gewartet.

Geduldig. Hatte einen dramatischen Auftritt nach dem anderen als die *wütende Tochter* hingelegt, moralisch entrüstet über die Verfehlungen der Mutter.

Alles Theater!

Dahinter hatte nur ein kühler, berechnender, intelligenter Verstand auf den Moment gelauert, wo er seinen Gegner genau da hatte, wo er ihn haben wollte.

Nur ein einziges Mal hatte sie sich hinreißen lassen, ein einziges Mal hatte sie Hedy die Möglichkeit gegeben, zu ahnen, was sie vorhatte. Als sie ihr gedroht hatte, dass die Welt erfahren würde, *wer sie wirklich ist*. Hedy hatte es offensichtlich fehlinterpretiert und kühl an sich abperlen lassen.

Ein Fehler.

Jan blickte zu Hedy und konnte ihr ansehen, wie kalt Hannah sie erwischt hatte: Sie starrte ihre Tochter sprachlos an.

Dann kam Bewegung auf.

Rumoren im Raum.

Die Kiebitze auf den Zuschauerplätzen machten erstaunte Geräusche und begannen zu tuscheln.

Hedys Anwalt sprang auf: »Das ist ungeheuerlich!«, schrie er. »Abscheulich!«

»Mäßigen Sie sich!«, schrie Hannahs Anwalt zurück. Auch er war aufgesprungen.

»Meine Herren! Das ist ein Gerichtssaal, kein Fußballplatz!«, mahnte die Richterin.

»Das ist eine Verleumdung, die wir nicht hinnehmen werden!«, rief Hedys Anwalt.

»Frau von Pyritz, Sie wissen schon, dass das kein Strafprozess ist?«, fragte die Richterin Hannah.

»Das weiß ich«, antwortete die kühl.

»Dann wissen Sie auch, dass wir Ihre Anschuldigung hier nicht verhandeln!«

»Ja.«

»Möchten Sie auch weiterhin die Geschäftsfähigkeit Ihrer Mutter feststellen lassen?«

»Nein, ich ändere den Antrag auf Erbunwürdigkeit und gravierende Verfehlungen nach Paragraph 16a der Stiftungssatzung, nach der die Vorsitzende einen tadellosen Leumund haben muss. Meine Mutter hätte dieses Erbe niemals antreten dürfen, somit gehört es mir. Und niemandem sonst.«

»Das geht so nicht!«, mahnte die Richterin.

»Ich beantrage, das Verfahren einzustellen!«, rief wieder Hedys Anwalt.

Die Richterin nickte: »Wenn Sie auf der Antragsänderung bestehen, Frau von Pyritz, stelle ich das Verfahren ein. Grundlage Ihres Antrages wäre ein Urteil in einem Strafprozess.«

Hannah nickte.

Damit war es entschieden: Das Verfahren wurde eingestellt.

Es war die letzte Verhandlung vor der Mittagspause, so dass sich mit der Richterin alle erhoben und die Kiebitze begannen, den Saal zu verlassen. Auch die Anwälte waren im Begriff, das zu tun, doch Hannah wandte sich Hedy zu: »Du nicht!«

Der Saal leerte sich.

Zurück blieben nur Hedy, Hannah und Jan.

»Dein junger Freund kann gehen!«, befand Hannah.

Hedy schüttelte den Kopf: »Er bleibt!«

Hannah zuckte mit den Schultern: »Wie du willst.«

Sie sammelte sich einen Moment, dann blickte sie auf die sitzende Hedy hinab: »Hast du wirklich geglaubt, es würde so leicht? So wie damals? Nur ein Schuss? Und alles geht seinen Weg. Eine Frau, die in Rangsdorf die beste Schützin war? Die inoffizielle Rekorde aufgestellt hat? Und die dann Vater auf eine Entfernung von zwanzig Metern versehentlich in den Kopf trifft?«

»Ein bedauerlicher Unfall«, antwortete Hedy gelassen.

»Ja, das haben alle so gesehen damals. Aber Vaters Freunde nicht.«

»Seine Freunde?«, fragte Hedy neugierig.

»Einige leben noch. Sie haben Vater sehr verehrt, weißt du?«

»Das denke ich mir.«

Hannah fauchte: »Keiner hat dir damals den Unfall abgekauft! Keiner!«

Hedy nickte: »Und warum haben sie nichts gesagt? Warum hat mich keiner bei der Polizei angezeigt?«

»Das weiß ich nicht. Sie mussten zurück nach Übersee. Sie hatten Verpflichtungen und konnten nicht über Wochen und Monate in Deutschland bleiben, um einen Prozess zu führen, dessen Ausgang ungewiss war.«

»Haben sie das gesagt?«, fragte Hedy.

»Es spielt keine Rolle, was sie nicht getan haben, sondern nur, was *du* getan hast!«

Hedy schüttelte den Kopf: »Du weißt nicht, was sie getan haben. Und du weißt nicht, wer dein Vater war.«

»Wenn du ihn nicht erschossen hättest, hätte ich mir selbst ein Bild machen können.«

Hedy schwieg einen Augenblick.

Dann sagte sie: »Ja, vielleicht. Du hättest ein anderes Leben gehabt. Alles wäre anders gekommen. Nicht mal Hannah hättest du geheißen …«

Hannah runzelte die Stirn: »Was meinst du?«

»Du wärest jetzt Freya von Pape. Richard hat der Name immer gefallen.«

»Freya von Pape«, wiederholte Hannah leise.

Fast schon ehrfürchtig.

»Stattdessen wurde ich Hannah von Pyritz«, sagte sie schließlich.

Hedy nickte: »Ja. In Erinnerung an einen geliebten Menschen.«

Hannah sah auf ihre Mutter hinab.

Und plötzlich wurden ihre Züge hart.

»Das bin ich also für dich: die Erinnerung an einen geliebten Menschen. Wie schade, dass nicht ich dieser geliebte Mensch sein durfte!«

Hedy schluckte.

»Das siehst du falsch, Hannah …«

»Du hast nicht nur Vaters Leben genommen, sondern auch meines. Du hast aus Freya von Pape Hannah von Pyritz gemacht und sie beide sterben lassen!«

»Das ist nicht wahr«, begann Hedy schwach.

Doch jetzt baute sich Hannah über ihr auf.

Anklägerin.

Richterin.

»Du spielst gerne hart, Mutter? Sag mir: Wie hart kannst du wirklich spielen? So wie ich? Die ich von klein auf lernen musste, wie es ist, wenn die eigene Mutter eine Wand aus Glas zwischen sich und ihr Kind zieht? Eine Mutter, die ich sehen, aber nicht berühren konnte? Bei der ich nie sein konnte, was ich war: ein Kind?«

In Hedys Augen schimmerten Tränen.

»Du wirst diese Stiftung verlieren. Und du sollst sehen, wie ich sie dir wegnehme. Weil diese Stiftung *alles* für dich bedeutet. Weil du jedem Kind dieser Stiftung die Welt zu Füßen gelegt hast, während dein eigenes vor deinen Augen verkümmert ist. Ich werde dir diese Stiftung wegnehmen und dich zurücklassen, so wie du mich zurückgelassen hast.«

Der Hass, der Hedy entgegenschlug, ließ sie geradezu zurückweichen.

Hannah ging ihr nach und tippte ihr mit dem Zeigefinger gegen die Brust: »Du hast jedes Kind dieser Stiftung mehr geliebt als mich!«

»Nein, Hannah … so ist es nicht …«, antwortete sie hilflos.

»So ist es nicht? Ist das deine Antwort? Weil die große Hedy von Pyritz immer recht hat?«

»Hannah … bitte …«

»Du wirst zurücktreten, Mutter! Oder ich werde dich in einen öffentlichen Strafprozess zwingen und dich vor der ganzen Welt anklagen. Und danach werde ich die Stiftung übernehmen und Gutes tun. Und vielleicht Frieden finden.«

Mutter und Tochter.

Wie eingefroren.

Jan sah zu, wie die unbezwingbare Hedy stürzte. Denn ganz gleich, ob sie diesen Prozess gewinnen würde oder nicht: Hannah würde im Licht der Öffentlichkeit ihren Ruf zu Asche verbrennen.

Und damit auch ihr Lebenswerk.

Hedy wusste es.

Sie fiel.

Tiefer, immer tiefer.

Geschlagen.

Vernichtend geschlagen.

100

Eine Woche war vergangen, als Hedy überraschend bei Jan und Alina klingelte. Die Treppen hinauf zu ihrer Wohnung bereiteten ihr mehr Mühe als üblich, sie schien in den letzten Tagen spürbar gealtert zu sein. Dennoch war sie guter Dinge, begrüßte Alina herzlich und traf anschließend Jan im Wohnzimmer an, wo er gerade im Begriff war, ein Regal auszuräumen, um es in Umzugskartons zu verstauen.

»Dann ist es also wahr, was Maria mir erzählt hat?«, fragte Hedy. »Sie gehen fort?«

»Ja.«

Eine Weile sagte niemand etwas, dann setzte sich Hedy auf das Sofa und tätschelte lächelnd den Platz neben sich: »Kommen Sie. Leisten Sie mir etwas Gesellschaft.«

Jan setzte sich neben sie.

»Da wären wir nun«, sagte Hedy versöhnlich.

»Hm«, machte Jan. »Es ist viel passiert.«

»Sie haben sich gemacht, Jan! Aber, das wusste ich.«

»Das wussten Sie?«

»Aber natürlich, mein Junge. Ich habe so viele Kinder gehabt, aber Sie waren von allen das begabteste.«

Jan lächelte.

Dann fragte er: »Was macht ihr eigenes?«

Hedy antwortete: »Nun, sie ist die neue Vorsitzende der Stiftung. Ich bin sicher, sie wird ihre Sache gut machen. Sie ist immerhin meine Tochter.«

»Haben Sie noch mal miteinander reden können?«

Hedy schüttelte den Kopf: »Nein. Was hätte ich ihr auch sagen können? Dass ich als Mutter versagt habe? Das habe ich. Dass ich in ihr auch immer *ihn* gesehen habe? Das habe ich. Dass ich ihr gegenüber ungerecht und kalt war? Das war ich. Dass ich vergessen habe, Hedy zu sein, weil ich immer nur Fräulein von Pyritz war? Was für eine Verschwendung!«

Jan schüttelte den Kopf: »Nein, so ist es nicht.«

»Nicht?«

»Ohne das Fräulein von Pyritz wäre ich verloren gegangen. Sie haben mich gerettet!«

Hedy lächelte und streichelte Jans Wange: »Ach, mein Junge, dass Sie das immer noch nicht sehen! Nicht ich habe Sie, sondern Sie haben *mich* gerettet!«

Jan sah sie überrascht an.

»Ja, so ist es. Sie haben mich zurück ins Leben geholt. Und das habe ich nur Ihnen zu verdanken!«

Jan schüttelte ungläubig den Kopf.

»Glauben Sie es nur, Jan. Ich bin frei. Verstehen Sie? Ich muss niemand mehr sein. Nur noch Hedy.«

Jan sah sie skeptisch an: »Und Sie sind sicher, dass es Ihnen gut geht?«

Hedy lachte: »Aber natürlich.«

Alina trat ein und brachte ihnen Kaffee.

Da saßen sie nun zusammen, wie sie es schon in Hedys Salon getan hatten, nur, dass sie jetzt bei ihm war und nicht umgekehrt.

»Wissen Sie schon, was Sie machen werden?«, fragte Hedy schließlich.

Jan zuckte mit den Schultern: »Alina und ich dachten, wir fangen irgendwo neu an. Aber zuerst einmal werden wir etwas reisen. Ein wenig von der Welt sehen! Alina nimmt sich ein Semester frei.«

Hedy nickte: »Ja, das ist gut.«

Sie schwiegen.

Jan spielte gedankenverloren mit dem Anhänger um seinen Hals.

Und nach einer Weile fragte Hedy leise: »Sie kommen nicht mehr zurück, nicht wahr?«

Jans schielte zu ihr rüber, sah, wie niedergeschlagen sie sich über die Finger strich. So viele Kinder! Und er, Jan, war ihr letztes. Und es war offensichtlich, dass sie ihn liebte und dass sie im Begriff war, ihn zu verlieren, so wie sie alle verloren hatte, die sie je geliebt hatte. Dass sie, sobald sie nicht mehr Fräulein von Pyritz war, in Panzerrüstung auf der Villa hoch auf dem Hügel, bis ins Innerste verletzt wurde. Und trotzdem Haltung bewahrte.

Kleine, große Hedy.

»Ich werde zurückkommen. Und sehen, was Sie so gerade anstellen. Irgendwas sagt mir, dass man Sie besser nicht alleine lassen sollte …«

Hedy lächelte.

»Außerdem bin ich immer noch Stipendiat der Von-Pyritz Stiftung, nicht?«

»Ja, das sind Sie.«

»Dann werde ich sowieso an jedem ersten Wochenende im Juni bei Ihnen sein. Wie alle Ihre Kinder. Und Ihnen von den Wundern der Welt berichten. So, wie Sie das gerne haben!«

Sie hatte Tränen in den Augen, dann aber lächelte sie: »Ja, das würde mir gefallen. Sogar sehr.«

»Aber bevor es so weit ist, haben wir noch eine kleine Abmachung«, sagte Jan.

»Die haben wir.«

»Wie wäre es mit morgen? Sie haben schönes Wetter angekündigt. Beste Voraussetzungen für einen Besuch am Nacktbadestrand!«

Hedy stand auf und reichte ihm die Hand: »Morgen. Zehn Uhr. Pünktlich, junger Mann!«

»Natürlich«, grinste Jan.

Sie nickte und ging hinaus.

101

Nicks Urne thronte angeschnallt auf dem Rücksitz.

Was immer Hedy dem Beerdigungsunternehmer gesagt hatte, war offenbar so überzeugend gewesen, dass er auf die offizielle

Überführung an die Ostsee verzichtet hatte. Vielleicht hatte sie auch mit einem großzügigen Begleichen einer mit Sicherheit gepfefferten Rechnung nachgeholfen. Hedy jedenfalls sprach nicht darüber, und Jan fragte nicht nach. Und so kam es, dass Nick in einer See-Urne aus gepresstem Sand mit ihnen mitfuhr, um in der Ostsee seinen Platz für die Ewigkeit zu finden.

Der Tag war tatsächlich ausnehmend schön.

Jan wartete neben einem schicken Leih-Mercedes, lud den Rollstuhl in den Kofferraum und hielt Hedy, ganz vornehmer Chauffeur, die Beifahrertür auf.

Sie verließen die Villa auf dem Hügel und machten sich auf den Weg zur Ostsee. Fuhren gemächlich, hörten Radio oder plauderten.

Schließlich fragte Hedy: »Wissen Sie eigentlich, wo wir hinfahren?«

»Da gibt es ein paar Strände zur Auswahl. Hab sie gegoogelt.«

»Sie kennen die gar nicht?«, fragte Hedy.

»Nein, ich hatte bisher immer etwas an beim Schwimmen. Meistens jedenfalls.«

Sie aßen in Lübeck zu Mittag und erreichten dann am frühen Nachmittag das Seebad. Jan parkte so nah am Wasser wie möglich, aber die letzten Meter führten über sehr unebene Wege und sandigen Boden, so dass er Hedy in den Rolli setzte und sie wiederum Nick auf den Schoß nahm.

Er schob sie über eine Anhöhe, von wo sie auf einen schönen, weißen Sandstrand blickten, auf dem auch schon aus der Entfernung eine ganze Reihe von Nackedeis auszumachen waren.

Hedy kniff die Augen zusammen und seufzte: »Man sieht ja gar nichts ... «

Jan musste zugeben, dass die meisten Männer am Strand zu weit weg waren, um einen besseren Eindruck von ihnen zu bekommen.

»Warten Sie hier!«, sagte er kurz angebunden und ging hinunter zum Strand.

Steuerte eine kleine Gruppe Männer an.

Sprach mit ihnen.

Sie blickten alle hinauf zu Hedy, die mit ihrem Rolli und der Urne auf sie hinabblickte.

Zwei der Männer nickten, verließen das Grüppchen, steuerten andere Männer an, sprachen mit ihnen.

Schließlich fanden sich acht zusammen und kamen, von Jan angeführt, zurück.

Eine kleine Düne hinauf.

Dann standen sie vor Hedy und wussten nicht recht, was sie tun sollten.

»Vielleicht stellen Sie sich kurz auf?«, fragte Jan so höflich es ging.

Die Männer zuckten gleichgültig mit den Schultern und reihten sich nebeneinander auf.

Jan packte Hedys Rollstuhl und schob ihn an den Männern vorbei.

Wie bei einer Parade.

Sie hielten vor jedem Freiwilligen, Hedy warf einen Blick auf ihn und gab ihm schließlich die Hand: »Vielen Dank! Sehr freundlich von Ihnen!«

Die Männer nickten ihr lächelnd zu.

Und als sie an ihnen vorbeigefahren waren, verabschiedeten sie sich und kehrten zurück an den Strand.

Zurück blieben nur Hedy und Jan.

Jan nahm ihr die Urne vom Schoß und stellte sie neben sich in den Sand.

So blickten sie gewissermaßen zu dritt aufs Meer und genossen den herrlichen Tag.

Schließlich fragte Jan: »Und? Entsprach es Ihren Vorstellungen, Fräulein von Pyritz?«

Hedy dachte einen Moment nach.

Und dann sagte sie mit einem feinen Lächeln: »Wissen Sie, Jan, es ist wie im richtigen Leben. In der Vorstellung ist immer alles viel größer, als es in Wirklichkeit dann ist.«

Ende

Danke

All denen, die mir geholfen haben, Fräulein Hedy und Jan auf die Welt zu bringen. Da wären natürlich zuallererst die Damen zu nennen, die mir ihre Zeit opferten und mir ihre Lebensgeschichten anvertrauten. Auf Wunsch nenne ich nur die Vornamen, aber die Betreffenden erkennen sich sicher wieder: Hildeburg (*1922), Hubertine (*1923), Wilhelmine (*1926), Silvana (*1929), Erna (*1933), Elisabeth (*1936), Ingrid (*1937), Eva (*1946).

Dem Institut für Legastheniker-Therapie Köln, das mir freundlicherweise Übungsmaterial zur Verfügung stellte. Dr. Jürgen Ruby vom Militärhistorischen Museum Flugplatz Berlin-Gatow und vor allem Dirk Schreiber, der einfach alles über die Luftwaffe im Zweiten Weltkrieg weiß. Daneben Diplom-Psychologen Jens Schönrade und natürlich dem Arzt, dem alle Autoren vertrauen: Dr. Pablo Hagemeyer.

Auch meinen Erstleserinnen habe ich wie immer für Zuspruch und Rat zu danken: Sibylle Spittler, Romy Fölck, Meike Vegelahn-Leeser, Martina Schmidt, Ira Scheidig und Sonni Schäfer.

Last but not least: All den wunderbaren Frauen in ihren fliegenden Kisten, die heute leider zu Unrecht vergessen sind. Sie waren ihrer Zeit weit voraus, lebten Emanzipation, bevor es dieses Wort überhaupt gab, und dienen hoffentlich auch zukünftigen Generationen als Inspiration.